Brian Stableford
Das Reich der Angst

Brian Stableford

DAS REICH DER ANGST

Roman

Aus dem Amerikanischen
von Jürgen Behrens

Ullstein

Deutsche Erstausgabe

ein Ullstein Buch Nr. 22418
im Verlag Ullstein GmbH,
Frankfurt/M – Berlin
Titel der englischen Originalausgabe:
The Empire of Fear

Printed in Germany 1990
Gesamtherstellung: Ebner Ulm
ISBN 3 548 22418 0

Oktober 1990

CIP-Titelaufnahme der Deutschen Bibliothek

Stableford, Brian:
Das Reich der Angst: Roman / Brian Stableford.
Aus d. Amerikan. von Jürgen Behrens. – Dt. Erstausg. –
Frankfurt/M; Berlin: Ullstein, 1990
(Ullstein-Buch; Nr. 22418)
ISBN 3-548-22418-0
NE: GT

Für meine Frau Jane,
ohne deren Zuspruch und Unterstützung
dieses Buch niemals entstanden wäre.

Inhalt

Erster Teil

DIE FRÜCHTE DER LEIDENSCHAFT

»Ein Mann, der eine Vampirdame liebt,
muß nicht jung sterben,
aber er wird nicht ewig leben.«

(WALACHISCHES SPRICHWORT)

1. Kapitel

Man schrieb den dreizehnten Juni im Jahre des Herrn 1623. Früh schon war warmes Wetter in Grand Normandy eingekehrt, und Sonnenlicht strahlte über den Straßen von London. Überall tummelten sich Menschenmassen, und im Hafen herrschte reges Treiben; allein an diesem Tage waren drei Schiffe eingelaufen.

Eines dieser Schiffe, die *Freemartin,* kam aus dem Äquatorgebiet, und es hatte Güter aus dem geheimnisumwitterten Herzen Afrikas, Elfenbein, Gold und Häute exotischer Tiere, geladen. Die *Freemartin* brachte auch lebende Tiere für die Menagerie des Prinzen im Lions Tower. Es ging das Gerücht, daß darunter drei Löwen seien, eine Schlange, so lang wie ein ausgewachsener Mann, und bunt gefiederte Papageien, denen die Seeleute das Sprechen gelehrt hatten. Auch von geheimnisvollen und viel kostbareren Gütern war die Rede – kunstvoll gearbeiteten Juwelen und Zauberdingen –, doch dergleichen Klatsch verband sich mit jedwedem Schiff, das aus entfernten Weltgegenden hier anlegte.

Bettler und Gassenjungen trieben sich auf dem Dockgelände herum, wie stets magisch von solchen Gerüchten angezogen, und belästigten, gierig nach Klatsch und Kupfermünzen, die Seeleute. Die einzigen Gesichter, die von all der Aufregung unberührt blieben, gehörten zu den abgeschlagenen Köpfen auf den Mauerkronen des Southwark Gate.

Der Tower von London indes stand weitab von diesem bunten Treiben; seine hochragenden abweisenden Türme waren dem Geschehen der Straße so fern, daß sie wie von einer anderen Welt schienen.

Edmund Cordery, Mechanikus am Hofe von Prinz Richard, war in seiner Mansarde im Südwestturm des White Tower bei der Arbeit. Behutsam verstellte er den kleinen Konkavspiegel an dem Messinggestell auf seiner Werkbank, fing damit die Strahlen der Nachmittagssonne ein, bündelte ihr Licht im Loch des Objekttisches und leitete es durch das Linsensystem, das Herzstück des Apparates vor ihm.

Er schaute auf, erhob sich und trat beiseite, bedeutete seinem Sohn Noell, seinen Platz einzunehmen. »Sag mir, ob so alles richtig ist«, sagte er müde. »Ich kann kaum noch scharf sehen.«

Noell kniff sein linkes Auge zu und näherte das andere dem Mikroskop. Er drehte das Rädchen, mit dem die Höhe des Objekttisches verstellbar war. »Es ist vollkommen«, sagte er. »Was ist es?«

»Der Flügel einer Motte«, erwiderte sein Vater.

Edmunds Blick schweifte über die polierte Tischplatte, er vergewisserte sich, ob auch die anderen Glasplättchen für die Demonstration vorbereitet waren. Die Aussicht auf den Besuch der Lady Carmilla erfüllte ihn mit einer unbestimmten, ängstlichen Unruhe, die ihm nicht behagte. Schon damals war sie nicht oft in seine Werkstatt gekommen, doch sie jetzt hier zu sehen, würde zwangsläufig Erinnerungen wecken, die zufällige Begegnungen in den öffentlichen Bereichen des Towers und bei feierlichen Anlässen nicht heraufzurufen vermocht hatten.

»Das Plättchen mit dem Wasser ist noch nicht fertig«, sagte Noell. »Soll ich . . .«

Edmund schüttelte den Kopf. »Ich werde ein frisches vorbereiten, sobald es an der Zeit ist«, sagte er. »Lebewesen sind vergänglich, und die Welt, die in einen Wassertropfen eingeschlossen ist, kann nur allzuleicht zerstört werden.«

Er ließ noch einmal den Blick über die Platte der Werkbank schweifen, nahm einen Tiegel auf und stellte ihn außer Sichtweite hinter eine Reihe von Krügen. Es war unmöglich – und unnötig –, hier sauberzumachen, doch es war ihm wichtig, zumindest einen Anschein von Ordnung aufrechtzuerhalten. Er ging ans Fenster und schaute hinaus, über die Cold Harbour Tavern und den St. Thomas's Tower, auf die sonnenfunkelnde Themse und die fernen Schieferdächer der Häuser am anderen Ufer.

Von seinem hochgelegenen Aussichtspunkt erschienen ihm die Menschen in der Bannmeile der Outer Ward winzig. Sein Fenster war höher gelegen als das Kreuz auf dem Steildach der Kirche neben dem Leathermarket. Edmunds Blick verweilte auf jenem fernen Symbol. Er war keineswegs ein frommer Mensch, doch derart war der Aufruhr in ihm, daß er sich bekreuzigte und die liturgischen Formeln murmelte. Doch kaum hatte er dies getan, schalt er sich wegen seiner Schwäche.

Ich bin vierundvierzig Jahre alt, dachte er, *und ein Mechaniker. Ich bin nicht mehr der junge Mann, dem die Liebe der Lady zuteil wurde, und ich muß nicht bange sein.*

Dieser Groll gegen sich selbst war ein wenig ungerecht. Seine Ängstlichkeit wurde nicht allein durch die Tatsache hervorgerufen, daß er einst Carmilla Bourdillons Geliebter gewesen war. Da war das Mikroskop auf der Werkbank. Da war der Umstand, daß er verfolgt wurde, wann immer er die Grenzen zur Outer Ward überschritt, und jede zufällige Begegnung vermerkt wurde. Und zu alledem kam noch das Schiff aus Afrika, dessen Eigner einen Auftrag für das Unsichtbare Kollegium übernommen hatte, während er neue Löwen für Richards Sammlung heranschaffte.

Doch er hatte Jahr um Jahr mit der Gefahr gelebt und sich darin geschult, die Ruhe zu bewahren. Bei Lady Carmilla ging es um etwas anderes. Sein Verhältnis zu ihr war eine wahrhaftige Herzensangelegenheit gewesen, und es schmerzte ihn, daß sie zu Richards Werkzeug, zur Mittlerin zwischen dem Prinzen und dem Mechaniker geworden war. Allein der Umstand, daß es eine Mittelsperson gab, galt ihm als unübersehbares Zeichen dafür, daß man ihm die Gunst entzogen hatte. Er hoffte, an der Reaktion der Lady ablesen zu können, wieviel er wirklich zu befürchten hatte.

Die Tür ging auf, und sie trat ein. Sie wandte sich halb um und schickte mit einer knappen Geste ihre Begleitung fort. Jetzt war sie ganz allein, ohne Freundin oder Günstlinge in ihrem Gefolge. Behutsam durchquerte sie den Raum, hob leicht den Saum ihres Kleides, obwohl der Boden nicht staubig war. Ihr Blick glitt flink von einer Seite zur anderen über die Regale mit Flaschen und Krügen, den Brennofen, die Drehbank und die zahlreichen Werkzeuge des Mechanikerberufs.

Vielen anderen, Vampiren und Gemeinen gleichermaßen, wäre dies als ein Raum voller Geheimnisse erschienen, der Unheiligkeit atmete – gleich dem Alchimistengewölbe, welches der unglückselige Harry Percy sich eingerichtet hatte, während er als unfreiwilliger Gast im Martin Tower weilte. Wahrscheinlich vermochte auch Lady Carmilla keinen großen Unterschied zwischen der Arbeit des gräflichen Zauberers und der des Mechanikers zu erkennen, doch es ließ sich stets schwierig bestimmen, was Vampire angesichts des vielseitigen Strebens nach Erkenntnis dachten, dem sich in diesen Tagen viele gemeine Menschen hingaben. Ihre Haltung war kühl und beherrscht. Sie blieb vor dem Messinginstrument stehen, das Edmund vor kurzem fertiggestellt hatte. Doch sie warf nur einen kurzen Blick darauf, bevor sie die Augen hob und ihm voll ins Gesicht starrte.

»Ihr seht wohl aus, Meister Cordery«, sagte sie ruhig. »Doch Ihr seid blaß. Jetzt, da der Sommer in Normandy Einzug gehalten hat, solltet Ihr Euch nicht in Eurem Zimmer vergraben.«

Edmund verbeugte sich leicht, doch er hielt ihrem Blick stand.

Sie hatte sich seit den Tagen, als er ihr Liebster gewesen war, um kein Deut verändert. Jetzt war sie schon vierhundertfünfzig Jahre alt – nicht viel jünger als Richard –, doch ihre Schönheit war ohne Makel. Ihre Haut war sehr weiß, wie bei allen Vampiren Nordeuropas, und von jener durchscheinenden Reinheit – fast einem silbrigen Leuchten –, die das unverkennbare Zeichen der Unsterblichkeit war. Kein Mal, keine Warze, keine Narbe von Wunden oder Pocken konnte die Vollkommenheit eines Vampirgesichts beeinträchtigen. Ihre Augen waren von einem satten, feuchtschimmernden Braun, und ihr Haar in auffälligem Kontrast zu ihrer Haut kohlschwarz. Nach ihrer Konversion behielten Vampire selten blondes Haar, nicht einmal, wenn sie damit geboren waren. Ihre Lippen waren leicht geschminkt.

Seit etlichen Jahren hatte er nicht mehr so nahe bei ihr gestanden, und er konnte sich der Flut von aufsteigenden Erinnerungen nicht erwehren. Für sie mochte das anders sein: Sein Haar war ergraut, seine Haut wurde faltig; er mußte ihr als anderer Mensch erscheinen. Doch als er jetzt ihrem Blick begegnete, schien es ihm, daß auch sie sich erinnerte, und das nicht ohne Zärtlichkeit.

»Mylady«, sagte er mit fester Stimme. »Darf ich Euch meinen Sohn und Lehrling Noell vorstellen?«

Noell errötete, und er verneigte sich tiefer als sein Vater.

Lady Carmilla lächelte dem Jungen wohlgefällig zu. »Er hat ganz Euer Aussehen, Meister Cordery«, sagte sie. Zu Noell gewandt, fügte sie hinzu: »In den Tagen, bevor Ihr geboren ward, war Euer Vater der hübscheste Mann in England. Ihr seid ihm sehr ähnlich, und Ihr könnt stolz darauf sein.« Dann wandte sie ihre Aufmerksamkeit wieder dem Apparat zu. »Der Entwurf hierfür war richtig?« fragte sie.

»Ja, in der Tat«, erwiderte er. »Das Gerät ist höchst genial. Ich würde sehr gern einmal dem Mann begegnen, der es sich ausgedacht hat. Es hat die Fähigkeiten meines Linsenschleifers auf eine harte Probe gestellt, und ich denke, mit größerer Sorgfalt und mehr Können wären wir wohl imstande, ein noch besseres zu machen. Es ist ein recht armseliges Exemplar, wie von einem ersten Versuch nicht anders zu erwarten.«

Lady Carmilla setzte sich, und Edmund zeigte ihr, wie sie ihr Auge an den Apparat führen mußte und wie man das Rädchen für die Scharfeinstellung und den Spiegel bediente. Sie gab einen Laut der Überraschung von sich angesichts des vergrößerten Mottenflügels, und Edmund zeigte ihr den ganzen Satz der von ihm vorbereiteten Plättchen, auf denen er andere Gliedmaßen von Insekten und hauchdünne Schnittproben von Pflanzenstengeln und Samen präpariert hatte.

»Ich brauche ein schärferes Messer und eine ruhigere Hand, Mylady«, sagte er zu ihr. »Der Apparat zeigt nur allzu klar mein Ungeschick beim Schneiden dieser Proben.«

»O nein, Mister Cordery«, versicherte sie ihm höflich. »Diese sind doch hübsch genug! Doch kam uns zu Gehör, daß interessantere Dinge noch gesehen werden können. Lebewesen, so klein, daß das menschliche Auge sie nicht erkennt.«

Edmund erklärte ihr die Vorbereitung von Plättchen mit Wassertropfen. Er fertigte ein neues an, indem er mit einer Pipette einen Tropfen aus einem Krug voller schmutzigem Flußwasser aufnahm. Geduldig half er ihr dabei, auf dem Glasplättchen nach den winzigen Lebewesen zu suchen, die das menschliche Auge nicht zu sehen vermochte. Er wies sie auf eines hin, das dahintrieb, als wäre es selbst Flüssigkeit, und auf noch winzigere, die sich vermittels kleiner Flimmerhärchen fortbewegten. Sie war davon gefesselt und beobachtete so geraume Zeit, wobei sie das Plättchen sacht mir ihren lackierten Fingernägeln verschob.

Schießlich fragte sie: »Habt Ihr Euch andere Flüssigkeiten angesehen?«

»Welche Art Flüssigkeiten?« fragte er, wiewohl die Frage recht eindeutig war und ihm Unbehagen einflößte.

Sie war zu Spitzfindigkeiten nicht aufgelegt. »Blut, Meister Cordery«, sagte sie leise. Ihre einstige Verbindung zu ihm hatte sie Achtung vor seiner Intelligenz gelehrt, und halb bedauerte er es.

»Blut klumpt sehr leicht«, setzte er ihr auseinander. »Ich konnte kein zufriedenstellendes Plättchen vorbereiten. Es bedarf größeren Geschicks, als ich mir bisher erworben habe. Doch Noell hat Zeichnungen von vielen der Dinge angefertigt, die wir studiert haben. Würdet Ihr sie gern sehen?«

Sie schien keine Einwände gegen diesen Wechsel des Themas zu haben und gab ihm zu verstehen, daß sie sie gern anschauen wollte. Sie ging zu Noells Arbeitsplatz und fing an, die Zeichnungen durchzusehen, schaute dabei gelegentlich zu dem Jungen hoch, um ihm ihr Lob für seine Arbeit auszusprechen. Edmund stand neben ihr und erinnerte sich, wie empfänglich er einst für ihre Launen und Wünsche gewesen war, wie sehr er sich bemüht hatte herauszufinden, was sie wohl denken mochte. Es war etwas in den sinnenden Blicken, die sie Noell zuwarf, das ihm wie ein eisiger Schock der Angst in die Glieder fuhr. Er wußte selbst nicht, ob es Angst um seinen Sohn oder Eifersucht war.

»Darf ich diese mitnehmen, um sie dem Prinzen zu zeigen?« fragte die Vampirdame, wobei sie ihre Frage mehr an Noell als an seinen Vater richtete. Der Knabe nickte nur, zu verwirrt, um eine geziemende Antwort zu finden. Sie wählte einige Zeichnungen aus und rollte sie zusammen. Dann erhob sie sich und wandte sich wieder Edmund zu.

»Der Hof ist höchst interessiert an diesem Apparat«, teilte sie ihm mit. »Wir müssen sorgfältig in Erwägung ziehen, ob wir Euch neue Gehilfen geben, die Euch bei der Entwicklung der erforderlichen Kunstfertigkeit zur Hand gehen können. Unterdessen mögt Ihr Euch wieder Eurer gewöhnlichen Arbeit widmen. Ich werde jemanden nach dem Apparat schicken, damit der Prinz ihn in Ruhe untersuchen kann. Euer Sohn zeichnet sehr gut, und man muß ihn darin bestärken. Besucht mich doch am kommenden Montag in meinen Gemächern und bringt ihn mit; wir essen um sieben Uhr zu Abend.«

Edmund verbeugte sich, um sein Einverständnis zu bekunden; natürlich war es eher ein Befehl als eine Einladung gewesen. Er geleitete sie zur Tür und hielt sie ihr auf. Sie wechselten einen kurzen Blick, als sie an ihm vorbeiging, doch ihre Miene war jetzt verschlossen und undeutbar.

Nachdem sie gegangen war, löste sich ein Knoten in ihm, und er fühlte sich schlaff und ausgehöhlt. Merkwürdig kühl und distanziert bedachte er die Möglichkeit, daß sein Leben in Gefahr sein könnte.

Es ist doch nicht einmal meine eigene Erfindung gewesen, dachte er wütend. *Nach so vielen Jahren vorsichtigen Verrats, so vielen Anstrengungen, hinter das Geheimnis ihres Wesens zu kommen, hält man mich nur deshalb für zu gefährlich, am Leben zu bleiben, weil ich zu sehen bekommen habe, was ein anderer Mann entwickelt hat? Oder haben sie ihren Sinn über unser forschendes Streben geändert und beschlossen, fortan alle Freunde Francis Bacons im Auge zu behalten und auch den Magus des Earl of Northumberland?*

Er beobachtete Noell, wie er sorgsam die Plättchen wegräumte, die sie bei ihrer Demonstration benutzt hatten. Er hatte die letzten Wochen sehr genossen, seit sein Sohn ihm bei seiner Arbeit zur Seite stand. Wie Lady Carmilla gesagt hatte, war Noell seinem Vater sehr ähnlich geworden, obwohl er noch nicht voll ausgereift war und sein Verstand erst begann, behender mit jenem Wissensdurst und Erfindungsreichtum zu arbeiten, die Edmund Cordery zu dem gemacht hatten, was er war.

Wohlan, dachte Edmund, *ich hatte mir erhofft, daß der Tag kommen möge, an dem ich dir nicht länger die Wahrheit über meine Pläne verhehlen muß! Nun muß ich dich vielleicht fortschicken und den Händen eines anderen Lehrers anvertrauen.*

Laut sagte er nur: »Sei vorsichtig, mein Sohn. Das Glas ist dünn und scharfkantig; du könntest dich an beiden Seiten schneiden.«

2. Kapitel

Als die Abenddämmerung dem Dunkel der Nacht gewichen war, zündete Edmund eine Kerze auf der Werkbank an, setzte sich und starrte in die Flamme. Er hatte in den Seiten der *Arte Vitraria* von Antonio Neri geblättert, einem Werk, das die Geheimnisse des venezianischen Glasmachers in ganz Europa bekannt gemacht hatte, doch er war außerstande, sich auf den Text zu konzentrieren. Er legte das Buch beiseite und goß sich ein Glas Rotwein aus einer Karaffe ein. Er schaute nicht hoch, als Noell hereinkam, obwohl er das Öffnen und Schließen der Tür gehört hatte; doch als der Junge einen Stuhl herantrug und sich neben ihn setzte, bot Edmund ihm die Karaffe an. Noell schien überrascht, doch er nahm sie, holte sich ein Kelchglas, goß sich maßvoll ein und nippte vorsichtig.

»Bin ich also alt genug, mit Euch zu trinken?« fragte er mit einem Anflug von Bitterkeit in der Stimme.

»Du bist alt genug«, versicherte Edmund ihm, wobei er sich absichtlich der vertraulicheren Form der Anrede bediente. »Hüte dich vor dem Übermaß, und trinke nie allein. Das ist, glaube ich, der herkömmliche väterliche Rat.«

Noell langte über die Werkbank und strich mit schlanken Fingern über den Schaft des Mikroskops. Er hatte nicht viele väterliche Ratschläge gehört, weder solche herkömmlicher Art noch andere. Edmund hatte es für klug gehalten, ihn in sicherer Entfernung von verräterischen Umtrieben und gefährlichen Gedanken zu halten.

»Wovor hast du Angst?« fragte Noell und ahmte die Form der Anrede nach, deren sich sein Vater bedient hatte, so daß sie nicht als Eltern und Kind, sondern als Gleichgestellte miteinander sprachen.

Edmund seufzte. »Ich nehme an, du bist jetzt auch dafür alt genug.«

»Ich finde, du solltest es mir sagen.«

Edmund schaute auf den Messingapparat und sagte: »Es wäre vielleicht besser gewesen, ein Gerät wie dieses zumindest eine Weile vor gewöhnlich Sterblichen geheimzuhalten. Irgendein schlauer italienischer Mechanikus, der den Vampirlords und -ladys gefallen wollte, hat stolz wie ein Pfau seine Erfindung vorgezeigt. Unzweifelhaft mußte dieser Trick entdeckt werden, seitdem das Experimentieren mit Linsen Mode geworden ist; ein derartiges Geheimnis läßt sich nicht lange bewahren.«

»Du wirst froh über Brillengläser sein, wenn einmal dein Augenlicht schwächer wird«, wandte Noell ein. »Ich kann in diesem neuen Spielzeug keine Gefahr entdecken.«

Edmund lächelte. »Neues Spielzeug!« spottete er. »Uhren, die die Zeit anzeigen, Mühlen, die das Korn mahlen, Linsen, die die menschliche Sehschärfe verbessern, Drehmaschinen, um Schrauben herzustellen, Münzpressen, um den Reichtum des Imperiums darzutun; alles gefertigt von gewöhnlichen Handwerkern zum Entzücken ihrer Herrschaft. Ich denke, wir sind erfolgreich darin gewesen, den Vampiren zu beweisen, wie klug der moderne Mensch sein kann und daß es noch weitaus mehr zu wissen gibt, als in den alten Büchern der Griechen und Römer niedergelegt ist.«

»Du meinst, daß die Vampire anfangen, uns zu fürchten?«

Edmund schenkte sich Wein aus dem Flakon nach und reichte ihn seinem Sohn. »Sie haben zur Gelehrsamkeit ermuntert, weil sie es für eine geeignete Ablenkung gehalten haben; eine Ablenkung unserer Energie von aufrührerischen Gedanken. Große Veränderungen gestalten die Welt neu, Veränderungen, die sich Kunstfertigkeit und Entdeckung verdanken. Doch ein Reich von Unsterblichen liebt die Beständigkeit. Vampire mißtrauen dem Neuen. Ja, die Vampire werden ängstlich, und das zu Recht.«

»Doch gewöhnliche Menschen, gegen Verletzung, Krankheit, Schmerzen nicht gefeit, könnten nie ihre Herrschaft bedrohen!«

»Ihre Herrschaft gründet ebenso auf Angst und Aberglauben wie in ihrem Wesen«, sagte Edmund ruhig. »Gewiß leben sie lange; sie leiden nur wenig unter Krankheiten, die für uns tödlich sind; und sie haben wunderbare Fähigkeiten der Regeneration. Aber ganz unverletzlich sind sie nicht. Ihr Reich ist stärker gefährdet, als sie zuzugeben wagen. Nach Jahrhunderten des Kampfes ist es ihnen noch immer nicht gelungen, die

Vampirherrschaft auf die mohammedanischen Nationen auszudehnen. Das Schreckensregime, das sie in Gaul und Walachia an der Macht hält, beruht auf Unwissenheit und Aberglauben. Die Arroganz ihrer Prinzen und Ritter verbirgt nur die nagende Furcht davor, was geschehen mag, falls die gewöhnlichen Menschen ihre Ehrfurcht vor der Vampirart verlieren. Zu sterben ist für sie schwer, doch dessen ungeachtet fürchten auch sie den Tod nicht weniger.«

»Es hat in Gaul und Walachia Aufstände gegen die Vampirherrschaft gegeben. Sie sind alle gescheitert.«

Edmund nickte. »Aber es sind drei Millionen Gemeine in Grand Normandy«, sagte er, »gegen weniger als fünftausend Vampire. Es gibt nur vierzigtausend Vampire im gesamten Imperium von Gaul und nicht mehr in Walachia. Ich weiß nicht, wie viele es in Cathay oder Indien oder im Herzen Afrikas jenseits der Grenzen der mohammedanischen Länder geben mag. Auch dort müssen gewöhnlich Sterbliche gegenüber Vampiren in der Überzahl sein. Sobald die Gemeinen in ihren Herren nicht länger Dämonen oder Halbgötter sehen, sondern nur Wesen von robusterer Machart, würden die Vampirreiche ins Wanken geraten. Die Vampire geben vor, die Jahrhunderte, die sie durchlebt haben, verliehen ihnen eine Weisheit, die ein gewöhnlicher Mensch niemals erlangen kann, doch diese Behauptung ist immer schwerer zu glauben. Fast alle neuen Dinge dieser Welt sind das Werk gewöhnlicher Menschen; holländische Schiffe und holländische Webstühle, normannische Kanonen und normannisches Glas. Unsere mechanischen Künste haben ihre magischen Künste entzaubert, und das wissen sie sehr wohl.«

»Könnten die Vampire dagegen nicht einwenden, daß dergleichen Geräte nur die Welt für den gewöhnlich Sterblichen bequemer machen – daß unsere mechanischen Künste nur ein armseliger Ersatz sind für die magische Kraft, sich stets neu zu schaffen, über die sie verfügen und wir nicht?«

Edmund warf einen vorsichtigen Blick auf seinen Sohn, und es lag ein gewisser Stolz darin. Er war froh, daß der Junge sich darauf verstand, eine Disputation zu führen. Er hatte Noell in jungem Alter anderen Lehrern überlassen, hatte es für das Beste gehalten, sich von dem Knaben fernzuhalten. In diesen wenigen Wochen engerer Verbundenheit indes hatte er im Verhalten des Jungen einiges beobachtet, das ihn stark an seine eigenen Gewohnheiten und Neigungen erinnerte, und das hatte ihm gefallen – es hatte ihm nie an Zuneigung für seinen Sohn gefehlt, doch die Umstände hatten ihm nicht gestattet, sie zur vollen Entfaltung zu bringen. Wahrscheinlich würde es auch nie dazu kommen. Vielleicht war dies seine letzte und einzige Gelegenheit, diesen Hauch von Erkenntnis weiterzugeben, den er sich erworben und den er nie gewagt hatte, jemand anderem anzuvertrauen.

»Vampire verfügen über eine Macht«, pflichtete ihm Edmund bei, »die wir ihre magische Kraft nennen. Doch was meinen wir, wenn wir von magischer Kraft reden? Ist es Magie, wenn wir die Segel eines Schiffes so entwerfen, daß sie gegen den Wind zu kreuzen vermögen? Ist es magische Kraft, die in dem Vakuum haust, dessen wir uns bedienen, um Pumpen herzustellen, die das Wasser aus unseren Bergwerksstollen saugen? Ist es Magie, die es dem Silber gestattet, sich in Quecksilber aufzulösen, so wie Zucker sich in Wasser auflöst? All diese Tricks galten für Zauberei, als man sie Leuten zeigte, die nicht wußten, wie sie zustande kommen. Magie ist einfach nur dasjenige, das wir bisher noch nicht zu verstehen vermögen.«

»Doch ein Vampir ist von einem gewöhnlichen Menschen sehr verschieden«, beharrte Noell. »Es ist ein Unterschied der Seele, der mit mechanischen Künsten nichts zu tun hat. Die Seele im Leib des gewöhnlichen Menschen ist viel weniger mächtig als die Seele, die ein Vampirleib beherbergt. Und keine bloße Physik kann ihr diese Macht verleihen.«

»Keine bloße Physik«, echote Edmund. »Und dennoch. Jener gräfliche Zauberer, Harry Percy, der so viele Jahre im Martin Tower eingekerkert gewesen ist, hat sich bemüht, ein Lebenselixier zu brauen, das uns den Vampiren gleichgemacht hätte. Richards Ritter haben ihm dabei amüsiert zugeschaut und ihn ›den verrückten Grafen‹ genannt – aber sie haben ihn sehr genau beobachtet. Richard war fasziniert von seinen Experimenten mit der Vorhersage von Ereignissen und von seinem Studium der alchimistischen Texte. Wäre Percy den Mitteln auf die Spur gekommen, mit denen Vampire ihresgleichen erschaffen, hätten sie ihn unverzüglich umgebracht.«

»Die Gregorianer glauben, daß Vampire Geschöpfe des Teufels sind«, sagte Noell. »Sie behaupten, daß die Vampire einen Sabbat abhalten, auf dem Satan erscheint, und daß Vampire deswegen mehr Macht haben als gewöhnlich Sterbliche, weil sie von Dämonenseelen besessen sind, die Satan in ihre Leiber verpflanzt – nachdem sie Christus abgeschworen und gelobt haben, Böses zu tun.«

Edmund war alarmiert ob dieser Rede. Es war nicht klug, innerhalb der Mauern des Towers gerade diese Häresie auszusprechen, da man stets belauscht werden konnte. Papst Gregors Bannfluch gegen die

Vampire mochte für eine weitaus gefährlichere Rebellion gegen ihre Herrschaft gewertet werden als jeder bewaffnete Aufstand, und das wußten die Vampirprinzen auch. Sie hatten sich beeilt, einen neuen Papst zu zwingen, Gregor als allerschlimmsten Häretiker zu verurteilen, und waren jetzt sogar so weit gegangen, einen Vampir auf den Heiligen Stuhl zu bringen, doch die Vorstellung von ihrem dämonischen Status hatten sie nie ganz ausrotten können. Und womöglich würde ihnen das auch nie gelingen. Schließlich war es eine so schöne, süffisante Geschichte – genau die Art verbotener Tratsch, die jeder Mensch mit Wonne verbreitete, ganz gleich, was er wirklich glauben mochte.

»Die orthodoxe Auffassung ist, daß das Haus der Vampire von Gott bestellt worden ist, gleich wie das Reich der Gemeinen«, gemahnte Edmund seinen Sohn. »Die Kirche erzählt uns jetzt, daß den Vampiren ein langes Leben auf Erden gewährt wurde, doch daß dies so sehr eine Last wie ein Vorrecht ist, da sie nur um so geduldiger warten müssen, bis ihnen die Freuden des Himmels zuteil werden.«

»Willst du, daß auch ich das glaube?« fragte Noell, der nur allzugut wußte, daß sein Vater ein Ungläubiger war.

»Ich möchte nur nicht, daß du glaubst, sie wären Abkömmlinge des Teufels«, erwiderte Edmund sanft. »Es ist unwahrscheinlich, daß diese Aussage wahr ist, und es wäre doch jammerschade, als Häretiker verbrannt zu werden, nur weil man so im Vorbeigehen eine Unwahrheit ausgesprochen hat.«

»Dann sag mir«, fiel Noell ein, »was du denn glaubst.«

Edmund zuckte unbehaglich die Achseln. »Ich bin mir nicht sicher, daß das eine Glaubensfrage ist«, sagte er. »Ich weiß es nicht. Ihre Langlebigkeit ist wirklich, ebenso ihre Widerstandskraft gegen Krankheiten, ihre Kräfte der Regeneration. Doch ist es wirklich Magie, die ihnen diese Gaben sichert? Ich bin bereit zu glauben, daß sie geheimnisvolle Rituale zelebrieren, unter abstrusen Beschwörungsgesängen, doch ich weiß nicht, welchen Zweck sie haben oder welche Wirkungen dadurch gezeitigt werden. Vielleicht halten sie an ihren Riten wie die Menschen Europas an der Messe und die Anhänger Mohammeds an ihren Zeremonien aus religiöser Scheu fest. Bestimmt wissen sie, wie man aus einem gewöhnlichen Menschen einen Vampir machen kann. Aber ob sie verstehen, was sie tun, weiß ich nicht zu sagen. Manchmal frage ich mich, ob sie nicht ebensosehr Opfer jenes abergläubischen Terrors sind, den sie in uns zu erzeugen versuchen.«

»Glaubst du also, daß es wirklich ein Elixier ist – ein Trank, der jeden

Menschen vor Krankheit und Verletzung bewahrt und den Tod jahrhundertelang hinauszögert?«

»Die Alchimisten reden von einem Geheimwissen, das vor langer Zeit in Afrika bekannt gewesen ist und dessen Hüter und Bewahrer heute die Vampire sind. Doch ich weiß nicht, ob ich das glauben soll. Wäre es nur ein zauberisches Gebräu, das Vampire macht, dann denke ich, daß dies Geheimnis schon vor langer Zeit enthüllt worden wäre.«

Noell starrte gedankenversunken auf das Instrument, das vor ihm stand. Dann sagte er: »Und glaubst du denn, daß dieses Gerät das Geheimnis der Vampirnatur zu lüften vermag?«

»Ich fürchte, daß Richard das denkt. Ihm ist dabei sehr unwohl, und das Reich hat Schwierigkeiten. Und man behauptet, daß die *Freemartin* Gerüchte von einer Seuche in Afrika bestätigt hat, der sowohl Vampire wie gewöhnliche Menschen zum Opfer fallen können.«

Sein Ton war ernst, und er war überrascht, als jetzt Noell ein kleines Lachen entfuhr.

»Falls wir jenes Geheimnis entdecken und alle Vampire werden«, sagte er leichthin, »wessen Blut würden wir dann trinken?«

Das war ein verbreiteter Spruch – die Art schalkhafter Frage, die Kinder einander gern stellen. Edmund war einen Augenblick versucht, seinerseits eine scherzhafte Bemerkung zu machen und dem ganzen Gespräch eine humorvolle Wende zu geben, doch er wußte, daß das nicht in der Absicht des Jungen gelegen hatte. Noells Lachen war ein Ausdruck der Verlegenheit gewesen – eine Entschuldigung dafür, ein so delikates Thema aufgebracht zu haben. Doch wenn man schon über Vampire sprach, konnte man schwerlich das Thema des Bluttrinkens vermeiden, ganz gleich, für wie unschicklich man es hielt. Carmilla Bourdillon hatte keine Scham dabei empfunden, es zur Sprache zu bringen – warum also sollte der Junge deswegen heikel sein?

»Das ist eine weitere Sache, die wir nicht verstehen«, sagte er. »Sie macht uns Unbehagen. Es ist nicht gewöhnliche Nahrungsaufnahme, wenn Vampire das Blut von Menschen nehmen; es dient ihnen nicht wie Blutsaft oder Fleisch, und die Mengen, die sie brauchen, sind verschwindend gering. Und dennoch, sie brauchen es wirklich. Ein Vampir, dem es an Blut mangelt, fällt in Tiefschlaf, als wäre er schwer verwundet. Es verschafft ihnen auch eine Art Lust, die wir nicht verstehen können. Dies ist ein entscheidender Punkt jenes Geheimnisses, das sie so schrecklich macht, so unmenschlich . . . und deswegen auch so mächtig.«

Er stockte und fühlte sich verlegen, nicht so sehr wegen der konventionellen Vorstellungen von Schicklichkeit, sondern weil er nicht wußte, was Noell bekannt war. Edmund hatte nie seine Liebesbeziehung zu Lady Carmilla erzählt – gewiß nicht gegenüber der Frau, die er später geheiratet, oder dem Sohn, den sie ihm geboren hatte –, doch mochten seinem Sohn Klatsch und Gerüchte zu Ohren gekommen sein. Noell wußte vielleicht, wer sein Vater einst gewesen war.

Noell griff wieder zum Flakon und goß sich diesmal einen größeren Schluck in sein Glas. »Mir ist erzählt worden«, sagte er, »daß auch Menschen dabei eine besondere Wollust empfinden ... wenn sie ihr Blut zum Trinken darbieten.«

»Stimmt nicht«, entgegnete Edmund unbehaglich. »Die Lust, die sich ein gewöhnlicher Mann bei einer Vampirlady verschafft, ist dieselbe Lust, die ihm eine gewöhnliche Geliebte gewährt. Es mag anders für die Frauen sein, die Vampirmännern Vergnügen schaffen, doch ich vermute, daß die einzigartige Wollust, die zu erleben sie behaupten, mehr mit dem Umstand zu tun hat, daß männliche Vampire selten nach Art gewöhnlicher Menschen der Liebe pflegen. Und dann kommt bei den Geliebten von Vampiren die erregende Hoffnung hinzu, daß sie vielleicht selbst Vampire werden. Sie scheinen ... in dieser Beziehung ... begünstigt.« Edmund zögerte, doch er spürte, daß er das Thema nicht fallenlassen wollte, da er es nun einmal aufgebracht hatte. Der Junge hatte ein Recht zu wissen, und vielleicht würde er eines Tages dieses Wissen dringend brauchen. Er erinnerte sich nur zu gut, wie Lady Carmilla den Jungen angeschaut hatte, als sie davon sprach, wie ähnlich er seinem Vater wäre.

»Aber vielleicht ist es in gewisser Weise doch wahr«, fuhr Edmund fort. »Als Lady Carmilla mein Blut kostete, hat mir das Lust verschafft. Es hat mir gefallen, weil es ihr gefallen hat. Es hat etwas Erregendes, eine Vampirlady zu lieben, etwas gänzlich anderes als die Liebe zu einer gewöhnlichen Frau ... Obwohl der Geliebte einer Vampirlady nur selten selbst ein Vampir wird – und dann nie nur deswegen, weil er ihr Geliebter ist.«

Noell errötete, weil er nicht wußte, wie er darauf reagieren sollte, daß ihn sein Vater derart ins Vertrauen zog. Schließlich schien er zu dem Entschluß gekommen zu sein, daß es wohl am besten wäre, ein rein akademisches Interesse an den Tag zu legen.

»Warum gibt es so viel mehr Vampirfrauen als Vampirmänner in London und an den anderen Höfen von Gaul?« fragte er.

»Das weiß niemand genau«, sagte Edmund. »Jedenfalls kein gewöhnlicher Mensch. Ich kann dir nur erzählen, was ich aufgrund von Hörensagen und eigenem Nachdenken vermute, doch du mußt begreifen, daß darüber nachzudenken eine gefährliche Sache ist, ganz zu schweigen davon, offen mit anderen darüber zu reden. Du mußt wissen, daß ich viele Dinge vor dir verborgen habe, und ich denke, du weißt auch, warum. Begreifst du auch, daß es gefährlich ist, wenn wir hier weitermachen?«

Noell nickte. Er nahm einen Schluck aus seinem Glas, als wolle er damit bekunden, daß er gewappnet sei, alle Verantwortlichkeiten eines Erwachsenen zu übernehmen. Er war lernbegierig, und Edmund freute sich darüber.

»Die Vampire halten ihre eigene Geschichte geheim«, sagte Edmund. »Und sie haben versucht, das Niederschreiben der Menschengeschichte zu verhindern, obschon durch die Ausbreitung der Druckerpressen verbotene Bücher in jedermanns Hände geraten konnten. Es scheint, daß die Vampir-Aristokratie erstmals im fünften Jahrhundert nach Westeuropa gekommen ist, und zwar mit der von Vampiren geführten Horde Attilas, die Rom erobert hat. Attila muß bekannt gewesen sein, wie er aus seinen Günstlingen Vampire machen konnte. Er hat Aetius umgewandelt, der erster Herrscher des Reiches Gaul wurde, und dann Theodosius II., der damals Kaiser von Byzanz gewesen ist, bevor jene Stadt ein Teil des Khanats von Walachia wurde.

Die große Mehrheit sämtlicher Vampirprinzen und -ritter, die heute existieren, müssen solche Verwandelte sein, die von Attila und seiner Sippe abstammen. Ich habe Berichte gelesen, daß Vampirladys Vampirkinder geboren haben sollen, doch sind die wahrscheinlich falsch. Vampirfrauen sind unfruchtbar, und Vampirmänner sind viel weniger viril als die Männer von menschlichem Geschlecht – es ist wohl bekannt, daß sie nur selten Beischlaf vollziehen, obwohl sie ihre Mätressen jeden Abend zu sich befehlen, um ihr Blut zu nehmen. Trotzdem werden die Geliebten von Vampiren oftmals selbst Vampire. Vampirritter behaupten stets, das wäre ein Geschenk, freiwillig durch ihren Zauber gewährt. Doch ich bin mir nicht so ganz sicher, ob jede solche Verwandlung geplant und freie Entscheidung ist.«

Nach einer Pause fuhr er fort: »Es ist möglich, daß das Sperma von Vampirmännern irgendeine Art Keim birgt, der den Vampirismus genauso überträgt, wie der Same gewöhnlicher Männer Frauen schwängert – vielleicht auch mit derselben Zufälligkeit. Die menschlichen Liebhaber von Vampirladys werden nicht zu Vampiren; bei den weiblichen Geliebten von Vampirmännern tritt dieser Fall oftmals ein; einfache Logik führt uns zu dieser Schlußfolgerung.«

Noell bedachte das Gehörte und fragte dann: »Aber wie werden dann neue Vampirlords gemacht?«

»Sie werden von anderen männlichen Vampiren umgewandelt«, sagte Edmund. »Zweifellos verbinden sich mit der Konversion umständliche Riten und Beschwörungen. Vielleicht spielt auch ein Elixier eine Rolle. Doch ich vermute, daß in den alten Schilderungen des Vampirsabbats der Gregorianer ein Stück Wahrheit gesteckt haben mag, sofern wir einmal davon ausgehen, daß die Rolle Satans von einem Vampirlord gespielt wird.« Er setzte seine Ausführungen hier nicht fort, sondern wartete, ob Noell die Anspielung mitbekommen hatte.

Ein Ausdruck des Abscheus huschte über das Gesicht des Jungen, gefolgt von schierer Ungläubigkeit. Edmund wußte selbst nicht, ob er froh oder traurig darüber sein sollte, daß sein Sohn seinen Ausführungen folgen konnte, doch überrascht war er nicht. Die gregorianischen Berichte über den Vampirsabbat, die peinlich genau schilderten, wie Satan unnatürlichen geschlechtlichen Verkehr mit seinen Knechten trieb, waren dermaßen erregend, daß sie bis ins kleinste Detail immer und immer wieder erzählt wurden. Und dann gab es da noch bei den Wohnquartieren des Lord Lieutenant den Pranger, an den manchmal ungetreue Diener gekettet waren; es war bei jenen Hauptleuten der Wache, die derart veranlagt waren, gang und gäbe, den Pranger nachts aufzusuchen, um das wehrlose Opfer zu mißbrauchen, während seine Handgelenke angekettet und sein Hals in Eisen geschraubt waren. Auch das war eine allgemein verbreitete Kunde unter der Jugend und den Dienern im Tower, und Noell kam nicht umhin zu wissen, was Sodomie war.

»Nicht alle Frauen, die bei Vampirmännern liegen, werden zu Vampirladys«, fuhr Edmund fort. »Und das macht es den Vampiren leicht vorzugeben, daß sie über einen besonderen Zauber verfügen. Doch manche Frauen werden auch nie schwanger, obwohl sie jahrelang bei ihren Männern liegen. Ich bin mir gar nicht gewiß, ob ich an solchen besonderen Zauber glauben soll.«

»Es wird behauptet«, bemerkte Noell, »daß ein gewöhnlicher Mensch auch zum Vampir werden kann, indem er Vampirblut trinkt, vorausgesetzt, er kennt dazu noch die richtigen Zauberformeln.«

»Das«, sagte Edmund, »ist ein höchst gefährlicher Mythos. Es ist ein Gerücht, das den Vampiren aus offensichtlichen Gründen verhaßt ist.

Sie verhängen die schrecklichsten Martern, wenn jemand bei dem Versuch ertappt wird, dieses Experiment auszuführen, und ich kenne auch keinen glaubwürdig bezeugten Fall von jemandem, der durch solche Mittel zum Vampir geworden wäre. Die Ladys an unserem eigenen Hof sind meist einmal Geliebte der Knappen des Prinzen gewesen – Richard war trotz seiner legendären Schönheit nie an Mätressen interessiert. Wir können nur Spekulationen über die Verwandlung des Prinzen selbst anstellen, die wahrscheinlich sorgfältig geplant und allein aus politischen Gründen vollzogen wurde. Doch er soll ein Günstling jenes William gewesen sein, der 1066 diese Insel dem Imperium von Gaul einverleibt hat. William selbst ist vielleicht von Karl dem Großen verwandelt worden.«

Noell streckte mit der Handfläche nach unten einen Arm aus, führte die Hand ein paarmal durch die Kerzenflamme, brachte sie damit zum Flackern. Er starrte auf das Mikroskop.

»Hast du dir auch Blut angeschaut?« fragte er.

»Das habe ich«, entgegnete Edmund. »Und Samenflüssigkeit. Gewöhnliches Blut natürlich – und gewöhlichen Samen.«

»Und?«

Edmund schüttelte den Kopf. »Es sind keine homogenen Flüssigkeiten«, sagte er. »Doch der Apparat ist nicht exakt genug für eine gründliche Prüfung. Du hast mit eigenen Augen gesehen, wie farbige Ränder die Konturen von Dingen unscharf machen, und die Vergrößerung ist zu gering. Es gibt da kleine Korpuskeln – die im Samen haben vielleicht lange Schwänze –, doch da muß noch mehr ... noch viel mehr ... zu sehen sein, falls ich nur Gelegenheit dazu bekäme. Morgen schon wird dieser Apparat fort sein; ich glaube nicht, daß man mir die Möglichkeit geben wird, einen anderen zu bauen.«

»Du bist bestimmt nicht in Gefahr«, protestierte Noell. »Du bist ein bedeutender Mann – und deine Loyalität ist nie bezweifelt worden. Die Leute glauben von dir, du wärst selbst fast ein Vampir. Man nennt dich einen Alchimisten oder schwarzen Magier wie den gräflichen Zauberer. Die Küchenmädchen haben Angst vor mir, weil ich dein Sohn bin; sie bekreuzigen sich, sobald sie meiner ansichtig werden.«

Edmund lachte etwas bitter auf. »Ohne Zweifel verdächtigen mich die Unwissenden, geschlechtlichen Umgang mit Dämonen zu haben. Für die Vampire bin ich nur ein gewöhnlicher Mensch, und so sehr sie auch meine Fähigkeiten schätzen mögen, würden sie mich ohne Zaudern töten, falls sie argwöhnten, daß ich über gefährliches Wissen verfüge.«

Noell war davon deutlich aufgewühlt. »Würde denn nicht ...« Er stockte, doch nach einer kurzen Pause fuhr er fort. »Lady Carmilla ... würde sie denn nicht ...?«

»Mich schützen?« Edmund schüttelte den Kopf. »Nicht einmal, wenn ich noch ihr Geliebter wäre. Die Treue der Vampire gilt nur den Vampiren selbst.«

Dann stand er auf; er empfand nicht länger den Wunsch, seinem Sohn etwas zu erklären. Es gab Dinge, die der Junge nur für sich selber herausfinden konnte. Er nahm die Kerze auf, schützte die Flamme mit der Hand, als er zur Tür ging. Noell folgte ihm, doch er konnte der Versuchung nicht widerstehen, eine letzte Frage zu stellen.

»Aber ... sie hat dich doch geliebt, oder nicht?«

»Vielleicht hat sie das«, sagte Edmund Cordery traurig. »Auf ihre Weise.«

3. Kapitel

Edmund verließ den Tower durch das Lions' Gate und bog schnell nach Petty Wales ein, sich ständig umblickend, ob man ihm folgte. Die Häuser, die sich vom Rand der Docks bis zum Bulwark Gate erstreckten, waren in Dunkelheit gehüllt, doch es herrschte noch dünner Verkehr; sogar jetzt um zwei Uhr morgens kam die Geschäftigkeit der großen Stadt nicht ganz zum Erliegen. In der Nacht waren Wolken aufgezogen, und leichter Nieselregen hatte eingesetzt. Einige der Öllampen, die die Durchfahrt zu jeder Tages- und Nachtzeit beleuchten sollten, waren ausgegangen, und kein Laternenanzünder war in Sicht. Dennoch hatte Edmund nichts gegen die tiefen Schatten; er hoffte, daß sie für ihn von Vorteil sein würden.

Während er auf das Dock zuging, entdeckte er, daß zwei Männer ihm auf den Fersen waren, und absichtlich bummelte er, um ihnen den Eindruck zu geben, daß er kein bestimmtes Ziel habe. Als er das Dock erreichte, fand er schnell einen Fährmann – den einzigen, der um diese unchristliche Zeit noch auf den Beinen war – und gab ihm drei Pennymünzen, damit er ihn, so schnell das Boot ihn tragen konnte, über die Themse ruderte.

Als er zurückschaute, entdeckte Edmund die beiden Spione unter einer Laterne. Sie schienen darüber zu streiten, ob sie ihm folgen sollten. Der eine blickte die Docks entlang zum Verrätertor, doch nicht einmal der leibhaftige Teufel zu Pferde konnte es bis zur Tower Bridge und von dort auf dem Südufer zurück bis zur Pickle Herring Street schaffen, um ihn abzufangen. Es war jedoch noch zu früh, sich zu beglückwünschen, denn er wußte, daß Agenten des Lord Lieutenant auf der anderen Uferseite auf ihn warten mochten.

Mit viel Umsicht schlug er den Weg zur Druid Street ein, horchte auf das Geräusch von Schritten hinter ihm. Die kamen auch, obwohl ihm diesmal nur ein einzelner Mann auf den Fersen war. Sobald er das Straßennetz um den Leathermarket erreicht hatte, würde er den Mann leicht abhängen können, doch er war dessen widerwärtige Aufmerksamkeit leid. Wen die Vampire zerstören wollten, auf den hetzten sie zuerst ihre Handlanger, und er sehnte sich danach, sein Schwert zu ziehen und es dem Spion zu zeigen. Doch ein solch überstürztes Handeln wäre heute nacht nur zu seinem Nachteil, und er bewahrte sich seinen Zorn für eine bessere Gelegenheit.

Er kannte das Geflecht schmutziger Gassen um den Leathermarket sehr gut. Er war in der Crucifix Lane geboren und hatte als Kind in dieser Gegend gelebt. Während seiner Lehrzeit bei einem hier ansässigen Uhrmacher hatte er seine Geschicklichkeit im Umgang mit Werkzeugen erlernt, die ihn in den Tower gebracht hatte, wo er unter Francis Bacons Aufsicht mit Simon Sturtevant arbeiten durfte. Er war von allen Lehrlingen der beste gewesen, obwohl er ehrlich genug war, sich einzugestehen, daß er seine derzeitige geachtete Stellung niemals ohne die Verbindung mit Lady Carmilla erlangt hätte. Ihr Interesse an der Geschicklichkeit seiner Finger und der Kraft seines Rückens war ein gänzlich anderes gewesen als das des armen Francis, der stets Hoffnung hegte, ein Vampir zu werden, doch eine Bestechung zuviel entgegennahm und so sogar seinen Rang als Kanzler verlor.

Edmund hatte einen Bruder und eine Schwester, die noch immer in diesem Bezirk arbeiteten und lebten, doch er sah beide nur selten. Keiner war stolz darauf, einen namhaften Magier zum Bruder zu haben, und obwohl sie keine Gregorianer waren, betrachteten sie doch seine einstige Verbindung zu Lady Carmilla als gottlos. Manchmal schickte er seiner Schwester Geld, weil ihr Mann oft auf See war und sie es nicht leicht hatte, ihre Kinder zu ernähren.

Vorsichtig suchte er sich seinen Weg durch die Haufen Unrat in den dunklen Gassen, unbeeindruckt vom Geräusch huschender Ratten auf Nahrungssuche. Er ließ die Hand am Knauf des Schwerts an seinem Gürtel, doch er mußte es nicht ziehen. Die Rattenhorden, die die Ufer der Themse heimsuchten, würden im Schutz der Dunkelheit Kinder angreifen, und manchmal bissen sie die Huren, die ihrem Gewerbe nachgingen, doch sie waren zu scheu und feige, über erwachsene Männer herzufallen.

Da die Sterne bedeckt waren, war die Nacht stockfinster, und nur wenige der Fenster, an denen er vorbeikam, waren von Kerzenlicht erhellt. Trotzdem kam er gut voran, indem er hin und wieder tastend die Hand nach einem vertrauten Mauerstück ausstreckte. Bald schon verhallten die Schritte seines Verfolgers, und er wußte, daß er in Sicherheit war.

Er gelangte schließlich vor eine winzige Tür und klopfte in schneller Folge kurz dreimal und dann zweimal. Er mußte lange warten, bevor die Tür unter seinen Händen nachgab, und hastig trat er ein. Die Tür fiel hinter ihm ins Schloß, und er war erleichtert, spürte, wie angespannt er gewesen war.

Er wartete darauf, daß jemand eine Kerze anzündete.

Als das Licht endlich aufflackerte, beleuchtete es ein hageres, runzliges und zerknittertes Frauengesicht. Die Augen des alten Weibes waren sehr blaß, und sein dünnes weißes Haar war nachlässig hinter einem Leinenhäubchen zusammengesteckt.

»Der Herr sei mit Euch«, flüsterte er.

»Und auch mit Euch, Edmund Cordery«, krächzte sie.

Er runzelte die Stirn, als er seinen Namen hörte. Es war dies ein Verstoß gegen die Gepflogenheiten, eine schwächliche und bedeutungslose Geste der Unabhängigkeit. Die alte Frau mochte ihn nicht, obwohl er nie unfreundlich zu ihr gewesen war. Sie fürchtete ihn nicht wie so viele andere, doch sie hielt ihn für einen Gezeichneten. Sie waren einander seit beinahe zwanzig Jahren in Angelegenheiten des Unsichtbaren Kollegiums verbunden, doch sie würde ihm nie ganz trauen. Für sie blieb er stets ein Vampir-Liebhaber.

Sie führte ihn in eins der hinteren Zimmer, in denen er seine Geschäfte abzuwickeln pflegte, und ließ ihn dort zurück.

Aus dem Schatten löste sich ein Fremder. Er war klein, stämmig und kahl, vielleicht sechzig Jahre alt. Er machte das besondere Zeichen des Kreuzes, und Edmund tat es ihm gleich.

»Ich bin Edmund Cordery«, sagte er. »Sind Sie der, der ausgewählt wurde, sich an Bord der *Freemartin* um Richards Löwen und die anderen wilden Tiere zu kümmern?«

»Jawohl«, erwiderte der andere. »Es ist mir aufgetragen worden, alle wilden Tiere zu versorgen.« Der Ton des älteren Mannes war ehrerbietig, doch nicht ängstlich. Mit einer gewissen Ironie in der Stimme betonte er leicht das Wort »alle«. Edmund schien er ein gebildeter Mann zu sein, nicht nur ein einfacher Seemann.

»Ihr habt Richard gut gedient – und dem Kollegium sogar noch besser, hoffe ich«, sagte Edmund mit vorsichtiger Höflichkeit zu ihm.

»Das habe ich wohl«, sagte der andere. »Obwohl es ein verrücktes Stück Arbeit gewesen ist, das Eure Freunde von mir verlangt haben. Ich kann mir denken, Sie wissen selbst nicht, mit welch schaurigen Dingen Sie da herumspielen.«

»O doch, Sir«, entgegnete Edmund kalt. »Das weiß ich. Das weiß ich in der Tat. Ich habe gehört, daß Ihr ein tapferer Mann seid. Bitte glaubt nicht, daß wir Eure Aufgabe geringschätzen.«

»Ich hoffe, es hat Euch keine Ungelegenheiten bereitet, zu mir zu kommen«, sagte der stämmige Mann.

»Keineswegs«, erwiderte Edmund, der sofort den Sinn seiner Bemerkung mitbekam. »Zwei sind mir vom Tower aus gefolgt, doch sie blieben an anderen Ufer zurück. Einer ist am Südufer hinter mir hergegangen, doch es war leicht, ihn abzuschütteln.«

»Das ist nicht gut.«

»Nein, vielleicht nicht. Doch das hat mit einer anderen Angelegenheit zu tun, nicht mit unserem Geschäft. Ich denke, es besteht keinerlei Gefahr für Euch, und falls die Kreaturen für die Menagerie in gutem Zustand sind, wird Richard sich großzügig erweisen. Er liebt seine Löwen, seit man ihm den Namen Löwenherz gegeben hat. Er ist sehr stolz auf seinen Ruf.«

Der andere Mann nickte unsicher. »Als mir zuerst berichtet worden ist, was Ihr wolltet«, sagte er, »hat man mir gesagt, es sei Francis Bacon, der diese Dinge brauchte. Ich bin untröstlich zu hören, daß er in Ungnade gefallen ist. Ich bin gebeten worden, Euch zu sagen, daß das Kollegium nicht wünscht, daß Ihr Euch einer Gefahr aussetzt. Ich wünschte, Ihr würdet mir dieses Geschenk überlassen, damit ich es vernichten kann.«

»Vernichten! Aber, lieber Mann, Ihr habt Euer Leben riskiert, es hierherzubringen! Jedenfalls steht es Euch nicht wohl an zu erraten, was das Kollegium von mir wollen mag. Ich weiß das besser als jeder, dem Ihr in London begegnet seid.«

Der stämmige Mann schüttelte den Kopf. »Vergebt mir, falls ich den Anschein erwecke, daß ich an Euch Zweifel habe, Sir«, sagte er. »Doch ich bin einem Herrn begegnet, der Euer Freund ist. Er ist besorgt, Sir, zutiefst besorgt um Euer Wohlergehen.«

»Meine Freunde«, erwiderte Edmund, »sind manchmal übervorsichtig.« Seine Stimme war fest, und er starrte hinunter in die Augen des kleineren Mannes, verbat sich jedes weitere Widerwort.

Wieder nickte der stämmige Mann. Es war eine Geste der Resignation, der Unterwerfung unter die Autorität. Er zog etwas unter seinem Stuhl hervor. Es war ein großer Kasten, in Leder eingeschlagen. An der Seite waren kleine Löcher angebracht, und von innen kamen Kratzgeräusche, Anzeichen dafür, daß sich in der Kiste Lebewesen befanden.

»Ihr habt genau befolgt, was man Euch aufgetragen hat?« fragte Edmund.

Der andere nickte. »Jedesmal, wenn zwei gestorben sind, sind die zwei nächsten hineingesetzt worden, um sie mit den Kadavern zu füttern. Deswegen und wegen der Beschwerlichkeit, die Python zu füttern, gab es kaum eine . . .«

Er brach plötzlich ab, als Edmund nach der Kiste langte, und legte dem Mechanikus eine Hand auf den Arm. »Öffnet sie nicht, Sir, ich bitte Euch! Nicht hier.«

»Dabei ist nichts zu fürchten«, versicherte Edmund ihm.

»Ihr seid nicht wie ich in Afrika gewesen, Sir! Glaubt mir, jeder dort hat Angst. Sie sagen, daß auch Vampire daran sterben. Afrika ist ein seltsamer und erschreckender Kontinent, Meister Cordery. Kein lebender Mensch könnte dorthin gehen und in dem Glauben zurückkehren, es gäbe dort nichts zu fürchten.«

»Ich weiß«, sagte Edmund abwesend. »Es ist eine andere Welt, wo alles umgekehrt ist, wo die Menschen schwarz sind und die Vampire keine Prinzen. Ich habe Euch gesagt, was ich von Eurem Mut halte; erspart mir, ich bitt' Euch, Geschichten von Euren Reisen.« Er schüttelte die Hand des älteren Mannes ab, die ihn zurückhalten wollte, und löste die Schnüre, mit denen die Kiste verschlossen war. Er hob den Deckel ein kleines Stück – gerade soviel, um Licht hereinzulassen.

Die Kiste enthielt zwei große schwarze Ratten. Sie scheuten vor dem Licht zurück. Edmund schloß den Deckel wieder und befestigte die Schnüre.

»Es steht mir nicht an, Sir«, sagte der stämmige Mann zögernd, »aber ich glaube nicht, daß Ihr begreift, was Ihr da habt. Sir, falls jemals ein derartiges Ding nach London gelangt. . .«

Edmund prüfte das Gewicht der Kiste und fand sie leicht genug, ihn nicht zu behindern. »Das soll nicht Eure Sorge sein«, sagte er. »Eure Aufgabe ist jetzt nur, alles zu vergessen, was geschehen ist. Ich werde mich mit Euren Herren in Verbindung setzten. Die Sache liegt jetzt in meiner Hand.«

»Vergebt mir«, sagte der andere. »Doch folgendes muß ich sagen: Es ist nichts dabei zu gewinnen, Vampire zu vernichten, wenn wir dabei uns selbst vernichten müssen. Es wäre eine schreckliche Tragödie, wenn die Hälfte der Gemeinen in Europa ausgelöscht würde, als Folge eines rücksichtslosen Angriffs auf unsere Unterdrücker.«

Edmund starrte den stämmigen Mann wütend an. »Ihr redet zuviel«, sagte er. »In der Tat, Ihr redet bei weitem zuviel.«

»Ich bitte um Eure Vergebung, Sir.« Er scheute zwar vor Edmunds Wut zurück, doch seine Befürchtungen waren offensichtlich echt.

Edmund zögerte einen Augenblick, dachte schon daran, dem Überbringer eine vollständigere, beruhigende Erklärung zu geben, doch er hatte vor langer Zeit gelernt, daß es bei einer derartigen Angelegenheit das beste war, so wenig wie möglich zu sagen. Man konnte nicht voraussehen, wann dieser Mann als nächster von dieser Sache sprechen mußte. Auf jeden Fall aber konnte man bei einer ausführlicheren Erklärung keineswegs sicher sein, daß der Überbringer danach ruhigeren Gewissens schlief oder weniger Furcht empfand.

Der Mechanikus nahm die Kiste hoch. Drinnen regten sich die Ratten, kratzten mit ihren kleinen, klauenbewehrten Beinen. Mit seiner freien Hand machte Edmund wieder das Zeichen des Kreuzes.

»Gott sei mit Euch«, sagte der Überbringer mit drängendem Ernst.

»Und mit deiner Seele«, gab Edmund dumpf zurück. Er ging, ohne noch einmal stehenzubleiben und sich förmlich von der alten Frau zu verabschieden.

Er lief rasch durch die pechschwarzen Straßen, die freie Hand noch immer auf dem Knauf seines Schwerts. Diesmal überquerte er die Tower Bridge, obwohl er wußte, daß dort Männer auf ihn warten würden. Sie würden es nicht wagen, ihn anzuhalten, doch sie würden ihm zum Eingangstor des White Tower folgen, und dann, wenn er es durchschritt, bis zu seiner Wohnung nahe dem Mount. Sie würden dem Lord Lieutenant berichten, daß er eine Kiste mit zurückgebracht hätte, doch falls Männer ausgeschickt würden, danach zu suchen, in der Hoffnung, etwas über ihren Inhalt zu erfahren, würden sie sie nicht finden.

Es war das Verrätertor, durch das er Einlaß in den Tower fand. Er war unerschütterlich sicher, daß er, was immer auch die nächsten Tage bringen würden, nicht durch dasselbe Tor die Festung verlassen würde, wie sehr er auch dessen Namen verdiente. Er würde den Verrat bis zu solcher beispiellosen Ungeheuerlichkeit treiben, daß er sich damit dem Zugriff der üblichen Exzesse der Vampire entziehen konnte.

4. Kapitel

Als der Montag kam, machten sich Edmund und Noell auf in die Gemächer der Lady Carmilla, die in der Galerie nahe dem Salt Tower gelegen waren.

Noell war noch nie vorher in solchen Wohnräumen gewesen, und sie machten ihn staunen. Edmund beobachtete die Reaktion seines Jungen auf die Teppiche, die Wandbehänge, die Spiegel und Verzierungen und konnte sich nicht der Erinnerung an das erste Mal erwehren, als er selbst dieses Zimmer betreten hatte. Nichts hatte sich hier verändert, und alles in den Räumen war dazu angetan, seine verblaßten Erinnerungen nachhaltig anzuregen.

Jüngere Vampire neigten, meist süchtig nach Neuheit, dazu, ihre Umgebung ständig zu verändern, so als machte ihnen ihre eigene Unveränderlichkeit angst. Lady Carmilla hatte jenes Stadium längst hinter sich gelassen. Sie hatte sich an Unveränderlichkeit gewöhnt und eine neue Ästhetik des Lebens zugelegt, in der sich ihre private Sphäre, ihre eigene ewige Unwandelbarkeit spiegelte – Neuerungen beschränkten sich auf den Wechsel ihrer erotischen Gefühle von einem Liebhaber zum nächsten.

Die Üppigkeit der Tafel der Lady war für Noell eine weitere Quelle des Erstaunens. Die Messer und Löffel, die er normalerweise benutzte, waren aus versilbertem Hartzinn. Hier waren alle Gerätschaften aus Silber, einschließlich der Salznäpfe und Pfefferstreuer. Statt der irdenen Trinkgefäße standen hier Kristallpokale und geschliffene Karaffen für die Weine. Den ovalen Klapptisch bedeckte feines Leinentuch, in das mit Damast Muster eingewebt waren. Die einzige Gemeinsamkeit von Carmilla Bourdillons Tafel mit Edmund Corderys Tisch bestand in dem in Southwark gefertigten glasierten Keramikgeschirr, dessen Teller und Schüsseln mit einem Blumenmuster verziert waren.

Die Üppigkeit der zubereiteten Speisen für nur drei Esser war etwas, vor dem Noell offenbar zurückschreckte. Zu Hause setzte man dem Jungen seine Mahlzeit vor und erwartete, daß er sie aß, doch hier bog sich die Tafel unter einer Vielzahl verschiedener Gerichte, von denen er wählen mußte. Der erste Gang bestand aus zwei Suppen, Roastbeef, Schweinefleisch und einem Salat. Edmund fing den Blick seines Sohnes auf und ließ ihn zusehen, während er sich bediente, so daß der Junge es ihm nachtun konnte.

Obwohl das ständige Hin und Her der weiblichen Dienerschaft der Lady Noell etwas zu ärgern schien, sah Edmund mit Wohlgefallen, daß der Junge sich schnell entspannte. Als der zweite Gang mit Wild und Konfekt aufgetragen wurde, bediente er sich schon viel gelassener.

Edmund war sehr sorgfältig in der Auswahl seiner Kleidung für diese Gelegenheit gewesen, hatte aus seiner Truhe elegante Kleidung vorgeholt, die er seit vielen Jahren nicht getragen hatte. Bei offiziellen Anlässen legte er es stets darauf an, die Rolle des Mechanikers zu spielen und sich so zu kleiden, wie es seinem Ansehen geziemte. Nie war er als Höfling erschienen, sondern stets als jemand, der mit einer Aufgabe betraut war. Jetzt war er in eine Rolle zurückgefallen, die Noell ihn nie hatte spielen sehen, und obwohl der Junge keine Vorstellung von den Feinheiten hatte, die sein Vater dabei beachtete, begriff er doch deutlich einiges von dem, was vor sich ging; früher hatte er sich oft in ätzenden Worten darüber beklagt, wie langweilig und schlicht er sich nach dem Willen seines Vaters kleiden mußte. Seine Einwände hatte Edmund stets entschieden abgetan.

Edmund aß und trank mäßig, und es gefiel ihm zu sehen, daß Noell es ihm gleichtat, trotz der Versuchung der üppigen Speisen. Nachdem der zweite Gang abgetragen war, brachten die Dienerinnen weitere Süßspeisen, darunter ein alkoholisches Milchgetränk, gewürzt mit Muskat und Zimt.

»Mögt Ihr es?« fragte Lady Carmilla, als Edmund davon kostete. »Ich habe das Rezept von einem Eurer Freunde bekommen: Kenelm Digby.«

Edmund hob die Augenbrauen. Kenelm Digby war nur wenige Jahre älter als Noell. Dieser junge Freund Edmunds war bereits Mitglied des Unsichtbaren Kollegiums, und es verwirrte ihn, seinen Namen hier zu hören. Kenelm war der Sohn Sir Everard Digbys, der 1606 hingerichtet worden war, weil er bei der Vorbereitung des Gunpowder Plot eine unbedeutende Rolle gespielt hatte – jenem tapferen, doch törichten Versuch, Prinz Richard zu vernichten.

»Ich wußte nicht, daß er bei Hofe gewesen ist«, entgegnete Edmund höflich, obwohl das eine Lüge war. Er fragte sich – vielleicht hatte sie auch beabsichtigt, daß er sich diese Frage vorlegte –, ob Lady Carmilla vorhatte, Digby zu ihrem nächsten Günstling zu machen.

»Das *posset* ist exzellent«, versicherte er ihr, es beiseite schiebend.

»Doch nach einem derart köstlichen Mahl habe ich nur noch wenig Appetit.«

Eine Weile gab sich die Lady damit zufrieden, die üblichen Höflichkeiten mit ihren Gästen auszutauschen, doch dann kam sie schnell auf den wirklichen Anlaß dieses Abends zurück.

»Unser geliebter Prinz Richard«, eröffnete sie Edmund, »ist ganz hingerissen von Eurem raffinierten Apparat. Er findet ihn höchst interessant.«

»Dann wird es mir eine Ehre sein, ihm ein Geschenk daraus zu machen«, entgegnete Edmund, »und ich würde mich glücklich schätzen, wenn ich noch einen zweiten als Geschenk für Eure Hoheit anfertigen dürfte.«

»Das ist nicht mein Wunsch«, sagte sie kühl. »Eigentlich ist mir an anderen Dingen gelegen. Der Prinz und der Lord Lieutenant haben gewisse Aufgaben besprochen, die Ihr zu Eurem Nutzen ausführen könntet. Ich zweifle nicht, daß man Euch zu gegebener Zeit entsprechende Anweisungen geben wird.«

Edmund verneigte sich zum Zeichen seiner Zustimmung.

»Die Damen bei Hofe waren ganz entzückt von den Zeichnungen, die ich ihnen gezeigt habe«, sagte Carmilla, ihren Blick auf Noell richtend. »Ihr habt eine glückliche Hand. Würde es Euch gefallen, Portraitmaler zu sein und hübsche Vampirdamen zu malen?«

»Ich glaube, ich möchte lieber Mechaniker sein«, erwiderte Noell.

»Selbstverständlich«, gab sie zurück. »Immerhin seid Ihr ja Eurem Vater sehr ähnlich. Ist es nicht so, Edmund?«

»Er muß noch ein Stück wachsen«, erwiderte der Mechanikus.

Wieder wandte sich die Lady an Noell. »Sogar Richard hat der Gedanke entzückt, daß ein Becher voll Themsewasser Tausende winziger Lebewesen enthalten mag. Glaubt Ihr denn, daß auch unsere Körper eine Wohnstatt für zahllose unsichtbare Insekten sind?«

Noell setzte schon zu einer Erwiderung an, da die Frage so offensichtlich an ihn gerichtet war, doch Edmund fiel geschickt ein: »Es gibt vielleicht Kleinwesen, die auf unserer Haut leben«, sagte er. »Und in unserem Inneren Würmer. Man hat uns gelehrt, daß der Makrokosmos im wesentlichen den Mikrokosmos des menschlichen Lebens reproduziert; vielleicht gibt es noch einen kleineren Mikrokosmos in uns, unberechenbar klein, in dem unser Wesen noch einmal nachgeschaffen wird. Der Earl of Northumberland hat sich zu diesem Thema Gedanken gemacht, glaube ich. Und ich habe gelesen . . .«

»Ich habe gehört, Meister Cordery«, warf sie ein, »daß die Krankheiten, von denen gewöhnliche Menschen befallen werden, vielleicht vermittels solcher winzigen Lebewesen von Person zu Person übertragen werden.«

»Die Vorstellung, daß Krankheiten durch winzige Keime von einer Person auf die andere übertragen werden, ist schon alt«, entgegnete Edmund. »Doch ich weiß nicht, wie derartige Keime erkannt werden könnten, und ich halte es für unwahrscheinlich, daß die Lebewesen, die wir im Flußwasser entdeckt haben, von solcher Art sind. Galen erklärt . . .«

»Es ist ein beunruhigender Gedanke«, sagte sie, ihn wieder unterbrechend, »daß unsere Leiber von Lebewesen bewohnt sein könnten, über die wir nichts wissen. Und daß bei jedem Atemzug, den wir tun, vielleicht Keime der Veränderung, die zu klein sind, als daß wir sie sehen oder schmecken könnten, in uns gelegt werden. Das macht mir Unbehagen.«

»Das muß es nicht«, protestierte Edmund. »Keime des Verfalls nisten leicht in gewöhnlichem Fleisch, doch das Eure ist unverwundbar.«

»Ihr wißt, daß das nicht so ist, Meister Cordery«, sagte sie schlicht. »Ihr habt mich krank gesehen.«

»Es war eine Pockenkrankheit, an der viele gewöhnliche Menschen gestorben sind, Mylady, doch Euch hat sie nur ein leichtes Fieber verursacht.«

»Es gibt Berichte von Kapitänen holländischer Schiffe und vom Schiffsherrn der *Freemartin*, daß die Seuche, die in Afrika gewütet hat, inzwischen die südlichen Gebiete des Imperiums Gaul erreicht hat. Man behauptet, daß diese Seuche wenig Unterschied macht zwischen gewöhnlichen Menschen und Vampiren.«

»Gerüchte, Mylady«, sagte Edmund beschwichtigend. »Ihr wißt doch selbst, daß Neuigkeiten immer schwärzer gemalt werden, je größer die Entfernung ist, über die sie uns zugetragen werden. Ich bezweifle, daß diese Krankheit auch nur halb so schlimm ist, wie sie von Reisenden beschrieben wurde.«

Jetzt wandte sich Lady Carmilla wieder an Noell, doch diesmal redete sie ihn mit Vornamen an, so daß Edmund keine Gelegenheit hatte, sie an seiner Statt zu beantworten. »Habt Ihr Angst vor mir, Noell?« fragte sie.

Der Junge war bestürzt und leugnete unter leichtem Stottern.

»Ihr müßt mich nicht belügen«, wies sie ihn zurecht. »Ihr habt Angst vor mir, weil ich ein Vampir bin. Meister Edmund Cordery ist ein Skeptiker, und sicher hat er Euch erzählt, daß Vampire keine so großartigen

Zauberer sind, wie mancher vielleicht glaubt. Doch er muß Euch auch erzählt haben, daß eine Vampirlady Euch Schaden zufügen kann, sofern sie das will. Würdet Ihr gern selbst ein Vampir sein wollen, Noell?«

Noell zögerte mit seiner Antwort, doch dann sagte er: »Ja, ich glaube schon.«

»Natürlich würdet Ihr das gern«, schnurrte sie. »Wenn sie könnten, würden alle Menschen gern Vampire werden, ganz gleich, was sie vorgeben, wenn sie in der Kirche niederknien und Gott dafür danken, daß er sie so geschaffen hat, wie sie sind. Und Menschen können Vampire werden; Unsterblichkeit ist ein Geschenk, das wir verleihen können. Wenige sind in unsere Reihen aufgenommen worden, doch viele haben die Früchte unserer Gunst genossen. Selbst die edlen unter den gewöhnlichen Menschen, die Ihr in England Earls und Baronets nennt, haben uns viel zu verdanken, da wir stets großzügig gegenüber jenen sind, die wir lieben.«

»Dasselbe habe ich ihm gesagt, Mylady«, versicherte Edmund.

»Das will ich nicht bezweifeln«, sagte Lady Carmilla. »Und dennoch, hätte ich Euch gefragt, ob Ihr ernsthaft den Wunsch hättet, ein Vampir zu sein, hättet Ihr nicht ja gesagt. Habe ich recht?«

»Ich bin zufrieden mit meinem Stand, Mylady«, sagte Edmund. »Das ist alles, was ich mir erwünscht habe. Ich gehöre zum gemeinen Volk, bin nicht von edler Geburt.«

»Natürlich«, sagte sie. »Euer höchster Wunsch ist stets gewesen, Dinge mit Euren Händen zu formen, mit Erzen und Feuer zu arbeiten, neue Dinge zu erschaffen und alles zu lernen, was es über die mechanischen Künste zu lernen gibt. Ihr habt Treffliches geleistet, Edmund, und ich bin sicher, Ihr habt Eurem Sohn unser Lob gesungen und ihm erzählt, welch vorzügliche Herren wir sind.

Habt Ihr ihm auch erzählt, wie die Vampirprinzen Europa vor dem dunklen Zeitalter errettet haben und daß, solange Vampire herrschen werden, die Barbarei stets in ihre Schranken verwiesen wird? Zweifellos habt Ihr ihm erzählt, daß unsere Herrschaft, ich gebe es zu, nicht immer sanftmütig gewesen ist und daß wir kein Aufbegehren dulden, sondern es mit aller Härte beantworten. Es wäre doch, nicht wahr, für Gaul viel schlimmer gewesen, wäre es diesen schrecklich verrückten römischen Kaisern weiterhin Untertan geblieben.«

»Ich fürchte, Mylady, daß meine Pflichten es mir schwergemacht haben, die Erziehung meines Sohnes selbst in die Hand zu nehmen«, erwiderte Edmund. »Doch ich habe Sorge getragen, daß er die besten Lehrer bei Hofe bekommen hat, die ihn in Latein und Griechisch, in Rhetorik und Geschichte unterwiesen haben.«

»Und ich bin sicher, daß er seine Lektionen gut gelernt hat«, sagte Carmilla, den Blick wieder Noell zuwendend. »Trotzdem«, sagte sie leise, »gibt es Männer, die unsere Herrschaft umstürzen und uns vernichten wollen – habt Ihr davon gewußt?«

Noell wußte nicht, wie er ihr darauf antworten sollte, und so wartete er einfach, daß sie fortfahren würde. Sie schien ein wenig ungehalten ob seiner Ungewandtheit, und Edmund zog absichtlich die Gesprächspause in die Länge. Er hatte schließlich erfahren müssen, daß seine Einwürfe sie nicht abzulenken vermochten. Vielleicht, so dachte er, war es sogar ein gewisser Vorteil, wenn er zuließ, daß Noell einen etwas jämmerlichen Eindruck machte.

»Es gibt eine Vereinigung von Rebellen«, fuhr die Lady fort, »die bestrebt ist, das geheimnisvolle Mittel zu entdecken, wie Vampire gemacht werden. Sie verbreiten den Gedanken, daß sie alle Menschen unsterblich machen würden, gesetzt, es gelänge ihnen zu entdecken, wie das vonstatten gehen kann. Doch das ist eine Lüge und töricht obendrein. Die Mitglieder dieser Geheimgesellschaft erstreben die Macht für sich selbst.«

Die Vampirlady ließ eine Pause eintreten und verlangte nach einer neuen Flasche Wein. Ihr Blick wanderte hin und her zwischen dem linkischen Jungen und seinem selbstbewußten Vater.

»Die Treue Eurer Familie steht fraglos außer Zweifel«, fuhr sie schließlich fort. »Niemand versteht das Funktionieren einer Gesellschaft besser als ein Mechaniker, der weiß, wie Kräfte ausgeglichen werden müssen und wie die verschiedenen Teile einer Staatsmaschine ineinandergreifen. Meister Cordery weiß wohl, daß die Geschicklichkeit des Herrschers der Geschicklichkeit des Uhrmachers ähnlich ist. Nicht wahr, Edmund?«

»In der Tat, Mylady«, gab Edmund zurück.

»Es mag einen Weg geben«, sagte sie in seltsam entrücktem Tonfall, »daß ein guter Mechaniker sich die Bekehrung zum Vampirismus verdient.«

Edmund war klug genug, das nicht als Angebot oder Versprechen zu deuten. Er ließ sich von dem neuen Wein einschenken und sagte: »Mylady, es gibt Angelegenheiten, die wir vielleicht besser privat besprechen sollten. Soll ich meinen Sohn auf sein Zimmer schicken?«

Die Augen Lady Carmillas verengten sich leicht, doch sonst war dem

Ausdruck ihres feingeschnittenen Gesichts kaum eine Regung anzumerken. Edmund hielt den Atem an, weil er erkannte, daß er versucht hatte, ihr eine Entscheidung aufzuzwingen, die sie so früh nicht hatte treffen wollen.

»Der arme Junge hat noch nicht einmal seinen Wein getrunken«, sagte sie.

Edmund erhob dagegen keine Einwände. Eindeutig wollte sie nicht, daß der Junge jetzt schon ging.

»Warum glaubt Ihr wohl, Noell«, sagte sie, »daß so viele gewöhnliche Menschen sich unserer Herrschaft widersetzen?«

Edmund warf einen hastigen Blick auf Noell und stellte fest, daß er sehr beklommen wirkte. Er hätte die Aufmerksamkeit Lady Carmillas gern von diesem perversen Fragespiel abgelenkt, doch er hatte gemerkt, daß er durch höfliche Einrede nichts erreichen konnte. Er fragte sich, ob sie den Jungen vorschob, um ihn zu provozieren, oder ob das alles für sie nur grausame Spielerei war.

Sie war solcher kaltherzigen Grausamkeit durchaus fähig. Niemand wußte das besser als er.

»Noell kann von solchen Dingen nichts wissen«, sagte er, und sein Ton war schärfer und nachdrücklicher. »Erlaubt Ihr mir, Euch statt seiner eine Erklärung dafür zu geben?«

Sie hob die Augen zu ihm, als gäbe sie sich geschlagen. »Nun denn«, sagte sie und tat, als nähme sie seine Einmischung ungnädig auf.

»Gemeine Menschen«, hub Edmund an, »glauben, daß Vampire sehr grausam sind. Sie wissen, daß Vampire selbst gefeit sind gegen körperlichen Schmerz – daß ein Vampir durch bloße Willensanstrengung gegenüber Schmerz gleichgültig sein kann. Sie können nicht umhin, sie ob dieser Unempfindlichkeit zu beneiden, wenn sie sehen, wie furchtbarste Foltern vom Gesetz gegen gewöhnlich Sterbliche verhängt werden. Sie sehen mit an, wie Menschen in dunkle und dreckige Verliese gestoßen werden, geschlagen und angekettet. Sie sehen mit an, wie Menschen ausgepeitscht werden. Sie sehen, daß Hände abgeschlagen und die Stümpfe in kochendes Pech getaucht werden. Vielleicht können sie nicht mit ansehen, wie Gefangene auf dem Streckbett gefoltert oder ihnen die Glieder vom Strappado gebrochen werden, oder wie man sie mit Zangen zerreißt, doch sie wissen, daß diese Schreckensdinge genau unter diesen Gemäuern täglich geschehen. Sie werden vielleicht Zeugen der Hinrichtungen auf dem Tower Hill und in Tyburn, falls ihr Magen stark genug dafür ist.

Ihr habt vorhin von Kenelm Digby gesprochen, und ob es in Eurer Absicht gelegen hat oder nicht, habt Ihr mich an seinen Vater erinnert, dessen Beteiligung beim Anschlag auf den Prinzen fast harmlos zu nennen ist. Er und drei andere – falls Sie, Mylady, sich noch daran erinnern wollen – sind auf Weidengeflecht geschnallt und eine ganze Meile bis zum Schafott auf den Schindanger von St. Pauls geschleppt worden durch Straßen voller Schaulustiger. Er war voller Schwären, offenen Schnittwunden und über und über von Kot verschmiert. Kaum hatte Sir Everard die Leiter erstiegen, Mylady, als auch schon Richards getreuer Scharfrichter das gestraffte Seil durchschnitt, an dem er hing, so daß ihm nicht einmal Zeit blieb, das Bewußtsein zu verlieren oder zu Tode stranguliert zu werden. Dann hat man ihn, noch immer gefesselt, zum Block des Scharfrichters geschleift, wo man ihn kastriert und ihm den Bauch aufgeschlitzt hat, damit man ihm die Gedärme herausreißen konnte. Dann wurde er gevierteilt, und man hat ihm das noch zuckende Herz herausgeschnitten und es der johlenden Menge gezeigt.

Ich glaube zwar nicht, wie manche behauptet haben, daß Sir Everards sterbende Lippen, nachdem der oberste Scharfrichter ihn zum wütenden Feind seines eigenen Volkes erklärt hatte, die Worte ausgesprochen haben sollten: ›Du lügst.‹ Aber ich weiß, daß er ein guter Mensch gewesen ist, der nicht verdient hat, auf diese Art zu sterben, nur weil er unwissentlich Aufrührer unterstützt hat.

Gewöhnliche Menschen, Mylady, haben den Glauben, daß dergleichen Dinge nicht geschehen könnten, würden sie von Wesen ihrer eigenen Art beherrscht. Oh, gewiß haben sie von Nero und den anderen verrückten römischen Kaisern gehört, doch niemals würden sie glauben, daß gemeine Menschen unserer Zeit, die selbst Schmerz erfahren haben, ihresgleichen solchen Martern aussetzen würden. Christenmenschen haben wenig Sympathie für die heidnischen Türken, doch es wird ihnen schlecht beim Anhören von Geschichten darüber, was der walachische Kriegsherr, Vlad der Pfähler, mit seinen Gefangenen angestellt hat, als er Byzanz zurückeroberte. Als unserer eigener Richard gegen die Sarazenen kämpfte und als Karl der Große einen Vertrag mit Harun al Raschid geschlossen hatte, liefen die Dinge noch anders, doch jene Zeiten, die Hoffnung machen konnten auf weniger Grausamkeit, wurden dann nur noch finsterer. Angebliche gregorianische Häretiker müssen noch heute Tag für Tag in ganz Gaul brennen, und wo so viele Menschen dem Feuer überantwortet werden, wie glaubt Ihr da wohl, kann man den anderen verdenken, daß sie sich fragen, ob nicht die Vampire wahrhafte Dämonen sind?

Das ist der Grund, Mylady, warum so viele gemeine Männer Euch verabscheuen . . .«

Edmund warf einen Blick auf Noell und stellte fest, daß die Miene seines Sohnes reines Erschrecken zum Ausdruck brachte, daß er um das Schicksal eines Mannes fürchtete, der solche Dinge einem Vampir offen ins Gesicht sagte. Doch Lady Carmilla war alles andere als betroffen. Im Gegenteil, sie lachte auf, offensichtlich entzückt. »O Edmund!« rief sie aus. »Ich hatte ganz vergessen, was es bedeutet, mit einem aufrechten Mann zu streiten!«

»Aber Vater«, wandte Noell heftig ein. »Ihr beschreibt doch nur, was vielleicht andere Menschen denken mögen, oder nicht?«

»Mylady weiß«, sagte Edmund einlenkend, »daß ich kein Gregorianer bin. Ich weiß, daß sie kein dämonisches Wesen ist, doch genauso weiß sie, daß ich Mitleid habe mit jenen, die aus lauter Torheit verbrannt werden, und all denjenigen, die nur gequält werden um der Qual willen. Ich hätte gern, daß diese Welt ein freundlicherer Ort wäre, und ich verstehe sehr wohl, daß einige Menschen glauben, sie könnte es niemals sein, solange jene, die über uns herrschen, nicht verstehen können, was in Wahrheit unser aller Leben beherrscht.«

»Und was wäre das?« fragte Carmilla, die jetzt nicht mehr lachte.

»Angst, Mylady«, sagte Edmund. »Nur Angst. Einmal die Angst vor dem Tod selbst, doch hauptsächlich die Angst vor Schmerz. Ich glaube, wir können wohl den Gedanken aushalten, daß wir sterben müssen und unsere Herren nicht. Doch die Menschen finden sich schwer damit ab, Schmerz zu leiden, und das in dem Wissen darum, daß jene, die ihnen solche Strafen zufügen, umgekehrt nie auf solche Weise bestraft werden können.«

»Wir bestrafen doch auch Vampire, die sich Verbrechen schuldig gemacht haben«, wandte Carmilla lahm ein.

»O ja. Ihr tötet sie auf die phantasievolle Art, in der Vampire getötet werden müssen. Doch laßt Ihr sie keinen Schmerz erleiden, weil das nicht in Eurer Macht liegt. Alle von Eurer Art sind empfindungslos gegenüber Schmerzen, es sei denn, der einzelne entscheidet selbst, sie zu fühlen. Das ist doch so?«

»So ist es«, räumte sie ein. »Aber sagt mir doch, Edmund, ob die Mehrzahl der Menschen in jenen Ländern glücklicher ist, in denen sie von gewöhnlich Sterblichen beherrscht werden? Ihr nehmt wohl Abstand davon, die Türken zu bedauern, doch habt Ihr nicht auch Mitleid mit jenen, die ihre Opfer gewesen sind, als sie Byzanz verwüsteten? Gibt es denn keinen Schmerz in der arabischen Welt, wo ganz ähnlich den Dieben die Hände abgehackt werden und Mörder hingerichtet und wo man sich die grausamsten Foltern ausgedacht hat – und nebenbei noch Sklaven hält? Es gibt keine Sklaven in Gaul, ausgenommen Schwerverbrecher und Mohammedaner, die als Rudersklaven auf unseren Galeeren sind.«

»Ihr habt recht, Mylady«, sagte Edmund, »mich daran zu erinnern, daß die Wilden Wilde sind. Ich habe keinerlei Zweifel, daß die Dinge im Herzen Afrikas nicht weniger schlecht stehen. Obwohl, wenn man dem, was behauptet wird, Glauben schenken kann, dort gewöhnliche Menschen über Vampire herrschen. Doch die Völker Gauls sind Christen, die die Botschaft vernommen haben, daß sie einander lieben müssen. Und Ihr könnt jenen armen Anhängern Jesu keinen Vorwurf machen, die der Meinung sind, daß die Vampirprinzen auf jene Botschaft wenig geben. Sie glauben, daß Könige, die gemeine Sterbliche sind, verstehen können, was Schmerz ist und obendrein noch Christen sind, niemals imstande wären, solche Dinge zu tun, wie Vampirprinzen sie tun. Vielleicht haben sie unrecht damit, doch sie glauben es.«

»Und glaubt Ihr, daß sie Erfolg haben könnten, unseren Platz einzunehmen?« fragte sie. In ihrem Ton lag eine gewisse Schärfe.

»Ich glaube, das könnten sie dereinst, Mylady. Früher einmal waren sämtliche Vampire Europas in einer Sache geeint, nämlich der Eroberung, die sie bis hoch zu den Völkern des Nordens führte. Jetzt ist die Zeit gekommen, in der die von Vampiren geführten Nationen ihre eigenen Rivalitäten entwickeln werden – und ein zerstrittenes Reich ist ein Reich, das eines Tages fallen muß.«

»Euren eigenen Worten zufolge«, entgegnete sie kalt, »wird es der Vampirrasse nie an einem gemeinsamen Feind fehlen.«

Edmund lächelte und gab ihr in diesem Punkt recht, indem er zustimmend sein Glas erhob. Dann warf er einen kurzen Seitenblick auf Noell, bevor er den Versuch machte, die Laune einzuschätzen, in die dieses Streitgespräch die Lady versetzt hatte.

»Ich denke, mein Sohn hat genug Wein getrunken, Mylady«, sagte er. »Falls Ihr gestattet, will ich ihn fortschicken. Es gibt da eine Sache, die ich mit Euch privat besprechen möchte.«

Carmilla musterte ihn sekundenlang und winkte dann mit schlanker Hand, um ihre Zustimmung zu erkennen zu geben. Noell sprang schnell auf die Füße und machte unter Verbeugungen und tiefem Erröten einen linkischen Abgang. Edmund sah gelassen zu, wie der Junge ging, und reagierte nicht auf Noells letzten entschuldigenden Blick in seine Richtung. Edmund wußte, daß Noell seine Anweisungen befolgen würde, und wagte es nicht, jetzt durch ein aufwühlendes Lebewohl Argwohn zu erwecken.

Nachdem Noell gegangen war, erhob sich Lady Carmilla von ihrem Platz und ging vom Speisezimmer in eins der inneren Gemächer. Edmund folgte ihr.

»Du bist sehr dreist gewesen, Meister Cordery«, wies sie ihn zurecht. Er bemerkte den Wechsel in der Anredeform, doch er wußte zugleich, daß das Spiel keineswegs schon gewonnen war.

»Ich habe mich hinreißen lassen, Mylady. Es stürmen hier zu viele Erinnerungen auf mich ein.«

»Der Junge gehört mir«, sagte sie, »falls ich es so beschließe.«

Edmund verbeugte sich leicht, doch er sagte nichts dazu.

»Und du? Wirst du auf ihn eifersüchtig sein?«

»Ja, Mylady«, sagte Edmund. »Das werde ich. Doch ich werde immer älter, während er die Gelegenheit ergreifen muß, ein Mann zu werden, wie ich einst einer gewesen bin; und was dich angeht . . . Nun, für dich ist alles unverändert, für dich bleibt die Zeit stehen.«

»Ich habe dich heute abend nicht hergebeten, um eine Liebesnacht mit dir zu verbringen. Auch hat es nicht in meiner Absicht gelegen, heute mit der Verführung deines Sohnes zu beginnen. Diese Angelegenheit, die du mit mir erörtern wolltest – geht es dabei um Wissenschaft oder Verrat?«

»Wissenschaft, Mylady. Wie Ihr selbst gesagt habt, steht meine Loyalität doch außer Frage.«

Carmilla streckte sich auf einem Sofa aus und bedeutete Edmund, sich in einen Sessel daneben zu setzten. Dies war das Vorzimmer zu ihrem Schlafgemach, und die Luft war süß vom Duft eines feinen Parfüms.

»So rede«, forderte sie ihn auf.

»Ich glaube, daß Richard hinsichtlich dessen besorgt ist, was mein kleiner Apparat enthüllen mag«, sagte er. »Aber ich denke, Ihr wißt selbst, daß eine einmal gemachte Entdeckung wahrscheinlich auch ein zweites Mal gemacht werden wird und man sie nicht ungeschehen machen kann. Möchtet Ihr meinen Rat hören, Lady Carmilla?« Er hatte absichtlich zu der weniger intimen Anredeform gewechselt, und es bereitete ihm ein perverses Vergnügen, feststellen zu können, daß sie das anscheinend nicht mochte.

»Habt Ihr mir einen Rat anzubieten, Edmund?«

»Das habe ich. Versucht nicht, die Dinge, die zur Zeit in Gaul geschehen, durch Terror und Verfolgung zu kontrollieren. Bleibt Eure Herrschaft so unbarmherzig, wie sie in der Vergangenheit gewesen ist, dann stoßt Ihr damit vielleicht die Tür zu Eurer eigenen Zerstörung auf. Sollten indes die Vampire von Grand Normandy bereit sein, einem Parlament von gewöhnlich Sterblichen stückweise Macht einzuräumen, dann zeigen sie damit vielleicht den Weg zu einer besseren Welt auf; doch wenn sie statt dessen losschlagen, werden ihre Feinde mit Sicherheit zurückschlagen.«

Die Vampirlady legte den Kopf zurück und schaute hoch zur Decke. Sie gestattete sich ein kleines Lachen. »Ich kann mit einem solchen Rat nicht zu Prinz Löwenherz gehen«, sagte sie. »Er würde mich nicht anhören. Nach seiner Auffassung herrscht er durch göttliches Recht gemäß seinem Ehrenkodex. Er ist sich gewiß, daß die gewöhnlichen Menschen die Rechtsmäßigkeit seiner Ansprüche anerkennen.«

»Dasselbe denke ich auch, Mylady«, erwiderte Edmund glatt. »Doch ich mußte einmal aussprechen, was mir im Kopf herumgeht.«

»Gewöhnliche Menschen haben ihre eigene Unsterblichkeit«, sagte sie vorwurfsvoll. »Die Kirche verheißt sie euch, und ihr alle haltet daran fest. Euer Glaube verbietet euch, daß es euch nach jener Unsterblichkeit gelüstet, die uns eigen ist. Seid Ihr enttäuscht, daß sie Euch nicht angeboten worden ist? Seid Ihr eifersüchtig? Würdet Ihr unser Feind werden, weil Ihr nicht von unserer Art sein könnt?«

»Prinz Richard hat nichts von mir zu fürchten, Mylady«, log er. Und nicht ganz davon überzeugt, ob es nun eine Lüge war oder nicht, fügte er hinzu: »Ich habe dich aufrichtig geliebt. Das tue ich noch immer.«

Sie setzte sich auf und streckte eine Hand aus, als wollte sie seine Wange streicheln, doch er saß zu weit ab von ihr.

»Dasselbe habe ich Richard gesagt«, erklärte sie, »als er mir eröffnet hat, daß du ein Verräter bist. Ich habe ihm gesagt, daß ich deine Treue geschickter in meinen Gemächern auf die Probe stellen kann als seine Knechte in ihren Folterkammern. Ich glaube nicht, daß du mich täuschen könntest, Edmund.«

Sie erhob sich und kam zu ihm und nahm sein Gesicht in ihre Hände.

»Morgen früh«, sagte sie zärtlich zu ihm, »werde ich wissen, ob du ein Verräter bist oder nicht.«

»Das wirst du«, versicherte er ihr.

5. Kapitel

Er wachte noch vor ihr auf, sein Mund war trocken, und seine Stirn brannte. Aber er schwitzte nicht; tatsächlich fühlte er sich ausgetrocknet, als wäre alle Feuchtigkeit aus seinem Fleisch gepreßt worden. Sein Kopf tat weh, und das Licht der Morgensonne, das durch die unverhängten Fenster einfiel, schmerzte in seinen Augen.

Er brachte sich in halb sitzende Position und schob die Decke von seiner nackten Brust zurück.

So bald schon, dachte er. Er hatte nicht erwartet, so schnell davon befallen zu werden, doch er war überrascht, daß er eher mit Erleichterung als mit Angst oder Bedauern reagierte. Er hatte Schwierigkeiten, seine Gedanken beisammenzuhalten, und war auf eine verdrehte Art froh darüber, daß dazu keine Notwendigkeit bestand.

Er schaute hinunter auf die kleinen Einschnitte auf seiner Brust, die sie mit ihrem kleinen Silbermesser in seine Haut geritzt hatte; sie waren entzündet und rot und bildeten einen krassen Gegensatz zu den verblaßten Narben, deren Kreuz- und Quermuster die Geschichte unvergessener Leidenschaft erzählten. Er berührte die neuen Wunden sacht mit den Fingern und zuckte unter dem wütenden Schmerz zusammen.

Ich leide, dachte er, *doch es liegt eine Kraft im Leiden, die jene, die nicht leiden können, nicht kennen. Wer keinen Schmerz spürt, kann kein Erbarmen empfinden.*

Er hatte Mitleid mit seiner schlafenden Geliebten. Und er war stolz darauf. »Wir sind beide Märtyrer«, flüsterte er ganz weich. »Beide Märtyrer.«

Da erwachte sie und sah, daß er die kleinen Wundmale untersuchte.

»Hast du das Messer entbehrt?« fragte sie schläfrig. »Bist du hungrig nach seinem Kuß gewesen? Seine Liebkosung soll dir Wollust sein, denn was es zugefügt, hat Liebe dir getan.«

Es war jetzt nicht mehr nötig zu lügen, und dieses Wissen gab ihm ein köstliches Gefühl der Freiheit. Es machte ihm Freude, ihr zuletzt doch freimütig entgegentreten zu können, ungeschützt in seinen Gedanken und ohne Scham. »Ja, Mylady«, sagte er matt. »Ich habe das Messer entbehrt. Seine Berührung hat Flammen in meiner Seele neu entfacht, wo ich geglaubt hatte, nur noch ausgebrannte Scheite zu finden.«

Sie hatte ihre Augen wieder geschlossen, um ihr Erwachen langsam zu genießen. Sie lachte. »Es ist manchmal angenehm, zu verlassenen Auen zurückzukehren. Du machst dir keine Vorstellung davon, wie ein ganz bestimmter Geschmack zärtliche Erinnerungen wachruft. Ich bin froh, dir auf diese Weise wiederbegegnet zu sein. Ich hatte mich schon daran gewöhnt, in dir den grauen, trocknen Mechanikus zu sehen. Doch jetzt . . . Auf deinen Wangen liegt der Hauch der Jugend.»

Sein Lachen war so leicht wie das ihre. Doch dann schlug es in einen Husten um, und etwas an dem Geräusch alarmierte sie. Sie öffnete die Augen, hob den Kopf vom Kissen und wandte ihm ihr Gesicht zu.

»O Edmund«, sagte sie. »Du glühst ja!«

Sie streckte die Hand aus, berührte seine Wange und zuckte zurück, als sie sie unerwartet fremd und trocken heiß fand. Ihre eigene seidenmatte Haut überzog sich mit der Röte der Verwirrung, die einen kurzen Augenblick jenen magischen Schimmer auslöschte, an dem man sie und ihre Art erkannte.

Er nahm ihre Hand, hielt sie fest und schaute ihr unverwandt in die Augen.

»Edmund«, sagte sie weich. »Was hast du getan?«

»Ich bin nicht sicher, was daraus entstehen wird«, sagte er. »Und ich glaube nicht, daß ich lange genug leben werde, um herauszufinden, ob ich erfolgreich war, doch ich habe versucht, dich zu töten, Mylady.«

Er empfand Genugtuung, als er sah, wie ihr vor Erstaunen der Mund offenstand. Er beobachtete, wie in ihrer Miene Ungläubigkeit und Furchtsamkeit miteinander in Widerstreit lagen, wie sie versuchte, ihre Gesichtszüge unter Kontrolle zu halten. Sie rief nicht um Hilfe.

»Das ist doch Narrheit«, flüsterte sie.

»Vielleicht«, räumte er ein. »Vielleicht war auch nur Unsinn, worüber wir gestern abend gesprochen haben. Unsinniges Geschwätz über Verrat. Du weißt nur zu gut, daß du einen Mann in dein Bett genommen hast, der dem Untergang geweiht ist. Warum, Mylady, hast du mich aufgefordert, das Mikroskop zu bauen, wenn mich in dieses Geheimnis einzuweihen gleichbedeutend damit war, mein Todesurteil zu besiegeln?«

»O Edmund«, sagte sie mit einem Seufzen. »Du kannst doch nicht glauben, daß ich es gewesen bin, die das beschlossen hat? Ich habe versucht, dich vor den Verdächtigungen des Lord Lieutenant zu schützen. Nur weil ich einst deine Beschützerin gewesen bin, hat man mich ausgewählt, dir diesen Auftrag zu geben. Was hast du nur getan, mein armer Verräter?«

Er setzte zu einer Erwiderung an, doch seine Worte wurden von einem Hustenanfall erstickt.

Sie setzte sich aufrecht, entwand ihre Hand seinem schwachen Griff und schaute auf ihn hinunter, als er sich aufs Kissen sinken ließ.

»Um Gottes willen!« rief sie so ängstlich aus wie jeder wahrhaft Gläubige. »Es ist die Seuche: die Pest aus Afrika!«

Er versuchte zu antworten, wollte sie beglückwünschen, daß sie so trefflich geraten hatte, doch er konnte nur um Atem ringend mit dem Kopf nicken.

»Doch es hat auf der *Freemartin* keine Anzeichen irgendeiner Krankheit gegeben«, begehrte sie auf. »Sie hätten das Schiff vor der Küste von Essex aufgehalten, doch es gab bei der Mannschaft nicht einen Fall von Pest!«

»Die Krankheit tötet Menschen zu schnell«, sagte Edmund mit hohlem Flüstern. »Doch Tiere können sie viel länger in ihrem Blut tragen, bevor sie sterben.«

»Das kannst du doch gar nicht wissen!«

Edmund gelang ein kleines Lachen. »Mylady«, sagte er. »Ich bin ein Mitglied jener Bruderschaft, die sich für alles interessiert, wodurch ein Vampir getötet werden könnte. Diese Nachricht gelangte rechtzeitig zu uns, damit wir außer jenen Tieren, nach denen unseren tapferen Prinz Richard als Symbolen seiner Größe verlangte, noch andere Tiere geschickt bekamen. Als wir darum gebeten haben, sie uns zu liefern, hatten wir nicht im Sinn, sie auf diese Weise zu benutzen, doch Ereignisse aus jüngster Zeit . . .« Wieder war er gezwungen abzubrechen, außerstande, genug Atem zu schöpfen für das dünne Flüstern, dessen seine Stimme einzig noch fähig war.

Lady Carmilla führte ihre Hand an die Kehle, schluckte, als erwartete sie den Beweis dafür zu finden, daß auch sie bereits angesteckt war.

»Du würdest mich vernichten, Edmund?« fragte sie, als fiele es ihr aufrichtig schwer, das zu glauben.

»Ich würde euch alle vernichten«, sagte er zu ihr. »Ich würde alle Schrecken auf euch herabbeschwören, das Unterste zuoberst kehren, um eure Herrschaft zu beenden . . . Wir werden nicht zulassen, daß ihr alle Gelehrsamkeit zerstört, nur um euer grausames Reich zu erhalten. Die Ordnung muß mit Chaos bekämpft werden, und das Chaos ist über euch gekommen, Mylady! Und ihr werdet es nie mehr bezwingen können. Wo immer euresgleichen es schlürft, wird es das Blut von Märtyrern sein, das für euch fließt. Aus ganzem Herzen verfluche ich eure Art . . . Obwohl ich dich geliebt habe, meine Lady.«

Als sie versuchte, vom Bett aufzustehen, streckte er die Hand aus, um sie zurückzuhalten. Und obgleich keine Kraft mehr in ihm war, ließ sie es zu, daß er sie daran hinderte. Das Laken fiel von ihr ab und legte ihre Brüste frei, als sie sich aufsetzte. Ihre Haut hatte den polierten Glanz einer Marmorstatue, wie sie von jenen Giganten unter den gewöhnlich Sterblichen, den Griechen, einstmals mit so vollendetem Kunstsinn geschaffen worden waren.

»Dafür wird dein Junge sterben, Meister Cordery«, sagte sie. »Und auch seine Mutter.«

»Sie sind fort«, erklärte er ihr. »Noell hat sich direkt von Eurem Tisch in die Obhut jener Gesellschaft begeben, der ich diene. Sie sind inzwischen aus Eurer Reichweite. Richard wird sie nie finden. Denn seine Macht reicht in Wahrheit nicht über die Grenzen dieser Burg hinaus. Gemeine Menschen finden leicht ein Versteck unter ihresgleichen. Und Ihr könnt das nicht finden, was Eure Augen nicht wirklich sehen.«

Sie starrte ihn an, und jetzt erkannte er in ihrem starren Blick den ersten Anflug von Haß und Furcht. »Gestern abend seid Ihr gekommen, mir vergiftetes Blut zu bringen«, sagte sie. »In der Hoffnung, daß diese neuartige Krankheit selbst mich zu töten vermag, habt Ihr Euch selbst zum Tode verurteilt. Was habt Ihr getan, Edmund?«

Wieder streckte er die Hand aus, um ihren Arm zu berühren, und sah mit Genugtuung, wie sie zurückzuckte und von ihm abrückte, da er in ihren Augen furchtbar geworden war.

»Nur Vampire leben ewig«, sagte er mit rauhem Flüstern. »Doch Blut trinken kann jeder, falls er den Magen dafür hat. Ich habe in reichlichem Maß von dem meiner kranken Ratten gekostet, und ich bete zu Gott, daß der Keim dieses Fiebers wütet in meinem Blut wie auch in meinem Samen. Ihr habt ein volles Maß von mir empfangen, Mylady . . . und jetzt seid Ihr in Gottes Hand wie jeder Sterbliche. Ganz sicher weiß ich nicht, ob Euch die Seuche packt, noch ob sie Euch töten wird, doch dieser Ungläubige fühlt keine Scham zu beten. Vielleicht betet auch Ihr, Mylady, auf daß wir in Erfahrung bringen können, ob der Herr einen Ungläubigen dem anderen vorzieht.«

Sie schaute auf ihn hinunter, ihr Gesicht wurde in seiner Starrheit maskenhaft, so daß sie jetzt in der Tat der Statue einer unheilvollen Göttin glich.

»Ich habe dir einst vertraut«, flüsterte sie, »und hätte vielleicht erreicht, daß auch Richard dir noch traut, doch hast du dir erwählt, schuldig zu werden. Du hättest ein Vampir werden können. Jahrhunderte hätten wir miteinander verbringen können. Auf ewig Geliebte.«

Das war Heuchelei, und beide wußten es. Vampire liebten keine Vampire. Sie konnten es nicht; die Zeit, so schien es, tötete diese Art Liebe ab. Nur vom Blut der Sterblichen konnte sich ein Vampir nähren, und solche Nahrung brauchte ein Vampir. Ihre Versprechungen waren leer gewesen, und sie mußte erkannt haben, als er sie anschaute, daß sie ihn damit nicht reizen konnte. Sie konnte ihm keinen Funken Bedauern abringen.

Sie nahm das kleine Silbermesser vom Nachttisch. Jetzt hielt sie es, als wäre es ein Dolch, nicht mehr ein feines Instrument, mit Sanftheit und mit Liebe angesetzt.

»Ich habe bis zuletzt geglaubt, daß du mich liebst«, sagte sie zu ihm.

Zumindest das, dachte er, könnte wahr sein.

Schließlich legte er den Kopf weiter zurück, seine Kehle dem Stoß darbietend, den er erwartete. Er wollte, daß sie auf ihn einstieß – wütend, brutal, leidenschaftlich. Er hatte nichts mehr zu sagen.

Er fühlte, daß seine Motive gemischt waren und daß er nicht wirklich wußte, ob er sich aus Treue zu seiner Sache diesem außergewöhnlichen Experiment unterworfen hatte, oder ob in dieser Tat Zorn gegenüber der vollkommenen Lady sich verbarg, die seiner Liebe entwachsen war.

Doch das zählte nicht mehr.

Sie schnitt in seine Kehle, und er beobachtete sie sekundenlang, während sie auf das Blut starrte, das in Strömen aus der Wunde schoß.

Ich habe recht gehabt, dachte er noch. *Kein Mitleid.*

Doch dann sah er, wie sie ihre blutbefleckten Finger an ihre Lippen führte in dem Wissen um die Bewandtnis dieses Blutes . . . und da erkannte er, daß sie ihn auf ihre eigentümliche Weise noch immer liebte.

Zweiter Teil

DER SCHATTEN DER EWIGKEIT

Jesus sprach zu ihnen: Wahrlich, wahrlich,
ich sage euch: Werdet ihr nicht essen
das Fleisch des Menschen Sohnes und trinken
sein Blut, so habt ihr kein Leben in euch.
Wer mein Fleisch isset und trinket mein Blut,
der hat das ewige Leben, und Ich werde ihn
am Jüngsten Tag auferwecken.
Denn mein Fleisch ist die rechte Speise,
und mein Blut ist der rechte Trank.
Wer mein Fleisch isset und trinket mein Blut,
der bleibet in mir und Ich in ihm.

(JOH. 6: 53–56)

Prolog

Der entschlüsselte Text eines Briefes, den Sir Kenelm Digby im Sommer 1625 in Gayhurst erhalten hatte.

Cardigan Abbey, Juni 1625

Werter Freund,

ich bin noch nicht vertraut mit der Geheimschrift, deren Code Ihr mir anvertraut habt, doch will ich mich nicht mit einem kurzgehaltenen Sendschreiben zufriedengeben. Falls das die Sprache des Unsichtbaren Kollegiums ist, brenne ich darauf, sie zu beherrschen, denn meine einzige Aufgabe liegt darin, jenem Kollegium gut zu dienen. Das ist es, was mein Vater sich von mir erhoffte, und es ist das, was ich jetzt selbst von mir hoffen muß.

Ich fand Cardigan ganz verschieden von jenen anderen Orten, wo ich geweilt habe. Es scheint kaum Teil desselben Machtbereichs zu sein wie London, und man könnte leicht zu dem Glauben gelangen, daß es ganz jenseits der Grenzen des Imperiums von Gaul liegt. Hört man das gewöhnliche Volk reden – sofern sie sich dazu herablassen, sich jenes Englisch zu bedienen, das ich verstehen kann –, dann könnte man glauben, daß das noch immer Ceredigion, das Königreich Elphin ist, wo Taliesin einst gewirkt. Natürlich gibt es keine Druiden mehr, auch keine Barden, obwohl der Wahlspruch der Bardenzunft noch immer zitiert wird, als wäre es ein Treueeid: Y Gwir yn erbyn y Byd; was heißen soll: die Wahrheit gegen die ganze Welt.

Ich meine, es gibt schlechtere Wahlsprüche, die sich ein Mensch zu eigen machen kann.

Die Mönche der Abtei, die mich aufgenommen, sind gewiß keine Gregorianer und scheinen die Vampire nicht zu hassen, doch sie beachten eine Abgeschlossenheit in Glaubensdingen, die der Autorität Roms unerreichbar ist – und folglich auch mißachten sie, was der Borgia-Papst verkündet. Es hat, so wird behauptet, christliche Kirchen in Wales gegeben, noch bevor Augustinus nach Britannien gekommen ist, um die Sachsen zu bekehren. Und dann haben die so bekehrten Sachsen sich daran gemacht, im Namen Roms die Waliser Mönche abzuschlachten. An einem Ort wie diesem reichen tausend Jahre nicht aus, die Erinnerung an einen alten Groll auszulöschen; es gibt nur wenig Schrifttum hier, um alte Geschichten schal werden zu lassen. Und Geschichten, die in mündlicher Überlieferung (oder vom Abt an die Novizen) weitergegeben werden, bleiben durchs Weitererzählen ewig frisch.

Aus dem, was ich hier sehe, kann ich nur schließen, daß die Abtei nicht blüht und gedeiht – obwohl ich nicht weiß, inwieweit das auf den unabhängigen Geist dieser Mönche zurückgeht. Ich wage zu behaupten, daß, falls ketzerjagende Dominikaner hierher entsandt würden, sie gleichwohl Grund zur Unzufriedenheit fänden, doch ich kann mir nicht vorstellen, daß diese liebenswürdigen und frommen Männer sich von irgendwoher wütenden Zorn zuziehen können. Ich denke, der Mangel an Novizen hat mehr zu tun mit der allgemeinen Abwendung vom Glauben, der immer mehr verfällt, seit die Vampire ihn auf den Kopf gestellt und der ganzen Christenheit vor Augen geführt haben, daß bloße Macht die Kirchenlehre beherrscht.

Was immer der Grund dafür sein mag, es gibt hier nur zwanzig Mönche, die einen einzigen Gutsverwalter beschäftigen, der sich um ihre Angelegenheiten kümmert. Einer der Brüder muß Dienst als Almosenpfleger tun, und obwohl ihm drei junge Männer zugeteilt sind, die ihm bei seiner Arbeit helfen, hat es nicht den Anschein, daß auch nur einer von ihnen sich dazu entschlossen hätte, die Weihen zu empfangen. Es gibt keine Laienarbeiter in der Abtei, nicht einmal in der Brauerei, und die Mönche kultivieren nur sehr wenig eigenes Land, überlassen den Rest ihres kleinen Guts Hintersassen. Sie haben wenig Besucher, die ihre Wohltätigkeit beanspruchen könnten, obwohl sie einer reichlichen Zahl von armen Männern und Frauen in der Stadt helfen – die von ihren Bürgern, mit Ausnahme ihres Kleinadels und der Soldaten, die in der Burg leben, Aberteifi genannt wird.

Ich bezahle für meinen Unterhalt hier, indem ich gewisse Pflichten innerhalb des Klosters übernommen habe. Anfangs hatte ich gehofft, so manchen Beitrag zu den mechanischen Künsten erbringen zu können, die ich als Lehrling meines Vaters mir anzueignen begonnen hatte, doch die Mönche verfügen selbst über einiges Geschick als Werkzeugmacher und haben keine Verwendung für jene Pumpen und Drehmaschinen, die der Stolz und die Freude meines Vaters gewesen sind. Die einzige Neuerung, die mir hier zum praktischen Gebrauch beizusteuern gelungen ist, war, den Mönchen zu zeigen, wie man eine von Gewichten angetriebene Aufzugsvorrichtung für Uhren herstellt, mit denen sich der Bratenwender über dem Küchenfeuer betreiben läßt, wodurch die Jungen des Almosenpflegers von der manchmal mühseligen Aufgabe entlastet werden, als Bratspießdreher zu fungieren.

Das Ergebnis dieser Eingebung ist nun gewesen, daß man mich zur Arbeit in der Küche abgestellt hat, wo ich Bruder Martin und Bruder Innozenz dabei helfe, jeden Mittag und Abend das prandium *und die* coena *zu bereiten. Wenn die Brüder bei der Vesper sind, verwalte ich die Küche ganz allein, doch bis dahin ist das Tagewerk fast schon getan, das Brot ist aus den Öfen geholt, in denen dann nichts mehr ist außer Eiercreme in Backformen. Die meiste Zeit verbringe ich damit, Wasser vom Brunnen zu schleppen oder die Kessel zu beaufsichtigen, in denen immer etwas brodelt.*

Meinen Studien obliege ich zumeist in der Bibliothek, die ein schlichter, doch nicht ungemütlicher Raum ist. Die verbotenen Bücher werden in einem Keller unterhalb einer versteckten Falltür aufbewahrt. Meine Lektionen in Latein und Griechisch ermüden mich, ebenso das Studium jener Bücher, die geschrieben worden sind, bevor es in Europa Vampire gegeben hat. Ich will meinen Feind kennenlernen, auf daß ich mich besser darauf verstehe, ihn zu bekämpfen. Doch Q besteht darauf, daß ich erst ein Mann der Gelehrsamkeit werden muß, bevor ich es unternehmen kann, das Erlernte auf bestimmte Weise zu verwenden.

Q ist eine merkwürdige Person, und ich verstehe nicht, weshalb mein Vater angeordnet hat, daß ich in seine Obhut gegeben werde. Ich weiß, daß mein Vater ein Ungläubiger gewesen ist, und es scheint mir sonderbar, daß er einen Mönch zu meinem Hüter bestellt hat, selbst wenn es sich bei ihm um einen Mönch handelt, der hinsichtlich gewisser Punkte des Dogmas mehr als nur etwas skeptisch ist. Es ist nicht so, daß ich Qs Weisheit in Frage stelle, denn ich bin durchaus bereit zu glauben, daß er der weiseste Mann in Gaul ist, doch es fällt mir schwer, mir vorzustellen, welche Stellung er innerhalb des Unsichtbaren Kollegiums einnimmt. Er scheint mir so abgeklärt und ruhig, alles andere als ungestüm in seiner Gegnerschaft gegenüber der Herrschaft der Vampire.

Q ist ebensowenig ein Gregorianer wie die Mönche, die hier leben, obwohl er auch kein römischer Katholik mehr ist. Er ist hier als Gast wie ich, und sein Ordenskleid verschafft ihm keinen vertrauteren Umgang mit unseren Gastgebern. Er ist ein Außenseiter, wegen seiner Gelehrsamkeit wohlgeachtet, doch man hält Abstand von ihm. Ihn, einen Mann, der in seine eigene Gedankenwelt eingesponnen ist, scheint das nicht im mindesten zu bekümmern, und obwohl er kein großer Mann ist – jetzt, da ich fast voll ausgewachsen bin, wiege ich mindestens einen Viertelzentner mehr als er –, glaube ich, daß er von Konstitution und Charakter sehr stark ist.

Ich begreife jetzt, warum mein Vater so viel vor mir geheimgehalten hat. Ich weiß, daß er mich hat schützen wollen, indem er mich bis zum Ende nicht an seinen Geheimnissen teilhaben ließ, mich nicht im Verrat schulte. Doch das Ergebnis dieser Schonung ist, daß ich aufgewachsen bin, ohne ihn recht kennenzulernen, und ich vermag nicht zu entdecken, was er im Sinn gehabt haben mag, als er die Anweisungen gegeben hat, die Ihr so getreulich befolgt habt. Ich wäre viel lieber in G. als hier, obwohl ich weiß, daß ich, wäre ich dort, Gefahr für Eure Familie wie für mich heraufbeschwören würde. Der Umstand, daß ich jetzt von meiner Mutter getrennt bin, macht alles noch schwerer zu ertragen. Natürlich bin ich jetzt ein Mann und kein Kind mehr, doch mich so abgeschnitten von allen zu finden, die ich gekannt habe, ist ein schwere Prüfung. Vielleicht ist es nicht recht, Euch gegenüber Klagen zu äußern, der Ihr Euren Vater in einem viel früheren Alter verloren habt; dennoch kann ich manchmal nicht anders als mir wünschen, daß meinem Vater ein ähnliches Martyrium beschieden gewesen wäre wie das, welches Euer Vater gelitten. In Betracht seines Lebens und seiner Beweggründe gibt es zu vieles, das ich nicht ermessen kann.

Ich bin begierig zu handeln. Ich fange an zu glauben, daß ich nicht dazu gemacht bin, ein Gelehrter zu sein. Und obwohl ich sehr wohl weiß, daß Ihr mit Leichtigkeit die Künste der Gelehrtheit und die Gewandtheit des Kämpfers miteinander verbindet, weiß ich nicht, ob ich den Versuch wagen darf, ein Mensch zu werden, der so vieles in sich vereinigt. Würde ich vor die Wahl gestellt, dann glaube ich, daß ich lieber ein Mann des Schwertes wäre, der sich den Vampiren in offener Schlacht stellt, als ein verschlagener Mann, darauf bedacht, sie durch Arbeit im verborgenen zu besiegen. Das ist nicht, was mein Vater sich für mich vorgestellt hat – aber hat mein Vater mich denn besser gekannt, als ich ihn gekannt habe? Wie kann ich darauf bauen, daß er am besten gewußt hat, welchem Pfad mein Leben folgen soll?

Ich wünschte mir, ich wäre nicht ein gejagter Gesetzloser, so daß ich meiner eigenen Wege gehen könnte, anstatt mir andere suchen zu müssen, die mich verstecken und für mich sorgen. Manchmal blicke ich hinaus aufs Meer, beobachte die Heringsschiffe und die Fluyts, die das Blei aus den nahe gelegenen Minen abholen, und dann denke ich daran, mich zu einem fernen fremden Land aufzumachen, wo noch niemand meinen Namen gehört hat, wo Abenteuer mich berühmt machen. Doch zweifellos haltet Ihr mich für närrisch und werdet denken, daß das Kind in mir nur allzu langsam dem erwachsenen Manne Platz machen will.

Sogar in Qs Augen leuchtet es manchmal seltsam auf, wenn er Schiffe beobachtet, und ich habe ihn sagen hören, daß die Furcht der Vampire vor dem Meer ein weiterer Nagel im Sarg ihres sterbenden Reichs ist. Er wird nicht müde zu erklären, daß die großen Segelschiffe, die die Nordmeere durchpflügen, ein neues Reich abstecken, das die landverliebten Vampire niemals besitzen können. Manchmal schaut er nach Westen, als blickte er über die Welt hinaus auf jenes verlorene Atlan-

tis, von dem so mancher Mann glaubt, daß es noch immer am anderen Ende des Ozeans zwischen Irland und dem fernen Cathay existiert. Die anderen Mönche indes glauben, daß er verrückt ist, über noch unentdeckte Erdteile zu spekulieren, und ich bin der festen Überzeugung, daß einige von ihnen sich noch nicht mit dem Gedanken aussöhnen können, daß die Welt rund ist. Wenn sie westwärts schauen, dann träumen sie von verlorenen Städten und Festungen, die, wie behauptet wird, zu Elphins Zeit im Meer untergegangen sind. Hier hört man viele Erzählungen über Meerelfen, schöner noch als Vampirladys, die solche untergegangenen Orte heimsuchen, manchmal leichtfertige Seefahrer dazu verführen, von der Sicherheit ihrer Deckplanken in die gnadenlosen Tiefen der See zu springen. Ich habe dergleichen Sirenen allerdings noch nie singen gehört und bin ganz sicher, daß mir das nie geschieht.

Doch ich darf Euch nicht mit meinem Mißvergnügen behelligen, das Euch nur ermüden kann. Ich hoffe, daß ich Euch in Zukunft Briefe schreibe, die mehr Gewicht haben und mehr Freude machen. Derweilen möchte ich Euch bitten, darauf zu sehen, daß es meiner Mutter wohlergeht und daß Ihr sie wissen laßt, daß ich in meinem Exil gesund und guter Dinge bin. Ich bete nicht oft, denn ich kann mich nicht dazu überwinden zu glauben, daß die Gebete der Menschen irgendwo im Himmel angehört werden, doch wenn ich es dessenungeachtet tue, bete ich für Euch und für meine Mutter und für die Befreiung Englands. Falls es wirklich einen Gott gibt, dann bin ich sicher, daß mein Zweifeln ihn nicht davon abhalten wird, meine Bitten gnädig zu erhören.

Lebet wohl.

N

1. Kapitel

Im Keller unter der Bibliothek des Benediktinerklosters in Cardigan schaute Noell Cordery von dem Buch auf, in dem er gerade gelesen hatte. Er rieb sich die müden Augen. Obwohl es erst auf vier Uhr zuging und die Sommersonne noch hoch am Himmel stand, war er gezwungen, bei Kerzenlicht zu lesen, da der Raum fensterlos war. Offiziell gab es diesen Keller gar nicht; es war der Ort, an dem die verbotenen Bücher aufbewahrt wurden.

Früher hatte Noell den Keller für etwas Großartiges gehalten, und er hatte Schauer der Erregung darüber verspürt, sich dort aufhalten zu können, während die Steinplatte über ihm, die die Falltür verbarg, wieder sicher an ihren gewohnten Platz gerückt war. Damals war er ihm als ein Ort erschienen, der schwanger war von Magie – Magie, so weiß, wohlgemerkt, wie seine geweißten Wände, doch nichtsdestotrotz Magie. Es war aufregend gewesen, umgeben zu sein von so vielen sagenhaften Geheimnissen, die von mönchischer Hand auf Pergament niedergeschrieben waren, da sie zu kostbar oder zu gefährlich waren, um sie der Druckpresse anzuvertrauen.

Inzwischen hatte Noell gelernt, den Raum anders zu sehen – weniger magisch zwar, doch unbestreitbar nicht weniger seltsam. Jetzt erschien es ihm, als wäre die von Fenstern erhellte Bibliothek oben das Magazin der orthodoxen Kirche, des Glaubens, der von sanktionierter Weisheit erleuchtet war. In jener Welt waren Vampire und gewöhnlich Sterbliche von Gott gleichgeschaffen worden, verehrten in gleicher Weise ihren Gott, und beide waren auf ihre Weise sein auserwähltes Volk. Keine Welt, in der es nur glücklich zuging. Das beileibe nicht! Doch eine Welt, die im Grunde ihren Frieden mit sich gemacht hatte; im Gegensatz dazu war dies hier eine Unterwelt, dunkel und verstaubt, wo Gregorianer und Gnostiker, Magier und Alchimisten flüsternd sich ihrer Zwiste entledigen konnten. In der Welt, die aus den hier versteckten Seiten hervorlugte, waren Vampire Teufelsbrut und die gewöhnlich Sterblichen hilflose Opfer ihrer Wut – zwei Rassen, die beständig im Widerstreit lagen, denen es bestimmt war, bis zum Tag des Jüngsten Gerichts Krieg miteinander zu führen. Diese Welt war keineswegs friedvoll, sondern ein wahrhaftes Pandämonium, ein Tumult schmerzerfüllter Schreie, die vergebens Gerechtigkeit forderten, ohne Antwort zu bekommen.

Noell gefiel es nicht mehr, hier unten im Keller zu lesen. Er sah kaum ein Risiko darin, die Bücher mit in den oberen Raum zu nehmen, in dem es reichlich Licht gab, oder sogar in sein Wohnquartier im äußeren Hof, jenseits des privaten und geheiligten Bereiches der inneren Abtei. Das Vorhandensein der Geheimkammer war zweifellos jedem einzelnen der Mönche bekannt. Das Kloster hatte nur wenige Laienbesucher außer dem Verwalter, der dessen weltliche Geschäfte besorgte, und es wurde nur selten von den herumreisenden Ordensbrüdern beansprucht, die die Geheimpolizei des von Vampiren geführten College of Cardinals waren. Cardigan war einer der sichersten Orte im Lande – einer der Gründe, weswegen Noell sich hier befand –, und seine Regeln schienen von übergroßer Vorsicht geprägt. Für seine benediktinischen Gastgeber indes war der Gedanke, eine Regel zu brechen oder zu beugen, um Vorteil aus der Gunst der Umstände zu ziehen, unvorstellbar. Gehorsam war das A und O ihrer Existenz, und alle Nebenregeln hatten für sie dieselbe verbindliche Macht wie die eine und einzige Regel: die Regula Benedicti.

Die in der Zugluft aus den Luftlöchern flackernde Kerze lenkte Noell von seinen Studien ab, und er stellte sich ein weiteres Mal die Frage, warum sein Vater ihn an einen Ort wie diesen geschickt haben mochte, ihn der Obhut eines Priestergelehrten wie Quintus übergeben hatte. Er fand keine Antwort; der Plan seines Vaters, dessen Ausführung sein jäher Tod abgebrochen hatte, blieb unerklärt.

Er schaute hinunter auf das Buch, in dem er gelesen hatte. Es war ein Exemplar der *Discoverie of Vampyres,* geschrieben 1591 von einem Edelmann aus Kent namens Reginald Scot, verfaßt im Anschluß an einen Traktat, in dem er den Unsinn der Hexenfinderei öffentlich angeprangert hatte. Es war die erste gediegene Abhandlung über Vampirismus, die in Englisch geschrieben war und mit beißender Skepsis mit manchen herkömmlichen Meinungen hinsichtlich der übernatürlichen Kräfte von Vampiren aufräumte. Sie enthielt außerdem einen langen spekulativen Essay über die Herkunft der Vampirrasse. Ganz eindeutig hatte Scot, ein Privatgelehrter, der unter anderem Fachmann für Hopfenanbau war, Zugang zu anderen verbotenen Büchern gehabt, einschließlich der frühen Ausgaben jener von vielen Händen zusammengetragenen Enzyklopädie, *Die Vampire Europens,* und einer englischen Übersetzung von Machiavellis verschlagenem Ratgeber für Tyrannen, *Der Vampirfürst.*

Warum nur, klagte Noell im stillen, *konnte man mich nicht der Obhut und Unterweisung durch einen Mann wie Scot anvertrauen? Selbst wenn er nur ein Mann des Wortes und nicht der Tat war, waren seine Worte doch markig und tapfer.*

Plötzlich strömten blasse Sonnenstrahlen schräg von oben zu ihm hernieder, als die Steinplatte zurückgeschoben wurde. Schuldbewußt beugte er den Kopf über die Seiten, als studierte er sie voll Eifer, um Quintus den Eindruck zu vermitteln, als wäre ihm nichts auf der Welt wichtiger als Scots Beweisführung zu der These, daß der Vampirismus seinen Ursprung in Afrika hätte, nicht in Indien, wie Cornelius Agrippa einst behauptet hatte.

Quintus hatte ihm einen Becher mit kühlem Ale gebracht, das ihm höchst willkommen gewesen wäre, hätte er sich schwitzend in der Sonne mit dem Kohl und dem anderen Gemüse im Küchengarten abgeplagt. In der Kühle des Kellers indes wäre ihm heißer Tee lieber gewesen.

»Der Verwalter ist gerade aufgebrochen«, sagte der Mönch. »Er hat Neuigkeiten aus der Stadt mitgebracht. Die Galeone *Firedrake* ist vor drei Tagen mit schwerer Schlagseite in den Fischereihafen Milford Haven eingelaufen, beschädigt von heftigen Stürmen an der Südküste Irlands. Die *Firedrake* war auf der Jagd nach dem Piraten Langoisse, und ihr Kapitän behauptet, daß die Karavelle des Piraten ohne Masten und durchlöchert bei Cape Clear gesunken ist.«

»Langoisse!« rief Noell aus und fügte dann betrübt hinzu: »Falls das wahr sein sollte, wird in Swansea Castle sicher ein Fest gegeben . . . und wenn die Nachricht London erreicht, wird Prinz Richard wahrscheinlich einen öffentlichen Feiertag verkünden.«

Langoisse war der Held – oder der Schurke – vieler aufrührerischer Balladen. Die romantische Version seiner Vita lautete, daß er einst ein französischer Aristokrat gewesen wäre, Liebling am Hofe in Versailles, mit der sicheren Aussicht darauf, eines Tages in die wahre Aristokratie aufgenommen zu werden, doch daß seine Feinde sich gegen ihn verschworen hätten, worauf er des Verrats bezichtigt und unschuldig verurteilt worden wäre. Zur Galeere abgeurteilt, hätte er eines Tages einen Auspeitscher aus Protest gegen dessen Brutalität niedergeschlagen. Er wäre fast zu Tode gepeitscht worden und hätte darauf dem gesamten Imperium Gaul Rache geschworen. Später dann hätte er eine erfolgreiche Meuterei angeführt und die eroberte Galeere als Piratenschiff gegen die Handelsschiffahrt im Mittelmeer eingesetzt. Sowohl Franzosen wie Spanier hätten Schiffe ausgesandt, ihn zu jagen, doch nach einer großartigen Schlacht hätte er eines der besten im Handstreich genommen und sich zum Herrn der Meere gemacht.

Noell hatte in London eine andere Geschichte gehört. Es war im Tower allgemein bekannt, daß der richtige Name des Piraten Villiers war. Wie Noell selbst war auch dieser Villiers im Tower aufgewachsen, doch seine Mutter hatte ihn mit in ihr Exil genommen, nachdem man seinen Vater eingekerkert hatte. Er war tatsächlich am Hof von Versailles vorstellig geworden, um Kaiser Karl zu bitten, ein gutes Wort für seinen Vater einzulegen, doch in diesem Streitfall hatte Karl Richards Partei ergriffen. Später dann, anläßlich eines Staatsbesuchs von Richard am Hofe von Charles, hatte der Kaiser vergebens den Versuch unternommen, die beiden zu versöhnen. Villiers, der behauptete, schwer beleidigt worden zu sein, hatte versucht, den Prinzen von Grand Normandy zu einem Duell zu fordern, obwohl laut Gesetz sämtliche Fürsten gegen derartige Herausforderungen gefeit waren. Einige Zeit später, als er in Paris lebte, war Villiers des Mordes angeklagt worden. Obwohl er in jüngster Zeit in schlechter Gesellschaft gewesen war, mochte er vielleicht doch zu unrecht angeklagt worden sein, womöglich von Agenten Richards oder von einer Vampirlady. Jedenfalls war er auf die Galeere gekommen. Tatsächlich war er zum Meuterer geworden und hatte seine eroberte Galeere nach Malta gebracht, wo Verwandte von ihm lebten, die bedeutende Männer im Johanniterorden waren – Hospitaliter. Obwohl die Ordensritter von Malta dem Imperium Gaul treu ergeben waren und sich bei einer Belagerung durch die türkische Flotte zu großen Helden bei der Verteidigung Europas gemacht hatten, waren sie auch bekannt für ihre unabhängige Geisteshaltung, und sie verschafften sich hin und wieder, wenn die Not es ihnen gebot, ihren Lebensunterhalt durch Piraterie.

Mit seinen Malteser-Freibeutern über die Meere segelnd, hatte der Mann, der sich jetzt Langoisse nannte, gründliche Kenntnisse in der Seefahrt erworben und einen Ruf ganz besonderer Art begründet. Der größte Teil seiner Piratenunternehmungen bestand in der Kaperung unbewaffneter Handelsschiffe und im Diebstahl ihrer Fracht – die kleinen Galeeren, die zwischen den Mittelmeerhäfen verkehrten, waren Segelschiffen hinsichtlich ihrer Schnelligkeit nicht gewachsen. Trotzdem war Langoisse stets von der Aussicht begeistert gewesen, die rauhen Nordmeere zu befahren, wo er vielleicht auf englischen Schiffen Beute machen und somit Richard verletzen konnte. Noell ging davon aus, daß sich bei vorsichtiger Schätzung herausstellen würde, daß dieser tapfere Kapitän eines Kaperschiffes weitaus mehr Heringsfischer als englische Dreimaster angegriffen und durch seine Beutezüge nicht allzugroße Reichtümer angehäuft hatte, doch trotzdem hatten die großen schwerfälligen Schiffe, wie sie die Kriegsmarine der Vampirfürsten unterhielt, seinen Aktivitäten kein Ende setzen können. Ihre Unfähigkeit, ihn zu fangen, war, kräftig unterstützt durch eigene Prahlereien des Piraten, inzwischen zur Legende geworden.

Obwohl er die wahre Geschichte kannte, war Noell bereit, Langoisse als Helden zu betrachten. Immerhin war er ein wahrhafter Rebell gegen die Vampiraristokratie des Imperiums Gaul. Er war ein freier Mann, der es nicht nötig hatte, sich vor seinen blutsaufenden Herren zu verbeugen und auf die Knie zu fallen. Das Vampirreich erstreckte sich weit, doch seine Sicherheit zu Lande stand im Gegensatz zu seiner Verletzbarkeit auf See, und auf den Ozeanen der Welt kämpften Menschen fast zu gleichen Bedingungen gegen Vampire, denn auch Vampire konnten ertrinken wie verbrennen. Und ein Vampiradmiral, der mit seinem Schiff unterging, war mit Sicherheit zum Tode verurteilt.

Deshalb machte sich Noell Sorgen über Quintus' Neuigkeiten. Falls Langoisse wirklich tot war, mußte Noell darin eine Tragödie sehen.

»Vielleicht hat er sich in Sicherheit bringen können«, sagte er zu dem Mönch. »Der Pirat muß in Irland mehr Freunde als Feinde haben.«

»Das wohl«, meinte Quintus, »aber das war ein schrecklicher Wind, der über den Saint-George-Kanal gefegt ist, wie wir selbst feststellen konnten, als uns seine Ausläufer erreichten. Ohne Segelmasten kann er nicht in der Lage wesen sein, Baltimore oder Kinsale anzulaufen. Andererseits jedoch hat der Kapitän der *Firedrake* allen Grund zu hoffen, daß die Karavelle gesunken ist. Man wird ihm nicht so schnell vergeben, falls Langoisse entkommen ist – der Verwalter erklärt, daß der Pirat vorher vom Wrack der *Wanderer* eine Vampirlady entführt hat, denn sonst wäre er gar nicht in diesen Sturm geraten, sondern hätte sich einen sicheren Hafen gesucht, als schweres Wetter einsetzte.«

»Das wäre doch ein großartiger Stoff für eine Ballade, falls ein Drukker es wagen würde, sie zu veröffentlichen«, sagte Noell. »Eine Vampirlady, gefangen von einem hübschen Piraten, verschleppt und versteckt in einem heißen Schlupfwinkel irgendwo auf den Kanarischen Inseln, wo sie ganz nach seiner Laune umworben oder gequält wird!«

Natürlich konnte kein Drucker legal eine derartige Geschichte verbreiten. Die Druckerpressen in London unterstanden der strengsten Aufsicht weltlicher und kirchlicher Autoritäten, und die Star Chamber war bekanntlich überaus empfindlich gegenüber jedwedem Seitenhieb auf die Aristokratie. Vampire wurden öffentlich nur in den höchsten Tönen gepriesen, sogar in den Theaterstücken, die in den Innenhöfen von Gastwirtschaften aufgeführt wurden, und in volkstümlichen Liedern – obwohl Verballhornungen solcher Liedertexte oft besser bekannt waren als die Originale. Doch die Augen der Geheimpolizei der Vampire konnten nicht jede Stunde am Tag jede einzelne Druckerpresse überwachen, und sobald dieses Gerücht London erreichte, würden aufmüpfige Spottlieder die Runde machen, so phantasiereich und skandalös, wie es den Druckern beliebte.

Noell wußte bereits aus seinen Londoner Jahren, wie sehr obszöne Geschichten über Vampire und deren menschliche Liebhaber sich weiter Verbreitung erfreuten; noch bevor er nach Wales gekommen war, hatte er feststellen können, daß die Geschichte von Edmund Cordery und Lady Carmilla allenthalben bekannt war, in allen Tavernen und auf den

Marktplätzen Grand Normandys wieder und wieder erzählt wurden. Besonders ihr ruhmreiches Ende: Cordery, der seinen eigenen Tod willkommen heißt, um seine Geliebte zu vernichten.

Es war dies eine Geschichte der Rebellion, die Noell nicht schätzte, und viel lieber wäre ihm gewesen, daß sein Vater niemals der Geliebte einer Vampirdame gewesen wäre, ganz gleich, wie nobel oder klug seine wahrhaften Absichten gewesen sein mochten. Viele von denen, die die Geschichte gehört hatten, waren der Meinung, daß Edmund Cordery seine Vampirdame aus vollem Herzen und mit ganzer Seele geliebt hatte und daß er erst auf ihre Ermordung verfallen war, nachdem sie ihn abgewiesen hatte. Sogar Noells Mutter mußte diesen Verdacht gehegt haben, denn sonst hätte sie ihm, bevor er auf seine lange Reise nach Cardigan aufgebrochen war, wohl nicht eingeschärft, derartiges Gerede überhaupt nicht zu beachten.

»Dann sagt mir einmal«, ließ sich Quintus vernehmen, der Noells Reise in die Phantasie ein jähes Ende bereitete, »was Ihr heute von Meister Scot gelernt habt!«

Noell schaute hoch in das hagere Gesicht des großen Mönches. Trotz seiner Magerkeit war es kein strenges Gesicht. Quintus war jemand, der es mit den Ermahnungen St. Benedikts sehr ernst nahm und ein asketisches Leben führte, doch das hatte ihn nicht kleinlich und verbohrt gemacht. Er lächelte ziemlich oft und konnte sehr freundlich und geduldig sein, doch auch Unnachgiebigkeit lag ihm nicht fern. In letzter Zeit hatte er mehrfach Anlaß gehabt, unnachgiebig zu sein, als Noell begonnen hatte, Ungeduld über sein Bücherstudium zu zeigen.

»Daß er sehr wenig weiß«, entgegnete Noell mit leichter Schärfe in der Stimme, »außer daß andere Männer noch weniger wissen.«

Quintus seufzte. »Es ist ein wertvoll Ding«, sagte er, »zu wissen, wo Ignoranz wirklich beginnt. Das größte Hindernis für die Weisheit besteht nicht darin, zu entdecken, was wir nicht wissen, sondern darin, zu vergessen, was wir zu wissen glauben, was jedoch falsch ist. Francis Bacon, der ein Freund Eures Vaters gewesen ist, spricht davon, daß es viele Idole in der Kirche der Gelehrsamkeit gibt, die wir niederreißen müssen, wollen wir den Weg zur Wahrheit freiräumen.«

Noell hatte oft als Kind auf Francis Bacons Knien gesessen. Das machte es ihm schwer, die geziemende Achtung vor den Anschauungen des Philosophen zu wahren.

»Der Sinn der Gelehrsamkeit besteht sicherlich nicht darin zu debattieren, wo zum erstenmal Vampire auf Erden gewandelt sind«, sagte Noell. »Der wahre Zweck ist, einen Weg zu entdecken, wie sie vernichtet werden können. Wenn die Welt sich auf die Wiederkehr Christi vorbereiten will, dann muß sie gereinigt werden von den Knechten Satans.«

Quintus runzelte ob dieser Erwiderung die Stirn. Er wußte, daß Noell kein Gregorianer geschweige denn überhaupt ein Gläubiger war und daß seine Anrufung des Namens Christi nur aus Gründen der Dramatik geschehen war. Noell erkannte wohl, daß er seinem Mentor Pein bereitete, indem er versuchte, seinen Glauben für Spott zu mißbrauchen, doch Quintus forderte keine Entschuldigung.

»Mein Sohn«, sagte er. »Ihr könnt das Böse nicht wirklich bekämpfen, solange Ihr das Böse nicht zuvörderst versteht. Das ist eine Wahrheit, die wir zu lange vernachlässigt haben. Satan handelt mit Gottes Erlaubnis, damit wir zu begreifen vermögen, was das Böse ist – wie können wir das Böse verwerfen und gut werden, wenn wir keine Gelegenheit haben, es zu verstehen?«

»Mein Vater hat dasselbe gesagt«, räumte Noell ein. »Die Vampire beherrschen uns zunächst und vor allem, weil sie uns schrecken. Wir können nicht lernen, sie mit klarem Verstand zu hassen, solange wir nicht genau wissen, was sie sind und was sie nicht sind. Es ist gut, daß Scot sie in seiner Beweisführung weniger allmächtig darstellt, als sie es in unserer ängstlichen Phantasie sind. Es ist um nichts besser, sie für Ausgeburten Satans zu halten als für die begünstigten Söhne Gottes. Gemeine Menschen sind sie nicht, doch sie sind Menschen, und nur Menschen – wir müssen lernen, sie als Menschen zu hassen, und sie dann besiegen.«

Quintus war nicht ganz glücklich mit dieser Antwort, und Noell wußte es. Manchmal fragte er sich sogar, ob Quintus es nicht vorgezogen hätte, die Vampire überhaupt nicht zu hassen, eingedenk der Mahnung Christi, daß Menschen sogar ihre Feinde lieben sollten. Doch selbst Quintus vermochte nicht zu raten, wie mit den Übeln der Vampirherrschaft aufzuräumen sei, ohne Zuflucht zu Haßgefühlen zu nehmen.

»Das Urteil«, sagte Quintus, »muß am Ende Gott überlassen bleiben.«

»Das mag wohl sein«, sagte Noell, »doch ich selbst würde lieber glauben, daß, wer keinen Schmerz fühlen kann, kein Mitleid verdient.«

2. Kapitel

Noells Schlafkammer befand sich im Trakt des Armenpflegers. Sie hatte einen eigenen Treppenaufgang, so daß er kommen und gehen konnte, ohne von anderen Laiengästen, die zu seltenen Gelegenheiten von der Abtei beherbergt wurden, oder von Händlern, die sich manchmal in Geschäften dort aufhielten, gesehen zu werden. Er machte sich nicht die Mühe, sich vor den Armen zu verbergen, die hier einen Freitisch hatten, oder vor den Jungen des Armenpflegers, die diese Wohltaten austeilten, weil niemand von denen wissen konnte, daß er ein anderer war, als er vorgab zu sein. Doch er versteckte sich vor allen, die sich über seine Anwesenheit wundern mochten. Aus diesem Grund war er gewöhnlich hellwach und auf der Hut, selbst wenn er ruhte, und ängstlich darauf bedacht, jedes Geräusch von Hufgetrappel auf der Straße oder aufgeregten Lärm im Außenhof mitzubekommen. Und er hatte einen leichten Schlaf, so daß jede Ruhestörung ihn allemal geweckt hätte.

In der dunklen Nacht indes, die auf die Nacht des großen Sturms folgte, schlief Noell fester als gewöhnlich, und als er aus seinem Schlummer hochschreckte, war er zu verwirrt, um gleich zu wissen, was ihn aufgestört hatte.

War da ein Schrei gewesen? War das einer der Jungen des Armenpflegers gewesen, dessen angstvolle Stimme ihn geweckt hatte? Oder war das Ganze nur ein Traum?

Er wußte es nicht zu sagen; bis er dann endlich ganz wach war, war das Schreien, falls es denn ein solches gewesen war, verstummt. Er blieb eine Weile horchend liegen und war schon fast überzeugt, daß er geträumt hatte, da hörte er plötzlich das Geräusch vieler Schritte, als würde eine größere Zahl von Männern am Torwärterhäuschen vorbeieilen.

Unvermittelt setzte er sich im Bett auf. Angstvoll und angestrengt horchte er, und er hörte Schritte, die aus der Richtung des Kreuzganges näher kamen, ihm verrieten, daß die Mönche durch die Anwesenheit von Fremden aufgeschreckt waren. Zweifellos hatten sie den Abt herbeigerufen.

Er erhob sich von seinem Strohsack und zog seine Kleider über. Sein einziger Gedanke war, daß Richards Männer von seinem Aufenthalt erfahren hatten und jetzt gekommen waren, ihn gefangenzunehmen. Zweifellos gab es Hunderte von Erklärungen dafür, was den Lärm verursacht haben mochte, doch etwas stimmte nicht. Nur wenige Gäste beanspruchten an diesem abgelegenen religiösen Ort ihr Recht auf Obdach, und ganz gewiß hätten sie das nicht mitten in der Nacht versucht.

Noell schlich aus seiner Kammer und ertastete sich seinen Weg durch den dunklen Gang zu einem Fenster, von wo aus er auf den Hof hinunterschauen konnte.

Bevor er jedoch das Fenster erreichen konnte, hörte er verstohlene Schritte auf der Außentreppe, und er wußte, daß jemand heraufschlich. So geräuschlos wie möglich machte er kehrt, in der Absicht, zur anderen Treppe zu gelangen. Doch es war zu spät; er hatte sich verraten. Er wurde ergriffen, zurückgerissen vom Eingang zu seiner Kammer und über den Gang gezerrt.

Die Treppe war schwach von Kerzenlicht erleuchtet, doch er konnte seinen Häscher schlecht sehen, da dieser sein Hemd hinten am Kragen gepackt hielt und ihn würgte. Sein Sträuben und Zerren vermochte gegen die überlegene Kraft seines Widersachers nichts auszurichten. Als er sich heftig unter dem klammernden Griff wand, erhaschte er einen Blick auf ein dunkles schreckliches Gesicht, narbenüberzogen und bärtig, das einem Dämon auf einem alptraumhaften holländischen Gemälde von der Hölle gehören mochte. Besonders entsetzte ihn, daß ihm die Nase ganz zu fehlen schien; an ihrer Statt entdeckte er nur einen häßlichen Fleck, einer riesigen Warze gleich.

Er wurde von diesem Monster – das ein großer starker Mann sein mußte, da es ihn mit solcher Leichtigkeit herumschob – eilig die Treppe hinunter und hinaus auf den Hof geschafft.

Draußen im Freien tummelte sich bereits eine große Menge. Einige hasteten vorbei am Brauhaus zum Kreuzgang, wo Laien nichts zu suchen hatten. Andere bewachten das Tor, das offen stand. Es konnte keinen Zweifel geben, daß die Eindringlinge Laien waren, die nicht das Recht hatten, dort zu sein, wohin sie sich jetzt wandten, doch Noell war außerstande zu sagen, was da vor sich gehen mochte. Er wurde über den Steinplattenweg geschoben und gezerrt, durch den langen Bogengang in den inneren Bereich. Er war nicht der einzige, der einer so rauhen Behandlung ausgesetzt war, denn die drei Jungen, die dem Armenpfleger dienten, wurden auf ähnliche Weise von ihren Bezwingern herumgestoßen. Sie wirkten kaum weniger brutal als der, der ihn gepackt hielt, waren indes kleiner von Wuchs. Ihre Kleidung war fleckig und zerfetzt, und sie trugen Pistolen, die sie ihren Gefangenen an den Kopf gesetzt hatten, um sie ruhig zu halten.

Noell wurde an die Wand des Kreuzgangs gestellt neben die anderen Jungen und einen der Mönche, der gekommen war, um nachzusehen, was sich dort abspielte. Dann ließ der Mann, der ihn überwältigt hatte, von ihm ab und schloß sich den anderen Mitgliedern seiner Bande an.

Dem kleinen Grüppchen gegenüber stand eine Reihe von Halsabschneidern, die im Halblicht so verwegen und schmutzig wirkten wie die Gestalten, die Noell in den übelsten Vierteln Londons gesehen hatte. Alle waren bewaffnet, die meisten mit Schwertern und Dolchen, die sie gezogen hatten. Er zählte sieben Männer, doch es mußten noch mehr sein, denn die vor ihnen Stehenden blickten sich ständig um, als warteten sie auf Verstärkung, und bisher war niemand zu entdecken, der der Anführer sein mochte. Aus ganz kurzer Entfernung richtete ein kleiner ausgemergelter Mann, dessen Augen im Halbdunkel glitzerten, eine Messerspitze auf Noells Brust. Der Riese, der ihn nach unten geführt hatte, war in den flackernden Schatten verschwunden.

Weitere Laternen wurden aus dem Schlafsaal gebracht, in dem die Mönche schliefen. Bei ihnen waren der Abt und auch Quintus. Noells rasender Herzschlag verlangsamte sich etwas, als diese Achtung gebietenden Gestalten sich näherten. Doch je mehr Licht auf die zusammengewürfelte, abgerissene Mannschaft fiel, in deren gierige Hände er geraten war, desto weniger vertrauenerweckend fand er sie. Der ausgemergelte Mann verzog den Mund zu einem gräßlichen zahnlosen Grinsen, und sein gelbliches Gesicht war zu einem Ausdruck entschlossener Wildheit verzerrt, als hätte er nur allzugern einen Vorwand gefunden, seine Klinge zu benutzen.

Erst als der Abt zu wissen begehrte, was hier vor sich gehe, entdeckte Noell den Anführer der Bande, die mindestens zwölf Mann stark sein mußte. Er war ein großgewachsener, stattlicher Mann mit schwarzem Haar, und dem Auftreten eines Gentleman – ja fast eines Vampirs – und der sich gar nicht erst die Mühe gemacht hatte, sein Schwert zu ziehen. Er schien viel ruhiger als seine Kumpane, doch seine Miene war grimmig, die Lippen fest zusammengepreßt und blutleer. Er war ganz in Schwarz gekleidet und sein Tuch von guter Qualität, doch beschmutzt und fleckig von Seetang und Meerwasser.

Zu beiden Seiten dieses seltsamen Hauptmanns hatten sich seine beiden Leutnants aufgebaut, die noch fremdartiger aussahen als er. Einer von ihnen war jenes Monster, das Noell die Treppe hinuntergeschleift hatte, größer noch als sein Herr und mit grausig verstümmeltem Gesicht. Tatsächlich hatte er keine Nase, sondern nur eine schartige

Wunde, wo sie ihm abgeschnitten worden war. Seine Körpergröße wurde noch unterstrichen von einem bunten Turban, der um seinen Kopf geschlungen war. Er war dunkelhäutig, wie sich Noell einen Sarazenen oder Türken vorstellte; er war sicher kein Mann aus Gaul.

Zur Linken des Anführers erkannte er eine Gestalt, die keineswegs furchterregend, wiewohl sehr überraschend auf ihn wirkte. Es war eine Frau in Männerkleidung oder vielleicht ein Mädchen, denn sie sah nicht älter aus als Noell und war um einiges kleiner als er. Sie war so dunkelhäutig wie das Ungeheuer und trug ihr langes schwarzes Haar zu Zöpfen geflochten. Für eine gemeine Frau hatte sie außergewöhnlich klare Haut, doch die leuchtendrot gemalten Lippen paßten nicht dazu. In der rechten Hand schwenkte sie eine Pistole, ihre Linke hielt einen Dolch, und beide Waffen hatte sie in merkwürdig aufgeregter Manier erhoben. Ihre Spießgesellen wirkten todernst, doch ihre Augen funkelten vor Erregung, als wäre die ganze Angelegenheit für sie ein Spiel, das sie mit Feuereifer zu spielen gedachte. Und während ihre Kumpane den näher kommenden Mönchen entgegensahen, richteten sich ihre Augen auf Noell, den sie von oben bis unten mit einer Begehrlichkeit musterte, die ihm gar nicht gefiel. Im Schlepptau des Mädchens befand sich eine winzige Dienerin in einem Unterkleidchen, die kaum älter als zwölf Jahre sein konnte.

Als der Anführer der Eindringlinge zu sprechen anhub, wandte Noell den Blick von der Frau ab, begierig zu erfahren, was diese Bande von Schurken in die Abtei verschlagen hatte.

»Wir brauchen dringend eine Zuflucht, werter Herr Abt«, sagte der großgewachsene Mann. »Und wir sind kurz vor dem Verhungern. Wir sind eine weite Strecke Wegs gekommen und nicht gewohnt, zu Fuß zu gehen. Wir bitten um Eure Gastfreundschaft und ein wenig Freundlichkeit.«

»Wer seid Ihr?« fragte der Abt ängstlich. Er mußte zu dem Eindringling hochschauen, da er klein von Wuchs und ziemlich fett war. Noell fand, daß ihm die natürliche Autorität ganz abging, die erforderlich gewesen wäre, dem hochmütigen Eindringling von gleich zu gleich entgegenzutreten.

»Mein Name«, sagte der andere mit einer spöttischen Verbeugung, »ist Langoisse.« Er war offenbar befriedigt von der hörbaren Wirkung, die diese Neuigkeit hervorrief.

»Der Pirat!« Dieser Ausruf kam nicht von dem Abt, sondern von einigen der Klosterbrüder.

»Ein armer Sünder«, sagte Langoisse lässig, »den Ungerechtigkeit zwingt, vom Diebstahl zu leben, der um die Mildtätigkeit und um den Schutz der heiligen Mutter Kirche bittet und arme Seelen bei sich hat, die vielleicht zum rechten Glauben bekehrt werden können. Der da« – er deutete auf das Ungeheuer ohne Nase – »ist Selim, ein Türke, der viele Jahre lang gleich mir Galeerensklave gewesen ist, und die da« – er wies auf die Amazone – »ist Leilah, eine marokkanische Zigeunerprinzessin, deren Seele dringend der Errettung bedarf, obwohl sie von sanftem Gemüt und edlem Herzen ist.« Sein ironischer Ton war leicht übertrieben, als wären seine Worte an ein Publikum von Damen eines ganz anderen Hofes gerichtet.

Quintus trat jetzt vor, die Sache in die Hand zu nehmen, da er erkannte, daß die Mönche sehr verängstigt waren und der Abt unsicher schien, was er tun sollte.

»Es ist nicht nötig, daß Eure Männer uns den blanken Stahl zeigen«, sagte er. »Gewiß braucht Ihr Brot, wenn Ihr hungert, denn es ist unsere Christenpflicht, denjenigen Hilfe zu gewähren, die in Not sind. Ohne Zweifel liegt Euer nächster Bestimmungsort fernab von hier, und Ihr müßt essen und ausruhen, um Euch auf die Reise vorzubereiten.«

Langoisse lachte auf. Er antwortete Quintus nicht gleich, sondern schickte zwei seiner Männer über den Kreuzgang zum Dormitorium, mit dem Auftrag, die übrigen Mönche aufzustöbern und sie ins Refektorium zu bringen. Dann schickte er zwei weitere Männer mit dem Befehl los, das ganze Gelände abzusuchen, das an den Außenhof grenzte, und sodann die Kirche, und jeden herzuschaffen, den sie dort fanden. Dann wandte er sich zu Quintus und sagte: »Wir müssen verhindern, daß die Nachricht von unserer Ankunft in die Stadt getragen wird. Zweifellos schlafen die Engländer selig in ihrer Burg und möchten sicher nicht gestört werden. Es könnte für uns notwendig werden, Eure Gastlichkeit für mehrere Tage zu beanspruchen, und obwohl uns gesagt worden ist, daß dies ein gutes und sicheres Haus sei, müssen wir uns vergewissern, daß wir hier in Sicherheit sind.«

Der Pirat drehte sich um und schaute zurück zum Tor. Noell konnte zwar nichts sehen, doch er hörte, wie die hölzernen Bolzen vorgelegt wurden, um sie von der übrigen Welt abzuriegeln. Dann schweifte Langoisses Blick über jene, die an der Wand aufgereiht standen, und er verhielt den Blick, als er Noell erblickte, der wohl wußte, daß er verdächtig war, da ihn seine Kleidung weder als Mönch noch als Diener auswies.

»Wer ist das?« fragte er schroff.

»Ein Laienbruder«, sagte Quintus schnell. »Ein Gast wie Ihr selbst.«

Doch laut meldete sich eine andere Stimme und sagte: »Meister Cordery!«

Erstaunt, daß er erkannt worden war, wandte Noell den Kopf in Richtung Brauhaus, wo der Rest der Piraten sich zusammendrängte. Es war ein Neuankömmling, der da gesprochen hatte, und er erkannte, daß die Eindringlinge noch andere Gefangene haben mußten. Trotz der Tatsache, daß sie Röcke trugen, waren ihnen die Hände auf den Rükken gebunden. Das Gesicht der einen verbarg eine große Haube mit Schleier, doch die andere war barhäuptig, und sie hatte gesprochen. Sie war blond und schien genauso jung wie die angebliche Zigeunerprinzessin. Noell erkannte sie so schnell, wie sie ihn erkannt hatte, und war ganz verzweifelt, sie in diesem Zustand zu sehen. Es war Mary White, die Tochter eines Knechts in Prinz Richards Diensten, die am Hofe des Towers von London aufgewachsen war und ihn aus dieser Zeit noch kannte.

Langoisse trat schnell zu ihm heran, und jetzt zog er sein Schwert und richtete es auf Noells Kehle. »Woher kennt sie Euch?« fragte er mit angespannter Stimme.

Doch bevor Noell antworten konnte, sah er, wie sich der Gesichtsausdruck des Piraten veränderte, als der Name, den das Mädchen ausgesprochen, ihm mit einemmal vertraut schien.

»Cordery«, wiederholte Langoisse. »Tatsächlich Cordery! Ein Gast nur, gleich mir!« Die Schwertspitze senkte sich leicht und wurde dann zurückgezogen. Der Pirat steckte die Klinge zurück in die Scheide.

»Ich bin ein Gesetzloser«, sagte Noell, bestrebt, möglichst tapfer zu klingen. »Ganz wie Ihr auch. Doch der Preis, der auf meinen Kopf ausgesetzt ist, beträgt nur dreißig Guineen, und ich vermute, daß Ihr wohl annähernd siebenmal so viel wert seid.«

Langoisse lächelte ihm zu. »So wenig?« sagte er. »Das ist sehr unfreundlich von Richard! Er weiß sehr wohl, wie sehr es mich ärgert, wenn er vorgibt, daß mein Tod für ihn nur von geringem Interesse ist. Ich denke, ich habe mich jetzt bei ihm in Erinnerung gebracht, denn ich habe von seinem Hof etwas ausgeliehen, das ich an Bord der schiffbrüchigen *Wanderer* gefunden habe. Der Verlust der Herrin dieser Zofe wird den Prinzen sicher daran gemahnen, welche Ehrenschuld er mir noch offen hat, und er wird die Abneigung noch vergrößern, die er gegen mich hegt.« Er machte drei lange Schritte auf den Steinplatten und fegte mit einer theatralischen Handbewegung Häubchen samt Schleier vom Gesicht der zweiten Gefangenen.

Die Frau schien solche Behandlung nicht zu berühren, und sie zuckte nicht zurück. Obwohl keine Laterne in ihrer Nähe war, war ihre bemerkenswerte Schönheit nicht zu übersehen. Ihr schwarzes Haar war sehr glatt und glänzend, ihre Gesichtszüge fein gebildet. Ihre glatte, auffällig makellose Gesichtshaut verriet ihre Herkunft in einer Welt, in der die meisten gewöhnlichen Frauen sich das Gesicht schminken mußten, um Pockennarben und fleckige Stellen zu verdecken. Ihre Augen waren halb geschlossen, und es schien, als wäre sie einem Ohnmachtsanfall nahe und würde nur von dem groben Kerl aufrecht gehalten, der sie am Oberarm gepackt hielt.

»Darf ich Euch die Vampirlady Cristelle d'Urfé vorstellen?« fragte Langoisse. »Zuletzt am Hofe von Prinz Richard, dann unglücklicherweise in ihrer Reise nach Lissabon unterbrochen, da garstiges Wetter und unvorhergesehene Umstände sie aufgehalten haben. Ihr ist nicht sehr wohl.«

Der letzte Satz war vielsagend. Vampiren wurde selten von gewöhnlichen Krankheiten oder Strapazen unwohl. Noell erriet, daß man ihr ein Betäubungsmittel gegeben hatte, vielleicht ein Gift, das sie an die Grenze der Trance gebracht hatte, die Vampire überkam, wenn sie ernsthaft verletzt waren. Es mochte dies eine notwendige Maßnahme gewesen sein, um sie für den Verlauf der schweren und gefahrvollen Reise ruhigzustellen.

Noell wandte sich um, gespannt auf die Reaktion des Abts. Das Gesicht des kleinen Mannes wurde aschfahl.

»Wie könnt Ihr es wagen . . .«, setzte er an.

Langoisse fiel ihm schnell ins Wort. »Den Teufel in ein Kloster zu bringen?« fragte er. »Aber hier sind doch keine Gregorianer. Und falls welche hier wären, welch besseren Ort sollte es wohl für die Brut des Teufels geben als ein Gotteshaus, wo Ihr ihrer Bosheit mit Eurer Frömmigkeit begegnen könnt? Welchen Schaden kann sie schon an diesem geheiligten Ort anrichten?«

Noell erkannte, daß diese kleine Ansprache nicht so sehr an die Mönche gerichtet war, die sich jetzt alle im Kreuzgang versammelt hatten, sondern an die eigene Gefolgschaft des Piraten. Viele von ihnen waren sicher einfache Männer, für die Vampire geheimnisumwobene, mit übernatürlichen bösen Kräften ausgestattete Wesen waren. Es mochte sehr wohl sein, daß sie die Versicherung brauchten, daß ihr Kapitän sie nicht ins Verderben führte. Dennoch tat er vielleicht genau dies. Denn die Vampire brannten darauf, gewöhnlich Sterbliche zu strafen, die ihresgleichen ein Leid zufügten. Langoisse ging durchaus recht in seiner Annahme, daß Richard, sobald er feststellen mußte, daß eine Dame seines Hofes in Gefangenschaft geraten war, keine Anstrengung scheuen würde, sich an die Verfolgung des Piraten zu machen.

»Da Ihr Essen braucht«, sagte Quintus schnell, »muß jemand zu den Lagerräumen und in die Küche geschickt werden. Vielleicht sollten wir jetzt besser ins Refektorium gehen, wo es sich behaglicher reden läßt, und die anderen ihre Arbeit verrichten lassen.«

»Wohlan denn«, sagte der Pirat. »Doch müssen wir uns versichern, daß eine Sache klar ist, während wir hier versammelt sind, und alle sollen hören, was ich zu sagen habe: Falls wir an die Normannen verraten werden, werden alle sterben, vom Abt bis zum gemeinen Hausburschen. Ihr wißt, wer wir sind, und Ihr wißt, daß wir genug Leute sind, unsere Drohung wahrzumachen.«

Wieder musterte Noell die Reihen der Piratenmannschaft, zählte ihre Dolche, Schwerter und Pistolen. Sie hatten keine Musketen dabei, und nur einer oder zwei trugen Gepäck. Er vermutete, daß sie aus Not und nicht aus freiem Entscheid mit so leichtem Gepäck reisten; den größten Teil ihrer Habe mußten sie in dem Orkan eingebüßt haben. Viele der Männer gaben ihm seinen Blick zurück, argwöhnisch oder unangenehm berührt durch die Tatsache, daß sein Name bekannt war, und er vermochte sich sehr gut vorzustellen, was jenen durch den Kopf ging, die den Namen Cordery zu deuten wußten. Wohl mochte er ein Gesetzloser sein, doch er war nicht wie sie. Er war der Sohn eines Vampirgeliebten, der seine vornehme Mätresse gemordet und versucht hatte, die Pest in den Straßen Londons zu verbreiten. Es gab für sie keinen Grund, warum sie ihn mögen sollten.

Als die ganze Gesellschaft nach drinnen ging, hielt der kleine Mann die Spitze seiner Klinge noch immer dicht an Noells Hals. Es war, als müßte er – nach Auffassung des Piraten – genauso sorgfältig und abergläubisch bewacht werden wie die Vampirlady. Doch das Zigeunermädchen ging an seiner Seite, und er war überrascht, daß sie ihn mit faszinierten freundlichen Blicken betrachtete. Es war, als wolle sie ihm durch ihre Gegenwart versichern, daß ihm kein Leid geschehen könne. Sie hatte ihre Waffen weggesteckt.

3. Kapitel

Als der Morgen nahte, ging im Kloster scheinbar alles wieder seinen gewohnten Gang. Die Mönche besuchten die Frühmesse, überantworteten sich mit der unbeirrbaren Litanei ihrer Gebete dem sicheren Schutz des Herrn. Die Piraten waren unauffällig zur Nacht untergebracht worden, doch postierten sie einen Wachmann am Tor und einen Späher auf dem Kirchturm.

Lady Cristelle und ihre Dienerin Mary White waren in sicherem Gewahrsam in Zellen, die sonst eigentlich den Büßern vorbehalten waren. Manchmal wurde angeordnet, einen Mönch dort einzuschließen, der ein Vergehen büßen mußte. Doch längst waren die Zeiten Vergangenheit, als edle Herren, die sich den Zorn der Kirche zugezogen hatten, die Ordensbrüder mittels entsprechender Geschenke veranlassen konnten, stellvertretend für sie beschwerliche Bußen auf sich zu nehmen. Der allmähliche Niedergang der kirchlichen Autorität ließ sich daran ermessen, daß derartige Strafen nur noch äußerst selten verhängt oder überhaupt ernst genommen wurden, falls sie doch einmal ausgesprochen wurden. Während der vergangenen fünfzig Jahre waren die Zellen von Cardigan Abbey kaum belegt gewesen, und die Mönche waren es zufrieden, daß sie nicht mehr in Gebrauch waren. Es erschien niemandem als Sakrileg, als Langoisse beschloß, die Büßerzellen für seine Gefangenen zu benutzen.

Von den Piraten und dem Abt war allen befohlen worden, den Schein der Normalität aufrechtzuerhalten. Entsprechend dieser Anweisung war Noell in die Bibliothek gegangen, doch als er in dem großen Raum saß, unternahm er nicht einmal den Versuch zu arbeiten. Er fragte sich, ob die Besucher wohl von dem Vorhandensein des Geheimkellers wußten, und entschied, daß das nicht wahrscheinlich war. Plötzlich bekamen die Dokumente, die ihm mittlerweile so langweilig geworden waren, für ihn wieder die Aura des Geheimnisvollen und Kostbaren. Er beschloß, sie, falls nötig, vor der Gefahr, gestohlen zu werden, zu schützen.

Er war nicht übermäßig erstaunt, als Langoisse ihn in seinem vorgeblichen Studium der Heiligen Schriften unterbrach und sich einen Stuhl heranzog.

»Ich habe von Eurem Vater gehört, Meister Cordery«, sagte er in freundlichem Ton. »Ich bin ihm nie begegnet, doch man hat mir gesagt, daß er ein guter und vertrauenswürdiger Mann gewesen ist.« Bei Tageslicht schien sein Äußeres weniger gefällig; das helle Licht zeigte, daß seine Haut alterte und sein Haar fettig war. Er mochte ungefähr fünfunddreißig Jahre alt sein, und seine Wangen waren von alten kleinen Narben fleckig und rauh. Seine Augen indes waren von einem lebhaften Braun und sehr klar. Er hatte einen durchdringenden Blick.

»Ich bin gewiß, daß er auch von Euch gehört hat«, erwiderte Noell gelassen.

»Wir vertreten eine gemeinsame Sache, Ihr und ich«, sagte der Pirat. »Ich habe meine eigene Kindheit im Tower verbracht, und ich bin ähnlich wie Ihr ins Exil verbannt worden. Ich kann mir vorstellen, was Ihr empfinden mögt.«

»Uns ist zu Ohren gekommen, daß Euer Schiff bei Cape Clear untergegangen sein soll«, sagte Noell zu ihm, da er nicht über persönliche Dinge sprechen wollte. »Habt Ihr gewußt, daß die *Firedrake* in Milford Haven ist?«

»Mein Schiff hatte Carnsore Point längst hinter sich gelassen, bevor wir es aufgeben mußten«, gab Langoisse zurück. »Und ein günstiger Wind hat unser Boot in die Cardigan Bay verschlagen. Wir sind östlich von hier an einem flachen Küstenstreifen gelandet und haben uns über Land hierher durchgeschlagen. Es wäre vielleicht besser gewesen, wenn uns der Wind in den Bristol Channel abgetrieben hätte. Ich könnte leicht eine Passage auf dem Schiff bekommen, das von Swansea ablegt, doch man könnte kaum von dort in See stechen, ohne einen Alarm auszulösen. Die mir übel wollen, sollten nicht erfahren, daß ich noch lebe, bis ich von hier verschwunden bin, doch mag es nicht leicht sein, einen Schiffsherrn zu finden, der uns mitnimmt.«

»Es muß unangenehm sein, Pirat zu sein«, bemerkte Noell, »und kein Schiff zu haben.«

Langoisse schien nicht beleidigt und lachte. »Es ist nicht das erste Mal, daß ich eins verloren habe«, sagte er. »Und ich wage zu behaupten, daß es nicht das letzte Mal sein wird.«

»Wenn die nun entdecken, daß Ihr noch am Leben seid und was Ihr getan habt, wird man Euch noch eifriger jagen als zuvor. Die Entführung einer Vampirlady ist kein Verbrechen, das sie vergeben können.«

»Vergeben!« Langoisses Stimme war mehr ein verächtliches Schnauben als ein Lachen. »Vergebung ist nicht, was ich begehre! Ich vergebe Richard nie, was er mir angetan hat, und ich werde nie vergessen, was ich ihm schuldig bin. Und Angst vor der Rache der Vampire wird mich nie zum Einhalt bringen.«

»Doch habt Ihr die guten Mönche in Gefahr gebracht, indem Ihr die

Vampirlady hierher geschafft habt. Euch und Eurer Mannschaft Obdach zu geben, wird man ihnen schon sehr verübeln, doch muß davon niemand erfahren, wenn Ihr Euch schnell genug davonmacht. Die Anwesenheit der Lady erschwert das nicht wenig. Und es wird schwieriger sein, diesen Umstand zu verhehlen, mehr noch, schwerste Bestrafung von Euch abzuwenden.«

»Ich habe immer gehört«, sagte Langoisse, »daß die Mönche von Cardigan der Wahren Kirche angehören. Eure Anwesenheit hier, würde sie bekannt, müßte ihnen schon reichlich Ärger schaffen. Ich hoffe, in aller Stille abziehen zu können, doch sollte es nicht so sein, darf der Abt ruhig all denen, die ihn befragen wollen, erzählen, daß ich ihn gezwungen habe, mir zu helfen. Ich möchte nicht, daß den Brüdern Leid widerfährt.«

Noell wußte, daß sich die Mönche von Cardigan tatsächlich der Wahren Kirche zurechneten, doch ob das dieselbe Wahre Kirche sein mochte, die Langoisse meinte, wußte er nicht zu sagen. Seines Erachtens mochte Langoisse sehr wohl ein Gregorianer sein, der in dem Glauben lebte, daß die Vampire Werkzeuge Satans seien und daß das Vampir-Papsttum und das heilige Officium dem Reich des Teufels angehörten, doch als er dem Blick des Piraten begegnete, glaubte er zu erkennen, daß auch sein Gegenüber eine ungläubige Seele war. Immerhin war Langoisse unter den gewöhnlich Sterblichen von adliger Geburt gewesen, war nahe davor gewesen, selbst ein Vampir zu werden.

Jedenfalls hatte Langoisse mit dem, was er gesagt hatte, recht gehabt. Noells Anwesenheit hier war Beweis genug, daß die Loyalität des Abts nicht den Normannen galt. Falls man ihn hier entdeckte, würde der Abt notgedrungen behaupten, daß die Mönche um seine wahre Identität nicht gewußt hätten. Die Gastfreundschaft, die er hier in Anspruch nahm, war für den Abt kaum weniger eine Zumutung als Langoisses Zufluchtsbegehren. Und dennoch, der Beihilfe an der Entführung einer Vampirlady schuldig zu sein, war ein höchst schwerwiegendes Verbrechen, selbst wenn es unter Zwang begangen worden sein mochte.

»Was meint Ihr, soll ich tun?« fragte der Pirat, als Noell darauf nichts erwiderte. »Wollt Ihr, daß ich sie gehen lasse? Oder soll ich sie töten und ihren Leichnam verbrennen?«

»Ihr hättet sie nicht herbringen dürfen.«

»Jetzt, da ich sie in meiner Gewalt habe«, entgegnete Langoisse, »kann ich sie mit in die Hölle nehmen, falls ich sie dieses Opfers wert erachte. Könnte ich sie sicher fortschaffen, so würde ich versuchen, sie als Geisel gegen ein anderes Schiff einzulösen, doch am besten wird es wohl sein, sie zu vernichten. Ich habe mich noch nicht entschieden. Möchtet Ihr sie sehen?«

»Warum?«

»Seid Ihr nicht ein Scholar, der als Mitglied des Unsichtbaren Kollegiums von England hierhergekommen ist? Ist es nicht Eure Absicht, alles, was in Eurem Vermögen steht, über Vampire zu erfahren, damit Ihr sie bekämpfen könnt? Seht Ihr, ich habe auch von jenem Quintus gehört. Es ist doch wahr, daß Euer Vater bestrebt gewesen ist, das Geheimnis jenes Zaubers zu erfahren, der aus gewöhnlich Sterblichen Vampire macht?«

»Das ist die Wahrheit«, gab Noell ruhig zurück.

»Und ist da etwas in Euren verstaubten Büchern, das Euch zu jenem Geheimnis zu führen verspricht?«

»Wäre es je niedergelegt in einem Buch«, erwiderte Noell, »so wäre es kein Geheimnis mehr. Kein gemeiner Mann weiß bis auf den heutigen Tag, wie Vampire gemacht werden. Wüßte jemand um dieses Geheimnis, dann wäre es gewiß ein Mann wie Ihr, der einst darauf rechnen dürfte, dieser Belohnung teilhaftig zu werden.« Die Worte waren nicht im Ernst gesprochen; sie hatten einen sarkastischen Beiklang. Doch Noell hatte zu seiner eigenen Überraschung keine Angst vor dem Piraten, der seine Worte nicht im Zorn aufzunehmen schien.

»Vielleicht habt Ihr recht«, sagte Langoisse. »Vielleicht hätte ich jenes Geheimnis erfahren können, hätte ich die Gelegenheit voll ausgeschöpft. Doch als ich noch erwarten konnte, ein Vampir zu werden, schien keine Dringlichkeit zu bestehen, und als dann offenbar wurde, daß sogar mein Verwandter, der Großmeister des Johanniter-Ordens, mich so gering achtete, mich als gewöhnlichen Freibeuter zu benutzen, war dieses Geheimnis unerreichbar für mich. Von da an war es nur noch ein kleiner Schritt, mich zum Rebellen gegen ihre Art zu machen. Glaubt Ihr, daß die Lady uns das Geheimnis verraten wird, nach dem es uns so begehrt, falls wir sie dazu überreden können?«

»Welche Mittel der Überredung stehen uns denn zur Verfügung?« fragte Noell. »Die Vampire können den Schmerz besiegen, und sie brechen unter der Folter nicht zusammen.«

»Doch kann man ihnen mit dem Tod drohen, oder nicht? Ein tapferer Ehrenmann wie Richard würde natürlich einer solchen Drohung nie nachgeben, doch ein zartes Wesen wie unsere Lady ist gewiß aus anderem Stoff gemacht. Es ist nicht allein Schmerz, der die Folter ausmacht. Und manches läßt sich auch erreichen durch Furcht und Schrecken.«

Noell überlegte, ob der Pirat nur auszuloten versuchte, wie er reagieren würde. Langoisse verhielt sich jetzt zu ihm wie zu einem Freund, doch er hatte eigentlich keinen Grund, ihm zu vertrauen. Warum sollte der Pirat einfach davon ausgehen, daß Noell sein Verbündeter war? Die längste Zeit seines Lebens hatte Edmund Cordery der Vampirrasse gegenüber die Rolle des ergebenen Dieners gespielt. Die Tatsache, daß er gestorben war, um seine Geliebte zu töten, vermochte allein niemanden davon zu überzeugen, daß er schon immer ein Mitglied jener geheimen Gesellschaft gewesen war, die Britannien von der Herrschaft der Vampire zu befreien plante.

»Es wird behauptet, daß Vampirdamen und sogar gewissen Angehörigen der Ritterschaft nicht gestattet ist, das Geheimnis zu erfahren, vermittels dessen sie gemacht werden«, sagte Noell vorsichtig. »Man behauptet, daß die Gesamtheit der Riten nur den Fürsten und ihren Magieren bekannt ist und daß sie streng gehütet werden. Wäre allein die Todesdrohung ausreichend, jedem gefangenen Vampir dieses Geheimnis zu entreißen, glaubt Ihr, es hätte länger als tausend Jahre gewahrt werden können?«

»Habt Ihr auch sagen hören, daß ein gemeiner Mann, der das Blut eines Vampirs trinkt, selbst zum Vampir werden kann?«

»Das habe ich sagen hören. Mein Vater hat mir erzählt, daß es eine Lüge ist.«

Langoisse lächelte. »So wollt Ihr also dieses Experiment nicht versuchen? Ihr wollt nicht mit ansehen, was wir Cristelle d'Urfé durch Zwang entlocken werden? Und auch nicht kosten, welche Wunder ihr Blut in Euch wirkt?«

Noell leckte sich die Lippen, die ihm sehr trocken schienen. »Ich glaube nicht«, sagte er.

»Ihr seid ein hübscher Bursche«, meinte der Pirat. »Meine kleine Marokkanerin ist von Euch recht eingenommen. Ihr müßt zugeben, daß sie ein hübsches Ding ist. Würde es Euch gefallen, ein Pirat zu sein und mit mir zu gehen, wenn es an der Zeit ist? Ich mache Euch zum dritten Maat auf meinem nächsten Schiff, und Ihr könnt die Marokkanerin für Euch haben, falls Ihr ihr mehr gefallt als ich.«

Noell erinnerte sich seiner Sehnsucht nach einem von Tatendrang erfüllten Leben, doch der Reiz der Piraterie schien ihm jetzt geringer als einstmals.

»Kommt schon, Meister Cordery«, sagte der Pirat sanft überredend. »Ein lebenslustiger Bursche wie Ihr seid nicht zum Mönch bestimmt.«

Noell schaute hinunter auf die Bibel, die er vorgegeben hatte zu lesen, doch die aufgeschlagene Seite bot ihm keine Erleuchtung. »Ich weiß noch nicht«, sagte er, »welchen Lebensweg ich vorziehen würde.«

Der Pirat lächelte freudlos. »Das Angebot gilt, bis wir von hier fortgehen. Ich bitte Euch, denkt darüber nach. Jetzt frage ich Euch noch einmal, ob Ihr meine gefangene Lady sehen mögt und hören wollt, was sie zu sagen hat.«

Noell konnte nicht umhin, sich des Antlitzes der Vampirdame zu erinnern, und er erlebte einen verwirrenden Sturm von Gefühlen, die er nicht zu benennen wagte. Er erhob sich und sagte: »Wenn Ihr darauf besteht.«

Der Pirat verbeugte sich spöttisch vor ihm und forderte den Jungen auf, ihm voranzugehen. Noell führte den Piraten aus der Bibliothek und durchschritt mit ihm die verlassenen und labyrinthischen Gänge zu den Büßerzellen.

Der Türke Selim hielt im Vorraum zu den Zellen Wache, obwohl sämtliche Türen von außen verriegelt waren. Als Langoisse den Riegel der Tür zurückschob und Noell bedeutete, ihm nach drinnen zu folgen, blieb der Mann ohne Nase draußen. Noell hörte das Geräusch, als der Riegel wieder vorgelegt wurde, und fragte sich, ob man ihm gestatten würde, gemeinsam mit dem Piraten wieder hinauszugehen.

Lady Cristelle saß auf einer breiten hölzernen Bank, die man in den Raum gebracht hatte und die ihr als Bett dienen sollte. Mary White war nicht bei ihr, und Noell vermutete, daß sie in eine andere Zelle gesteckt worden war, um der Vampirdame die Blutspende zu entziehen, deren sie bedurfte.

Als Langoisse hereinkam, wich die Lady bis an das kalte Mauerwerk zurück, doch wenngleich ihr gewiß nicht wohl war, zeigte sie keineswegs Anzeichen von Erschrecken. Ihr Gesicht, das so bleich war, daß es fast durchscheinend wirkte, war ganz ruhig. Ihre Augen waren jetzt nicht mehr trüb; welches Gift man ihr auch verabfolgt haben mochte, seine Wirkung war jetzt verflogen.

»Ich sehe, daß Ihr Euch ausruht«, sagte Langoisse. »Ich habe Meister Cordery mitgebracht, Euch zu besuchen. Er muß Euch noch vom Hofe her bekannt sein.«

Cristelle wandte ihre dunklen Augen Noell zu und betrachtete ihn neugierig. »Ich habe seinen Vater gekannt«, erwiderte sie. »Doch ich glaube nicht, daß ich Meister Noell schon einmal gesehen habe. Sein Vater war ein stattlicher Mann, doch er hätte sich aus Liebe zu einer Lady nicht selbst zerstören dürfen. Das war sehr töricht von ihm.«

Die Stimme der Lady war leise und klangvoll. Sie schien weniger stolz und weniger selbstbewußt als Lady Carmilla, doch Noell glaubte, daß diese demutsvolle Haltung einzig auf ihre jetzige Lage zurückzuführen war. Hochmut war denen ganz natürlich, die in der Sicherheit ihrer Paläste die ganze Welt beherrschten, aber sie war jetzt Gefangene in einem Verlies.

»Er kann mir dabei helfen, Euch zu befragen«, sagte der Pirat. »Er ist ein Gelehrter, und vielleicht weiß er besser, was ich Euch fragen soll als ich.«

»Ich werde Eure Fragen nicht beantworten«, sagte die Lady ruhig. »Und Ihr wißt selbst, daß nichts mich zu zwingen vermag, Euch zu antworten.«

Langoisse wandte sich zu Noell. »Sie meint damit, gelehrter Meister, daß sie den Schmerz nicht fürchtet. Doch sollen wir ihr das ungeprüft glauben? Vielleicht ist es nur eine Lüge, die die Vampire zu ihrem eigenen Schutz verbreiten?«

»Alle Vampire können den Schmerz unterdrücken«, erwiderte Noell, nicht willens, sich zu verstellen. »Das ist eines der Attribute ihres Wesens. Langes Leben, Unbeeinflußbarkeit durch Krankheit, Verheilen von Wunden, die einen Menschen töten würden. Gewöhnlich Sterbliche gestehen unter der Folter alles; Vampire geben nichts preis.«

»Habt Ihr miterlebt, wie diese Meinung einer Prüfung unterzogen worden ist, Meister Cordery?« fragte der Pirat.

Noell schüttelte den Kopf. Er fühlte leichtes Unbehagen in seinem Magen aufsteigen, als Langoisse einen Dolch aus seinem Gürtel zog. »Wo würdet Ihr den Schnitt am besten anbringen?« fragte der Pirat.

Noell machte keine Anstalten, den Dolch zu ergreifen. Er unterließ es nicht, weil er den Fluch der Lady fürchtete – falls dergleichen Verwünschungen etwas bewirkten, müßte jeder, der den Vampiren übel wollte, längst tot sein –, sondern weil sein Respekt vor den Herrschern über die gewöhnlich Sterblichen noch hinreichend stark war, ihn vor diesem sinnlosen Schauspiel zurückschaudern zu lassen.

»Dann seid Ihr vielleicht überzeugt von dem, was Eure Bücher Euch lehren?« fragte der Pirat ironisch. »Ich bin einst selbst ein Scholar gewesen und habe seither herausgefunden, daß viele vermeintliche Wahrheiten durchaus nicht so gewiß sind, wie die Lehrmeister althergebrachten Hörensagens uns glauben machen möchten. Ich habe sagen hören, daß ein Mensch, der vom Blut eines Vampirs kostet, wie Vampire von dem unseren kosten, vielleicht selbst zum Vampir wird, doch ich will nicht behaupten, daß es wahr ist, und ebensowenig behaupten, daß es falsch ist, da ich es noch nie selbst versucht habe.«

Noell erwiderte nichts darauf und wünschte nur, daß er nicht mitgegangen wäre.

Langoisse sagte: »Vielleicht sind es andererseits ja auch die Gregorianer, die recht haben. Dämonen müssen ausgetrieben werden, und wir dürfen uns nicht mit ihnen einlassen. Sollten wir also einen Pfahl in ihr Herz stechen, ihnen den Kopf abschneiden und ihren Leib verbrennen gemäß der Art, die der letzte wahre Papst uns empfohlen? Die Autoritäten erklären das zu einer völlig richtigen und angemessenen Methode, den Tod eines Vampirs sicherzustellen, oder etwa nicht? Oder würdet Ihr vielleicht jener Magie den Vorzug geben, deren sich Euer Vater bedient hat, um seine Vampirgeliebte mit der Pest zu schlagen? Ich würde meinen, daß er Euch in jenen Zauber eingeweiht hat.«

Noell spürte Schweiß auf seiner Stirn, obwohl es in dem Gewölbe sehr kühl war. Sein Herz hämmerte. Er spürte deutlich, daß er es war und nicht Lady Cristelle, dem der Angriff galt.

»Laßt den Jungen in Ruhe«, sagte Cristelle. »Er hat nicht das böse wilde Herz, wie Ihr es braucht, um Euer Werk zu tun. Schickt ihn fort und tut, was Euch beliebt. Es wird Euch nichts einbringen, mein Blut zu vergießen, und es wäre besser für alle, wenn mein Blut allein an Euren Händen klebt.«

Der Pirat reagierte auf ihren Einwurf mit plötzlicher Wut. Er hieb ohne Vorwarnung auf sie ein, stach ihr mit dem Dolch ins Gesicht.

Sie zuckte kaum zurück, und es schien Noell, daß sie den Stoß, hätte sie nur gewollt, auch hätte vermeiden können. Die Klinge durchschnitt ihre Wange unter dem rechten Auge und traf auf die knochigen Partien um ihre Nase. Es war ganz so, als hätte sie gewünscht, daß es ganz schnell zum Geschäft des Blutvergießens käme, als wäre es ihr lieber, diese Angelegenheit ein für allemal zu enden.

Langoisse beobachtete, wie das Blut gleich einem roten Vorhang, der bis auf ihr Kinn hinunterfiel, aus der Wunde floß. Der Blutstrom kam plötzlich und heftig, denn der Schnitt war tief gewesen, doch ebenso schnell verlangsamte er sich und versiegte innerhalb von Sekunden, wie es bei Verletzungen üblich war, die ein Vampir erlitt. Die Lady fuhr mit den Fingern ihrer rechten Hand über den Schnitt in ihrer Wange bis zur Nase und streckte dann ihre Hand Langoisse hin, einen Blutstropfen an jedem Finger.

»Trinkt«, befahl sie ihm.

Er tat es nicht, doch Noell sah ihm an, daß dies nicht aus mangelndem Verlangen geschah, sondern da die Lady es gewagt hatte, ihm zu befehlen. In seinen Augen lag eine Faszination, der anzusehen war, daß er jenes eben zitierte gefährliche Gerücht nicht ganz abtun mochte.

Cristelle führte ihre Hand sodann an ihre eigenen Lippen und leckte das Blut von den Fingern. Sie machte daraus keine Pantomime, aber dennoch fand Noell die Schnelligkeit, mit der sie diese Geste ausführte, bestürzend.

»Soll ich Euch mein Herz darbieten?« sagte sie zu Langoisse. »Oder meine Kehle vielleicht?« Sie bog ihren Kopf zurück, wobei ihr Blick unverwandt auf ihn gerichtet blieb. Noell erkannte, daß sich hinter dieser Lockung eine Absicht verbarg. Wäre Langoisse versucht gewesen, wieder zum Dolch zu greifen und ihr eine tiefere Wunde zuzufügen, dann würde sie vielleicht in das tiefe Koma verfallen, das alle Vampire brauchten, um ihre außergewöhnlichen Fähigkeiten zur Selbstheilung aufzubieten. Hatte sie erst einmal dieses Stadium erreicht, wäre sie jeglichem Verhör unerreichbar entzogen. Langoisse mochte sie dann getrost töten, doch nichts sonst vermochte er gegen sie auszurichten.

Der Pirat hielt sich zurück. Statt dessen steckte er den Dolch zurück in seinen Gürtel. Er warf einen Blick auf Noell, als wäre er im ungewissen darüber, ob er ihn in der Zelle zurücklassen sollte oder nicht. Doch dann sagte er: »Kommt von hier fort, Meister Scholar, ich will mich mit Euch beraten.« Seine Stimme hatte die ironische Schärfe zurückgewonnen, doch sprach er jetzt nicht mehr in leichtem Ton zu ihm.

Noells Blick war gefesselt vom Anblick der Vampirlady, und wenn er daran dachte, daß solche Vollkommenheit durch den achtlosen Schnitt eines Dolches versehrt werden sollte, schnürte es ihm die Kehle zu. Er wußte, daß sie keinen Schmerz fühlte, doch die Tragödie geschändeter Schönheit erschien ihm darum nicht weniger herzzerreißend. Nachdem ein kurzer Augenblick verstrichen war, riß er seinen Blick von ihr los und folgte Langoisse zur Tür.

Als der Türke sie aus der Zelle führte und den Sicherheitsriegel vorlegte, hörte Noell Mary White in einer anderen Zelle aufschluchzen. Er wollte ihr zurufen, ihr Ermutigung und das Versprechen von Schutz zuteil werden lassen, doch er wußte nur zu gut, daß er außerstande war, ein solches Versprechen einzulösen.

»Arme Mary«, flüsterte er wütend vor sich hin. Es war sicherer, sich an diesen Gedanken zu klammern, als Mitgefühl für die Vampirlady in sich aufkommen zu lassen.

4. Kapitel

Noell saß auf dem dreibeinigen Schemel vor dem Küchenfeuer und starrte in die Flammen. Die beiden Kessel, die über dem Feuer hingen, umschlossen je einen Topf mit wellendem Fleisch und Kräutern, einen Netzbeutel voll mit Gemüse und einen in ein Tuch geschlagenen Pudding. Daraus würde das Abendmahl bestehen, reichlich gestreckt, um die unwillkommenen Besucher des Abts wie auch die Klosterbrüder zu speisen. Obwohl Noell zuvor gemeinsam mit Martin und Innozenz hart gearbeitet hatte, mußte er jetzt nur noch zuschauen, wie das Kochen seinen Fortgang nahm. Und nur gelegentlich mußte er aufstehen, mehr trockenes Holz heranschleppen, um dem Feuer Nahrung zu geben, und Wasser aus der großen Schöpfkelle in die Kessel gießen. Das Essen würde auf den hölzernen Schneidebrettern aufgetragen werden, die die Mönche von Cardigan schon seit Hunderten von Jahren benutzten; sie verachteten Teller ebenso wie Gabeln, weil dergleichen Dinge draußen in der eitlen Welt in Mode gekommen waren. Die Anhänger des St. Benedikt ließen sich nicht vorschnell von Zeitströmungen mitreißen.

Noell hatte seine Arbeit in der Küche nie mühevoll gefunden, da die wackeren Brüder großen Wert darauf legten, das Kleinhacken und Mischen zu übernehmen, während sich seine Rolle aufs Heben und Herbeischleppen beschränkte. Trotz der Einfachheit der Arbeit jedoch empfand Noell die heiße Küche oftmals als drückend, und das besonders in den Sommermonaten. Er hatte einst Bruder Martin gegenüber die Bemerkung getan, daß seine Arbeit ihn stark an die Drohung mit dem Höllenfeuer erinnerte, doch Martin hatte diesen Scherz weder zu würdigen gewußt, noch war er mit der Andeutung von Blasphemie einverstanden gewesen, die sie in sich barg.

An dem Abend, der auf seinen unfreiwilligen Besuchsgang mit Langoisse zu Cristelle d'Urfés Zelle folgte, war Noell es zufrieden, einen Ort zu haben, an den er sich zurückziehen konnte, wo er unbehaglich allein sein durfte mit seinen schuldgespickten Gedanken und Empfindungen. Mit einemmal machte ihm die wütende Hitze des Feuers nicht mehr das geringste aus, und er genoß den Gluthauch, als könnte er helfen, das Gären aus seiner Seele zu brennen, ihn von seinen Ängsten und Zweifeln zu reinigen. Doch lange sollte er nicht allein bleiben dürfen.

Er saß traumverloren da, mit blicklosen Augen in die Flammen starrend, die an den Bäuchen der Kessel leckten, als Langoisses Geliebte lautlos an ihn herantrat und ihn aufschreckte. Er wäre sicher errötet, wären seine Wangen nicht bereits von der Hitze flammend rot gewesen.

»Es tut mit leid«, sagte sie. »Ich wollte dich nicht erschrecken.«

Noell hatte in den kecken gedruckten Bänkelliedern, die frische Kunde von Piraten und Wegelagerern sogar bis in die Festungsmauern von Richards Tower trugen, gelesen, daß Männer wie Langoisse weibliche Gesellen hatten, doch hatte er nie gewußt, ob solche Berichte auf Wahrheit beruhten oder nur dichterischer Phantasie entsprangen. Derartige Geschichten versteckten die geile Erregung, die ihnen innewohnte, hinter der Pose geheuchelten Entsetzens und moralischer Entrüstung und entzückten durch bildhafte Schilderungen zuchtloser Frauen, Verführerinnen von exotischer Schönheit und unberechenbarem Temperament. Jetzt fand er sich selbst solch einer leibhaftigen Legende gegenüber.

Obwohl Langoisse sie ihm als marokkanische Zigeunerprinzessin beschrieben hatte, schien Leilah nicht so exotisch oder glanzvoll wie die Heldin einer Ballade. Sie erschein ihm jetzt, da sie ganz dicht an ihn herangetreten war, als ein recht widersprüchliches Wesen. Noch immer trug sie Männerkleidung und einen Dolch im Gürtel, doch die Aufregung, die ihr Gesicht am Abend zuvor beseelt hatte, war jetzt geschwunden, und sie schien alles andere als unerschrocken. Ihre dunklen Augen waren umschattet und ihre Miene bekümmert.

Als Noell sie ansprach, war sein Ton gereizt. »Was wollt Ihr von mir?« fragte er.

»Langoisse hat mich gebeten, dich aufzusuchen, Meister Cordery«, sagte sie. »Er macht sich Vorwürfe, daß er dich gekränkt hat, wo es doch sein Wunsch gewesen ist, dein Freund zu sein.« Ihre Stimme hatte einen leichten Akzent nach Art der Spanier. Er war überrascht, daß sie ihm gegenüber die vertrauliche Anrede benutzte, denn das widersprach dem angeblichen Adel, den der Titel Prinzessin barg, sowie der Tatsache, daß Langoisse ihr eine eigene kleine Dienstmagd beigegeben hatte. »Dich« und »dein« wurden bei Hofe nicht benutzt, ausgenommen von Liebenden in intimer Zweisamkeit oder zwischen Eltern und Kindern. Er überlegte sich, ob sie ihr Englisch auf archaische Weise gelernt hatte oder ob sie auf Langoisses Anweisung hin sich dieser Form der Anrede bediente.

»Ich trage ihm nichts nach«, sagte Noell. »Doch ich bin Gast hier und fürchte um die Sicherheit meiner Gastgeber. Ich glaube, er wird verstehen, daß es mir am liebsten wäre, er ginge schon recht bald von hier, mit möglichst wenig Aufruhr.«

Sie stand vor ihm, vielleicht etwas näher, als ihm lieb war. Während er saß, war sie genauso groß wie er, und ihre dunklen Augen blickten in die seinen, obschon er sie nicht klar erkennen konnte, solange ihr Gesicht sich gegen das Feuer abhob. Er stand auf und trat beiseite, damit er sie, wenn er sich zu ihr wandte und auf sie hinunterblickte, bei besserer Beleuchtung sehen konnte. Sie war nach herkömmlichen Begriffen hübsch, doch nicht wahrhaft schön zu nennen. Sie hatte lediglich den Reiz gemeiner Jugend, der auf ihre Art ganz gefällig sein mochte, doch sie verfügte in seinen Augen über nichts, das sich mit dem blassen, mattschimmernden Glanz der Vampirdamen bei Hofe vergleichen ließ, die für ihn den Maßstab des Begehrenswerten setzten.

Sie wiederum schien ihn mit einer Faszination anzublicken, die er verwirrend fand. Das brachte ihm auf merkwürdige Weise jenen verhangen nachdenklichen Blick in Erinnerung, mit dem ihn Carmilla Bourdillon am schicksalhaften Vorabend seiner Flucht aus London bedacht hatte. Er war nicht oft in Gesellschaft von Frauen gewesen, und er empfand deutlich, daß er ihre Avancen nie recht zu deuten noch entsprechend auf sie einzugehen vermochte.

»Er möchte dein Freund sein«, sagte sie noch einmal. »Ein besserer Freund vielleicht als jene Mönche dort.«

»Mich dünkt, daß sein Beruf gefahrenreicher ist«, erwiderte er. »Die Brüder sind als Freunde kalt, doch ihre Kälte verspricht eine gewisse Sicherheit.«

Das verstand sie nicht. »Willst du selbst Mönch werden?« fragte sie. »Bist du fürs Zölibat und fürs Gebet gemacht anstatt für Abenteuer und für die Liebe zu Frauen?«

»Männer machen aus sich, was sie können und was sie wollen«, beschied er sie.

Sie schaute sich in der Küche um, als wollte sie ihm damit zu verstehen geben, daß seine Umgebung ihr genug verriet von dem, was er aus sich selbst machte. »Vielleicht«, sagte sie. »Doch ich bin eine Sklavin gewesen, bis er mich befreit hat. Und ich hätte nicht mehr aus mir machen können, hätte er mir nicht die Gelegenheit dazu gegeben. Er nennt mich jetzt Prinzessin, das ist eben seine Art. Doch ich bin frei, und ich habe den einen oder anderen jener Art von Männern getötet, die mich einst gefangengehalten und benutzt haben.«

»Nun«, sagte Noell weich. »Darüber bin ich froh. Ich kann nicht wünschen, daß Ihr eine Sklavin seid oder Euch elend fühlt in dem, was

Langoisse aus Euch gemacht. Ich bitte Euch, auf Eure Weise glücklich zu sein, doch weiß ich wahrhaftig nicht, ob aus mir ein Pirat werden kann.«

Sie lächelte über die Freundlichkeit seiner Worte, und der Anblick ihres Lächelns ließ ihn überraschend warme Freude empfinden. Er lächelte zurück.

Jetzt war anscheinend sie es, die leicht verlegen wurde, und sie schaute weg. »Ich mag dich gern«, sagte sie schlicht. »Ich wünsche mir, daß du mit uns kommst, wenn wir fortgehen.«

»Vielleicht werde ich das tun«, erwiderte Noell – der empfand, daß er das in aller Aufrichtigkeit sagen konnte, so ungewiß war ihm sein eigenes Schicksal.

»Da ist noch eine andere Botschaft, die ich gebeten wurde, dir zu bringen«, sagte sie. »Willst du zusehen, daß die Vampirlady und ihre Zofe zu essen haben? Doch laßt sie beide nicht allein, denn mein Herr will nicht, daß die Lady ihr Quentchen Blut bekommt. Bring auch Selim Essen. Er bewacht sie.«

Noell runzelte die Stirn und fiel in seine alte Schroffheit zurück, als er sie beschied, daß er tun wolle, was man ihm aufgetragen hatte. Dann setzte er sich auf seinen Schemel und gab ihr eindeutig zu verstehen, daß sie jetzt gehen sollte. Sie zögerte, doch Bruder Martin kam herein, da die Vesper beendet war, und sie entzog sich schnell seinem tadelnden Blick. Der Mönch bedachte auch Noell mit einem scharfen Blick, doch Noell scherte sich nicht um den Ausdruck von Unmut in seinem Gesicht. Er schenkte seinerseits Martin kaum einen Blick, als er seinen Platz einnahm, einen Hebel ergriff, mit dem er und der Ordensbruder die Netzbeutel mit Essen aus den Kesseln und weg vom Feuer hoben.

Später brachte Noell, wie man ihn gebeten hatte, das Essen in die Zellen. Er trug zwei der Schneidebretter, während einer der Jungen des Almosenpflegers ein drittes für den Türken auf den Armen balancierte. Zuerst ging er zu Mary White hinein, und obwohl die Tür offen blieb und ihnen jegliches Gefühl der Ungestörtheit nahm, kam sie auf ihn zugeflogen und packte ihn bei den Schultern, als er ihr Essen abstellte.

»O Meister Cordery«, sagte sie. »Ihr müßt uns helfen, denn sie wollen meine Lady verbrennen, und ich wage mir nicht auszudenken, was mit mir geschehen wird!« Sie war von Angst erfüllt, und er wußte, daß die Gegenwart des Mannes ohne Nase nur ihre Furcht mit einem Extramaß an Schrecken nähren konnte.

Er konnte sich nicht dazu überwinden, ihr falschen Trost zu spenden, obwohl es freundlicher gewesen wäre. So aber erwiderte er nur: »Ich muß zuerst die Lady aufsuchen, Mary. Ich komme gleich zurück.«

Sie ließ ihn gehen und schaute ihm nach, als er die Tür hinter sich schloß, ohne den Riegel vorzuschieben. Der Türke, der sich bereits Essen in den Mund schaufelte, beobachtete ihn, doch er sprach ihn nicht an. Noell wußte nicht, ob Selim Englisch sprach oder ob er überhaupt sprechen konnte, also sagte er nichts zu seiner Entschuldigung oder Erklärung. Er mußte das Abendessen für die Lady absetzen, während er den Riegel zurückschob, der ihre Zelle sicherte, und er spürte die Augen des Türken in seinem Rücken, als er die Tür aufmachte und hineinging.

Nicht nur ohne jede Begeisterung, sondern mit Argwohn begutachtete Lady Cristelle das Fleisch. Sie saß noch immer genauso auf der Bank, wie er sie früher am Tag dort gesehen hatte. Die Narbe in ihrem Gesicht verblaßte bereits und würde bald ganz verschwunden sein.

»Es ist nur Fleisch, Mylady«, sagte er, ihre Befürchtungen richtig deutend. »Es ist kein Gift darin. Ich habe es zubereiten sehen, und keine Hand außer der meinen hat es angerührt.«

Sie bedachte ihn mit einem matten Lächeln. »Also hat man jetzt weniger Angst vor mir«, sagte sie. »Sie wollen mich wieder zu Kräften kommen lassen, weil sie mich in meiner Gefangenschaft für hilflos halten. Ich denke, mir wäre lieber, sie unterließen dies, damit ich mich in Tiefschlaf flüchten kann.«

»Könnt Ihr das nicht?« fragte er ehrlich neugierig.

Sie schaute zu ihm hoch, und ihre Miene war undeutbar. »Haben sie Euch also geschickt, mich listig auszufragen? In diesem Fall kommt's kaum drauf an. Ich kann den Tiefschlaf selbst nicht suchen; suchen muß er mich. Es ist nicht etwas, das wir tun, sondern etwas, das mit uns geschieht. Wenn mir Blut verweigert wird, wie der Pirat zu beabsichtigen scheint, dann werde ich schließlich in diesen Schlaf verfallen. Desgleichen, wenn er mir noch mehr Gift verabreicht. Wir sind alle auf unterschiedliche Art Gefangene unseres Seins. Aber wartet nicht länger, Meister Cordery – Mary braucht Euch mehr als ich, und Ihr müßt alles tun, was in Euren Kräften steht, um ihr zu helfen.«

Ihre offen geäußerte Besorgnis machte ihn mißtrauisch, er wußte nicht, ob sie ihn nur mit Schauspielerei zu beeindrucken suchte. Vampirfrauen waren berühmt für die Raffinesse ihrer Verführung und die Herzlosigkeit ihres Verrats. Er wagte nicht, ihre Worte für bare Münze zu nehmen. Falls all das der Wahrheit entsprach, was ihm über Vampire erzählt worden war, konnte es ihr völlig gleichgültig sein, was mit einer gewöhnlichen Dienerin geschah.

Er verließ die Zelle und sicherte die Tür. Er schaute zu dem Türken hinüber, der mit der Spitze seines Messers überraschend gewandt und treffsicher auf ein Stück Fleisch einstach. Er ging zurück in Mary Whites Zelle.

Sie hatte ihr Essen noch nicht angerührt und erwartete ungeduldig seine Rückkehr. »Was haben sie mit uns vor?« fragte sie in ahnungsvollem Schrecken. Sie war nicht wieder auf ihn zugekommen, um ihn zu umklammern, sondern stand fünf Schritte entfernt, die Arme vor der Brust gekreuzt, die Hände auf ihre Schultern gelegt, als wiege sie sich selbst in den Armen.

»Das weiß ich nicht«, sagte er zu ihr. »Aber die Mönche werden darauf sehen, daß Euch kein Leid geschieht, und sogar eine Meute von Piraten hat Achtung vor einem Gotteshaus. Langoisse ist kein rauher Mann, und er würde Euch nicht einfach töten, um der Sündenlast seiner Seele einen weiteren Mord hinzuzufügen.«

»Aber Ihr werdet mir doch helfen? Das werdet ihr doch? Ihr werdet nicht zulassen, daß sie mir weh tun?«

Also, dachte Noell, *glaubt sie schon, daß ich einer von denen bin, ein Gesetzloser unter Gesetzlosen.*

»Ich werde tun, was ich kann, damit Euch kein Leid zugefügt wird«, versicherte er ihr.

»Und auch meiner Lady nicht?« In ihrer Stimme lag Zweifel, als wagte sie nicht, eine Zusicherung zu erhoffen.

»Es ist nicht mein Wunsch, jemanden getötet oder verletzt zu sehen«, sagte er zu ihr. »Nicht einmal einen Vampir. Ihr müßt essen, sofern Ihr das könnt. Das Essen wird Euch wärmen und Euch Kraft geben.«

Sie nickte eifrig und setzte sich aufs Bett, hob das Schneidebrett vom Boden auf, wo er es abgesetzt hatte. Er ging aus der Zelle, und nach kurzem Zögern griff er nach dem Riegel, der die Tür versperrte, und schob ihn wieder an Ort und Stelle. Dann schaute er noch einmal zu dem Türken hin, der ihn ohne Neugier beobachtete, während er aß. Als Noell in den Gang zurücktrat, spürte er jene Augen, die durch Narbengewebe und das zerklüftete Umfeld wie die eines Ungeheuers schienen, auf sich gerichtet, wie sie wachsam seinen Abgang verfolgten. Der Junge, der auf ihn gewartet hatte, zitterte fast vor Angst, als er neben ihm herging.

Im Refektorium, wo er seine Mahlzeit zu sich nehmen wollte, wurde Noell an den großen Tisch des Abts gerufen. Langoisse saß rechter Hand vom Abt, wo gewöhnlich Quintus' Platz war, und der uralte Bruder Innozenz war von der Geliebten des Piraten von seinem angestammten Platz verdrängt worden.

»Ich muß Euch bitten, der Abtei zuliebe einen Auftrag zu übernehmen«, sagte der Abt in einem Ton, dessen gezwungenem Gleichmut nicht gelang, die Furcht dahinter zu verhehlen. »Morgen müßt Ihr in die Stadt gehen, um eine Passage nach Irland für unsere . . . Gäste zu vereinbaren. Es erschiene mir nicht wünschenswert, den Verwalter oder einen der Pächter, die die Ländereien des Klosters bestellen, dafür heranzuziehen, und wir sind übereingekommen, daß Ihr derjenige seid, der sich für diese Aufgabe am besten eignet. Ihr werdet mit der entsprechenden Vollmacht ausgestattet.«

Noell warf einen Seitenblick auf Langoisse, der ihn angelegentlich musterte. Wahrscheinlich hatte der Pirat ihn angefordert, wiewohl die Bemerkung des Abts, daß es nicht ratsam sei, den Verwalter, der gewöhnlich in geschäftlichen Angelegenheiten des Klosters als Mittelsperson auftrat, hinzuzuziehen, zweifellos der Wahrheit entsprach. Sicher war es das beste, wenn die Kunde von der Invasion der Abtei innerhalb ihrer Mauern verblieb. Die Erwähnung der bäuerlichen Pächter war eine verschleierte Bitte, umsichtig und ganz im geheimen vorzugehen, obwohl Noell seine eigenen Gründe zur Verschwiegenheit hatte, wann immer er sich vom Kloster entfernte. Er spürte, daß er auf eine neue Probe gestellt wurde und daß sein Auftreten von allen Betroffenen scharf geprüft werden würde.

Warum, so fragte er sich insgeheim, *kann man mich nicht einfach übergehen, während dies schändliche Geschäft zu einem Abschluß gebracht wird? Warum gibt es hier niemanden, der nichts von mir verlangt?*

Dem Abt erklärte er höflich, daß es ihm ein Vergnügen wäre zu tun, worum man ihn bat. Immerhin war der Gedanke, daß er einen Weg ersinnen mochte, das Kloster von seinen unerwünschten Besuchern zu befreien, allen höchst willkommen. Wenn man sie losschicken könnte, ohne daß eine Spur ihres Aufenthalts zurückbliebe, würde seine Welt wieder in Ruhe kommen.

Er ging zurück an seinen Platz, um sein Mahl einzunehmen, und ihm war, als ob aller Augen im Saal auf ihn gerichtet wären und als ob jene, die ihn nicht nüchtern abschätzten, Pläne schmiedeten, um ihn immer weiter in ein Spiel des Verrats hineinzuziehen, so tödlich wie das, welches sein Vater gespielt hatte.

5. Kapitel

Noell hätte es vorgezogen, allein nach Cardigan zu gehen, um seinen Auftrag für die Piraten auszuführen, doch Langoisse hatte darauf bestanden, ihn zu begleiten. Der Abt hatte ihm mitgeteilt, welches der Schiffe, mit denen die Abtei geschäftlich zu tun hatte, wahrscheinlich um diese Zeit im Hafen liegen würde; man durfte jenen Schiffsherren vertrauen, daß sie dem Hilfegesuch Folge leisten würden, das Noell bei sich trug. Die Abtei hatte Waliser Fischern und Händlern manchmal Geld geliehen, und noch immer hielt sie Anteile an einer gewissen Zahl von Schiffen – eine Hinterlassenschaft aus Zeiten größeren Wohlstands. Aus diesem Grund glaubte Noell auch, daß die Angelegenheit sehr wohl von ihm und keinem anderen in aller Stille und mit Umsicht abgewickelt werden könne, doch der Pirat schien ihm nicht zu vertrauen.

Langoisse hörte sich ungerührt Noells Proteste an, daß es für den Piraten ein völlig unnötiges Risiko wäre, sich zu zeigen. »Es gibt hier nur wenige, die mein Gesicht erkennen würden«, sagte er, »selbst wenn sie es gut genug kennen, danach in der Menge Ausschau zu halten. Auf jeden Fall muß ich das Schiff in Augenschein nehmen, auf dem Ihr beabsichtigt, meine Passage zu buchen; ich kenne diese Heringsfischer und Frachtsegler und brauche etwas Seetüchtiges. Ich muß auch den Kapitän treffen, um mit ihm Zeit und Ort zu vereinbaren, wann und wo wir uns gefahrlos einschiffen können. Ich habe die Absicht, mich ohne jedes Aufsehen davonzumachen, falls mir das gelingt, doch ich kann die Vampirdame nicht einmal bei Nacht hinunter an den Hafen schaffen, und wir werden einen ruhigen Ankerplatz ausfindig machen müssen, wo ein Schiff von ausreichender Größe ungesehen bis nah an die Küste heransegeln kann.«

Also brachen sie nach der *prima*, der ersten Gebetsstunde, gemeinsam auf. Langoisse machte sich wenig Mühe, seine Gesichtszüge zu verbergen; er setzte bloß einen Strohhut auf, wie ihn Hausierer oft trugen, und legte unauffällige Kleidung an.

Die Abtei war näher dem Meer zu als zur Stadt hin gelegen und befand sich auf der nördlichen Seite des Teifi, verdeckt vom Kamm eines niedrigen Hügels. Von der Nordseite der Kirche hatte man freien Blick über die grüngelben Felder und konnte die Linie erkennen, in der die Küste von der Flußmündung weg einen Bogen beschrieb, oben die Felder, die sanft zu den Dünen abfielen. Das gefiel Langoisse gar nicht. »Viel zu offen«, sagte er. »Es wäre besser, wenn es hier geschützte Buchten gäbe, wie man sie in Gower findet. Sollte es zu einem Kampf und einer Verfolgungsjagd kommen, wäre es zu wünschen, daß Eure Hekken höher wären und es Wälder gäbe, in denen man sich verstecken kann.«

Das umliegende Land der Abtei wurde intensiv bewirtschaftet, und das mehr wegen der Not der Menschen als wegen der Habgier der Mönche. Die Bevölkerung der Waliser Städte war innerhalb der vergangenen fünfzig Jahre rapide angestiegen, und der Landstrich, der an die Cardigan Bay grenzte, konnte bei guter Pflege vorzüglichen Weizen tragen, während das hügelige Gebiet im Innenland nur für die Schafzucht geeignet war. Als Langoisse fragte, welche Ländereien zu der Abtei gehörten, erklärte ihm Noell, daß der Abt fast das gesamte Land an Yeoman verpachtete und der Verwalter den Zins und den Hauptfall eintrieb und daß die Mönche heutigentags nur ihre Gemüsebeete pflegten und Hühner hielten, da sie zu alt und zu wenige waren, auf der großen Domäne zu pflügen, anzupflanzen und zu ernten.

»Vielleicht sollten sie auch zum Straßenraub übergehen wie jene alten räuberischen Mönche vom Valle Crucis«, regte Langoisse an, während sie auf der unbefestigten Straße dahinschritten, die nahe der Abtei abzweigte. Die Spur, die nach rechts schwenkte, führte zu der Brücke, die den Teifi drei Kilometer flußaufwärts der Stadt überspannte.

Nach einer Weile beklagte sich der Pirat über einen Gestank in der Luft, wie er ihn noch nie und nirgendwo erlebt hätte. Noell klärte ihn darüber auf, daß dies stets geschehe, wenn auf heißes Wetter Regenfälle folgten. »Wir sind zu weit entfernt von den Steinbrüchen von Gower, als daß die Bauern billig Kalk kaufen könnten, um ihre Felder zu düngen«, setzte er ihm auseinander. »Sie benutzen Seetang vom Strand, häckseln ihn klein und kompostieren ihn, um Düngemittel zu gewinnen. Selbst jetzt, da das Getreide hoch steht, schlägt der Gestank noch durch.«

Bald schon, als sie den Abstieg auf die Brücke zu machten, konnten sie die Stadt erkennen, die sich auf dem fernen Hügel über dem Hafen ausbreitete, mit ihrer Burg, die die Hütten wie ein üppig schwärendes normannisches Karbunkel in zartem Waliser Fleisch überragte. Die Burg taugte wenig als Festungsanlage, da ihr Zweck hauptsächlich darin bestand, die normannischen Zwingherren gegen die Waliser zu verteidigen, anstatt die Stadt vor einer Invasion von See her zu schützen. Sie war nie ernsthaft angegriffen worden, nicht einmal in den Tagen des Aufstands von Owain Glyn Dwr, dem letzten ernst zu nehmenden Versuch in Britannien, sich gegen das Reich der Vampire zu erheben.

Quintus hatte Noell kurz nach seiner Ankunft in Cardigan erzählt, daß die Waliser sich der Herrschaft der Normannen nicht widersetzten, weil sie einem von Attilas Sippe beherrschten Reich angehören sollten, sondern weil ihnen englische Gutsherren und Magistratsherren vorgesetzt worden waren. Hätte man Glyn Dwr zum Vampir gemacht, so die Meinung des Mönchs, wäre Wales leicht dem Imperium als treuergebene Enklave einverleibt worden; wie es jetzt stand, galten die Nachkommen Owen Tudors als die erbittertsten Feinde Richards und sprachen hochverräterisch von sich selbst als der »rechtmäßigen königlichen Familie der britischen Nation«. Manche, die in Treue zu den Tudors hielten, nannten sie die Sprößlinge Arthurs und brachten sie dadurch in Verbindung mit einem heldenmütigen Königreich der Legende, doch das war bloße Romantik. Aber selbst wenn man alles Elend der Waliser aufrechnete, verleugnete doch der derzeitige Statthalter von Cardigan Castle nicht gänzlich seinen Familiennamen, der Wellbelove lautete. Und der Widerstand gegen seine geborgte Macht war nicht allzu heftig, obwohl sogar landlose Arbeiter ihn den »normannischen Hahnrei« nannten.

Auf der Straße nach Cardigan war viel Verkehr. Obwohl heute kein Markttag war, traf man zahlreiche Ochsenkarren mit Waren für die Stadt, Männer zu Pferde und Dutzende von Männern zu Fuß, die, auf den Rücken geschnallt, Lasten in jeder Form und Größe trugen. Noell war nicht unglücklich darüber, daß sie von so vielen anderen umgeben waren, da er es einfacher fand, inmitten eines Stroms von Fremden keine Aufmerksamkeit auf sich zu ziehen. Langoisse schien nicht begeistert von der Menge, die ihm so wenig zu gefallen schien wie die Felder vor der Stadt.

»Wie voll die Welt von Narren sein muß!« rief er aus, als ein kleiner Karren, vollgeladen mit Porree, Kohl und Zwiebeln, vorbeirumpelte, gefolgt von einem größeren, der von zwei Pferden gezogen wurde und mit Kohlen beladen war. Gemeinschaftlich hatten die Karren dafür gesorgt, daß sich über allem eine unangenehme Staubwolke erhob, so daß die Reisenden zu Fuß ihr Gesicht mit den Händen bedecken mußten.

»Wie geht das an?« fragte Noell. »Gäbe es keine wackeren Arbeitsleute wie diese hier, dann wäre niemand da, dem Piraten sein Teil zu geben, auf daß er plündern kann, oder den Vampiren ihre tägliche Ration Blut. Euer Herz sollte hochgestimmt sein wie dasjenige Richards beim Anblick des Fortschritts von Reichtum und Fleiß.«

Langoisse warf ihm einen düsteren Blick zu, als er hörte, wie sein

Name im selben Atemzug mit dem Richards genannt wurde. Noell erkannte, daß der Abscheu zwischen den beiden in den Geschichten nicht übertrieben wurde.

»Es würde Richard zweifellos gefallen, seine Untertanen blühen und gedeihen zu sehen«, entgegnete mürrisch der Pirat, »denn er liebt es, in der Rolle des heldenhaften Staatsmannes zu glänzen, und er ist gründlich verärgert, wenn man ihm Verehrung und Liebe vorenthält. Habt Ihr ihn in London kennengelernt?«

Noell lachte auf. »O nein«, sagte er. »Mein Vater war ein Mechanikus und kein Höfling. Meine Gesellschaft, das waren Dienstboten wie Mary White und nicht Leute von Stand.«

»In gewissen Stimmungen ist der Fürst gar nicht so hochfahrend«, sagte Langoisse boshaft. »Ein hübscher Junge wie Ihr würde vielleicht begierig gewesen sein, ein Vampir zu werden, hätte der Blick seiner schmierigen Goldaugen wohlgefällig auf Euch geruht.« Richards Augenfarbe war eigentümlich für einen Vampir, doch noch nie hatte Noell eine derartige Beschreibung gehört. Es lag ihm schon auf der Zunge zu entgegnen, daß Langoisse zu seiner Zeit vielleicht auch ein hübscher Jüngling gewesen sein mochte, doch er traute sich nicht. Statt dessen sagte er: »Es ist nicht mein Ehrgeiz, ein Vampir zu werden.«

Langoisse lachte sarkastisch. »Ein echter Mann aus dem Volk! Ihr müßt mir nicht den Heuchler vorspielen, Junge! Kein Grund, sich zu schämen, nach ewiger Jugend zu streben, so sehr Ihr auch das adlige Geschmeiß haßt, das so geizig über diese Gabe wacht, um seine Tyrannei aufrechtzuerhalten. Niemand ist wirklich bestrebt, den Vampirismus ganz ausgerottet zu wissen. Mit Ausnahme vielleicht einer Handvoll gregorianischer Fanatiker und Puritaner. Streitet meinetwegen mit allen Mitteln gegen die Heerschar der Unsterblichen, doch sorgt derweil auch darum, für Eure eigene Unsterblichkeit zu kämpfen. Hätte ich selbst einen Sohn, dann wäre dies mein väterlicher Rat.«

»Vielleicht wird Euch ja Leilah einen schenken«, sagte Noell gedämpft, da er sich hustend von einer Staubwolke abwenden mußte, die der nächste Karren aufgewirbelt hatte.

»Das glaube ich nicht«, entgegnete Langoisse sehr ruhig. »Sie hat ein Kind ausgetragen, als sie noch eine Sklavin war, nicht ganz zwölf Jahre alt. Es hat sie fast umgebracht, und ich nehme nicht an, daß sie noch ein Kind gebären kann.«

Noell warf ihm einen erstaunten Blick zu, doch er bemerkte nichts weiter dazu.

»Wie gefällt Euch meine kleine Prinzessin?« fragte Langoisse spöttisch. »Sie ist doch sehr hübsch, nicht wahr?«

»Doch, ja, das ist sie«, erwiderte Noell. »Sie hat mir erzählt, daß sie eine Sklavin gewesen ist und Ihr sie befreit habt.«

»Ich habe den Mann umgebracht, dem sie gehört hat«, entgegnete Langoisse. »Ich möchte nicht behaupten, daß ich es in edler Absicht getan habe, denn es ist schlicht eine Notwendigkeit gewesen, aber ich wollte sie nicht als Sklavin behalten und habe ihr erklärt, daß sie fortan frei sein sollte. Sie schien von der Neuigkeit entzückt, obwohl ich nicht behaupten kann, daß sie dieser Rolle gerecht geworden ist. Vielleicht solltet Ihr sie verführen, um ihr beizubringen, was Freiheit wirklich bedeutet.«

Noell wurde rot, was den Piraten amüsierte.

»Ah!« rief Langoisse aus. »Ich sehe schon, Ihr habt nicht die rechte Leidenschaft dafür. Sie ist hübsch, doch keine Schönheit wie Lady Cristelle.«

»Ich bin kein . . .« Noell stockte, denn er erkannte mit einemmal, daß er gar nicht wußte, wer oder was er war oder was er nicht war. Und er fühlte sich ganz elend in seiner Verwirrung. Doch Langoisse ließ von seinem Spott ab und fuhr in anderem Ton fort:

»Die Schönheit der Vampirladys ist das raffinierteste Werkzeug ihrer Herrschaft. Die Hauptleute ihrer Armeen lassen sich durch bloßen Ehrgeiz ködern, doch sie verfügen über weitaus mehr ergebene Knechte, die ihnen durch deren Leidenschaft für die Ladys zugetrieben werden. Ich halte es für unwiderstehlich klug, daß so viele reizvolle Mädchen in die Reihen der Vampire aufgenommen werden, und soweit ich männliche Vampire kenne, liegt die Vermutung nahe, daß sie ihren Damen nicht dieselbe Wollust verschaffen können wie gemeine Sterbliche. Sie sind natürlich nicht alle wie Richard, genausowenig wie alle Türken wie mein treuer Selim sind, doch langes Leben läßt sie erkalten und tötet ihr Begehren ab. Sie schaffen Vampirdamen nicht zu ihrem eigenen Vergnügen, wie ich meine, sondern um jene liebessüchtigen Jünglinge und leidenschaftlichen Männer zu umgarnen, die sich von ihnen einfangen lassen. Bewundert nur eine Cristelle d'Urfé und ihresgleichen, doch bleibt stets dessen eingedenk, daß sie Köder sind in Eurer Falle, der tödlichen, und daß Ihr lernen müßt, sie mehr zu hassen als zu lieben. Merkt auf, Meister Cordery, denn ich weiß wohl, wovon ich rede . . .«

»Mein Vater«, sagte Noell, »hat mir ganz anderes berichtet. Er hat mir erzählt . . .«

Langoisse schnitt ihm das Wort ab, und wieder klang seine Stimme schroff. »Euer Vater hatte guten Grund, Euch anderes zu berichten. Ich will ihn in Euren Augen nicht herabsetzen, doch hat er diese Dinge nicht richtig erkannt. Ich weiß, daß er seine Lady am Ende getötet hat, doch ich glaube, daß er den Vampiren stets gedient hat, aufrichtiger und gewinnbringender für sie, als er selbst wußte oder wollte. Warum der Herrgott den Vampirladys einen solchen Zauber verliehen hat, vermag ich nicht zu sagen, doch das eine weiß ich, wie nämlich die Vampirfürsten und -prinzen sich dieses Zaubers bedienen, und ich sage Euch frank und frei, daß der kluge Mann hassen lernt, statt Liebe zu empfinden. Erforscht Euer Herz, Meister Cordery, und erteilt ihm gründlich diese Lektion, andernfalls es Euch täuschen wird und Ihr Euer Leben enden werdet auf dem Schafott des Verräters oder dem Scheiterhaufen des Ketzers.«

Noell erkannte wohl die Stärke, die in dem Argument des Piraten lag, doch er war keineswegs bereit, es anzunehmen. »Mein Vater kannte die Vampire gut«, sagte er. »Er verstand besser als sonst jemand, welcher Art ihr Wesen ist und wie ihr Imperium der Angst aufgebaut ist. Die Herrschaft so weniger über so viele läßt sich nicht leicht sichern, obwohl diese Wenigen nur schwer zu vernichten sind. Sie geben stets vor, daß sie die Erzeugung von Vampiren völlig im Griff haben, doch mein Vater war sich darin nicht sicher. Er war der Ansicht, daß sie mehr machen würden, wenn sie könnten, um den Bestand ihres Reiches zu sichern. Er hat mir einmal erzählt, Vampire könnten genauso wie wir dem Aberglauben unterliegen, und er meinte, daß vielleicht nicht einmal Attila vollständig begriffen hat, wodurch Vampire gemacht werden. Hinter all dem steckt vielleicht viel weniger Planung, als man annimmt.«

»Ihr glaubt demnach also nicht an den Vampirsabbat?« fragte Langoisse auf seine ironisch herausfordernde Art. »Es ist also nicht so, daß der Teufel höchstpersönlich von Prinz Richard in den Tower zitiert wird, dort in Gestalt eines wilden Tieres auftritt, um jenen das Vorrecht des Vampirtums anzubieten, die in seinem Dienst am meisten Böses getan haben? Wird nicht von einigen gelehrten Schulmännern vorgebracht, daß man einen Mann nur mit dem Fleisch eines Neugeborenen füttern und ihm gestatten muß, einen frevlerischen Kuß auf Satans Arsch zu drücken, um in die Reihen der Unsterblichen aufgenommen zu werden? Und gibt es nicht auch andere Versionen des Sabbats, in denen der Teufel Männer durch Sodomie zu Vampiren macht?«

»O ja«, sagte Noell. »Aber das sind alles nur Phantasien, die verbreitet werden, um bei einfachen Menschen Abscheu und Entsetzen gegen die

Vampire zu erzeugen – falls es dessen überhaupt noch bedarf. Mein Vater hat immer gesagt, daß die Anwesenheit Satans viel zuviel und letztlich gar nichts erklärt.«

»Wieder ein Rätsel. Was für ein komplizierter Mann Edmund Cordery unter der Anleitung seiner Lady geworden ist! Und dennoch nehme ich mir heraus, seine Allwissenheit zu bezweifeln, wenn Ihr gestattet.«

Noell hatte keine andere Möglichkeit, als ihm diese Zweifel zuzugestehen. Inzwischen hatten sie das Stadttor erreicht, und die Menge war jetzt so dicht geworden, daß Gefahr bestand, belauscht zu werden. Es war unklug, über Vampire zu streiten, wo Spione herumlungern mochten.

Sobald sie innerhalb der Stadtgrenzen waren, schritten sie den Hügel hinab, fort von der Burg und hinunter zum Hafen, wo sich die Masten der Fischereiflotte drängten.

»Wir müssen in den Wirtshäusern am Ufer nachschauen«, sagte Noell. »Dort werden wir die Männer finden, nach denen wir suchen.«

»Wohlan denn!« sagte der Pirat. »Und dort stoßen wir vielleicht auf die neuesten Nachrichten und können feststellen, ob jedermann schon weiß, daß ich nicht tot und ertrunken bin.« Seine Stimme war plötzlich leise und tonlos; er konnte sich an Land nicht sicher fühlen, in einem Hafen zumal, in dem er noch nie gewesen war, nicht wissend, ob jene, die nach ihm suchten, die Jagd nach ihm aufgegeben hatten oder nicht.

Noell führte ihn zuerst ins *Mermaid,* wo zwei Kapitäne, die der Abtei verpflichtet waren, gewöhnlich Quartier nahmen. Doch keiner von denen war dort, als sie nach ihnen fragten. Noell bestellte Bier für beide – besseres Bier als das aus der Brauerei der Abtei, wie sich herausstellte –, und sie konnten in einer schummrigen Ecke sitzen und Gespräche belauschen. Allerdings hörten sie nichts Wichtiges, und bald schon forderte Langoisse Noell ungeduldig auf, ihn in eine andere Wirtschaft zu bringen. Als nächstes gingen sie in die *Three Cups,* und dort fanden sie den Kapitän eines Heringsfischerboots: einen Mann namens Ralph Heilyn, der auf der Liste des Abts von vertrauenswürdigen Männern an zweiter Stelle stand. Er war ein rauhbeiniger, grauhaariger Mann von etwa sechzig Jahren, doch stämmig und stark und ein Schlitzohr.

Heilyn hatte Noell noch nie gesehen, doch als Noell ihm den Brief des Abts zeigte, nahm er die beiden sofort mit in das Zimmer über dem Laden eines Vogelhändlers, wo er seine Geliebte untergebracht hatte. Er schickte die Schlampe wegen irgendeiner Besorgung weg und forderte seine Gäste auf, Platz zu nehmen. Er schien auffällig bereit, mit geheimnisvollen Fremden über Geschäfte zu reden, und Noell schloß daraus, daß es für ihn nichts Außergewöhnliches sein mochte, Extrafrachten der einen oder anderen Art zu befördern.

Noell setzte ihm auseinander, daß für fünfzehn Männer, die Freunde der Welsh Church wären, eine geheime Passage nach Irland gesucht würde. Er sagte es nicht ausdrücklich, doch er versuchte anzudeuten, daß sie Ketzer wären, für die sich die Dominikaner angefangen hätten zu interessieren. Heilyn warf indes einen Blick auf Langoisse, und Noell erkannte, daß er argwöhnisch war. Obwohl der Waliser einen Piraten nicht einfach nach Gesicht und Auftreten zweifelsfrei identifizieren konnte, entging ihm gewiß nicht, daß dies ein Mann der Tat war, der den Vampiren wahrscheinlich mehr durch seine Taten als durch seine Gedanken entgegengetreten war.

Der einzige Einwand, den Heilyn sofort vorbrachte, war, daß fünfzehn Männer zuviel wären. Noell setzte dem schnell entgegen, daß der bezahlte Preis angemessen sein würde.

»Ihr könnt in Gold bezahlen?« fragte der Kapitän.

Noell zögerte, doch sofort fiel Langoisse ein. »Ja, etwas«, sagte er. »Wir haben nicht viel, und das meiste, das wir haben, brauchen wir in Irland, aber ich geb' Euch gern zehn Sovereigns, ein volles Fünftel dessen, was wir mit uns führen.«

»Zu wenig«, sagte Heilyn, doch seine Weigerung war nicht sehr nachdrücklich, und Noell ging auf, was Langoisse mit der Bemerkung bezweckt hatte, daß sie mehr Gold bei sich führen würden, als er zu zahlen imstande war. Heilyn dachte offenbar, daß er den Preis hochschrauben könnte, sobald sie auf hoher See waren, und die Versuchung lenkte seine Aufmerksamkeit von der Frage ab, wie er denn überhaupt zu seinem Geld käme.

»Vergeßt nicht, Meister Heilyn«, sagte Noell, »daß die Abtei in Eurer Schuld stehen wird, wenn Ihr das für uns getan habt, obwohl jetzt, da wir darüber sprechen, der Abt derjenige ist, der etwas zu fordern hat.«

Heilyn betrachtete ausweichend noch einmal den Brief, doch dann sagte er nur: »Es könnte eine gefährliche Sache sein. Ich habe nicht den Wunsch, Wellbelove oder die Dominikaner gegen mich aufzubringen. Ich bin ein ehrlicher Mann.«

»Meister Heilyn«, sagte Noell. »Gerade weil Ihr ein ehrlicher Mann seid, sind wir zu Euch gekommen. Ich bin vom Abt ermächtigt, Euch inständig zu bitten. Die guten Mönche würden in Eurer Schuld stehen und Euch das, was Ihr ihnen schuldet, erlassen.«

»Ich kenne Euren Namen nicht, Meister Scholar«, sagte Heilyn zu Noell. »Doch ich denke, ich kenne Leute Eurer Art. Wahrer Glaube, so nennt Ihr vielleicht Euer Bekenntnis – aber einem wie mir würdet Ihr den Teufel auf den Hals hetzen. Ich wünsche den Brüdern nichts Böses, und, wahrhaftig, ich stehe in ihrer Schuld, aber sie sollen wissen, daß sie für Aufgaben wie diese keinen Dank von mir erwarten können.«

»Sie werden Euch danken, Meister Heilyn«, versicherte ihm Noell.

»Es ist ein Trupp Berittener aus Swansea in der Burg«, sagte der Kapitän unbehaglich. »Und Seesoldaten von der *Firedrake* sind von Milford Haven auf dem Weg hierher. Mit denen will ich keinen Ärger, falls die in irgendeiner Weise mit Euch zu tun haben.« Seine wachen Augen waren jetzt auf Noells Begleiter gerichtet.

»Das haben sie nicht«, log Langoisse. »Unsere Angelegenheit ist ganz und gar geheim, und wir setzen Euch damit keinem Risiko aus. Ihr müßt nicht in unziemliche Hast verfallen, doch Ihr solltet Euer Schiff mit Proviant ausstatten wie für eine ganz normale Segelreise. Ihr müßt uns nicht in Sichtweite der Stadt an Bord nehmen. Wo ist denn die sicherste Stelle, von der aus wir uns mit einem Eurer Boote von der Küste einschiffen können?«

Heilyn zögerte, doch dann antwortete er. »Es gibt eine winzige Meerenge sechs Kilometer nördlich von der Abtei. Sie liegt auf Evan Rosiers Land. Der Abt wird Bescheid wissen und Euch die Stelle auf einer Karte zeigen.«

»Ihr müßt dann ein Boot dorthin ans Ufer schicken«, sagte Langoisse. »Übermorgen um vier Uhr morgens.«

»Wir werden keinen günstigen Wind zur irischen Küste haben«, sagte Heilyn. »Und so schnell schaff' ich es nicht.«

»Wer weiß, woher übermorgen der Wind wehen wird?« gab Langoisse zurück. »Und je schneller das alles vonstatten geht, desto besser für uns alle. Ich werde den Preis verdoppeln; das ist alles, was ich tun kann. Für Euch kommt noch das Wohlwollen des Abts hinzu.«

»Ich muß wissen, wer Ihr seid«, sagte Heilyn. »Andernfalls kann ich mich nicht darauf einlassen.«

»Kennt Ihr Meredydd ap Gawys?« fragte Langoisse, bevor Noell zu einer Antwort ansetzen konnte. Dies war ein Waliser Edelmann, der erst vor kurzem ins Gefängnis von Swansea eingeliefert worden war und auf die Great Sessions wartete, bei denen er wahrscheinlich wegen Hochverrats zum Tode verurteilt werden würde. Noell fand es nicht wahrscheinlich, daß Langoisse den Mann kannte, doch gewiß kannte ihn Heilyn.

»Ihr seid doch nicht etwa einer seiner Leute?« sagte Heilyn vorsichtig.

»Ich bin sein Freund«, sagte der Pirat.

»Aber seid Ihr denn kein Normanne?« fragte der Waliser.

»Wäre ich ein Normanne«, entgegnete Langoisse grimmig, »hätte ich nicht einen treuen Waliser um Hilfe gebeten. Ich sage Euch nur, daß ich ein Freund Meredydd ap Gawys bin, und außerdem habt Ihr den Brief des Abts. Weigert Ihr Euch, uns zu helfen, werden Euch Eure eigenen Landsleute schon bald verfluchen. Jetzt aber Schluß mit dem Feilschen. Ich muß diese Angelegenheit ein für allemal geregelt haben. Wie groß ist Euer Schiff?«

Heilyn zögerte, doch schließlich beantwortete er die Frage. »Fünfunddreißig Tonnen«, sagte er.

»Wieviel Mannschaft?«

»Sechzehn.«

»Und welche Waffen habt Ihr an Bord?«

Heilyn runzelte die Stirn, und auch Noell gefiel die Frage nicht. Der Schiffsherr maß den Piraten mit einem langen, bohrenden Blick, doch dessen Augen wichen nicht aus. »Fünf Piken und vier Musketen«, erwiderte er schließlich. »Dazu vier Pfund Pulver und zwei Pfund Bleikugeln. Glaubt ihr denn, daß wir das brauchen werden?«

»Wenn Ihr niemandem erzählt, was Ihr tun wollt«, sagte Langoisse, »werden wir alle sicher in Irland sein, ohne daß wir auch nur ein zorniges Wort miteinander gewechselt haben. Seid nicht ärgerlich, weil ich Euch so ausfrage. Wir sind jetzt in Eurer Hand und Eurer Gnade ausgeliefert. Ich muß Vertrauen in einen unbekannten Kapitän und sein Schiff setzen. Ihr müßt nur dem Abt von Cardigan vertrauen, den ihr wohl kennt, und Gott, der einen ehrlichen Mann belohnt.«

»Das werde ich tun«, sagte Heilyn verdrießlich. »Ich bin ein Mann, dem man trauen kann, wie der Abt sehr wohl weiß.«

Nachdem sie noch einmal den vereinbarten Ort und die Zeit bestätigt hatten, gingen sie, und Langoisse bestand darauf, am Dock vorbeizuschauen, wo Heilyns Heringsfänger vertäut lag. Er erklärte, er müsse sich selbst noch vergewissern, daß das Schiff in Ordnung wäre, woran Noell keinen Zweifel hatte. Soweit sein ungeübtes Auge zu beurteilen vermochte, war es in guter Verfassung, und Langoisse gab zu, daß er keine Mängel entdecken könne, doch er bemerkte, daß angesichts des vereinbarten Preises bei der Überfahrt nicht viel Bequemlichkeit geboten würde.

»Es wird schon ausreichen«, sagte Noell. »Ihr hättet ihn nicht nach seinen Waffen fragen dürfen. Damit hättet Ihr ihn leicht verschrecken können.«

»Er ist habgierig genug, sich nicht so leicht einschüchtern zu lassen«, murmelte der Pirat. »Er weiß, daß die Sache gefährlich ist, und es wäre ein Fehler gewesen, allzu vorsichtig zu sein. Will man einen Mann wie diesen überreden, muß man ihn gleichzeitig hart anpacken und bestechen.«

»Das ist Eure Sache«, sagte Noell schulterzuckend. »Ihr seid derjenige, der die Passage braucht . . . Obwohl die Mönche sehr froh sein werden, Euch abreisen zu sehen.«

»O ja«, gab Langoisse zurück. »Ihr, die Ihr den Frieden so liebt, wollt mich nur allzugern ziehen lassen. Aber ich muß weiter vorausdenken. Während Euer Abt bestrebt ist, seinen Teil in dieser Angelegenheit schleunigst zu beenden, muß ich einen ganz neuen Anfang machen.«

»Wir haben diesen Anfang gemacht«, erklärte ihm Noell. »Jetzt müssen wir zur Abtei zurückeilen, die verabredete Zeit abwarten und beten, daß nichts unseren Frieden stört, bis es Zeit zur Abfahrt ist.«

Unter dem Schatten seines Strohhuts hervor schaute Langoisse auf ihn nieder und bedachte ihn mit einem wölfischen Grinsen. »Das Warten wird uns nicht schwer werden«, sagte er. »Wir sind doch jetzt Freunde, oder nicht? Ich zweifle nicht, daß wir noch Gelegenheit finden werden, uns zu amüsieren.«

6. Kapitel

In dieser Nacht schlief Noell zum erstenmal seit der Invasion der Abtei tief und fest. Er hatte das Gefühl, daß alles jetzt in Ordnung wäre, weil der Alptraum ein absehbares Ende haben werde und die Abtei und sein Leben dort unangetastet bliebe. Er war jetzt an einem Punkt angelangt, wo er sich einfach nur wünschte, in Ruhe gelassen zu werden, ohne daß jemand von ihm Versprechungen forderte, die er geben mußte und nicht einhalten konnte. Er dachte sehr schlecht von sich wegen dieses sehnlichen Wunsches, doch das hielt ihn nicht davon ab, es sich weiter zu wünschen. Der Schlaf überkam ihn wie eine wohltätige Erlösung: eine Aufgabe der Pflicht, nachdenken zu müssen.

Doch war es ihm nicht beschieden, die Nacht durchzuschlafen. Irgendwann in den frühen Morgenstunden nach Beendigung des nächtlichen Gebets wurde er durch eine Berührung geweckt. Trotz seiner Müdigkeit reichte die Berührung aus, daß er hochschreckte und sofort hellwach wurde.

Beim Licht einer einzelnen Kerze, die sie vor sich her trug, erkannte er das Gesicht der Person, die ihn aufgeweckt hatte. Es war Leilah, die Zigeunerin, deren Züge weicher schienen durch eine verhaltene Ängstlichkeit und deren Lippen leicht geteilt waren. Einen kurzen Augenblick stürzten lustgaukelnde Bilder auf ihn ein, doch sie war nicht gekommen, um in sein Bett zu steigen. Ihre Miene brachte mehr Angst als lüsterne Absicht zum Ausdruck.

»Meister Cordery«, sagte sie mit einer Stimme, die kaum lauter als ein Flüstern war, »ich möchte, daß du mir einen Gefallen tust.« Sie berührte seine Schulter mit den Fingerspitzen, ihn mit dieser Geste zart darum bittend, sie anzuhören und sich ihrer anzunehmen.

Die Worte hätten als derbe Einladung aufgefaßt werden können, wäre nicht ihr Gesicht gewesen. Noell starrte sie an, unfähig zu erraten, was es sein mochte, was sie so in Erregung versetzte.

»Was ist denn los?« fragte er. »Sind die Soldaten gekommen, um Langoisse zu holen?«

»Er ist bei der Lady«, sagte sie. »Ich bitte dich mitzukommen! Sie hat gesagt, daß sie ihn verfluchen wird. Bevor wir hierhergekommen sind, habe ich sie zu ihm sagen hören, daß sie sich an ihm rächen würde, falls er ihr Schmerz zufügt.«

Noell erkannte, daß Leilah große Angst vor der Vampirlady hatte. Sie war Mohammedanerin und gehörte einer Nation an, in der Vampire nicht geduldet wurden. Sie hatte bisher bestimmt noch keinen Vampir gesehen außer Cristelle d'Urfé, und alles, was sie über Vampire wissen konnte, mußte sie aus phantastischen Erzählungen über Zauberei und die Schändlichkeiten dieser Rasse erfahren haben.

»Ich glaube nicht, daß sie die Macht hat, ihm zu schaden«, sagte Noell.

»Und dir ist ganz gleichgültig, was er ihr vielleicht antut?«

Er wußte nicht zu sagen, was sich hinter dieser Frage verbarg. War das vielleicht eine Falle, die ihm der Pirat stellte? Und wie sollte die wahre Antwort darauf lauten? »Warum geht Euch das etwas an?« fragte er schroff.

Sie erwiderte nichts darauf. Vielleicht war sie sowohl eifersüchtig als auch ängstlich und hatte ihn gerufen, damit er eine Vergewaltigung verhinderte. Doch ihre Angst war echt. Es war die Angst vor Schadenzauber, vor dem leibhaftigen Bösen – eine abergläubische Furcht vor der entfesselten Macht des Teufels, an den die Mohammedaner nicht weniger glaubten als die Christen, obwohl sie ihm einen anderen Namen gaben.

Er konnte sich nicht dazu überwinden, sie fortzuschicken. Er zog sich hastig an, ohne zu wissen, was er tun sollte. Er war dem Liebchen des Piraten nichts schuldig, und er hatte keinen Grund, anzunehmen, daß er größeren Einfluß auf Langoisse üben könnte als sie selbst. Auch schuldete er der Vampirdame nichts, das ihn hätte bewegen müssen, gegen einen verbitterten Mann einzuschreiten, der ihr Schmerz bereiten wollte. Und trotzdem fühlte er sich gedrängt zu gehen. Vielleicht hatte das mit dem lahmen Versprechen zu tun, das er Mary White gegeben.

Leilah führte ihn schnell zu den Zellen. Der kleine Mann, der einst Noell ein Messer an die Kehle gehalten hatte, hielt vor der Außentür Wache. Er schien von ihrer Ankunft höchst überrascht und wollte ihnen schon den Weg versperren, doch Leilah ging Noell voran und legte die Hand auf ihren Dolch. Der Mann zögerte, doch dann ließ er sie passieren.

Die Tür zu Marys Zelle war verschlossen, und von drinnen kam kein Laut, doch die andere Tür stand weit offen. Drinnen waren Langoisse und der Türke. Sie hatten eine Laterne mitgebracht und ein Kohlebecken aus der Küche.

Die Handgelenke der Vampirlady waren mit Stricken zusammengebunden, die sie durch einen Ring an der Wand gezogen hatten, an der einst Ketten festgemacht waren. Einst, bevor die Normannen ihre Burg gebaut hatten, war die Abtei der einzig sichere Ort gewesen, der der Stadt Aberteifi ein Gefängnis für die Schwerverbrecher bieten konnte.

Die Lady war schmerzhaft gestreckt, denn der Ring war hoch oben an der Mauer angebracht; nur ihre Fußspitzen berührten den Boden, und ihr Gesicht, fast versteckt, war an die kalte Mauer gepreßt.

Der eine oder andere ihrer Quäler hatte mit einem verknoteten Seil wütend ihren Rücken gepeitscht, und die Haut auf ihrem Rücken war grausam zerfetzt. Blut floß in Strömen ihre Schenkel hinab. Über den Rand des Kohlebeckens ragten zwei Messergriffe, während die Klingen in den Kohlen heiß gemacht wurden. Der Türke bediente den Blasebalg aus der Küche, um die Glut anzufachen.

Langoisse hatte gerade einen Moment innegehalten, da er auf die Messer wartete, mit denen er die Lady brennen wollte. Er schien von Noells Ankunft nicht überrascht, eher amüsiert, doch er bedachte seine Geliebte mit einem Blick, in dem sich leichter Unmut spiegelte.

»Meister Scholar!« rief er aus. »Seid willkommen, Euch an unserem Spiel zu beteiligen! Vielleicht habt auch Ihr den einen oder anderen Schlag einstecken müssen, den Ihr gern zurückzahlen möchtet. Und vielleicht möchtet Ihr auch die eine oder andere Frage stellen in der Hoffnung, daß Euch Antwort darauf wird.«

Lady Cristelle war ganz stumm und bewegungslos. Sie wandte nicht den Kopf, um zu sehen, wer gekommen war. Noell wußte nicht zu sagen, ob sie in Trance gesunken war oder nicht.

»Das ist ein Narrenspiel«, sagte er zu dem Piraten und versuchte sein Bestes, unbeirrbar vernünftig zu klingen. »Sie hat ihren Schmerz unter Kontrolle, und sie wird Euch nichts sagen.«

Langoisse lachte auf. »Woher wissen wir denn, was sie fühlt?« fragte er. »Es ist wahr, daß sie nicht schreit oder um Gnade bettelt, doch ihr Leib zuckt unter der Peitsche zusammen. Und ich garantiere Euch, daß ihr Fleisch, wenn vielleicht auch nur ganz wenig, aufschreien wird, wenn ich sie brenne. Vielleicht ist sie auf ihre Art gleichgültig dagegen, doch ich bin sicher, daß sie etwas fühlt und genau weiß, was mit ihr geschieht. Ich weiß, daß sie noch bei Bewußtsein ist, also könnte sie es vielleicht doch wünschenswert finden, uns ein wenig darüber zu erzählen, wie sie zum Vampir gemacht worden ist und welches Lebenselixier ihr die Unsterblichkeit verliehen hat.« Langoisse wandte seine Augen wieder zu Leilah, die sich unter seinem starren Blick wand. »Sie kann mir nicht weh tun, kleine Närrin«, sagte er grollend. »Findest du denn nicht, daß ich als Diener Satans genauso gut bin, wie sie jemals sein kann? Warum sollte er wollen, daß sie mich verflucht, oder warum sollte er kommen, um sie vor mir zu retten? Falls sie einen eigenen Zauber wirkt, glaubst du dann nicht, sie hätte sich lieber Flügel wachsen lassen, als uns in die Hände zu fallen? Ich versuche das Schicksal nicht; es ist das Schicksal, das mir dieses Geschenk gemacht hat, damit ich ein paar Schulden eintreiben kann, die andere bei mir haben.«

»Welche Schulden denn?« fragte Noell.

Langoisse starrte in die glühenden Kohlen und auf die Klingen der heiß gemachten Messer. »Ich habe von den Händen ihrer Sippschaft Folter und Demütigung erleiden müssen«, sagte er. »Sie haben mich trotz meines Standes auf die Galeere geschickt wie jeden beliebigen bettelhaften Straßendieb. Nicht genug, daß sie mich gepeitscht haben, während ich das Ruder bedient habe; sie haben mich auf dem Block dieser höllischen Galeere auspeitschen lassen, wobei alle arabischen Sklaven und der Abschaum von Marseille zugeschaut und bei jedem Hieb gejubelt haben. Dann haben sie mich in das stinkende Hospital gebracht, wo meine Wunden schwären sollten, wo Männer ohne Nasen pausenlos schrien, während ihre Gesichter von großen nassen Geschwüren zerfressen wurden. Und sie haben mir versprochen, wenn ich mich nicht lammfromm verhielte, würden sie mir die Nase aus dem Gesicht schneiden, um mich hübsch zu machen für den Tag, an dem ich dem Teufel gegenüberstehe.«

Noell konnte darauf nichts erwidern. Der Ton, in dem der Pirat das vorbrachte, zugleich eiskalt und zitternd vor Wut, ließ keinen Einwand zu.

»Wußtet Ihr auch, Meister Cordery«, fuhr Langoisse in leichterem Ton fort, »daß man die Wunden eines bestraften Galeerensklaven mit heißem Pech verschließt? Ich habe hier keins zur Verfügung, aber ich glaube, daß glühende Messerklingen ein guter Ersatz sind. Glaubt Ihr, meine Wunden sind so leicht verheilt, wie es bei ihr der Fall sein wird? Ich würde auch die Schmerzen von ihr einfordern, die ich gefühlt habe, wenn ich könnte. Und das in vollem Umfang. Und würdet ihr behaupten wollen, ihr beide, daß mir solche Aufrechnung nicht zusteht?«

»Es ist nicht sie gewesen, die Euch solche Schmerzen bereitet hat«, erwiderte Noell dumpf, da er all seinen Mut aufbieten mußte, ihm so zu widersprechen.

Langoisse trat ganz dicht an ihn heran, und mit zornverzerrter Miene starrte er ihm in die Augen. »War es Carmilla Bourdillon, die Eurem Vater Schmerz zugefügt hat?« schrie er Noell ins Gesicht. »Wißt Ihr nicht, daß alle, die an den Vorrechten der Tyrannei teilhaben, auch die Schuld für all ihre Grausamkeiten auf sich nehmen müssen? Behauptet nicht die römische Inquisition, wenn sie alte Weiber als Hexen verbrennen, daß eine, die der Hexerei und irgendwelcher Malefizia überführt worden ist, sämtlicher Verbrechen schuldig ist, die ihre ganze Brut begangen hat? Wie könnten wir weniger über die Vampire sagen? Einer handelt für alle. Und diese Lady muß sich stellvertretend für alle vor uns verantworten. Ihr wird nicht nur der Prozeß gemacht für das, was mir angetan worden ist, sondern für alles, was braven Engländern im Namen von Frieden und Wohlstand für das Imperium Gaul zugefügt wurde. Viel lieber würde ich Richard Löwenherz oder einen großmächtigen Kriegsherrn wie Vlad den Pfähler quälen, wie ich gestehen muß, doch alles, was ich habe, ist Cristelle d'Urfé, und ihre Lieblichkeit kann mich nicht besänftigen, da sie nur feenhafte Maske ist, hinter der sich eine verderbte Seele verbirgt.«

Noell erkannte, daß in diesem Mann eine Wut gegen die Vampire raste, die in ihm noch nicht geboren war und vielleicht auch nicht geboren werden würde, es sei denn, er wäre eines Tages denselben Schmerzen und Erniedrigungen ausgesetzt, die der Pirat hatte erdulden müssen. »Ich bitte Euch aufzuhören«, sagte er, »den braven Mönchen zuliebe! Ihr habt mich heute daran gemahnt, daß Ihr über den heutigen Tag und was Ihr hier tut hinausdenken müßt. Dasselbe müssen wir. Falls bekannt wird, nachdem Ihr gegangen seid, daß innerhalb dieser Mauern ein Vampir gefoltert worden ist, wird Wellbelove keine andere Wahl haben, als die Abtei zu zerstören, und die Ordensbrüder werden von jenem heiligen Officium, von dem Ihr gesprochen habt, wahrscheinlich als Ketzer verbrannt werden. Man wird sie auf genau dieselbe Weise der Mittäterschaft schuldig finden, wie Ihr mir soeben dargelegt habt.«

Langoisse war nicht in der Stimmung, seine Bitte freundlich aufzunehmen. »Sie gehören dem wahren Glauben an«, sagte er. »In den Augen des Borgia-Papstes und des heiligen Officiums sind sie bereits Ketzer und Aufrührer. Was ist denn Eure Gelehrsamkeit, Meister Cordery, als reinste Ketzerei? Jedesmal, wenn Ihr eine Seite Eurer verbotenen Bücher umwendet, legt ihr ein weiteres Scheit Holz auf Euren Scheiterhaufen, oder etwa nicht?«

Das war richtig, obwohl es ihm gar nicht gefiel, sein Studium aus diesem Blickwinkel zu betrachten.

»Und in den Augen des wahren Glaubens«, fuhr Langoisse fort, seine Stimme zu einem wütenden Zischeln senkend, »sind es da nicht die Vampire, die brennen müssen, um die Menschheit zu erlösen?«

Mit diesen Worten wandte er sich dem Kohlebecken zu. Er wickelte sich ein Tuch um die Hand, denn der Messergriff, den er jetzt packte, war heiß genug, ihn zu versengen, und mit schnellen Schritten ging er zu der Lady hinüber und drückte ihr die Klinge auf die Schulter. Es gab ein entsetzliches Geräusch, dem Zischen sehr ähnlich, das in der Stimme des Piraten gelegen hatte, und dann einen beißenden Gestank nach Verbranntem, worauf der Türke lachte und vor Freude in die Hände klatschte. Das war die erste laute Äußerung dieses Ungeheuers, die Noell von ihm gehört hatte.

Leilah zuckte vor Entsetzen zusammen, und Noell mußte sie in die Arme nehmen, damit sie ihr Gesicht an seiner Schulter bergen konnte.

Als Langoisse sich zu ihnen umwandte, schien er verstimmt, sie so stehen zu sehen, und der Blick wütenden Triumphs verschwand aus seinen Augen, doch er lächelte niederträchtig. Er ließ das heiße Messer zu

Boden fallen, doch anders als der Türke schien er nicht entzückt von dem, was er getan hatte.

Er ist trotzdem noch menschlich, dachte Noell.

Trotz der furchtbaren Wunde auf ihrem Rücken, die aussah, als wäre der Muskel über ihrem Schulterblatt halb geschmolzen, gab Lady Cristelle keinen Laut von sich. Durch ihren Körper war als Reaktion auf den Schock ein Schaudern gegangen, und auch Noell schauderte vor Mitgefühl zusammen.

Zum erstenmal regte sich jetzt die Lady und drehte den Kopf, um über ihre verletzte Schulter hinweg ihren Peiniger anzusehen. Der Ausdruck ihrer Augen war schwer deutbar, doch erkennbar lag darin übelwollende Verachtung, und Noell war froh, daß das Zigeunermädchen ihren Blick nicht sehen konnte. Der Türke Selim sah ihn wohl, doch das reizte ihn nur noch mehr zum Kichern. Er hatte keine Angst, daß er für das, was sein Herr getan hatte, die Rache des Übernatürlichen auf sich herabbeschwor.

»Wollt Ihr sie Zentimeter um Zentimeter verbrennen?« fragte Noell rauh. »Ist das Eure Absicht?«

»Warum denn nicht?« sagte Langoisse. »Und ihr auf jede erdenkbare Weise weh tun! Bevor sie sich schlafen legt, habe ich meinem treuen Diener draußen und dem Türken versprochen, daß sie mit ihr ihren Spaß haben dürfen. Selim zieht zwar Knaben vor, wie Euer edler Prinz von Grand Normandy, doch wird ihm auch ein Weiberarsch gefallen, wenn ihm danach ist. Er hat noch nie einen Vampir gehabt, und obwohl meine Lady unter den gewöhnlich Sterblichen viele Liebhaber erwählt haben muß, wage ich die Wette, daß darunter noch nie einer ohne Nase gewesen ist.«

Die Zigeuerin stöhnte auf und umklammerte Noells Schulter noch fester.

»Was mich angeht«, sagte Langoisse, »nehme ich nur ein Quentchen von ihrem Blut.«

Er ließ die Finger seiner rechten Hand ihr Rückgrat hinaufwandern und hielt dann seine bluttropfenden Fingerspitzen hoch, wie noch unlängst die Lady ihre eigenen, als sie ihn aufgefordert hatte, von ihrem Blut zu kosten. Doch was er von ihren Fingern nicht hatte annehmen wollen, leckte er jetzt gierig von seinen eigenen ab. Wieder schaute er Noell an und entdeckte in dem starren Blick des Jungen einen stummen Vorwurf.

»Ich würde gern ein Vampir werden«, sagte er bitter, »denn dann könnte ich mit aller gebotenen Wildheit ihren eigenen Zorn gegen sie kehren. Und dieser Feigling Richard könnte nicht länger behaupten, wie er es einst getan, daß es für ihn nicht ehrenhaft wäre, mir im Kampf entgegenzutreten. Ich wäre dann so grausam wie ihr berüchtigter Dragulya und würde es mit Freuden sein.« Doch als er diese Worte sprach, schien er gar nicht so froh oder seines Vorsatzes sicher, und er betrachtete nachdenklich seine Fingerkuppen. Für Noell hatte es den Anschein, daß dem Piraten ihr Blut nicht so süß geschmeckt hatte, wie er es sich erhofft.

Langoisse wandte sich ab, um das andere Messer zu holen. Zuerst wickelte er wie vorhin das Tuch um seine Hand. Während er das tat, wischte er sich verstohlen das restliche Blut des Vampirs von seinen Fingern. Doch als er die glühende Schneide aufhob, fühlte Noell eine Hand auf seiner Schulter, die ihn zur Seite schob. Noell drehte sich um und war erleichtert, daß es nicht der Abt war, der wahrscheinlich vor Entsetzen ohnmächtig geworden wäre, sondern Quintus, der aus derberem Stoff gemacht war.

»Ich bitte Euch, legt das Messer nieder«, sagte der Mönch mit leiser, doch fester Stimme. Der kleine Mann, der Wache gestanden hatte, war mit ihm gekommen, doch offenbar hatte er nicht den Mut aufgebracht, ihn aufzuhalten.

»Geht in Euren Schlafsaal zurück«, sagte Langoisse. »Das hier ist allein meine Angelegenheit!«

Der Pirat ging auf die Vampirdame zu, doch Quintus blockierte ihm schnell den Weg und stellte sich zwischen den Peiniger und sein Opfer. Er streckte die Hand aus, fast so, als wollte er Langoisse dazu einladen, daß er ihm die rotglühende Klinge auf den Handteller legte. Diese einladende Geste war für den Piraten wie für alle anderen sehr verwirrend, und er zog die Klinge bis an seine eigene Brust zurück. Sein Gesicht war weiß, und Noell wußte, daß die heiß glühende Waffe ihm noch durch seine Kleidung hindurch Schmerz bereiten mußte.

Am Ende konnte sich Langoisse nicht dazu überwinden, einen Streich gegen den Mönch zu führen, und er ließ den Stahl zu Boden fallen.

»Ihr seid hier Gast«, sagte Quintus fest. »Und es gibt für Euch keine Angelegenheit, die nur Euch selbst angeht. Was in unserem Haus, das auch ein Gotteshaus ist, geschieht, betrifft uns und unseren Herrn. In Seinem Namen bitte ich Euch, davon abzulassen. Ein Dieb und ein Mörder seid Ihr bereits, aber noch seid Ihr nicht von der Kirche exkommuniziert . . . Das kann nicht Euer Wunsch sein, wie ich glaube, und ich bin überzeugt, daß der Name Christi Euch noch immer etwas bedeutet.

Wollt Ihr ganz offen sagen, daß Ihr danach strebt, verdammt zu werden?«

Noell konnte nicht glauben, daß die Drohung von Exkommunizierung Langoisse allzuviel ausmachte, doch vielleicht bedeuteten ihm die Gesetze der Gastfreundschaft mehr. Jedenfalls sagte der Pirat nichts und unternahm auch nichts. Quintus hatte die Situation unter Kontrolle.

»Ich danke Euch, daß Ihr Gnade walten lassen wollt«, sagte Quintus zu Langoisse. »Wenn Ihr jetzt die marokkanische Lady und Euren kichernden Türken mit Euch nehmen wollt, werde ich mich hier um alles kümmern. Ich werde bis zur Morgenandacht Wache halten.«

Doch damit verlangte er zuviel. Langoisse sagte nur: »Nein!«

Der Mönch und der Pirat maßen einander mit Blicken. Wenngleich es Langoisse mit Leichtigkeit gelungen war, Ralph Heilyn mit seinen Blicken zu bezwingen, bewies Quintus weitaus mehr Standfestigkeit. Als der Mönch dann den Blick senkte, geschah es ganz natürlich und zwanglos.

Dieser kleine Sieg verschaffte Langoisse Genugtuung. »Der Abt hat mir seine Freundlichkeit bewiesen«, sagte er. »Ich bin stets ein Freund der Wahren Kirche gewesen und möchte mir nicht ihren Zorn zuziehen. Ihr könnt jetzt gehen; es ist vorüber.«

Quintus verbeugte sich betont und sagte: »Euer Wort genügt mir, Sir, daß Ihr die Lady nicht länger quälen werdet.«

»So nehmt es an«, gab Langoisse zurück, und er war dabei um einen spöttischen Ton bemüht. »Trotzdem werde ich meine eigene Wache aufstellen. Falls Ihr wünscht, daß ihre Wunden versorgt werden, kann Meister Cordery das tun.«

»Ich danke Euch«, sagte Quintus mit einem kurzen Seitenblick auf Noell, der zustimmend nickte.

Die Zigeunerin hatte Noells Schulter losgelassen und schenkte ihm einen Blick tiefster Dankbarkeit und Erleichterung, wiewohl er wußte, daß er nichts dazu getan hatte – und ohne Quintus' Eingreifen selbst nichts erreicht hätte.

Er sah zu, wie Langoisse den Türken aus der Zelle führte. Selim und der kleine Mann gingen bereitwillig mit. Dann wandte Noell sich ab, um Quintus zu helfen, der schon dabei war, der Vampirlady die Hände loszubinden. Er verspürte Übelkeit und wäre am liebsten mit hinausgegangen, um seine Augen und sein Herz abzuwenden, doch er hatte eingewilligt zu bleiben, und das mußte er jetzt tun, um jene Gnade zu erweisen, die der Herr, an den er nicht so recht glauben konnte, von ihm verlangte.

Langoisse indessen schien gewillt, sich mit einer letzten höhnischen Geste zu verabschieden, und nachdem Quintus gegangen war, hörte Noell, wie die Tür hinter ihm geschlossen wurde. Der Riegel, der sie sicherte, rastete ein, und er war jetzt eingesperrt mit der verwundeten Lady.

7. Kapitel

Noell half Lady Cristelle, sich mit dem Gesicht nach unten auf die Bank zu legen, die ihr als Bettstatt diente. Er wagte nicht, ihren Rücken mit einem Gewand zu bedecken, noch eine Decke über sie zu legen, obwohl sich die Haut ihrer Arme kalt anfühlte und er um sie fürchtete. Das Kohlebecken stand indes noch immer in dem kleinen Verlies, und er hoffte, daß seine Hitze ihr wohltun und sie nicht mehr an die erlittene Folter erinnern würde.

Sie war noch immer bei Bewußtsein und schien heftiges Unbehagen zu empfinden, obwohl der Haß, mit dem sie ihren Peiniger bedacht hatte, aus ihrem Blick verschwunden war. Noell war klar geworden, daß die Macht, die diese Vampirlady über die eigenen Schmerzempfindungen hatte, nicht absolut sein konnte, und daß die Beherrschung, die sie zeigte, sie einiges kosten mußte.

Trotzdem gelang es ihr, ihn anzusprechen. »Habt keine Furcht«, sagte sie. »Ich werde Euch nichts zuleide tun.«

Er lächelte, als wollte er damit dartun, daß er keine Angst empfand, doch es war ihm beklommen zumute.

»Gibt es etwas, das Ihr noch braucht?« fragte er, wobei er an Wasser oder Heilsalbe dachte. Eine Salbe konnte er nicht herbeischaffen, doch neben der Holzpritsche stand ein Krug mit Wasser.

»Wohlan, Meister Cordery«, sagte sie mit schwacher, süßer Stimme, »was ich am meisten brauche, sind ein paar Tropfen von Eurem Blut.«

Er zuckte verwirrt zurück, glaubte zuerst, daß sie ihn nur necken wollte, doch ihre dunklen Augen blickten ihn mit vollem Ernst an, und da wußte er, daß sie nicht im Scherz gesprochen hatte.

»Ich verstehe dieses Bedürfnis nicht«, flüsterte er, um dann einen Augenblick später hinzuzufügen: »Es dient Euch doch nicht zur Nahrung!«

»Das Bedürfnis ist sehr groß«, sagte sie mit einem Flüstern. »Ich spüre dieses Bedürfnis so übermächtig, daß ich kaum noch ertragen kann, über diesen Punkt zu verhandeln. Ich würde nicht versuchen, Euch zu zwingen, da Ihr mir so viel Freundlichkeit erwiesen habt, aber ich schwöre Euch, Ihr habt keinen Grund, ängstlich zu sein. Dieses Geschenk kostet Euch nichts und ist mit keiner Gefahr verbunden.«

Er wünschte sich jetzt, daß die Tür unverriegelt wäre; und er wäre jetzt vor ihr geflohen, wenn er gekonnt hätte. Um seine Verlegenheit zu überspielen, hob er den von Langoisse benutzten, inzwischen abgekühlten Dolch vom Steinfußboden auf.

»Geht nicht, Meister Cordery«, sagte sie schnell, da sie nicht wußte, daß die Tür versperrt war. »Wißt Ihr, was sie mit Mary getan haben? Ich glaube, sie haben sie verletzt.«

»Ich weiß es nicht«, sagte er. »Ich denke, sie haben sie in Ruhe gelassen.« Der Umstand, daß er es nicht wirklich wußte, machte ihn ganz elend wegen seines früher gegebenen Versprechens. Vielleicht war das Mädchen tatsächlich verletzt worden. Plötzlich schien es ihm höchst beunruhigend, daß er aus der Nachbarzelle keinen Laut gehört hatte.

Noell stieß den anderen Dolch mit dem Fuß an, hob ihn dann auf, obwohl er noch immer warm war. Er warf die beiden Waffen in eine Ecke der düsteren Zelle. Das Licht der Laterne flackerte, sein Schatten tanzte in grotesken Sprüngen über die Wand wie eine Geistererscheinung: ein heimtückischer Inkubus, der über dem hingestreckten Leib des von ihm auserkorenen Opfers flackerte.

»Sie haben Mary nicht zu mir kommen lassen«, sagte Lady Cristelle mit einer Stimme, die kaum mehr als ein Flüstern war. »Langoisse hat seinen Mannen befohlen, sie zum Schweigen zu bringen, als sie laut geschrien hat. Ich befürchte, daß sie tot ist.«

Langsam setzte sie sich auf und legte sich ihren Umhang um, um ihre Nacktheit zu verhüllen. Er zuckte bei dem Gedanken zusammen, wie sehr der Stoff ihrem wunden Rücken schmerzen mußte, doch dann schalt er sich selbst einen Narren, weil er vergessen hatte, daß die Reizung durch den Wollstoff ihr kaum weh tun konnte, wenn sie schon den durch die Platzwunden und die Verbrennung verursachten Schmerz hatte verdrängen können. Trotzdem schien ihr Gesicht sehr abgespannt, und es war schwer zu glauben, daß die ausgestandenen Qualen sie nicht schrecklich mitgenommen hatten.

Wie können wir denn wirklich wissen, fragte Noell sich selbst, *wie sie empfinden kann?* Er fragte sich, wie es sein mochte, Schmerz in seiner ganzen

Schärfe zu fühlen und dazu gezwungen zu sein, ihn zu ignorieren. Das konnte nicht sein, schlußfolgerte er. Kein Lebewesen, wie immer es beschaffen sein mochte, hätte sich einen Schrei verbieten können, hätte es wirklich ungemildert die rotglühende Klinge auf seinem Fleisch gespürt. Und dennoch, wer anders als ein Vampir vermochte zu sagen, was ein Vampir dabei empfand, wenn sein Fleisch geschunden oder verbrannt wurde? Trotzdem war sie stark geschwächt und elend; hatte Langoisse vielleicht recht damit gehabt, daß man sie dazu bringen konnte, etwas preiszugeben, falls sie wirklich etwas Brauchbares wußte?

Er stand nur da, schaute sie an, wußte nicht, was er sagen sollte.

»Es muß Euch nicht leid tun, Meister Cordery«, sagte sie. »Ihr schuldet mir kein Mitleid. Richard wird Euch so übel behandeln, wie der Pirat mich behandelt hat, falls seine Häscher Euch je finden.«

»Warum denn?« fragte Noell, plötzlich mutiger geworden. »Nur weil ich jenem Mann verwandt bin, der eine seiner Hofdamen vernichtet hat? Oder weil ich das Geheimnis kenne, wie ein Mikroskop gemacht wird?«

Sie schien von seiner Frage echt verwirrt. »Was hat denn jenes Spielzeug damit zu tun?« fragte sie.

Noell spürte, daß er vorsichtig sein mußte, denn schließlich konnte er nicht mit Sicherheit wissen, was aus der Lady werden würde, nachdem Langoisse sie aus der Abtei fortbrachte. Doch er konnte seiner eigenen Neugier nicht nachgeben, ohne sich spielerisch auf die ihre einzulassen. Sie schien nicht abgeneigt zu reden. Vielleicht war ihr die Ablenkung willkommen. Vielleicht half sie ihr, ihr dringendes Bedürfnis nach Blut und ihren verstümmelten Leib zu vergessen.

»Mein Vater war der Auffassung, daß der Apparat uns eine Menge Aufschluß über den Körper und die Körperflüssigkeiten geben kann«, sagte Noell. »Er wußte, daß Richard plante, ihn töten zu lassen aus Angst davor, was er vielleicht in Hinblick auf das Wesen der stofflichen Beschaffenheit von Menschen und Vampiren entdecken mochte.«

Ihr Blick war fest, als sie ihn anschaute, obwohl aus ihrem Gesicht alle Farbe gewichen war. In ihrem jammervollen Zustand hatte sie weniger vampirhaft ausgesehen, als wäre ihre geheimnisvolle Haut matt angelaufen. Doch jetzt hatte sie sich wieder in der Gewalt, und ihr früheres Aussehen war fast wiederhergestellt.

»Edmund Cordery wäre für seinen heimlichen Verrat eingekerkert worden«, sagte sie. »Welche Eitelkeit vermochte ihm den Glauben einzugeben, daß er durch jenes komische Spionglas etwas zu seinem Vorteil erfahren könnte? Konnte man damit die Seele des Menschen genausogut erkennen wie das Gewebe seiner Haut? Richard besitzt jene Kristallkugel, die John Dee und Edward Kelley benutzt haben; ich habe auch hineingeschaut und geglaubt, vielleicht einen Blick auf den Reigen der Engel erhascht zu haben, doch selbst jenes Glas konnte Meister Kelley keinen Aufschluß darüber geben, wie er denn unsterblich werden könnte.«

»Das war kein Zauberding«, erklärte ihr Noell. »Mein Vater hat nicht geglaubt, daß es mit Zauberei zu tun hat, Vampire zu machen, sondern daß es sich um einen einfachen Mechanismus handelt, den man nur entdecken muß.«

»Das sieht einem Mechanikus ähnlich«, sagte sie in dem schwachen Versuch, einen leichten Ton anzuschlagen, »sich die Welt und das Fleisch als ein bloßes Gewirr von Maschinen vorzustellen. Aber worin hat denn seine Absicht gelegen? Hat er gehofft, ein Mittel zu finden, Vampire zu vernichten, oder ein Mittel, um selber einer zu werden?«

Noell war sich der Antwort nicht sicher, aber er tat so, als wäre er es. »Er hat ein Mittel gefunden, einen Vampir zu vernichten«, sagte er. »Mit etwas Zeit und mit Hilfe des Mikroskops, um die Welt der Keime und Korpuskeln aufzuschließen, hätte er Euch vielleicht alle töten können.«

»Er ist ein sehr törichter Mann gewesen«, entgegnete Cristelle. »Kein einziger Vampir bis auf Carmilla Bourdillon ist bisher umgekommen, sondern nur gewöhnliche Männer und Frauen sterben in den Straßen Londons. Der Ruf, der dieser Krankheit vorausgeeilt war, ist völlig unverdient. Wie bei allen anderen ist es doch so, daß sie den Menschen weitaus mehr schadet als den Vampiren.«

»Und dennoch ist Carmilla Bourdillon tot«, sagte er trotzig.

»Seid Ihr darauf stolz, Meister Cordery, daß einem liebreizenden Wesen ein so brutales Ende bereitet worden ist? Einem Wesen, das vielleicht noch ein weiteres Jahrtausend fortexistiert hätte? Wißt Ihr, wie alt Carmilla gewesen ist?«

»Sechshundertunddrei Jahre«, sagte Noell allzu prompt, bis er zu spät erkannte, daß seine genaue Kenntnis ihres Alters ihr entdecken mußte, daß er *Die Vampire Europens* gelesen hatte, jenes verbotene Buch, in dem die Lebensgeschichten vieler Vampire aufgezeichnet waren.

Doch sie lächelte nur und sagte: »Vielleicht stellt Ihr Euch vor, Ihr könntet begreifen, was es bedeutet, wie meinesgleichen im Schatten der Ewigkeit zu leben? Vielleicht denkt Ihr, es wäre gleich Eurem eigenen Leben, nur etwas länger eben und sonst nichts? Zweifellos haltet Ihr es auch für eine Sache ohne Belang, daß wir frei von Schmerz, frei von

Trauer und frei von Zorn leben können. Und dennoch habt Ihr keine Vorstellung davon, wie sehr wir von Euch in Wahrheit unterschieden sind. Ihr verfügt über keine Kenntnis unseres Wesens oder unseres Erbes, Ihr arme kleine Eintagsfliege ... Nur kurzes Aufflackern eines schattenhaften Lebens.«

»Ich verstehe, wie Ihr grausam sein könnt«, sagte er. »Ich verstehe, wie Eure eigene Unempfänglichkeit gegenüber Schmerzen Euch gleichgültig dagegen macht, sie anderen zuzufügen, so daß es keinen Winkel im Imperium von Gaul gibt, wo nicht die Folter ganz alltäglich zur Anwendung kommt. Ich kenne die Geschichten, die man sich von Attila, von Dragulya erzählt. Ihr Vampire von Gaul gebt vor, von besserer Gesittung zu sein, den Kodex der Ritterlichkeit Karls des Großen in Ehren zu halten, rühmt Euch Eurer Gnade und Bescheidenheit und Eurer edlen Gesinnung. Dennoch geschehen sogar bis auf den heutigen Tag innerhalb der Mauern des Tower Dinge, deren sich seine Erbauer geschämt hätten. Und sämtliche Galgen in London werden reichlich mit Opfern versorgt. Warum sollte ich Euch oder irgendeine andere Vampirlady für besser halten als Erszabet Bathory, die in dem Blut von Kindern gebadet hat, nur weil sie geglaubt hat, der Teint ihres Gesichts würde davon so hell werden, daß sie die Kaiserin des Ostens werden könnte. Ich kenne das Böse, das in Euch ist, also mißversteht nicht das, was ich heute nacht für Euch zu tun versucht habe. Vielleicht liegt der Fehler bei mir, daß mein Magen nicht kräftig genug ist, Langoisse bei seinem Treiben zuzuschauen.«

Sie schien von seinem Wutausbruch überrascht. »Wir sind nicht willkürlich grausam«, erklärte sie mit offensichtlichem Ernst. »Erszabet Bathory ist ihrer Verbrechen wegen verurteilt worden, und das sogar im Reiche Attilas. Man hat sie in ihrer Burg eingemauert – habt Ihr das nicht gewußt?«

»Aber sie konnten ihr nicht in gleicher Münze heimzahlen«, sagte Noell bitter. »Sie konnten sie nicht leiden machen, wie sie andere leiden gemacht hat. Lebendig in eine Gruft eingemauert, hat sie sich einfach in Schlaf versetzt und könnte jederzeit nach tausend Jahren aufwachen, bereit, ihr früheres Leben wieder aufzunehmen. Wie lange wird es dauern, bis sie stirbt, was meint Ihr? Oder kann sie dem Hunger ewig widerstehen?«

»Das weiß ich nicht«, sagte Cristelle. »Aber sie büßt nach dem Gesetz, was sie getan hat. Es muß das Gesetz geben, um die Welt im Gleichgewicht zu halten. Und würde die Welt von gewöhnlichen Menschen regiert, gerieten die menschlichen Angelegenheiten sehr in Unordnung, und die Befolgung von Gesetzen ließe sich viel schwerer durchsetzen. Kennen die Mohammedaner denn keine Folter? Ist ihre Freundlichkeit Legende? Es gäbe nicht ein Hundertstel all des Leides auf der Welt, könnten die gewöhnlichen Menschen mit dem Stand der Dinge sich bescheiden, den Gott für sie vorgesehen. Ihnen ist eine eigene Unsterblichkeit versprochen in Gottes Himmelreich, so sie nur leben, wie es ihnen aufgetragen ist.«

»Heuchelei«, sagte Noell heftig. »Vampire sind keine wahren Anhänger Christi, und sie lieben die Grausamkeit mehr, als es Menschen jemals vermöchten. Mein Vater hat mir mehr als einmal erzählt, wie ihr Everard Digby wegen seiner Beteiligung am Gunpowder plot behandelt habt. Er wurde von Pferden durch die Straßen geschleift, am Galgen aufgehängt, kastriert und gevierteilt. Könnt Ihr Euch vorstellen, daß Menschen fähig gewesen wären, solche Abscheulichkeiten zu begehen, hätte er versucht, ein gewöhnlich sterbliches Prinzlein zu ermorden? Eure Lust auf Menschenblut und Menschenschmerz ist der größte Schrecken auf Erden und kann nicht von Gott gewollt sein, ganz gleich, was Euer Marionettenpapst verkünden mag. Hätte Christus Euch wohl gewährt, Menschenblut zu trinken?«

Sie zog ihren Umhang fester und senkte den Blick. »Das Blut, das ich getrunken, ward mir bereitwillig gegeben«, sagte sie in einem seltsam entrückten Ton. »Gegeben meist aus Liebe oder zumindest mit einem falschen Liebesversprechen. Würdet Ihr mir nicht freudig von Eurem Blut geben, Meister Cordery, aus Liebe? Euer Heiland hat sich nicht geschämt, aus Liebe zur Menschheit zu bluten, und ihr habt in der heiligen Kommunion Teil an seinem Blut, oder etwa nicht?«

»Das ist nicht dasselbe«, sagte Noell störrisch.

Wieder schaute sie zu ihm hoch, und jetzt schien es ihm, als hätte sie ihr Gesicht nur deswegen abgewandt, um sich für diesen durchdringenden Blick zu sammeln. Die Müdigkeit war aus ihrem Gesicht wie weggewischt, auch die Verzweiflung, und sie sprach jetzt in einem ganz anderen Tonfall.

»Wenn du in mich verliebt wärst, Noell Cordery«, sagte sie, »würdest du dann deiner Liebsten nicht dein eigenes süßes Blut zum Geschenk bieten? Würdest du es nicht mit Freuden darbringen, so wie Edmund Cordery sein Blut Carmilla Bourdillon liebend gegeben hat? Und jetzt, da du es mir verwehrst, versuchst du nicht, mich auf deine Weise zu martern, ähnlich wie es der herzlose, wütende Pirat versucht hat?«

Er war von ihrem starren Blick wie gefangen, wie sie es offenbar beabsichtigt hatte. Und als er ihn zurückgab, fühlte er sich bei ihrem Anblick in der Falle. Wie konnte er denn leugnen, daß sie schöner war als jedes gewöhnliche Mädchen? Wie konnte er anders, als den süßen Drang seines eigenen Verlangens spüren? Es war nicht Sache seiner eigenen Wahl; das Verlangen wühlte in ihm wie eine übernatürliche Kraft, ein Gluthauch aus der Hölle. Immerhin war er kein Mönch, und wenn er sich von diesem Vampirweib mehr erregt fühlte als von der sogenannten Zigeunerprinzessin oder der armen Mary White, war das dann nicht einfach ein Spiegel dessen, wie die Welt eingerichtet war? Hatte Langoisse recht, und war ihre Schönheit eine lockende Falle, sie selbst eine Sirene, eine Satanshure? Und falls nicht, und selbst wenn es so war, was sollte denn ein Mann denken, fühlen, tun?

»Ich liebe dich nicht«, sagte er mit gepreßter Stimme. Und er erkannte, kaum daß er die Worte ausgesprochen, wie töricht seine Erwiderung ihr erscheinen mußte, da er ihr doch das Du, ohne nachzudenken, zurückgegeben hatte. Er machte das Zeichen des Kreuzes, doch nicht ostentativ, sondern verstohlen und verschämt, getrieben von der Notwendigkeit abzuwarten, welchen Schutz ihm diese Geste geben mochte.

»Carmilla Bourdillon hat dich vielleicht geliebt«, sagte sie. »Genauso wie sie vorher deinen Vater geliebt hat. In ihren weißen Armen hättest du vielleicht so viel Wollust gefunden, jenes Leben zu verachten, das dir fortan beschieden sein wird. Es war eine Wollust, die Edmund Cordery sich nicht versagt hat, selbst dann noch, als er geglaubt hat, sie zu ermorden und mit ihr unterzugehen.«

Er schrak zurück vor diesem merkwürdig leidenschaftlichen Vorwurf, fühlte sich mehr in Gefahr durch ihre Worte als durch irgendeine Drohgebärde, mit der sie hätte versuchen können, ihn einzuschüchtern. Ihm wurde plötzlich bewußt, daß er mit dem Rücken eng an die Steinmauer gepreßt dastand, als hätte ihn seine Verblüffung daran festgenagelt.

Doch sie lachte nicht, als sie ihn so ängstlich sah. Statt dessen wurde ihre Miene weicher, und sie schaute ihn an mit der ganzen Unschuld eines Kindes. »Bitte, Meister Noell«, sagte sie. »Hab Erbarmen und gib mir etwas von deinem Blut!«

»Nein!« erwiderte er rauh. »Ich kann nicht! Ich will nicht!« Er wandte sich von ihr ab, kehrte sein Gesicht zur Tür in dem Wunsch, daß sie sich jetzt öffnen möge. Doch das geschah nicht.

Als er sich schließlich wieder zu ihr wandte, war sie nicht mehr geneigt, ihm auch nur die geringste Beachtung zu schenken. Sie hatte die Knie angezogen und sich zusammengerollt, als wollte sie schlafen. Es war, als bereite sie sich darauf vor, die nächsten hundert Jahre schlafend zu verbringen auf jene geheimnisvolle Art, die den Vampiren eigen war, und erst dann wieder aufzuwachen, wenn ihre begierigen Lippen liebevoll mit Blut benetzt wurden.

Als er, in ihre Betrachtung versunken, sah, wie ihr schwarzes Haar in das blasse Gesicht fiel, stellte er fest, daß von der Narbe keine Spur mehr vorhanden war, keine Wundmale von Langoisses Dolch, der sie gefoltert hatte. Mit der Zeit würden die Wunden auf ihrem Rücken verblassen, als hätte es sie nie gegeben. Langoisses Rücken trug zweifellos noch immer die Narben und Striemen, und bestimmt verursachten sie ihm Schmerzen, wann immer er die beschädigten Muskeln gebrauchen mußte. Vielleicht hatten sie so tief in sein Wesen eingeschnitten, daß sie auch dann noch blieben, wenn er eines Tages jenen Preis gewann, auf den sein Trachten gerichtet war, und unsterblich wurde. Einige der Ritter Richards, die in reifem Alter ihre Verwandlung erlebt hatten, trugen noch immer die Stigmata früherer Wunden, die sich nicht mehr heilen ließen. Langoisse ging es nicht mehr um Äußerlichkeiten, und gewiß wäre er stolz, seine Wundmale zu behalten; es war der Schmerz, von dem er sich Befreiung erhoffte.

War je ein Ende der Blutströme abzusehen, so fragte sich Noell, die die Vampire den gewöhnlich Sterblichen abforderten – nicht nur die wenigen Tropfen, die freiwillig und liebevoll in widernatürlicher Leidenschaft dargeboten wurden, sondern die überreichlichen Blutströme, die die Peitsche des Folterknechts und die Klinge des Kriegers zum Fließen brachten? Der ganze Herrschaftsanspruch der Vampire, so schien es ihm jetzt, bemaß sich in Narben und Verstümmelungen; den Narben auf Langoisses geschundenem Rücken; den Narben auf Edmund Corderys mißbrauchter Brust; den Narben der Sünde in den Seelen der Unsterblichen, die keine Eile hatten, ihrem Schöpfer und Richter gegenüberzutreten.

Ich will keine Narben, sagte sich Noell mit derartiger Heftigkeit, daß er die Worte fast laut ausgesprochen hätte.

Sogar noch jetzt, als sich ihm dieser Stoßseufzer entrang, spürte er, wie sich die Sünde des alten Adam in seiner Seele regte, ein schreckliches Verlangen, dessen Erfüllung nur mit Blut erkauft werden konnte.

»O Quintus«, murmelte er, als er sich in jene einsame Ecke zwischen Mauer und Tür setzte, »was bin ich denn mehr als ein Ding aus gemeinem Lehm? Ich wünsche mir so sehnlich, daß ich beten könnte, um von Gott zu erflehen, daß er mich anders macht, obwohl ich weiß, daß er es nicht tun würde, selbst wenn er es könnte.«

8. Kapitel

Durch das Geräusch des zurückgeschobenen Riegels, der ihn zum Gefangenen gemacht hatte und der jetzt über die Steinmauer scharrte, wurde Noell aus erschöpftem Schlaf geweckt. Langsam kam er auf die Beine, hob dabei die beiden Dolche auf, die er zu Boden geworfen hatte. Er wandte sich der sich öffnenden Tür zu.

Nicht Langoisse, sondern Selim war gekommen, um ihn zu befreien. Der Türke blickte ihn stumpf an, die Augen das einzig Menschliche an ihm, als er Noell befahl, herauszukommen. Noell wandte sich statt dessen der Vampirfrau zu, die noch immer bewegungslos auf ihrer Pritsche lag. Sacht lüftete er den Umhang, den sie um sich gelegt hatte. Er tat es vorsichtig, da er fürchtete, er könnte von all dem Blut aus ihren Wunden festgeklebt sein, doch das traf nicht zu. Als er auf ihre nackte Haut hinunterblickte, konnte er kaum glauben, daß das derselbe Leib war, der vor wenigen Stunden gemartert worden war. Es war kaum Blut zu sehen, und wo die Peitsche eingeschnitten hatte, hatten sich die Wunden bereits geschlossen. Nur wo die glühende Klinge sich in ihr Fleisch gebrannt hatte, waren noch deutliche Spuren der Verletzung zu sehen – ein großer häßlicher Striemen, hellrot verfärbt und feucht schimmernd.

Sie erwachte von seiner Berührung nicht, und Noell schloß aus ihrer bewegungslosen Haltung, daß sie weder heute noch morgen aufwachen würde. Sie hatte sich in jene tiefere Bewußtlosigkeit geflüchtet, deren Vampire fähig waren – in ein Koma, das vielleicht ein Jahr oder hundert Jahre andauern, aus dem sie womöglich immer wieder kurz erwachen würde, nach dem Blut schmachtend, das sie entbehren mußte. Ihre Wunden würden verheilen, doch bleiben würde in ihr eine hungrige Leere, die nur das Blut gewöhnlich Sterblicher auszufüllen vermochte.

Noell legte den Umhang wieder sanft um sie und ging dann aus der Zelle. Der Türke deutete hinüber zu dem Durchgang, der vom Zellentrakt zum Klosterbereich führte, doch Noell händigte ihm die beiden

Dolche aus und befahl ihm zu warten. Während Selim die Zelle der Lady verriegelte, hakte Noell den Riegel vor Mary Whites Tür auf und ging hinein.

Mary lag, die Hände gefesselt und einen Knebel im Mund, auf einem Strohsack. Ihre Kleider waren zerrissen. Sie bewegte sich, als sie ihn hereinkommen hörte, doch sie konnte nicht sehen, wer ihr Besucher war, und die heftige Art, in der sie sich bewegte, ließ darauf schließen, daß sie Furcht empfand.

Schnell ging er zu ihr und suchte sie zu beruhigen, indem er mehrmals ihren Namen rief. Er zog ihr den Knebel aus dem Mund und machte sich daran, ihre Handfesseln zu lösen. Sie wimmerte schwach, als wäre sie unfähig zu sprechen, und er reichte ihr Wasser aus dem Krug. Sie nippte gierig daran, doch noch immer sprach sie nicht, wandte ihr Gesicht in Schmerz und Scham ab. Er erkannte, daß sie vergewaltigt worden war und daß sie vor Angst und Schlaflosigkeit fast delirierte. Sie wand sich unter seiner Berührung, und er wußte nicht, was er tun sollte.

Er öffnete den Mund, um sie zu fragen, wer ihr das angetan hatte, doch die Frage erstarb ihm auf den Lippen, als sie angstvoll von ihm wegkroch. *Immerhin,* dachte er, *bin ich für sie auch nur ein Gesetzloser unter Gesetzlosen. Warum also sollte sie vor mir nicht zurückschrecken?* Die Schuld brannte schmerzhaft in ihm.

»Ich schicke einen der Mönche her«, sagte er. »Er wird Euch einen Trank bringen, der Euch helfen wird einzuschlafen.«

Sie versuchte zu antworten, doch die Worte wollten sich nicht einstellen. Sie hatte sich an ihn um Hilfe gewandt, und er hatte ihr keine geben können. Er hatte das Gefühl, sie betrogen zu haben. Er selbst fühlte sich betrogen von seinem eigenen Unvermögen.

Er wußte nicht, wohin er sich wenden sollte, doch er hatte den Wunsch, sich zu verstecken. Er wollte nicht ins Refektorium gehen oder in seinen eigenen kleinen Raum oder in die stille Kirche, wo es für ihn nur gottferne Einsamkeit geben konnte. Also ging er, nachdem er Bruder Innozenz, wie versprochen, von Mary Whites unglückseliger Lage berichtet hatte, in die Bibliothek. Er hätte nicht genau erklären können, warum er gerade diesen Raum aufsuchte, doch es war der einzige Ort, zu dem er ein Gefühl der Zugehörigkeit zu entwickeln vermochte. Eine Zeitlang verweilte er in dem oberen Saal, doch als das Glockengeläut ihm verriet, daß die Mönche bei der Morgenliturgie waren, ging er hinunter in den Keller, um dort über Lady Cristelle d'Urfé in *Die Vampire Europens* nachzulesen.

Er fand darin nur wenig über sie, denn die vielen Autoren hatten für die Taten und Machenschaften der männlichen Mitglieder ihrer Art größeres Interesse gehabt. Der Text gab ihm Aufschluß darüber, daß es sich bei ihr um eine relativ junge Vampirfrau handelte, die ungefähr im Jahr 1456 in der unteren Normandie geboren wurde als jüngere Tochter eines Vetters des Marquis de Verney. Im Jahr 1472 oder 1473 wurde sie die Geliebte des Vampirritters Jean de Castrys, der zu jener Zeit in Reims lebte und ebendort Vampir geworden war. Es schien so, als wäre sie nie am Hofe Karls des Großen in Aachen gewesen und als hätte de Castrys sie 1495 nach Grand Normandy gebracht – offenbar wegen Streitigkeiten mit Prinz Geoffrey. De Castrys war dann nach Reims zurückgekehrt, wo er diese Streitigkeiten beigelegt und Cristelle an Richards Hof gelassen hatte.

Die Liste von Cristelles sterblichen Liebhabern enthielt nur einen bemerkenswerten Namen: den des Abenteurers Raleigh, der später die Tochter Henry Tudors und Nan Bullens geheiratet hatte, bevor er wegen Verrats hingerichtet wurde. Die Verbrechen, die gegen sie aufgeführt waren, konnten als geringfügig gelten, und Noell gelangte zu dem Schluß, daß sie als Fremde an Richards Hof, dort hinverbracht durch einen ausländischen Ritter, nie in eine der komplizierten Intrigen eingeweiht gewesen war.

Als er das Buch zurückgestellt hatte und in den oberen sonnendurchfluteten Lesesaal zurückgekehrt war, konnte er sich nicht dazu überwinden weiterzulesen. Statt dessen blieb er allein mit seinen Gedanken sitzen, beobachtete die Wolken, die der Westwind über die See herantrieb. *Ich wünschte mir, es wäre die Zeit Elphins,* so dachte er, *als die Vampire britischen Boden noch nicht betreten hatten und die Wahrheit sich vielleicht noch gegen die Welt behaupten, mit den Stimmen aufrechter Männer sich Gehör verschaffen konnte.*

Später kam wie gewöhnlich Quintus zu ihm, fast so, als wäre es ein Tag wie jeder andere. »Alles, was gestern nacht geschehen ist«, sagte der Mönch, »kann ich nur bitter beklagen. Es gibt kein Mittel der Strafe, das wir gegen den Piraten haben, der uns alle in seiner Gewalt hat. Ich glaube nicht, daß er ein böser Mensch ist, doch seine schwarzen Stimmungen treiben ihn an den Rand des Wahnsinns. Seine Lage erfüllt ihn mit entsetzlicher Angst, obwohl er nicht wagt, diese Angst auf ehrliche Weise zu zeigen. Wir können nur beten, daß ihn bis zur Stunde seiner Abreise nichts mehr allzusehr aufbringt.«

»Was wird mit Mary White geschehen?« fragte Noell.

»Ich werde ihn bitten, daß er sie hier läßt, so daß wir für sie einen Platz in einem Damenstift finden können«, entgegnete der Mönch vorsichtig.

»Abgesehen von unseren guten Wünschen, daß ihr kein Leids geschehen mag«, sagte Noell bitter, »ist sie für uns so sehr eine Gefahr wie Langoisse. Sollte sie je dazu kommen zu berichten, was hier mit ihr geschehen ist, könnte sie uns alle vernichten. Und warum sollte sie auch ihre Zunge hüten, da nicht einmal das Gotteshaus ihr wirksamen Schutz gewähren konnte? Vielleicht sollten wir guten Christen, die wir nun einmal sind, darum beten, daß Langoisse sie mit sich nimmt und sie zu einer Freibeuterhure macht; oder daß er sie vielleicht tötet, nachdem sie noch ein paarmal von den schändlichsten Kreaturen seiner Mannschaft vergewaltigt worden ist. Sie ist keines Verbrechens schuldig, und dennoch ist sie eine Bedrohung für Eure und meine Sicherheit. Es ist eine böse Welt, die uns solche Prüfungen auferlegt.«

»Ich werde Langoisse bitten, sie hier zu lassen«, sagte Quintus, diesmal mit größerer Bestimmtheit. »Ich werde ihm sagen, daß wir sie zu den Nonnen von Llanllyr bringen werden. Ich bete darum, daß er sie gehen läßt und daß die Nonnen sie überreden können, den Normannen nicht zu verraten, was ihr hier bei uns geschehen ist.«

»Und der Vampir?« fragte Noell. »Wollt Ihr auch sie ins Nonnenkloster schicken?«

Quintus schüttelte den Kopf. »Ich weiß nicht, was mit dem Vampir geschehen soll, jetzt, da sie tief schläft. Doch ich weiß, daß Langoisse sie nicht herausgeben wird.«

»Ich weiß nichts«, sagte Noell mit einer Stimme, die bitter war von niedergedrückter Verzagtheit. »Trotz all meiner Studien weiß ich nichts von dem, das mir zu wissen not täte. Ich weiß nichts um die Ziele des Unsichtbaren Kollegiums, das mich aufgenommen, nachdem mein Vater gestorben war. Auch kenne ich nicht die Ziele dieser stillen Mönche, die das bewahren, was sie den Wahren Glauben nennen, weder Alexander noch Gregor die Treue halten. Ich weiß nicht, welche Arbeit einem gewöhnlich Sterblichen in dieser Welt fürstlicher Vampire und rachsüchtiger Briganten zu tun übrig bleibt. Ich hatte geglaubt, daß ich um diese Dinge wüßte. Ich hab' es für ein mutiges Ideal gehalten, eine Wahre Kirche Christi vor der Vernichtung durch einen falschen Papst und seine schnüffelnden Wanderpriester zu bewahren. Ich dachte auch, ich hätte begriffen, warum Mitglieder des Hofes einer Geheimgesellschaft angehören und auch da noch Pläne gegen die Vampire schmieden, wo sie vorgeben, sie dienend zu unterstützen. Ich habe sogar geglaubt zu wissen, welch heldenhafte Werke ein Pirat vollbringt, der versucht, die Macht auf den Weltmeeren gewöhnlich Sterblichen vorzubehalten, wenngleich das Land dem Vampirreich gehört. Jetzt erkenne ich, daß ich nichts weiß.«

»Das ist eine wichtige Entdeckung«, sagte Quintus gelassen. »Wiewohl eine solche, die uns alle ängstigt.«

»Mir ist im Magen zu übel, solche Sophistereien zu verdauen«, sagte Noell scharf. »Es scheint mir, daß sich alle Gerechtigkeit und Gnade, aller Mut und alle Weisheit verstecken, während alles, was wir nach außen hin zeigen, nur Verschlagenheit und Bosheit, Furcht und Dummheit ist. Warum ist die Welt so gründlich verkehrt? Warum stehen wir gewöhnlichen Menschen nicht einfach in großen Armeen zusammen, um den Vampiren offen entgegenzutreten und ihr Reich zu zerschmettern, anstatt Unterwerfung zu heucheln, während wir insgeheim kläglich und schattenhaft von kühnem Aufbegehren flüstern?«

»So ist es oftmals geschehen«, erwiderte Quintus. »Armeen gewöhnlich sterblicher Menschen sind Hunderte von Malen Vampiren entgegengetreten, doch die von Vampiren geführten Armeen haben stets gesiegt. Sie sind derart tapfere Krieger, daß sie all jene schrecken, die sich gegen sie stellen, und sie sind sehr klug darin, ihre kostbarste Belohnung denjenigen Männern vorzubehalten, die am tapfersten für ihre Sache kämpfen. Darin liegt das Wesen ihrer Macht. Es wird wieder der Tag kommen, an dem gute Männer gegen sie ankämpfen, und ein nächster und übernächster. Aber sie werden Waffen tragen müssen, die Vampire härter treffen als Pfeile und Musketenkugeln. Soll die Welt je zum Erbe gewöhnlich Sterblicher werden, dann bedürfen diese derart der Vorbereitung durch solche Geheimgesellschaften, wie Ihr sie erwähnt: Sie werden eine Gesinnungsstärke brauchen, die von der Weisheit des Unsichtbaren Kollegiums geformt ist. Und sie brauchen Seelen, die von den Lehren der Wahren Kirche gesättigt sind. Ohne das erstere kann die Welt nicht wirklich gewonnen werden; ohne letzteres wäre sie des Gewinnens nicht wert.«

»Doch es gibt in eben diesem Kloster auch jene«, sagte Noell, »die glauben, daß der wahrhaft Wahre Glaube nicht Widerstand erfordert, sondern geduldiges Ausharren, und daß es nicht von Belang ist, daß die materielle Welt der Herrschaft des Bösen unterliegt, indessen uns doch im Himmelreich eine viel kostbarere Unsterblichkeit erwartet. Viele Eurer eigenen Brüder würden nicht zögern, uns aufzufordern, uns um der Rettung unseres Seelenheils willen zeitweilig der Macht der Vampire zu unterwerfen. Gib dem Kaiser, was des Kaisers ist, und Gott, was Gottes ist.«

»Ist es das, was Ihr lieber tun würdet?« fragte der Mönch.

»Wie können wir das Richtige tun?« fragte Noell in beinahe flehendem Ton zurück. »Wie können wir auch nur gewiß sein, daß es die gewöhnlich sterblichen Menschen und nicht die Vampire sind, die Gottes auserwähltes Volk sind? Wenn wir zugeben, daß sie nicht Blendwerk des Teufels sind, sondern von Gott geschaffen wie Adam, wie sollen wir dann nicht eingestehen, daß Gott sie über uns gesetzt hat? Wie sollen wir wissen, was zu tun ist, auf daß die Welt richtig werde?«

»Gott hat uns sterblichen Menschen seinen einzigen Sohn gesandt«, sagte Quintus sanft zu ihm. »Christus ist für uns gestorben, um uns den Weg zur Erlösung zu weisen. Nur der Tod ist Sühne für unsere Sünden. Das ist ein schwerer Weg, doch es ist der einzige Weg, der uns ins Himmelreich führt. Jene andere Unsterblichkeit ist nur Versuchung. Ich vermag nicht aufrichtig zu sagen, ob dies von allen Ränken des Teufels die schlaueste ist oder eine weitere Gabe Gottes, die die Menschen eines Tages lernen müssen, auf weisere Art zu nutzen. Doch ich weiß, daß die Vampire schlecht von ihr Gebrauch machen und gegen die Interessen sowohl Gottes wie der Menschen handeln. Also ist es gerecht, sich ihrem Reich zu widersetzen. Nicht nur durch Gebet und Weigerung, sondern durch Handeln. Wie einst unser Herr die Wechsler aus dem Hause seines Vaters vertrieben, so mögen wir danach streben, die Vampirfürsten auszutreiben.«

Doch Noell nahm die Bibel auf, die noch auf dem Pult lag, wie er sie vor zwei Tagen liegengelassen hatte, und er öffnete sie und las aus dem Evangelium des Johannes: *»Jesus sprach zu ihnen: Werdet ihr nicht essen das Fleisch des Menschensohnes und trinken sein Blut, so habt ihr kein Leben in euch. Wer mein Fleisch isset und trinket mein Blut, der hat das ewige Leben, und ich werde ihn am Jüngsten Tage auferwecken. Denn mein Fleisch ist die rechte Speise und mein Blut ist der rechte Trank.«*

Noell ließ nach dem Vorlesen eine Pause entstehen, um das Gesicht seines Mentors prüfend zu mustern, doch Quintus sagte nichts, wartete, daß Noell fortfuhr. »Könnte das nicht Gottes Gebot für die Vampire sein?« fragte Noell. »Ist das nicht ein Gebot, das sie auf ihre Art getreulich befolgen? Könnte es denn nicht Richards Art sein, nicht die unsere, deren sich Christi Gunst zuneigt, wenn er wiederkommen wird, die Welt zu richten? Sie brauchen unser Blut nicht als gewöhnliche Nahrung für ihren Leib – was also kann gewöhnliches Blut für sie anderes sein als

Nahrung des Geistes? Könnte nicht ihr Weg der Weg zur Erlösung sein, nicht aber der unsere?«

Quintus, der die Qual seines Zweifels und seiner Zerrissenheit wohl erkannte, zieh ihn nicht der Blasphemie. Statt dessen sagte er: »Der Teufel ist der Affe Gottes. Und seine Aufgabe besteht darin, die wahre Lehre durch Verbiegen und Verdrehen in falsches Zeugnis zu verkehren. Vampirismus ist nur ein Hohn auf die Botschaft des Erlösers, deren wahrer Sinn in der heiligen Kommunion beschlossen liegt. Jesus hat seine Botschaft den Menschen gebracht, Noell. Es hat zu jener Zeit keine Vampire in Galiläa gegeben, auch nicht im gesamten Römischen Reich, das der heilige Paulus sich aufgemacht hat zu bekehren. Ich teile nicht die Meinung Gregors, daß die Vampire Dämonen in menschlicher Verkleidung sind, doch ich glaube fest, daß Satan Attila gegen das heilige Reich ausgesandt hat, nachdem jenes Reich eine zu starke Macht wider ihn geworden war.«

Noell konnte immer noch nur verzagt den Kopf schütteln.

»Sag mir die Wahrheit«, forderte ihn sein Mentor sanft auf. »Es sind nicht die Lehren aus den Heiligen Schriften und aus der Geschichte, die dir Sorge bereiten, sondern Mitleid für den Vampir. Schönheit ist nur eitler Flitter, Noell, und ihr Zauber trügerisch.«

»Dasselbe hat mir Langoisse gesagt«, entgegnete Noell. »Und ich würde es gern glauben. Aber ich kann es nicht fühlen. Und seit ich die arme Mary verletzt gesehen und das Gelächter jenes entsetzlichen Türken gehört und Langoisse bei seinem Folterwerk zugesehen habe, mag ich nicht glauben, daß irgendein Gott wohlgefällig auf dieses Haus niederschaut, noch daß irgendeine heilige Schrift uns sagen kann, was wir sein und was wir tun sollen. Wir müssen unseren eigenen Weg finden, Quintus, und ich weiß nicht, wie ich das bewerkstelligen soll.«

»Bete für die Magd«, beschied Quintus ihn. »Und falls es dir Tröstung ist, bete auch für den Vampir. Satans Knechte sind einst Engel gewesen, und es steht nicht über jeden Zweifel fest, daß nicht auch sie Erlösung finden können. Vor allem aber sollten wir vielleicht für den Piraten beten, denn seine Seele ist der größten Gefahr der Verdammnis ausgesetzt. Doch vielleicht kann auch sie umkehren und den Weg zur Errettung finden.«

Doch Noell bekam keine Gelegenheit, auch nur vorzugeben, sich ins Gebet zu vertiefen, denn in diesem Augenblick kam der Abt in die Bibliothek geeilt, rot angelaufen vor Aufregung, und teilte ihnen mit, daß Bewaffnete auf die Abtei zugeritten kämen. Sie näherten sich nicht aus

Richtung Stadt, sagte er, sondern auf der schlechten Straße von Lampeter, und sie hätten ausgerechnet Dominikanermönche in ihrer Begleitung.

»Macht sich der Pirat zum Kampf bereit?« fragte Quintus schnell.

»So ist es«, erwiderte der Abt. »Einer seiner Männer hat die Kompanie vom Glockenturm aus gesehen, und jetzt plant er einen Hinterhalt – obwohl er nur eine Handvoll Pistolen gegen ihre Musketen und ihre Piken hat.«

»Er ist ein Narr!« rief Quintus klagend aus. »Er muß rennen, so schnell er kann.«

Quintus sprach hastig auf Noell ein, der wie gelähmt war und vorübergehend unfähig, sich zu erheben. »Zeigt Euch niemandem«, befahl er. »Macht Euch bereit, in die Stadt zu gehen, wo Ihr sicheres Versteck finden werdet – und haltet Euch von dem Piraten fern, so Ihr könnt.« Dann eilte er aus dem Raum.

Noell kam langsam auf die Beine, machte Anstalten, seinem Rat zu folgen, doch er fühlte deutlich, daß er dem Wissen, in welche Richtung er sich letztendlich wenden sollte, kein Stück nähergekommen war.

9. Kapitel

Über die Hintertreppe, die er auch auf dem Rückweg nehmen wollte, ging Noell hinauf in seinen Raum. Sein Plan war, seine wenigen Sachen zusammenzuraffen, dann in die Kirche zurückzukehren, wo er vielleicht aus einer der Kapellen durch einen nördlichen Seitenausgang schlüpfen konnte. Er kannte bereits Namen von Leuten in der Stadt, die ihn verstecken würden, falls er es schaffen sollte, unbemerkt und ohne Verfolger den Fluß zu überqueren. Dann würde Quintus zu ihm kommen, sobald es für ihn sicher genug war, doch es bestand wenig Aussicht, je in die Abtei zurückzukehren, falls wirklich Dominikaner anrückten.

Er war kaum mit Packen fertig, als die Tür zu seiner Kammer aufflog. Er wandte sich um, halb in Erwartung, Leilah zu sehen, doch es war nur das Mädchen, das der Zigeunerin als Magd diente. Ihre dunklen Augen blickten wild vor Angst.

»Meine Herrin schickte mich zu dir, Meister Cordery«, sagte sie. »Sie bittet, daß du mich versteckst und vor dem Kampf in Sicherheit bringst.«

Noells Maß an Hilfeversprechen war voll, doch dies hier war noch ein kleines Kind. Leilah hatte ihm nicht erzählt, weshalb sie die Magd bei sich hatte, doch Noell nahm an, daß sie wie Leilah in den Ländern Arabiens eine Sklavin gewesen war. Aus einem plötzlichen Impuls heraus sagte er: »Dann komm mit mir, denn hier sind wir nicht sicher.«

Das Kind nickte vertrauensvoll, und Noell führte es aus der Kammer. Doch draußen auf dem Gang begegneten sie Langoisse, der sich auch auf die Suche nach Noell gemacht hatte. Der Pirat war überrascht, das kleine Mädchen an Noells Seite zu sehen, und offenbar amüsiert von dem ungleichen Paar, lächelte er, bevor er zu sprechen ansetzte.

Noell ergriff die Gelegenheit, ihm zuvorzukommen. »Ihr müßt Euch verstecken, Langoisse«, sagte er voll Eifer. »Die Mönche werden Euch schützen, falls Ihr ihnen dazu Gelegenheit gebt.«

»Mitnichten, Meister Cordery«, entgegnete der Pirat. »Diesmal gedenke ich, den guten Mönchen die erwiesene Gastfreundschaft zu vergelten. Der da kommt ist nur ein Hauptmann mit sechs Mann, die einer Handvoll Dominikanern das Geleit geben, zweifellos nur in Routinegeschäften unterwegs hierher. Ich habe die doppelte Anzahl Männer, und der Überraschungsvorteil ist auf meiner Seite; aber wichtiger noch, ich brauche ihre Waffen und Pulver. Wohin wollt Ihr denn? Ich hab' doch wahrhaft gedacht, Ihr würdet eher den liebreizenden Vampir bewachen als diesen kleinen Fratz, oder seid Ihr selbst unsicher noch wie ein Kind, wem Eure Treue gilt?«

»Kommt mit mir, Langoisse!«, sagte Noell drängend. »Ich führe Eure Männer, so gut ich kann, über die Felder. Heilyn wird sich morgen mit uns treffen, und wir können uns bis zur verabredeten Stunde verstekken. Ein Kampf bringt uns allen nur Verderben.«

Aber Langoisse schüttelte den Kopf. »Zu wenig Deckung auf den Feldern«, sagte er. »Und überhaupt stinken sie. Die Reiter sind schon zu nahe, und sie werden uns entdecken, wenn wir versuchen zu entkommen. Ihr mögt im Schutz des Aufruhrs fliehen, den wir verursachen werden, also geht, wenn Ihr müßt, und bringt Euch in Sicherheit. Doch besser erging's Euch mit mir, falls Ihr den Mut hättet zu bleiben, als wenn Ihr Euch in diesem trostlosen Land der Waliser umtreibt. Ihr findet Freiheit nur in einem fremden Land oder auf Gottes hohen Meeren, die die Vampire fürchten. Bleibt in diesem Land, verbergt Euch in den Kellern, und gewiß wird Euch für dreißig Silberlinge oder weniger einst jemand verraten. Wales hat überreichlich Männer, die so arm sind, daß sie ihre Mütter für halben Lohn verkaufen würden.«

»Ihr bringt hier Verderben«, wiederholte Noell, als sich Langoisse zum Gehen wandte. Doch noch während er das sagte, ging ihm auf, daß der Pirat von Anfang an der Abtei Verderben gebracht hatte und daß die Spuren nach seinem Weggang wohl nicht leicht auszulöschen wären. Noch mehr Morde würden den Berg seiner Verbrechen vergrößern, doch nur wenig Gutes ließe sich bewirken, selbst wenn Langoisse jetzt einwilligte, sich in seine Obhut zu begeben.

Ich muß zu Quintus gehen, dachte Noell, seine früheren Pläne beiseite schiebend. Er muß mit mir kommen, und wir müssen die verbotenen Bücher aus der Bibliothek schaffen. Die Dominikaner werden in voller Stärke hier anrücken, falls ihre Leute umgebracht werden, und die Mönche werden ihrerseits fliehen und anderswo Zuflucht suchen müssen.

Er ging zur rückwärtigen Tür, das kleine Mädchen im Schlepptau, da ihm nichts anderes übrigblieb. Als er auf der letzten Stufe angelangt war, mußte er ihr befehlen, vor der Tür zu warten. Sie hatte keinen Zutritt in den inneren Klosterbereich.

Im Innenhof fand er schnell Bruder Martin. Doch bevor er noch den Mund zum Sprechen öffnen konnte, bat ihn der Mönch eindringlich, zurückzugehen und die jungen Gehilfen des Almosenpflegers vom Außenhof zu holen, sie in die Kirche zu rufen.

Unschlüssig zögerte Noell, doch er entnahm Martins Worten, daß die Mönche sehr wohl wußten, was Langoisse vorhatte und seines Rates nicht bedurften. Trotzdem kehrte er wie befohlen zurück zum Brauhaus, in der Erwartung, Quintus in der Kirche anzutreffen, wenn sich die ganze Abtei dort versammelte.

Im Brauhaus fand er zwei Jungen, die neben den Fässern hinter der Tür kauerten, offensichtlich fasziniert hinaus auf den Hof schauten und keine Neigung zeigten, von der Stelle zu weichen. Noell mußte sie antippen, damit sie überhaupt merkten, daß er bei ihnen war, und sie machten keinerlei Anstalten, ihm zu folgen. Bevor er mit ihnen streiten konnte, hörte er von der Straße her Hufgeklapper und sah einen der Dominikaner durch das offene Tor einreiten, offenbar als Vorhut, vielleicht um dem Abt Anweisung zu geben, welche Vorkehrungen er für seine Besucher treffen sollte.

Noell sank das Herz; es war zu spät, noch nach Plan zu handeln. Er stand wie angewurzelt auf der Stelle, starrte hinaus auf den Hof, wo die Tragödie ihren Fortgang nahm.

Der Berittene schaute sich um und schien konsterniert, niemanden anzutreffen. Noell versteckte sich hinter dem Türsturz des Brauhauses und wußte, daß Dutzend andere sich ebenfalls versteckten und darauf warteten, daß der Rest des Trupps in die Falle ging.

Der Dominikaner drehte sein Pferd auf dem Kopfsteinpflaster und rief ein lautes »Hallo«.

Natürlich mußte ihn das Ausbleiben einer Antwort nicht weniger alarmieren als der Anblick von etwas Ungewöhnlichem, und Noell entschied, daß man den Mann ablenken mußte, da sonst die Falle nicht zuschnappen würde.

Zu seiner Überraschung erblickte er einen Mann in einer Mönchskutte, der aus dem Torbogen zum inneren Hof geeilt kam. Einen kurzen Moment glaubte Noell, daß es Bruder Steven wäre, doch dann erkannte er, daß es einer der Piraten war, dessen kahler Schädel ihn wirken ließ, als trage er die Tonsur. Dieser Anschein täuschte den Reiter, und er ließ den Mann an das Pferd herankommen, das jetzt ruhig stand, und duldete, daß er die Zügel ergriff. Der schimpfende Dominikaner, verärgert zwar, doch nichts Böses ahnend, stieg vom Pferd. Der Pirat ging auf seine Seite, ließ das Pferd los und umklammerte die Kehle des Mönchs, als wollte er ihn erwürgen, während er ihn wegzerrte.

Der Dominikaner war kein Schwächling und hielt die Zügel des Pferdes fest gepackt, bestrebt, den Arm um seine Kehle abzuschütteln. Der Pirat tastete noch immer suchend nach der Waffe unter seiner Kutte, doch sie hatte sich in den Falten seines Gewandes verfangen, so daß er sie nicht gleich freibekam. Noch während die beiden wie betrunken über den Hof torkelten, kam der zweite Mönch durchs Tor geritten. Als er sah, was sich abspielte, zügelte er sofort sein Pferd und stieß einen Warnruf aus.

Im selben Augenblick schwärmten die Piraten aus ihren Verstecken hervor. Diejenigen, die Pistolen trugen, hasteten zum Tor, um auf die Bewaffneten zu schießen. Doch ihr Überfall war fehlgeschlagen, denn nur der Hauptmann war durch das offene Tor eingeritten. Er wurde von einer Kugel gefällt, doch die Männer draußen auf der Straße waren von ihren Pferden gesprungen, und im Schutz ihrer Tiere machten sie sich nun in aller Eile daran, ihre Musketen zu laden. Die meisten Schüsse, die auf sie abgegeben worden waren, mußten die Pferde getroffen haben und leisteten der Sache der Piraten schlechte Dienste, denn die Tiere stiegen hoch, wieherten laut und brachen aus vor Panik und trennten so die Angreifer von ihren Zielen.

Noell sah nicht viel von dem, was sich vor dem Tor abspielte, durch das die Piraten jetzt hinausstürmten, doch das Klirren von Stahl verriet ihm, daß die Kämpfenden zu schnell aufeinander getroffen waren, um von ihren Schußwaffen noch Gebrauch machen zu können. Der Kampf wurde jetzt mit Schwertern und Messern fortgesetzt. Er hatte nur den Knall einer einzigen Muskete gehört.

Auf dem Hof sah er, wie Selim den zweiten Mönch am Bein gepackt hielt und ihn mit einer scharfen Drehung aus dem Sattel warf. Der Türke war viel zu stark für den Dominikaner, der dem Zug an seinem Bein keinen Widerstand entgegensetzen konnte und schwer stürzte. Aus der Art und Weise, wie er auf dem Boden auftraf, vermutete Noell, daß er sich den Schädel gebrochen hatte.

Der Türke eilte darauf dem Piraten zu Hilfe, der als Mönch verkleidet war. Dieser hatte schließlich seinen Dolch freibekommen und versuchte, auf den Dominikaner in seinem Griff einzustechen, doch dieser hatte die Zügel des Pferdes fahren lassen und wich der Klinge aus, indem er seinen Angreifer im Kreise herumschleuderte, als wären sie Kinder bei einem fröhlichen Spiel. Mit Hilfe des Türken hatte der Pirat den Wandermönch schnell am Boden und ihn innerhalb von Sekunden tödlich verwundet, dann ließen sie von ihm ab, um sich in das Getümmel vor dem Tor zu werfen.

Mehr aufgeregt als ängstlich, waren die beiden Jungen vorgeprescht, um zu sehen, was sich abspielte, und nach einem Augenblick des Zögerns hastete Noell hinter ihnen her. Als er am Torhäuschen angekommen war, entdeckte er Langoisse, der mit einem behelmten Soldaten Schwerthiebe tauschte, während ein anderer Bewaffneter eine Vierergruppe in Schach hielt, was ihm eine Weile auch gelang, weil keiner der vier eine Klinge so lang wie die seine hatte. Zwei der Soldaten und ebenso drei Piraten lagen anscheinend tot am Boden, zwei verwundete Pferde waren in die Knie gebrochen, doch die beiden anderen Bewaffneten waren bereits davongesprengt, zwei Piraten auf erbeuteten Pferden in einer wilden Verfolgungsjagd hinter sich lassend.

Noell blickte ihnen über die Straße nach und nahm an, daß die fliehenden Soldaten die Brücke noch vor ihren Verfolgern erreichen würden, es hingegen wenig von Nutzen wäre. Da das Scharmützel sich auf der Hügelkuppe abgespielt hatte, war es von Reisenden auf der Straße schon von weitem gesehen worden, und ein Alarmschrei von Mund zu Mund würde den ganzen Weg bis nach Cardigan Castle getragen werden.

Noell griff sich einen der widerstrebend zappelnden Jungen, schüttelte ihn und befahl ihm, schnell zur Kirche zu laufen und den Mönchen

Anweisung zu geben, heftig die Glocken zu läuten, um Hilfe herbeizurufen. Jetzt konnte man nicht mehr Unwissenheit vortäuschen; die Mönche mußten sich auf die Seite derer bringen, die den unwillkommenen Gästen Widerstand leisteten, was natürlich bedeutete, daß sie ebenso wie Quintus fliehen mußten. Sie durften es nicht mehr wagen, in die Stadt zu gehen, sondern mußten sich so schnell wie möglich nach Norden aufmachen.

Er schaute zurück auf das Kampfgeschehen und sah, daß Langoisse seinen Gegner von den Beinen gebracht und schwer verwundet hatte. Die vier Piraten, die auf den anderen Soldaten eindrangen, hatten es geschafft, jetzt aus naher Distanz mit ihm zu kämpfen, obwohl er einem von ihnen schwere Stichverletzungen zugefügt hatte. Die Bewaffneten hatten nur leichte Rüstungen getragen und schienen auch keine kampferprobten Männer zu sein. Hier, so nahe am Tor, standen die Chancen für sie zu ungünstig, und Noell begriff, daß bis auf den unvorhergesehenen Zwischenfall, der den richtigen Zeitpunkt für ihren Hinterhalt verdorben hatte, Langoisses Plan wohl aufgegangen wäre. So wie es jetzt stand, hatte alles Töten keinen Zweck gehabt.

Langoisse, dem die Hochstimmung über seinen Sieg in diesem Zweikampf anscheinend die Erkenntnis trübte, daß der eigentliche Zweck des Hinterhalts gescheitert war, rief seinen Männern zu, alle fallengelassenen Waffen einzusammeln sowie alles übrige, wofür sie Verwendung hatten. Er verschwendete keinen Augenblick darauf, sich um seine eigenen Verwundeten zu kümmern, sondern ging zu dem Hauptmann, der ins Genick geschossen worden war, und fing an, den blutigen Leichnam zu durchsuchen. Noell beobachtete ihn aus einer Entfernung von nur fünf Metern, unfähig, sich von der Szene loszureißen.

Als die Glocken Sturm zu läuten begannen, was die ganze Stadt zu den Waffen rufen mußte, fuhr Langoisse wie im Schreck hoch, doch dann lächelte er, und seine Augen begegneten denen Noells.

»Hier ist Met für den Vampir, Meister Cordery!« rief er aus und zeigte Noell eine Hand, die ganz verschmiert war vom Blut des Hauptmanns. »Für uns indes ist es nur geistige Nahrung.« Er hielt inne, um hinunter auf das rotfleckige Papier zu schauen, das er aus der Tasche des Hauptmanns gezogen hatte. Er starrte etliche Sekunden darauf und brach dann in Gelächter aus. Wieder schaute er zu Noell und schleuderte ihm das Papier entgegen. Ein Windstoß packte es, und es segelte Noell vor die Füße.

»Sie sind gar nicht meinetwegen gekommen!« rief der Pirat aus. »Ich hab' Euch ja gesagt, daß die Welt übervoll von Menschen ist, die ihre Seele für dreißig Silberlinge verkaufen würden! Es ist ein Haftbefehl für Euch, Meister Cordery! Für Euch! Ich glaube, ich habe Euer Leben gerettet, obwohl es mich verdammt beinahe das eigene gekostet hätte! Ein närrischer Preis für einen vampirverliebten Gimpel. Zweifellos, doch sei's drum, der ist jetzt bezahlt, und der Alarm ist ausgelöst; also müssen wir fliehen, obwohl das Land den Jägern günstiger ist als ihrem Wild.«

Noell nahm das Papier auf und erkannte, daß Langoisse recht gehabt hatte. Der Hauptmann, der von Monmouth aufgebrochen war, war gekommen, ihn festzunehmen. Er mußte den Dominikanern von Brecon von einer Anzeige berichtet haben, die die Treue der Mönche von Cardigan in zweifelhaftes Licht rückte. Also mußte jemand in England Informationen über Noell weitergegeben haben.

Angstschauer durchjagten ihn, als er sich fragte, ob seine Mutter und Kenelm Digby und all die anderen, die ihn aus London weggeschafft hatten, sicher waren. Es gab für ihn jetzt keinen Weg zu erfahren, wie schlimm seine Lage war. Er schaute zu Langoisse, der in die andere Richtung blickte und seinen Männern etwas zurief.

Als der Pirat sich wieder zu ihm umwandte, entdeckte er sofort den Ausdruck in Noells Augen. »Gebt auf Euch selbst acht, Meister Cordery!« sagte er laut. »Ihr habt nicht für mich kämpfen wollen, und ich nehme Euch jetzt nicht in meinen Schutz. Nehmt Euch den gelehrten Mönch und das kleine Mädchen, falls Ihr um sein Wohlergehen hinreichend besorgt seid, und findet Euren Weg zu Heilyns Boot selbst. Falls Wellbelove Euch nicht fängt, mögt Ihr mich bitten, Euch an Bord zu nehmen und Eure Haut zu retten. Ich werde dann versuchen, den Vorrat an Güte auf dem Grunde meines Herzens zu ermessen.«

Nach diesen Worten eilte der Pirat durchs Tor. Selim, der auf ihn gewartet hatte, packte die Zügel des Pferdes, auf dessen Rücken der erste Dominikanermönch unbedacht hier eingeritten war, und folgte ihm.

Noell wandte sich ab, um seinen eigenen Angelegenheiten nachzugehen, die nun keinen Aufschub mehr duldeten. Er mußte Quintus finden, und er hoffte, daß Quintus wußte, was zu tun war.

10. Kapitel

Quintus war nicht in der Kirche, obwohl sich die meisten Mönche dort befanden, die offenbar mit mehr Inbrunst als Zuversicht Trost im Gebet suchten. Auch in der Bibliothek fand er den gelehrten Mönch nicht, obwohl die Falltür zum Keller offenstand und der Abt sich in dem Raum darunter befand und Bücher in eine Leinentasche packte.

Noell stieg hinunter in das Verlies, in dem er, wie es ihm jetzt erschien, so wenig Zeit verbracht, sie nicht genug genutzt hatte.

»Soll ich diese Bücher an mich nehmen?« fragte er den Abt und war verblüfft, als dieser sanftmütige Mönch sich ihm mit zornrotem Gesicht zuwandte.

»An welchen sicheren Ort wollt Ihr sie denn bringen, Meister Cordery?« fragte er ungehalten. »Diese Dinge sind kostbar, und Bruder John wird sie mit nach Strata Florida nehmen, wo die Zisterzienser sie vielleicht für uns aufbewahren werden. Ich muß Euch verbieten mitzugehen. Ich bedaure das sehr, aber ich kann jetzt nur an die Sicherheit der Wahren Kirche denken. Ihr müßt Eurer eigenen Wege gehen, und das sehr bald. Falls sie Euch ergreifen, bitte ich Euch, ihnen nicht zu erzählen, daß Ihr jemals hiergewesen seid.«

»Und Quintus?« fragte Noell. »Wohin soll Quintus gehen?«

»Er wäre hier nicht sicher, wenn die Dominikaner kommen«, erwiderte der Abt. »Ob er in ein anderes christliches Haus geht, vermag ich nicht zu sagen, aber ich wage es nicht, ihm diese Dinge anzuvertrauen. Ich habe ihm Obdach gewährt, solange ich konnte. Aber jetzt ist alles verändert, und es wird am besten für ihn sein, nach Irland zu gehen oder gar noch weiter.«

Noell hatte den Abt noch nie so erlebt, und es war ihm zur Gewohnheit geworden, Quintus für die eigentliche Autorität im Kloster zu halten. Jetzt mußte er erkennen, daß Quintus lediglich die Fassade für gewisse Geschäfte gewesen war, die die Abtei mit der verderbten Außenwelt unterhielt. Die Welt innerhalb der Abtei, wo die Regel der Armut, der Frömmigkeit und Friedfertigkeit unbedingt herrschte, war noch und immer schon die Domäne des Abts, und der Abt war entschlossen, alles zu tun, um sie vor der Zerstörung durch die Dominikanermönche zu bewahren.

»Wißt Ihr, wo Quintus ist?« fragte Noell.

»Seht im Schlafsaal nach«, entgegnete der Abt. »Und dann in der Küche. Er wird sich auf seine Abreise vorbereiten, wie Ihr Euch jetzt auf die

Eure vorbereiten müßt. Ihr habt nur noch knapp eine Stunde, bis die von der Burg hierherkommen. Ihr müßt, wenn Ihr könnt, Heilyn warnen, daß er vielleicht auch in diesem Netz von Unglück gefangen ist.«

Noell ging in den Schlafsaal und dann in die Küche, doch fand er dort niemanden, der Quintus gesehen hatte.

Das Mädchen, das Leilah zu ihm geschickt hatte, wartete noch immer bei der Almosenpflege, wo er sein Reisegepäck gelassen hatte, und sie schaute hoffnungsvoll zu ihm auf, als er zu ihr zurückkam. Leilah hatte er nirgendwo gesehen, doch er konnte sich jetzt nicht mit der Suche nach ihr aufhalten. Er mußte Quintus finden. Ein Ort fiel ihm ein, wo er noch nicht nachgesehen hatte, und er eilte zu den Büßerzellen, wo Lady Cristelle und Mary White gefangengehalten wurden.

Dort fand er endlich seinen Freund. Quintus war in Mary Whites Zelle und stand über ihrem Leichnam. Martin und Steven waren bei ihm, und die drei murmelten ein Gebet. Dem armen Mädchen war die Kehle von einem Ohr zum anderen durchschnitten worden, und dunkles Blut hatte sich über ihr Kleid ergossen. Von ihrem Mörder war nirgendwo eine Spur zu entdecken.

Noell erinnerte sich, daß er einmal gesagt hatte, sie wären alle sicherer, falls Langoisse sie wirklich umbrachte. Er kehrte die eigenen Gewissensbisse um in Abscheu gegen den Piraten, und in seinem Inneren schrie es auf: »Mörder!« Doch er gab keinen Laut von sich, um die ärmliche Totenmesse nicht zu stören. Dann ging er zu der anderen Zelle, deren Tür offen stand. Er schaute hinein, doch die Vampirlady war fort, in ihrem tiefen Schlaf fortgeschleppt.

Noell trat zu Quintus und berührte ihn am Arm, doch Quintus schaute nicht auf, bis sein Gebet zu Ende war. Aber auch jetzt wandte er sich zuerst zu Steven und sagte: »Ihr müßt sie begraben und einen Brief nach London schicken, damit ihre Familie davon erfährt.«

»Wir können hier nicht länger bleiben«, sagte Noell. »Der Abt bittet uns zu gehen.« Er sprach mit matter Stimme, die Augen auf Marys blutigen Leichnam gerichtet, und die Verzweiflung in seinem Herzen erstickte ihn fast.

Warum nur? fragte er sich im stillen. *Wie hätte sie ihnen jetzt noch schaden können?*

Noell und Quintus gingen gemeinsam hinaus, und als sie die Steinstufen zum Kloster hinaufstiegen, erzählte Noell seinem Freund, daß die Marokkanerin das Kind in seine Obhut gegeben hatte. Quintus war von dieser Neuigkeit nicht sehr angetan, doch machte er auch nicht den

Vorschlag, daß sie sich dieser Last entledigen sollten. Also führte Noell ihn zu der Stelle, wo das Mädchen geduldig auf sie wartete.

Zu seiner Überraschung fand er auch Leilah dort, die eine verdrießliche Miene zeigte. Bevor er noch eine Frage an sie richten konnte, sagte sie: »Man hat mir gesagt, daß ich mit dir gehen soll. Er hat sich nicht die Mühe gemacht, mir zu sagen, warum.«

Noell wußte nicht, ob Langoisse der Zigeunerin überdrüssig geworden war oder ob er sich Sorgen um ihre Sicherheit machte und ernsthaft glaubte, daß sie in Gesellschaft des Scholaren und des Mönchs besser dran war. Es blieb keine Zeit mehr, darüber zu sprechen, also rafften sie ihre Habseligkeiten zusammen und verließen zu viert die Abtei.

Langoisse und seine Männer waren bereits abgezogen, all diejenigen zu Pferde, die ein Reittier gefunden hatten, während die übrigen versuchen mußten, so schnell sie konnten die Vorhut einzuholen. Sie hatten die Straße in östliche Richtung gewählt, aus der die Dominikaner und ihre Eskorte gekommen waren. Noell vermutete, daß sie eine falsche Spur legen wollten, bevor sie sich nach Norden wandten, um sich in einem weiten Bogen zu ihrem eigentlichen Ziel durchzuschlagen: dem einsamen Strand, wo Ralph Heilyn sie erwarten sollte, um sie einzuschiffen und nach Irland zu bringen.

Quintus, viel schwerer beladen als Noell, wies ihnen einen durch die Felder direkt nach Norden führenden Pfad, und wacker ausschreitend, ging er ihnen inmitten von Feldern reifenden Korns am Feldrain voran.

Als sie sich mehr als fünf Kilometer von der Abtei entfernt hatten, hielten sie an, um in einem kleinen Gehölz kurz Rast zu machen. Quintus wechselte seine Kleidung, legte seine Kutte ab und zog sich wie ein einfacher Freisasse an, auf dem Kopf eine Mütze, um seine Tonsur zu verdecken. Noell war verblüfft von der Wandlung, die sich bei seinem Mentor vollzog; in Noells Augen kam das Wesen eines Mönchs derart treffend in seiner Kutte zum Ausdruck, daß dieser Quintus in gewöhnlichem Aufzug ihm wie ein Fremder erschien, unbekannt und unvertraut. Das würdig-ernste Gesicht, das, eingerahmt von der Kapuze, fast heiligengleich gewirkt hatte, erschien in dieser neuen Aufmachung und Umgebung so hart wie das jedes x-beliebigen Gutsaufsehers, und Noell erkannte schockartig, daß er hier einen Mann vor sich hatte, der nicht minder einem Gesetzlosen gleichsah wie der flüchtige Langoisse.

Dieses fremdartige neue Wesen zog Brot aus seinem Sack, brach es und teilte es unter den vieren auf.

»Wohin gehen wir?« fragte Leilah, gierig über ihr Essen herfallend.

Sie schien von allen die munterste, und Noell entdeckte in ihrem dunklen Gesicht dieselbe unschuldige Abenteuerlust, die ihn in der Nacht, als die Mannschaft des Piraten in die Abtei eingedrungen war, so überrascht hatte. Reisen schien für sie mit Hoffnung verbunden, vielleicht weil sie so lange eine Sklavin gewesen war, daß jeder Tag, der ihre Lage veränderte, für sie zur Bestätigung ihrer Freiheit wurde.

»Wir müssen Heilyn treffen«, erklärte ihr Noell. »Wir müssen mit dem Fischer nach Irland segeln. Hier werden Wellbeloves Männer uns landauf, landab jagen, und weder im Osten noch im Süden werden wir sicher sein. Wir brauchen nicht bei Langoisse zu bleiben, sobald wir von hier fort sind. Die Wahre Kirche ist in Irland sehr stark und das Imperium schwach. Die ausländischen Fischer, die in Baltimore anlegen, sind fast ein Völkchen für sich.«

Sie war mit dieser Auskunft zufrieden und sagte: »Langoisse nimmt mich ja vielleicht zurück. Obwohl die Vampirfrau jetzt sicher seine Mätresse ist.«

Noell blickte sie scharf an, doch es gab keinen Zweifel, daß sie glaubte, was sie da gesagt hatte. »Ich denke, da irrt Ihr«, sagte er.

»Mitnichten«, erwiderte sie. »Er hat sie wie eine Mätresse geschlagen und gebrannt, und sie wird nun mich verfluchen, weil sie ihn nicht verfluchen konnte. Ich werde unglücklich sein, wenn ich bei ihm bleibe. Deswegen hat er mich zu Euch geschickt.« Sie schien nicht allzu traurig bei dem Gedanken, so schnöde abgelegt worden zu sein.

»Ihr Fluch hat keine Macht über uns«, sagte Noell müde. »Oder wir wären längst alle tot. Nachdem sie das Blut bekommen hat, nach dem es sie verlangte, schläft sie tief, und ich glaube nicht, daß Langoisse die Absicht hat, sie aufzuwecken. Er hat sie nicht als seine Geliebte mitgenommen, sondern um sie zu vernichten.«

Während er das sagte, fragte er sich, ob er sich dessen vollständig sicher sein konnte. Langoisse hatte ihn vor der verführerischen Schönheit der Vampirfrau gewarnt und behauptet, sehr wohl zu wissen, wovon er spreche. Sollte Leilah vielleicht doch recht haben, war die Gewaltsamkeit, mit der er die Vampirlady behandelt hatte, nur der Deckmantel seiner lüsternen Faszination?

»Wir müssen vor Einbruch der Nacht ein Versteck finden«, sagte Quintus. »Die Soldaten werden Langoisse jagen, und sicher finden sie es leichter, seinen als unseren Spuren zu folgen, doch wen immer sie aufgreifen können, werden sie zur Burg schleppen, und sie dürfen uns nicht entdecken. Die Bauern können wir nicht um Hilfe bitten. Wir könnten eine Weile in einer Scheune oder in einem Heuhaufen ausharren, doch sicherer noch wären wir in einem Dickicht, in das niemand gern eindringt. Dann müssen wir uns in der Dämmerung unseren Weg zum verabredeten Treffpunkt suchen und bei einsetzender Dunkelheit ankommen, damit wir keine Aufmerksamkeit auf den Platz ziehen.«

Sie stimmten diesem Plan zu und krochen steif aus dem Gehölz, huschten dann geduckt an den Feldrainen entlang in der Hoffnung, von den Arbeitern auf den Feldern nicht gesehen zu werden. So wie das Korn in dieser Jahreszeit stand, waren nur wenige Männer bei der Arbeit, und sie schlugen sich zu dem gewundenen Flußlauf durch, der zu beiden Seiten spärlich von Bäumen bestanden war. Sie fanden einen Graben, der fast völlig von Dornen und Brombeergestrüpp zugewachsen war, und bahnten sich einen Weg zu einer kleinen Vertiefung unter dem dornigen Rankenwerk eines großen Strauches. Dort setzten sie sich und warteten, bis Quintus entschied, daß der richtige Zeitpunkt für den Wettlauf mit ihren Verfolgern zu dem Treffpunkt an der fernen Küste gekommen war.

Der Nachmittag verstrich, ohne daß jemand in ihre Nähe kam, doch Noell fand darin wenig Beruhigung. Zweifellos hatten Wellbeloves Männer in Verfolgung des Piraten alle Straßen abgeriegelt; er ertappte sich bei dem Wunsch, daß er gefaßt würde, damit niemand außer ihrer kleinen Vierergruppe unbeschadet zu Heilyns Fischerboot gelangen konnte. Dann, und vielleicht nur dann würde ihre Überfahrt nach Irland ruhig und friedlich verlaufen.

Was die Normannen dem Piraten antun würden, falls sie ihn lebend fangen konnten, wäre sicher unvorstellbar schrecklich. Sie würden ihn nach London bringen, wo, wie Noell vermutete, Richard ein grandioses Schauspiel mit seinem Tod veranstalten würde. Das würde dann gewiß seine Legende vervollständigen und ihn als großen Helden und Märtyrer für die Sache des Widerstands gewöhnlich Sterblicher gegen das Imperium der Vampire in die Geschichte eingehen lassen.

Die Dichter der abstrusesten Bänkellieder würden zweifelsohne aus diesem letzten Abenteuer alles herausholen, und ihre geilen Spekulationen mußten alles überbieten, was sich wirklich in der Abtei zugetragen hatte. Wie üblich würde die Star Chamber die Druckerpressen in London mit argwöhnischen Augen ausspionieren, doch irgendwie, irgendwo würde die Geschichte bestimmt veröffentlicht werden und dann in den Kolonnen einer beispiellosen Papierarmee durchs ganze Land marschieren. Ein toter Langoisse wäre ein weitaus besserer Mann als ein lebender Langoisse. Eine papierne Legende, die Männer zur Rebellion aufstachelte, würde nie etwas so Niedriges und Verwerfliches tun, wie einem jungen unschuldigen Mädchen die Kehle durchschneiden.

Noell wurde sich nicht schlüssig, ob er die Vampirlady lieber vernichtet oder gerettet sehen wollte. Wann immer er sich an den Klang ihres Namens erinnerte, tauchte zugleich, alles andere verdrängend, die Schönheit ihres Antlitzes und die klare Reinheit ihrer Haut vor seinem inneren Auge auf. Und ob er wollte oder nicht, die Vorstellung von solcher Schönheit entwaffnete sein Bemühen, sie in die Reihen des Bösen einzuordnen. Wäre sie hinterhältiger oder stolzer gewesen, hätte er es leichter gehabt, sie zu hassen. Doch nichts, was sie gesagt oder getan hatte, vermochte in ihm Abscheu gegen sie auszulösen. Sogar ihre Bitte um sein Blut war eher Versuchung als Bedrohung gewesen. Wäre er ein Mönch gewesen, der das Keuschheitsgelübde abgelegt hatte, dann wäre womöglich die Versuchung selbst bereits etwas ungeheuerlich Böses gewesen, Grund genug, gewalttätig zu reagieren. Doch er wußte vom Beispiel seines eigenen Vaters, wie leicht Männer sich von Vampirladys umgarnen ließen.

Sie redeten nicht viel, während sie warteten. Leilahs Aufregung war nunmehr gedämpft, und ihre Magd, so schien es, liebte nichts mehr als Schweigen und Stille. Quintus schien in Gedanken versunken, und als Noell ihm Fragen stellte, antwortete er abweisend. Sie verzehrten ein weiteres kärgliches Mahl, während die Sonne im Westen sank, die Wolken von unten beschien und den Himmel in ein Gewebe aus Rot und Gold verwandelte. Erst als die Sonne fast untergegangen war, scheuchte Quintus alle aus ihrem Schlupfwinkel und forderte sie auf, sich im Eilschritt zur Küste aufzumachen.

Die Berechnungen des Mönchs wurden zunichte gemacht durch die Langsamkeit des kleinen Mädchens, und es wurde deutlich, daß sie vor Einsetzen der Dunkelheit das Meer nicht erreichen konnten, doch sie eilten sich, so sehr sie konnten.

Sie zündeten keine Laterne an, als das letzte schwache Licht erloschen war, doch am Himmel stand ein hellglänzender Dreiviertelmond, nur hin und wieder von ziehenden Wolken verdeckt, und leuchtende Sterne taten ein übriges, ihnen den Weg zu weisen. Die Dunkelheit erschwerte ihr Vorankommen, doch Quintus führte sie kundig und sicher.

Je dunkler es wurde, desto einsamer fand sich Noell mit seinen Grübeleien. Seine ungemilderten Zweifel waren keine angenehme Gesellschaft.

Und was, so fragte er sich, *falls Langoisse nicht stirbt? Wird er ein anderes Kriegsschiff erbeuten und noch großartigere Triumphe der Piraterie feiern? Welche Legenden würden noch gesponnen werden, falls er sich entschloß, zum geheimnisvollen Süden Afrikas zu segeln oder über den großen Ozean auf der Suche nach den Ruinen von Atlantis, wie bereits jetzt das Gerücht ging?*

Doch am vordringlichsten war die Frage, was jetzt aus Quintus und ihm werden sollte. Er war froh darüber, daß er für zwei denken konnte, denn er war noch längst nicht bereit, ganz allein auf der Welt dazustehen. Jetzt, da Quintus seine Kutte abgelegt, war es auch möglich, sich etwas anderes vorzustellen, als in der nächsten muffigen Gelehrtenstube Zuflucht zu suchen. Vielleicht verband sich auch fürderhin ihre Zukunft mit der des Piraten, so daß sie alle auf Abenteuersuche gehen konnten. Eines Tages vielleicht gab es dann Volksbücher über seine eigenen Erkundungsfahrten, in denen sein Name zur Bewunderung künftiger Generationen bewahrt wurde.

Doch da war die arme Mary mit der klaffenden Wunde an ihrer Kehle. Und das war etwas, das er Langoisse niemals vergeben konnte.

»Was wird mit den Mönchen geschehen, die wir zurückgelassen haben?« wollte Noell von Quintus wissen, bestrebt, seinen Katechismus verschiedener Zukunftsmöglichkeiten abzuschließen und seinen Lehrer in seine Gedankenspielereien mit einzubeziehen.

»Sie werden sich als Opfer tragischer Verstrickungen und wütenden Terrors aufspielen«, erwiderte Quintus, der Mühe hatte, bei der Anstrengung des Gehens ruhig und gelassen zu sprechen. »Was sie tatsächlich sind. Ich hoffe, daß die Dominikaner sie nicht der Ketzerei schuldig befinden und sie in Ruhe lassen. Der Abt ist nicht ohne Freunde, sowohl innerhalb als auch außerhalb der Kirche. So mag es politisch nicht geraten scheinen, die Abtei zu belästigen, und so Gott will, wird man den Mönchen gestatten, ihren gewohnten Geschäften nachzugehen. Es wird keine Spuren mehr davon geben, daß wir jemals dort gewesen sind. Und der Makel von Langoisses Morden wird in Klage und Gebet fortgewaschen werden wie letztlich alle Morde. Der Wahre Glaube ist ein Fels in der Brandung, den auch die heftigsten Stürme nicht zerbrechen können.«

»Ich hoffe, daß Ihr recht behaltet«, sagte Noell. »Wahrhaftig, das hoffe ich!«

Als sie nach vielen Umwegen am verabredeten Ort ankamen, hatte Noell jegliches Gefühl für Minuten oder Stunden verloren und war überrascht, überhaupt an ein Ziel gelangt zu sein, wie vorläufig es auch sein mochte. Sie fanden keine Menschenseele vor, weder an der Küste noch auf dem Wasser, doch Quintus versicherte allen, daß es noch zu früh war für das Treffen und sie sich noch mindestens eine Stunde in Geduld fassen müßten. Dann würde man schon sehen, wer kommen würde und wer nicht.

Sie ruhten aus, sogar zu erschöpft zum Essen, aber sie tranken etwas Wasser aus einem Lederbeutel, den Quintus getragen hatte. Sie legten sich auf die nackten Kiesel und versuchten wieder zu Kräften zu kommen.

Noell lag auf dem Rücken und schaute hoch zum halb bewölkten, halb sichtbaren bestirnten Firmament. Es war viel leichter, die Existenz eines Gottes zu vermuten, wenn die Erde dunkel war, die grelle Sonne sie nicht beschien. Der Himmel hinter den Wolken schien fast leer, und die wenigen Sterne, die sich zeigten, wirkten einsam und verloren. Noell wußte, daß die Mehrheit der Menschen bis vor kurzem den Raum der Fixsterne für ganz nah und begrenzt gehalten hatte. Wie mühevoll war es doch, sich mit seiner Vorstellungskraft dem wahren Sachverhalt anzunähern, daß nämlich diese Dunkelheit unvorstellbar tief und weit war und jene winzigen Sonnen sich in einem wüsten leeren Raum verloren.

Wenn wir denn so winzig sind, fragte er halb spielerisch zum Himmel gewandt, *was macht es dann schon, ob wir sechzig Jahre oder sechshundert oder sechstausend Jahre leben? Wird das Universum nicht genau dasselbe bleiben, unberührt und unbekümmert um unsere unendlich kleinen Anstrengungen und Wehwehchen? Und wenn es denn doch einen Gott geben sollte, der sein Antlitz hinter jener schrecklichen Unermeßlichkeit verbirgt, wie könnte der sich dann wohl um ein so armseliges Gewürm, wie wir es sind, sorgen?*

Der Himmel hatte darauf natürlich keine Antwort für ihn, doch als er zu ihm hochschaute, nahm er einen seltsamen Wechsel der Perspektive wahr, als blickte er durch ein leistungsstarkes optisches Instrument, das ihm das Universum nicht mehr so unfaßlich groß und einsam fern erscheinen ließ. Ihm war, als wären sein Sehvermögen und sein Bewußtsein doch nicht in ein so enges Gefängnis eingesperrt, wie er zuerst glaubte, sondern frei, in jener abgründigen Unendlichkeit umherzuschweifen, wo die Sterne verloren und einsam waren.

Aber ich bin immerhin hier, so sagte er sich. *Und hier ist nicht einfach der Raum in meinem Kopf, sondern ein Überall, das meine Sinne erfassen, und ein Immerdar, das mein Begreifen umschließen kann. Wohlan, ich bin so klein, wie ich mich machen kann, oder so groß. Und ich muß mich nur in der rechten Weise anschauen, um mich so wunderbar zu vergrößern, wie ich es mir wünsche. Ich habe in ein Mikroskop geschaut und Welten innerhalb der Welt gesehen, und jetzt starre ich der Unendlichkeit ins Angesicht. Falls es einen Gott gibt, so schaut er mir mit seinen mikroskopischen Augen jetzt vielleicht ins Gesicht und liest diese Gedanken, die durch mein Bewußtsein gehen.*

Da erkannte er, und die Enthüllung war für ihn wie ein Schock, daß nicht nur die Vampirlady und ihre Art im Schatten der Ewigkeit lebten. In diesem Schatten mußten alle leben, jede Art auf ihre eigene Weise: jene, die vielleicht nicht starben, und die, die sterben mußten.

Er erkannte, daß sogar ein gewöhnlich Sterblicher nicht einfach sagen konnte: hier ist heute und morgen, und danach ist nichts; wie immer knapp die Zeitspanne sein mochte, die ihm zugemessen war, er konnte nicht umhin, ein Bürger des gewaltigen Reiches der Allzeit zu sein. Jeder gewöhnliche Mensch hatte Vorfahren, und die meisten hatten auch Kinder. Und was immer ein gewöhnlicher Mensch auf der Welt tat, war das Erbe seiner Ahnen und es erstreckte sich in seinen Wirkungen auf sämtliche Generationen der Menschheit, und das, solange die Welt selbst Bestand hatte.

Noell erschreckte an diesem Gedanken, daß seiner Tat in genau jenem Augenblick die gesamte Menschheitsgeschichte und die Geschichte der Welt voranging und sich in ihren Auswirkungen, wie immer schwach und vermittelt, durch alle künftige Zeit erstrecken würde . . . Doch es war ein freudiges Erschrecken, das er frohgemut annehmen konnte.

Er mußte einen seltsamen Klumpen hinunterschlucken, der ihm in die Kehle gestiegen war, und als er das tat, befiel ihn ganz plötzlich die Angst, daß er diesen Augenblick der Offenbarung gänzlich verlieren und vergessen könnte, was er ihn gelehrt hatte. Doch dann erkannte er, wie lächerlich diese Furcht war.

Wir leben nicht nur im Schatten der Ewigkeit, so sagte er sich, *sondern wir sind diejenigen, die ihn werfen, Menschen und Vampire gleichermaßen. Der Schlag unserer winzigen Herzen ist das Echo des Ewigen.*

11. Kapitel

Sie wußten nicht sofort, wann Heilyns Heringskutter am verabredeten Ort eingetroffen war, denn er lief geräuschlos ein und ankerte, ohne ein Licht zu setzen, zu weit ab von der Küste, um leicht entdeckt zu werden. Das erste Geräusch, durch das sie von seiner Ankunft erfuhren, war das Platschen der Ruder von einem kleinen Boot, das durch die Brandung auf sie zusteuerte. Nur ein Mann saß darin, und es konnte nicht mehr als ein halbes Dutzend Menschen aufnehmen. Der Fischer stieß einen leisen Pfiff aus, und als Quintus und Noell auf ihn zurannten, begehrte er ängstlich zu wissen, wer sie denn seien.

»Bruder Quintus von der Abtei und der Laienbruder, ein Studiosus«, erwiderte der Mönch, als sie vorsichtig über feuchtglatte, mit schlüpfrigen Algen bewachsene Felsen zum Sandstrand kletterten.

Der Fischer schien erleichtert von dieser Auskunft, doch als Quintus und Noell herankamen und ins flache Wasser wateten, hörte er andere näher kommen und fragte: »Wie viele noch?«

»Es sind noch zwei mit uns«, sagte Quintus. »Eine Frau und ein Kind.«

Der Fischer stieg aus dem Boot und half mit, es höher auf den Strand zu schieben. »Sind das alle?« fragte er, und der Ton seiner Stimme verriet ihnen, daß ihm das zugesagt hätte.

Noch als er sprach, hörte Noell das Geräusch von Füßen auf dem nassen Sand und wußte sogleich, daß noch andere hier waren. Er konnte in der Dunkelheit nicht erkennen, um wen es sich handeln mochte, und glaubte einen Augenblick lang, daß Wellbeloves Männer gekommen waren, ihn zu fangen. Er spürte, wie er am Arm gepackt wurde, und obwohl er sich wütend sträubte, konnte er sich nicht befreien. Das Mondlicht erzeugte viele Schatten, und er konnte die Angreifer nicht zählen. Erst als einer der Männer sprach und er Langoisses Stimme wiedererkannte, wurde ihm klar, was vor sich ging.

»Das da an Eurem Kopf ist eine Pistole, Meister Fischer«, zischelte der Pirat in leisem Tonfall. »Doch sie tut Euch nichts, solange Ihr Euch still verhaltet. Bruder Quintus, Meister Cordery, Ihr solltet jetzt ins Boot steigen, und wenn sie Euch mit einer Laterne anleuchten, sollt Ihr die Musketen mit Euren Rücken decken. Wenn Ihr Blutvergießen vermeiden wollt, müßt Ihr Meister Heilyn davon überzeugen, daß alles in Ordnung ist, bevor wir an Bord sind.«

»Ihr habt vor, das Schiff zu stehlen!« brach es aus Noell heraus, doch er verfügte über genug Instinkt, seine Stimme dabei nicht zu heben.

»Natürlich müssen wir das! Ihr tumber Tor, was stellt Ihr Euch denn vor, was ich im Sinn gehabt habe, als ich nach seiner Mannschaft und ihren Waffen fragte, sogar auf die Gefahr hin, daß er hellhörig werden könnte.«

Das schien jetzt so offensichtlich! Noell fühlte sich wahrhaftig wie ein rechter Tor.

»Wir müssen tun, was er sagt«, wies ihn Quintus in resigniertem Ton an. Offenkundig hatte Quintus gründlicher über alles nachgedacht und war nicht allzu schockiert über die Wendung der Ereignisse.

»Kennt Euch Heilyn?« fragte der Pirat den Mönch.

»Er hat mich in der Abtei gesehen«, erwiderte Quintus.

»Gut. Aber Ihr müßt jene Kleider wechseln, die Ihr angelegt habt, denn sie sind unseren Zwecken gegenwärtig nicht dienlich. Macht schnell, ich bitt' Euch.«

Quintus kam seiner Aufforderung nach, während die Piraten ungeduldig warteten.

Noell kletterte ins Boot und stieg nach achtern, während es im seichten Wasser gewendet wurde. Langoisse reichte das eine Ruder Quintus und das andere dem Türken, während er und zwei andere sich hinduckten und ihre Waffen versteckten. Sie ruderten wortlos aufs Meer hinaus, und Noell strengte seine Augen an, suchte die Dunkelheit nach dem Schatten des Heringsfischerbootes ab. Sein Herz schlug wieder heftig, obwohl er sich für ziemlich ruhig und gefaßt gehalten hatte, als sie noch am Strand gewartet hatten. Die Fahrt erschien ihm lang, obwohl sie das, nach Minuten gerechnet, nicht sein konnte.

Als der Fischer endlich das wartende Schiff sichtete, wies er die Ruderer an, auf das Achterschiff zuzuhalten. Und auf Langoisses Anweisung hin rief er zur Besatzung hinüber, daß man ein Licht setzen solle.

Die Seeleute auf dem Schiff zeigten am Achtersteven ein Licht, und Noell erkannte vier Männer mit schußbereiten Musketen in den Händen.

»Wer ist alles an Bord?« rief Meister Heilyn, der die Männer im Boot noch nicht erkennen konnte.

»Bruder Quintus von der Abtei«, entgegnete der Mönch. »Und Meister Cordery.«

Heilyn senkte das Licht hinab, und es beleuchtete jetzt Kopf und Schultern des Mönchs. Der Schiffsherr grunzte zufrieden, doch sein Mißtrauen war noch nicht vollständig ausgeräumt.

»Was hat das mit den Glocken auf sich, die heute nachmittag in der Abtei geläutet haben?« fragte er besorgt.

»Es sind Dominikaner mit einem Trupp Bewaffneter gekommen«, erklärte ihm Quintus. »Sie waren gekommen, die Ketzerei auszurotten, und wie Ihr selbst sehen könnt, haben sie Erfolg gehabt, denn wir sind jetzt hier. Legt Eure Waffen ab, Ralph, und helft uns an Bord.«

Heilyn schien mit dieser Antwort halbwegs zufrieden, und er warf eine Strickleiter hinunter, doch wies er seine Männer an, sich in Bereitschaft zu halten. Noell kletterte als erster die Schiffswand hoch, und Quintus folgte ihm. Dann kam Langoisse, und als er auf Deck stand, hoben die beiden Männer, die sich hinter ihm im Heck des Beibootes versteckt hatten, ihre geladenen Musketen und zielten.

Der Türke war bereits vom Boot gesprungen, zur Leiter gehechtet und binnen Sekunden die Schiffswand hinaufgeklettert. Sobald er auf Deck war, riß er eine Pistole aus dem Gürtel und hielt ein Messer zwischen den Zähnen. Langoisse zückte seine eigene Pistole und drückte sie Ralph Heilyn an den Kopf. Die Fischer mit ihren Musketen zögerten verwirrt, und Langoisse befahl ihrem Herrn, die Niederlegung der Waffen anzuordnen.

Heilyn bedachte Quintus mit einem bitteren Blick und nannte ihn einen Betrüger.

»Wohlan, Meister Heilyn«, gab Quintus zurück. »Es ist besser so. Hättet Ihr uns mit nach Irland genommen und wäret Ihr dann zurückgekehrt, dann würdet Ihr Euch einer tödlichen Gefahr ausgesetzt haben. Weit besser dann, so schnöde um Euer Eigentum gebracht zu werden durch den Piraten Langoisse, als ihn bereitwillig zu unterstützen und ihn vor seinen Feinden in Sicherheit zu bringen. Ihr müßt Euch eine Geschichte ausdenken, um Euren Verlust zu erklären. Und Ihr mögt uns getrost, so laut Ihr könnt, verfluchen. Wenn alles vorüber ist, könnt Ihr zum Abt gehen und ihn daran erinnern, was er Euch schuldig ist, falls er dann noch in der Lage ist zu bezahlen. Ich vermag nicht zu sagen, daß Ihr nicht doch der Verlierer seid, doch weiß ich, daß Ihr nicht Euer Leben verlieren werdet.«

Es schien, als könne es Heilyn kaum erwarten, sie alle zu verfluchen. Doch jetzt, nachdem ihm Langoisses Identität enthüllt worden war, wußten er und seine Mannschaft Besseres, als sich auf einen Kampf einzulassen. Die Fischer wurden entwaffnet, und dann ruderten der Türke und ein anderer Mann die Hälfte der Mannschaft zur Küste, kehrten mit Leilah und ihrer Magd sowie einigen ihrer eigenen Männer zurück, bevor sie den Rest der Fischer an Land brachten. Am Ende nahmen sie Heilyn als einzigen Passagier ins Boot und ließen ihn am Strand zurück, wo er die Kosten seines Unglücks überschlagen konnte – wobei er zweifellos mit der Grausamkeit seines Mißgeschicks haderte, das ihn in sein Netz verstrickt hatte.

Als die Piraten die Anker lichteten und davonsegelten, führte Selim Quintus und Noell hinunter in die Kabine des Maats und bewachte sie, während Langoisse seinen neuen Besitz in Augenschein nahm.

Noell saß auf der Koje und Quintus auf dem Boden der winzigen Kabine, in der es nicht weniger nach Fisch stank als überall sonst auf dem Heringsfänger. Der Türke blieb, die Hände vor der Brust verschränkt, geduldig in der Kabinentür stehen. Die schaukelnde Laterne mit der Kerze, die die Kabine beleuchtete, brachte alle Schatten zum Tanzen, als das Schiff auf den Wellenkämmen ritt und halb gegen den Wind kreuzen mußte. Die seltsamen Konturen im Narbengesicht des Türken schienen im flackernden Licht fast zum Leben erwacht, wie ein von wimmelnden Würmern überzogener Schädel, in dem nichts Beseeltes war außer den glosenden Augen, die sie anstarrten.

Hier ist ein Dämon, dachte Noell, *der in jeglicher Hölle in einem Kessel rühren könnte! Aber wo ist die Schöne, die Teufelshure?* Nichts verriet ihm die Anwesenheit Lady Cristelles, obwohl er nicht sicher sein konnte, daß sie nicht mit der letzten Gruppe von der Küste an Bord gekommen war.

Etliche Bündel anschleppend, suchte Langoisse sie schließlich auf. Er schob die, die Noell und Quintus gehörten, in die Kabine, doch zwei andere legte er draußen vor der Tür ab.

»Nun denn, meine Freunde«, sagte er. »Was soll ich nun mit Euch tun? Halb bin ich entschlossen, Euch an die Fische zu verfüttern, obwohl meine hübsche Zigeunerin sehr artig darum gebeten hat, daß ich Euch am Leben lasse. Ihr seid jetzt natürlich Piraten, weil ihr Komplizen dabei gewesen seid, Meister Heilyns Schiff zu kapern, und ihr werdet am Chatham Dock hängen müssen, sollte Richards Marine Euch je zu fassen bekommen. Allerdings könnte Richard Euch auch ein viel unterhaltsameres Schicksal auf dem Tower Hill oder in Tyburn zugedacht haben, ganz wie er es gewiß für mich geplant hat.«

»Wir waren gekommen, um eine Passage nach Irland zu finden«, sagte Quintus fest. »Vielleicht könnt Ihr uns in Baltimore absetzen.«

»Ich werde nirgendwo einen Hafen anlaufen, in dem die *Firedrake* mich aufbringen könnte«, sagte Langoisse. »Meister Heilyn hat getan, was ihm von uns aufgetragen, und er hat das Schiff für eine lange Reise ausgestattet. Ohne seine Mannschaft haben wir genügend Lebensmittel an Bord, um es bis nach Teneriffa zu schaffen, und ich fühle mich sicherer dort als in jedem anderen Land innerhalb des Imperiums von Gaul, sofern das Schiff tüchtig genug ist, die lange Reise zu bestehen. Ich denke, das ist es.«

»Und werdet Ihr jetzt Piraten auf einem Heringsschiff sein?« fragte Quintus. »Es wird nur eine magere Breitseite abfeuern können, fürchte ich. Und Ihr wärt in argen Schwierigkeiten, wolltet Ihr damit jagen.«

Langoisse grinste und zeigte dabei seine dunkel verfärbten Zähne. »Ich bin schon Pirat auf einer lahmen Galeere gewesen«, sagte er. »Als ich dieses Leben aufgenommen habe, hatte ich nur meine eigenen starken Arme und die Freundschaft Selims. Mit tapferen Männern und Musketen läßt sich an der Küste Afrikas viel ausrichten, und ich glaube, ich könnte sogar meinen Frieden mit den Vampiren von Malta machen, falls mir daran liegt, beim Johanniter-Orden Zuflucht zu suchen. Ich könnte Euch beide vermutlich als Sklaven verkaufen, doch ein so grausamer Mann mag ich nicht sein, wie Ihr sehr wohl wißt.«

»Es war das ein grausamer und tückischer Mann, der der armen Mary die Kehle durchgeschnitten hat«, sagte Noell kalt. »Und das ist eine Sünde, die ich niemals vergeben könnte. Einen solchen Mann mag ich nicht meinen Freund nennen.«

Langoisse lachte trocken auf. »Das bin nicht ich gewesen«, sagte er. »Auch habe ich es nicht angeordnet. Und wie es der Zufall so will, liegt der Mann, der das getan hat, tot vor den Toren der Abtei, aus der wir erst kürzlich geflohen sind. Ich denke, Ihr habt selbst zugesehen, wie er getötet worden ist.«

»Davon weiß ich nichts«, sagte Noell, obwohl Quintus versuchte, ihn zurückzuhalten. »Und ich glaube auch nicht, daß Ihr es nicht angeordnet habt.«

Sekundenlang huschte ein düsterer Schatten über das Gesicht des Piraten, und wütend zischte er: »Nennt mich niemals einen Lügner, Meister Cordery, denn ich nehme eine Beleidigung nicht so leicht hin, wie Ihr noch herausfinden könnt. Mir ist Eure dumme Dienstmagd gleichgültig, und es bereitet mir keinerlei Schmerz, daß sie tot ist. Aber ich habe es nicht getan, ich hätte es auch nicht getan, und ich sage Euch, daß der Mann, der es getan hat, tot ist. Damit Schluß und basta – oder wünscht Ihr etwa, daß wir die Sache auf andere Weise austragen?«

Noell spürte, wie Quintus' Finger sich in seinen Arm bohrten und ihm bedeuteten, daß er nichts darauf erwidern sollte. Und obwohl er nicht übel Lust hatte, halsstarrig zu sein, senkte er den Blick und sagt nichts mehr.

»Ihr hättet uns am Strand töten können«, sagte der Mönch ruhig. »Oder uns mit Heilyn zurücklassen. Ihr wollt uns nichts Böses, glaube ich.«

»Ihr habt recht«, sagte Langoisse, obwohl der wütende Ausdruck in seinem Gesicht nur langsam weichen wollte. »Ich würde Euch nicht den Folterknechten und dem Henker überlassen, nicht einmal für die dreißig Silberlinge, die Meister Corderys Preis waren, bevor dieses Spiel begonnen hat. Wenn er mir nicht seine Hand reichen und mein Freund sein will, so bedeutet mir das nichts. Aber ich habe Euch beide fair behandelt, und Ihr habt keinen Grund, mich zu hassen.«

»Ich hasse niemanden«, sagte der Mönch. »Ich bete um Gottes Gnade für Euch, wie ich für alle Menschen bete, und ich werde Euch mit aufrichtigem Herzen danken, falls Ihr uns an einen sicheren Ort in Irland oder sonstwo bringen werdet.«

Der Pirat war damit offenbar zufrieden und zog sich zurück. Noell wollte ihn noch einmal ansprechen, bevor er ging, wollte fragen, was mit der Vampirlady geschehen war, doch er erkannte, daß es weiser war, den Mund zu halten. Und er wußte, daß er seine Antwort bekommen würde, wenn er nur abwartete.

Der Türke folgte seinem Herrn und ließ sie allein. Sie hoben ihre Bündel auf und legten sie beide auf die Koje, setzten sich dann daneben und schauten sich in dem Raum um, in den man sie gebracht hatte.

»Holzwände, alles sehr eng«, sagte Quintus. »Und nur ein kahles Brett zum Schlafen. Aber wir sind nicht an Luxus gewöhnt, Ihr und ich. Es wird uns reichen.«

»Es muß uns für den Augenblick reichen, am Leben zu sein«, sagte Noell grimmig.

»Die Wahre Kirche«, bemerkte Quintus, »weiß von keinen Grenzen. In welche Lebensumstände ein guter Mann auch immer geraten kann, seine Seele befindet sich auf dem Pfad zum Himmel, und er soll dem Weg des Gerechten folgen, falls er es vermag.«

»Die Wegstrecke«, entgegnete Noell bissig, »scheint irgendwie im Kreis zu verlaufen.«

Müde nach solchen Anstrengungen, bereiteten sie sich ihr Lager. Noell wählte die Koje, die als Bett weniger bequem war als das, woran er gewöhnt war. Und Quintus schlief auf den nackten Planken am Boden. Noell schlief nicht fest, doch seine Alpträume schreckten ihn nicht auf, so daß die Sonne schon recht hoch stand, als er sich hinreichend erholt fühlte, aufzustehen.

Als Noell aus dem Bett stieg, war Quintus nicht mehr da, also suchte er sich selbst den Weg nach oben auf Deck, noch etwas wacklig auf den Beinen. Er war hungrig, und der Gestank nach Fisch – der ihm weitaus schlimmer schien als der Geruch von den Feldern, über den Langoisse so geklagt hatte – quälte ihn aufs neue.

Alles in seinem Leben würde von jetzt an fremd sein, bis er sich an seine neue Wirklichkeit, Passagier unter Piraten zu sein, angepaßt hatte. Doch er ließ sich nicht entmutigen. Er hatte hier nicht nur einen, sondern zwei Freunde, wenn er zu Quintus noch das Zigeunermädchen rechnen durfte, und die Anzahl seiner Todfeinde konnte nicht größer sein als vorher. Drei der Piraten auf Deck beobachteten ihn, als er vorbeikam, doch sie sprachen ihn nicht an.

Das strahlende Licht der warmen Vormittagssonne fühlte sich gut an, und als er zum Bug des Schiffes ging, um in das große Ungewisse zu schauen, in das sie hineinsegelten, fühlte er sich stark genug, um alles zu ertragen, was er entdecken mochte.

Was er sah, war die ruhige blaue See unter einem strahlenden Himmel.

Erst als er zurückblickte, um auf den Mast des kleinen Schiffes zu schauen, fühlte er sich mit einem Schlag elend im Magen und im Herzen schlecht. Denn vom Mast, an einem ins Holz getriebenen Nagel an schwarzen, zusammengeknoteten Haaren aufgehängt, baumelte der abgetrennte Kopf von Lady Cristelle.

Seltsamerweise kam ihm jetzt die Bemerkung in den Sinn, die er dem Zigeunermädchen gegenüber getan hatte, als sie ihm erzählte, Langoisse hätte die Absicht, die Lady zu seiner Geliebten zu machen. »Ich denke, da irrt Ihr«, hatte er gesagt. Er hatte mit seiner Einschätzung recht behalten. Der Pirat hatte seine Absicht ausgeführt, so daß selbst die des Lesens Unkundigen zu erkennen vermochten, was in seinem Gemüt vor sich ging, und seine Widerstandskraft angesichts der Lockungen weiblicher Vampirreize ermessen konnten.

In den darauffolgenden Tagen warf Noell Cordery – und er stand damit keineswegs allein – viele verstohlene Seitenblicke auf jene dunklen, leeren und anklagenden Augen. Manchmal bildete er sich ein, er sehe das Haupt des Medusa, und er fragte sich dann, ob dieser Todesblick seine Seele nicht allmählich in granitenen Stein verwandelte.

Und als die Tage vergingen, machte er die Beobachtung, daß, obwohl alle Anzeichen von Leben endgültig aus dem Fleisch des Vampirs gewichen waren, der Kopf noch immer eine erstaunliche lange Zeitspanne den grausamen Zerstörungen der Verwesung widerstand.

Dritter Teil

DER ODEM DES LEBENS

»Und Gott der Herr machte den Menschen
aus einem Erdenkloß, und er blies ihm
ein den lebendigen Odem in seine Nase.
Und also ward der Mensch eine lebendige Seele.
Und Gott der Herr pflanzte einen Garten in Eden,
gegen Morgen, und setzte den Menschen darein,
den er gemacht hatte.
Und Gott der Herr ließ aufwachsen aus der Erde
allerlei Bäume, lustig anzusehen, und gut zu essen,
und den Baum des Lebens mitten im Garten,
und den Baum des Erkenntnisses Gutes und Böses.«

(GENESIS 2:7–9)

Prolog

Der entschlüsselte Text eines Briefes, den Sir Kenelm Digby im Sommer 1643 in Gayhurst erhielt.

Burutu, August 1642

Mein allertreuester Freund,

Euer Brief, der mir den Tod meiner Mutter mitgeteilt, bringt mir die traurigste Nachricht, die ein Mensch erhalten kann. Und nachdem ich ihn gelesen, war ich mehrere Tage untröstlich. Obwohl es jetzt fast neunzehn Jahre her sind, seit ich sie zuletzt gesehen, muß ich oft an sie denken, und ihre Worte sind mir stets lieb und wert gewesen, wann immer es Euch gelungen war, sie mir über die halbe Welt in mein Exil zu übermitteln. Euer Bericht von ihren letzten Tagen und von ihren Gedanken an mich ist mir kostbar, obwohl es mir all das ins Gemüt zurückgerufen hat, was ich verloren habe, als ich mein Heimatland verlassen mußte.

Es ist ein Unglück, daß dergleichen Neuigkeiten düstere Schatten werfen, denn in jeder anderen Hinsicht hätte mir Euer Brief Freude bereiten sollen. Tausend Dank für die Geschenke, die Ihr mir geschickt habt – sie sind sämtlich von unschätzbarem Wert. So vieles von dem, was wir in Europa für selbstverständlich gehalten haben, ist hier sehr schwer zu bekommen, und obwohl die Handelsstation, die wir aufgebaut haben, fünf oder sechs Schiffe im Monat versorgt, gibt es so viele Dinge, die die Kapitäne nicht im Traum als Fracht mit sich führen würden. Wir danken Euch für das Papier und die Tinten und ganz besonders für die Bücher. Unter den Linsen, die ihr geschickt, hat Q ein Paar gefunden, das seine schwächer werdende Sehkraft viel besser korrigiert als die alten, und er ist außerordentlich dankbar dafür.

Seit ich England verlassen, hat nichts meine Begeisterung so sehr geweckt als das Mikroskop und die Instrumente zur Vorbereitung der Objektträgerplättchen. Ihr habt erklärt, daß Ihr damit einfach nur eine alte Schuld vergeltet, da es Pläne meines Vaters gewesen sind, die Euch allererst gestattet haben, mit derartigen Geräten zu experimentieren, doch Ihr habt den Apparat beträchtlich verbessert, den er vor so vielen Jahren in London gebaut hatte. Euer Einfallsreichtum bei der Verwendung von Kombinationen verschieden gekrümmter Linsen zur Verringerung von Abweichungen ist ganz einfach genial. Es gibt so vieles, was ich mit diesem Apparat anfangen möchte, daß ich gar nicht weiß, womit ich beginnen soll.

Es ist manchmal schwer, mich daran zu erinnern, daß unser Aufenthalt hier inzwischen schon neun Jahre unseres Lebens ausmacht. Q scheint keinen Tag älter als damals, als wir von der Waliser Küste abgelegt haben, obwohl er jetzt die Sechzig bereits überschritten hat. Die Tropensonne scheint seine Haut in die Rinde eines exotischen Baums verwandelt zu haben – sie ist goldbraun und fest. Tagaus, tagein trägt er ein weißes Mönchsgewand, dazu einen großen weißen Strohhut, und wenn er über den Sand des Flußufers schreitet, erscheint er mir wie ein Krieger aus der Streitmacht des Erzengels Michael, stets dazu bereit, seine Waffe gegen die gefallenen Engel zu erheben. Dieselbe Wirkung machte er auf die Eingeborenen, die bereitwillig akzeptieren, daß er ein heiliger Mann ist und ihn den »Babalawo vom Meer« nennen. Ein Babalawo ist einer der vielen Arten von Priestern, die sie hier haben, nämlich ein solcher, der Ifa dient, dem Uruba-Gott der Weisheit und der seherischen Kraft. Babalawo bedeutet »der Vater, der das Geheimnis besitzt«. Alle eingeborenen Priester dieses Ordens tragen ein weißes Gewand, und Q's Kutte gestattet ihm, in der Ordnung der Welt der Einheimischen einen angemessenen Platz einzunehmen.

Seltsamerweise scheint Q sich hier heimischer zu fühlen als in der Abtei von Cardigan. Er benimmt sich nicht immer nach Priesterart, obwohl er unserer winzigen Christengemeinde die Sakramente zelebriert. Er ist nicht bestrebt, bei den Stammesmitgliedern Bekehrungen vorzunehmen, obschob er stets begierig ist, mehr über ihren Glauben zu erfahren. Auch den Missionaren, die gelegentlich herkommen, bietet er keine wirkliche Ermutigung. Manchmal frage ich mich, ob er nicht zufriedener damit ist, ein Babalawo zu sein als ein Diener des falschen Papstes in Rom. Er betrachtet nicht alle aus der Schar der Hunderte von Göttern, die hier verehrt werden, als Dämonen, sondern gibt zu bedenken, daß einige von ihnen wie Ifa und Obatala Aspekte des Einen und Wahren Gottes sind, der hier nur verschiedene Namen trägt. Was ihn indessen quält, ist der Kult der dunkleren Götter wie Elegba und Olori-Merin, deren Riten mit Blutopfern verbunden sind.

Ich bin inzwischen natürlich ein ganz anderer als der eingeschüchterte Junge, der nach dem seltsamen Tod meines Vaters Obdach bei Euch gefunden hatte. Ich bin jetzt so groß, wie er einst gewesen, und ich glaube, daß ich ihm auch im Äußeren ähnlich bin, obwohl ich schwerlich verdiene, wie er der hübscheste Mann Londons genannt zu werden. Ich bin glücklich über meine Widerstandskraft, da in diesem Land des Fiebers nur wenige weiße Männer gedeihen können. Ich habe mit ansehen müssen, wie Menschen von höchstem Mut und kräftiger Konstitution durch Auszehrung, Ruhr und Malaria körperlich so verfallen sind, daß sie nur noch Schatten ihrer selbst waren. Seit ich Euch das letztemal geschrieben, haben wir vier Männer verloren, einschließlich des werten Jespersen, und nur zwei hinzugewonnen – Holländer, die an Bord der Hengelo *hergekommen sind. Unsere Kolonie, falls man sie denn so nennen darf, zählt derzeit nur vierzehn Weiße, drei davon Frauen, gegenüber vierundzwanzig schwarzen Arbeitern, die ständig auf der Station innerhalb des äußeren Palisadenzauns leben.*

Ich habe sagen hören, daß das, was uns nicht umbringt, uns stärker macht, doch wer immer diesen Spruch geprägt hat, ist nie in Afrika gewesen. Jeder Anfall einer Krankheit, die man hier erleidet, macht einen Menschen schwächer, bis er allmählich nicht mehr die Kraft hat, sich über die nächste Krise zu bringen. Ich scheine besser imstande als die meisten, derartigen Dingen zu widerstehen, doch man muß wachsam sein. Der Fluß scheint Krankheiten anzuziehen, und die Handvoll Weißer, die ein kurzes Stück aufwärts gezogen und zurückgekehrt sind (viele sind nicht zurückgekehrt), behaupten, es wäre eine Art Hölle, die unsere Rasse nicht geschaffen ist zu bestehen. Die Eingeborenen, die Gott hierher gesetzt, scheinen selbst kaum dazu ausgestattet auszuhalten. Knapp ein Drittel der Neugeborenen überlebt Anfälle von Malaria oder die Windpocken, und diejenigen, die hier aufwachsen, scheinen ständig befallen von Schwindelanfällen oder Kra-kra; Schlafkrankheit und Lepra gefährden hier jeden. Wir haben gelernt, nie ohne Kopfbedeckung oder barfuß zu gehen, alles Wasser abzukochen, das wir trinken, und unter feinen Netzen zu schlafen, die unsere Haut vor den Schwärmen bösartig stechender Insekten schützen. Unser Exil erscheint uns manchmal wie eine Art Vorhölle.

Wir befinden uns gegenwärtig in der schlimmsten Phase der Regenzeit. Während der vergangenen Wochen regnete es zweimal am Tag, einmal am Nachmittag und dann nach Sonnenuntergang. Jeder Platzregen dauert drei Stunden oder länger. Der Fluß führt ständig Hochwasser, und es ist die Jahreszeit, in der man am meisten von Krokodilen zu fürchten hat. Das einzig Wohltuende zum Ausgleich ist, daß es tagsüber nicht so heiß und des Nachts nicht ganz so kalt wird. Ich bin froh, täglich die Feder zur Hand nehmen zu können. Und obwohl ich mir nicht so ganz vorstellen kann, wieder zurück in Grand Normandy zu sein, weiß ich, daß ich mich an den einzigen Freund im Land meiner Geburt wende und daß ich infolgedessen nicht gänzlich abgeschnitten bin von den Gefilden, in die eines Tages zurückzukehren ich mir erhoffe.

Der Handel ist in dieser Jahreszeit flau, doch trotzdem kommen Schiffe. Meist handelt es sich um gaulische Frachtensegler aus Britannien, Holland und Frankreich, doch auch marokkanische Händler wagen sich manchmal hierher, und das trotz der Tatsache, daß die Soldaten des Sultans mit den Songhai im Norden Krieg führen. Mohammedanische Karawanenführer unternehmen den Versuch, einen Handelsweg durch die Sahara zu erschließen, doch die jahrhundertealte Jihad, *die ihre Herrschaft gegen die Stämme der Schwarzen angezettelt hat, wird es ihnen wahrscheinlich unmöglich machen, Erfolg dabei zu haben.*

Unsere Handelsstation macht es den Kapitänen all dieser Frachtschiffe unendlich leichter, und kein einziger von ihnen möchte gern zu den Tagen des Silent Trade zurückkehren, doch manch einer scheint eifersüchtig wegen unserer Anwesenheit hier. Die Marokkaner behaupten, in Wahrheit hätten sie hier die Handelsrechte, trotz des Krieges, der seit unvordenklichen Zeiten anhält. Auch die Portugiesen beanspruchen für sich, diese ganze Künste »entdeckt« zu haben, und behaupten, daß Engländer hier nichts zu suchen hätten; doch die Vampirfürsten Lissabons und Setubals haben die Seeabenteuer der Portugiesen drastisch beschnitten, nachdem Henrique in Ungnade gefallen war, und all ihre Ansprüche basieren ausschließlich auf einem »Was wäre, wenn«.

Ich mache mit den Portugiesen nicht gern Geschäfte, weil sie mehr daran interessiert sind, schwarze Sklaven zu kaufen als die Güter, mit denen wir handeln, obschon Sklavenhaltung im gesamten Imperium ungesetzlich ist. Da wir nicht mit Sklaven handeln, schickt der Oba von Benin derartige Fracht nach Westen, nach Ikorodu, doch ist das eine weitaus unruhigere Küste, an der das Uruba-Reich Krieg führt gegen die Völker der Ashanti und Dahomi. Andererseits bedeutet der Umstand, daß Ikorodu zum Hauptumschlagshafen für Sklaven geworden ist, daß wir den Hauptanteil an Elfenbein, Pfeffer, Palmöl und anderen Waren erhalten. Benin ist keineswegs so reich an Gold wie das Königreich der Ashanti, doch die Stämme des Binnenlandes verlangen inzwischen Gold für die Sklaven, die sie zur Küste schaffen, und viel von diesem Gold landet auf Umwegen über die Uruba, die über die Edau, die Ibau und andere Stämme im Landesinneren herrschen, schließlich bei uns.

Die Uruba haben ihre Fertigkeiten in der Metallbearbeitung den Edau beigebracht, die ganz begierig sind nach gutem englischen Stahl – besonders Waffen. Ohne Zweifel werden diese Waffen im Kampf gegen die Mohammedaner benutzt und ebenso gegen jene Stämme, die den Uruba keinen Tribut zahlen. Wenn die Stämme dieses seltsamen Reiches gegeneinander in den Krieg ziehen – wie sie es häufig trotz ihrer gemeinsamen Sache tun –, benutzen sie in der Schlacht nur Speere. Und obwohl oft Männer getötet oder als Sklaven gefangengenommen werden, scheinen diese Konflikte durch Regeln begrenzt zu sein, die Massenabschlachtungen verbieten.

Der Anteil, den Q und ich beim Ausbau dieser Station übernommen haben, hat uns zu bescheidenem Wohlstand geführt. Als wir damals hier angekommen waren, gab es kaum mehr als eine Ansammlung von Holzhütten, die von den Überlebenden des Schiffbruchs der Alectryon *erbaut und 1629 von ihnen verlassen worden waren, als sie gerettet wurden. Sie hatten ihre Siedlung auf einer Sandbank errichtet, um sich besser gegen die hier ansässigen Stämme zu verteidigen, vor denen sie große Angst gehabt haben. Tatsache ist, daß der Oba es bedauerte, sie abziehen zu sehen, denn er ist sich der Wichtigkeit von Handelsbeziehungen zu Gaul bewußt. Jetzt haben wir mit Hilfe eingeborener Arbeiter große Lagerhäuser, Dockanlagen aus Holz und eine Werkstatt gebaut. Dort habe ich auch eine Drehmaschine, wie sie einst mein Vater gefertigt, nachgebaut, um Schraubbolzen herstellen zu können.*

Die zwei Dutzend Schwarzen, die mit uns auf der Station leben, haben ein richtiges Dorf hier gegründet mit Gemüsefeldern und Perlhühnern, obwohl ihre Frauen und Kinder im Inland geblieben sind. Q spricht inzwischen zwei der einheimischen Sprachen fließend, eingeschlossen die lingua franca *der Uruba. Außerdem verfügt er noch über magere Kenntnisse in einigen anderen, doch die Sprachenverwirrung in dieser Region ist so groß, daß man sie für einen Ableger Babylons halten könnte. Der Oba von Benin hat Burutu zweimal seine Aufwartung gemacht, und einmal hat er uns Arbeiter geschickt, um mir Techniken des Bronzegusses beizubringen, in dem sein Volk sehr erfahren ist. Unsere Beziehungen zu ihm sind allerdings nicht rundum harmonisch, weil wir bemüht sind, ähnlich freundlich auch mit den Ibau umzugehen, die im Osten leben. Sie können uns mit vielen wertvollen Gütern versorgen, denn oberhalb vom Delta beherrschen sie über hundert Meilen der Ufer des Flusses Kwarra. Die meisten unserer Arbeiter sind Ibaus, obwohl auch sieben Edaus darunter sind und ein Urubajunge namens Ntikima, der sich als besonders gelehriger Schüler erwiesen hat.*

Der weitaus größte Teil der Güter wie Elfenbein und Tierhäute wird aus den Steppen im Norden auf dem Fluß mit Schiffen zu uns befördert. Ntikima hat uns versichert, daß sich unser Ruhm bis in die nördlichen Länder ausgebreitet hat, obwohl wir selbst uns noch nicht weiter als fünfundzwanzig oder dreißig Kilometer tief ins Inland vorgewagt haben. Der Junge beteuert auch, daß man in den Hausa-Städten Kunde von uns haben müßte und in den sagenumwobenen Ländern Bornu und Kwararafa, doch es gibt kein Mittel, das mit Sicherheit festzustellen, und die Eingeborenen neigen sehr zur Übertreibung, besonders wenn sie uns Komplimente machen wollen. Ich möchte bezweifeln, daß der Junge je einen Hausa-Händler zu Gesicht bekommen hat, und ich hege die Vermutung, daß Bornu und Kwararafa für ihn ebenso Legendenstoff sind wie für uns.

Manchmal fürchte ich, daß unser Erfolg hier unser Verderben sein wird, und Q sagt, daß es nur noch eine Frage der Zeit sei, bevor eines der Schiffe aus dem Imperium Vampire hierherbringt. Er befürchtet, die Vampire könnten zu dem Schluß gelangen, daß vieles zu gewinnen wäre, wenn sie mit den Vampiren Afrikas gemeinsame Sache machten. Trotz aller Unterschiede, die zwischen Gaul und Afrika bestehen (und niemand kennt diese Unterschiede besser als wir), müssen beide den Feindseligkeiten der Mohammedaner begegnen. So könnte es den Fürsten des Imperiums wohl in den Sinn kommen, daß, wofern nur Weiße und Schwarze ihre Kräfte vereinigen, sie die Mohammedaner aufreiben und ihre Herrschaft über die eigenen gemeinen Untertanen festigen könnten.

Ich bin mir nicht sicher, ob ein derartiges Bündnis wirklich zustande kommen könnte. Es gibt hier kein Imperium, obwohl wir vom Uruba-»Reich« sprechen. Es gibt keine Vampirfürsten, zu denen die Prinzen Europas ihre Emissäre entsenden könnten. Falls man Gerüchten glauben darf, befehligt der Alafin der Uruba einen Hofstaat, der auf seine Weise so groß ist wie mancher Hof in Europa, doch der Alafin und seine sämtlichen Häuptlinge und Beamten sind gewöhnlich Sterbliche. Viele der Priester und Zauberer, die den Ogbone angehören – der Geheimgesellschaft, die das Machtinstrument der schwarzen Vampire ist –, sind ebenfalls sterbliche Männer. Für Attilas Sippe mag es schwerer sein zu verstehen, daß es Länder gibt, in denen Vampire leben, ohne offene Herrschaft auszuüben, als eine Nation, wo immer noch Menschen herrschen, weil sie gnadenlos jeden Vampir vernichten, der ihnen begegnet. Ich finde die Lage der Dinge hier nicht ganz leicht zu verstehen, obwohl ich seit so vielen Jahren hier gelebt habe.

Ich habe bisher nur dreimal einen schwarzen Vampir zu Gesicht bekommen – sie interessieren sich nicht für den Handel. Die meisten Eingeborenen sind von dunkelbrauner Farbe, doch die Vampire haben eine Haut wie polierte Pechkohle, zuweilen geschmückt mit den verblichenen Farben alter Tätowierungen. Sie wirken ausnahmslos uralt, weil kein gewöhnlicher Mensch ein Vampir werden kann, solange er sich nicht in einer langen Karriere als Priester-Zauberer für würdig erwiesen hat. Die Uruba nennen die Vampire Elemi, was soviel heißt wie »die, die Leben atmen«. Der Name versinnbildlicht auch eine direkte Verbindung zu den Göttern; man nennt den Himmelsgott Olorun auch oft Olorun Elemi.

Man erzählt sich von den Elemi, daß sie weise Männer seien, obwohl man uns nachdrücklich klargemacht hat, daß sie keinerlei Interesse an Metallen oder Maschinerie oder neuartigen Dingen haben. Ihre Weisheit ist, so scheint es, nicht von der neugierigen Art, und sie beschäftigt sich hauptsächlich mit Magie und den Heilkräften von Medizinen. Wir hören viele Gerüchte über die Macht der Vampire, zu heilen, ihre Fähigkeit, Tränke zu mischen, um Männern Mut einzugeben oder Frauen fruchtbar zu machen. Sie töten auch Menschen mit einem Zauberbann, falls man glauben kann, was uns erzählt worden ist. Die einheimischen

Stämme haben keine Elemi, denn die wenigen, die sie hatten, haben sie bei der großen Seuche vor zwanzig Jahren verloren. Darüber wird viel geklagt und gejammert. Hätten sie nur weise Männer, die ewig leben, so sagen sie, dann wären sie als Volk besser und mächtiger.

Die Elemi stellen für die gewöhnlichen Stammesmitglieder eine Verbindung zur fernen Vergangenheit ihrer Vorfahren her. Die Stämme in dieser Region bezeugen ihren Ahnen große Verehrung und scheinen zu glauben, daß, obwohl sie tot sind, ihre Väter und Vorväter noch immer ihre Dörfer mitbewohnen und ein reges Interesse an den Angelegenheiten ihrer Nachfahren haben. Uns ist berichtet worden, daß im Herzland der Uruba in der großen Stadt Oyo ein neuer Herrscher das Herz seines toten Vorgängers essen muß, um später die Ahnen zu verkörpern. Man nimmt an, daß die Geister der Ahnen die Macht haben, zu belohnen und zu strafen, daß sie für vieles verantwortlich sind, was wir dem Willen Gottes oder dem Zufall zuschreiben würden. Ihre Gegenwart ist gewöhnlich unsichtbar, doch an gewissen Tagen werden die Dörfer von den Egungun aufgesucht, den auferstandenen Toten, die auf jene den Finger legen, die für das Brechen eines Tabus bestraft werden müssen. Weder Q noch ich haben eine solche Heimsuchung miterlebt, doch der unschätzbare Ntikima hat sie uns in bildhaften Einzelheiten beschrieben. Die Rolle des Egungun wird vermutlich von einem Priester gespielt, der ein Kostüm mit einer großen häßlichen Maske trägt, doch für die Uruba und die von ihnen unterworfenen Stämme sind derartige Kultgegenstände heilig, und wer sie anlegt, ist jene übernatürliche Macht, die er darstellt. Die Aufgabe des Egungun, so scheint es, besteht darin, jene zu richten, die Unglück über den Stamm gebracht haben, weil sie die Ahnen beleidigten. Gnädigerweise wird die Schuld am Unglück nicht oft solcherart auf unschuldige Menschen geladen; so manches Böse und manches Mißgeschick wird hier den Hexen zugeschoben, von denen man sagt, sie wären die unversöhnlichen Feinde der Ogbone – jener Gesellschaft, zu der die Elemi und die gewöhnlichen Priester-Zauberer alle gehören.

Die Seuche, die hier vor zwanzig Jahren gewütet hat, ist noch allen als schreckliche Tragödie in Erinnerung. Würde man unseren schwarzen Arbeitern erzählen, daß mein Vater absichtlich einen Vampir mit jener Seuche angesteckt hat, würden sie denken, daß er schrecklich wahnsinnig gewesen sein muß – nicht böse, da sie sich nicht vorstellen könnten, daß jemand sich ein so bizarres Verbrechen ausdenkt, sondern unbestreitbar geisteskrank. Zudem wären sie außerstande, sich einen Reim darauf zu machen, daß er eine Vampirlady geliebt hat, da Elemi stets männlichen Geschlechts sind. Ogbone ist eine ausschließliche Männerangelegenheit, und obschon auch die Frauen über eigene Geheimgesellschaften verfügen mögen, befassen sich derartige Vereinigungen nur mit Geburtshilfe und mit den Ritualen der Beschneidung junger Mädchen.

Ich finde es schwer, das hier Vorgefundene mit den Theorien meines Vaters über das Wesen und die Erschaffung von Vampiren in Einklang zu bringen. Ntikima, der trotz seines zarten Alters – ich glaube, er ist ungefähr sechzehn – eine unerschöpfliche Quelle von Informationen ist, hat uns versichert, daß gewöhnliche Menschen, die Elemi werden sollen, nach Adamawara geführt werden müssen, ein sagenumwobenes Land im Inneren. Dort werden sie in einer Zeremonie teilhaftig am Herzen der Götter, was sich sehr nach gewissen Ritualen von Menschenopfern anhört, die uns überliefert worden sind. Weißen Männern wird normalerweise nicht einmal erlaubt, Zeuge bei einem ganz alltäglichen Ritus dieser Art zu sein, obwohl Ntikima den ikeyika-*Ritus beschrieben hat, durch den er selbst in die Erwachsenenwelt aufgenommen worden ist. Es ist dies eine Art Beschneidung, ausgeführt mit einem Steinmesser, häufig in derart brutaler Form, daß es dauerhaft die Funktion des Geschlechtsorgans beeinträchtigt. In seiner überschwenglichen Art hat Ntikima uns erklärt, daß die Ogbone gewiß eines Tages nach dem »Babalawo vom Meer« schicken werden, um ihn nach Adamawara zu bringen, damit er vom Herzen der Götter ißt und ihm der Odem des Lebens gegeben wird. Aber bisher hat solche Aufforderung uns noch nicht erreicht.*

Das meiste von dem, was wir von den Elemi erfahren, stammt aus Erzählungen von Reisenden, und es ist schwer zu entscheiden, wieviel man davon glauben soll. Je weiter eine Gegend entfernt ist, desto ausgefallener sind die Berichte, die über die Stämme dort erzählt werden und über die Macht ihrer Elemi. Es gibt keine Möglichkeit festzustellen, ob ein Ort wie Adamawara wirklich existiert. Vieles von dem, was man sich davon erzählt, erinnert an die Geschichte in der Heiligen Schrift vom Garten Eden, wo Gott Adam seinen Odem eingehaucht hat. Die Ogbone wahren ihre Geheimnisse derart eifersüchtig, daß die Erschaffung von Vampiren für die gewöhnlich Sterblichen Afrikas genauso ein Geheimnis bleibt wie für die gewöhnlich Sterblichen von Gaul. Wir haben die Berichte von Gregorianern über vom Teufel angeführte Sabbate; sie haben Geschichten von ihren Himmelsgöttern, die in Adamawara auf die Erde steigen. Ich bin geneigt, beide mit äußerster Skepsis zu behandeln.

Die Elemi brauchen das Blut gewöhnlich Sterblicher wie unsere Vampire auch, doch das hat für die Spender nicht dieselbe Bedeutung, die sie in Gaul hat. Das, was die Vampire von Gaul pervers und monströs erscheinen läßt, fügt sich in afrikanische Denkschemata weitaus besser ein. Ein Stammesangehöriger bringt seinen Göttern stets rituelle Opfer jeder Art dar. Wann immer Mehl gemahlen oder Palmöl ausgepreßt wird, verschüttet man etwas davon als Gabe an die Götter auf den Boden. Wenn eine Mahlzeit gegessen wird, bleibt immer etwas Essen, ebenfalls als Opfer an die Götter, übrig. Derlei Dinge geschehen ohne Nachdenken, ähnlich wie ein Christ das Zeichen des Kreuzes macht. All das wird Opfer ge-

nannt, ebenso die Opferung von Tieren – und manchmal von Menschen –, die an heiligen Festtagen dargebracht werden. Das Blut, das gewöhnliche Menschen freudig den Vampiren darbieten, gilt ebenfalls als Opfer, gewissermaßen als Gabe für Olorun Elemi selbst. Das ist für den Afrikaner fast selbstverständlich, obwohl er nicht imstande wäre, die heilige Kommunion zu begreifen, in der der Christ an Leib und Blut Christi teilhat.

Die Stammesmitglieder betrachten sich nicht als von den Elemi regiert, doch scheint wenig Zweifel daran zu bestehen, daß die wirkliche Macht in diesem Land von den Ogbone ausgeht. Die Ogbone wachen über die Einhaltung sämtlicher Riten, insbesondere die ikeyika *sowie die Gottesurteile, wenn Gericht gehalten wird. Die Ogbone sind die Stimmen der Ahnen, die Hüter der Orakel und die Heiler. Alle Häuptlinge oder Könige sind ihnen gegenüber rechenschaftspflichtig, und obwohl die Häuptlinge bei Gerichtsverfahren den Vorsitz haben, entscheiden die Babalawos über Schuld oder Unschuld. Die Häuptlinge veranlassen die Bestrafung, doch die Hexenfinder und die »auferstandenen Toten« haben darüber zu entscheiden, wem die Bestrafung zugedacht ist. Die Häuptlinge erklären Krieg und führen ihre Armeen in die Schlacht, doch ihre Zauberer sagen ihnen, wann die Zeit zum Kampf günstig ist und gegen wen gekämpft werden soll.*

Q brennt darauf herauszufinden, was an den vielen Geschichten Wahres ist, die man sich über die Länder im Inneren erzählt. Er hat schon Berechnungen hinsichtlich Ausrüstung und Proviant angestellt, die bei einer Reise flußaufwärts nötig wären. Ich bin sicher, daß bald das Jahr gekommen sein wird, in dem er die Zeit für reif befindet. Und er wird mich bitten, daß ich mich ihm anschließe. Meine Neugier für mythische Orte wie Adamawara ist zwar mäßig, doch ich würde mit ihm gehen, falls er sich zu einer Erkundungsreise entschließt. Ich weiß, es wäre eine Torheit, aber ich bin weder von Natur noch durch Temperament ein Händler, und der Alltag unseres Lebens hier ermüdet mich doch zuweilen sehr.

Blüht L's Piratenlegende noch immer in Grand Normandy? Er besucht uns noch immer jedes Jahr einmal. Er ist nicht mehr so gut aussehend wie einst und durch Krankheit geschwächt. Auch ist er kein Pirat mehr, obwohl er sich stolz im Ruhm des Freibeuters sonnt und darauf schwört, daß es für ihn keine größere Freude gibt als das Donnern der Kanonen. Die auf der Station postierten Kanonen haben einst ihm gehört, und zweimal hat er uns vor dem Überfall marokkanischer Marodeure gerettet. Seine Zigeunerprinzessin segelt noch immer mit ihm, genau wie der nasenlose Türke. Vielleicht ist es auf das Drängen der Frau zurückzuführen, daß er Jahr um Jahr wiederkehrt. L liebt mich nicht sonderlich, ebensowenig wie ich ihn. Doch die Zigeunerin hat noch immer große Zuneigung für mich, und es macht mich glücklich, ihr Freund zu sein. Sie hat sich zu einer starken hübschen Frau entwickelt und scheint in den Tropen aufzublühen, während Menschen blasserer Hautfarbe meist einschrumpfen und dahinschwinden. Jespersen sagte mir einmal, einzig ihre Entrüstung über mein Zölibat bringe sie immer wieder zurück, und ich könne sie von einer schrecklichen Abhängigkeit befreien, würde ich sie in mein Bett nehmen, doch ich bin zu sehr an mein mönchisches Dasein gewöhnt. Falls Q einmal sterben sollte, werde ich wohl sein Gewand erben und selbst den Racheengel spielen.

L tut so, als sei es ihm einerlei, daß seine Geliebte mich mag, doch wenn er betrunken ist, bezichtigt er mich gern des Verbrechens, mich in einer Büßerzelle im wilden Wales in eine Vampirlady verliebt zu haben, und macht boshafte Andeutungen, daß ich im Gedenken an sie nie mehr richtig werde lieben können. Obwohl er es hauptsächlich sagt, um seine Geliebte zu ärgern, frage ich mich manchmal insgeheim, ob er nicht vielleicht recht hat. Fest steht nur, daß ich mich beim Anblick der Zigeunerin kaum wollüstig erregt fühle, viel weniger noch von dem der nackten schwarzen Frauen der Küstenstämme oder dem der Ehefrauen unserer Siedler. Manchmal frage ich mich, ob da etwas in meinem Blut ist, das ich von meinem Vater ererbt und das unauslöschlich darin haftet, vermöge jener Gaben, die er seiner einzig wahren Liebe dargebracht. Das Mikroskop neben mir stehen zu haben, ruft mir all jene Dinge wieder in die Erinnerung zurück, die während jener letzten Tage in London geschehen sind. Ich kann nicht behaupten, selbst heute noch, daß mir bei jenen Erinnerungen wohl ist.

Manchmal habe ich mir die Frage vorgelegt, ob mein Vater nicht sowohl die Macht jenes Dinges, das er geschaffen, wie die Furcht der Vampire davor übertrieben hat; vielleicht war sein Selbstmord ganz vergebens, und Richard hat nie die Absicht gehabt, uns zu töten. Doch wenn ich Euer Geschenk so anschaue, kann ich nicht umhin, mich zu erinnern, daß mein Vater darin eine Waffe gesehen hat, die mächtiger ist als jede große Kanone. Letzte Nacht hat mir geträumt, daß ich durch das Objektiv dieses Geräts geschaut hätte, verzweifelt bemüht, etwas wahrzunehmen, das mein Vater mich zu erkennen drängte. Doch sosehr ich mich auch angestrengt habe, ich vermochte es nicht. Vielleicht haben die Stammesmitglieder ja recht, und unsere Ahnen sind stets um uns, uns zornig Pflichten auferlegend, die wir nie ganz erfüllen. Jetzt, da ich das Mikroskop bei mir habe, das Ihr mir geschickt habt, hoffe ich indessen, daß ich jener Erfüllung ein Stückchen näher kommen kann.

Ich hoffe, daß ich eines Tages nach Britannien zurückkehren werde. Ich habe das Gefühl, das wäre sowohl meine Pflicht als auch mein Schicksal. Ich hoffe mit allem Ernst, daß ich, bevor ich sterbe, noch einen Schlag gegen die Herrschaft der Vampire von Gaul führen kann, so daß mein Name der Liste jener Legion von Sterblichen hinzugefügt werden möge, deren Streben letztendlich sogar gegen die Macht der Unsterblichen obsiegen wird. Wiewohl ich hier brachliege, versichere ich Euch, daß ich weder dem Kollegium, dem Ihr dient, noch der Sache, die es vertritt, abtrünnig geworden bin, und ich hoffe, daß der Tag kommen wird, an dem ich meinen zugewiesenen Platz auf dem Schlachtfeld einnehmen werde, das das Land meiner Geburt ist. An jenem Tag werde ich, so Gott will, meinen Freund wiedersehen und Eure Hand zum Zeugnis all dessen ergreifen, was unsere Freundschaft mir bedeutet hat.

Ich werde diesen Brief dem Kapitän der Tudor Rose *mitgeben, dem vertrauenswürdigsten englischen Seemann, den ich kenne, und ich hoffe, daß er sicher in Eure Hände gelangt. Ich bitte Euch, für mich zu beten; falls Ihr Euch dazu bringen könnt, die Gnade Gottes für einen Ungläubigen zu erbitten.*

Lebet wohl.

N

1. Kapitel

Es geschah am Ajo Awo, dem Tag des Geheimnisses, der Ifa geweiht war. Ntikima wußte mehr über diesen Tag als nur seinen Namen, denn die Uruba zählen die einzelnen Tage des Monats nicht wie die Weißen.

Der weiße Mann namens Noell Cordery befand sich auf der Veranda des weitläufigen Hauses, das im Mittelpunkt der inneren Palisaden stand. Er lugte wie so oft durch den Schaft des Messinggeräts, das ihm einer der Schiffsherrn mitgebracht hatte, die herkamen, um Handel mit ihm zu treiben. Mit der rechten Hand machte er in schnellen, feinen Strichen Skizzen mit einem Holzkohlestift. Seine Arbeit folgte einem merkwürdigen Rhythmus; zeitweilig löste er seine Augen von dem Gerät, blinzelte, um den Blick klar zu bekommen, schaute kritisch auf seine Arbeit, fügte ein paar ergänzende Striche hinzu und schaute dann wieder in die Linse. Ein ums andere Mal legte er die Holzkohle nieder, verstellte den kleinen Spiegel, der das Sonnenlicht einfing und aufwärts durch die Linsen des Mikroskops warf, drehte dann das Rädchen für die Scharfeinstellung sacht vor und zurück, um den bestmöglichen Blick auf das jeweilige Objekt zu erlangen. Ntikima wußte, was der Apparat leistete, da Noell ihm gestattet hatte hindurchzusehen.

Die anderen schwarzen Männer, die Noell bei der Arbeit beobachteten, dachten, er wäre mit einer Art Ritual beschäftigt, so peinlich akkurat war die Wiederholung der einzelnen Bewegungen. Doch Ntikima wußte es besser. Ntikima verstand die weißen Männer, was die Edaus und Ibaus nicht konnten. Ntikima war ein Uruba, ja mehr noch, er war ein Ogbone, obwohl ihm natürlich nicht erlaubt war, das zuzugeben. Sogar Ibau Ngadze, der schon seit vielen Jahren hier gelebt hatte, dachte, jener seltsame, hochgewachsene weiße Mann wäre auf der Suche nach Göttern im Inneren dieses Geschöpfes aus Messing, das zusammen mit einem ausgefeilten Satz stählerner Klingen und rechteckiger Glasstücke in einem Holzkasten hauste. Die Ibaus erzählten ihren Brüdern flußaufwärts oft von den Zaubergeräten, die der weiße Mann besaß, und von den Geistern ehrfurchtgebietender Macht, die ihnen innewohnten. Ntikima beteiligte sich an solchem Gerede nicht; er war Ogbone und behielt seine Geheimnisse für sich.

Die schwarzen Männer hüteten sich wohl, das Riutal zu stören, und so bemerkte Noell erst, als er eine Pause machte und seinen Blick in ihre Richtung wandte – obschon er sie gar nicht wahrzunehmen schien, so versunken war er in die Betrachtung der Welt im Inneren der Dinge –, daß Ntikima ihm zurief, ein Schiff komme den Kanal herauf.

»Ist es die *Phoenix*?« fragte der weiße Mann. Die *Phoenix* wurde erwartet, und ihr Besuch war willkommen. Doch Ntikima schüttelte den Kopf und bedeutete ihm, daß er es nicht wußte.

Noell seufzte und begann, das Mikroskop einzupacken. Er hatte dabei keine Eile; er hatte sich angewöhnt, das Instrument, in seine Einzelteile zerlegt, sorgsam zu verstauen. Es war ihm äußerst kostbar – weitaus kostbarer als das Teleskop, das er danach mitnahm zu dem Ausguck auf dem Kamm des seewärts gerichteten Sandwalls. Ntikima folgte ihm in gebührendem Abstand.

Das Schiff war jetzt viel näher herangekommen als vorhin, da Ntikima es erstmals erblickt hatte, und jetzt erkannte er es sofort. Doch Noell Corderys Augen waren schwächer als die seinen. Der weiße Mann setzte das Fernrohr ans Auge und ließ es dort, während er das Näherkommen des Schiffes beobachtete. Es war die Karavelle *Stingray* mit ihrem Kapitän Langoisse. Ntikima mochte Langoisse nicht, der laut und prahlerisch war, und er war nicht traurig, als er sah, daß das Schiff sich in schlechtem Zustand befand. Es lag tief im Wasser, und seine eckigen Segel waren zerfetzt und die Takelage vielfach gerissen. Ntikima wußte nichts vom Meer und vermochte infolgedessen nicht einzuschätzen, ob es in eine Schlacht verwickelt gewesen oder einfach in einem schweren Sturm von den Donnerkeilen Shangos getroffen worden war.

Langoisse hatte Schwierigkeiten, das Schiff zu seinem vorgesehenen

Liegeplatz zu steuern, obwohl er keinen Gegenwind hatte. Burutu lag fast fünfzehn Kilometer landeinwärts an der Küste, und die Schiffe, die hierher segelten, mußten manchmal schwer kämpfen, um die Docks zu erreichen, und das besonders in der Regenzeit, wenn bei Hochwasser die Gegenströmung sehr stark war. Oft mußten Eingeborenenkanus die Handelsschiffe zu den Docks schleppen. Obwohl das für die wackeren Handelskapitäne eine Erschwernis war, bedeutete es doch zugleich, daß die Palisadeneinfassung von Burutu nicht nur gegen eingeborene Plünderer, sondern auch gegen unwillkommene Besucher vom Meer her verteidigt werden konnte. Das war auch die Richtung, aus der meistens Gefahr gekommen war. Die sechs Kanonen des Handelspostens waren aufs Meer gerichtet, nicht auf das Flußdelta landeinwärts.

Der weiße Babalawo, der sich Quintus nannte, näherte sich mit Jan de Groot dem Fuß der Leiter, um die Neuigkeit zu hören, doch de Groot wandte sich nur ab, als er Ntikima rufen hörte: »Stingray!« De Groot mochte Langoisse genausowenig wie Ntikima, und er wußte, daß aus dessen seltenen Besuchen nur wenig Gewinn zu schlagen war. Doch Quintus stieg hinauf und gesellte sich zu Noell Cordery und Ntikima, stand hinter ihnen, während sie verfolgten, wie das Schiff gegen die Strömung ankämpfte.

Das Schiff hatte kein Signal gesetzt, obwohl Ntikima einen Blick auf die Frau erhaschen konnte, die Noell Cordery liebte und jetzt winkend auf der Brücke stand. Ntikima konnte nicht verstehen, warum Noell sie nicht einfach Langoisse abkaufte und sie zu seiner Frau machte, doch es war schwierig, das Verhältnis dieser weißen Männer zu Frauen auszuloten, das ganz unvereinbar schien mit ihrer sonstigen Haltung gegenüber anderem Eigentum.

»Also schlachten wir am besten das gemästete Kalb«, sagte Quintus mit einem Seufzer. »Der verlorene Sohn, unser Verschwender, ist heimgekehrt.« Das war nun allerdings Unsinn. Es gab keine Rinder in Burutu, und das Abendmahl würde aus zwei Rebhühnern mit Brot aus Hirsemehl und Erdnußsuppe mit Dazoes bestehen. Ntikima wußte indessen, daß Langoisse stets Flaschen mit exotischen Weinen mitbrachte, damit er und seine Freunde sich in der gewohnten Art betrinken konnten, anstatt den Palmwein und das Hirsebier kreisen zu lassen, das die Schwarzen machten.

»Werden sie beim Anlegen Hilfe brauchen?« wollte Quintus von Noell Cordery wissen.

»Sie haben die Flut«, beschied ihn Noell. »Die hebt die Strömung fast auf, und sie haben noch genug Segel, um die Brise zu nutzen.«

Quintus schlug Noell mit einer Begeisterung auf die Schulter, die leicht gezwungen wirkte. »Wenn auch nichts sonst, werden sie uns spannende Kunde bringen«, sagte er. »Und bestimmt wird binnen einer Woche die *Phoenix* hier sein mit Fracht, wie wir sie brauchen. Und unsere Vorratslager mit Elfenbein, Palmöl und Gummi werden sich leeren.«

Ntikima lauschte aufmerksam ihrem Wortwechsel. Quintus hatte mehr als ein gewöhnliches Interesse an der versprochenen Ankunft der *Phoenix* gezeigt. Während der vergangenen Wochen hatte er sich rege mit Vorratshaltung und der Berechnung von Lebensmittelrationen beschäftigt, ganz so, als erwartete er, einer Belagerung standzuhalten oder eine Reise zu unternehmen. Vielleicht waren seine hellseherischen Kräfte größer, als es den Anschein hatte, und er wußte, daß die Ogbone bald nach ihm schicken würden. Schon bevor Ntikima zu ihnen gekommen war, hatte der Babalawo begonnen, außerhalb des Verteidigungsrings Esel zu halten und zu züchten, und Ntikima hatte erraten, daß er damit bezweckte, einen Konvoi von Lasttieren zusammenzustellen. Quintus wußte offenbar, daß es ihm bestimmt war, die Reise nach Adamawara zu machen. Ntikima war davon keineswegs überrascht; ein Babalawo mußte schließlich immer etwas mehr über die Zukunft wissen.

Während die Einwohnerschaft der Handelsstation sich versammelte, um Langoisse und seiner Mannschaft einen lauwarmen Empfang zu bereiten, beobachtete Ntikima nur und hörte zu. Die weißen Männer schenkten ihm kaum Beachtung und schienen mehr befriedigt als beunruhigt von dem Interesse, das er an ihnen nahm. Er hielt sich stets in der Nähe, um irgendwelche Besorgungen zu übernehmen, begeistert, mehr von der englischen Sprache lernen und mehr Geschichten über die Länder hören zu können, aus denen sie gekommen waren. Noell Cordery und Quintus mochten ihn beide gern und hatten Gefallen daran, ihm beim Lernen zu helfen.

Die subtilen Unterströmungen in den Beziehungen dieser Menschen waren eine ständige Quelle der Faszination für ihn. Er bemerkte zum Beispiel, daß Quintus die Führung beim Empfang dieser Besucher übernommen hatte und daß Noell Cordery sich zurückhielt. Das mißfiel ganz entschieden der braunhäutigen Frau Leilah, die sich einen wärmeren Empfang von demjenigen erhofft hatte, der notgedrungen in ihrer Liebe zu zwei Männern zurückstehen mußte. Sie schien in der steten Hoffnung zu leben, daß Noell es eines Tages lernen würde, sie mit hungrigeren, begehrlicheren Blicken anzuschauen. Als sie auf den Anlegesteig sprang, um ihn zu begrüßen, ließ er sich lau ihren Kuß auf die Wange gefallen, ohne ihn zu erwidern. Noells Widerspenstigkeit mißfiel auch Langoisse, der sich auf seine Weise durch sie verletzt fühlte. Ntikima hatte erst vor kurzem festgestellt, daß der sogenannte Pirat stets der optimistischen Meinung gewesen war, daß alle Menschen von seiner Gesellschaft entzückt sein müßten. So überraschte es Ntikima auch nicht, daß das Fest, das die Handelsleute an jenem Abend ihren Besuchern boten und bei dem er bedienen half, von keinem der Beteiligten so recht genossen wurde, obwohl unschwer zu sehen war, daß die frischen Nahrungsmittel einen Hunger stillten, den Langoisse und seine Mannschaft schon geraume Zeit gelitten hatten.

Der einzige Mensch am Tisch, der dem Urubajungen Furcht und Entsetzen einflößte, war der verstümmelte, ständig verdrießlich gestimmte Türke Selim. Ntikima haßte den Anblick seines vernarbten und verzerrten Gesichts, das ihn an das Gesicht Egunguns, des wiederauferstandenen Toten, erinnerte oder ihn an eine Erscheinung denken ließ, die Shigidi schickte, um Männer aus ihren Träumen aufzuschrecken. Langoisse hätte seinen getreuesten Diener niemals von seinem Tisch verwiesen, obwohl wahrscheinlich noch andere in dem großen Haus sich wünschten, daß er dem Türken befohlen hätte, gemeinsam mit den anderen Seeleuten an Bord des Schiffes zu essen. Ntikima war froh, als das Mahl beendet war und der Türke die anderen verließ. Auch die Frau ging, wie es schien, allerdings nur widerwillig.

Als er mit Quintus und Noell Cordery allein am Tisch war, präsentierte Langoisse ein Geschenk, mit dem er offenbar die Gunst seiner Gastgeber zu gewinnen hoffte – eine Korbflasche aus Madeira –, und dann machte er sich daran, die Gesellschaft mit einer Schilderung des Sturms zu unterhalten, in den er kürzlich geraten war, und brachte Neuigkeiten aus den wenigen Häfen, in denen er in letzter Zeit Anker geworfen. Ntikima saß in einer Zimmerecke auf dem Fußboden, ganz im Schatten und geduldig zuhörend. Er verstand nur wenig von dem Gesagten, doch er war begierig, die Namen von Orten jenseits des Meeres zu erfahren und anzuhören, was darüber erzählt wurde.

Hin und wieder bestieg Ntikima sein Kanu und machte sich auf in den Urwald, wo er dann mit einem Zauberer oder einem Akpalo sprach – einem wandernden Geschichtenerzähler –, dem er das Gehörte berichtete. Sogar wenn er selbst nicht ganz verstanden hatte, was er ihnen da überbrachte, nickten sie nur ernst und lobten ihn ob seines Eifers. Die

Ogbone würden zweifellos besser wissen als er, was das alles zu bedeuten hatte.

An diesem Abend sprach Langoisse von Marokko und Spanien und von einem Land, das jenseits des großen Ozeans existieren mochte und dem er den Namen Atlantis gab. Diesen Namen hatte Ntikima schon früher gehört, und er entdeckte nichts Neues in dem, was darüber erzählt wurde. Doch er spitzte die Ohren, als Langoisse Quintus fragte, ob er je von einem Königreich gehört hätte, das von einem Mann namens Prester John regiert wurde.

»Das ist ein sagenumwobenes christliches Königreich in Asien«, sagte Quintus zu Langoisse. »Und es wird behauptet, daß es sich jenseits der Grenzen des Khanats von Walachien befindet, in der Wüste am Rand von Cathay. Die Byzantiner hatten Emissäre ausgesandt, es zu entdekken, und hofften, dort Verbündete zu finden, als die Mohammedaner die Vampirarmeen aus Kleinasien vertrieben. Doch sie sind nie zurückgekehrt, und Vlad Tepes hat schließlich die verlorenen Länder ohne fremde Hilfe zurückerobert.«

Ntikima schwirrte der Kopf, als er versuchte, diese fremdartigen Namen im Gedächtnis zu behalten.

»Die Vampirfürsten von Granada sind inzwischen überzeugt, daß dieses Königreich in Afrika liegt«, sagte Langoisse. »Sie behaupten, es wäre identisch mit einem Land namens Adamawara, von dem Ihr mir bereits früher gesprochen habt; dort soll am Anfang der Welt der Garten Eden gelegen haben. Es geht das Gerücht, daß ein großer Fluß Zugang zu jenem Land verschafft. Und von den dreien, die dafür in Frage kommen, wird immer wieder der Kwarra genannt. Die Spanier wollen in diesem Winter drei Schiffe mitsamt einem Expeditionscorps Soldaten und Pferden in den Senegal entsenden, obwohl die Franzosen erklärt haben, daß sie dort nichts finden werden außer Wüsteneien und kahlen Bergen. Die Araber, die Kenntnis davon haben, wo der Senegal entspringt, lachen die Spanier hinter vorgehaltener Hand aus. Was glaubt Ihr, ist es denn möglich, daß es der Kwarra ist, der in dieses wundersame Königreich führt?«

»Ich kann es nicht glauben«, sagte Quintus. »Ich glaube nicht, daß irgendwo ein Königreich wie das Prester Johns existiert, und ganz gewiß nicht, daß es dasselbe Land sein kann, daß die Uruba Adamawara nennen.«

Langoisse zuckte die Achseln. »Jemand hat die Legende von einem weißen König in Adamawara verbreitet, und irgendwo soll schriftlich überliefert sein, daß Christen vor Urzeiten dorthin gelangt sind. Vielleicht ist der dritte Fluß, von dem die Sagen berichten, der richtige – seine Mündung wird weiter im Süden vermutet.«

»Es gibt einen größeren Fluß als den Kwarra«, stimmte ihm Quintus zu. »Der Oba von Benin behauptet, daß Schiffe seines Vorfahren, Ewuare dem Großen, vor zweihundert Jahren dorthin gereist sind. Das mag wahr sein, obwohl die Schiffe aus Benin armselige Nußschalen sind.«

Ntikima kannte sämtliche Geschichten über Ewuare den Großen. Er wußte auch, daß es weit, weit weg noch einen anderen großen Fluß gab, jenseits der Länder, in denen die Weisheit der Elemi Anerkennung fand und gehört wurde. Trotzdem waren die weißen Männer im Irrtum. Der Kwarra war nur einer der drei Flüsse, denen man folgen mußte, um nach Adamawara zu gelangen. Und obwohl es dort weiße Menschen gab, übten sie nicht die Herrschaft aus. Ganz gewiß aber gab es keinen Prester John.

»Glaubt Ihr, daß die Spanier hierherkommen werden?« fragte Noell Cordery.

»Das ist gut möglich«, sagte der weiße Babalawo. »Menschen sind auf der Jagd nach Legenden viel weiter gereist, als sie es je aus nur praktischen Gründen getan haben. Der Kapitän der *Tudor Rose* hat uns von Schiffen erzählt, die sich von Bristol aus auf die Suche nach Atlantis machen und den großen Ozean überqueren wollen, bis Land in Sicht kommt, in der Hoffnung, wenigstens einen Seeweg nach Cathay zu finden, wenn auch sonst nichts. Ich fürchte manchmal, daß die Geschichten über Adamawara, die wir so unbedacht an bei uns weilende Seefahrer weitergegeben haben, uns eines Tages eine Meute von mit Vollmachten eines neugierigen Vampirfürsten ausgestatteten Entdeckern bescheren. Das ist nur noch eine Frage der Zeit – die Welt, die wir kennen, wird zu eng in ihren Grenzen für das Machtstreben des Imperiums Gaul.«

»Vielleicht ist jetzt die Zeit gekommen, unsere Entdeckungsreise anzutreten«, warf Noell Cordery ein.

»Vielleicht ist sie das«, pflichtete ihm Langoisse bei. »Männer wie Ihr und ich sind keine geborenen Händler. Das Meer hat genug von meiner armen *Stingray* und sie fast ausgespuckt, und ich bin vielleicht besser dran, wenn ich auf der Suche nach meinem Glück den Kwarra hinauffahre. Ich frage mich, warum Ihr Euch damit bescheidet, Euch in einen hölzernen Käfig wie diesen einzusperren, wo Ihr doch so viel von reicheren Jagdgründen im Landesinneren hört. Warum geht Ihr nicht nach Oyo oder Ife oder gleich nach Adamawara? Warum müßt Ihr hier herumsitzen und guten Stahl für magere Hände voll Goldstaub eintauschen, die Euch die Wilden aus ihren versteckten Minen anbringen, und für die Handvoll Gemmen oder Juwelen, die sie hin und wieder aus ihren Schatzkisten holen? Ich könnte mich nicht damit zufriedengeben, mit Elfenbein und Öl und Gummi zu handeln, wo es doch Schätze gibt, die nur darauf warten, von mutigen Männern gesucht zu werden, ob in Prester Johns Land oder sonstwo im Herzen dieses Erdteils. Habt Ihr denn keine Ahnung davon, wie gierig die Welt nach Gold ist?«

Noell Cordery schien diese Rede nicht zu gefallen, denn er erwiderte nur trocken: »Das Landesinnere ist gefährlich. Und Seuchen und Elend sind dort in reicherem Maße zu finden als Gold und Ruhm.«

Der weiße Babalawo indessen entgegnete mit größerer Gelassenheit. »Ich glaube nicht, daß die Schwarzen Goldminen haben und Bergbau treiben«, sagte er. »Was sie verwenden, ist zumeist altes, ererbtes Gold, ebenso das Kupfer, das sie für ihren Schmuck verwenden. Es läßt sich leicht verarbeiten, jedoch nicht so leicht finden. Seit wir angefangen haben, mit Gold und Juwelen zu handeln, jagen sie hinter allem her, was sie für uns auftreiben können, denn sie halten Eisen und Zinn für kostbarer. Sie haben keine geheimen überquellenden Schatzkisten. Alle Reisenden erzählen sich Geschichten von sagenhaften Schätzen, die in Ländern zu finden sind, in denen sie nie gewesen. Hütet Euch davor zu glauben, daß das Landesinnere, weil es geheimnisvoll ist, zugleich auch reich sein muß. Ihr wißt genausogut wie wir, wie viele Männer flußaufwärts gezogen und nie zurückgekehrt sind.«

»Sie haben nicht das Wissen gehabt wie Ihr«, meinte Langoisse. »Wenn es einen einzigen Menschen gibt, dem ich zutrauen würde, daß er mich durch dieses heidnische Land führt, dann seid Ihr es. Ich verspreche Euch in aller Aufrichtigkeit: Wenn Ihr diese Reise ins Innere unternehmen wollt, werde ich mit Euch gehen, und das nicht nur, um Gold zu suchen, sondern Länder zu finden, wo Vampire leben und dennoch nicht herrschen, und jene Länder, aus denen die Vampire herstammen.«

Quintus wandte sich zu Ntikima und begegnete seinem Blick. »Hier gibt es einen«, sagte er, »der Euch von Adamawara erzählen kann.« Er machte eine auffordernde Handbewegung, und Ntikima erhob sich, kam zu ihnen und stellte sich neben den Babalawo, wo er dem feindseligen Blick des Kapitäns ausgesetzt war.

»Das ist doch nur ein Junge!« sagte Langoisse abschätzig.

»Er ist ein Uruba«, warf Noell Cordery schnell ein. »Und er ist ein

Mann, denn er hat sich dem Ikeyika-Ritus unterzogen und sich seinen Platz in der Welt verdient. Er hat bei der großen Pest seine Eltern verloren, doch er ist im Urwald einem Gott begegnet und Zauberern übergeben worden, die ihn großgezogen haben. Er ist ein sehr aufgeweckter Mensch, und er hat binnen drei Jahren mehr Englisch gelernt, als Ngadze in ganzen zehn. Sag uns doch, Ntikima, was du von Adamawara weißt!«

»Adamawara ist das Land der Tigu«, sagte Nkitima folgsam. »Es ist die Heimstatt der Mkumkwe, von denen die ersten Elemi gekommen sind, als die Welt noch jung gewesen. Sie wurde erschaffen, als Shango einen großen Donnerkeil zur Erde fahren ließ, auf daß Olorun einen Ort hätte, wo er sein Herz den weisesten aller Männer darbringen kann.«

Langoisse war ungeduldig, doch Noell Cordery hob die Hand, um ihm zu bedeuten, daß er warten sollte. »Tigu«, sagte er, »bedeutet ›vollendet‹. Die Elemi sind Tigu, weil sie sich dem Übergangsritus unterzogen haben; wie Ikeyika Knaben zu Männern macht, so macht dieser Ritus namens Ogo-Ejodun aus Männern Vampire. Ejodun bedeutet ›Zeit des Blutes‹, und das ist der Name, den die Uruba verschiedenen Arten von Blutopfern gegeben haben. So ist es doch, Ntikima?«

Ntikima nickte zur Erwiderung.

»In welcher Richtung liegt eigentlich Adamawara? fragte Noell.

»Gegen Sonnenaufgang«, antwortete ihm Ntikima. »Aber um dorthin zu gelangen, muß man den Flüssen folgen – zuerst dem Kwarra, dann dem Benouai und endlich dem Logone. Es ist eine sehr gefahrvolle Reise, denn all jene, die Elemi werden wollen, müssen sich erst im Wald ohne Leben beweisen, wo der Silbertod sie niederstreckt und wo Egungun kommt, über sie zu richten.«

»Das Stammland der Uruba liegt im Westen«, fügte Noell Cordery erklärend hinzu, »doch die Uruba glauben, daß ihre Vorfahren aus einem anderen Land nach Ife und Oyo gekommen sind, geführt von den Ogbone, genauso wie die Kinder Israel in den Zeiten von Moses durch die Wüste geführt worden sind.«

»Gibt es Gold in Adamawara?« fragte Langoisse in sarkastischem Ton.

»O nein«, sagte Ntikima. »Überhaupt kein Gold.«

»Woher weißt du solche Dinge?«

Ntikima zuckte die Achseln. Er wußte es, da er ein Ogbone war, doch es war ihm nicht erlaubt, das offen auszusprechen.

»Wie werden in Adamawara die Elemi gemacht?« fragte Noell Cordery.

»Von den Oni-Olorun, den Weisesten unter den Ältesten. Sie bereiten das Herz Oloruns vor, damit es den Weisesten und Besten gegeben wird, die den Odem des Lebens empfangen, um fortan zu leben, während die Unwürdigen sterben.«

Cordery schaute Langoisse an und machte mit der Hand ein Zeichen, als wollte er sagen: »Da habt Ihr es!«

»Sind jemals weiße Männer nach Adamawara gekommen?« fragte grollend der Pirat. Das war eine Frage, die weder Quintus noch Noell Cordery jemals gestellt hatten.

»O ja«, sagte Ntikima. »Vor langer Zeit. Aber es sind jetzt nur ganz wenige dort.«

Die drei Fragesteller schauten ihn überrascht an.

»Wie lange ist es her?« fragte Noell Cordery, obwohl er es besser hätten wissen müssen und sich die Frage hätte sparen können.

Ntikima zuckte die Achseln. »Vor langer Zeit«, wiederholte er.

»Aber es sind noch immer einige dort?« fragte Noell. »Willst du damit sagen, daß es weiße Elemi in Adamawara gibt?«

»O nein«, erwiderte Ntikima geduldig. »Sie sind keine Elemi, weil sie *aitigu* sind, aber sie haben schon lange Zeit gelebt. Es gibt eine weiße Frau, die älter ist als die Ältesten, obwohl sie jung aussieht. Es gibt dort auch Männer, und obwohl sie vielleicht nie *tigu* sein werden, sterben sie vielleicht niemals.«

Ntikima konnte erkennen, daß diese Auskunft eine gewisse Verblüffung bei seinen Zuhörern auslöste, obwohl sie nicht genau zu wissen schienen, was er gemeint hatte.

»Wenn du Aitigu sagst, wo wir vielleicht Unvollendete sagen würden«, hakte Quintus nach, »meinst du doch nicht die, die wir gewöhnliche Menschen nennen. Die Elemi sind Tigu – Vollendete –, aber es gibt einige, die keine Tigu sind, obwohl sie viel länger leben als gewöhnliche Menschen?«

»O ja«, gab ihm Ntikima recht, als wäre das ganz offensichtlich.

»Vampire«, sagte Langoisse. »Du erzählst uns also, daß es weiße Vampire in Adamawara gibt.«

Ntikima furchte die Stirn und wußte darauf keine Antwort.

»Ntikima«, sagte Quintus, »weißt du das von den Arokin oder von den Akpalo?« Die Arokin waren bestellte Chronisten, deren Aufgabe darin bestand, die Generationen der Vorfahren zu kennen, deren Geschichten verbürgt waren und denen man Glauben schenkte. Die Akpalo, die Geschichtenerzähler, die von den Abenteuern Anansis, der

Spinne, und Awons, der Schildkröte, zu berichten wußten, wurden dagegen nicht ernst genommen. Doch Ntikima konnte auch diese Frage nicht beantworten. Was er wußte, das wußte er, weil er Ogbone war, und er durfte nicht darüber sprechen. Er zuckte nur die Achseln.

Noell Cordery lachte auf. »Denkt daran«, so sagte er seinen beiden Genossen, »daß dieser Junge einst vom Geist eines toten Kindes besessen war, der durch Gift aus seinem Körper ausgetrieben worden ist – und daß dieser Junge im Wald einem Gott begegnete, der versprach, ihn in die Geheimnisse der Heilkunde einzuweihen.«

Ntikima wußte wohl, daß der weiße Mann an diese Dinge erinnerte, um darzutun, daß man seinen Worten nicht immer Glauben schenken konnte. Doch als er noch sehr klein war und sein Vater und seine Mutter starben, war er wirklich von einem Abiku besessen gewesen, einem bösen Geist, den ein Zauberer aus seinem Leib hatte austreiben müssen. Und danach war er wirklich Aroni im Urwald begegnet und hatte solchen Mut bewiesen, daß er nicht verschlungen worden war, sondern statt dessen Ogbone übergeben wurde, die ihn eines Tages die Geheimnisse der Medizin lehren würden, auf daß er ein Zauberer im weißen Gewand und danach ein Elemi werden würde. Was er wußte, das wußte er, und es war nicht wichtig, was die weißen Männer davon glauben wollten.

Hier unterbrach Quintus und forderte Ntikima auf, ins Bett zu gehen und zu schlafen. Ntikima wußte, daß er weggeschickt wurde, während die weißen Männer ihr Gespräch privat fortsetzen würden, doch er senkte den Kopf und ging hinaus. Allerdings ging er nicht in die Hütte, in der er schlief, sondern hielt unter einem Fenster des großen Hauses Wacht, geduldig ausharrend, obwohl er nur wenig von dem verstand, was gesagt wurde.

Erst als die Gesprächsrunde der weißen Männer sich endlich auflöste und sie nicht mehr ganz nüchtern in ihre Betten unter den Gazevorhängen stiegen, gab Ntikima seinen nächtlichen Lauschposten auf und ging auch schlafen. Es war sonst nichts weiter geschehen, doch es machte ihm nichts weiter aus, so lange ausgeharrt zu haben. Er war ein Ogbone, und er konnte nicht allein über seine Zeit verfügen. Er wußte, daß er eilen mußte, seinen Lehrmeistern zu erzählen, daß die weißen Männer eine Expedition nach Adamawara planten. Denn er wußte, daß es in der Absicht der Ogbone lag, daß sie genau das täten, und die Ogbone würden erfreut sein, die Neuigkeit zu hören. Die Zukunft war vorherbestimmt und mußte sich nur noch entfalten wie der Hauch des Lebensodems.

2. Kapitel

Die *Phoenix* war gekommen und hatte wieder abgelegt. Die Regenfälle hatten nachgelassen, und bald schon würden sie bis zum Frühjahr ganz aussetzen. In Burutu ging es geschäftig zu wie in einem Bienenkorb, da Quintus rastlos Vorräte nachprüfte und Berechnungen hinsichtlich der Zahl der Esel anstellte, die erforderlich waren, alles zu transportieren. Zwischen dem Mönch und Langoisse gab es einiges Hin und Her wegen der Anzahl der Männer, die an der Expedition teilnehmen sollten, und sie stritten zäh über die mitzuführenden Mengen von Schießpulver und Salz, Nadeln und Messern, Korn und Schlafdecken. Quintus befragte Eingeborene von einem halben Dutzend Stämmen über den Lauf des großen Flusses und die Menschen, die an seinen Ufern lebten, und über den Charakter der Landschaft, durch die sie auf ihrem Weg in das geheimnisvolle Land Adamawara ziehen mußten.

Noell hatte sich vom Treiben dieser Reisevorbereitungen ferngehalten; er war zu seinem alltäglichen Ritual am Mikroskop zurückgekehrt. Die Aussicht auf eine Reise in dieses geheimnisvolle Adamawara reizte ihn zwar, doch er vermochte nicht mit ganzer Überzeugung an einen afrikanischen Garten Eden zu glauben, wo einem Vampir-Adam vor unvordenklicher Zeit der heilige Lebensodem eingehaucht worden war.

Der einzige Mensch, dem Noells Lustlosigkeit nicht entging, war Leilah. Sie war die einzige, die das Recht für sich beanspruchte, ihn, wann immer sie wollte, bei seinen weltlichen Verrichtungen zu stören. Und obwohl er derlei gewöhnlich nicht gerne sah, kam der Tag, an dem er darüber froh war, weil seine mikroskopischen Studien sein Interesse nicht mehr voll in Anspruch nahmen oder ihn von Überlegungen darüber ablenkten, was vor ihm lag.

»Du bist nicht nett zu mir gewesen«, sagte Leilah an jenem bewußten Tag vorwurfsvoll zu ihm. Damit meinte sie, daß er nicht eben viel mit ihr gesprochen hatte, besonders nicht in trauter Zweisamkeit. Bei ihren vorausgegangenen Besuchen war er oftmals schon bereit gewesen, sich ihr anzuvertrauen, jedenfalls ein wenig, und sie hatte ihm ihrerseits ganz intime Gedanken und Empfindungen mitgeteilt. Da sie eine schlechte Christin war, hatte sie sonst niemanden, der ihr die Beichte abnahm. Auch hätte sie sich keinen anderen gewünscht, doch es gefiel ihr, an Noell als an einen echten Freund zu denken, obwohl sie ihn nicht zum Geliebten haben konnte. Sie schien eine ganz schwache Regung der Wollust dabei zu empfinden, ihm von einigen jener Gedanken zu erzählen, die sonst ihr Geheimnis geblieben wären. Während dieses Besuches allerdings war ihr noch kein Erfolg dabei beschieden gewesen, ihn in eine Stimmung zu versetzen, die zu Vertraulichkeit ermunterte.

»Es tut mir leid«, sagte er. »Ich habe wegen der *Phoenix* viel zu tun gehabt, und jetzt büße ich, weil ich meine Studienaufgaben vernachlässigt habe. Es gibt im Mikrokosmos so viel zu sehen, und ich bin noch sehr weit davon entfernt, etwas zu verstehen.«

Sie saß neben ihm auf der Veranda. »Traurig bist du«, rief sie, »und übler Laune. Ich weiß, daß dir die Vorstellung einer Reise in den großen Urwald nicht gefällt, aber ich glaube nicht, daß du dich weigern wirst mitzugehen.«

Ihr Englisch war jetzt besser als bei ihrer allerersten Begegnung, und obwohl ihr noch immer als Gesprächspartner meist nur Langoisse zur Verfügung stand, war sie sehr wohl mit Konventionen vertraut und mit dem Unterschied zwischen »du« und »Sie«. Doch während all der Jahre ihrer Bekanntschaft war sie beharrlich dabei geblieben, bei Noell die intime Form der Anrede zu benutzen. Er gab es ihr nie in gleicher Münze zurück.

»Das habt Ihr richtig erkannt«, sagte er. »Der Urwald ist ein schlimmer Ort, und da gibt es einige, die uns übelwollen. Seit immerhin fünf Jahren haben keine Plünderer die Station angegriffen, aber das liegt daran, daß die Schwarzen in unserer Nachbarschaft mehr Vorteile von unserer ständigen Anwesenheit haben, als sie sich je durch einen einzigen Raubzug auf unsere Lagerhäuser verschaffen könnten. Sie halten ihre weiter entfernt lebenden Nachbarn wirkungsvoller von uns ab als die Feuerkraft unserer Kanonen. Quintus ist vielleicht allzu vertrauensselig geworden, weil er sich in dem Glauben wiegt, er könnte mit jedem Stamm und dessen Angehörigen ganz leicht und problemlos umgehen. Ich bin mir da nicht so sicher.

Und dann ist da noch das Fieber. Über die Jahre habe ich mitverfolgt, wie Quintus sich abgemüht hat, ein wirksames Gegenmittel zu finden. Das Zuraderlassen hat er schon seit langer Zeit aufgegeben und versucht sich in jüngster Zeit mit Heilmitteln der Eingeborenen, doch man kann sich nicht wirklich dagegen schützen. Und die Nachmittagshitze und die eisige Kälte in den Nachtstunden vor Morgengrauen. Ich weiß, daß Quintus einst durch halb Europa gezogen ist und daß die Abgesandten von Päpsten und Fürsten es für ein geringes halten, zu Reisen von Tausenden von Kilometern aufzubrechen, doch in Europa gibt es Straßen und Herbergen, und das Klima ist weitaus freundlicher. Ich weiß nicht, wie weit es bis nach Adamawara sein mag, falls es ein solches Land wirklich gibt, aber die Reise dorthin und zurück wird nicht kurz sein, und dieses Unternehmen erscheint mir wie ein Würfelspiel mit dem Teufel. Wobei die Würfel zu unserem Nachteil fallen werden.«

»Dann geh nicht«, sagte sie einfach. »Und ich werde hier bei dir bleiben und auf die Rückkehr unserer Freunde warten.«

»Kann ich denn Quintus ohne mich ziehen sehen?« wandte er ein. »Kann ich ihm Glück wünschen und Lebewohl sagen, solange ich glaube, daß er sich in große Gefahr begibt? Jetzt, da meine Mutter tot ist, scheint er mir der einzige Anverwandte, den ich auf der Welt habe, mehr ein Vater für mich, als mir mein leiblicher Vater je gewesen ist. Ich würde ihn nicht im Stich lassen; ich traue auch Langoisse nicht recht zu, daß er gut genug auf ihn achtgibt.«

Sie war nicht gekränkt darüber, daß er um jene besorgt war, denen gegenüber er Verwandtschaft fühlte; sie hatte auch nicht den Wunsch, seine Schwester zu sein. »Ist das eine Kopie des Geräts, das dein Vater gebaut hat?« fragte sie ihn nach einer längeren Gesprächspause, auf das Mikroskop deutend. »Darf ich hindurchschauen?«

Er zeigte ihr, wie sie ihr rechtes Auge an die Linsen setzen und ihr linkes schließen mußte, und legte dann die Finger auf die Schärfeneinstellung.

»Was ist das denn?« fragte sie. Er setzte ihr auseinander, daß das Ding, das er sich angeschaut hatte, ein winziger Keim sei, den er zerteilt hatte, als er anfing zu wachsen, damit er den Schößling und die Wurzel untersuchen konnte, die aus ihm gesproßt waren.

Sie fragte ihn, was er aus solchen Untersuchungen gelernt hätte, und er erzählte ihr einiges über die Arbeit, die Kenelm Digby mit Mikroskopen in Gayhurst geleistet hatte. Er setzte ihr auseinander, daß Digby die Theorie der Präformation bestreite, nach der sämtliche Körperteile eines Tieres zwar klein, doch vollendet schon in der Eizelle vorhanden wären, aus der es hervorgehe, und daß sie nur mit der Entwicklung des Embryos bis zum Schlüpfen oder bis zur Geburt wachsen müßten. Er erzählte ihr, daß Digby statt dessen der Theorie der Epigenese den Vorzug gebe, die die Auffassung vertrete, daß die Körperteile sich in einzelnen Phasen herausbildeten und das Ei ein sehr einfaches Ding wäre, das in seiner Entwicklung eine dramatische Umwandlung durchmachte.

Noell erläuterte, wie Digby seine Sache bewiesen hatte, indem er nämlich Schalen frischgelegter Hühnereier zu verschiedenen Zeiten aufgeschlagen hätte, um zu sehen, wie verschieden die Embryos im Innern entwickelt waren. Und dann hatte er mit Hilfe des Mikroskops seine Theorie erfolgreich demonstrieren können.

Er setzte ihr auseinander, daß Digby ein Atomist wäre, der annehme, alle Dinge bestünden aus winzigen Teilchen, und der zuversichtlich glaubte, daß man alle Dinge verstehen könnte, sobald diese Atome beschrieben und ihre Wechselwirkungen und Wandlungen untersucht werden könnten. Doch hier gingen seine Erklärungen zu sehr ins einzelne, und Leilah hatte Schwierigkeiten, ihnen zu folgen. Sie bat ihn statt dessen, ihr zu sagen, was er denn eigentlich tue und warum.

»Ich studiere auch die Entwicklung von Keimen und Embryos«, sagte Noell. »Und ich glaube, daß der Prozeß der Entfaltung, vermöge dessen aus ganz winzigen Dingen fertige lebende Körper werden, ein Prozeß der Vervielfältigung ist, bei dem fleischliche Atome sich immer und immer wieder teilen. Ich bin allerdings der Auffassung, daß sie sich nach einem vorherbestimmten Plan verändern. Ich habe entdeckt, daß das Fleisch sehr einfacher Pflanzenarten aus Klumpen ganz ähnlicher Teile besteht, die, wie ich denke, fleischliche Atome sind. Ich habe dergleichen Atome auch in gewissen Arten von tierischem Fett entdeckt – wie etwa der Haut oder der Leber. Körperflüssigkeiten wie Blut und Samen bestehen aus Korpuskeln in einem flüssigen Serum, und das Wasser der Flüsse ist angefüllt mit ganz winzigen Lebewesen, von denen einige den Samenteilchen sehr ähnlich sind.

Ich interessiere mich für diese Atome, weil ich glaube, daß sie die Erreger von Krankheiten sein könnten: eine Möglichkeit, über die mein Vater einst mit Carmilla Bourdillon gestritten hat. Seit langer Zeit wird uns gelehrt, Krankheit für eine Störung der Körpersäfte zu halten, doch unsere Körper sind weitaus kompliziertere Maschinen, denen diese einfache Vorstellung nicht Rechnung trägt. Ich glaube, daß Krankheit eine Störung der körperlichen Teilchen sein könnte, vielleicht weil irgend etwas sie veranlaßt, sich in einer anderen Art und Weise zu verändern, als ihnen zuträglich oder gut für sie ist. Ich glaube, daß fremde Atome und Korpuskeln häufig in den Körper gelangen, besonders in unser Blut. Es könnte sein, daß ein Aderlaß manche Krankheiten nicht deswegen heilt, weil er das Gleichgewicht der Körpersäfte wiederherstellt, sondern weil er mitsamt dem Blut einige der Teilchen, die in ihn eingedrungen sind, abfließen läßt, doch das funktioniert als Methode nur unvollkommen, weil es den wahren Kern des Problems nicht berüht. Wirksame Medizinen könnten jene sein, deren eigene Atome für die Atome der Krankheitsstoffe giftig sind, jedoch nicht für die Atome unserer Körper.«

Noell wußte, daß Leilah dem Gang seiner Argumentation nicht richtig zu folgen vermochte, die ihr ziemlich dunkel und rätselhaft erscheinen mußte, doch das sagte sie ihm nicht, sondern ging darauf nur ein, indem sie ihn unverwandt anstarrte. Bemüht, Worte zu finden, die für sie vielleicht faßlich waren, fuhr er fort: »Falls ich recht habe, dann erhoffe ich mir auch, bald verstehen zu können, was Vampire sind. Ich kann nicht glauben, was die Gregorianer behaupten, daß sie nämlich Dämonen in Menschengestalt wären. Oder aber wie sie selbst sagen, daß der Unterschied in ihrer seelischen Beschaffenheit und nicht in ihrem Fleisch begründet ist. Es mag sein, so denke ich mir, daß die Teilchen, aus denen die Körper von Vampiren bestehen, einige weitergehende Veränderungen durchgemacht haben, von denen die fleischlichen Atome gewöhnlicher Menschen ausgenommen sind. Es ist klar, daß die Langlebigkeit, deren sich Vampire erfreuen, nicht in dem Bauplan enthalten ist, den Gott in den Samen der Menschheit eingeschrieben hat, sondern durch einen Prozeß hineingelangt, den einzig die Vampire kennen. Ich denke, daß es vielleicht eine Medizin gibt, die diese Veränderung bewirkt und welche die Vampire Afrikas in dem Ogo-Ejodun genannten Ritus genauso benutzen, wie die Vampire von Gaul bei ihrem sogenannten Sabbat davon Gebrauch machen. Ich glaube nicht, daß Gebete oder Beschwörungen, soviel die Vampire sich ihrer auch bedienen mögen, irgendeine echte Wirkung haben. Es handelt sich lediglich um die Umwandlung des Körpermechanismus, herbeigeführt durch irgendein neues Teilchen, was aus Atomen gewöhnlichen Fleisches die Atome von Vampirfleisch macht.

Das ist es, was mein Vater geglaubt haben mag, obwohl er mir vor seinem Tod keine ausreichende Erklärung dafür geben konnte. Vielleicht hat er auch angenommen, daß die Umwandlung von gewöhnlichem Fleisch in Vampirfleisch umkehrbar sein könnte – wieder vielleicht durch irgendeine Art Teilchen, das dem Vampirblut zugesetzt wird. Das, so denke ich, könnte er durch die Art und Weise seines Todes auch versucht haben zu beweisen. Um Vampire zu vernichten, mag es zunächst vielleicht notwendig sein, sie wieder menschlich zu machen.«

»Ist es das, was Ihr wollt?« fragte sie. »Nicht selbst ein Vampir zu werden, sondern die zu vernichten, die welche sind?«

Er schüttelte den Kopf. »Im Augenblick«, entgegnete er, »strebe ich lediglich danach zu verstehen, jenen Vorhang des Geheimnisvollen beiseite zu ziehen, der uns die Mechanismen gewöhnlichen Lebens ebenso verhüllt wie die Geheimnisse des Vampirfleisches. Es liegt ein größeres

Geheimnis im Wachstum von Pflanzen oder im Dasein von Lebewesen, die zu winzig sind, sie mit bloßem Auge zu erkennen, als ich mir je hätte träumen lassen, und ich wäre schon froh, mir darüber etwas Aufklärung zu verschaffen. Zunächst einmal muß ich die Wahrheit finden; dann und nur dann kann ich vielleicht anfangen zu erkennen, wie diese Wahrheit gegen die Übel dieser Welt gekehrt werden kann.«

»Und was sagt Quintus zu Euren Atomen und zu Euren Korpuskeln?« fragte sie ganz unschuldig.

Manchmal mußte sich Noell fragen, ob es ihm wohl vom Schicksal beschieden war, stets im Schatten seines Lehrers zu stehen. Seit Quintus den Ruf erworben hatte, der weiseste Mann Englands zu sein, lautete die Frage stets: »Was sagt Quintus dazu?« Hier nun war es nicht anders. Quintus war der Babalawo vom Meer, auf den die Schwarzen hörten. Noell war einfach nur der Mann, der in einen komischen Apparat starrte.

Bevor er jedoch darauf antworten konnte, kam Ntikima auf sie zugerannt, den Mund so voller Neuigkeiten, daß er sie kaum herausbrachte.

»Noch ein Schiff?« rief Noell aus und sprang auf die Füße.

Doch Ntikima schüttelte nur den Kopf und deutete nicht auf den Kanal, der zum Meer führte, sondern auf den Wald an der Nordküste. Wiederholt sagte er in seiner Aufregung nur ein einziges Wort: »Mkumkwe! Mkumkwe!«

»Was meint er damit?« fragte Leilah.

»Ich weiß nicht«, sagte Noell, der das Wort schon einmal gehört hatte, doch seine Bedeutung war ihm entfallen.

Ntikima sagte noch mehr, doch die Sätze überschlugen sich in einem Wortschall. Er sprach Uruba, doch Noell beherrschte diese Sprache nicht sehr gut, und er wechselte ins Englische über.

»Männer kommen«, sagte Ntikima. »Männer aus Adamawara. Sie kommen mit Elemi, um den Babalawo vom Meer wegzuholen. Die Zeit ist gekommen, nach Adamawara zu gehen. Sie kommen! Sie kommen!«

Noell starrte den Jungen an, unfähig zu glauben, was er da hörte. Nur zwölf Tage waren vergangen, seit Quintus und Langoisse endgültig entschieden hatten, daß dies das Jahr wäre, die lange geplante Expedition durchzuführen. Wie konnten die Elemi davon erfahren haben? Wann waren diese geheimnisvollen Reisenden von ihrem eigenen Land aufgebrochen?

»Woher kann er denn wissen, daß sie kommen?« fragte Leilah.

»Die Leute im Urwald können sich durch Trommeln verständigen«, sagte Noell. »Vielleicht hat er eine Signaltrommel gehört. Oder vielleicht haben Reisende, die flußaufwärts gekommen sind, die Kunde gebracht. Die Stämme am oberen Flußlauf bringen ihre Güter mit dem Kanu hierher, und Neuigkeiten werden schneller den Fluß abwärts als über Land verbreitet, vor allem bei Hochwasser. Die afrikanischen Vampire besuchen nicht oft das Deltagebiet. Falls wirklich Vampire kommen, wird das ganze Land bei ihrer Ankunft in heller Erregung sein.«

»Wird denn niemand versuchen, sie zu töten?« fragte sie ahnungslos.

»Niemand wird ihnen ein Leid tun«, versicherte Noell. »Diese Vampire sind keine Fürsten, die mit tyrannischer Gewalt herrschen, sondern Halbgötter, die den Teppich des Glaubens und der Zauberei wirken. Und man setzt Vertrauen in sie, daß sie sie gut weben.«

Jetzt hatten sich auch die anderen Jungen versammelt, die enttäuscht waren, daß ihnen jemand beim Überbringen der Neuigkeit zuvorgekommen war. Doch nun waren sie begierig darauf, die Schlappe durch eine Fülle weiterer Einzelheiten wettzumachen. Es gab lautes Stimmengewirr, dem nur schwer ein zusammenhängender Satz zu entnehmen war, doch es schien, daß es nicht viel mehr zu erfahren gab. Noell rief sie zur Ordnung und schickte sie dann fort, sobald er sich davon überzeugt hatte, daß sie nichts Wichtiges zu berichten wußten.

»Ist das schlecht?« fragte Leilah unsicher.

»Das weiß ich nicht«, sagte Noell. »Die Elemi sind ein Geheimnis, und wir wissen nicht, ob sie uns vielleicht übelwollen. Falls sie Quintus' wegen gekommen sind, dann könnten sie ebenso leicht vorhaben, ihn zu vernichten, wie ihm bei seiner Reise behilflich zu sein.«

»Aber wie können sie gewußt haben, daß sie jetzt und hierher kommen müssen?«

»Wer weiß das schon? Vielleicht ist es ein zufälliges Zusammentreffen; oder vielleicht haben sie hellseherische Fähigkeiten, die wir nicht begreifen. Aber diese Vampire bestimmen über das Schicksal unserer Station. Falls sie über uns das Todesurteil verhängen, werden die Stammeskrieger nicht zögern, uns abzuschlachten. Wir haben schon einoder zweimal schwarze Vampire zu Gesicht bekommen, doch sie haben sich uns gegenüber völlig gleichgültig verhalten, ganz so, als gehörten wir nicht einmal ihrer Welt an. Ich bin stets der Auffassung gewesen, daß es im Imperium wie hier besser wäre, die Aufmerksamkeit solcher Wesen nicht zu erregen.«

»Die *Stingray* ist hier«, sagte sie. »Und wir haben viele Kanonen, die wir mit den Eurigen vereinen können, sollte die Notwendigkeit sich ergeben.«

Er lachte. »Vielleicht sollten wir alle an Bord gehen und wegsegeln«, sagte er. »Falls die Elemi Böses mit uns vorhaben, wird keine Macht uns retten können, solange wir in ihrem Land sind, und da sollten wir uns besser der Gnade verrotteter Wanten und zerfetzter Segel aussetzen. Doch falls sie wirklich vorhaben sollten, uns zu führen, könnten wir uns nichts Besseres erhoffen, wenn wir Adamawara lebendig und unbeschadet erreichen wollen.«

Noell blickte den Jungen nach, die losgerannt waren, Quintus, der gerade seine Esel fütterte und tränkte, die Neuigkeit zu überbringen. Er sah, wie der Mönch Ntikima bei der Schulter packte, kaum fähig, den aufgeregten Jungen zu bändigen. Dann schaute Quintus über den hellgleißenden Sand zur Veranda, auf der er und Leilah standen. Und obwohl er die blauen Augen des Mönchs im Schatten seines breitkrempigen Huts nicht erkennen konnte, erriet er, daß sie von munterer Neugier und der Wärme verlockender Träume funkelten.

3. Kapitel

Ntikima beobachtete mit lebhaftem Interesse, wie die Gruppe schwarzer Krieger in der Siedlung eintraf. Obwohl sie in Kanus kamen und einheimische Stammesmitglieder ihre Fährleute waren, stammten sie offensichtlich aus fernen Gegenden. Sie waren hochgewachsen, hatten runde, massige Köpfe und mandelförmige, ziemlich weit auseinanderstehende Augen. Ihr kräftiges schwarzes Haar war zu Büscheln geknotet und in Zöpfe geflochten. Ihre Nasen waren platt und ihre Lippen wulstig; Wangen, Stirn und Oberarme trugen punktierte Male, und die Narben waren mit rotem und gelbem Farbstoff verätzt. Das waren die Mkumkwe. Die Mkumkwe-Krieger legten ein hochmütiges Benehmen an den Tag, das Ntikima mit Bergvölkern verband. Viehhirten aus dem Hochland, die den Wert eines Mannes nach seinem Viehbestand maßen, erweckten stets den Eindruck, die Urwaldbewohner zu verachten, deren einzige Nahrungsquellen Federvieh und ein paar Ziegen waren, und die, nach Meinung der Hochländer, ein Leben in bitterster Armut führten. Die Waffen der Mkumkwe waren lange Speere mit breiten Eisenspitzen, und sie trugen Helmbüsche aus weißen Federn und Schmuck von gehämmertem Kupfer. Auf Uruba verkündeten diese Krieger Quintus und Noell Cordery, daß ein großer

Oni-Olorun sie in einem Nachbardorf erwarte, damit sie sich anhörten, was er ihnen zu sagen hatte.

Für Ntikima war offensichtlich, daß Noell Cordery der Ton nicht gefiel, in dem diese Aufforderung vorgebracht wurde. Doch der Babalawo beschwichtigte ihn, daß er daran nicht Anstoß nehmen sollte: Obwohl er weit gereist sei, um mit dem weißen Mann zu sprechen, würde ein Priester Oloruns, zumal ein Elemi und Ältester von Adamawara, aus Gründen der Ehre darauf bestehen müssen, daß der weiße Mann jetzt zu ihm komme.

Der weiße Babalawo schien sorgfältig darauf bedacht, daß sein eigener Status unverkennbar war, bevor sie zu dem verabredeten Treffen aufbrachen. Er richtete etliche Fragen an die Krieger, die ihm darauf erwiderten, indem sie seine eigenen Worte wiederholten. Ntikima wußte wohl, daß Männer wie die Mkumkwe nicht gewillt waren, direkte Fragen zu beantworten, und er kam Quintus zu Hilfe. Er äußerte, daß wohl die Krieger den Oni-Olorun von Adamawara hierher begleitet hatten, weil die Ältesten von vielen Heilerfolgen durch seine Medizin gehört hatten und nun den Wunsch hegten, etwas von der Weisheit der Stämme jenseits des großen Meeres zu lernen. Die Mkumkwe räumten ein, daß das vielleicht so sein mochte.

Quintus bat Mburrai und Ngadze – die eindrucksvollsten Persönlichkeiten unter den schwarzen Arbeitern der Siedlung –, Noell und ihn zur Nordküste zu bringen. Dabei erwähnte er Ntikima nicht, doch er erhob keine Einwände, als auch Ntikima wortlos zu ihnen ins Kanu stieg. Noell war schlicht gekleidet in ein weißes Hemd und graue Hose, doch er trug feingearbeitete Lederstiefel. Der Babalawo war angetan mit seiner weißen Kutte, darunter derben Stiefeln und einem großen, breitkrempigen Hut, der nur halb seine funkelnden Brillengläser verdeckte. Ntikima, der sie als »seine weißen Männer« betrachtete, war stolz über ihren Aufzug; sie schienen ihm darin allemal den Kriegern mit ihrem Federschmuck und ihren Tätowierungen gewachsen, allein durch ihre Größe – sie überragten den stolzesten der Hochlandbewohner spielend um eine volle Handbreit.

Der Marsch durch den Wald war nicht mühevoll, einen breit ausgetretenen Pfad entlang, obwohl Ntikima, falls man ihn gefragt hätte, den weißen Männern geraten hätte, die Strecke auf einem Esel zurückzulegen. Wann immer Ntikima im dunstigen Morgenlicht diesen Weg ging, war es im Urwald still gewesen, und nichts hatte sich bewegt, doch heute waren Ibaumänner und -knaben zuhauf angetreten, um die Mkumkwe zu begaffen und über den Sinn ihres Besuches zu palavern. Ntikima war froh über das Aufsehen, das sie erregten, hochbefriedigt, in dieser exotischen Gesellschaft gesehen zu werden, und schritt dahin mit der selbstbewußten Würde, wie sie einem Urubakrieger inmitten von Angehörigen unterworfener Stämme geziemte.

Als sie im Dorf eintrafen, stand die Sonne bereits hoch. Ntikima erkannte, daß Quintus und Noell auf ein nicht allzu ausgedehntes Treffen hofften. Am frühen Nachmittag wurde die Hitze sehr drückend. Und jetzt, da die Regenzeit beendet war, standen keine Wolken mehr am Himmel, die erbarmungslosen Sonnenstrahlen aufzufangen. Der Rückweg zu Fuß mitten am Nachmittag würde für die weißen Männer höchst beschwerlich werden.

Das Ibau-Dorf war nahe am Seeufer errichtet, das wie jede andere Siedlung am Fluß nach allen Himmelsrichtungen von Palisaden gegen Krokodile geschützt wurde. Die Hütten waren hoch gebaut in der Form von gedrungenen Tonkrügen, die steilen, spitz zulaufenden Dächer dicht gedeckt, um während der Regenzeit die Wasserfluten abzuhalten. Der Eingang jeder Hütte ging nach Südwesten, damit sie gegen den *Harmattan* abgeschirmt war: den heißen, scharfen Wind der Dürreperiode, der sogar noch hier, so weit im Süden, ganz feinen, sich überall ablagernden Staub herantrug.

Der Oni-Olorun wartete auf sie auf dem Vorplatz zur Hütte des Häuptlings, und Ntikima beäugte ihn nicht weniger neugierig als die weißen Männer. Im Vergleich zu seiner aufgeputzten Eskorte schien er ein recht trockener Vogel, weder reich mit Federn geschmückt noch ähnlich bunt verziert mit grell gefärbten Narben. Es schien indessen so, daß er früher einmal ähnlich tätowiert gewesen war, denn auf seiner dichtbehaarten Haut waren noch immer farbige Linien sichtbar – hellere Muster, die sich von seinem tiefen Schwarz abhoben. Der Oni-Olorun war ein kleiner Mann, kaum mehr als einen Meter fünfzig groß. Trotzdem hatte allein schon seine Gegenwart etwas Gebieterisches und forderte Gehorsam, den ihm die Ibaus nur zu gern bewiesen.

Der Oni-Olorun war sehr alt. Nach seinem Äußeren ließ sich schwer bestimmen, wie lange er schon auf Erden gewandelt war, denn dieses Aussehen war abhängig von dem Alter, das er erlangt hatte, bevor er ein Elemi geworden. Es besagte wenig, daß er flauschiges, graues Kraushaar hatte und daß seine Gesichtshaut tief gefurcht und um die Augen sehr zerknittert war oder daß seine Arme sehr dünn waren. Er sah aus, als leide er an Muskelschwund, als wäre einstmals festes Muskelgewebe eingeschrumpft, doch es lag etwas in der Art, wie er dastand, seine Besucher musterte, was Ntikima großes Alter und große Weisheit verriet. Das war ein Mann, der in der Rangordnung der Ogbone höher stand als alle anderen, denen er je begegnet war, beinahe so hoch wie Ekeji Orisha, der Würdigste unter den Ältesten.

Der Oni-Olorun verbeugte sich würdevoll vor dem weißen Mann. Quintus verbeugte sich ebenfalls und auch Noell Cordery, während Ntikima, Ngadze und Mburrai zurücktraten. Dann setzte sich der Oni-Olorun und bedeutete Quintus mit einer Bewegung seiner klauenartigen Hand, dasselbe zu tun. Der Oni-Olorun schien Noell Cordery kaum zu beachten, doch auch er setzte sich, die Beine wie sie gekreuzt, ein kleines Stück hinter den Mönch, doch dicht an seiner Seite.

Der Oni-Olorun sprach wie vorhin die Krieger in Uruba, nachdem ihm offenbar berichtet worden war, daß dies eine Sprache war, die der weiße Babalawo verstehen konnte. Eingangs gab er seiner Hoffnung Ausdruck, daß der weiße Stamm, der gekommen war, am großen Fluß zu leben, innerhalb der großen Bruderschaft der Stämme wachsen und gedeihen möge. Zweifellos war ihm bewußt, daß die Siedlung in früheren Tagen häufigen Angriffen ausgesetzt gewesen war, doch die Stämme der großen Brüderschaft gingen einander ohnehin ständig an die Kehle; das lag hier in der Ordnung der Dinge. Ntikima war nicht überrascht, als Quintus dem Elemi versicherte, daß der weiße Stamm dank der Freundschaft der Nachbarstämme blühe und gedeihe.

»Es ist beschlossen worden«, bemerkte der Oni-Olorun, »daß Ihr bald nach Norden reisen werdet, über den großen Wald hinaus.«

Bei diesen Worten konnte Noell Cordery seine Überraschung nicht ganz verbergen, obwohl Ntikima ihm erzählt hatte, daß der Oni-Olorun von ihren Plänen Kenntnis hatte. Obgleich der weiße Mann nicht wußte, von wie weit her die Elemi gekommen waren, hatte er doch keinen Zweifel, daß die Reise viele Monate beansprucht haben mußte. Er mußte sich fragen, ob die Elemi von Adamawara die Gabe des Vorhersehens besaßen, die ihnen die Pläne des weißen Babalawo verriet, noch bevor er sie selbst ausgeformt hatte. Ntikima indes hatte keinen Grund zur Überraschung; er war schließlich die Hauptquelle des Wissens der Ogbone über die Wünsche und Vorhaben der weißen Männer.

»So ist es«, entgegnete Quintus gemessen. »Wir haben viel über die Stämme im Landesinneren und in Adamawara gehört. Es gibt vieles, das wir über die Länder am großen Fluß Kwarra, am Benouai und am Logone in Erfahrung bringen möchten.«

Der Oni-Olorun ließ sich keine Überraschung anmerken, als Quintus die drei Flüsse aufzählte, die den Weg nach Adamawara markierten, sondern erklärte nur schlicht, daß man den weißen Babalawo sogar in Adamawara als weisen Mann und Heilkundigen kenne und daß der Ekeji Orisha jemanden wie ihn in seinem Land höchst willkommen heißen werde.

Quintus schien zu verstehen, was der Name Ekeji Orisha bedeutete, obwohl Ntikima von dieser Person nie gesprochen hatte; sicher verstand er die Urubaworte mit der Bedeutung »den Göttern am nächsten stehend« und hatte daraus abgeleitet, daß es sich um eine Rangbezeichnung handelte.

Der Oni-Olorun setzte Quintus sodann auseinander, daß die Reise nach Adamawara sehr beschwerlich sein würde und daß sogar die tapferen Mkumkwe höchst ungern durch bestimmte Gebiete zögen, die von wilden Stämmen bewohnt und von dort hausenden Dämonen und den seltsamsten Kreaturen geplagt wären. Quintus erwiderte, daß Erzählungen über dergleichen Wunder nur um so mehr Grund für einen neugierigen Mann wären, sich dorthin aufzumachen, und daß er selbst tapfere Begleiter hätte, die den Mut hätten, auf der Suche nach Weisheit überall hinzugehen.

Der Oni-Olorun sagte einige Artigkeiten über die Tapferkeit seiner Reisegefährten, doch versicherte er ihm zugleich, daß jemand wie er nicht unbeschadet den Wald ohne Leben durchqueren und den Silbertod überleben könne, außer mit der Unterstützung eines Elemi, der über starke Medizin und Amulette verfügte, die ihn vor Hexen und ihrem übernatürlichen Schadenzauber schützen konnten.

Ntikima sah, daß der weiße Babalawo zögerte, sich wohl bewußt, daß er sich auf gefährliches Gebiet wagte und niemanden verärgern durfte. Schließlich erwiderte der weiße Mann: »Wir würden uns überaus glücklich schätzen, könnten wir einen solchen Führer und Beschützer finden.«

Der Oni-Olorun erklärte mit einiger Herablassung, daß der Ekeji Orisha seinen Schutz mit Freuden auf einen so weisen und guten Mann wie den Babalawo vom Meer ausdehnen wollte und daß er Elemi Ghendwa, einen weisen Oni-Osanhin und Träger des weißen Gewands, beauftragt hätte, den weißen Mann nach Adamawara zu bringen.

Ntikima wußte, daß die weißen Männer das Ritual des Darbringens und Annehmens von Geschenken nicht ganz begreifen konnten, da es weitaus komplizierter war als ein ehrlicher Tauschhandel. Das Geschenkemachen war ein Handel mit Verpflichtungen, der Beziehungen zwischen unterschiedlichen Stämmen zu regeln oder heillos zu zerrütten vermochte. Falls ein Mann in diesem Teil der Welt alt werden wollte, mußt er Vorsicht walten lassen bei Annahme von Geschenken und doppelte Vorsicht, wenn er selbst welche machte. Im einen wie im anderen Fall konnte er eine Kettenreaktion unausgesprochener Versprechungen auslösen, die, falls sie nicht eingehalten wurden – unabsichtlich oder nicht –, zu Gewalttätigkeiten führen konnten. Er hielt den Atem an in der Hoffnung, daß der weiße Babalawo dieses Angebot mit gebührender Dankbarkeit annehmen würde. Er seufzte vor Erleichterung auf, als er hörte, wie Quintus tiefe Dankbarkeit zum Ausdruck brachte und versicherte, daß er jetzt tief in des anderen Schuld stehe. Wieder schaute Ntikima zu Noell Cordery und bemerkte dessen schlecht verhehlte Gereiztheit. Die weißen Männer ließen sich nicht gern an ihre Abhängigkeit vom guten Willen der schwarzen Stämme erinnern, in deren Land sie gekommen waren.

Der Oni-Olorun klatschte in seine mageren alten Hände, und aus dem dunklen Inneren der Häuptlingshütte trat ein zweiter Elemi und mit ihm ein »unvollendeter« Mann, ein Ibau-Zauberer. Dieser Elemi schien nicht ganz so uralt wie der Oni-Olorun, obwohl er ähnlich faltig und mager war. Er trug ein weißes Gewand und Lederbeutel, in denen sich Medizin befand.

»Ich bin Ghendwa«, sagte der Elemi.

»Ich bin Msuri«, stellte sich der Ibau mit den Medizinbeuteln vor, die ihn als Lehrling in der Zauberheilkunde auswiesen. Ntikima vermutete, daß auch Msuri mit nach Adamawara genommen wurde, wo man ihn beurteilen und, falls würdig befunden, auf das ewige Leben vorbereiten würde.

»Das werden Eure Führer sein«, sagte der Oni-Olorun zu Quintus. »Sie bringen Euch sicher nach Adamawara. Die Mkumkwe müssen mich in die Stadt Benin begleiten, doch ich denke, Ihr habt Eure eigenen Krieger, die Euch vor den Wilden beschützen werden.« Er stand auf, nachdem er gesprochen hatte, und gab damit zu verstehen, daß das Gespräch beendet war.

Auch Quintus stand auf und verneigte sich. Noell Cordery rappelte sich auf und tat es ihm gleich. Der Oni-Olorun verschwand in der Hütte des Häuptlings und ließ Ghendwa und Msuri zurück.

»Ich werde zu Euch kommen«, sagte Ghendwa, »nachdem der letzte Regen vorüber ist. Ihr müßt Euch auf eine lange Reise vorbereiten, da wir vor der nächsten Trockenzeit nicht zurückkehren können.« Nachdem er seinen Satz geendet hatte, verneigte sich der Elemi und kehrte mit Msuri in dessen Hütte zurück.

So verabschiedet, wandten sich auch Quintus und Noell ab zu der Stelle, wo Ntikima, Ngadze und Mburrai auf sie warteten. Die Mkumkwe hatten sich zurückgezogen und in der Nähe der Palisaden in einem engen Kreis hingesetzt, wo sie noch immer von einer Schar Dorfjungen angestarrt wurden.

Als sie das Dorf verließen, fragte Noell zu Quintus gewandt: »Wie deutet Ihr Euch das alles?«

»Das mag ein Gottesgeschenk sein«, beschied Quintus ihn ohne ein Lächeln, »oder ein höchst raffinierter Trick Satans. Die Zeit wird es uns lehren.«

Ntikima war entzückt von der unbestreitbaren Weisheit seines weißen Babalawo, der wußte, daß der Oni-Olorun in der Tat ein Abgesandter des Gottes war, dem er diente, doch zugleich schien er zu begreifen, daß sie im Verlauf ihrer Reise eine Begegnung mit Shigidi haben würden, der Macht über die Menschen hatte, wenn sie schliefen – denn gewiß konnte es nur Shigidi sein, den die weißen Männer »Satan« nannten.

Wahrlich, die Zeit würde es lehren, dachte Ntikima, wie diese Fremden von jenseits des Meeres von den Ältesten Adamawaras und von Egungun, der Stimme ihrer Ahnen, beurteilt würden.

4. Kapitel

Der Elemi Ghendwa kam zwei Tage später nach Burutu. Noell beobachtete, wie er von den eingeborenen Stammesangehörigen mit großem Zeremoniell empfangen wurde. Er hatte den weißen Männern wenig zu sagen, und diese – denen nicht ganz behaglich zumute war – machten auch nicht den Versuch, ihn zu drängen. Sie waren es zufrieden, ihm aufmerksam dabei zuzuschauen, wie er durch die Siedlung ging und die Gebäude inspizierte. Wann immer in den Häusern oder um Langoisses Schiff geschäftiges Treiben herrschte, war auch Ghendwa zur Stelle, gewöhnlich mit Msuri und Ntikima, und beobachtete alles aus einer gewissen Entfernung. Doch wohin der Elemi auch ging, überall beobachteten ihn viele neugierige Augenpaare.

»Er ist nicht nur gekommen, uns zu geleiten, sondern auch herauszufinden, wie wir sind«, erklärte Quintus Noell und Langoisse beim Abendessen. »Er hat Anweisung, uns zu beobachten, damit die Oberherren der Ogbone entscheiden können, was mit uns geschehen soll.«

»Und während er uns ausspioniert«, sagte Langoisse bissig, »gehen wir getrost mit ihm in seine Heimat, begeben uns in die Hände dieser Vampirherren und erwarten demütig ihren Urteilsspruch. Aber immerhin haben wir noch unsere Waffen.«

»Dieses Ausspionieren ist zweischneidig«, gab Noell zu bedenken. »Wir wollen sein Land besuchen, und er will uns dorthin führen. Es ist klar, daß wir mehr von seiner schützenden Anwesenheit profitieren als er von der unseren. Und wir können ebenso von ihm lernen, während er uns beobachtet.«

»Ich glaube, wir haben ein Recht, etwas zurückhaltend zu sein«, sagte Quintus in gedrücktem Tonfall. »Als ich vorschlug, demnächst in dieses sagenhafte Land aufzubrechen, konnte ich nicht ahnen, daß es uns umgehend Boten schickt, die uns versichern, wie willkommen wir ihnen sein werden. Das klingt ein bißchen wie die Geschichte von der Spinne und der Fliege.«

»Diese Ogbone wissen zu viel über unsere Angelegenheiten«, sagte Langoisse, mißmutig in seinen leeren Becher starrend.

»Wir können nicht erahnen, wieviel sie wissen«, entgegnete Quintus. »Es ist nur natürlich, daß sie neugierig sind und einen Spion ausgesandt haben, diesen Handelsposten auszuspähen, doch ich glaube auch nicht, daß der alte Vampir sich nur auf die Reise gemacht hat, um uns in Augenschein zu nehmen. Ich vermute, daß er von unseren Reiseplänen erst erfahren hat, als er hier ankam und er dieses Wissen in seine eigenen Pläne eingebaut hat. Würden die Ogbone uns übelwollen, könnten sie uns leicht vernichten, ohne uns erst in ihr Land zu holen. Würden die Elemi den Befehl dazu geben, würde sich ganz Benin gegen uns erheben. Wenn der Oni-Osanhin sagt, daß er uns nach Adamawara bringen wird, dann glaube ich, daß er uns auch dort hinführt.«

»Aber sie haben nicht gesagt, daß sie uns auch wieder rauslassen wollen«, bemerkte der Pirat. »Ich halte mich lieber an Pulver und Gewehre für unseren besten Schutz.«

»Waffen bieten uns nur einen Teil des Schutzes, den wir benötigen,« sagte Noell. »Ich weiß nicht, welche Kraft in den Heilmitteln steckt, die diese Menschen haben, doch wir werden alle Hilfe brauchen, die wir finden können, wenn wir die uns bevorstehenden Fieber überleben wollen. Welche Gefahren uns außer dem Silbertod erwarten in jenem leblosen

Wald, den Ntikima erwähnt hat, wissen wir nicht. Ghendwa ist derjenige, der darüber Bescheid weiß, und wir werden seine Kenntnisse ebensosehr brauchen, wie wir Eure Waffen nötig haben.«

»Es ist blanke Torheit, einem Vampir zu vertrauen«, sagte Langoisse unbehaglich.

»Wir sind in einem Land, in dem man Vampiren mehr traut als gewöhnlichen Menschen«, erinnerte ihn Quintus. »Und in dem ihnen nicht der Ruf vorauseilt, grausam zu sein. Es wäre Dummheit, uns dem Elemi hier entgegenzustellen, wie wir uns einst gegen die Herren von Gaul aufgelehnt haben. Das hier ist eine andere Welt, in der wir vom Elend der Schwarzen leben, die sich leicht auch gegen uns wenden können.«

Es entstand ein kurzes Schweigen, bis Noell wieder zu sprechen ansetzte. »Wie anders wären doch die Dinge in Europa«, sagte er. »Wenn die Vampire dort sich in derselben Weise der Angelegenheiten dieser Welt annehmen würden wie die Vampire hier. Und trotzdem ist dieses Adamawara, wie man uns gesagt hat, das Land, aus dem die Vampire unserer Reiche gekommen sind. Wie kann es angehen, so frage ich mich, daß die Vampire Afrikas so ganz anders sind als ihre Bankertsippe?«

»Vielleicht weil sie hier von den Menschen anders aufgenommen worden sind«, gab Quintus zu bedenken. »Die Schwarzen haben die Vampire willkommen geheißen und verehrt, doch die Araber haben sie, wo immer sie konnten, mit allen Kräften vertrieben und vernichtet. Vielleicht hatten die Vampire gar keine Wahl – um die große Wüste zu durchqueren, mußten sie vielleicht zu ganz anderen Mitteln Zuflucht nehmen und Gewaltherrschaft ausüben.«

»Es ist wohl wahrscheinlicher, daß es sich um andere Vampire handelt«, sagte Langoisse. »Ich habe in Europa oder im Osten nie von einem schwarzen Vampir gehört, und in der Antike hat es keine großen Schiffe gegeben, auf denen Männer unseres Schlages an dieser häßlichen Küste hätten stranden können.«

»Da bin ich mir nicht so sicher«, wandte Quintus ein. »Es steht geschrieben, daß Christen und andere weiße Männer auf mehr als einem Weg in der Antike in die Länder der schwarzen Vampire gekommen sind. Ich habe von einem griechischen Kapitän gelesen, der um die Südspitze Afrikas gesegelt ist. Und auch die Phönizier sind tüchtige Seeleute gewesen. Christliche Missionare aus Syrien sind im dritten und vierten Jahrhundert in die Länder Äthiopiens gereist – Ezana, der König von Axum, ist von Frumentius bekehrt und von Sankt Athanasius zum

Ethnarchen von Äthiopien gemacht worden. Andere Missionare sind zweifellos noch weiter nach Süden und Westen gelangt, und es ist vorstellbar, daß die Vampire Afrikas, da sie heilige und gelehrte Männer gewesen sind, sie wie Gleichgestellte behandelt haben.

Einige Historiker vertreten die Auffassung, daß manche dieser Beinahe-Heiligen umgewandelt wurden und als Missionare ganz besonderer Art nach Kleinasien zurückgekehrt sind, wo sie dann die schwarzen Hunnen mit ihren Eroberungsträumen angesteckt haben. Einige behaupten, daß diese Syrer noch immer und unsichtbar wie eh und je hinter den Thronen von Attilas vielen Reichen leben und ihr Unwesen treiben; wieder andere behaupten, daß Attila, einmal zum Vampir gemacht, machtgeil genug gewesen ist, jene zu vernichten, die ihn mit jener Gabe ausgestattet hatten, und er ihren Anteil an seinen Abenteuern schlicht unterschlagen hat.«

»Ist etwa das die Lehre des Wahren Glaubens?« fragte der Pirat.

»Nein«, erwiderte der Mönch gelassen. »Das ist die Schlußfolgerung des wahren Historikers.«

Noell hatte zugehört, wie Langoisse und Quintus über Fragen der Geschichte und der Theologie stritten. Der große Sünder Langoisse war stets begierig darauf, in den Gedanken des heiligengleichen Quintus auf Ketzereien zu stoßen.

»Falls das, was Ihr behauptet, wahr ist«, sagte Noell zu Quintus, »welche Einstellung könnten dann wohl die Vampire von Adamawara gegenüber ihrer verirrten Nachkommenschaft haben? Vielleicht wollen sie Auskünfte über sie, die wir ihnen in ihre Heimat bringen sollen. Ich denke, wir müssen sehr vorsichtig sein, was unsere wahre Einstellung gegenüber den Vampiren von Gaul und Walchia betrifft.«

»Dafür ist es vielleicht schon zu spät«, sagte Quintus nachdenklich. »Denn mir ist aufgefallen, daß der Elemi viel Zeit mit Ntikima verbringt, der stets so eifrig gewesen ist, so viel wie möglich über unsere Denkweise und unsere Lebensart zu erfahren. Es ist zu spät dafür, Geheimnisse dieser Art zu bewahren. Doch andererseits wissen wir auch nicht, ob die Elemi von Adamawara mit ihren Nachfahren, den Hunnen, zufriedener sein können als die gewöhnlichen Menschen, die von jenen erobert worden sind.«

»Wir wissen viel zuwenig«, klagte Langoisse. »Trotz so vieler Jahre gelehrter Studien!«

Noell war über diesen Einwurf verärgert, doch Quintus zuckte nur die Achseln. »Gerade weil wir so wenig wissen«, gab er zu bedenken, »muß es uns doch begeistern, in diese fernen, fremden Länder zu reisen. Wir streben nicht nach Gold, sondern nach Wissen, was in meinen Augen das größere Risiko wert ist. Ihr habt die *Stingray,* und Ihr könnt in See stechen, falls Ihr Eure Meinung noch ändern wollt; doch falls Ihr bleibt, müßt Ihr Ghendwa als unseren Führer akzeptieren und Euch seinem Rat unterwefen.«

»Ich bin für dieses Abenteuer gerüstet«, beharrte Langoisse. »Die Anwesenheit dieses Vampirs und seiner Helfershelfer wird mich nur vorsichtiger machen, um uns vor Verrat und Leid zu schützen. Wenn wahr ist, was Ihr sagt, gibt es in Adamawara keine Feuerwaffen, und ich werde Euch dort verteidigen und auch wieder hinausschaffen, falls es notwendig werden sollte.«

»Wir werden eine Reise über viele Monate antreten müssen«, sagte der Mönch. »Und in dieser Zeit mag viel geschehen, das uns auf eine harte Probe stellt. Gewiß werden wir Eure Waffen brauchen, doch sollten wir in ihre Macht nicht allzuviel Vertrauen setzen.«

»Mein Vertrauen reicht für uns alle«, versetzte ihm Langoisse großspurig.

Hier mischte sich Noell ein. »Ich habe diesen schwarzen Vampir eingehend beobachtet«, sagte er. »Ich weiß, daß er alles andere als ein Narr ist. Er ist sehr neugierig, was uns betrifft, und er hat den Ibaus und den Edaus hier auf der Station viele Fragen gestellt. Er hat mich aufgesucht, als ich beim Mikroskopieren war, und mir so eindringlich dabei zugesehen, daß ich ihn nur auffordern konnte, auch einen Blick durch das Instrument zu werfen. Er hat nichts gesagt, und ich weiß nicht, was er sich gedacht hat, aber er bringt alles mögliche über uns in Erfahrung. Wir müssen versuchen, es ihm gleichzutun. Wenn wir seinen Fragen mit unseren Fragen begegnen, wie es die Stammesangehörigen tun, gewinnen wir vielleicht Erkenntnisse vermittels einer Art Tauschhandel, in dem wir ja innerhalb der vergangenen zehn Jahre Experten geworden sind. Wie wir Nadeln und Messer gegen Elfenbein und Gold getauscht haben, könnten wir das Wissen von Gaul gegen das Wissen von Afrika eintauschen. Ganz gleich, welches Vertrauen wir in unsere Feuerwaffen setzen, möchte ich doch darauf drängen, daß wir uns selbst in jeder anderen Hinsicht wappnen, so gut wir können.«

Sie hatten ihr Mahl inzwischen beendet, und Quintus hatte seinen Stuhl vom Tisch zurückgeschoben. Nüchtern, mit einem ernsten Kopfnicken, tat er seine Übereinstimmung mit Noells Worten kund. Langoisse schob seinen eigenen Stuhl zurück und zuckte die Achseln.

Nachdem die anderen gegangen waren, stand Noell nicht gleich auf, sondern wartete auf Ntikima, der den Tisch abräumen kam. Er beobachtete den Jungen bei seinen Verrichtungen, wandte gelegentlich den Blick ab, um durch das Fenster hinaus in die dunkle Nacht zu schauen.

»Hast du Angst, Ntikima, mit uns nach Adamawara zu gehen?« fragte er ihn schließlich.

»O nein«, erwiderte der Junge. »Als ich vor vielen Jahren Aroni im Wald begegnet bin, hat er mir gesagt, daß ich diese Reise eines Tages machen müßte. Ich habe keine Angst, nicht einmal vor dem Silbertod.«

»Und wirst du mit uns umkehren, wenn wir wieder heimgehen müssen? Oder wirst du bei den Mkumkwe bleiben und hoffen, für dich selbst den Odem des Lebens zu erwerben?« Noell beobachtete ihn aufmerksam, als der Junge seine Augen zu ihm wandte, jene großen dunklen Augen, die offenbar nichts wußten von Arglist oder Täuschung.

»Ich weiß nicht«, sagte Ntikima. »Ich werde tun, was mir aufgetragen wird.«

Erst als der Junge verschwunden war, ging Noell auf, daß Ntikima keinen Hinweis auf diejenigen gegeben hatte, deren Befehlen er Folge leistete.

Noell ging früh zu Bett, damit er schon vor dem Morgengrauen aufstehen konnte. Er wußte, daß sie auf Reisen gleich beim ersten Sonnenstrahl losziehen und am frühen Nachmittag rasten mußten, um ihre Kräfte zu schonen. Der Sonne konnte man nicht trotzen, und sobald sie ihre wütendste Glut auf ihr verdörrtes Reich abstrahlte, war es das beste, in Deckung zu gehen und abzuwarten. Er schlief leicht und unruhig, wie es ihm stets widerfuhr, wenn neue Dinge bevorstanden, und in seinen Träumen sah er Dämonen – nicht die satanischen Dämonen seines eigenen Glaubens, sondern die fremdartigen Geister Afrikas, über deren Namen und Eigenschaften er in jüngster Zeit erfahren hatte. Diese Phantome der Nacht raunten ihm höhnisch zu, daß ihre Macht, ihn zu verletzen, nur größer würde, je tiefer er sich in ihr Reich führen ließ.

Trotzdem war er bereits in den frühen Morgenstunden des nächsten Tages geschäftig bei der Arbeit, leitete alles in die Wege, damit die Esel und ihre Traglasten mit der Fähre über den Fluß zum nördlichen Ufer gebracht werden konnten, von wo die Reise beginnen sollte. Wenn sie denn aufbrachen, mußten sie es mit ganzer Kraft tun, entschied er. Und er, als der stärkste von allen, mußte bereit sein, die Rolle des Anführers zu übernehmen.

Die Expedition führte zweiundzwanzig Esel mit, drei davon als Reittiere für Mitglieder der Reisegruppe, die vielleicht krank wurden, den Rest als Packtiere. Die Expedition hatte insgesamt sechzehn Teilnehmer, davon waren sieben Weiße. Langoisse hatte bestimmt, daß Leilah und Selim mit ihm kommen müßten sowie zwei seiner Seeleute, die im Umgang mit Musketen am erfahrensten waren. Es waren Engländer namens Eyre und Cory, der eine klein und drahtig und der andere ein großer Mann, ein ehemaliger Marinesoldat. Noell hatte bezweifelt, ob es gut war, die Frau mitzunehmen, doch Langoisse wollte nicht ohne sie gehen und schwor, daß sie bei aller Mühsal so geschickt und tüchtig sein würde wie jeder Mann. Und zweifellos wollte sie viel lieber mit ihnen kommen als mit den Seeleuten der *Stingray* zurückzubleiben, so daß Noell seinen Widerstand bald aufgegeben hatte.

Die sieben Schwarzen aus der Siedlung, die mit ihnen kommen sollten, wurden angeführt von Ngadze, der länger als jeder andere auf dem Handelsposten gelebt hatte und zusätzlich zu einem halben Dutzend einheimischer Dialekte auch Englisch sprach; in dieser Gruppe waren auch Mburrai und Ntikima. Ngadzes Autorität indes war nur nominell, denn Ghendwa gewann sogleich beherrschenden Einfluß über die Schwarzen von der Station, der größer noch war als der der Weißen. Sie waren auch bereit, sich Msuri unterzuordnen, so daß Ngadze stillschweigend auf den dritten Platz in der Hierarchie abrutschte. Für Noell war klar, daß bei jedem Konflikt, der entstehen mochte, einzig Ngadze wahrscheinlich schwanken würde, und daß sogar er es vorziehen würde, dem Elemi zu gehorchen.

Die Eselskarawane brach drei Stunden nach Sonnenaufgang auf mit Quintus und dem Elemi an der Spitze. Noell folgte und führte den ersten Esel am Zügel, der seine und des Mönchs persönliche Habe inklusive des Kastens mit den Mikroskopen trug. Langoisse und seine Männer hatten die Tiere übernommen, die Schußwaffen und Pulver schleppten, während die Schwarzen mit Eseln im Zweier- und Dreiergespann die Nachhut bildeten. Diese Tiere waren mit Handelswaren beladen, die gegebenenfalls zum Einkauf von Nahrungsmitteln in den Eingeborenendörfern verwandt werden könnten.

So begann die Reise ins Landesinnere, und als Noell zur Station zurückblickte, die über viele Jahre sein Heim gewesen war, stellte er fest, daß er alles andere als traurig darüber war, sie zu verlassen, obwohl eine ungewisse Zukunft vor ihnen lag. Jetzt, da er auf dem Meer des Schicksals dahintrieb, fühlte er sich ruhig und gefaßt, bereit, es mit allem aufzunehmen, was dieser fremde Kontinent in seinem finsteren Herzen ihm bescheren mochte. Er fühlte vielmehr, daß dies das große Abenteuer seines Lebens war, an dem er später gemessen werden würde, sowohl in seinen eigenen Augen wie in denen anderer Menschen.

5. Kapitel

In den ersten Tagen der Reise schien Ntikima das Vorankommen der Expedition quälend langsam. Die Beschwerlichkeiten, die damit verbunden waren, schwer beladene Esel durch den Urwald zu führen, waren groß, und die häufigen Verzögerungen erzeugten manchen Verdruß. Noell Cordery und der weiße Babalawo hatten gewußt, worauf sie sich einließen, und waren geduldig. Doch Langoisse und seine Seeleute taten sich bei ihren Flüchen und Klagen keinen Zwang an, und der Junge lernte bald, sich von ihnen möglichst fernzuhalten.

Sie entfernten sich vom Ufer des Wasserlaufs, an dem Burutu lag, strebten dem Hauptlauf des Kwarra im Nordosten zu, wobei sie jedoch viele kleine Flüßchen und Seitenarme überqueren mußten. Diese Bäche waren weder tief noch reißend, doch trotzdem waren solche Überquerungen nicht ganz gefahrlos, da im flachen Wasser oft Krokodile lauerten, die mit Speeren oder Gewehrschüssen vertrieben werden mußten. Zwischen diesen Flüßchen lag Marschland, schwirrend von Schwärmen stechender Insekten. Überall gab es schwarze Blutegel, und obwohl die Weißen mit ihrem Schuhwerk ziemlich sicher vor ihnen waren, mieden die Seeleute sie ängstlich. Ntikima wußte, wie man sich dieser lästigen Kreaturen schnell und leicht entledigte, aber trotzdem ärgerten ihn die juckenden Stellen, die sie an den Beinen hinterließen.

Sobald sie aus dem Delta heraus waren, wurde die Strecke eine Zeitlang wegsamer, doch bald schon mündete ihr Pfad in ein wegloses Gebiet voll sprödem, scharfkantigem Gras, das zwischen den Palmen dicke Matten bildete. Das Gehen war hier oft beschwerlich, und häufig mußten sie notgedrungen Umwege machen. Es gab viele Sümpfe und noch feuchte Schlammlachen, die ihnen noch größere Schwierigkeiten machten. Die großen Sümpfe waren unwirtlich und widerlich, und die Reisegesellschaft konnte dort nicht lagern. Mehr als einmal hatten sie weitaus länger marschieren müssen, als ihnen lieb gewesen war, und die Sonne hatte erbarmungslos auf sie eingehämmert.

Abgesehen von den Krokodilen ging von den größeren Tieren des Urwalds kaum eine Bedrohung aus, obwohl die Weißen stets einen großen Bogen machten, wenn sie sahen, daß im Geäst von Bäumen große Pythons hingen. Die Schimpansen und kleineren Affen, die schnatternd in den Baumkronen hingen, beachteten sie bald kaum mehr. Die kleinen Lebewesen dagegen machten ihnen mehr zu schaffen. Von klein auf gewöhnt an ihre lästigen Aufmerksamkeiten, hatte Ntikima sich nie vor ihnen vorgesehen, doch Quintus überzeugte ihn eindringlich davon, daß sie auf ihre Weise gefährlicher wären als Krokodile. Der Babalawo hatte den anderen weißen Weggefährten feinmaschige Schleier zum Tragen gegeben, um stechende Insekten von ihren Gesichtern abzuhalten, und durchgesetzt, daß sie unter dichten Netzen schliefen. Ghendwa hatte ihnen gesagt, daß sie nichts zu befürchten hätten und daß die Medizin, die er und Msuri bei sich trugen, sie alle schützen würde, doch die Weißen zogen es vor, ihre eigenen Vorsichtsmaßnahmen zu treffen. Und Ntikima hatte hinreichend Respekt vor den Heilkräften des weißen Babalawo, um ein Ohr für jeden seiner Ratschläge zu haben. Quintus hatte ihm eingeschärft, kein Wasser zu trinken, das nicht abgekocht war, da erst das Kochen krankmachende Geister aus dem Wasser vertrieb, und daran hielt er sich nun. Mit freudigem Interesse sah er der Zeit entgegen, wenn Quintus seine Fähigkeiten mit denen Msuris messen würde und ihre unterschiedlichen Methoden einer Bewährungsprobe unterzogen würden.

Langoisse hatte anfangs gegen die Schleier protestiert, doch sich dann schließlich überzeugen lassen. Sogar Selim empfand Widerwillen gegen winzige Insekten und schien ihre Stiche weitaus mehr zu fürchten, als er jeden Gegner haßte oder fürchtete, gegen den er sein Schwert ziehen konnte. Aus diesem Grund war er ganz bereitwillig gewesen, verschleiert zu gehen – was für seine Mitreisenden zudem den Vorteil hatte, daß es seine entstellten Züge verbarg.

Ob es an den getroffenen Vorsichtsmaßnahmen lag oder nicht, wußte Ntikima nicht zu sagen, doch die Weißen blieben auf ihrem Marsch durch den Urwald vor schweren Fieberanfällen verschont. Sie hatten Probleme mit Leibschmerzen und Durchfall, obwohl sie die bösen Geister aus ihrem Trinkwasser vertrieben hatten und darauf achteten, daß sie ihr Essen gründlich kochten. Mehrere Esel erkrankten, doch trugen sie weiter geduldig ihre Lasten, und nur einer starb. Der einzige andere Verlust, den die Expedition in diesem Stadium erlitt, war der zweier Ibau, die eines Nachts verschwanden, vermutlich weil sie die Reize ihrer eigenen Dörfer verführerischer fanden als die Aussicht auf eine Reise in unbekannte Länder.

Jetzt, da die Trockenzeit eingesetzt hatte, ging das Wasser des großen Flusses allmählich zurück, und die Sand- und Schlammwege, die sich beiderseits des Kwarra auftaten, waren ihrem Fortkommen zunehmend günstiger. Auf beiden Uferseiten gab es viele Dörfer, die dort, wo das Wasser gewichen war, fruchtbare Felder bestellten, und zu essen war reichlich vorhanden, da der Fluß viele Fischer ernährte. Den meisten dieser Dörfer gefiel es, den Oni-Osanhin willkommen zu heißen, und obwohl er manchmal ausharren mußte, um bei geheimen Zeremonien zu helfen, war es ein Segen für die Expedition, daß die einheimischen Priester und Zauberer so eifrig bemüht waren, ihn sich zum Freund zu machen. Die meisten behandelten Msuri ähnlich großzügig und überschwenglich, da er vielleicht eines Tages als Ibau-Elemi in dieses Land zurückkehren würde.

Die Ufer waren nicht mehr so dicht bewaldet, als sie sich weiter vom Delta entfernten, sogar dort nicht, wo die Böschungen hoch und eben waren. Eine kühlende Brise wehte über den Fluß, erleichterte ihnen das Marschieren und blies einige der stechenden Insekten hinweg, die in den Sümpfen dichte Schwärme gebildet hatten. Ständige Gesellschafter der Expedition in diesem Gebiet waren die Vögel des Flusses – die Kraniche und Reiher, die Fische fingen, und die Geier, die auf den Kadavern herumhackten, die von Krokodilen zurückgelassen worden waren. Zwischen Tagesanbruch und Nachmittag legte die Eselskarawane eine gute Wegstrecke zurück; die heißen Nachmittage konnten sie gewöhnlich in behaglicher Trägheit verbringen, bei freundlichen Nachbarn und mit reichlichem Essen.

Des Nachts, wenn es kalt wurde, schlugen die weißen Männer ihre Zelte in offenem Gelände auf; dies zogen sie auch dann vor, wenn Eingeborenendörfer in der Nähe waren, wo man ihnen vielleicht erlaubt hätte, verlassene Hütten zu benutzen. In solchen Nächten ging dann Ntikima oft mit Ghendwa und Msuri zu Versammlungen mit den Ogbone, die immer genau zu wissen schienen, wann die Reisenden sich ihren Dörfern näherten. Manchmal besuchten auch die anderen Schwarzen die Dörfer – außer Ngadze, der stets bei den Weißen blieb –, doch nur Ntikima durfte sie zu ihren geheimen Konferenzen begleiten. Indessen war er von dem, was sich dort abspielte, enttäuscht, weil so wenig Zauberei betrieben wurde.

Die Weißen blieben mißtrauisch gegenüber der Gastfreundschaft der Dörfer, außer bei der Annahme von Lebensmittelvorräten, und sie unterließen es nie, Wachen aufzustellen. Ntikima erkannte die Weisheit dieser Maßnahme; was ihre Esel trugen, wäre von jedem Häuptling als Schatz von beträchtlichem Wert angesehen worden. Er bezweifelte, daß ihre Schußwaffen ihnen viel geholfen hätten, wenn die Weißen nicht unter dem Schutz der Ogbone gestanden hätten; niemand hätte Skrupel empfunden, sie zu ermorden, um ihren Besitz an sich zu nehmen. Und viele wären vielleicht auch bereit gewesen, sich den gefährlichen Feuerwaffen auszusetzen. Die Dörfer machten sich ihre eigenen Gesetze und hatten weitaus mehr Respekt vor der Person und Stellung Ghendwas als vor irgendeiner fernen Autorität wie etwa dem Oba von Benin.

Als die Tage vergingen und keine feindliche Hand sich gegen sie erhob, bekamen die Weißen größeres Vertrauen in ihre Sicherheit. Noell trug keine Muskete mehr bei sich und zeigte abenteuerlustige Neugier für die Orte, die sie besuchten, und für das Treiben des Elemi. Quintus studierte insgeheim das Verhalten Ghendwas. Wenn der Elemi Blut nahm – gewöhnlich von Msuri, doch manchmal auch von Ntikima oder einem der anderen –, wurde diese Opfergabe häufig diskret beobachtet. Wenn Ghendwa, Msuri und Ntikima Pflanzen aus dem Urwald mitbrachten, die sie gesammelt hatten, um Medizin daraus zu machen, bat Quintus oft Ntikima, ihm zu erklären, was sie da taten. Wenn Ghendwa Opfer darbrachte oder sich mit Magie abgab oder einfach nur dasaß und weise Gesänge vor sich hin summte, hörte Quintus ihm gewöhnlich dabei zu. Ghendwa schien solche Neugier nicht zu stören, und er verbot Ntikima nie, Fragen zu beantworten, obwohl seine eigenen Antworten stets ausweichend waren.

Wenn der Elemi von Ntikima Blut nahm, dann öffnete er mit einem Messer mit Bronzeklinge eine Vene und saugte geduldig einige Minuten lang, bevor er die Wundstelle mit einer Art Paste bedeckte, die er aus Substanzen aus seinem Lederbeutel bereitete. Ntikima hatte noch nie ein derartiges Opfer dargebracht, bevor Ghendwa es von ihm verlangt hatte, doch das Gefühl der Wichtigkeit, das es ihm verlieh, verflog bald. Keine der Wunden, die der Elemi verursachte, entzündete sich je, und manchmal behandelte dieser auch einfache Hautabschürfungen bei den schwarzen Stammesangehörigen auf dieselbe Art und trug so zur Heilung der Wunden bei.

Ghendwa bat niemals einen der weißen Männer um Blut und überließ Quintus ganz die Versorgung von Insektenstichen und Kratzern, die sich die Weißen zugezogen hatten. Ntikima entging indessen nicht, daß nicht nur der weiße Mann sorgfältig Buch führte über die Heilerfolge bei Behandlungen von seiten des Vampirs, sondern daß auch Ghendwa den Heilungsprozeß bei von Quintus versorgten Wunden beobachtete. Ntikima wünschte sich, mehr über die Methoden des weißen Mannes zu wissen, um dem Elemi nützlich sein zu können, und er fing an, Quintus über die Grundlagen seiner Heilverfahren auszufragen, wobei er sich gewissenhaft bemühte, die Antworten richtig mitzubekommen, die er erhielt.

Langoisse und seine Musketiere konnten im Urwald nicht jagen und waren überhaupt bestrebt, Munition zu sparen. Ebensowenig waren die Ibau, obwohl Urwaldbewohner, geschickte Jäger mit Pfeil und Bogen. Fleisch, das die Reisenden manchmal aßen, stammte entweder aus ihren eigenen schwindenden Vorräten oder von den Eingeborenen, die Haushühner hielten. Fisch war reichlicher vorhanden, doch das Grundnahrungsmittel der Reisenden war Hirse, als Brei oder in Fladen, und Suppe aus Sesamöl und Ackererbsen. Die Ibau waren bessere Sammler als Jäger, und sie fanden Früchte verschiedenster Art, unter anderem Bananen, Papaya, Jamswurzeln und Erdnüsse. Es gab sie zwar nicht im Überfluß, doch ausreichend, um der Gesellschaft eine solide Ernährung zu sichern, auch wenn keine Dörfer in der Nähe waren. Ngadze sagte allerdings sorgenvoll voraus, daß im Hochland die Nahrungssuche weitaus schwieriger sein werde.

Als der Urwald weiter ausdünnte, trug der Nordostwind einen feinen bläulichen Staubschleier zu ihnen heran; das war ein erster Vorgeschmack auf den Harmattan, der die ganze Jahreszeit hindurch wehen würde und die Luft trocken und schwer machte. Sonnenauf- und -untergang erstrahlten zwar in prachtvollen Farben, doch die Tage wurden weniger angenehm, denn die Reisenden liefen genau in ihn hinein, ewig den Staub auf dem Gesicht, der in ihren Augen und Kehlen brannte. Ntikima gefiel das ebensowenig wie den weißen Männern, doch Ghendwa klärte ihn auf, daß dieses Problem noch viel schlimmer werden würde; je weiter nördlich sie kamen und je höher sie in den Bergen steigen mußten, desto trockener und staubiger würde der Harmattan werden.

Dicht an den Ufern des Flusses erhoben sich jetzt sanft gerundete Hügel mit bräunlichem Gras in Falten und Schluchten, während die grünen Täler dazwischen dicht mit Palmen bestanden waren. Morgens konnten sie im Nordwesten die Berggipfel sehen, doch bereits gegen Mittag waren sie vom Dunst des Harmattan verhüllt. Von den Kuppen der Hügel entdeckten sie über das ganze Land verstreut die Feuer Dutzender von Dörfern, und einmal sahen sie den glutroten Schein eines großen Buschfeuers im Westen – dem ersten von vielen, die in den kommenden Monaten gewaltige Landstriche verheeren würden. Oft suchten sie Gegenden heim, in denen die Bäume von den Feuern vorausgegangener Jahre noch geschwärzt und verkrüppelt waren.

Endlich gelangten sie aus dem Urwald heraus und in die Ebene, das Gebiet der Nupai, die wie die Mkumkwe Viehzüchter waren. Die Männer der Nupai waren nicht so extravagant gekleidet wie die Mkumkwe-Krieger aus der Begleitmannschaft des Oni-Olorun, und sie schmückten sich lieber mit Ornamenten als mit grell gefärbten Narben. Noell Cordery schien das Land der Nupai für weniger fremd und feindlich zu halten als den Urwald, doch Ntikima war im Urwald geboren und aufgewachsen, und das weite, offene Land der Viehhirten erschien ihm fremdartig und unheimlich. Er versuchte, sich das nicht anmerken zu lassen, denn schließlich war er ein Ogbone. Und für einen Ogbone konnte kein Land in diesem großen Kontinent etwas Fremdartiges haben.

Zwei der Schwarzen aus der Siedlung litten an einer Krankheit, die Quintus »Frambösie« nannte und die in diesen Gegenden, besonders unter Kindern, weit verbreitet war; Ghendwa verabfolgte ihnen eine Medizin. Ntikima wußte, daß die meisten der Erkrankten sich am Ende auch ohne Behandlung erholten – sogar ganz kleine Kinder starben selten an der Krankheit –, doch zugleich wußte er, daß sie eine schwere Prüfung sein konnte und Menschen oft dauerhaft geschädigt zurückließ. Er war nicht überrascht, als diese beiden beschlossen, daß sie jetzt genug hätten und sich davonmachten. Jetzt blieben von den Eingeborenen, die aus Burutu gekommen waren, nur noch Ngadze, Mburrai und Ntikima. Noell Cordery war über den Verlust verärgert, doch nicht allzu bestürzt. Jetzt, da sie durch offenes Gelände zogen, waren die Esel viel leichter zu führen.

Auch Mburrai war leicht behindert, sein rechter Arm von etwas befallen, wovon er behauptete, daß es ein Wurm wäre, der seit einigen Jahren unter der Haut weitergewachsen war. Quintus wollte es zuerst nicht glauben, doch im Laufe ihrer Reise durch die Dörfer in Flußnähe war Ntikima in der Lage, ihm andere Männer und Frauen zu zeigen, die an demselben Übel litten. Einer dieser Männer hatte den Umstand genutzt, daß das eine Ende des Wurms an einer Wundstelle nahe dem Handgelenk kurz sichtbar geworden war, und er hatte angefangen, den Parasiten Zentimeter um Zentimeter an einem Stock aufzuwickeln. Ntikima versicherte Quintus, daß der Mann auf diese Weise letztendlich imstande sein würde, den Wurm ganz zu entfernen, obwohl es sich um ein quälend schmerzvolles und langsames Geschäft handelte. Mburrai fragte, ob nicht der Wurm, von dem er befallen war, irgendwie aus seinem Arm gezogen werden könnte, doch weder Quintus noch Ghendwa konnten dafür ein wirksames Mittel anbieten.

Mit diesen Ausnahmen wurden die schlimmsten Übel, unter denen die Schwarzen auf dieser Reise zu leiden hatten, von Sandflöhen verursacht – Insekten, die sich in die Haut bohrten und die sowohl Ghendwa wie auch Quintus gleichermaßen geschickt mit einer Nadelspitze entfernen konnten. Also war noch immer keine Gelegenheit gekommen zu einem Kräftemessen zwischen der Macht des schwarzen Zauberers und der des weißen.

Die Stiefel der Weißen schützen sie zwar vor Sandflöhen, doch sie mußten unbedingt darauf achten, ihr Schuhwerk jeden Morgen gründlich auszuschütteln, denn es hätten Skorpione hineingekrochen sein können. Bei einer Gelegenheit schrie der kleine Eyre in wilder Panik auf, weil eine riesige Obstspinne sich auf seinen Nacken hatte fallen lassen, doch Ntikima konnte ihm versichern, daß diese Biester harmlos waren. Ntikima hatte keine Angst vor Spinnen; er ließ sie seelenruhig über seinen Körper laufen und freute sich unbändig darüber, daß sogar der nasenlose Türke das für einen Beweis von außerordentlichem Mut und Willensstärke hielt.

In der Ebene, in der die Hirten lebten, bekam Ntikima viele Tiere zu sehen, die für ihn so fremdartig und erstaunlich waren wie für die weißen Männer. Er war nicht weniger verblüfft als Noell Cordery, als er zum erstenmal eine Giraffe sah, die an den Blättern eines hohen Baumes äste. Merkwürdigerweise waren einige dieser ihm unbekannten Lebewesen Noell durchaus geläufig; er erzählte Ntikima, daß er an einem Ort, wo er einst gelebt hatte, Löwen und Leoparden, ja sogar einen Elefanten in Gefangenschaft gesehen hätte. Noell schien zu erwarten, daß diese Wesen sich nun in ihrer angestammten Heimat ausgiebig zeigen würden und war enttäuscht darüber, daß die großen Katzen sich meist scheu versteckt hielten, obwohl man ihre Schreie oft hören konnte. Noell hatte Ntikima tatsächlich das Aussehen von Löwen beschrieben, bevor Ntikima dazu Gelegenheit bekam, einen zu entdecken. Doch die Hyänen und Schakale, die man oft außerhalb der Dorfeinfassungen in Abfallhaufen stöbern sehen konnte, waren dem weißen Mann genauso unvertraut wie ihm.

Einiges von dem, was er zu sehen bekam, verblüffte Noell allerdings sehr. Er nahm Ntikima beiseite und befragte ihn über den Brauch einiger

Nomadensippen der Viehhirten, von ihren Rindern sowohl Milch als auch Blut zu nehmen. Diese Hirten ritzten den Nacken ihrer Tiere ein und mischten Blut und Milch zu einem schaumigen Gebräu. Als dieser Trank den Reisenden angeboten wurde, fand Ntikima ihn recht wohlschmeckend, doch er bemerkte, daß es den weißen Männern sehr widerstrebte, ihn zu kosten, und sie von diesem Brauch unangenehm berührt schienen. Ntikima gelangte zu dem Schluß, daß die weißen Männer sich im Umgang mit Blut seltsamen und strengen Tabus unterwarfen, die auch mit ihrer Einstellung gegenüber den Elemi zu tun hatten. Doch als er Ghendwa von seiner Entdeckung berichtete, blieb der Oni-Osanhin davon unbeeindruckt.

Die Reise durch die Ebene ging so mühelos vonstatten, daß sie am Ende ihres zweiten Tages in Sichtweite der Stelle gelangten, wo sie den Kwarra überqueren und dem Benouai folgen mußten, dessen Einmündung in den größeren Fluß sie sich jetzt näherten. Es gab keine Möglichkeit, den Fluß zu durchwaten, und sie mußten die Fischer aus einer der größeren Ortschaften am Flußufer dazu überreden, sie in Etappen überzusetzen. Selbst ohne Ghendwas Hilfe hätte dies keine große Schwierigkeit dargestellt, denn die Eingeborenen dort kannten sich mit dem Handel am Fluß gut aus. Viele von ihnen sprachen Uruba, und einige behaupteten eifrig, daß sie sogar Burutu einen Besuch abgestattet hätten. Ungleich den Stämmen im Urwald, die es oftmals nicht gern hatten, sie in ihrer Nähe zu haben, waren sie nicht im mindesten erstaunt oder eingeschüchtert beim Anblick der weißen Männer. Die Häuptlinge dieses Dorfes empfingen die Reisenden weitaus gastfreundlicher als jeder der Urwaldhäuptlinge.

Jenseits der Stelle, wo die beiden Flüsse ineinander mündeten, lag nur noch ein kleiner Landstrich zwischen dem Benouai und den Bergen, und durch diesen Landstrich marschierten sie ostwärts, folgten dabei ausgetretenen Pfaden, die regelmäßig von eingeborenen Händlern benutzt wurden. In diesem Abschnitt wurden nur wenige Rinder gehalten; Ghendwa erzählte, daß dies mit der hier häufig auftretenden Fallsucht zu tun habe. Nur einige Kilometer weiter in höhergelegenem Gelände konnte das Vieh wieder gefahrlos weiden und wurde von dort gelegentlich hinunter ans Ufer des Benouai getrieben. Die Bergvölker, die dann mit ihrem Vieh herunter an den Fluß kamen, wurden von den Einheimischen gefürchtet und gehaßt, denn sie überfielen oft die Dörfer am Fluß. Und sogar Ghendwa schien vor ihnen auf der Hut. Häufig kamen sie an eingebrochenen Gräben und niedergerissenen Palisaden von solchen Marodeuren buchstäblich ausgelöschter Dörfer vorbei.

Zwei Gruppen von Hausa-Händlern aus dem Westen hängten sich drei Tage lang an die Eselskarawane, offenbar voll Vertrauen in die abschreckende Wirkung von Langoisses Feuerwaffen auf jedweden Angreifer. Wie die Dorfbewohner bei der Flußmündung hatten auch diese Hausa schon weiße Männer gesehen und betrachteten sie nicht weniger als Fremde denn die Einheimischen. Normalerweise wären die Hausa-Händler den ganzen Nachmittag weitergezogen, doch angesichts der prekären Situation waren sie froh, haltmachen zu können, wenn die weißen Männer Schutz vor der glühenden Sonne suchten. Sie klemmten ihre Waren in die Astgabeln von Bäumen und kamen dann herüber, um sich zu Ngadze und Mburrai zu setzen und Witze und Anekdoten auszutauschen. Ntikima wahrte Distanz und zog es vor, in der Nähe des Elemi zu bleiben. Für Ghendwa waren diese Nachzügler Luft. Die Hausa gingen ihrer eigenen Wege, als Ghendwa die Esel vom Fluß nach Norden auf die Berge zu führte und dem Lauf eines kleinen Flusses folgte.

Als die Reise ihm schließlich ermüdend endlos vorkam, faßte sich Ntikima ein Herz und fragte, wie viele Tage sie noch auf Wanderschaft sein würden – eine Frage, die Noell Cordery bereits gestellt hatte. Doch Ghendwa sagte dem Jungen lediglich, wie er es auch dem weißen Mann gesagt hatte, daß sie gerade erst am Anfang seien und daß sich das fruchtbare Land Adamawara mit ihrer Art von Reisegefährten nicht leicht erreichen ließ.

6. Kapitel

Noell wurde aus dem entspannten Zustand vor dem Einschlafen aufgeschreckt durch ein fernes Geheul, das schrill die dichte Luft der Tropennacht durchschnitt. Er fuhr abrupt hoch von seinem Lager aus überzähligen Kleidungsstücken, doch dann erkannte er den Laut und wußte, daß es keinen Grund zur Aufregung gab. Er rollte sich auf den Rücken und öffnete die Augen, machte jedoch keine Anstalten, sich zu erheben. Er wußte, daß der Laut mit der Zeit verklingen würde und er dann wieder einschlafen konnte.

Quintus, mit dem er das Zelt teilte, war ähnlich gleichmütig – doch er setzte sich auf, schob sein Moskitonetz beiseite und zog seine Stiefel an.

Sein Gesicht war geisterhaft beschienen von dem kleinen Nachtlicht zwischen beiden Betten.

»Das ist Oro«, sagte Noell. »Das geht uns nichts an.«

»Langoisse weiß das nicht«, entgegnete der Mönch. »Man muß ihm und seinen Männern sagen, daß sie in ihren Zelten bleiben sollen. Wir können keinen Mann mit einer Muskete brauchen, der auf der Suche nach einem wilden Tier draußen herumläuft. Wenn dort am Morgen tote Männer liegen, sollten es besser Hausa-Diebe oder Uruba-Gauner sein.«

»Natürlich«, antwortete ihm Noell. »Soll ich mitkommen?«

»Das ist nicht nötig. Ich werde alles Nötige veranlassen.«

Der Mönch strich sein weißes Gewand glatt und kämpfte sich durch das Netz über seinem Bett. Als er das Zelt verließ, schloß er die Lasche hinter sich, doch sie blieb nicht lange zu. Leilah kam herein und kroch unter Noells Netz. Ihr Erscheinen verblüffte ihn, doch er war seltsam erleichtert, als er sah, daß sie voll angezogen war; die Nächte waren jetzt kalt, und ihr Nachtzeug war dicker als die leichte Kleidung, die sie an den glühendheißen Nachmittagen trug.

»Woher kommt denn dieses Geräusch?« fragte sie nervös. Sie saß auf seinem Bett und versuchte, ruhig zu wirken, doch sie war sichtbar ängstlich.

»Das ist Oro«, klärte er sie auf. »Das Wort bedeutet so viel wie ›Wut‹ oder ›Grimm‹. Die Eingeborenen behaupten, es sei eine Art Dämon, der die Schuldigen bestrafen will, doch das Geräusch kommt von einem Holzstück mit einem Schlitz an einem Faden, das ein Priester um seinen Kopf wirbelt. Wahrscheinlich ist er so ähnlich wie Egungun, der zu anderen Festen erscheint. Er wird von den Ogbone angerufen, um Rache an Hexen und anderen Verletzern ungeschriebener Gesetze zu üben. Wenn sie seine Stimme hören, müssen alle Frauen sich in ihren Hütten einschließen, denn er hat nur mit Männern zu tun. Die ihm übergebenen Verbrecher verschwinden meist für immer, doch manchmal hängen ihre verrenkten Leiber in hohen Bäumen, wo sie der angebliche Dämon hingeschleudert hat. Aber sie nehmen ihr Blut, und Elemi trinken es und schmieren es als eine Art Opfer auf die großen Trommeln, die sie *gbedu* nennen.

Manchmal, wenn Oro kommt, werden auch Kriegsgefangene geopfert oder Kinder, je nachdem, welches Fest man feiert. Beim Fest von Olori-Merin, dem Gott, der die Städte beschützt, muß ein Neugeborenes geopfert werden. Diesen Festtag haben sie viermal pro Jahr, doch selbst wenn es sich um so etwas handeln sollte, stellt es für uns keine Bedrohung dar.«

»Sind sie nicht durch unser Hiersein aufgebracht?« fragte sie.

»Nein. Das ist für diese Menschen bedeutungslos. Sie sind vielleicht froh, daß der Vampir Ghendwa bei ihren Zeremonien dabei ist, und wollen ihm ein besonderes Schauspiel bieten. Er hat eine sehr hohe Position bei den Ogbone. Doch er ist ein Priester Osanhins, des freundlichen Gottes des Heilens – er würde niemals die Hand heben und einen Mord begehen.«

»Das ist ein furchtbares Land«, klagte sie, »hier sind sie alle Vampire, ob sie nun lange leben oder nicht. Die Götter, die diese schwarzen Menschen fürchten, fordern Blutvergießen, und sogar die Milch, die ihre Kleinkinder trinken, ist rot von Tierblut. Es ist abscheulich!«

»In diesen Urwäldern fließt nicht mehr Blut als in den Straßen jeder Stadt in Gaul«, erwiderte er zynisch. »Und ich möchte bezweifeln, daß arabische Länder diesbezüglich reiner sind. Weder Christen noch Mohammedaner behandeln ihre Feinde schonend, und dennoch beanspruchen wir alle den Segen unserer jeweiligen Götter. Gewiß, Olori-Merin ist eine düstere Gottheit, doch es liegt eine gewisse Ehrlichkeit darin, im Dienst eines grausamen Gottes Greueltaten zu begehen. Die Inquisitoren des Papstes dagegen foltern im Dienst eines guten und freundlichen Gottes, von dem behauptet wird, daß er uns alle liebt und schätzt.«

Draußen in der Ferne wurde Oros Stimme schwächer und verstummte langsam ganz.

»Ist das das Ende?« fragte die Zigeunerin.

»O nein«, sagte Noell. »Jetzt kommen die Trommeln – doch wir sind ein gutes Stück von der Stadt entfernt, und uns werden sie nicht so laut vorkommen. Wir sind sicher und müssen jetzt versuchen zu schlafen.«

»Wenn ich bei dir bleiben könnte«, sagte sie, »würde ich fester schlafen.«

»Langoisse würde dich vermissen«, entgegnete er und versuchte dabei nach Kräften, nicht allzu unfreundlich zu klingen.

Sie hätte sicher etwas erwidert, mit Bitterkeit, doch Quintus kam zurück und schaute die beiden an, die unter dem schützenden Netz unbehaglich weit auseinandersaßen. Leilah empfand eine ängstliche Hochachtung vor Quintus, obwohl er nie streng mit ihr war, und rutschte jetzt noch weiter von Noell weg, ärgerlich und zugleich verlegen.

»Habt keine Angst«, sagte Quintus. »Das Lager ist sicher. Ngadze hält

Wache. Ghendwa und Msuri sind weggegangen – auch Ntikima. Vielleicht nur, weil er Uruba ist.«

Noell nickte nachdenklich. Weder er noch Quintus glaubten, daß Ntikima nur gegangen war, weil er Uruba war. Sie waren zu dem Schluß gelangt, daß er ein Ogbone und von Anfang an damit beauftragt gewesen war, die Händler von Burutu zu beobachten und seinen Meistern von ihren Taten und Plänen zu berichten. Sie waren darüber nicht über die Maßen ungehalten, denn sie mochten den Jungen beide, doch im Umgang mit ihm waren sie jetzt vorsichtiger.

»Ich gehe zu Langoisse«, sagte Leilah, »obwohl er mich nicht mehr braucht. Falls ihr hinter das Geheimnis kommt, das diese schwarzen Vampire haben, wird er pausenlos darüber nachdenken, ob er nicht zuviel verliert, wenn er es sich zunutze macht.« Mit diesen Worten ging sie aus dem Zelt und zu ihrer eigenen Schlafstatt. Noell starrte ihr verblüfft nach.

»Was hat sie damit gemeint?« fragte er den Mönch.

Quintus kehrte gemächlich in den Schutz seines eigenen Bettes zurück und zog seine Stiefel aus. »Ich denke«, sagte er, »sie versucht Euch mitzuteilen, daß Langoisse impotent ist. Oder jedenfalls beinahe. Er hat das vorsichtig angedeutet, als er ganz harmlos versucht hat, mich nach meinen Fähigkeiten als Wunderheiler auszuhorchen.«

Noell starrte den Mönch unsicher an, noch immer nicht imstande, sich einen Reim auf das zu machen, was die Marokkanerin gesagt hatte. »Was hat das denn zu tun mit dem Geheimnis der schwarzen Vampire?« fragte er.

»Habt Ihr nicht unter die Lederbeutel des Elemi geschaut?« fragte Quintus. Ghendwa ging selten ohne seine Lederbeutel oder ohne Lendenschurz. Er badete nicht oft. Noell hatte nicht gesehen, was darunter war; er schaute stets weg, wenn er einen nackten Mann oder eine nackte Frau sah.

»Sein Glied ist verstümmelt«, erklärte ihm Quintus. »Das erstemal, daß ich einen Blick darauf werfen konnte, habe ich gedacht, er wäre das Opfer einer mißglückten Beschneidung oder eines Unfalls, der sich so lange vor seiner Zeit als Vampir ereignet haben muß, daß er nicht wiederhergestellt werden konnte. Doch die Verletzung kann auch absichtlich herbeigeführt worden sein. Wenn *ikeyika* der Ritus ist, durch den ein Knabe zum Mann gemacht wird, dann mag es ein ganz ähnliches Ritual geben, bei dem ein Mann zum Elemi wird. Und das könnte die Bedeutung des Wortes *Ogo-Ejodun* sein. Die Elemi werden dafür verehrt, daß sie sich über gewöhnliche Freuden und Versuchungen erhoben haben, und wir wissen auch, daß die gefärbten Narben, die Stämme wie die Mkumkwe sich selbst beibringen, nicht ganz verheilen, wenn die Träger Elemi werden. Es ist möglich, daß die Kuppe von Ghendwas Glied abgeschnitten und dann mit einer Salbe behandelt worden ist, die ein Nachwachsen verhindert hat, als er zum Vampir wurde.«

Noell war selbst überrascht, als er spürte, wie sich sein Magen zusammenkrampfte. Einen Moment lang dachte er, daß ihm übel würde. Er hatte Edaus gesehen, die durch unsachgemäße Schnitte während des Initiationsritus verletzt worden waren, und der Anblick eines entzündeten und eiternden Penis entsetzte ihn maßlos. Der Gedanke, daß das Verfahren der Aufnahme in den Stand eines Elemi eine radikale Kastration einschloß, war beinahe erschreckender als die Vorstellung davon, was vielleicht jetzt nicht weit entfernt geschah, wo vielleicht genau in diesem Moment das Blut eines kleinen Kindes in eine Kalabasse floß, die dann auf den Erdhügel gestellt wurde, wo man das zerstückelte Fleisch des Säuglings später begrub.

»So kann es nicht sein«, sagte er mit rauher Stimme, kaum lauter als ein Flüstern. »Vampire werden durch eine Art Sodomie erschaffen, jedenfalls hat das mein Vater geglaubt.«

»Auch andere haben das geglaubt«, räumte Quintus ein, »obwohl die Gregorianer immer gesagt haben, daß der Teufel diesen Akt vollziehe. Ich würde gern die Geschlechtsteile anderer Elemi sehen, um herauszufinden, was vielleicht fehlt.«

Mit diesen Worten legte sich der Mönch schlafen, und obwohl die Gbedu-Trommeln in der nahe gelegenen Stadt bereits geschlagen wurden, schien er ganz sanft in Morpheus' Arme zu sinken. Noell dagegen war so aufgewühlt durch das, was er erfahren hatte, daß er sich stundenlang herumwälzte und zappelte und noch immer wach war, als die Trommeln längst verstummt waren. Am nächsten Morgen waren seine Augen rot und übermüdet, und er tat seine Arbeit ungewohnt nachlässig, was ihm bohrende Blicke von Langoisse eintrug. Der Pirat erwähnte nie, was sich in jener Nacht zugetragen hatte, konnte aber offenkundig von einer gewissen Neugier hinsichtlich der Ereignisse zwischen Noell und seiner Geliebten nicht ablassen – die scheinbar genau genommen keine Geliebte mehr war.

Die Tiefebene, die die Expedition jetzt seit einiger Zeit durchquerte, war fruchtbar und üppig, und die Herden der Dorfbewohner gediehen ähnlich prächtig wie die kleinen Hirse-, Maniok- und Yamsäcker. Doch dann wurde der Weg steinig und hörte irgendwo ganz auf. Das Land und seine Bewohner sahen zunehmend armseliger aus. Innerhalb eines einzigen Tagesmarsches führte sie ihr Weg aus einem Land, in dem offenbar Milch und Honig flossen, in eine schroffe, abweisende Gegend, in der das Gras verdorrte, Bäume selten und die Angehörigen der dort ansässigen Stämme verdrießlich waren. Die Sonne ging an jenem Abend mit einem merkwürdig fahlen Glühen unter, der Harmattan verdunkelte den purpurnen Horizont, wo die schroffe Steilwand des Plateaus die Ebene überragte, sich wie eine ungeheure Klippe nach beiden Seiten dehnte, so weit das Auge blicken konnte.

Ngadze erzählte Noell und Quintus, daß die Hausa-Händler, die eine Weile mit ihnen gereist waren, es das Bauchi-Plateau nannten und sie davor gewarnt hätten, weil das dort lebende Volk, die Kibun, Wilde und Kannibalen seien. Die Männer der Kibun, so hatten die Hausa Ngadze erzählt, seien Rothäute und ihre Frauen hätten Schwänze. Diese roten Männer ritten gleich Dämonen auf ihren mageren Ponys durch das staubgeschwängerte Hochland. Aber schlimmer noch, sie seien keine Freunde der Elemi. Sie hatten keine eigenen in ihren Reihen, sondern lebten nicht einmal in der Hoffnung, daß eines Tages weise Männer zu ihnen kommen würden. Statt dessen dankten sie ihren wilden Göttern dafür, daß die Ogbone keine Macht über sie hatten. Ngadze erzählte immer wieder Geschichten, die er von Händlern gehört hatte, in denen Vampire getötet und von diesen Ungeheuern in Menschengestalt verschlungen wurden. Doch als Quintus Ghendwa fragte, ob das Volk der Hochebene eine Gefahr für sie bedeutete, schien der Elemi nicht im mindesten beunruhigt.

Als Ghendwa sie durch die letzten Meilen der mit Felsbrocken übersäten Ebene auf die steilen Granitklippen zu geleitete, sah Noell, daß sie eine Lücke in der Felswand ansteuerten, wo neben einem reißenden Flußlauf ein Pfad verlief. Dieser steile Pfad stieg etwa sechshundert Meter an und war für die Esel sehr beschwerlich. Also mußten die Männer beim Aufstieg den Tieren die Lasten abnehmen und sie, in kleinere Bündel aufgeteilt, nach oben tragen. Dennoch war der Aufstieg geschafft, bevor die Sonne am heißesten war, und die weißen Männer konnten ihre Zelte am Gipfel aufschlagen, während die anderen die mitgeführten Güter vom Fuße der Klippe nach oben schleppten.

Am nächsten Morgen kamen sie an den ersten Kibun-Dörfern vorbei. Sie waren nicht von Palisaden oder einem Graben umgeben wie die Dörfer der Nupai und ihrer Nachbarn, sondern von einem dichten Ring aus

Kakteen. Die Hütten waren klein und die Grundstücke durch niedrigere Hecken getrennt. In den Dörfern wuchs Hirse, und in einem Pferch hielten die Kibun Geflügel und Ponys, ihr höchstes Gut.

Die Kibun-Männer beobachteten die vorbeiziehenden Reisenden, machten jedoch keine Anstalten, sie anzugreifen. Noell stellte fest, daß sie wirklich rot waren, was jedoch von einer Farbe herrührte, mit der sie ihre nackten Körper einschmierten. Ihre Speere waren leicht und wesentlich kürzer als die der Mkumkwe. Frauen waren nicht zu sehen, so daß sich die Bemerkung der Hausas über ihre Schwänze nicht überprüfen ließ. Als sie ganz dicht an ihnen vorbeiziehen mußten, hob Ghendwa seine Rechte und rief ihnen zu: »Sho-sho! Sho-sho!« Sie erwiderten seine Begrüßung und riefen im Chor zurück: »Sho-sho, Aboki!«

Jenseits des Dorfes erstreckte sich eine Ebene, auf der vereinzelt windzerzauste und verkrüppelte Bäume wuchsen. Das Gras war kurz und trocken, hie und da von Feuern geschwärzt. Als sie an diesem Abend die Lager aufschlugen, war das einzige Grün in Sicht der Kaktuswall um das Dorf am Horizont.

Als sie weitermarschierten, kamen sie gut voran, der Boden war eben, und es stellte sich ihnen kein Hindernis in den Weg. Die Sonne brannte glühend von einem wolkenlosen Himmel auf sie herab, und der Harmattan blies den ganzen Tag, doch in der großen Höhe, in der sie marschierten, erschien ihnen die Hitze weniger drückend. Das Plateau war im Vergleich zum Tiefland weniger dicht besiedelt, und wenn sie an den Kaktusbefestigungen der Kibun vorbeikamen, blieben die Eingeborenen meist innerhalb der Dorfgrenzen und erwiderten die Grüße des Vampirs, doch sie wagten sich nicht heraus und brachten auch keine Speisen als Gaben. Wie Ngadze vorhergesagt hatte, wurde das Sammeln von Eßbarem immer schwerer, und es gab kaum Wild, das sie schießen konnten. Ohne Nahrungsmittel aus den Dörfern mußten die Vorräte, die die Expedition mit sich führte, rationiert werden, und bald schon litten sie Hunger. Manchmal sahen sie Grüppchen von Kibun-Jägern auf ungesattelten Ponys, und Ngadze machte ihnen Zeichen in der Hoffnung, Messer und Nadeln gegen Frischfleisch tauschen zu können, doch sie kamen nicht näher.

Nachts wehte ein kalter Wind, der über Noells Haut strich und sein Haar zauste und sich ganz anders anfühlte als der staubige Harmattan; alle zogen ihre Schlafdecken fester um sich. Sie fanden nur wenig Brennbares, und die Feuer, die sie unterhalten konnten, brannten nur spärlich und spendeten wenig Wärme. Ngadze und Mburrai schliefen im Sitzen, die Knie bis unter das Kinn gezogen und Decken fest um die Schultern gewickelt. Oft hielten sie ihre Speere in der Armbeuge, die Spitzen in den Himmel hinter ihrem Rücken gerichtet, doch sie weigerten sich stets, sich in den Schutz der Zelte zu begeben. Ghendwa bekämpfte die Kälte – oder so schien es jedenfalls – mit magischen Beschwörungsformeln; er schwankte von einer Seite zur anderen und sang Lieder, die oft in einen langen Refrain ausliefen, in dem ein einzelnes Wort immer wiederkehrte: »A-da-ma! A-da-ma!«

Trotz der Kleider, die Noell sie zu tragen drängte, fröstelten die Ibau in der Morgenkühle, und wenn die Eselskarawane sich zum Abmarsch formierte, hüpften und tanzten sie, um sich aufzuwärmen. Ntikima schien der kalte Wind weniger anzuhaben als seinen älteren Gefährten, doch schließlich holte er sich eine Erkältung, die auch die Medizin des Elemi nicht ganz kurieren konnte; er konnte nicht mehr zu Fuß gehen und mußte reiten.

Wieder stieg die Ebene in sanften Wellen an, als sie ihre Richtung änderten und sich weiter östlich wandten, wobei sie die Kegel dreier ausgebrannter Vulkane umgehen mußten. An einer Stelle mußten sie eine tiefe Schlucht auf einer armseligen Brücke überqueren, die nur aus Seilen und Holzbrettern bestand, vor der die Esel zurückscheuten.

Quintus und Ngadze mußten sie geduldig und vorsichtig hinüberlokken. Die Landschaft war sehr rauh, durchsetzt von schroffen felsigen Erhebungen, die aus dem rissigen Boden aufragten, und Felsformationen, die sich seltsam gewunden über die Berghänge zogen.

In diesem Gebiet lebten die Jawara. Ihre Siedlungen waren größer als die der Kibun und befanden sich auf Hügeln oder in fruchtbaren Tälern. Auch die Jawara hatten Scheu, sich den Reisenden zu nähern, und sie erwiderten auch die Grüße des Vampirs nur zögernd, bis sie eines Tages zu einer ungewöhnlich großen Siedlung in einem bewaldeten Tal kamen, wo Ghendwa überschwenglich empfangen wurde. Noell begriff sehr schnell den Grund, als sie zu einer Hütte auf einer Lichtung geführt wurden, in der die weisen Männer des Stammes wohnten. Es waren dies drei Elemi, die ihrem Aussehen nach uralt sein mußten.

Hier konnte die Expedition ihre Vorräte auffüllen und an einem Fest teilnehmen, das zu Ehren von Ghendwas Besuch ausgerichtet wurde. Bis spät in die Nacht berieten sich Ghendwa und Msuri mit den Elemi von Jawara, während Männer, Frauen und Kinder des Stammes kamen, die weißen Männer anzustarren, denn noch nie hatten sie dergleichen gesehen, noch nie Geschichten von diesem bleichen Volk gehört, dessen

Schiffe allmählich Beziehungen zu den Volksstämmen der afrikanischen Küste herstellten.

Noell erschienen die Jawara zivilisierter als die meisten Urwaldstämme. Obwohl sie nicht in derselben geschickten Manier wie die Kunsthandwerker Benins Bronze bearbeiteten, schürften sie Zinnerz aus dem Sand der Halbwüste, schmolzen es in Lehmöfen und machten daraus Draht und allerlei Zierat. Ihre Feuer- und Brennöfen, ihre Hämmer und Werkstätten weckten in Noell ein seltsames Gefühl der Nostalgie. Hier gab es Männer, die auf ihre Art Mechaniker waren, deren Kunstfertigkeit sie mit ihm in einer geheimnisvollen intellektuellen Verwandtschaft verband.

Doch verbrachte er nicht viel Zeit damit, den Handwerkern bei ihrer Arbeit zuzusehen. Statt dessen fühlte er sich zu den Hütten der Elemi hingezogen, wo er beobachtend saß, in der Hoffnung, einen Blick auf die Lendengegend der Vampire der Jawara werfen zu können. Er hatte inzwischen Ghendwas verstümmeltes Glied gesehen und war genauso begierig darauf wie Quintus, zu entdecken, ob diese anderen Elemi in ähnlicher Weise beschädigt waren, und er grübelte darüber nach, was jene Art der Vollendung, die *tigu* genannt wurde, wohl bedeuten mochte. Wegen dieser Neugier verachtete er sich selbst ein wenig, doch er konnte der Versuchung nicht widerstehen. Trotzdem bekam er nicht zu Gesicht, was er zu sehen wünschte.

Inzwischen hatte ihre Expedition die höchstgelegenen Gebiete des Plateaus durchquert und machte sich wieder an den Abstieg. Sie gelangten endlich an das Nordufer eines Flusses, der in der Regenzeit offenbar viel Wasser führte, dessen Bett jedoch jetzt fast ausgetrocknet war. Ghendwa nannte ihn den Gongola. Sie bewegten sich durch einen spärlich bewaldeten Landstrich zwischen dem Schwemmland des Flusses und trockener Steppe. Dieses fruchtbare Randgebiet wurde intensiv von den Rinderherden eines Stammes abgeweidet, der sich Fulbai nannte. Auch die Fulbai unterschieden sich auffällig von den Schwarzen im Urwald und auf dem Plateau. Ihre Haut war kupferbraun und ihr Haar lang und glatt. Viele der Männer waren bärtig im Gegensatz zu den Männern der Urwaldstämme, die sich die spärlichen Haare ausrupften, die an ihrem Kinn sprossen. Diese Nomaden und ihre mit Wällen abgeschirmten Dörfer beherrschten die Region.

Die Fulbai schienen auf Kriegsfuß mit ihren ackerbauenden Nachbarn zu stehen, und die Reisenden stießen auf zwei erst kürzlich verlassene und verwüstete Dörfer, in denen weiße von Geiern und Schakalen abgefressene Knochen herumlagen. Ghendwa mied die Herden der Fulbai, und Langoisse und seine Männer mußten ihre Musketen bereit halten. Sogar der Elemi schien vor diesen wilden Menschen Furcht zu empfinden. Noell fragte Ntikima, ob die Fulbai eigene Elemi hätten; er verneinte.

Das Land wurde von seltsamen Gerüchen heimgesucht, die offenbar durch angeschwemmte, der gnadenlos brennenden Sonne in den Flußbiegungen ausgesetzte Pflanzen verursacht wurden. Der Gestank erinnerte Noell an den Seetang auf den Äckern um Aberteifi. Er sah jetzt zum erstenmal große Antilopenherden, obwohl der größte Teil des Weidelands von den Vieherden des hier ansässigen Stammes beansprucht wurde.

Sie folgten dem Gongola, bis dieser durch ein breites Tal verlief und dann nach Süden schwenkte. Ghendwa dagegen führte sie nach Osten und wieder auf eine Hochebene. Dieser Tafelberg war nicht so hoch wie das Bauchi-Plateau und dichter bewaldet. Der Busch war hier undurchdringlicher und die Siedlungen des Tera-Stammes waren vor Überfällen durch die Fulbai erfindungsreich geschützt. In diesen Wohnstätten gab es auch Elemi, und Ghendwa war dort willkommen, so daß die Reisegesellschaft keine Entbehrungen litt.

Bald jedoch wurden sie von marodierenden Fulbai angegriffen, die offenbar nicht ahnten, wie gut sich die Expedition zu schützen wußte. Die ersten Angreifer machten einen Ausfall aus dem Dickicht heraus. Sie schleuderten ihre Speere auf die Männer, die die letzten drei Esel führten. Cory und Langoisse hatten ihre Musketen gleich schußbereit, und Eyre, Selim und Noell eilten nach hinten, um ihnen beizustehen. Als sie feuerten, fielen zwei der bärtigen Angreifer, der eine hingestreckt durch einen Schuß von Langoisse aus Nahdistanz und der andere, der gerade seinen Speer auf die Nachhut schleudern wollte, getroffen von Eyre.

Die anderen Angreifer machten sofort kehrt und flohen zurück ins Dickicht. Doch einer der Speere hatte einen Esel in die Flanke getroffen, der, verrückt vor Schmerz, ausbrach. Drei unbeaufsichtigte Tiere rissen sich los und rannten weg. Zwei stürmten in das Dickicht, in dem die Fulbai verschwunden waren. Cory wollte ihnen nachsetzen, doch Noell befahl ihm, die anderen verschreckten Esel zusammenzuhalten. Die Expedition hatte zu viele Teilnehmer verloren, um sich noch an die Verfolgung von Angreifern zu machen.

Die Räuberbande schlug am selben Abend noch einmal zu. Diesmal brachen dreißig oder vierzig Männer heulend und Speere schleudernd durch die Büsche, und Langoisse mußte blitzschnell seine Männer postieren und eine Salve auf die Angreifer abschießen lassen, während Noell, Quintus, Leilah und Ngadze hinter ihnen standen, bereit, selbst in Stellung zu gehen, falls einer der Vorderleute fiel.

Obwohl die Angreifer nur etwa siebzig Meter zurückzulegen hatten, fielen bei den ersten Schüssen nur drei von ihnen, und es sah aus, als würde es zu einem Handgemenge kommen. Doch als die Fulbai näher an die Feuerwaffen herankamen, zeigte sich ihre Angst. Sie stießen Kriegsrufe aus, rückten jedoch nicht weiter vor. Der Türke Selim erwiderte die Schreie noch blutrünstiger und seine Gefährten konnten durch diese Verzögerung noch einmal nachladen. Diesmal zeigte ihre Salve volle Wirkung. Während Speere rund um sie niedergingen, töteten oder verwundeten sie fünf weitere Männer. Eyre bekam einen Speer in die Seite, und zwei weitere Esel wurden verwundet, doch auch diesmal nahmen die Räuber Reißaus.

Anfangs glaubte Noell, sie hätten dieses Scharmützel gut überstanden, doch in derselben Nacht starb Eyre an seiner Bauchwunde, und als sie morgens versuchten, den Eselszug zu beladen, mußten sie die verwundeten Tiere und einen Teil der Lasten zurücklassen. Ghendwa, ängstlicher als sie ihn je gesehen hatten, drängte sie, sich nach Kräften zu beeilen, um aus diesem gefährlichen Gebiet herauszukommen. Es war eine stark dezimierte Expedition, die am nächsten Tag aufbrach, und Noell hatte das Gefühl, daß das Glück sich von ihnen abgewandt hatte. Es schien, als ob die Gefahren, die sich bislang im Hintergrund gehalten hatten, jetzt machtvoll über sie hereinbrachen.

Und er sollte recht behalten; denn dies war nur der Anfang einer schlimmen Zeit, in der ihnen große Übel widerfuhren.

7. Kapitel

Ntikima hatte bei den Überfällen der Fulbai große Angst ausgestanden, vor allem, weil Ghendwa – dessen Unfehlbarkeit er bis dahin nie bezweifelt hatte – unfähig gewesen war, sie vorherzusehen oder mit ihnen fertig zu werden. Er erkannte, daß ohne Langoisses Waffen die Expedition alles verloren hätte. Er war froh, daß die Muskete, die Eyre getragen hatte, auf Noells Drängen hin ihm übergeben wurde und daß Langoisse einwilligte, ihm im Laden und Abfeuern der Waffe Übungsstunden zu geben; doch dann stellte sich heraus, daß jene Übungsstunden auf unbestimmte Zeit verschoben werden mußten.

Als sie aus der Steppe heraus waren, in der die Fulbai sie angegriffen hatten, zogen sie hastig weiter. Doch nachdem mehrere Tage ohne weiteren Zwischenfall vergangen waren, glaubte Ntikima, daß das Schlimmste überstanden war; die Fulbai ließen sich nicht wieder blikken.

Die Reisenden kamen jetzt in ein bizarres Gebiet, in dem Waldinseln und Grasflächen abwechselten. Das Gras war während der Regenzeit zu doppelter Mannshöhe aufgeschossen und erschwerte das Weiterkommen. Außerdem konnte es jetzt, da die Spitzen der Halme vertrocknet waren, jederzeit Feuer fangen. Die verkohlten Gebiete, wo die Steppe gebrannt hatte, waren leichter, wenn auch wegen der dicken Ascheschichten unangenehm zu durchqueren, doch jene Flächen, die nicht gebrannt hatten, waren gefährliche Fallen.

Nach vier Tagen in diesem Gelände, in denen sie keine Menschenseele erblickt hatten, raste von Norden ein Feuer auf sie zu, und sie mußten flüchten, um nicht davon eingeholt zu werden. Sie konnten nicht anhalten, um die schlimmste Sonnenglut zu vermeiden, und je weiter sie in der beißenden glutheißen Luft liefen, desto verängstigter wurden die Packtiere. Als es Nacht wurde, marschierten sie, so gut es ging, im Sternenlicht weiter, bis sie durch einen breiten, flachen Strom kamen, an dessen anderem Ufer die Vegetation grüner und saftiger war und sie sich in Sicherheit wähnen konnten.

Zu diesem Zeitpunkt verfügte die Expedition nur noch über sieben Esel, ihre Nahrungsvorräte waren fast aufgebraucht, und alle außer dem Elemi litten unter schrecklicher Erschöpfung. Ntikima hatte durch den eingeatmeten Rauch einen trockenen Husten, und seine Brust schmerzte. Sie hatten fast alle Zelte aufgeben müssen, und die Moskitonetze waren verlorengegangen – es gab hier allerdings weniger Insekten als vorher im Urwald. Der Großteil ihres Deckenvorrats war von den räuberischen Fulbai erbeutet worden, und die Nächte blieben kalt.

Am Morgen nach dem Feuer zeigten Langoisse und Cory alle Anzeichen eines Hitzschlages. Sie kamen an diesem Tag nur schleppend voran, und am darauffolgenden Morgen hatte Langoisse starkes Fieber. Da ihnen so wenig Packtiere verblieben waren und sogar die Weißen einen Teil der Lasten tragen mußten, konnte er nicht reiten. Doch nach einer Stunde Fußmarsch geriet er ins Taumeln und war fast hilflos.

Quintus flocht eine Trage, die Selim und Noell bis zum Mittag trugen. Am Nachmittag gingen die Schwarzen auf die Suche nach wilden Erbsen und Wurzeln, und obwohl sie genug Nahrung für eine reichliche Mahlzeit fanden, war die Gesellschaft an jenem Abend sehr bedrückt.

Am nächsten Tag hatte Cory Fieber, und Leilah war in schlechter Verfassung. Ntikima hatte sich dagegen von seinem Husten erholt, und auch Langoisse ging es besser. Quintus, wiewohl nicht krank, war müde und schwach, und für Ntikima stand fest, daß Noell und Selim die Bürde, die ihnen zugefallen war, nicht mehr lange tragen konnten. Jetzt, so schien es Ntikima, mußte Ghendwa beweisen, was seine Medizin wert war, denn seine Führung reichte nicht mehr aus, sie heil nach Adamawara zu bringen.

Ghendwa behandelte Langoisse und Cory mit großer Geduld, während sie einen qualvoll langen Tag ausharrten und rasteten. Er intonierte Gebete und gab ihnen Medizin aus seinem schmaler werdenden Lederbeutel, und dann wandte er sich von ihnen ab, um allein die lange Nacht zu durchwachen, zusammengekauert und leise singend: »A-da-ma! A-da-ma!« Diesen Singsang wiederholte er endlos Stunde um Stunde, wobei er offenbar in eine Art Trance verfiel. Ntikima beobachtete ihn neugierig und sah, daß auch Msuri zuschaute.

Trotz dieser Pflege zeigten sich bei den kranken weißen Männern keine Anzeichen von Besserung. Statt noch mehr Ausrüstung zurückzulassen, zogen die Weißen im Schneckentempo weiter und schafften nur wenige Kilometer, bevor sie das nächste Lager aufschlugen. Gegen Anbruch der Dunkelheit schickte Ghendwa Ntikima zu Noell und Quintus und zitierte sie überraschend zu sich, was er nie zuvor zugelassen hatte.

»Es ist keine Hilfe in der Nähe«, sagte Ghendwa in Uruba, in einem matten Tonfall, der sich für Ntikima fern und fremd anhörte. »Es ist gefährlich, noch länger zu verweilen, denn es könnte weitere Feuer geben. Und auch wenn sie uns verschonen, bleibt da noch das Fieber. Wir müssen morgen schnell vorankommen – die Männer, die krank sind, müssen zu Fuß gehen. Ich gebe ihnen eine neue Medizin, die ihnen das Gefühl geben wird, stark zu sein, aber darin liegt eine Gefahr. Es könnte sein, daß sie weitermarschieren, bis sie umfallen und nie wieder hochkommen. Aber ich kann nichts anderes tun.«

»Wie lange müssen wir noch weitergehen«, fragte Quintus, »bevor wir unser Ziel erreichen?«

Der Elemi hatte nie eine präzise Antwort auf die Frage gegeben, wie weit Adamawara noch entfernt war, doch jetzt machte er ein gewisses

Zugeständnis. »Zwischen zwölf und zwanzig Tage«, sagte er. »Besser wären zwölf, doch was meinesgleichen kann, das könnt Ihr nicht. Msuri ist stark, doch Eure Gefährten sind schwach. Es ist an Euch zu entscheiden, wieviel Ihr tragen wollt. Es ist an Euch zu entscheiden, was aus den Kranken wird. Ich werde euch allen Medizin geben, doch ich warne Euch im voraus, daß mehr Krankheit über Euch hereinbrechen wird, sobald wir den Wald ohne Leben erreichen. Der Silbertod ist schlimmer als diese Fieber, und der Weg wird sehr beschwerlich sein.«

»Falls Ihr uns zu verstehen geben wollt, daß wir unsere Freunde zurücklassen sollen«, sagte Quintus ruhig, »das können wir nicht tun!«

Ntikima schaute zu, wie die dunklen, uralten Augen des Elemi dem weißen Zauberer ins Gesicht starrten. Er vermochte nicht zu sagen, was jeder der beiden Männer dachte, doch er spürte, daß hier eine Art stummer Kampf ausgetragen wurde, als sie sich mit Blicken maßen.

»Ich werde Euch nach Adamawara bringen«, sagte der Elemi schließlich, »wie es mir aufgetragen worden ist.«

»Wir werden mit unserer Ausrüstung sparsam sein«, versprach der Mönch. »Doch Langoisse wird Musketen und Pulver nie aufgeben, was mir auch gar nicht lieb wäre. Wir werden so viel tragen, wie wir können, und wir wollen beten, daß Eure Medizin uns lebend nach Adamawara bringt.«

»So soll es geschehen«, erwiderte Ghendwa. »Ich fordere Euch nicht auf, Eure Waffen fortzuwerfen, auch nicht das Auge, das auf den Grund der Dinge sieht. Ich warne Euch nur, daß die Reise sehr beschwerlich sein wird und manch einer vielleicht stirbt, obwohl ich alles tun werde, das zu verhindern.«

»Ich danke Euch«, sagte der weiße Babalawo mit einem leichten Senken seines Kopfes zu dem Elemi. Als er und Noell Cordery ihn verließen, schloß Ntikima sich ihnen an, und Noell nahm ihn beiseite, um ihm Fragen zu stellen.

»Ich erinnere mich, daß du uns von dem Wald ohne Leben und dem Silbertod berichtet hast«, sagte der weiße Mann. »Ich möchte jetzt, daß du uns alles erzählst, was du noch weißt. Denn was der Elemi gesagt hat, bereitet mir Sorge.«

Ntikima schaute hoch zu dem großen bärtigen, weißen Mann. »Ich weiß nur, was ich gehört habe«, sagte er. »Das Land um Adamawara herum ist finster, und keine Vögel singen dort. Männer werden vom Silbertod verzehrt, der alles Gefühl aus ihren Körpern zieht.«

Noell Cordery runzelte die Stirn. »Wie bei Lepra?« fragte er, doch Ntikima konnte nur die Achseln zucken.

»Shigidi kommt«, fügte Ntikima nach kurzer Pause hinzu. »Im Schlaf des Silbertodes kommt Shigidi.«

Ntikima hatte schon früher von Shigidi gesprochen, der Macht über sie hatte, wenn die Menschen schliefen und ein Bringer entsetzlicher Schrekken war. Er vermochte nicht zu sagen, ob die weißen Männer ihn wirklich verstanden hatten.

»Ntikima!« sagte Noell. »Wirst du mir sagen, warum die Ogbone angeordnet haben, daß wir nach Adamawara gebracht werden?«

Ntikima wollte schon die Achseln zucken, doch dann zögerte er. Die weißen Männer wußten jetzt, daß er ein Ogbone war, obwohl sie es nie hatten durchblicken lassen. Sie mußten es schon seit geraumer Zeit gewußt haben, und trotzdem waren sie nicht bestrebt gewesen, sich vor seinen neugierigen Augen zu verbergen oder seinen Fragen auszuweichen. Er wünschte, ihnen eine Antwort oder die Gewißheit geben zu können, die Noell ersehnte, doch das vermochte er nicht. »Ihr werdet sicher sein«, sagte er, obwohl er nicht wußte, ob das die Wahrheit war. »Adamawara ist mit einem Donnerkeil von Shango erschaffen worden, aber es sind die Oni-Olorun, die jetzt dort herrschen, und sie sind sanftmütig und freundlich. Sie fügen niemandem ein Leid zu. Es gibt kein Böses in Adamawara, wo das Herz Oloruns des Menschen Nahrung ist. Und der Odem des Lebens erhält die Vollendeten, auf daß sie nicht schnell nach *Ipo-oku* gehen müssen.«

Noell Cordery schüttelte den Kopf. »Du bist voller Rätsel, Ntikima«, sagte er. »Alles nur Wörter, bar jeder Bedeutung. Hoffst du denn, daß du eines Tages ein Babalawo wirst und dich den Elemi anschließt, so daß auch du vollendet bist und nicht nach *Ipo-oku* gehen mußt?«

Ipo-oku war das Land, in das am Ende sogar die Vollendeten gehen mußten. Ntikima wollte nicht früher dorthin, als er unbedingt mußte. »Als ich ihm im Wald begegnet bin«, gab er zur Antwort, »hat Aroni mir das Versprechen gegeben, daß ich alles über die Geheimnisse der Pflanzen lernen und das weiße Gewand tragen werde wie die Babalawos. Eines Tages wird mir das Herz Oloruns teilhaftig, und ich empfange den Odem des Lebens und werde versuchen, der weiseste der Weisen zu werden.«

»Und wie Ghendwa wirst du dich dem größeren Ikeyika unterziehen?«

»Ich werde *tigu* sein«, sagte Ntikima und wandte sich dann ab, um Ngadze bei der Zubereitung des Abendessens zu helfen.

Nach dem Mahl saß Ntikima allein etwas abseits vom Feuer und schaute den anderen zu. Die Nachtkälte hatte sich noch nicht eingestellt, und es war zu heiß, sich um das Feuer zu drängen, also hatten sich die weißen Männer zerstreut. Langoisse und Cory war das einzig verbliebene Zelt überlassen worden, und sie legten sich gleich nach dem Essen schlafen. Quintus nahm Ngadze beiseite und verwickelte ihn in ein ernstes Gespräch. Der Türke Selim saß mit dem Rücken an einen Baumstamm gelehnt und schnitzte mit einem Messer an einem trockenen Holzstück herum. Noell Cordery und die Frau saßen beisammen, schauten nach Westen auf das wogende Gras und die verkrüppelten Bäume. Ntikima folgte ihrem Blick und starrte sekundenlang in die staubverhangene sinkende Sonne, die blutrot am purpurnen Himmel stand. Bald war sie in einem Tal zwischen zwei Bergen am Horizont versunken.

»Das ist ein schrecklicher Ort«, hörte er Leilah sagen. »Ich habe mir nicht vorgestellt, daß es im Herzen Afrikas so sein würde. Die Reisenden, die uns darüber Geschichten erzählen, berichten von dampfenden Dschungeln und reißenden wilden Tieren, doch nicht von gelbem Gras und verkohlten Bäumen. Sogar die Insekten halten es hier nicht aus, nur die Skorpione.«

»Es ist eine ungünstige Jahreszeit«, pflichtete ihr Noell bei. »Aber in der Regenzeit wären wir nie durch den Urwald gekommen und hätten auch nicht das Schwemmland des Gongola durchqueren können. Ich glaube, daß uns noch die geringsten der möglichen Übel widerfahren sind, obwohl die schon schlimm genug waren.«

»Wir haben keine Schätze gefunden«, sagte sie bitter, »wie sie sich Langoisse ersehnt hat.«

»Wir haben das sagenhafte Königreich noch nicht erreicht«, entgegnete Noell, obwohl sein trockener Tonfall Ntikima verriet, daß er nicht wirklich erwartete, in Adamawara dergleichen zu finden. »Er hätte Euch nicht einer solchen Mühsal aussetzen dürfen.«

»Ich bin nicht seinetwegen mitgekommen, sondern um dir zu folgen«, sagte sie flüsternd. »Ich bin aus freien Stücken mitgekommen.«

»Ihr redet im Fieber«, sagte Noell, und es klang fast wie eine Anklage. »Es wird Euch morgen oder übermorgen schwer ankommen. Vielleicht sterben noch mehr von uns, bevor wir unser Ziel erreichen.«

»Doch du wirst leben«, sagte sie zu ihm. »Denn du bist ein Mann, der an Kraft und Schlauheit einem Vampir so ähnlich ist, wie jemand nur sein kann.«

Das verstand Ntikima nicht, denn noch nie war ihm Noell Cordery wie jemand erschienen, der Ähnlichkeit mit einem Elemi hatte. Er vermochte sich gut vorzustellen, daß der weiße Babalawo eines Tages in die Reihen der Ältesten von Adamawara aufgenommen werden könnte, doch nicht Noell Cordery, der mehr ein Krieger als ein Priester zu sein schien.

»Ich bin mit einer guten Konstitution gesegnet«, sagte Noell zu der Frau. »Doch mein Vater war stärker, und trotzdem ist er an der Pest von der afrikanischen Küste gestorben.«

»Vielleicht bist du der glücklichere Mann.«

»Nein«, erwiderte er. »Er war ein großer Mann, und er hat mir nicht ganz vertrauen können. Ich bin der geringere von beiden, und ich wage es nicht einmal, mir selbst zu trauen.«

Langoisse rief in diesem Augenblick nach Wasser, und die Frau stand auf, um zu ihm zu gehen, doch Noell sah Ntikima in der Nähe sitzen und bedeutete ihm, das Wasser für den kranken Mann zu holen.

Über dem Feuer kochte Wasser in einem Kessel, und etwas davon war zum Abkühlen in eine Kürbisflasche gegossen worden, doch es war immer noch sehr warm, als Ntikima es prüfte. Trotzdem trug er es zu Noell, der davon trank und vorwurfsvoll das Gesicht verzog, aber trotzdem nickte. Ntikima nahm die Kürbisflasche mit ins Zelt und ließ den Piraten daran nippen. Langoisse trank schlürfend ein paar Schlucke, doch dann beklagte er sich bitter, daß sie ihm keine Erfrischung verschafften.

»Wartet nur die Nacht ab«, murmelte Ntikima. »Es wird Euch schon kalt genug werden, sobald die Nacht hereinbricht.«

Langoisse war in ungesunden Schweiß gebadet. Seine Augen standen weit offen, um die Iris zeichnete sich ein weißlicher Rand ab, als wären die Augäpfel geschwollen.

»Mach dich davon, schwarzer Junge«, sagte er erbittert.

Ntikima zuckte die Achseln. Langoisse mochte ihn nicht; er mochte Langoisse nicht. Er würde nicht allzu traurig sein, falls Langoisse starb, doch lieber noch hätte er den nasenlosen Türken in Bedrängnis gesehen, denn die gegenseitige Abneigung zwischen ihm und dem Ungeheuer ging noch tiefer.

»Ghendwa wird Medizin bringen«, sagte Ntikima. »Vertraut dem Elemi.«

»Vertraut dem Teufel«, gab Langoisse mit wilder Stimme zurück. »O ja ja, der Teufel schuldet mir für die Arbeit, wie ich sie um seinetwillen geleistet, eine Gefälligkeit! Denk dran, du schwarzer Kobold, für solche wie mich gibt es in der Hölle einen Ehrenplatz! Unser Glaube behauptet, daß Tod der Sünde Sold ist, und ich spüre in mir jetzt Höllenfeuer brennen, die mir die Eingeweide zerreißen. Aber ich fürchte nicht Euresgleichen, obwohl du jetzt Eyres Waffe und die von Cory in Besitz hast. Ich habe Dämonen zurück in die Hölle getrieben, wie du vor Gottes Thron bezeugen magst, falls ich dich zum Zeugen dafür aufrufe, du kleiner schwarzer Wicht!«

Ungerührt setzte Ntikima die Kürbisflasche an die Lippen des kranken Mannes, damit er noch einmal trinken konnte. Dann wandte er sich Cory zu, der zu krank war, um sich aufzurichten, und spritzte ihm etwas Wasser auf die Lippen. Langoisse versuchte ungestüm, den Kopf zu schütteln, als wollte er seine Besinnung wiedererlangen. Doch die ruckhafte Bewegung bereitete ihm solche Schmerzen, daß er laut aufschrie. Ntikima streckte eine Hand aus, um ihn zu beruhigen, doch seine Berührung schien dem weißen Mann zu widerstreben. Ntikima vermutete, daß Shigidi bereits zu Langoisse gekommen war und er ihn noch mehr quälen würde, bevor der Silbertod einen Zugang zu seinem Herzen öffnete.

»Schlaft!« sagte der Junge.

»Verschwinde«, flüsterte der Pirat. »Schick mir Selim! Er soll über mich wachen und die schwarzen Teufel fernhalten. Hinweg!«

Ntikima ging. Er kehrte zu Noell Cordery zurück und berichtete ihm, daß der Pirat sehr krank sei. Noell schüttelte nur den Kopf über das, was er bereits wußte. »Wir werden weiterziehen, sobald wir können«, sagte er. »Wir sind jetzt so weit gekommen, und das Land, nach dem wir uns sehnen, ist greifbar nah. Vielleicht hilft uns die Medizin des Elemi.«

»Shigidi kommt«, sagte Ntikima. »Der Mann Langoisse fühlt seine Nähe, obwohl er seinen Namen nicht kennt.«

»Delirium und Alptraum sind die Namen, bei denen wir euren Schrekkensgott nennen«, erklärte ihm Noell. »Und es gibt keinen unter uns, der nicht weiß, daß sein Kommen nahe ist. Geh, leg dich selbst schlafen, Ntikima, und halte Shigidi von dir fern, soweit du das kannst.«

Ntikima tat, wie ihm geraten worden; und in jener Nacht suchte ihn Shigidi nicht heim. Doch in der Stille seines oft unterbrochenen Schlummers war eine Unruhe, die ihm verriet, daß bald schon, eines Tages, Shigidi auch zu ihm kommen würde, nicht gnädig gestimmt, sondern triumphierend in der schrecklichen Wut seiner Bosheit.

8. Kapitel

Am folgenden Tag erwachte Noell in übler Verfassung, nicht krank zwar, doch geplagt von Schmerzen und Unwohlsein, die ihm das Gefühl eingaben, nur noch ein Schatten jenes Mannes zu sein, der von Burutu aufgebrochen war. Bei Sonnenaufgang frühstückten sie kärglich, Hirsebrei, Maniok und wilde Erbsen. Ghendwa reichte Quintus ein schwarzes Pulver, das er in die Schüsseln der Kranken streuen sollte. Obwohl das Pulver nicht bitter war und sein eigentümlicher Geschmack vom Essen verdeckt wurde, war es nicht einfach, Langoisse, Cory und Leilah zu einer vollen Dosis zu überreden. Sie hatten unruhig geschlafen, und obwohl sie das Aufwachen bei klarem Bewußtsein erlebten, hatten sie nur wenig Appetit. Sie waren alle drei indes sehr durstig. Quintus veranlaßte sie, trotzdem zu essen, etwas Brei zu löffeln und ihn mit vielen Schlucken Kaffee hinunterzuspülen.

Als sie ihren Marsch wieder aufnahmen, nahm Noell bei den dreien eine gewisse Besserung wahr; anfangs wirkten sie zwar kraftlos, allmählich wurden ihre Schritte jedoch fester und zielstrebiger, als wären sie in eine Art Trance verfallen.

Es war schwer, sich in den Stunden zwischen Sonnenaufgang und Mittag einen Pfad durch das hohe Gras zu bahnen, doch sie schritten aus bis in den Nachmittag hinein, bis die Verbindung von Hitze und Erschöpfung zuviel für sie wurde. Langoisse, Cory und Leilah fielen sofort in tiefen Schlaf, als sie endlich haltmachen konnten, und Noell baute das Zelt auf, um sie vor dem Sonnenglast zu schützen.

Ngadze kam zu Noell und teilte ihm mit, er wolle sich in der Steppe auf Nahrungssuche machen. Er forderte Noell auf, sich ihm mit einer der Musketen anzuschließen, so daß sie auch Tiere jagen könnten, doch Noell schüttelte den Kopf, da er ein zu schlechter Schütze war. Er schickte Selim an seiner Statt. Ngadze, Mburrai und Selim brachen gemeinsam auf und versprachen, vor Einbruch der Dunkelheit zurück zu sein.

Als dann der Sonnenuntergang nahte, gab es weit und breit kein Lebenszeichen von ihnen.

Noell und Ntikima schichteten große Bündel des langen Grases übereinander und zündeten ein Feuer an, das den Jägern helfen sollte, den Weg zurück zu finden, obwohl diese derart primitiver Signale nicht bedurften. Noell wußte, daß ihnen ein Mißgeschick zugestoßen war.

Quintus gelang es nicht, die Schlafenden zum Abendessen zu wekken, und er äußerte Noell gegenüber die Befürchtung, daß sie vielleicht nicht überleben würden, besonders Cory. Als Ghendwa berichtet wurde, daß sich der Schwächezustand der drei verschlechterte, erwiderte er nur, daß ihre Überlebensaussichten noch geringer wären, falls sie zu lange in diesem Grasmeer blieben anstatt schleunigst weiterzuziehen.

Zwei Stunden nach Einbruch der Dunkelheit kehrten Ngadze und der Türke zurück, letzterer mit einer Wunde am Kopf und rasend vor Schmerz. Ein verirrter Speer hatte ihm die obere Hälfte des linken Ohrs abgerissen und einen langen Hautlappen von seinem Schädel gefetzt und damit dem furchterregenden Muster von Narben noch weitere schreckliche Zier hinzugefügt. Die Muskete, die er bei sich gehabt hatte, war verloren gegangen. Ngadze war es gelungen, einiges an Eßbarem zu sammeln, doch nicht genug, um ihre schwindenden Vorräte aufzufüllen.

Ngadze erklärte, daß sie beim Anpirschen auf Wild in den Hinterhalt einer Horde jugendlicher Fulbais geraten wären, die der Expedition seit Tagen gefolgt sein mußten. Selim war sogleich außer Gefecht gesetzt worden, da das erste Ziel der Angreifer gewesen war, die Feuerwaffe zu erbeuten, und so waren die Ibaus gezwungen gewesen, mit ihren eigenen Waffen zu kämpfen. Zwar hatten sie noch um Hilfe gerufen, doch waren sie bereits zu weit vom Lager entfernt gewesen. Mburrai hatte einen tödlichen Schlag abbekommen, bevor die Marodeure mit der Muskete abzogen, und sie hatten nur einen der Angreifer getötet.

»Sie werden nicht so bald wiederkommen«, sagte Ngadze. »Bestimmt werden sie versuchen, noch mehr von uns zu stehlen. Obwohl sie vielleicht zu wenige sind, das Lager anzugreifen.«

Quintus verband Selims Wunden, wobei der Türke in seiner grotesken Art Flüche vor sich hinmurmelte. Ghendwa gab ihm eine Wurzel zu kauen, die den Schmerz lindern sollte, doch ob die Medizin Wirkung zeitigte, war nicht er erkennen.

»Die Fulbai werden uns nicht über das Grasland hinaus verfolgen«, sagte der Elemi. »Sobald wir die Berge erreicht haben, wo der Logone entspringt, werden wir vor ihrem Angriff sicher sein. Doch wir müssen nach Kräften eilen.«

Es gelang ihnen diesmal, die erschöpften Schläfer zu wecken, so daß sie mit Ngadze und Selim etwas Essen zu sich nehmen konnten, doch nachdem sie gegessen hatten, verfiel nur Cory sogleich wieder in Schlaf, und das erschien Noell ein schlechtes Zeichen zu sein. Langoisse und Leilah warfen sich ächzend und stöhnend auf ihrer Lagerstatt herum, tobten gelegentlich im Delirium. Noell hatte sich zu ihnen gesetzt und versuchte, sie zu beruhigen. So schlief er nur ganz wenig, und als die Morgendämmerung anbrach, hatte er selbst ein starkes Bedürfnis nach Ghendwas Pulver, doch wagte er es nicht, etwas davon einzunehmen. Er sagte sich immer wieder selbst, daß er lediglich müde sei und nicht zulassen dürfe, daß das Fieber auch ihn packte.

Cory wurde mühsam geweckt und dazu gebracht, etwas von dem mit dem Betäubungsmittel versetzten Essen zu sich zu nehmen, doch es schien ihm schlechter zu gehen als zuvor. Sein Anblick erschütterte Noell, weil er so schrecklich dünn und ausgezehrt war; seine Größe unterstrich seine Magerkeit. Langoisse und Leilah ging es nicht ganz so schlecht, und der körperliche Verfall war bei ihnen nicht so weit fortgeschritten. Dennoch erschöpfte der Marsch des Tages schon bald ihre geschwundenen Kräfte. Während sie sich einen Weg durchs hohe Gras bahnten, blies der Harmattan ihnen stetig Rauch entgegen und trieb sie noch mehr an. Gegen elf Uhr konnten sie im Norden dichte Rauchschwaden über dem Savannenfeuer aufsteigen sehen, doch es war noch sehr weit weg, und sogar dem Harmattan gelang es nicht, seinen Vernichtungszug zu beschleunigen. Trotzdem mußten sie in der glühenden Nachmittagssonne weitermarschieren, mit nur wenigen Ruhepausen am Ende jeder vollen Stunde.

Während der sengend heißen Stunden des Nachmittags war Noells Stimmung auf dem Tiefpunkt angelangt, denn die Savanne erschien endlos und vernichtend. Durst und Hunger plagten ihn, und er spürte, daß er bald dem Fieber anheimfallen würde. Er sehnte sich danach, sich einfach fallenzulassen und seiner Erschöpfung nachzugeben. Doch dann beobachtete er, wie Ghendwa und Msuri vor ihm her marschierten, die uralten Beine des Oni-Osanhin funktionierend wie ein Uhrwerk, obwohl seine Muskeln dünn wie Schnüre wirkten. Msuri, ebenso alt und nicht einmal ein Vampir, paßte sich scheinbar mühelos den Schritten des Elemi an. Noell war größer und stärker gebaut als die beiden, also sagte er sich wütend, daß er das, was sie konnten, allemal leisten konnte. Er verfluchte die Hinfälligkeit seines schwachen Fleisches, und seine Entschlossenheit wurde belohnt, denn obwohl ihnen das Feuer über Stunden näher auf den Leib gerückt war, gelang es ihnen schließlich, ihm zu entkommen.

Später fragte sich Noell, ob das Feuer nicht eher ein Segen als ein Fluch gewesen war, nicht nur, weil es den Eselszug vorangetrieben hatte, sondern vielleicht auch, weil es die Fulbai davon abgebracht haben mochte, ihnen weiter zu folgen. Als die Sonne in ihrem Rücken unterging, wurde das Gras merklich dünner, und bewaldete Flecken fanden sich häufiger. Sie hatten keine Schwierigkeit, ein Stück freies Gelände im Busch zu finden, wo sie ihre Lagerstatt aufschlagen konnten, und es war Ngadze und Ntikima sogar unterwegs auf ihrem Marsch gelungen, etwas Eßbares zu sammeln. Msuri hatte zusätzlich einen Vogel mit einem Pfeil aus der Luft geholt und sie mit Fleisch für ihr Abendessen versorgt. Das machte Noell glauben, daß das schlimmste jetzt vorüber wäre.

Nach Einfall der Dunkelheit beobachteten Noell und Quintus das ferne Glühen des Buschfeuers und sahen, daß die Flammen inzwischen von ihrem Weg nach Westen abgetrieben worden waren, wo sie die von ihnen durchquerten Gebiete verheeren würden. Ntikima gesellte sich zu ihnen und sagte ihnen, sie müßten sich fortan über ihre Vorräte keine Sorgen mehr machen, denn bis zum Wald ohne Leben liefe ein Gürtel fruchtbaren Landes vor ihnen, wo sie auch auf Dörfer und Elemi stoßen würden, die ihnen helfen konnten. Um ihnen die Wahrheit seiner Worte zu beweisen, zog er sie zur anderen Seite des Lagers. Im Osten, wohin sie sich jetzt wenden mußten, erkannten sie das ferne Glühen anderer kleinerer Feuer.

Ntikima erklärte, dies seien die Feuer des den Mkumkwe eng verwandten Sahra-Stammes. Sie würden den Reisenden Essen mitgeben, und ihre Elemi würden die Medizinsäckchen Ghendwas auffüllen. Jenseits des Landes der Sahra, so versprach er, lag dann Adamawara. Der Uruba-Junge schien von dieser Aussicht stärker erregt als Msuri oder Ghendwa, und auch Noell brachte nicht die Energie auf, die Begeisterung des Jungen zu teilen.

Langoisse und Leilah schliefen in dieser Nacht besser, doch Corys Schlaf war von anderer Art. Er war unerreichbar für Alpträume, doch Noell befürchtete, daß es am Morgen unmöglich sein könnte, ihn wachzubekommen. Und so kam es auch; Cory starb in dieser Nacht, und obwohl Quintus ein Gebet für ihn sprach, mußten sie seinen Leichnam den Aasfressern überlassen, da sie nicht die Zeit hatten, mit ihren armseligen Werkzeugen ein Grab für ihn auszuheben.

Am späten Vormittag kamen sie in das erste Sahra-Dorf und wurden freundlich aufgenommen. Es war ein kleines, um einen Brunnen angelegtes Dorf, und zu jeder der spitz zulaufenden Hütten gehörte ein kleines von Strohmatten umgebenes Stück Land. Die Wohnstätten des Dorfes, in der Form Bienenkörben ähnlich, waren aus Strohgeflecht und auf hölzernen Pfählen errichtet, um Insekten fernzuhalten. Die Frauen des

Stammes trugen zwischen die Lippen geschobene Plättchen, durch die ihr Mund beträchtlich gedehnt wurde, was ihnen, wie Noell fand, das Aussehen breitschnabeliger Vögel gab. Die Männer waren in einer Weise tätowiert, die der der Mkumkwe-Krieger nicht unähnlich war. Im Dorf wimmelte es von Fliegen, die der Gastfreundschaft etwas Abbruch taten, doch die Reisenden waren derart dankbar für die frischen Lebensmittel, daß die Fliegen dagegen eine unbedeutende Belästigung darstellten.

Im Dorf waren vier Elemi ansässig, mehr als in den anderenDörfern, in denen sie bisher Unterschlupf gesucht hatten. Sie hatten ihre Hütte hinter der des Häuptlings und saßen in einer Reihe davor, älter als jeder Mensch, den Noell je gesehen hatte. Sie waren noch runzliger als der Oni-Olorun, der nach Benin gereist war. Sie hatten fast keine Haare mehr, und die Augen wirkten tief in ihre Höhlen eingesunken. Er konnte nicht abschätzen, wie alt sie sein mochten, doch es hätte ihn nicht überrascht, wenn sie hier bereits seit über tausend Jahren lebten. Sie trugen keine Lederbeutel an den Hüften und nur Lederstreifen statt Lendenschurzen, so daß Noell erkennen konnte, daß sie genau derselben Behandlung unterzogen worden waren wie Ghendwa. Der Penis war zu einem Stumpf verkürzt, so häßlich und unnatürlich wie die Nase des armen Selim. Die Hodensäcke indessen waren noch intakt, die Kastration also nicht vollständig.

Nach einem sehr förmlichen Mahl, an dem Langoisse und Leilah kaum teilnehmen konnten, reichten die Sahra ihren Besuchern *Araki*, einen aus Hirse gebrannten Schnaps, der viel stärker war als das übliche Hirsebier. Quintus rührte ihn kaum an, und Noell trank sehr zurückhaltend, doch Langoisse, Ngadze und Ntikima wurden ziemlich betrunken, und Leilah trank bis zur Besinnungslosigkeit. Dieser Exzess schien Ghendwa überhaupt nicht zu gefallen, der sich seiner Verantwortung für seine Gruppe deutlich bewußt war, und Noell war besorgt, denn die Trunkenheit führte zu schweren nächtlichen Fieberanfällen.

Noell beobachtete eingehend, wie sich Ghendwa in diesem Dorf benahm und wie er hier behandelt wurde. Im Westen hatte er sich arrogant und distanziert gezeigt, und selbst wenn er einem Elemi begegnet war, hatte er erwartet, daß man ihm, einem Mann von Bedeutung, mit Ehrfurcht entgegenkam. Hier schien sein Status merklich anders. Diese Elemi behandelten ihn wie einen Gleichgestellten. Noell schloß daraus, daß der Stamm, obwohl weder reich noch mächtig, unter seinesgleichen über mehr Prestige verfügte als die anderen.

In dieser Nacht schliefen sie innerhalb der Befestigungen des Sahra-

Dorfes, mußten keine Wachen aufstellen, und ihr Schlaf war erholsam wie seit vielen Tagen nicht mehr, obwohl Noell das Gefühl hatte, daß er seine kleinen körperlichen Beschwerden nicht vollständig losgeworden war.

Auch die folgende Nacht verbrachten sie in einem Sahra-Dorf, und als sie von dort aufbrachen, hatten sich Langoisse und Leilah soweit erholt, daß sie Ghendwas Medizin nicht mehr brauchten. Obwohl beide sehr dünn geworden waren und Langoisse abgezehrt aussah, verkündeten sie, daß das Schlimmste jetzt vorüber wäre. Ein weiterer Esel verendete, so daß ihnen jetzt nur mehr sechs Packtiere blieben. Und Selims Wunde erwies sich auch weiterhin als so kritisch, daß der Elemi sie versorgen mußte, doch ihre Nahrungsmittelvorräte waren aufgefrischt worden, und Ngadze und Ntikima schienen guter Dinge.

Das Gebiet der Sahra indes war nur ein schmaler Streifen fruchtbaren Landes. Wieder kamen sie in ansteigendes, hügeliges Gelände, das stark bewaldet war. Ghendwa führte sie sicher und zielstrebig, doch Hitze und Insekten waren sehr lästig. Noell und Quintus trugen ständig ihre Schleier, und Quintus mußte Langoisse trotz seiner Proteste zwingen, auch den seinen anzulegen, doch niemand wagte es, den wilden Türken dazu zu überreden. Die Schwarzen litten am meisten unter Insektenbissen und -stichen, und Ghendwa trug den ganzen Abend Salben auf ihre Rücken und Gesichter auf.

Bäume wie in diesem Gebiet hatte Noell noch nie gesehen. Wenige Arten waren ihm vertraut, so die allgegenwärtigen Palmen und Owalas sowie einige Dika-Bäume, auf denen wilder Mango wuchs, doch sie waren höher als gewöhnlich, mit gewundenen Stämmen, als hätte sie vor langer Zeit ein Riese gepackt und gewaltsam verdreht. Dann waren da andere, mit schwarzer Rinde und befallen von Kriechtieren, die in einsamer Majestät aufragten, dem Boden in weitem Umkreis Schatten spendeten, doch auch sie wirkten verwachsen und knorrig, als wären ihre Kronen Kürbisflaschen, die achtlos auf lange Speere gesteckt worden waren. Es gab kaum Unterholz, und viele der Büsche, die gewöhnlich auf offenem Gelände wuchsen, dort, wo die Laubkronen größerer Bäume nicht aneinanderstießen, schienen kränklich und verkrüppelt.

Ngadze und Ntikima gingen auch an diesem Abend auf Nahrungssuche, doch als sie zurückkamen, bestand Ghendwa darauf, ihre Funde zu inspizieren. Sie hatten in großer Zahl unbekannte Früchte mitgebracht, von denen Ghendwa sofort einige wegwarf und den Reisenden einschärfte, sie nicht anzurühren.

Etwas höher in diesem bergigen Land entdeckten sie einen weiteren Flußlauf, den Ghendwa den Logone nannte, doch er war praktisch ausgetrocknet, und in seinem Bett hatte sich nasser, klebriger Schlamm abgesetzt. Jenseits des Flusses wurde der Wald immer seltsamer. Das Niederholz war fast verschwunden und die abgestuften Baumkronen ragten so hoch auf, daß das Laufen auf dem Waldboden leicht fiel; doch trotz des leichteren Vorwärtskommens hatte der Ort etwas Verwunschenes. Es gab nur ganz wenige Vögel, und die sonst allgegenwärtigen Affen waren nirgendwo zu entdecken. Insekten schwärmten zahlreich umher, doch es wuchsen hier nur wenige duftende Blumen. Am farbenprächtigsten, aufflammend in den Strahlen der durch die Baumkronen fallenden Sonne, boten sich dem Blick orange, gelbe oder weißblau gestreifte Schwammpilze, die in den Furchen der Baumstämme gediehen. Noell schien es, als ob jede vertraute Baumart hier nur verkrümmt und vermodernd als totes und sterbendes Gehölz vertreten war.

Sie überquerten etliche kleine Wasserläufe, in der Regenzeit Zuflüsse des Logone, doch nur wenige führten jetzt Wasser, und in ihnen hausten weder Krokodile noch Blutegel, die Noell für Stammbewohner afrikanischer Gewässer gehalten hatte. Ebensowenig gab es Wasservögel, und, soweit er feststellen konnte, auch keine Fische.

Sie hielten sich in nordöstlicher Richtung, nachdem sie den Logone überquert hatten, viele Kilometer weit durch den häßlichen Wald stapfend, doch sie entdeckten nirgendwo Eingeborenendörfer. Zweimal lagerten sie neben den gurgelnden Wassern kleiner Bäche, und nachts war es geisterhaft still. Langoisse erlitt einen schweren Rückfall, so daß Noell um sein Leben fürchtete, doch Leilah war ihre Krankheit allmählich losgeworden.

»Ist das der leblose Wald, von dem du gesprochen hast?« fragte Noell Ntikima, als sie auf dem offenen Gelände eines Berghangs lagerten. »Dies scheint mir ein unirdisches Gebiet, das von Menschen nicht gern aufgesucht wird. Ich kann mir keinen unwahrscheinlicheren Ort für den Garten Eden vorstellen.«

Ntikima bestätigte, daß dies der große Wald sei, der Adamawara umgebe: ein schlimmer Ort, wo niemand lebte. Er war nicht völlig ohne Leben, denn es gab hier Insekten und Bäume, und sie beobachteten große schwarze Fledermäuse, die offenbar in den Baumwipfeln Nahrung fanden. Auch Schimpansen sollte es hier geben, berichtete Ntikima, darunter uralte Tiere, die schon weit über ihre natürliche Lebenszeit hinaus fortexistierten und von den Weibchen und Jungen Blut nähmen wie die Elemi von den Menschen. Noell war nicht sicher, ob er ihm glauben konnte.

Dann gelangten sie zu einem tiefen Einschnitt im Gelände – einer schwarzen Felsenschlucht. Der Felshang, an dem sie sie durchschritten, war durchbrochen von Höhlen und Spalten. Es war beschwerlich für die Esel, sich auf dem Pfad zu halten, denn er war nicht breit genug für eine sichere Überquerung.

Am anderen Ende der Schlucht stieg das Gelände wieder steil an, was für die Tiere noch beschwerlicher war. Sie mußten die Lasten abschnallen, aber trotzdem stürzte einer der Esel und brach ein Bein, so daß sie ihn schlachten mußten. Sie hatten jetzt Frischfleisch. Inzwischen hatte jeder eine Last zu tragen, und nach diesem Zwischenfall noch mehr, bis auf Langoisse, der sich auch ohne Gepäck nur mühselig voranschleppte. Ghendwa untersagte ihnen, etwas Eßbares zurückzulassen und gab ihnen zu verstehen, daß die Nahrungssuche immer schwieriger würde. Noell fing an, sich über ihren Wasservorrat Sorgen zu machen.

Trotz aller Anstrengungen Ghendwas wollte Selims Kopfwunde nicht verheilen. Die eiternden Schwären mußten äußerst schmerzhaft sein, denn der Türke, der sonst ein ungewöhnlich stoischer Mensch war, plapperte unablässig wütend in seiner eigenen Sprache aus Quietsch- und Stöhnlauten. Noell stellte sich vor, daß dies Gebrabbel ein einsames, haßerfülltes Hadern mit der rachsüchtigen Gottheit sein mochte, die ihn so grausam quälte. Auch begann sich unter der Haut des Türken eine merkwürdige Verfärbung auszubreiten, vom Nacken über seine Schultern die Arme hinab, als würde in seinem Fleisch unterhalb der Hautschicht etwas wachsen. Quintus hatte noch nie etwas Derartiges gesehen, doch der Oni-Osanhin betrachtete es mit großer Besorgnis. Noell schienen die Flecken schwärzlich oder dunkelgrau, und er brachte sie nicht gleich mit dem Silbertod in Verbindung. Doch Ntikima klärte ihn auf.

»Shigidi kommt!« sagte er ergeben, und das nicht zum ersten oder letzten Mal.

Msuri und Ngadze hatten Probleme mit kleineren Wunden, die nicht verheilen wollten und Stunde um Stunde schlimmer wurden. Die Abschürfungen selbst waren harmlos, doch bald entdeckte Noell die verräterischen Anzeichen unter der Haut. Gegen ihren ebenholzfarbenen Teint erschienen die Flecken viel heller und grauer, und jetzt verstand er, warum die Schwarzen sie »Silbertod« nannten. Obwohl Ghendwa den drei davon befallenen Männern Medizin verabfolgte, verbesserte sich ihr Zustand nicht, und der Elemi schien auch keine Besserung zu erwarten, obwohl er Fragen über den Fortschritt der Krankheit auswich.

Als sie in dieser Nacht auf dem höchstgelegenen Punkt, den sie je erreicht hatten, ihr Lager aufschlugen, machte sich Noell auf die Suche nach Feuerholz und entdeckte dabei in einer kleinen Höhlung im Fels eine Gruppe von Toten, die um eine schon lange erloschene Feuerstelle kauerten. Von der Sonne eingetrocknet und geschrumpft, waren ihre Leiber nur noch lose, mit Haut überspannte Knochen, doch die zerknitterte Haut war weder braun noch schwarz, sondern hatte einen aschefarbenen Schimmer wie die Flecken unter der Haut ihrer Gefährten. Quintus wies Noell erstaunt auf den Umstand hin, daß die Körper der Toten, obgleich sie hier schon seit vielen Jahren liegen mochten, nicht von Aasfressern angerührt worden waren. Kein Leopard, Schakal oder Geier war gekommen, das Fleisch von den Knochen zu reißen, nicht einmal geduldige Würmer, um die verwesenden Überreste zu verzehren.

Noell war bestürzt von dieser Entdeckung, obwohl er jetzt sicher war, daß sie sich dicht vor der Schwelle nach Adamawara befanden. Vielleicht würde Langoisse nicht lange genug am Leben bleiben, um ihren Bestimmungsort zu erreichen, und der Silbertod konnte leicht auch den Türken hinwegraffen. Noell fragte sich, ob er überleben konnte bis zu jener schicksalhaften Begegnung, die vor ihnen lag, und im Feuerschein untersuchte er seine Haut nach Anzeichen der Krankheit, die ihm furchtbarer schien als jedes Fieber. Er bemerkte, daß Quintus dasselbe tat, ängstlich jeden Kratzer, jede wunde Stelle betrachtete.

Später gestand Noell Quintus seine Angst, als wollte er Absolution für seine Verzagtheit. Quintus, der unberührt schien von solchen Schrecken, beruhigte ihn. »Ghendwa hat mir erklärt, daß wir in einem Tag die Tore von Adamawara erreichen werden«, sagte der Mönch. »Allenfalls sind es noch zwei Tage. Wir sind jetzt so weit gekommen und haben so viel gelitten, daß der Herr uns jetzt sicher geleiten wird. Sogar Langoisse, ein großer Sünder und ein kranker Mann, ist bisher vom Silbertod verschont geblieben. Vertraut auf die Vorsehung, Noell, denn ich glaube, daß über uns Schutzengel wachen!«

Noell berührte den älteren Mann an der Schulter, wie um ihm zu danken. Sie setzten sich auf einen großen Felsen und schauten hoch zum sternerfüllten Himmel über ihnen. Die Luft war hier sehr klar, außer Reichweite des staubgeschwängerten Harmattan, und Noell dachte, daß er in seinem ganzen Leben die Sterne noch nie so hell und klar gesehen hatte.

Sie hörten Schritte, und Noell war schon in Alarmbereitschaft, doch als er Leilah und Ntikima sah, entspannte er sich.

»Ist etwas vorgefallen?« fragte die Zigeunerin.

»Nein«, sagte Quintus. »Wir messen nur die Größe des Universums aus und die Großartigkeit der menschlichen Seele.«

»Die Sterne sind Körner in der Mühle, die Olorun mahlt«, sagte Ntikima, »während er mit der Sonne in seinem Herzen um die Welt wandert.«

»Das glaube ich nicht«, sagte Leilah zu ihm und umfaßte dabei in merkwürdig mütterlicher Art seine Schultern. »Langoisse hat mir erzählt, daß es die Erde ist, die sich dreht, und die Sterne stille stehen. Das ist doch so, Pater Quintus?«

»Es ist die runde Erde, die sich dreht«, bestätigte Quintus, »und der Kreislauf der Jahreszeiten gibt Aufschluß über ihre Bahn um die Sonne. Die Fixsterne kreisen vielleicht um einen anderen Mittelpunkt, sehr, sehr fern von hier, doch mit unserem schwachen Sehvermögen können wir die zentrale Sonne der Schöpfung genausowenig erkennen, wie wir die Hand Gottes in ihrem Räderwerk wahrnehmen können.«

Das schien ihm Ntikima nicht zu glauben.

Die Zigeunerin setzte sich neben Noell. »Und die Sterne sind sehr weit entfernt – so viele Kilometer weit weg, daß du oder ich sie nicht zählen könnten, auch wenn wir jetzt anfingen und weiterzählten, bis wir sterben. Sie sind doch so weit fern, nicht wahr, Pater?«

»Die Planeten sind Millionen von Meilen entfernt«, erwiderte Quintus. »Und die Sterne, die noch dahinterliegen, so weit weg, daß ich bezweifle, daß wir jemals abmessen können, wie groß ihre Entfernung ist. Es sind Sonnen mit eigenen Welten, wo es Meere und Wälder gibt, Menschen und wilde Tiere. Auf irgendeiner anderen Erde, am Firmament, nähern sich genau in diesem Augenblick Reisende ihrem eigenen Adamawara auf der Suche nach dem Odem des Lebens und dem Licht der Weisheit.«

Ntikima schaute auf, als wäre er plötzlich von dem Wunderbaren dieser Vorstellung ergriffen, und Noell wünschte sich in diesem Moment, daß es hell genug wäre, den Ausdruck in seinem dunklen Gesicht zu sehen.

»Gibt es denn Millionen von Welten«, fragte der Junge, »auf die Shango Donnerkeile schleudert? Findet man das Herz Oloruns in jeder Welt, um die besten unter den Menschen stark und weise zu machen und Shigidi in den dunklen Ecken des Schlafs anzuketten und seine Wut zu beruhigen?«

»Eine Million Welten und noch mehr«, erzählte ihm Quintus. »Und das Herz Gottes ist in jeder einzelnen, gibt den Seelen der Menschen Nahrung und führt all jene ins Himmelreich, die gehen müssen.«

9. Kapitel

Ntikima und Ngadze mußten sich in jener Nacht unter einer einzigen Decke aneinanderkuscheln. Sie saßen dicht am spärlichen Feuer, da es nachts bitter kalt war. Noell Cordery, Quintus und Leilah teilten sich das einzige Zelt mit dem schwerkranken Langoisse, während Msuri versuchen mußte, Wärme bei Ghendwa zu finden und Selim ganz allein draußen unter einer Decke lag, die niemand mit ihm teilen wollte. Schon in normalen Zeiten mochte niemand außer Langoisse in Selims Nähe sein, und jetzt, da er wegen seiner schmerzenden Wunde außer sich war, wurde er von seinen Gefährten noch mehr gemieden.

»Ich mag dieses verwunschene Land Adamawara nicht«, sagte Ngadze zu Ntikima. »Seine Leblosigkeit macht mir angst. Ich habe geglaubt, daß überall auf der Welt Leben ist. Aber diese häßlichen Bäume haben das Land vergiftet, und ich wäre schon froh, hin und wieder einen Skorpion oder eine Schlange zu sehen.«

Ntikima war selbst von diesem widernatürlichen Wald auf unheimliche Weise berührt. Der Urwald, in dem er seine ersten Lebensjahre verbracht hatte und wo er Aroni begegnet war, war ganz anders gewesen – nicht ohne Gefahren zwar, doch nicht abweisend unwirtlich. Die Götter, denen man in einer Gegend wie dieser begegnen konnte, waren finsterer noch als Aroni, der jene vernichtete, denen er nicht günstig gesonnen war. Das hier war gewiß die wahre Heimstatt Egunguns, wie man ihm erzählt hatte: das Reich der auferstandenen Toten. Und er zweifelte nicht, daß er bald von Angesicht zu Angesicht einem gegenüber stehen würde, der mit der Stimme seiner Ahnen zu ihm sprach, die ihr Urteil über ihn fällen würden, wie früher in den Dörfern der Uruba, in denen er seine Kindheit verbracht hatte.

Ntikima hatte seine Gefährten gewarnt, daß jetzt Shigidi zu ihnen kommen würde, erst in ihren Fieberdelirien, dann in dem tieferen und dunkleren Schlaf des Silbertodes. Soviel hatte ihm Ghendwa gesagt. Er konnte nicht umhin, sich zu fragen, ob nicht hier Shigidi größere Macht besaß als in den Ländern, aus denen sie gekommen waren. Ob wohl Elegba auch hier lebte? Elegba, eine Gottheit von wilder Männlichkeit und böser Lust, war gewiß aus Adamawara verbannt worden, wo die *tigu* für ihn keine Verwendung hatten, doch vielleicht durchstreifte er nun diese wüsten Einöden, die schützend den Ort umgaben, den Shango für die ewig Lebenden geschaffen hatte.

Gern hätte Ntikima Ghendwa diese Fragen gestellt, doch der Elemi erschien ihm in jüngster Zeit ängstlich und verschlossen. Vielleicht waren schon zu viele gestorben, und er fürchtete, seinen Auftrag, den weißen Babalawo nach Iletigu, dem Land der Vollendeten, zu bringen, nicht ausführen zu können. Vielleicht schwächte eine Reise wie diese sogar einen Elemi – Ntikima wußte es nicht.

Ntikima hatte Angst vor dem Silbertod, der bereits Msuri und Ngadze gezeichnet hatte. Er hatte keinen Zweifel, daß er auch ihn heimsuchen würde. Denn ihm war eine Begegnung mit Shigidi versprochen, der seinen Mut auf die Probe stellen würde, doch er begriff nicht wirklich das Wesen jenes Auftrags, der ihn und die weißen Männer hierhergeführt hatte. Ghendwa hatte ihm nichts erklärt, und Ntikima fragte sich, ob man es dem Oni-Osanhin selbst mitgeteilt hatte. Vielleicht wußte einzig Ekeji Orisha, der den Göttern am nächsten stand, was man von dem weißen Wunderheiler und seinem Freund begehrte; vielleicht wußten es wirklich nur die Götter und Obatala, der Herr des weißen Gewandes, der zur Erde hinabsteigen würde, um sich mit seinem Schüler zu beraten.

Draußen in der kalten Nacht bewegte sich etwas, und Ntikima schauderte plötzlich zusammen, unruhig von seinen schweifenden Gedanken. Doch es war nur der Mann ohne Gesicht gewesen, der sich im Schlaf herumgeworfen hatte. Ntikima konnte hören, wie er wild vor sich hin murmelte. Er wußte, daß Selim keine richtigen Worte formen konnte, nicht einmal in seiner eigenen geheimnisvollen Sprache, weil man ihm die Zunge herausgeschnitten hatte. Doch das Gebrabbel, mit dem er seinem Leiden Ausdruck gab, schien bedeutungsvoll wie die Botschaft einer Buschtrommel oder das Geschnatter eines Kundschaftervogels.

Trotz des Kältegefühls in Beinen und Hüften nickte Ntikima ein. Er wartete auf Shigidi, doch Shigidi kam nicht zu ihm, und die Zeit verging.

Er wußte nicht, wie spät es war, als er plötzlich von einem entsetzlichen Schrei aus dem Schlaf gerissen wurde. Mit einem Ruck setzte er sich in der pechschwarzen Dunkelheit auf. Ngadze war auf die Füße gesprungen, wobei er die Decke mit sich riß und Ntikimas nackte Haut der kalten Nachtluft aussetzte.

Zunächst vermutete Ntikima, daß Leilah geschrien hatte, denn der Schrei war spitz und schrill und voll Panik gewesen, ganz anders als das Brüllen eines Mannes. Dann wurde ihm bewußt, daß der Schrei nicht aus dem Zelt gekommen war, sondern von der Stelle, wo Msuri und Ghendwa geschlafen hatten.

Er hörte, wie der Mann Langoisse im Fieber aufstöhnte und unzüchtig fluchte; sogar er war wach geworden. Aus dem Augenwinkel nahm er die Silhouette von Noell Cordery wahr, der aus dem Zelt gestürzt kam und den weißen Schimmer des Gewandes, das der Babalawo trug.

Über ihnen strahlten die Sterne noch immer hell an einem wolkenlosen Himmel, doch es schien kein Mond, und ganz schwach nur verfärbte sich der östliche Horizont im ersten Frühlicht. Zu beiden Seiten ihres Lagers ragten hohe Bäume auf, die im Sternenlicht lange Schatten warfen, und das Feuer hatte nur noch wenig Glut und spendete kein Licht mehr, obwohl Ngadze versuchte, es neu anzufachen und eine Fackel anzuzünden, die für einen Notfall bereitlag. Ntikima blickte wild um sich. Der Schrei hallte schrecklich in ihm nach.

Die Stille wurde zerrissen von einem weiteren Schrei, und etwas fegte aus der Dunkelheit auf ihn zu. Er warf sich zur Seite, und das Ungeheuer, oder was es sonst sein mochte, taumelte im Dunkeln an ihm vorbei, stieß Ngadze von den Füßen und trat die Überreste des Feuers aus. Dann jagte das unheimliche Wesen den Abhang hinunter und verschwand zwischen den Bäumen.

In diesem Augenblick brachen die ersten Strahlen der Morgensonne durch, und Lichtbündel zuckten durch das Laubdach der Bäume.

Noell Cordery packte Ntikima am Arm und versuchte, ihn hochzuziehen, doch Ntikima kam ohne Noells Unterstützung auf die Beine und rannte zu der Stelle, wo Ghendwa und Msuri gesessen hatten, dicht neben einem Wurzelstrunk, an dem die vier noch verbliebenen Esel festgebunden waren.

Ghendwa war noch da, doch im zunehmenden Licht sah Noell, daß unnatürlich langsam Blut aus einer großen Wunde in seiner Brust rann. An den Armen und am Kopf hatte er tiefe Schnittwunden. Seine Augen standen weit offen. In ihrem Weiß fing sich das erste Licht.

Neben Ghendwa , die Arme in einer hilflosen Beschützergeste um die Hüfte des Elemi geschlungen, war Msuri hingesunken, aus vielen Kopfwunden heftig blutend, die seinem Leben ein Ende gesetzt hatten. Msuri mußte noch versucht haben, zu seinem Angreifer hochzuschauen, und er war offenbar genau in diesem Augenblick gestorben.

Zum drittenmal jetzt ein Aufheulen, diesmal nicht so sehr ein Wutschrei als ein Brüllen reiner tierischer Wildheit, ein Gemisch aus Irrsinn und Angst. Ntikima schaute rechtzeitig hoch, um zwischen fächerartigem, von den Baumstämmen streifigem Sonnenlicht die tanzende Gestalt des Türken Selim zu erkennen, der bergab über eine Lichtung rannte. Er schwang sein Schwert durch die Luft, doch das Blut daran verhinderte, daß die Sonne sich auf der Klinge brach. Die auf- und abhüpfende Gestalt war nur sekundenlang zu sehen und dann verschwunden.

Noell stellte sich neben Ntikima. Er schaute hinunter auf den Elemi und Msuri, auf ihre blutig verstümmelten Köpfe. Er kniete sich hin, um Ghendwas Kehle zu berühren, die von einer Seite zur anderen fast ganz durchschnitten war, doch es war das Blut Msuris, das in breitem Schwall sich über den schwarzen Fels und das Moos ergoß.

Quintus war Noell aus dem Zelt gefolgt, und schnell kniete sich der Mönch neben den Vampir, Ntikima energisch beiseite schiebend. Ntikima überließ dem weißen Babalawo nur allzu gern Initiative und Verantwortung.

»Wir hätten ihn nicht allein lassen dürfen«, flüsterte Noell, als Ntikima versuchte, ihn am Ärmel zu fassen. »Das arme, verstörte Wesen! Wir hätten alles tun müssen, uns um ihn zu kümmern. Ein gesunder Langoisse hätte nie geduldet, daß wir ihn im Stich lassen und er einsam und allein umherirrt.«

»Er hat etwas Schreckliches getan«, sagte Ntikima bitter.

»Nein«, entgegnete Noell in traurigem Tonfall. »Das habe ich getan. Der Fehler liegt bei mir, weil ich nicht ertragen konnte, in seiner Nähe zu sein.«

Quintus drehte sich um und schaute zu ihm hoch.

»Wird er sterben?« fragte Noell.

»Msuri ist tot«, erwiderte der Mönch. »Doch Ghendwa ist ein Vampir. Er kann an Wunden wie diesen nicht sterben.«

Ntikima blickte hinunter auf den verwundeten Elemi, dessen Augen weit offen standen, obwohl sie nichts zu erkennen schienen. Trotz der klaffenden Wunden hatte Ghendwa im Vergleich zum armen Msuri nur wenig Blut verloren. Er beobachtete Quintus dabei, wie er die Hände sanft auf beide Wundlappen legte und sie vorsichtig zusammenfügte. Der Babalawo mußte die Wunde geraume Zeit so pressen, doch dann hielt das Fleisch zusammen.

Die große Wunde in der Brust ließ sich nicht so leicht schließen, und der Mönch setzte seine geschickten Finger ein, drückte und schob die Schnittstellen mit scheinbar erfahrener Kunstfertigkeit zusammen, obwohl Ntikima sich nicht vorstellen konnte, daß Quintus jemals zuvor einen verwundeten Elemi behandelt hatte. Doch Ntikima war nicht übermäßig verblüfft. Welcher Gott oder Zauberer den weißen Babalawo seine Kunst gelehrt haben mochte, mußte ihm dergleichen Geheimnisse anvertraut haben, um sie für den Tag bereitzuhalten, an dem sie gebraucht wurden.

Ngadze weinte und zitterte, doch Ntikima wußte nicht, ob er aus Mitleid für den Elemi weinte oder aus Furcht vor der Vergeltung gegen jene, die teilgehabt hatten an der Verstümmelung eines Ältesten von Adamawara, und das genau auf der Schwelle zu diesem geheiligten Ort.

Als er alles getan hatte, Ghendwas Schnittwunden zu versorgen, schloß Quintus dem Vampir die Augen, um den starrenden Blick nicht sehen zu müssen.

»Ist er in Trance?« fragte Noell.

»Ich glaube schon«, erwiderte Quintus. »Die Stichwunde in seiner Brust könnte eine Lunge durchbohrt haben, oder vielleicht sein Herz. Ich kann nicht sagen, wie lange sie brauchen wird, um zu verheilen. Doch ich bin sicher, daß er lange Zeit schlafen wird. Vielleicht Monate.«

Noell schaute sich um, und Ntikima folgte seinem Blick. Der Ort, an dem sie sich befanden, schien so still und düster, ohne Vogelgezwitscher oder das Summen schwirrender Insekten, so unheimlich wie ein endloses Grab.

»Shigidi wird kommen«, murmelte Ntikima unhörbar; doch schon, als er es aussprach, wurde ihm bewußt, daß Shigidi bereits gekommen war und den schaurigen Türken für sich beansprucht, all den üblen Haß in ihm freigesetzt hatte, der schon lange in seiner Seele genistet hatte.

Jetzt stand Leilah vor dem Zelt, schaute hin und her zwischen dem Ort, wo Quintus kniete, und der Stelle, wo der irre Türke verschwunden war.

Noell ging zu ihr hinüber. »Es ist Selim gewesen, der geschrien hat«, sagte er zu ihr. »Er hat Msuri gemordet und den Vampir angegriffen. Durch die Schwere seiner Wunden hat er das Bewußtsein verloren.«

»Wird der Vampir sterben?« fragte sie. Es war merkwürdig, dachte

Ntikima, daß diese Frage den Menschen als erste in den Sinn kam, obwohl doch jeder wußte, daß es äußerst schwer war, einen Elemi zu töten.

»Er wird leben«, sagte Noell. »Doch ein Vampir, der schwer verletzt worden ist, muß in eine Art Tiefschlaf verfallen, während sein Körper sich selbst heilt.«

Ihr Gesicht war ohne jeden Ausdruck. »Warum das?« fragte sie.

»William Harvey, ein Freund meines Vaters«, sagte Noell, »hat den Blutkreislauf in den Adern des Menschen aufgezeichnet. Er hat erklärt, daß der Geist in Bewußtlosigkeit versinkt, wenn es zum Stillstand des Blutes kommt. Er vermutet, daß Vampire den Stillstand des Blutes ertragen können, ja ihn sogar herbeiführen, während ihr Fleisch sich selbst heilt.« Nach einer kurzen Pause fügte er hinzu: »Ghendwa wird leben, und keine Narben werden von diesem schrecklichen Anschlag auf sein Leben zeugen. Doch ich weiß nicht, ob es Tage oder Monate dauern wird, bis er wiederhergestellt ist. So lange werden wir ohne Führer sein, ebensowenig wissen wir, wie wir uns seiner Medizin bedienen können, die geholfen hat, uns am Leben zu erhalten.«

»Wir sind verloren an diesem entsetzlichen Ort«, sagte sie, gleich das Schlimmste heraufbeschwörend, »und irren vielleicht hier umher, bis wir sterben. Und falls man uns findet, wie wird man uns strafen, nachdem wir zugelassen haben, daß in Adamawara selbst ein Vampir angegriffen wurde?«

Sie wandten sich beide zu Ntikima, dem bewußt wurde, daß auch die Augen des weißen Babalawo auf ihm ruhten. Ihr Blick galt nicht Ngadze, sondern ihm, da er ein Ogbone war.

»Ich weiß es nicht«, bekannte er. Er wollte schon die Achseln zucken, doch plötzlich schien ihm diese Geste unangemessen. Statt dessen sagte er: »Ich kann nicht sagen, in welcher Richtung Adamawara liegt. Aber wir müssen Ghendwa dorthin mitnehmen, damit er in Iletigu ausruhen kann.«

Er verstand nicht ganz, warum der Türke, ob von Shigidi angestiftet oder nicht, sich in dieser Weise gegen Ghendwa gewandt hatte. Der weiße Babalawo hatte ihm einst erzählt, daß die Elemi von Gaul grausam und streng wären und jene töteten, die sich gegen sie stellten. Doch er hatte nicht gedacht, daß dies Haß und Rachegelüste auslösen konnte. Er hatte der Erzählung nicht ganz vertraut, obwohl die Arokin sich eigene Geschichten über die wüsten Länder erzählten, wo die Menschen dämonenbesessene Zauberer waren, die Elemi abschlachteten und verbrannten und ihre Gabe zu heilen verschmähten. Er hatte beobachtet, wie die weißen Männer Ghendwa gefürchtet und mißtraut hatten, auch dann noch, als er ihnen seine Medizin gegeben hatte. Doch daß etwas Derartiges geschehen könnte, war jenseits seiner Vorstellungskraft gewesen. Seine Gedanken verwirrten sich.

Der weiße Babalawo erhob sich und sagte zu Ntikima: »Vielleicht hast du recht. Gewiß können wir nicht zurückgehen. Also müssen wir weiterziehen nach Adamawara. Aber wie wird man uns dort empfangen, wenn wir ihnen Ghendwa in diesem Zustand bringen? Werden sie nicht sehr zornig sein?«

»Ich weiß nicht«, erwiderte Ntikima. »Das werden sie vielleicht sein. Vielleicht bestrafen sie uns alle.«

»Was sollen wir nur tun?« fragte Leilah furchtsam.

»Es gibt nichts, was wir tun können«, entgegnete ihr Noell Cordery. »Wir können nirgendwo hingehen als nach Adamawara. Wir sind nun einmal hier, und der Elemi ist verletzt, und wir müssen die Folgen auf uns nehmen. Wie und wo könnten wir uns verstecken?«

»Wir müssen weitergehen«, sagte Ntikima. »Wir kennen die Richtung, aus der wir gekommen sind. Wir müssen höher hinauf auf die Berge. Wir wissen, daß Adamawara nahe ist.«

»Er hat recht«, sagte Quintus. »Wir müssen essen, und dann sollten wir aufbrechen. Wir müssen den Elemi tragen – und Langoisse auch, falls er zu krank ist, auf eigenen Füßen zu gehen.«

Ngadze war nur zu bereitwillig, jetzt Anweisungen entgegennehmen zu können, und er machte sich an die Zubereitung des Essens. Ntikima half ihm dabei, und immerzu gingen ihm die Fragen durch den Kopf, die Quintus gestellt hatte. Wie würde man sie jetzt in Adamawara empfangen? Was würden die Ogbone von ihrem Diener Ntikima erwarten? Würden sie die weißen Männer bestrafen? Würden sie ihn bestrafen? Aber er mußte solche Fragen beiseite schieben. Msuri war tot, der Türke verschwunden, und Ghendwa war jetzt eine Last, die getragen werden mußte, nicht mehr ihr Geleit. Im Wald konnten sie nichts Eßbares sammeln, so daß sie alles, was sie hatten, tragen mußten und dazu ihre Töpfe und Wasserflaschen. Auch wagten sie nicht, das Zelt oder die Decken zurückzulassen, da die Nächte so kalt waren. Ebensowenig würden die weißen Männer ihre Musketen und das Pulver zurücklassen noch die Gerätschaften, um Feuer zu machen. Das wenige, das ihnen geblieben, war kostbar.

»Ngadze und ich können den Vampir tragen«, sagte Noell zu Ntikima, als sie den Weitermarsch planten. »Und außerdem muß jeder sich noch Gepäck aufladen. Wir müssen die Esel so schwer beladen, wie es geht, und ich hoffe nur, daß sie es aushalten. Stimmst du mir zu?«

Nicht gewohnt, daß man seinen Rat wollte, schaute Ntikima den weißen Mann ernst an. Er war überrascht, daß man ihm solche Entscheidungsbefugnis zugestand. Dennoch hatte er kein eigenartiges Gefühl dabei, diese Verantwortung zu übernehmen. Immerhin war er ja ein Ogbone.

»Ich stimme zu«, sagte Ntikima. »Ich werde soviel tragen, wie in meiner Macht steht. Ich denke, wir haben nicht mehr weit zu gehen.«

»Wir müssen unserem Ziel sehr nahe sein«, erwiderte Noell. »Es sei denn, dieses furchtbare Land ist grenzenlos weit.«

»Die Götter werden uns führen«, beschied ihm Ntikima schlicht, »falls wir ohne Führung hilflos sind. Sie wissen, daß wir hier sind und warten darauf, daß wir zu ihnen kommen.«

Noell Cordery gelang ein mattes Lächeln, und er sagte: »Ich hoffe, daß ihr Appetit bescheiden ist und sie in diesem Jahr reichlich Blutopfer gehabt haben.«

»In Adamawara«, versicherte ihm Ntikima, »haben die Götter und all jene, die des Herzens von Olorun teilhaftig sind, alles Blut, das sie brauchen.«

10. Kapitel

Als sie ihren Marsch begannnen, übernahm Noell die Spitze, trotz der Tatsache, daß er die in aller Eile angefertigte Bahre tragen half, auf der Ghendwa lag. Ngadze ging hinter ihm. Der Weg war beschwerlich; sie zogen durch unebenes Gelände und mußten oft großen Felsvorsprüngen ausweichen. Noell achtete darauf, die Morgensonne vor sich zu haben und hielt genau auf ihr grelles Licht zu.

Jedesmal, wenn sie den Ausgang einer Schlucht fanden, hoffte Noell auf Anzeichen von Zivilisation: eine Felsenburg oder ein bepflanztes Feld oder die Spur eines menschlichen Fußes. Doch es gab keine solchen Zeichen, und er sah nichts im Wald, das sich bewegte, außer einen platten Käfer mit glänzendem Panzer, der sich unter seinem Fuß regte, und etliche andere Kriechtiere, deren Art er nicht zu bestimmen wußte. Einmal hörten sie einen fernen Schrei wie von einem Raubtier, doch als sie einander ansahen, wußten sie alle, wo er herkam. Selim lebte noch, verloren in der Hölle seines Deliriums.

Nach einer Stunde nahm Quintus Ngadzes Platz ein, und dann übernahm Ntikima für eine kurze Strecke, bevor der Ibau-Mann seine Last wieder aufnahm. Noell ließ nicht zu, daß jemand ihn ablöste, obwohl seine Arme schrecklich schmerzten und die Schnüre, mit denen er sein Gepäck zusammenhielt, die Haut seines Rückens durch das Hemd hindurch aufschürften. Der Schweiß, den er vergoß, ließ ihn durstig werden, aber der Vorrat an abgekochtem Wasser ging zur Neige, und sie hatten seit langer Zeit keine Quelle und keinen Wasserlauf gefunden. Er wußte, daß jetzt die Mitte der Trockenzeit war, und fast schockartig erinnerte er sich, daß in einem oder zwei Tagen das neue Jahr beginnen würde.

Gegen Mittag machten sie Rast im Schatten einer hohen, breiten, schwarzen Felssäule. Sie aßen Erdnüsse und pastenähnliche Hirsebällchen, ganz trocken, weil sie so wenig Wasser hatten. Und das, was ihnen noch blieb, benutzten sie, um Kaffee zu kochen.

Ghendwa lag bewegungslos und atmete sehr flach. Quintus konnte nur einen schwachen und langsamen Herzschlag ertasten, doch er redete sich ein, daß es dem Vampir gutgehe und er schon bald genesen werde. Nicht zufrieden war er mit Langoisse, der jetzt ohne die Hilfe von Ghendwas Medizin auskommen mußte und völlig ausgedörrt und erschöpft schien. Als die Sonne tiefer stand, teilte der Mönch Noell mit, daß sie nur noch einen Tag durchhalten könnten und daß jede Verzögerung den Piraten töten würde. Der Durst würde ihnen dann auch noch die allerletzten Kraftreserven rauben. Leilah versuchte, Noells schmerzende Muskeln durch den Druck ihrer Hände weicher zu machen, doch seine Haut war an zu vielen Stellen aufgeschürft, und er mußte sie bitten, von ihm abzulassen.

Kurz vor Sonnenuntergang fand Noell einen Weg auf die hochragende Felsklippe, und er trieb sich beim Aufstieg gewaltig an, in der Hoffnung, die letzten roten Sonnenstrahlen auf eine Mauer oder einen Turm fallen zu sehen, die ihnen ein baldiges Ende der Reise verheißen könnten. Doch als er auf der kahlen Felskuppe stand und um sich schaute, sah er nichts außer dem schrecklichen, endlosen Teppich von dunklem Grün. Es schien unendlich leerer und seelenloser als jede Landschaft, die er je erblickt hatte.

Es gibt keine Stadt der Vampire, sagte er sich tief enttäuscht. *Ghendwa hat uns hierhergeführt, nur um uns in dieser Wüstenei auszusetzen. Wäre er nicht verletzt worden, wäre er inzwischen längst verschwunden, wieder von der Höhe hinabgestiegen zurück zu den lauschigen Wassern des Logone und seiner Seitenarme.* Aber dennoch, so ganz wollte er es nicht glauben.

Er fragte sich, ob diese Ödnis nicht vielleicht schlimmer sein mochte als die Wüste, durch die Moses die Kinder Israels geführt hatte, und ob dem Propheten wohl auf einem Berggipfel wie diesem die zehn Gebote gegeben worden waren. Doch als er hochschaute in den dunkelnden Himmel, entdeckte er keinerlei Anzeichen für die gnädige Gegenwart Gottes.

Kann das Eden sein? fragte er sich. Wo sind die Bäume, die dem Blick so angenehm sind, die Gott selbst dort gepflanzt hat? Wo sind die Früchte zu unserem Genuß? Wo ist der sagenhafte Baum des Lebens, wo der Baum der Erkenntnis von Gut und Böse, von dem Eva so frevelhaft gegessen? Wo ist der Odem des Lebens, den Gott Adam eingehaucht, damit er Herrscher über die Vögel des Himmels und die wilden Tiere sei, die Gott erschaffen hat? Falls Adamawara je das Eden gewesen ist, von dem unsere heiligen Schriften künden, dann hat Gott es gewiß längst aufgegeben; und sogar die Schlange, die die Menschheit getäuscht, hält nicht länger Wacht in dieser Wüstenei.

Er langte hoch zu seiner Stirn, um eine Locke aus seinen Augen zu streichen, und erblickte dabei seine abgeschürften Hände. Im rechten Handteller hatte er eine geplatzte Blutblase, und darum herum entdeckte er unter seiner blassen Haut einen dunklen Kreis.

Ein Schauder des Entsetzens durchfuhr ihn, und plötzlich war er sich all der Schmerzen bewußt, die seinen Körper plagten. Schnell öffnete er sein Hemd und schaute an seiner Brust hinab. Hier gab es keine Anzeichen schwärzlicher Verfärbung, doch auf seiner rechten Schulter, wo die Schnüre seiner Traglast eingeschnitten hatten, war ein dünner schwarzer Streifen, der wie eine schwarze Schlange gemächlich auf seine Kehle zukroch.

In diesem Augenblick der Verzweiflung erschienen die Male ihm wie ein Symbol, das ihm den Tod ankündigte. Er verfluchte nicht Gott oder ein mißgünstiges Schicksal oder die Neugier, die ihn den ganzen Weg hierher geleitet hatte; zum Fluchen fühlte er sich zu einsam und allein. Auch betete er nicht um Errettung, denn seine Verzweiflung war nicht groß genug, um die Flamme des Glaubens in der Seele des Ungläubigen anzufachen. Er stieg wieder bergab, da nur noch ein schmaler Rand der Sonne am von den Bergen gezackten Horizont stand, und er wollte um keinen Preis den Abstieg in der Dunkelheit wagen.

Als er am Fuße der Felsklippe ankam, fand er dort Quintus, der sich sein weißes Gewand von der Schulter streifte, und er sah, daß sich von der Schulter abwärts zwei schwarze Flecken auf dem Rücken des Mönchs ausbreiteten. Er ging zu seinem Freund und zog die Spur des Silbertods mit seinem Zeigefinger nach, damit Quintus einen Eindruck davon bekam, wie weit sie sich über seine Schulterblätter dehnte.

»Ich habe mit Ntikima gesprochen«, sagte der Mönch. »Er sagt, man nenne die Krankheit hier ›Silber‹, obwohl ihre Flecken nicht silbrig schimmern. Und obgleich ihr das Wort ›Tod‹ beigefügt worden ist, hat sie nur ganz selten einen tödlichen Ausgang. Er warnt mich dennoch, daß Shigidi im Schlaf zu mir kommen wird.«

»Du bist gegen Alpträume gewappnet«, versicherte ihm Noell. »Ohne Zweifel besser gewappnet als ich.«

Sein nächster Gedanke war, daß er sich um die Zigeunerin kümmern und nachsehen mußte, ob auch ihr Körper von dieser unheimlichen Vergiftung befallen war. Doch als er sie suchen wollte, entdeckte er ein seltsames Licht in dem dunkelnden Wald. Er starrte zu der Stelle hin, und wieder nahm er einen schwachen Lichtschein zwischen den fernen Baumstämmen wahr, wie ein Irrlicht. Dann ein zweites flackerndes Licht, dann ein drittes. Und da begriff er, daß Männer mit Fackeln durch die Bäume auf den schwarzen Felsen zukamen.

Männer oder Ungeheuer.

Auch Quintus hatte die Fackeln gesehen, und schnell ordnete er sein weißes Gewand, als empfände er Scham, mit nackten Schultern ertappt zu werden, gezeichnet von den sichtbaren Stigmata des Teufels. Der Mönch machte einen Schritt nach vor, als wolle er seinen Besuchern entgegengehen, doch er blieb stehen, als auch ihm bewußt wurde, daß sie nicht das Aussehen von Menschen hatten.

Die Gestalten, die die Fackeln trugen, waren hochgewachsen, gekleidet in lange Gewänder aus Gras, mit riesenhaften Gesichtern, die grotesk verzerrte Karikaturen menschlicher Gesichtszüge waren. Sie hatten große, rot angemalte Münder mit gezackten spitzen Zähnen und riesenhaft starrende Augen mit großen pechschwarzen Pupillen.

Noell blickte sich schnell um.

Leilah war nicht zu sehen, denn offenbar kümmerte sie sich gerade im Zelt um den kranken Langoisse. Ngadze und Ntikima hatten das Feuer versorgt, doch jetzt mußte ihnen bewußt geworden sein, daß etwas Ungewöhnliches vor sich ging. Sie hielten in ihrer Arbeit inne, erstarrt, abwartend, was geschehen würde.

Es war Ntikima, der sich neben Noell stellte und sagte: »Egungun!«

Noell hatte noch nie Egungun gesehen, obwohl Ntikima ihm berichtet hatte, wer sie waren. Ähnlich Oro hatten auch die Egungun ihre festgelegten Tage, an denen sie in ein Dorf einzogen und durch die Straßen tanzten, angeblich heimgekehrt aus Ipo-oku, dem Land der Toten, um die Lebenden im Auftrag ihrer Ahnen zu befragen. Einen Egungun zu berühren war gleichbedeutend mit Tod, und von ihm angefaßt zu werden eine schreckliche Anklage, die jene zeichnete, die bestraft werden mußten, weil sie den Alten des Stammes Schande bereitet hatten. In die Uruba-Dörfer kam ein Egungun stets allein. Hier war es ein ganzer Trupp von Egungun, gleich neun an der Zahl: ein Regiment lebender Toter, gekommen, ihre Verbrechen aufzudecken.

Das sind nur Männer in Verkleidung, versuchte Noell sich zu beruhigen. Doch er wußte sehr wohl, daß diese Angelegenheit mehr als ein Mummenschanz war. Als Ntikima dem Gott Aroni im Wald begegnet war, hatte er ihm in Person eines Priesters oder Zauberers gegenübergestanden, der ähnliche Requisiten getragen hatte wie diese hier, doch in den Augen des Uruba-Jungen hatte der Zauberer nicht nur so getan, als wäre er ein Gott; er war dieser Gott gewesen. Diese sich nähernden Gestalten gaben nicht vor, die auferstandenen Toten zu sein; sie waren die auferstandenen Toten. In der Vorstellungswelt der Uruba mußten sie nicht entweder das eine oder das andere sein; sie konnten beides sein. Sie waren verkleidete Männer – Mkumkwe-Krieger oder Elemi –, doch ebenso waren sie die auferstandenen Toten, gekommen, um ihre Rechnung mit den Lebenden zu begleichen.

Die Fackelträger kamen näher bis an den äußeren Rand des Lagers, wo sie sich im Halbkreis aufstellten und die Eindringlinge anstarrten. Sie blieben ganz still stehen, und Noell fragte sich, ob irgendeine Sprache, die er kannte, angemessen war, den seltsamen Gestalten einen Gruß zu entbieten. Leilah war aus dem Zelt geeilt gekommen und hatte sich neben ihn gestellt. Obwohl sie sich vor Angst an ihn klammerte, schrie sie nicht, und er fühlte Stolz ob ihrer Tapferkeit.

»Sie werden uns nichts tun«, flüsterte er ihr zu. »Sie wollen uns nichts Böses.« Doch er wandte sich zu Ntikima und sagte: »Ich bitte dich, sag mir, was ich tun soll! Du mußt jetzt unser Führer sein, denn wir haben weder den Elemi noch Msuri, die zu unseren Gunsten sprechen können.«

Ntikima ergriff Noell am Handgelenk. »Die Frau muß zurücktreten«, murmelte der Junge. »Das ist keine Angelegenheit für Frauen!«

Leilah verstand. Sie ließ Noell los, und Ntikima trat mit ihm einige

Schritte vor in den Kreis der lebendigen Toten. Der Junge schaute sich um und machte Quintus heftige Zeichen, bis der Mönch sich zu ihnen gesellte.

Alle drei traten in die Mitte des Halbkreises, den die Egungun um sie bildeten.

Ntikima erhob die Arme und begrüßte die Vampire in der Sprache der Uruba, entbot ihnen ein Willkommen und fragte in ritueller Form, was sie ihnen sagen wollten.

Als einer von ihnen zu einer Erwiderung ansetzte, tat er das in Noell unvertrauten Worten, er vermutete jedoch, daß es Uruba sein mußte. Es war unmöglich zu entscheiden, an wen sich der Sprecher gewandt hatte, doch Noell konnte nur schweigend abwarten.

Ntikima sprach wieder, den Kopf gesenkt und mit den Händen gestikulierend. Noell hörte ihn mehrmals das Wort »Ogbone« aussprechen und »Elemi« und »Oni-Olorun« und etliche andere, die er kannte, doch er war außerstande, den Einzelheiten der Erklärung zu folgen, die der Junge für ihre Anwesenheit gab. Als Ntikima auf die Stelle deutete, wo Ghendwa lag, waren die Egungun ganz verstört. Nur sechs von ihnen trugen Fackeln; drei von ihnen hatten außerdem kurze Speere dabei; die drei, die ohne Fackeln gekommen waren, trugen geweihte Trommeln. Einige hatten auch gefiederte Zauberstäbe von einer Art dabei, die Noell in Kultstätten gesehen hatte und von denen er wußte, daß sie in Beziehung zu Elegba und Olorin-Merin standen und infolgedessen über einen starken nekromantischen Zauber verfügten. Als Ntikima auf Ghendwa deutete, wurden Speere und Zauberstäbe gehoben, wie zur Drohung oder Anklage, und Noell wußte nicht, was er mehr fürchten sollte.

Einer der Egungun löste sich aus der Gruppe, ging zu Ghendwa, beugte sich über ihn, um nachzusehen, in welchem Zustand er war. Dann richtete er sich auf, wandte sein schrecklich bemaltes Gesicht dem Fackelschein zu, stieß Wutschreie aus und hob den Zauberstab, den er trug, als ob er direkt auf Ntikimas Herz zielte.

Ntikima schrie etwas heraus, womit er wohl seine Unschuld beteuern wollte, doch er zuckte vor der Spitze zurück, als wäre er berührt worden.

Noell hatte nicht den geringsten Zweifel, daß der Junge sich in Todesgefahr befand, ganz gleich, wie harmlos die Geste schien, denn das hier waren die auferstandenen Toten, gekommen, die Lebenden mit der Last ihrer Schuld zu konfrontieren. Welche Eigenschaften dieser Zauberstab auch haben mochte – so trivial er als bloßer Gegenstand erschien –, er konnte Ntikima mit größerer Sicherheit und endgültiger vernichten als jeder Speer oder jede Kugel.

Fast instinktiv stellte sich Noell schützend vor Ntikima. Er schob den Jungen hinter sich und machte einen Schritt nach vorn auf den anklagend erhobenen Zauberstab zu.

»Der Junge hat nichts getan«, sagte er auf Uruba. »Er trägt keine Schuld! Er hat dem Elemi und den Ogbone treu und ergeben gedient!«

»Sei vorsichtig!« zischte Quintus.

Noell bedurfte dieser Warnung nicht. Er wußte nur zu gut, daß bei den Stämmen Afrikas Begriffe wie Schuld und Verantwortung, die im Reich Gaul moralisch bedeutsam waren, nicht galten. Sobald etwas schiefging, schauten sie sich nach Sündenböcken um, die die Bürde der Schuld für ihren Stamm auf sich nahmen, obwohl sie sich genau besehen keiner schlimmen Handlung oder eines bösen Gedankens schuldig gemacht hatten.

»Es war einer von uns, der den Elemi verletzt hat«, sagte Noell sehr langsam, weil seine Uruba-Kenntnisse nicht ausreichten, fließend zu reden. »Es war einer, den der Silbertod verrückt gemacht hat. Shigidi hat ihn heimgesucht.« Er schlug sich mit der Innenhand seitlich an den Kopf, um seine Worte mit dieser Geste zu unterstreichen.

»Shigidi«, echote der Egungun und machte einen Schritt auf Noell zu, den Zauberstab noch immer erhoben, der jetzt auf Noells jagendes Herz gerichtet war.

Als Noell nichts weiter sagte, machte der eine Egungun einen weiteren Schritt auf ihn zu, und jetzt war es Ntikima, der drängend auf englisch flüsterte: »Wenn er Euch berührt, werdet Ihr sterben!«

»Wir sind nach Adamawara gekommen«, sagte Noell schnell in Uruba, »weil wir von Ekeji Orisha hierherbefohlen worden sind. Ihr dürft uns nicht vernichten! Ihr dürft uns nicht anklagen! Ihr müßt uns . . . jeden von uns . . . nach Iletigu bringen. Olorun hat es so befohlen!«

Der Egungun trat noch einen Schritt vor, weiter mit dem Todesstab auf ihn zielend.

»Olorun hat es so befohlen!« wiederholte Noell.

Er wagte nicht, seinen Blick von der grotesk verzerrt starrenden, riesenhaften Maske abzuwenden. Absurderweise spürte er in seiner Brust den Druck des Zauberstabes auf seinem wie rasend schlagenden Herzen, als wäre sein Leben in einer tödlichen Falle gefangen.

Er wußte genau, daß er einem Mann hinter einer Maske gegenüberstand und daß das Ding, das auf sein Herz wies, nicht eine Waffe war, sondern lediglich ein Symbol, in seiner eigenen Vorstellungswelt ganz ohne Bedeutung. Trotzdem spürte er, daß ihm der Tod gewiß wäre, sobald dieser Stab ihn berührte, wie Ntikima es ihm gesagt hatte. Auf die eine oder andere Weise würde der Egungun dafür schon Sorge tragen.

Mit großer Plötzlichkeit, den Zauberstab auf seine Brust gerichtet, wurde sich Noell mit Bestürzung bewußt, daß ein Fieber in seinem Leib kochte. Weder die Stelle an seiner Hand noch die an seiner Schulter, wo das schwarze Mal wuchs und wuchs, schmerzten ihn – eigentlich fühlten sie sich nur taub an –, doch er fühlte sich übel und benommen. Die Anspannung dieser seltsamen Auseinandersetzung raubte ihm alle Kraft, und er wußte ohne den Schatten eines Zweifels, daß er, falls der Zauberstab ihn berührte, wie vom Blitz gefällt hinstürzen würde.

Obwohl er Quintus nicht sehen konnte, erkannte er deutlich seine anderen Gefährten, die sich hinter und neben den Egungun aufgestellt hatten. Leilah war erstarrt, außerstande zu begreifen, was da vor sich ging, doch entsetzt, weil sie spürte, daß es um ihrer aller Überleben ging. Ngadze war ähnlich wie sie von Furcht ergriffen, und im Weiß seiner schreckgeweiteten Augen spiegelte sich das Fackellicht. Der Ibau hatte ebenso Grund, die Egungun zu fürchten, wie ein Uruba, denn die Egungun waren eines der Machtmittel, das die Ogbone einsetzten, um ihre Vorherrschaft über die unterworfenen Stämme zu wahren.

Und dann erblickte Noell zu seinem Entsetzen Langoisse.

Langoisse war auf dem Vorplatz des Zeltes erschienen, in dem er, krank und erschöpft, gelegen hatte, um sich von den schlimmsten Strapazen des Morgens zu erholen. Gewiß, er hatte geschlafen, doch er schien davon keineswegs erfrischt. Sein Gesicht war hager, sein dunkles Haar und der schlecht gestutzte Bart staubig verfilzt, seine Augen glänzten im trügerischen Licht der Fackeln, schienen entflammt von dem Fieber, das in ihm wütete. Er hatte sich hingekniet, und der Ellbogen seines linken Arms war auf den Schenkel aufgestützt und hielt die Muskete, über deren Lauf er zielte.

Noell konnte kaum einen Unterschied entdecken zwischen dem schimärenhaft maskierten Mann, der mit seinem Verderben bringenden Zauberstab auf ihn wies, in dem sich der ganze Zorn seiner dunklen heidnischen Götter versammelte, und dem geistig verwirrten Piraten, einem Fremden in diesem abscheulichen, todbringenden Land, dessen bleispeiende, Verderben bringende Waffe sich auf ihr Ziel richtete.

»Langoisse!« rief er aus. »Um Gottes willen! *Nein!*«

Vielleicht war die Anrufung des Himmels genau das Falsche gewesen. Vielleicht hätte er auch nicht in einer Sprache rufen dürfen, die der Zauberer hinter der Totenmaske nicht verstehen konnte.

Jedenfalls schrie der Egungun auf, stürzte vor, stieß mit dem Zauberstab nach Noells Brust.

Langoisse feuerte auf ihn.

Der Egungun wurde zur Seite gerissen. Der Lauf der Kugel wich um etwa dreißig Grad von der Stoßrichtung des maskierten Mannes ab. Der Zauberstab verfehlte Noell nur um Zentimeter und traf ihn nicht, als der Egungun zu Boden stürzte.

Die acht anderen Gestalten, die sie im Halbkreis umstanden, gaben keinen Laut von sich. Sie standen nur da, starr vor Überraschung.

Die hingestreckte Gestalt blieb eine Weile liegen, richtete sich dann mit einem Ruck auf – und fiel auseinander. Das große Maskengesicht bekam einen Riß und splitterte. Als das tätowierte Gesicht des Mkumkwe-Priesters hinter den Trümmern der Holzmaske auftauchte, sah Noell, daß Langoisses Schuß gut getroffen und die hölzerne Verkleidung zerschmettert hatte, ohne seinen Schädel zu verletzten. Er war zwar bestürzt und hatte sichtlich Angst, doch war er unverletzt. Er kam wieder auf die Beine – als lebendiger Mensch, wiedergeboren aus der Hülle eines auferstandenen Toten in einer denkwürdigen Umkehrung der übernatürlichen und natürlichen Ordnung der Dinge.

»Olorun hat uns befohlen zu kommen«, sagte Noell, jetzt in die Augen eines lebendigen Menschen blickend. »Uns darf kein Leid geschehen!«

Der Zauberer machte nicht den Versuch, seinen Stab wieder aufzunehmen. Er war jetzt nicht mehr Egungun. Er hielt Noells Blick eine Weile stand und blickte sich dann um, schaute auf die im Halbkreis aufgebauten auferstandenen Toten, deren Aufgabe noch immer war, anzuklagen, mit der Macht sämtlicher Vorfahren alle jene zu richten, deren Leben auf den dunklen Stamm ihres eigenen schwarzen Adam zurückging.

Und diejenigen, die im Besitz eines Zauberstabes waren, hoben ihn nicht, um zu richten. Diejenigen, die Speere in Händen hielten, blieben bewegungslos. Zu einer Hinrichtung würde es jetzt wohl nicht mehr kommen. Der eine aus dem Kreis sprach in schnellem Uruba, dem Noell nicht folgen konnte, und er hörte nur, wie der Name Shangos, des Gottes der Stürme, ausgesprochen wurde.

»Shango beschützt Euch«, flüsterte Ntikima an seiner Seite. »Ihr habt uns sicher nach Adamawara geführt!«

»Sie hätten uns töten können«, flüsterte Noell zurück. »Ghendwa hat uns über den halben Erdball geführt, und trotzdem hätten sie uns alle umbringen können.«

»O nein!« erwiderte Ntikima. »Sie hätten den Babalawo nicht angerührt. Ein Leben, oder vielleicht eine Handvoll, wären alles gewesen, was sie verlangt hätten. Sie hätten Euch nicht verletzt, vielleicht nur in dem Augenblick, als ihr Euch an meine Stelle gesetzt habt. Ein Mann hat das Recht zu wählen, sein Leben anstelle eines anderen anzubieten, obwohl ich nicht weiß, wie Ihr das wissen konntet. Ich schulde Euch jetzt mein Leben, Noell Cordery, und die Zeit wird kommen, da ich es Euch zurückzahle.«

Noell spürte plötzlich, wie seine Beine nachgaben, und Quintus mußte seinen Arm fassen, um ihn zu stützten. »Das hätte ich auf mich nehmen müssen«, sagte der Mönch in leisem Tonfall, so ernst und eindringlich, wie Noell ihn nie gehört hatte.

»Nein, nein«, entgegnete Noell schwach, als er seine schwärzliche Hand an die Stirn führte und sich wunderte, warum die Benommenheit, die er spürte, noch zunahm, obwohl alle Gefahr vorüber war. »Ihr habt die geistige Kraft und nicht die Stärke . . . ich bin körperlich stark . . .«

Er wußte im selben Moment, als er diese Worte aussprach, daß alle Kraft von ihm gewichen war.

Das letzte, was sein Blick erfaßte, war das Gesicht seines Mentors, des Gottesmannes, der versuchte, ihn zu stützten, obwohl die Last für die Arme des alten Mannes zu groß war. Die funkelnden Augen schienen ihn anzustarren, für etwas Abbitte zu leisten wie Teiche in einer gottfernen Dunkelheit.

Als er die Besinnung verlor, fühlte er sich abgelöst von seiner schmerzenden Körperlichkeit, so als wollte sein Geist frei schweben; und zum erstenmal in seinem ganzen Leben hatte er das Empfinden, das jenes Vertrauen in die Vorsehung, das Quintus ihm ans Herz gelegt hatte, nicht völlig unsinnig war.

Vierter Teil

ZEIT DES BLUTES

»Dem Reich der Angst sitzt der größte aller Despoten vor, dessen einer Name heißt Tod, und sein Geselle trägt den Namen Schmerz; dieser Herrscher sendet Heerführer aus wider die Menschenschar, deren Namen da sind Krieg und Seuche und Hunger; und er verlangt von ihnen, daß sie verehren und anbeten die eidola, die ihnen die wahre Erkenntnis der himmlischen und irdischen Welt verstellen.
Wohl aber täuschen sich die einfachen Menschen, wofern sie glauben, daß die Vampire ihre ärgsten Feinde sind; denn die wahren Feinde des Menschengeschlechts gehören an jenem größeren Reich, welches da ist das Reich der Angst und der Unwissenheit, und nicht jene Zwergenreiche Attilas und seiner Brut, welche eines Tages fallen werden, wie es ihnen bestimmt ist.
Indes wird der Menschheit das Leid nicht erspart werden, jenes Zwergenreich niederzuzwingen, während das größere auch weiterhin bleibet, und ich bitt Euch eingedenk zu sein, daß es jene anderen eidola sind, die gestürzt werden müssen, so wahrlich das Rechte getan werden soll.«

(FRANCIS BACON IN EINEM BRIEF AN EDMUND CORDERY IM MAI 1622)

Prolog

Die Anhänger Gregors des Großen behaupten, *daß Vampire, bevor sie auf ihren Sabbat gehen, sich am ganzen Körper mit einer Salbe bestreichen, die aus unreinen Zutaten besteht, hauptsächlich von gemordeten Kindern. An ihrem Versammlungsort entzünden sie ein stinkendes und schreckliches Feuer. In Gestalt einer Ziege mit Fledermausflügeln auf einem Thron aus schwarzem Stein sitzend, hält Satan den Vorsitz über ihre Versammlung. Die Vampire nähern sich ihm, um ihm ihre Huldigung darzubringen, als Bittsteller auf gebeugten Knien. Sie bringen Bündel schwarzer Kerzen oder die Nabelschnüre von Säuglingen; und als Zeichen ihrer Ehrerbietung küssen sie ihm den haarigen Handrücken. Dann erstatten sie Bericht daüber, welche grausamen Taten sie begangen, seitdem sie das letztemal vor ihm gestanden haben; von den Foltern, die sie gewöhnlichen Sterblichen angetan, und dem Elend, das sie auf der Welt verbreitet haben.*

Der Teufel versorgt seine Anbeter mit Essen, das eklig und wurmbefallen ist, das aber für die Vampire nicht übler ist von Geschmack als Brot und Zucker, denn darin ist viel Menschenblut und das Fleisch von Kindern, das sie mit Behagen verzehren. Der Teufel gibt ihnen auch einen schwarzen Wein, dargereicht in großen Trinkhörnern, und er ist zusammengesetzt aus Urin, scharfen Gewürzen und Blut, welchen die Vampire mit großem Genuß trinken.

Dann ist es Brauch der Vampire, zum Klang von Schalmeien und Tambourinen zu tanzen, was sie mit solcher Wildheit tun und dabei in einer Weise herumwirbeln, daß ihnen die Sinne schwinden. Zu diesem Tanz gesellen sich häufig die Kobolde der Hölle, die Vergnügen daran haben, auf dem Boden zu tanzen, der für Menschen gemacht war, ihn zu verwüsten und zu vergiften mit dem Getrampel ihrer Klauenfüße und ihn mit ihrem Kote zu besudeln.

Erst ganz zuletzt ist den Vampiren erlaubt, sich ihrem Herrn zu nähern, um der abscheulichen Vereinigung teilhaft zu werden, und dann müssen sie auf allen vieren laufen, sich rückwärts auf seinen Thron zubewegen und ihr Hinterteil seiner

Lust darbieten. Sein Glied, das dem Glied eines Pferdes gleicht und kalt ist wie Eis, dringt in ihre Gedärme und verspritzt einen Samen schwarz wie die Nacht, der dämonischen Geistern Nahrung gibt, die in ihrem Fleisch eingesperrt sind. Dann ritzen die Vampire ihr eigenes Fleisch und bieten ihr tropfendes Blut der ungeheuren Zunge ihres Meisters, der es ganz gierig trinkt, denn es ist der reine Geist des Bösen.

Diese Wunden, die die Vampire sich selbst zufügen, heilen schnell, und gleich, ob ihr Meister sie leer trinkt und an ihren Knochen nagt, was er manchmal, gepackt von seinem unstillbaren Hunger, tut, erheben sie sich wieder beim ersten Hahnenschrei gesund und munter, um noch mehr Übel über die Welt zu bringen, die Gott für den Menschen gemacht hat und nicht für ihre Art.

Solche Dinge sind geschaut worden von jenen, die ausgeschickt wurden, um Zeugnis abzulegen für die Menschenrasse, damit sie wisse, welch ein Schrecken über sie gekommen ist. Die Gefahr ist dabei groß. Denn wenn ein Mann bei solchem Ausspionieren entdeckt wird, wird er auf dem Platz vor den Thron geschafft, und anstelle des Teufelsgliedes ein gespitzter Pfahl in ihn gestoßen, und der Pfahl wird in den Boden gerammt und dient als Maibaum für den Tanz der Vampire. Und der Grund, auf dem die Kobolde und ihre Knechte stampfen, ist oft getränkt mit dem Blut von Märtyrern.

Vermittels der Macht, die ihnen von Satan gegeben, haben die Vampire sich zu Herren über die gewöhnlichen Menschen gemacht. Sie haben es getan, um den Pfad zur Erlösung zu verdunkeln, den Gott den gewöhnlichen Menschen gewiesen hat. Solange Vampire die Erde beherrschen, sind die Seelen der Menschen in schrecklicher Gefahr, und viele, die den Versuchungen vergänglicher Macht nachgeben, werden das Himmelreich um der Annehmlichkeit eines langen Lebens und der Freiheit von Schmerz willen opfern. Aber den Menschen ist verheißen, daß Christus wiederkehren wird, zu richten die Lebendigen und die Toten. Und die, die nicht von seinem Weg abgewichen sind, werden für immerdar im Himmelreich leben. Attila ist der Antichrist, dessen Ankunft in der Offenbarung des Johannes prophezeit worden ist; und der falsche Papst Alexander ist sein Knecht. Christus wird sie eines Tages zerschmettern mitsamt allen Legionen der Hölle und die Erde von ihnen reinigen. Die, welche auf Erden nicht leiden müssen, werden in alle Ewigkeit brennen; aber die, welche sich dem Willen Gottes gebeugt, den Schmerz und den Tod angenommen haben, die er den gefallenen Söhnen Adams gegeben, werden Gott schauen und seine Gnade erkennen.

(Aus dem Compendium Maleficarum *des Francesco Guazzo, 1608)*

1. Kapitel

Er erwachte aus einem Traum, den er sogleich vergaß, obwohl er sich vage erinnern konnte, daß er ausgesprochen unangenehm gewesen war, und er ihn gerne abgeschüttelt hatte. Bevor er die Augen aufschlug, versuchte er angestrengt, sich zu erinnern, wo er sich schlafen gelegt hatte und wo er jetzt sein mochte, doch er erriet es nicht.

Er blinzelte, doch er ertrug das Licht nicht und schloß wieder die Augen.

Eine Weile konnte er sich nicht einmal an seinen Namen erinnern, und als er sein Gedächtnis quälte, marterte, kamen als erste Silben nicht sein Name über seine ausgedorrten Lippen, sondern das Wort »*Shigidi*«.

Eine Welle der Erleichterung durchströmte ihn, denn er wußte mit einemmal, daß er Noell Cordery war, errettet vor dem Zorn der auferstandenen Toten durch die Vorsehung . . . oder von einem Donnerkeil, aus dem Himmel geschleudert von dem Uruba-Gott Shango . . . oder von einer Kugel aus einer Muskete, vom Piraten Langoisse abgefeuert.

Durch seine geschlossenen Augenlider nahm er einen roten Schein wahr, der ihm verriet, daß die Sonne hoch stand und daß ihre Strahlen direkt sein Gesicht beschienen. Er wußte daher auch, daß er seine Augen mit der Hand bedecken mußte, bevor er sie wieder öffnete, und das versuchte er jetzt. Bei dem Versuch, seinen rechten Arm zu heben, stellte er fest, daß er es nicht vermochte und er ganz ohne Gefühl war. Schnell schloß er die Finger seiner linken Hand zur Faust und benutzte sie dann, um sie schützend über die Augen zu legen, als er sie öffnete.

Die Sonne schien durch ein breites rechteckiges Fenster, vielleicht drei Meter breit und einen Meter hoch, sehr exakt aus einer Felsmauer geschlagen. Er versuchte sich aufzusetzten, doch das fiel ihm schwer. Er mußte seinen Kopf von dem grellen Licht abwenden und seine linke Hand benutzen, um sich hochzustemmen. Eine Decke, unter der er gelegen hatte, glitt von seinem Oberkörper, und jetzt war er imstande, an sich hinunterzuschauen, wobei er einen Entsetzensruf ausstieß, als er entdeckte, daß sein rechter Arm und die Schulter und die ganze rechte Körperseite von der Achselhöhle bis zur Hüfte schwarz und aschgrau gesprenkelt waren, als würde sein Fleisch unter der Haut verrotten.

Die Anstrengung, sich aufzusetzen, raubte ihm fast die Besinnung, und er hatte das Gefühl, als wäre er betäubt von Opium oder starkem Alkohol. Er war sehr durstig. Sein Mund und seine Kehle brannten schmerzhaft vor Trockenheit.

Das Bett, auf dem er lag, war ein Sack aus getrockneten Pflanzen, vielleicht Farnen, locker in ein langes, zusammengenähtes Tuch gestopft, was eine bequeme Matratze abgab. Neben dem Bett stand ein Holztisch, ein massiver, aus einem riesigen Baumstamm geschnittener Klotz, auf dem ein mit Wasser gefüllter irdener Krug stand. Noell hatte ein starkes Verlangen, diesen Krug zu sich heranzuziehen, doch er befand sich auf der rechten Seite, und diese Hand konnte er nicht bewegen. Er mußte sich wieder hochstemmen, die Knie bis an die Brust gezogen, und sich dann Stück um Stück umdrehen, bis er den Krug mit der anderen Hand erreichen konnte. Trotz seines Durstes spähte er ängstlich auf das Wasser, das darin war, an seiner Reinheit zweifelnd. Er nippte daran, konnte an seinem Geschmack nichts Unangenehmes finden, also nahm er einen größeren Schluck und behielt das Wasser längere Zeit im Mund, bevor er es hinunterschluckte, um seine rissige Zunge zu benetzen.

Als er den Krug wieder abstellte, wurde seine Aufmerksamkeit gefesselt von den Ringen im polierten Holz – Tausende davon, seltsam verschoben, so daß sie nicht konzentrisch waren. Man hatte ihn gelehrt, daß jeder Ring, den man im durchschnittenen Stamm eines Baumes sah, ein Jahr seines Wachstums darstellte, und er wußte, daß dieser Tisch aus einem Baum gesägt sein mußte, der vor Christi Geburt gewachsen war. Er mußte blinzelnd ein paar Tränen aus seinen Augen entfernen, da die Vielzahl der Ringe seine Sinne verwirrte, die zu verschwimmen und schwindelerregend sich zu drehen schienen.

Er schaute sich um, obwohl ihm sein Kopf sehr schwer schien, als er ihn drehte. Er stellte fest, daß er in einem etwa drei mal vier Meter großen Raum war, mit Mauern aus massiven Steinquadern. Außer dem Bett und dem Tisch daneben gab es keine Möbel, doch drei Viertel des Bodens waren mit einer groben Matte bedeckt. Gegenüber dem Fenster befand sich eine große Tür aus einem fast schwarzen Holz, die an rostigen Eisenscharnieren hing. Gegenüber dem Bett war ein Alkoven, darin, ein paar Zentimeter über dem Boden, ein Sockel, auf dem ein Holzdeckel lag. Er war allein und nackt, doch am Fuß des Bettes lag ein Kleiderbündel und daneben lagen seine Stiefel und sein Strohhut.

Wieder trank er aus dem Krug und versuchte dann mit ungeschickten Bewegungen, ihn auf den Tisch zurückzustellen. Aber er hatte so wenig Kontrolle über seinen Körper, daß er auf den Steinboden krachte, als er ihn losließ. Er zerbrach, und Wasser verspritzte in alle Richtungen. Mit großer Anstrengung quälte er sich aus dem Bett. Obwohl er benommen war und ihm Schweiß aus allen Poren zu fließen schien, gelang es ihm, auf Händen und Knien durch den Raum zu kriechen und den Alkoven zu erreichen. Er hatte das Gefühl, als wäre sein Körper zur Hälfte tot, so daß ein Teil von ihm darum kämpfte, das tote Gewicht des anderen zu schleppen.

Er hob den hölzernen Deckel über einem Loch von unbestimmbarer Tiefe. Der Geruch war ausreichend, ihn über seinen Zweck aufzuklären, und er war mit Schwierigkeiten in der Lage, es zu benutzen. Danach saß er zusammengesunken in dem Alkoven, völlig erschöpft und einer Ohnmacht nahe. Die Klarheit seines Bewußtseins, die beim Aufwachen über ihn gekommen war, hatte ihn jetzt verlassen, und er hatte ein Gefühl des Losgelöstseins, daß er sich fragen mußte, ob er nicht träumte. Aber die kalte Rauheit des Steins an seiner Haut war unbezweifelbare, feste Wirklichkeit.

Nachdem er so eine Weile ausgeruht hatte, fühlte er sich besser. Er überlegte, ob er seine Kleider anziehen sollte, doch dann entschied er, daß das nicht in Frage kam, solange er nur die obere Hälfte seines Körpers unter Kontrolle hatte. Er wußte, daß er nicht einmal seine Stiefel anbekommen würde, doch er war entschlossen, falls er es schaffte, unbedingt auf eigenen Füßen zu stehen. Er schleppte sich hinüber zum Fenster und versuchte sich hochzuziehen, doch sein rechter Arm gehorchte ihm nicht, war untauglich, ihn festzuhalten und abzustützen, und folglich konnte er sich nicht aufrichten. Er schaffte es lediglich, gerade so weit hochzukommen, daß er über den Sims nach draußen schauen konnte. Der Anblick, der sich seinen Augen bot, war ganz unerwartet, und verblüfft hielt er den Atem an.

Er schaute aus großer Höhe hinunter auf ein weites Tal, das in der Ferne eingefaßt war von einer Kette steiler Klippen und Granithänge. Im Osten konnte er sehen, wie sich das Sonnenlicht auf einem See spiegelte. Er schätzte, daß er ungefähr dreißig Kilometer oder mehr breit sein mochte, und er schien kreisrund, gesäumt von verwittertem grauen Fels. Die Talsohle war bedeckt mit Pflanzungen, und die, die dem Steilhang am nächsten waren, schienen Obstplantagen zu sein, daneben Felder, auf denen grünblättrige Gemüsearten wuchsen, alle in streng geometrischer Ordnung angelegt.

Als sein Blick dem Bogen der Steilwand folgte, entdeckte er weitere Fenster, und an die Felswand schmiegten sich stufenförmig aus den Steinterrassen gehauene Wohnhöhlen, klammerten sich, bizarr verschachtelt, an den schwindelerregenden Steilhang. Er wußte sofort, daß dies das wirkliche Adamawara war und das unheimlich leblose Land, durch welches sie gereist waren nur als Barriere gegen die Außenwelt diente.

Winzig und insektenähnlich konnte er Menschen sehen, die auf den Feldern arbeiteten. Sie waren ganz in Weiß gekleidet. Noell versuchte sich weiter hinauszulehnen, um nach unten zu schauen, doch er wurde gepackt von einem rasenden Schwindel, der ihn ins Zimmer zurücktaumeln ließ, bis seine Beine unter ihm nachgaben und er lang hinfiel wie eine Lumpenpuppe, von einem Kind achtlos fallengelassen. Er stürzte auf seine rechte Körperhälfte und spürte dumpf den Aufprall, doch empfand er dabei keinen echten Schmerz. Trotzdem schossen ihm Tränen in die Augen, und seine Gedanken verwirrten sich. Die Tür hinter ihm öffnete sich, und überrascht wandte er mit einem Ruck den Kopf, doch seine Sinne waren so verwirrt, daß er die Ereignisse kaum aufnehmen konnte, die dann folgten.

Die erste Person, die hereinkam, war eine schwarze Frau in einem lose sitzenden weißen Umhang. Ihr Gesicht war so glatt, daß er zuerst glaubte, sie wäre vielleicht eine Elemi, doch die Art, wie sie auswich, verriet ihm sogleich, daß sie eine Dienerin und folglich eine gewöhnlich Sterbliche war. Der Mann, der ihr gefolgt war, mußte ein Vampir sein, obwohl er keine Ähnlichkeit mit irgendeiner Menschenart hatte, die Noell je gesehen hatte.

Er war nicht schwarz, sondern von einem blassen Braun mit hellbraunen Augen, die zu seiner Hautfarbe paßten. Er war fast so groß wie Noell, was äußerst ungewöhnlich bei den Menschen dieser Klimazonen war, und sein Haar steckte unter einem Turban. Sein Gesicht war nicht runzlig wie die Gesichter der uralten schwarzen Vampire, die Noell gesehen hatte, doch trotzdem vermittelte er irgendwie den Eindruck, daß er sehr alt sein mußte. Seine Gliedmaßen waren schlank, doch keineswegs mager wie die Ghendwas, und er bewegte sich mit einer gleitenden Langsamkeit. Gekleidet war er in ein langes Hemd aus weißem Stoff, das ihm bis zu den Knien reichte; die Beine darunter waren nackt, und an den Füßen trug er leichte Sandalen.

Als er sah, daß Noell das Bett verlassen hatte und gestürzt war, eilte er hilfreich auf ihn zu. Als der Mann versuchte, ihn aufzuheben, hatte Noell das sichere Gefühl, gleich ohnmächtig zu werden. Vor seinen Augen verschwamm alles, und so konnte er zuerst nicht die Züge der anderen Person erkennen, die gekommen war, ihm zu helfen. Erst, als sie ihn auf das Bett gelegt hatten, bekam er ihr Gesicht deutlicher zu sehen.

Sie mußte, nach dem Schimmer ihrer Haut zu urteilen, ein Vampir sein, doch sie war hellhäutig – heller als Leilah es war, obgleich nicht ganz so blaß wie eine Vampirlady aus Gaul – und ihr Haar war rötlichbraun, nicht schwarz. Ihre Augen waren ganz eigenartig, eher grau als braun, das linke in der Färbung heller als das rechte. Ihr Gesicht war ziemlich eckig, mit kräftigen Jochbeinen und einem breiten Kinn. Sie erschien ihm als die wunderschönste Frau, die er je zu Gesicht bekommen hatte, seit er vor einem halben Lebensalter mit dem Schiff von Cardigan Bay abgelegt war.

Der Mann sprach mit der Dienerin in einer Sprache, die Noell nicht verstand, und sie machte sich daran, die Scherben des Wasserkruges aufzusammeln. Dann blickte er hinunter auf Noell, zögerte eine Weile, bevor er zu sprechen ansetzte, als wäre er nicht ganz sicher, ob Noell überhaupt hören oder ihn verstehen konnte.

»Versteht Ihr Latein?« fragte der Besucher in dieser Sprache. Für Noell, der versuchte, zur Besinnung zu kommen, schien das etwas äußerst Absurdes. Er hatte erwartet, in Uruba angeredet zu werden, und wäre vielleicht weniger überrascht gewesen, Englisch zu hören. Aber daß jemand in der Sprache der Kirche das Wort an ihn richtete!

Er fühlte sich unfähig, ein Wort herauszubringen, doch er nickte.

»Darf ich mit Euch in dieser Sprache reden? Aber falls Ihr es vorzieht, spreche ich auch Uruba.«

Wieder nickte Noell und hoffte nur, daß er verstanden worden war. Sein Kopf schmerzte.

»Dann ist es jetzt an mir, Euch willkommen zu heißen«, sagte der Besucher leise. Er schaute zum Fenster hin und erriet offenbar, daß Noell vor seinem Sturz hinausgeblickt hatte. »Das ist unsere Heimstatt«, sagte er. »Das ist Adamawara.« Er warf der Dienerin einen kurzen Blick zu, die jetzt die Scherben des zerbrochenen Kruges zur offenen Tür hinaustrug. Dann machte er der Vampirlady kurz ein Zeichen, die ebenfalls ging, ohne ein Wort gesprochen zu haben.

»Mein Name ist Kantibh«, fuhr er in einem Tonfall fort, der eindeutig beruhigend und freundlich gemeint war. »Die Dame ist Berenike. Ihr befindet Euch in ihrem Haus, im Bezirk der Aitigu, wie wir ihn nennen. Ihr wißt, denke ich, daß das Wort ›unvollendet‹ bedeutet. Ich muß Euch sagen, daß die Krankheit, die Euch befallen, noch voranschreitet und daß ihre schlimmsten Auswirkungen sich erst zeigen werden. Ihr müßt gehört haben, daß man sie den ›Silbertod‹ nennt, doch sie tötet nur selten, und die Elemi haben Medizin, die Euch erhalten wird. Ihr werdet Euch sehr hilflos fühlen – wie ein Gefangener im eigenen Körper –, und

Euer Geist wird in seltsamen Gefilden des Unmöglichen umherschweifen. Ihr bekommt vielleicht das Gefühl, daß Ihr nach Ipo-oku gegangen seid oder in den Feuern Eurer christlichen Hölle brennt, doch Ihr werdet diese Prüfung sicher durchstehen. Das verspreche ich. Könnt Ihr mir jetzt anworten?«

Noell leckte sich die Lippen, und es gelang ihm zu sagen: »Ja, ich verstehe.« Doch das Latein fiel ihm schwer, und die Worte kamen ihm nicht leicht von den Lippen. In dem Versuch, eine Frage zu stellen, fügte er hinzu: »Meine Gefährten?«

»Sind alle am Leben«, erwiderte Kantibh. »Der eine, der Quintus genannt wird, hat uns Euren Namen genannt. Auch er hat diese Krankheit, aber noch nicht ganz so schlimm. Dasselbe gilt für die Frau. Dem, der Langoisse genannt wird, geht es am schlechtesten; er ist vom Fieber stark geschwächt, wenngleich der Silbertod ihn noch nicht befallen hat. Der Ibau Ngadze ist jetzt krank, doch wird er sich bald schon erholen. Und der Uruba-Junge Ntikima wird am wenigsten zu leiden haben.«

»Ghendwa?« fragte Noell matt.

»Er wird leben. Was den angeht, der ihn verwundet hat – er wird im Wald sterben, denke ich. Die Mkumkwe werden nicht nach ihm suchen.«

Zufrieden mit dieser Auskunft entspannte sich Noell ein wenig. Er schaute hoch in die Züge des Mannes, die etwas im Schatten lagen. »Seid Ihr ein Elemi?« fragte er.

Kantibh schüttelte den Kopf. »Aitigu«, sagte er. »Unvollendet. Aber ich bin das, was Ihr einen Vampir nennen würdet. Ich bin wie Ihr selbst hierhergekommen als Reisender, vor etlichen hundert Jahren. Ich bin mit Gesandten meines eigenen Volkes, das in Persien gelebt hat, zur Stadt Meroe im Land Kush gekommen. Ich bin ein Gelehrter gewesen und hatte schon Rom und Indien bereist. Ich bin mit einer Karawane durch die große Wüste Bornu gezogen, wo ich zum erstenmal von Adamawara erfahren habe. Ich hatte schon leit langem vorgehabt, diese erste Nation der Welt zu finden, und als die Zeit für mich gekommen war, meine Reise anzutreten, hat ein Elemi mich besucht, der mein Führer sein wollte. Die ersten Christen waren bereits hiergewesen und sind dann in die Welt zurückgekehrt. Die ersten Weißen, die hierhergekommen sind, waren Griechen aus der Zeit Alexanders, doch noch davor kamen braunhäutige Männer aus Mesopotamien und Ägypten. Berenike ist schon fast seit zweitausend Jahren hier. Die Vampire von Adamawara werfen ihre Netze weit aus, um die Weisheit der Welt einzufangen, doch sie tun es mit Geduld. Es ist lange her, seit sie einen Mann wie Euch gefangen haben.«

Noell war sich nicht ganz sicher, was der andere mit den Worten »einen Mann wie Euch« hatte andeuten wollen, doch er glaubte nicht, daß sie sich einfach auf seine Hautfarbe bezogen.

»Gefangen?« wiederholte er. Es drängte ihn jetzt zu sprechen, falls er es vermochte. Er glaubte, daß er sich vorstellen müßte, doch dann überkam ihn ein Husten, den er nicht gleich unterdrücken konnte. Der andere legte eine kühle Hand auf seine Schulter, als wollte er den Krampf in seiner Brust lösen.

»Ihr seid sehr krank«, sagte Kantibh. »Ich denke, es wird Euch jetzt eine Weile besser gehen, nachdem Ihr geruht habt. Doch dann wird der Silbertod Euch Eurer Sinne berauben. Ich verspreche Euch, daß wir uns später noch unterhalten werden, doch für Euch wäre es jetzt besser zu schlafen. Ich werde wiederkommen.«

Kantibh beobachtete ihn noch immer, offenbar sehr besorgt um sein Wohlergehen. Noell nickte, gab damit dem anderen Erlaubnis zu gehen, falls es denn überhaupt einer Erlaubnis dazu bedurfte.

Kantibh lächelte ihm zu. »Ihr werdet hungrig sein«, sagte er. »Berenike bringt Euch Essen, und ich lasse Eure Habe hierherschaffen. Sie kann Euch Dienerinnen schicken, mit Wasser, Euch darin zu baden, falls Ihr kräftig genug dafür seid. Ich mußt jetzt zu Quintus zurückkehren.«

Nachdem Kantibh gegangen war und die Tür hinter sich geschlossen hatte, fielen Noell die Augen zu. Er war wegen seiner Hilflosigkeit, seiner Sprachlosigkeit wütend auf sich selbst. Er wußte, daß es Tausende von Fragen gab, die gestellt werden mußten, doch er wußte auch, daß noch viel Zeit verstreichen mußte, bevor er in der Lage war, sich des Auftrags zu entsinnen, der ihn hierher geführt hatte: zu begreifen, was Adamawara war, und hinter das Geheimnis dessen zu kommen, was sie hier den Odem des Lebens nannten.

Er war entschlossen, die Wahrheit von Kantibhs Worten unter Beweis zu stellen und zu leben, ganz gleich, wie sehr Shigidi ihn in den folgenden Tagen martern würde. Denn falls ihm das nicht gelang, wären all seine Opfer vergebens gewesen, und er war schon viel zu weit gekommen, um zuzulassen, daß all seine Bemühungen null und nichtig wurden.

»Ich bin Noell Cordery«, flüsterte er. »Edmund Corderys Sohn!«

2. Kapitel

Die Zeit der Träume setzte nicht gleich ein. Er hatte Gelegenheit, einige Schwarze zu beobachten – vermutlich Mkumkwe, obwohl diese nicht wie die Krieger geschmückt waren, die er gesehen hatte –, die Krüge mit Wasser in sein Zimmer trugen und es in einen Zuber aus poliertem Holz schütteten. Er war zwar schwach, doch bei klarem Bewußtsein, als sie ihn bewegten, obwohl er kaum ihre Hände an seinem Körper spüren konnte, als sie ihn aufhoben. Das Wasser war nicht heiß, doch man hatte es angewärmt und mit duftenden Essenzen verfeinert. Der Diener wusch ihn vorsichtig und sanft mit Seife – nicht mit jener fettigen Seife, die aus Shea-Butter oder Holzapfel gemacht war und an die er sich notgedrungen gewöhnt hatte, sondern mit einer festeren. Auch sie war parfümiert.

Während sie ihn badeten, wurden Brot und Früchte auf den Tisch gestellt, doch sie drängten ihn nicht zu essen. Sie ließen ihn eine Weile allein, damit der Schmutz etwas einweichen konnte und kamen dann wieder, um sein langes, feines Haar zu waschen. Einer der Männer nahm die Sachen mit, die vor dem Fußende des Bettes gelegen hatten, wusch sie aus und hängte sie zum Trocknen in den warmen Strahlen der Nachmittagssonne über den Fenstersims. Einer der Diener brachte ein Rasiermesser und seifte seine Wangen ein, rasierte dann den wildwuchernden Bart ab, den er seit Beginn der Expedition hatte wachsen lassen.

Seine Kleider trockneten schnell, und als sie ihm aus dem Bad halfen, zogen sie ihm Hemd und Hosen an, so daß er sein Mahl mit so viel Würde einnehmen konnte, wie es ihm in seinem geschwächten Zustand möglich war. Er aß wenig und mit großen Schwierigkeiten. Er konnte eine halb sitzende Position einnehmen, doch seine Bewegungen waren ungelenk, und den rechten Arm konnte er überhaupt nicht gebrauchen.

Danach sank er wieder auf sein Bett, außerstande, die Energie aufzubringen, seine noch gebrauchsfähige Hand aufzuheben oder die Beine zu rühren. Er schien so eine sehr lange Zeit ruhig zu liegen. Als ein Elemi mit kahlgeschorenem Schädel hereinkam, der die roten und weißen Perlen der Oni-Shango trug, wußte Noell nicht mehr, ob er wachte oder träumte. Er hatte seine zweite Reise angetreten, die auf ihre Art so lang und beschwerlich war wie jene, die ihn nach Adamawara gebracht hatte; sie sollte ihn durch die unbekannten Labyrinthe seiner Seele führen.

Vielleicht verabreichte ihm der Oni-Shango eine Medizin oder berührte ihn mit einem gefiederten Zauberstab, wohltätiger als jener, mit dem die Egungun ihm fast einen tödlichen Schlag versetzt hatten. Er erinnerte sich nicht mehr. Doch als dieser Elemi zu ihm kam, wurde er über die Schwelle der Erfahrung in eine andere Dimension seines Daseins geführt.

Sein ganzes Leben lang hatte Noell Cordery geträumt, doch meistens – wie bei fast allen Menschen – waren ihm seine Träume verloren gegangen. Sie setzten ein, und sie waren vorüber, und das gewöhnlich so endgültig und unwiederbringlich, daß er beim Erwachen oftmals nicht mehr wußte, daß sie ihn aufgesucht hatten. In dieser Zeit der Träume indessen war die Ordnung der Dinge umgekehrt, und es schien ihm, daß er auf dieser Reise mit Shigidi durch die Reiche aller Träume seines Lebens schweifte, die jetzt gegenwärtig waren und seine Aufmerksamkeit beanspruchten wie nie zuvor. Es war sein waches Ich, das er jetzt vergaß, und sein Traum-Ich übernahm die Herrschaft über sein Bewußtsein.

Zuerst nahm seine Reise mit Shigidi die Form eines langen Verhörs an, einer Befragung, die die Tiefen seiner Seele auslotete, bei der sämtliche Instrumente der Inquisition zum Einsatz gelangen konnten.

Sein waches Ich hatte nie die Folterkammern unter den Gefängnissen des Towers von London betreten, obwohl er manchmal das ferne Echo von Schreien vernommen hatte. Doch sein Traum-Ich war in seinen Kindertagen oft durch jene dunklen Korridore gewandert, neugierig und gebannt, und hatte den Knechten des Fürsten bei der Arbeit zugesehen. Er hatte selbst auf der Streckbank gelegen und angstvoll der Berührung durch glühende Eisen entgegengesehen. Auch jetzt lag er wieder auf der Folterbank und beobachtete das Spiel rotglühenden Metalls, das im Dunkel tanzte, während Grabesstimmen all seine Geheimnisse von ihm zu wissen begehrten.

Paradoxerweise fühlte er keinen Schmerz, aber trotzdem den unabweisbaren Drang, ihn vorzutäuschen, um seinen Folterknechten zu verheimlichen, daß er immun war gegen ihre Verrichtungen.

Warum mußte er Todesangst vortäuschen? Er wußte es selbst nicht. Vielleicht bedrohten auch nicht sie ihn, sondern er sich selbst, begierig, zu gestehen, um seine Seele zu entlasten. Wieder und wieder drohte ihm der Tod – dessen war er sicher. Waren es wirklich seine Folterer, die ihn bedrohten? War es nicht seine eigene Verderbtheit? War es jene gnadenlose Gottheit Shigidi, in deren Schöpfung er gezwungen war zu hausen? Er wußte es nicht.

Doch nicht alles war Verhör und Inquisition; da gab es ein Universum zu entdecken, Erleuchtung zu suchen über so viele Dinge, die sein älteres Ich gründlich verwirrt hatten. Sein waches Ich wußte nichts vom Vampirsabbat und von dem geheimnisvollen Zauber, mit dem Vampire ihresgleichen schufen. Doch sein Traum-Ich hatte solche Bezirke entdeckt und zugesehen, was dort geschah. Er hatte Satan am Werk gesehen, wie er sich von den Vampiren huldigen ließ, hatte sie mit seinen Kobolden beim Tanz beobachtet und wie sie unnatürlichen Verkehr mit ihm genossen, ihr Fleisch in dem sicheren Wissen aufrissen, daß es heilen würde. Jetzt war er frei, nach Belieben jene Bezirke zu durchstreifen und alles zu verstehen, was er sah.

Er sah Richard den Normannen beim Sabbat: der kupferäugige Cœur-de-Lion, der mit seinem schmeichlerischen Freund Blondel de Nesle lachte. Er sah Carmilla Bourdillon auf dem Sabbat, die Augen rot vom Fieber, ihre Finger wie Klauen, von denen Blut tropfte. Er sah Ghendwa auf dem Sabbat, der sein sittsam verstümmeltes Glied vorzeigte, blassen Ladys demonstrierte, wie er trotz seiner Versehrtheit Blut pissen und schwarzen Samen in einem klebrigen Fluß ausstoßen konnte.

Er sah Männer, die noch keine Vampire waren, ihr Erbteil vom Fürsten der Hölle fordern, sah sie ihre schrecklichen Eide sprechen und hörte den Sinsang der Beschwörungsformeln, die intoniert wurden, wenn Satan seinen eisigen Phallus in ihre Gedärme bohrte. Er strengte seine Ohren an, um jenen Beschwörungsformeln zu lauschen, entschlossen, sich ihrer zu erinnern, doch wenn er sich eine Zeile wiederholte, ging der Rest verloren. Als der Sabbat zu Ende ging, wußte er noch immer nicht, welcher Zauber erforderlich war, einen Vampir zu erschaffen; aber er hatte einige von denen wiedererkannt, die den Eid geschworen und ihr Hinterteil dargeboten hatten, um sich durchbohren zu lassen.

Er sah Langoisse auf dem Sabbat, den abgetrennten Kopf der Lady Cristelle bei sich tragend, deren Lippen zu sprechen versuchten. Er sah Ntikima auf dem Sabbat, maskiert als Egungun, der einen gefiederten Zauberstab trug. Er sah Edmund Cordery auf dem Sabbat, mit einer Maske, die ihn als Mitglied des Unsichtbaren Kollegiums Englands kenntlich machte.

Noell wollte diesen dreien zurufen, sie anflehen, daß sie nicht ihre Seelen verkaufen und statt dessen der Vorsehung vertrauen, die Botschaft des geheiligten Quintus hochhalten sollten. Doch dann wagte er es nicht, denn er fürchtete, daß die Vampire ihn beim Spionieren entdekken und auf einer spitzen Stange pfählen würden, um zuzusehen, wie er sich darauf wand.

Da waren noch andere Mysterien zu erforschen, jedes auf seine Weise so faszinierend wie der Sabbat.

Sein waches Ich war nie in Tyburn gewesen, hatte nie die armen Wichte gesehen, wie sie, zusammengepfercht auf Karren, zum Richtblock geschafft wurden, in einer Gleitschlinge langsam stranguliert wurden, sich die Seele aus dem Leib zappelten und schissen. Doch sein Traum-Ich war dort gewesen. Er war dort mit Shigidi und hatte vergessen und vergessen und vergessen . . . aber jetzt mußte er nicht mehr vergessen und konnte derlei Szenen in seine Seele einprägen.

Sein waches Selbst war nie an einem Tag der Opferung in einem afrikanischen Dorf gewesen und hatte zugesehen, wie einem Kind zum höheren Ruhm Olori-Merins die Kehle durchschnitten, wie sein Fleisch zerhackt, sein Blut aufgefangen und gekostet wurde. Er hatte nie den Priestern Oguns zugesehen, wie sie einem zum Opfer auserkorenen Sklaven das Herz herausschnitten, es mit Medizin bestreuten und aufaßen. Doch sein Traum-Ich war dort gewesen.

Sein waches Selbst war nie in der Hölle gewesen und wußte nichts von deren schrecklichen Abgründen und gefrorenen Einöden, den Seen voll Blut und Eisenspitzen . . . Doch sein Traum-Ich kannte diesen Bezirk genauer, als er gewagt hätte sich einzugestehen. Und er hatte Männer dort gesehen, von deren Verdammnis er lieber nicht erfahren hätte. Sein Traum-Ich wußte, daß Edmund Cordery in der Hölle brannte und daß ein Platz für seinen ungeratenen Sohn neben ihm freigehalten wurde . . . Und sein Traum-Ich wünschte sich flehentlich, nichts davon zu wissen, doch vergebens.

In einer Welt wie dieser, mit Shigidi, der in ihm raste, ließ sich nichts geheimhalten. Er schaute in die Unterwelt seines wachen Ichs, das er stets für den wahren Noell Cordery gehalten hatte, und jetzt fragte er sich, wer er eigentlich war.

Ihm wurden viele Fragen gestellt, und ohne Schonung für sich selbst oder andere gab er Auskunft über sich. Doch die schlimmsten Fragen waren jene, die er sich selbst stellte, und er bekam Antworten, die ihn zweifeln ließen, ob er um ihretwillen je Vergebung finden könnte. Er sah im Innersten seiner Seele und in einer Schicht darunter das, was er sich selbst niemals vergeben konnte, und das, wofür er niemals von irgendwem Vergebung erhoffen durfte, der ihn liebte; er begriff, daß die Gnade Gottes wahrlich unendlich sein mußte, da sie sich sonst mit den geheimsten Träumen der Menschen nie würde messen können.

Manchmal erhaschte er einen Blick auf die Fragesteller, doch genauso oft kamen die Stimmen aus einem gestaltlosen Dunkel, das ebensogut ein böser Gott sein mochte oder der Schatten eines Ungeheuers, zu entsetzlich, es anzuschauen.

Kantibh war einer, der ihm Fragen stellte; ein anderer Quintus; Edmund Cordery der dritte. Einer von ihnen sagte ihm, daß er als Ketzer verbrannt werden würde, doch er wußte nicht mehr, wer das gewesen war. Einer prophezeite ihm ein Martyrium, aber wer so schonungslos mit ihm gesprochen, vermochte er nicht zu sagen. Einer erzählte ihm, daß er weit vom Endziel seines Strebens entfernt wäre, daß seine Träume ihm noch einen unvorstellbaren Reichtum an Wundern zu enthüllen hätten. Doch wer ein derart vermessenes Versprechen abgeben konnte, erriet er nicht.

Alles, was er ihnen von sich erzählte, durchlebte er neu, doch nicht, wie sein waches Ich es gesehen und empfunden hatte, sondern wie sein Traum-Ich es kannte und begriff. Er sprach von seiner Kindheit, vom Tower, von Vater und Mutter. Er sprach von Grand Normandy und dem Imperium Gaul. Weitläufig ließ er sich aus über die Künste des Mechanikers, erzählte eine Menge über die Art Maschinen, die man jetzt in Europa einsetzte, und wie sie das Leben der Menschen veränderten. Er holte aus zu weitschweifigen Diskursen über verschiedene Lehren des christlichen Glaubens, über die Ketzereien eines Gregor, die Korruption Roms, die Feste des Klerus, die Torheiten des Glaubens.

Wenn er ihnen von der Welt sprach, so sprach er mit der Autorität dessen, der selbst die Welt war, als wäre diese – die große runde Erde mitsamt ihrer endlosen Geschichte – eingeschlossen in die Grenzen seiner eigenen kleinen Seele; als wäre sie allein von seinen Gedanken errichtet, von seiner Gelehrsamkeit, seinen Ansichten und Gefühlen. Er sprach von Afrika, als gäbe es in Afrika nur das, was seiner üppigen Phantasie entsprang: komische Tierwesen und monströse Götzen und schwitzende Wälder, das alles gleichgemacht vom großen Strom seiner Gedanken, Wellenschlag und Gekräusel auf der Oberfläche seines Seins.

Lange später, nachdem er zu der Schlußfolgerung gelangt war, daß einige der Fragesteller sein Bett wirklich umstanden hatten und daß ein Bruchteil von dem, was sein Traum-Ich gebrabbelt hatte, wirklich von ihnen gehört worden war, versuchte er sich zu erinnern, was er seinen Phantom-Inquisitoren tatsächlich gesagt hatte, doch das erwies sich als unmöglich.

Wessen hatte er sich selbst angeklagt? Welche Geständnisse hatte seine Seele abgelegt? Er wußte es nicht zu sagen.

Da war noch mehr.

Sein Traum-Ich – während noch seine Traum-Seele in dem Traum-Leib eingesperrt war –, wurde noch auf andere Weise geschunden als durch die Martern und Strafen seines Verhörs. Bei zahllosen Gelegenheiten fühlte er seinen After mißbraucht, obwohl sein waches Ich dergleichen Entwürdigungen nie hatte erleiden müssen.

Einmal fühlte sich das Organ, das sich Einlaß erzwang, kalt und schleimig an, dann wieder heiß und brennend. Einmal war das unsichtbare Glied riesig, seine überreiche Ejakulation füllte ihn ganz aus, und es würgte ihn in der Kehle, und sein Magen krampfte sich zusammen; dann wieder war es angenehm und glatt, doch sein Same zerriß ihn innerlich wie ein Schuß und zerschmetterte seine Knochen. Einmal wurde eine derartige Vergewaltigung von einer Gestalt begangen, die Quintus ähnlich sah, ein anderes Mal war es Langoisses Türke, der in ihn eindrang, während er an einen Pranger gefesselt war, seine Handgelenke von eisernen Klammern umspannt.

Sein Traum-Ich war so wenig unerreichbar vom Gefühl der Scham wie von dem grenzenlosen Elends, und er erlitt diese Schändungen ohne die gnädige Hoffnung, daß einer seiner Peiniger seinem Fleisch vielleicht den Keim der Unsterblichkeit einpflanzen könnte. Der Satan der Gregorianer war nie einer derjenigen, die ihm in dieser Weise weh taten, auch war es nicht Richard Löwenherz oder jemand seinesgleichen.

Wenngleich all diese Kapitel seiner Zeit der Träume nur verschiedene Kreise von Dantes Hölle waren, durfte er doch manchmal auch kurz das Paradies schauen.

Sein waches Ich hatte die Welt weiter bereist, als gewöhnlichen Menschen sonst möglich war, und trotzdem hatte es nur sehr wenig von der gewaltigen Schöpfung Gottes gesehen; dieses wache Ich hatte zuweilen verzückt zum Himmel aufgeschaut, unfähig, all die Sterne zu zählen oder den Bahnen der Planeten zu folgen, doch sein ungebundenes Traum-Ich hatte seine empfindsame Seele oft dem Gefängnis seines Leibes entrissen, und sie flog dann aufwärts mit allen anderen Wesen der Schöpfung, schwang sich hoch in den Himmel, um in den Strahlen der Sonne zu baden oder zwischen den Sternen ihre eigene Planetenbahn zu beschreiben, einsam in dem großen Dunkel, doch stolz in dem Gefühl ihrer Macht.

Doch es gab noch ein zweites Halbparadies, das er sich mit den Frauen der Vampirrasse teilte, die ihn freundlicher benutzten als seine Vernehmer oder jene, für die er den Lustknaben spielte. Er mußte später, als er versuchte, diese Zeit zu würdigen, oft denken, daß er vielleicht vor einem Unmaß an Verzweiflung nur von den Vampirfrauen gerettet worden war.

Oder zumindest von einer einzigen Vampirlady.

Sein waches Ich hatte nie bei einer gewöhnlichen Frau oder einer Vampirfrau gelegen. Er hatte nie körperlich geliebt, nicht einmal die Zigeunerin, die ihn schon gern gehabt hatte, als sie noch ein Mädchen gewesen war. Scheu und schamerfüllt, feiger noch durch die lange Enthaltsamkeit, hatte sein waches Ich erotische Empfindungen zurückgedrängt, sie mit privaten Tabus belegt und im Zaum gehalten.

Aber sein Traum-Ich ...

Weder Scheu noch Schamgefühl hatten dem Phantomwesen etwas angehabt, das sich in ihm rührte. In seinen Träumen hatte er nie Mangel gehabt an weichem, nachgiebigem Fleisch, strahlend und unsterblich, nicht entbehren müssen die blutigen Küsse der Unsterblichen. In ihnen lebte noch Cristelle. Da war nicht der abgetrennte Kopf, der die Hölle anrief, sondern sie war ganz und in Freiheit, hingelagert und verführerisch gekleidet, wie er es sich nur vorstellen mochte, immer offen für ihn, immer bereit zu Zärtlichkeiten. Auch Carmilla Bourdillon war da, nicht aufgebläht von der Pest, die ihr Blut in Schleim verwandelt hatte, sondern warm und weiß und die Zeiten überdauernd, stets zart, stets lieblich, stets dürstend.

In seinen Träumen waren tausend Vampire, oft gesichtslos, stets jedoch vollkommen; oft namenlos, aber immer von sanfter Weichheit. In seinen Träumen, wo Furcht und Raserei, Ungeheuerlichkeit und Bosheit keine Grenze hatten, waren auch Schönheit und Bezauberung, Ekstase und Genuß schrankenlos. Doch selbst hier tauchte keine gewöhnlich sterbliche Geliebte auf, denn sein Traum-Ich hatte nicht nötig, schwächeres, hinfälligeres Fleisch zu begehren, Mangelbehaftetes dem Makellosen vorzuziehen, Vergängliches und Verderbliches dem Immerwährenden.

In seiner langen Traumzeitphase verließen ihn seine dämonischen Geliebten nie, sondern nahmen an Zahl stetig zu, so wie die eine, deren Berührung raffiniert war, und eine, die ihm träge weiche Lust gewährte. Diese eine war keiner anderen gleich, nicht, weil sie das Wesen seiner Lust veränderte, sondern sie flüsterte mit ihm, während sie bei ihm lag, ganz so, als wäre auch sie verloren in einer Zeit der Träume, verdammt dazu, unsichtbaren Inquisitoren ihr Herz auszugießen, die ihr schmerzloses Fleisch mit den Pfeilen des Deliriums kitzelten.

Der Name, den sich dieser Phantomvampir selbst gab, war Berenike, und sein Traum-Ich erfuhr von ihr, daß sie zur Zeit des Niedergangs von Alexanders großem Reich, als Rom noch in der Wiege lag, in Alexandria geboren worden war. Als Sklavin war sie an Abenteurer verkauft worden, die die Wüste durchquerten auf der Suche nach Salomons Ophir. Die Wüste war in jenen längst vergangenen Tagen noch weniger unbarmherzig, und Alexander hatte zahlreiche Expeditionen in das Herz Afrikas entsandt, von denen einige auch zurückkehrten. Als ihre Herren von Adamawara hörten, glaubten sie, daß es das sagenhafte Ophir sein müßte, und sie waren angereist gekommen auf der Suche nach dem Elysium auf Erden.

Der Wald ohne Leben war, anders als die Wüste, damals noch grausamer gewesen, und die Überlebenden des Trupps, die Berenike, die Sklavin, in seinen Schatten führten, erkrankten schwer am Silbertod, und es hatte ausgesehen, als müßten alle sterben. Viele Tage lag sie im Fieberwahn, verloren in ihrem Alptraum, verzehrt von Seelenqualen. Berenike wäre gestorben, hätten die Elemi nicht eine Medizin gefunden, die sie rettete und die sie fast zu ihresgleichen machte. Nur Aitigu: unvollendet.

In den folgenden Jahrhunderten kamen andere Männer nach Adamawara, aus den arabischen Ländern und jenen Reichen, die in der mediterranen Wiege der Zivilisation aufstiegen und fielen. Eine Zeitlang benutzten die Elemi ihre Medizin, den Silbertod zu vertreiben, und machten aus ihnen unsterbliche Aitigu, so daß Berenike nicht mehr allein war. Doch dann waren die Elemi zornig geworden, aufgebracht durch Dinge, die Aitigu getan hatten, und fortan benutzten sie jene Medizin nicht mehr. Einer nach dem anderen starben die Aitigu oder gingen fort, und Berenike war schon vor langer Zeit einsam geworden. Ihre Traumzeiten, so sagte sie, entführten sie in den Schoß des Paradieses, wo sie keine Angst haben mußte vor der Zeit, doch manchmal, wenn es dafür einen Grund gab, kehrte sie auch an weniger glücklichere Orte zurück. Ihre Berührung in dieser Traumzeit war wie die Liebe eines Engels. Seine Begegnungen mit ihr waren etwas wirr, und oftmals wußte er nicht, ob es Berenike war, die zu ihm kam, oder eine jener tausend anderen, doch Freuden waren es allemal.

Manchmal war es Cristelle, die ihm Genuß gab. Manchmal war es Carmilla. Manchmal war es die namenlose Eine, deren Gesicht er noch erkennen mußte. Eine erzählte ihm, daß er der hübscheste Mann in England wäre, jetzt, nachdem er seinen Vater getötet hätte, doch welche es gewesen war, wußte er nicht. Wieder eine andere sagte ihm, daß der Odem eines besseren Lebens in ihm wäre und daß seine Kinder die entkräftete Welt erneuern würden. Doch wieder konnte er nicht sagen, welche es gewesen war. Die eine versprach ihm, daß sie sich immer an ihn erinnern werde, durch alle Traumzeiten, die noch kommen mochten, und sie ihn wieder und wieder und wieder finden würde, in jedem Gesicht, das sie berührte, und jedem Blutstropfen, den sie trank, doch er konnte ihre Stimmen nicht auseinanderhalten und kannte sie nur bei dem Namen, der in seinen Träumen allgegenwärtig war und sich an alles heftete: *Shigidi.*

3. Kapitel

Ganz allmählich brach der Wachzustand in seine Traumzeiten ein.

Zuerst hatte er Geschehnisse aus dem wachen Leben vergessen, sobald er wieder in Schlaf versunken war, doch im Laufe der Zeit bekam sein flüchtiges Bewußtsein die Außenwelt wieder fester in den Griff, und er zog sich selbst aus diesem teuflischen Abgrund, in den der Silbertod und seine Uruba-Dämonen ihn gestoßen hatten.

Seine Erinnerung an wirkliche Geschehnisse kehrte in einer Form wieder, die zunächst wirr und bruchstückhaft war. Erinnerung an die Empfindung, wie Essen in seinen Mund geschoben wurde, und an das Trinken aus einer Tasse vermischten sich mit einer Kakophonie verstümmelter Unterhaltungen. Er wußte, daß Kantibh oft bei ihm gewesen war, manchmal mit einem alten schwarzen Vampir, Aiyeda, einem Oni-Shango, der zu ihm in Uruba sprach. Deutlich war er sich bewußt, daß er lange hinfällig gewesen war und das Fieber ihn ihm gerast hatte. Manchmal, so dachte er, hatte er phantasiert und gestammelt, als man ihn ausgefragt hatte, getrieben von einem tiefen Impuls, bestimmte Gedanken und Empfindungen loszuwerden. Er hatte versucht, sie vermittels seiner Stimme auszutreiben, als wären sie Gift in seinem Wesen, abgelagert in all den langen Jahren, in denen er als Ungläubiger das Glaubensbekenntnis und die Kommunion verweigert hatte, die die religiösen Vorschriften von ihm verlangten.

Er wußte auch, daß er manchmal seinen nackten Körper anschaute mit offenen und wachen Augen, und sah, daß er fast vollständig bedeckt war von einer schwärzlichen Verfärbung, die ihm das Aussehen einer riesigen Beule gaben. Sich daran erinnernd, als er wieder zu denken fähig war, fragte er sich, welcher Art diese Verbrennung sein mochte, die ihn so aschfarben machte, als hätten die Höllenfeuer nur ein Häufchen Oxid zurückgelassen. War das etwa, so fragte er sich, der Zustand, in dem Sünder und Ungläubige bis in alle Ewigkeit bleiben mußten? Hatte er eine Vision von der Verderbnis der Seele gehabt, von der das Fleisch Zeugnis ablegte? War es das, weswegen Gott Shigidi und seinesgleichen begrenzte Macht über die menschliche Seele gab?

Sein waches Ich wurde wieder zum Herrn seiner Sinne und seines Gedächtnisses, doch das war kein leicht errungener Sieg, der zudem seine Nachteile hatte. In rücksichtsloser Form machte sich sein neuerwachtes Bewußtsein daran, alles bis auf einen kleinen Bruchteil dessen, was seine Träume freigesetzt hatten, zu unterdrücken und unterzupflügen, doch er konnte sich selbst gegenüber nicht die Wahrheit verbergen, daß er ein veränderter Mensch war; ob nun zum besseren oder zum schlimmeren verändert, dessen war er nicht sicher.

Unter all dem Treibgut seines Deliriums gab es eine Ereignisfolge, die seine Seele zu bewahren trachtete, festgemacht am Bild eines Gesichts: dem Gesicht der Frau Berenike. Als er wieder bei gesundem Verstand war, erkannte er, daß das Lieben im Traum eine Brücke zur Wirklichkeit geschlagen hatte. Berenike war tatsächlich zu ihm gekommen, genau wie die, die ihn befragt hatten, und sie hatte bei ihm gelegen.

Wie oft das tatsächlich geschehen war und wie oft er es nur phantasiert hatte, wußte er nicht. Doch er erkannte deutlich, daß in seiner Lust und Zärtlickkeit wenig Trennung lag zwischen Illusion und Realität. Vielleicht, dachte er, ist das immer so. Vielleicht ist Leidenschaft die wahre Begegnungsstätte der inneren und äußeren Welt, stark genug, ein Band zu schmieden zwischen Traum und Wirklichkeit, Dunkel und Licht, Hölle und Himmel, Unfruchtbarkeit und Potenz, Vampiren und gewöhnlichen Menschen.

Er überlegte, daß Berenike schon siebzehnhundert Jahre vor seiner Geburt Liebhaber gehabt haben mußte und daß ihre Zuneigung ihn aus den Tiefen der Menschheitsgeschichte erreichte. Das erstemal, als er sie bewußt liebte, hatte er das Gefühl, das göttliche Herz in den Armen zu halten und den ihm gewährten Anteil vom Atem des Lebens zu empfangen, obwohl das Zugeteilte zu wenig war, ihn vor Schmerz und Tod zu erretten.

Er vermutete, daß sie trotz seines Deliriums viel mit ihm gesprochen und von ihrem früheren Leben und über die Jahrhunderte in Adamawara erzählt haben mußte. Vielleicht hatte auch ihr der Drang, eine Last loszuwerden, die Zunge gelöst. Als er wiederhergestellt war, wurde sie scheu und schien nur widerwillig mit ihm reden zu wollen, was auch ihn scheu machte.

Er wußte, daß Berenike sein Blut getrunken hatte, während sie ihn in seinem Delirium liebte, und das verwirrte ihn. Unsinnigerweise hatte er dabei nicht Angst um sich selbst, sondern er fürchtete, daß sie Schaden nähme, wenn sie das faulige, schwarze Blut aus seinen kranken Adern trank. Mehr als einmal, wie er sich zu erinnern glaubte, hatte er sie in wortlosem Protest zu warnen versucht und war zurückgeschreckt, wenn sie sich über ihn gebeugt hatte, und er glaubte auch gesehen zu haben, wie sie sich verwirrt zurückzog, ahnungslos, was ihn so erschreckt haben mochte.

Ihm träumte mindestens einmal, daß sie seine Kehle mit einem Messer aufschlitzte und mit lüsterner Gier das herausschießende Blut aufleckte. Aber als er wieder gesund war, wußte er, daß es ein Traum gewesen war. Wenn Berenike Blut von ihm nahm, dann von seiner Brust und nicht von seinem Hals, und weich und zärtlich nahm er hin, was mit ihm geschah.

Eines Nachts kam sie herein, eine Kerze in der Hand, und schaute hinunter auf Noell. Sie sagte nichts, und in ihren Augen lag ein seltsamer Ausdruck, als wäre sie mit ihren Gedanken ganz woanders, gefangen in einer Traumwelt.

Nicht zum erstenmal schaute er sie ganz bewußt an, erfaßte ihre Schönheit mit wachen Sinnen, doch früher war er von Zuneigung zu ihr überwältigt, bezaubert gewesen und hatte sie nur als Objekt seiner Begierde gesehen. Jetzt war etwas Trennendes zwischen ihnen. Nicht, daß sie weniger schön gewesen wäre mit ihrer vollkommenen Haut, ihren vollen Lippen, die sich leicht über den makellosen weißen Zähnen teilten und ihrem glänzenden kupfernen Haar, desgleichen er noch nie gesehen hatte. Sie war in der Tat so schön, daß sein Atem stockte, als er sie anschaute. Doch zugleich sah er auch, daß sie ihn auf eine ganz andere Art anblickte, in der weder Zärtlichkeit noch Bewunderung lagen, sondern einzig eine Art Gier.

Er legte die Hand an die Stirn, als wollte er prüfen, ob er fieberte. »Laßt mich allein, ich bitte Euch«, sagte er. »Laßt mich schlafen ... laßt mich schlafen.«

Sie verbeugte sich höflich und zog sich zurück, doch er rief ihr nach und bat sie, die Kerze in seinem Raum zurückzulassen. Sie kehrte noch einmal um und stellte sie auf den Tisch, der aus einem Baumstamm gemacht war und wuchtig und solide neben der Stelle stand, wo er sein Haupt lagerte.

»Es wird mir bald besser gehen«, versprach er. »Sehr bald schon!«

Doch nachdem sie gegangen und er wieder eingeschlafen war, träumte ihm, daß sie verstohlen wieder zurückgekehrt wäre und jetzt bei ihm im Bette lag und daß sie ihn am Hals schnitt, ihm das Blut aussaugte, während sie, ineinander verschlungen, sich herumwarfen, bis ein Schmerz in ihm aufstieg und seine Seele seinem Leib entwich, um über endlose Gänge zu geistern, sie schlängelnd durchquerte wie ein silbriger Keil, sich zuckend fort und fort bewegte, ohne Aussicht auf ein Ende oder die Erinnerung an einen Anfang.

Während er noch in seinem Traum gefangen war, schien er ihm sehr wirklich, doch als er bei hellem Tageslicht erwachte, verflüchtigte er sich wie alle Träume, und mit festem Blick schaute er auf die grauen Mauern seiner kleinen Zelle und das hohe Dach des Himmels vor seinem Fenster.

4. Kapitel

Die Sonne stand bereits hoch am Himmel, und Noell war berauscht von einem Wohlgefühl, wie er es seit langer Zeit nicht mehr erlebt hatte.

Er setzte sich auf, warf die Decke ab, um seinen Körper zu untersuchen. Er war nicht ganz nackt, sondern in ein leichtes, hemdartiges Gewand gekleidet, doch seine Arme waren nackt, und er sah, daß die Verfärbung unter seiner Haut dort sehr zurückgegangen war und sie fast wieder normale Farbe hatte, nur blasser, weil sie lange keine Sonne gesehen hatte. Als er den Saum seines Nachthemds bis zur Hüfte hochschob, konnte er erkennen, daß seine Beine noch immer um einen Schatten dunkler waren, und in seinen Schenkeln und Füßen war nicht so viel Gefühl wie sonst. Seine Beine kamen ihm viel dünner vor, als er sie in Erinnerung hatte, und seine Arme waren vom Fleisch gefallen, als litte er an Muskelschwund.

Er stellte fest, daß er mit einigen Schwierigkeiten aufrecht stehen konnte, und er schaffte es, durch den Raum hinüber in den Alkoven zu humpeln. Dann schaute er sich nach seinen Kleidern um, weil er sich anziehen wollte. Doch während all seine anderen Besitztümer einschließlich des Kastens mit dem Mikroskop noch vollzählig am Fußende seines Bettes lagen, hatte man seine Kleidung weggetragen. Er setzte sich wieder hin, jetzt doch merklich geschwächt.

Dann schaffte er es, im Sitzen ein Frühstück aus kaltem Brei und Obst einzunehmen, und er fragte einen der schwarzen Männer, die ihm das Essen gebracht hatten, ob er seine Kleider wiederhaben könnte. Der Diener verstand ihn nicht, doch er half mit Gesten nach, und seine Sachen wurden ihm gebracht, zusammen mit einer Schüssel Wasser, damit er sich waschen konnte.

Als die Sonne am Zenith stand, bekam er Besuch von Kantibh. Berenike war nicht bei ihm, doch war er begleitet von zwei alten Vampiren, die ihm der Perser als *Aiyeda* und *Nyanya* vorstellte. Aiyeda war der Oni-Shango, den Noell früher etliche Male gesehen hatte, obwohl er sich nicht mehr genau erinnern konnte, zu welchen Anlässen das gewesen war.

»Seid Ihr wohl genug, mit uns zu sprechen?« fragte Kantibh auf Latein. Noell dachte an die vielen Fragen, die sie ihm gestellt hatten, als er noch im Fieber gelegen hatte, und sprach zu ihnen darüber.

»Es ist wahr«, gab Kantibh zu, der sich, zu beiden Seiten die Elemi, auf die Matte hockte. »Wir haben viel von dem herausgefunden, was die Ältesten uns aufgefordert hatten zu entdecken. Aber es gibt noch vieles, das Ihr uns in Eurem vormaligen Zustand nicht habt mitteilen können. Wir würden gern klarer begründete Ausführungen von Euch hören, die Ihr besser bei ruhigem Verstand geben könnt.«

»Sind wir hier Gefangene?« fragte Noell unvermittelt.

»Gewiß, Ihr seid Gefangene der Umstände«, entgegnete Kantibh. »Wenn die Wasser des Logone und des Gongola hochstehen, ist die Reise zum Quellgebiet des Kwarra sehr schwer. Ihr könntet nicht nach Bauchi gelangen, bevor die nasse Jahreszeit am schlimmsten ist.«

Noell starrte sein Gegenüber argwöhnisch an. »Die nasse Jahreszeit? Die nasse Jahreszeit setzt nicht vor April ein.«

»Nach Eurem Kalender«, erwiderte Kantibh ernst, »ist jetzt der Monat Mai. Ihr seid jetzt seit einhundertvierzig Tagen in Adamawara.«

Noell versuchte sein Erstaunen zu verbergen, doch Kantibh mußte gewußt haben, welche Wirkung diese Eröffnung auf ihn haben würde. Er fügte hinzu: »Der Silbertod bringt einen besonderen Schlaf mit sich – einen Schlaf nicht ungleich dem, in den die Elemi eintauchen müssen, wenn der Odem des Lebens schwach in ihnen ist. Ihr seid sehr krank gewesen.«

Noell schaute auf seine mageren Arme. Nicht nur, daß seiner Erinnerung viele Tage fehlten, er hätte auch nie geglaubt, daß inzwischen Monate verstrichen sein konnten. In seiner Zeit der Träume war sowohl in seinem Körper wie in seinem Geist jede Verbindung zur gewöhnlichen Zeit abgerissen.

»Warum habt Ihr uns hierhergebracht?« fragte Noell ruhig.

»Es war Eure Absicht, zu kommen«, hob Kantibh hervor. »Ohne Ghendwa wärt Ihr unterwegs gestorben. Die Elemi haben Euch geholfen, weil sie neugierig gewesen sind, welche Art Menschen die Welt da draußen jetzt hervorbringt. Quintus, den die Eingeborenen den weißen Babalawo nennen, ist den Ältesten als ein Mann hingestellt worden, der uns über die Weisheit der Welt und ihre Geschichte unterrichten kann, und Ekeji Orisha hat angeordnet, daß man ihm den Weg hierher ebnet.«

»Und was soll jetzt mit uns geschehen?« beharrte Noell. »Sind wir frei, in Adamawara überall hinzugehen, wohin wir wollen? Sind wir frei, von hier fortzugehen, sobald wir den Wunsch haben?«

»In Adamawara sind alle frei«, erwiderte Kantibh gleichmütig. »Hier sind die Götter der Erde nah, und die Unsterblichen wandeln gemeinsam mit den auferstandenen Toten. Nur wenige verlassen Adamawara, denn es gibt keinen anderen Ort auf Erden, wo ein Mensch vorziehen würde zu sein.«

»Aber einige sind doch von hier fortgegangen, nicht wahr?« fragte Noell mit einiger Schärfe, weil er noch immer Groll darüber empfand, wie sie ihn während seines Deliriums ausgefragt hatten. »Die Aitigu, die den Atem des Lebens nach Walachia und Gaul gebracht haben, wollten sich nicht damit zufriedengeben, mit den auferstandenen Toten und den Göttern der Uruba und der Mkumkwe zu wandeln.«

Kantibh lächelte. »Sie waren heftige, unbeherrschte Männer«, sagte er. »Sie haben nicht über die Gabe der Geduld verfügt, auch nicht über die Glückseligkeit der wahren Weisheit.«

Noell schaute zu Aiyeda, dessen schwarze Augen starr auf sein Gesicht gerichtet waren. Er wußte, wie schwierig es war, eine aufrichtige Antwort auf eine direkte Frage zu bekommen, wenn ein Afrikaner nicht geneigt war, sie ihm zu geben. Sie würden ihm nicht sagen, was sie mit ihm vorhatten. Er glaubte zu wissen, daß noch immer das Todesurteil über ihm schwebte, das die Egungun versucht hatten zu vollstrecken, bevor Langoisse ihm einen Aufschub verschafft hatte. Er entschied, daß seine Fragen eine andere Richtung nehmen müßten; er wollte begreifen, was es mit Adamawara und dem Atem des Lebens auf sich hatte.

»Demnach ist Adamawara also wirklich das Eden, in dem die Vampirrasse ihren Ursprung hat«, sagte er. »Woher kommt der Adam der Vampire? Wie und wann ward der Anfang damit gemacht, den Tod und den Schmerz zu besiegen?«

»Die Arokin berichten uns, daß es Menschen in diesen Bergen gegeben hat, bevor es hier Elemi gab«, sagte Kantibh jetzt in Uruba. »Das waren die Ahnen der Mkumkwe und der Sahra, der Uruba und der Jawara, der Ibau und der Edau sowie zahlloser anderer Stämme. Dann hat Olorun Shango befohlen, die Erde mit einem großen Donnerkeil zu schlagen, und er hat Shigidi und andere Boten ausgeschickt, die Träume der Menschen heimzusuchen, bis die Priester herausfanden, welche Opfer von ihnen verlangt wurden. Dann gab Olorun den Priestern sein Herz, auf daß sie seiner teilhaftig würden, der Odem des Lebens Eingang in sie fände und sie Elemi würden. Die Elemi schufen dann Ogbone, die Gemeinschaft der Menschen, und schickten sie aus in die Urwälder und Ebenen als Hüter der Stämme, die dort leben.«

Noell beobachtete den Perser, während er sprach. Das war genau die Art Geschichte, die auch Ntikima erzählt haben würde, in monotonem Tonfall heruntergeleiert, als wäre jeder einzelne Satz aus unvordenklichen Zeiten überliefert, ein für allemal festgelegt, unveränderlich.

»Vor wie langer Zeit ist das alles geschehen?« fragte er.

»Am Anfang«, erwiderte der Mann mit dem Turban.

»Und wie werden gewöhnliche Menschen zu Elemi gemacht?« fragte Noell, entschlossen, diese letzte Frage vorzubringen, obwohl er kaum eine Antwort erwartete. »Wie werden sie zu Aitigu gemacht?«

»Wie das Herz Oloruns geschmiedet wird, ist das allergrößte Geheimnis«, beschied ihn Kantibh. »Es darf nie enthüllt werden, auch den Elemi nicht, bis sie sich in Iletigu zu Ekeji Orisha gesellen. Doch in Adamawara sind alle frei und dürfen die Götter schauen. Es ist erlaubt, daß Menschen aller Stämme an Ogo-Ejodun teilhaben, Zeugen werden der Würdigkeit der Elemi. Und auch die Stämme der weißen Menschen sind nicht davon ausgenommen. Falls Euch danach begehrt, dürft Ihr nach Iletigu gehen, sobald der Tag dafür gekommen ist; so ist es unser Gesetz. Doch nie dürft Ihr das Geheimnis des Herzens von Olorun erfahren; das ist Euch auf immerdar verboten.«

Noell mußte nicht nach der Bedeutung von Ogo-Ejodun fragen. Ejodun, was »Zeit des Blutes« hieß, war der Name, den die Uruba ihren wichtigsten Opferfesten gaben. Das Wort Ogo bezog sich entweder auf einen Stab mit einem Knauf oder das männliche Glied. Noell hatte die verstümmelten Genitalien Ghendwas und der Sahra-Elemi gesehen und einen Teil der rituellen Verrichtungen erraten, durch welche die, die sich ihnen unterzogen, Elemi wurden. Ogo-Ejodun war die erweiterte Form des Ikayika-Rituals; der afrikanische Vampirsabbat. Soviel wußte er bereits. Welche Wichtigkeit ihm in den Augen der Ältesten auch zukommen mochte, Noell vermutete, daß es wenig zu tun hatte mit dem fundamentalen Aspekt der Umwandlung eines Menschen in einen Vampir. Obwohl er Kantibh nie nackt gesehen hatte, war Noell zu der Schlußfolgerung gelangt, daß er insofern ein Unvollendeter – Aitigu – war, als sein Geschlechtsteil nicht verstümmelt war. Er hatte sich Ogo-Ejodun nicht unterzogen, und dennoch war er ausgenommen von Schmerz und Tod. Deshalb stand für ihn fest, daß es das Herz Oloruns sein mußte, das die Menschen von Schmerz befreite und den Zeitpunkt des Todes hinauszögerte.

»Was ist mit der Medizin, die die Aitigu gemacht hat?« fragte Noell. »Ich vermute, Ihr stellt sie nicht mehr her, um jene zu retten, die am schlimmsten vom Silbertod betroffen sind?« Zum erstenmal hatte er jetzt die Genugtuung, Kantibh aufgeschreckt zu sehen, und sogar die feierlich-ernsten schwarzen Vampire, die würdig neben ihm saßen, zeigten sich andeutungsweise überrascht – doch dann warf Kantibh einen schnellen Blick zur Tür, und Noell wußte, daß er eben an Berenike gedacht haben mußte.

»Dieses Geheimnis ist vor langer Zeit begraben worden«, beschied ihn Kantibh. »Die Aitigu, die Vorfahren Eures Attila gewesen sind, haben das Vertrauen mißbraucht, das man in sie gesetzt hatte. Sie waren ohne Weisheit, weil sie nicht vollendet waren. Ekeji Orisha hat befohlen, daß das Geheimnis vergessen wird, und die Arokin unter den Ältesten haben jegliche Erinnerung aus ihrem Bewußtsein getilgt.«

»In Europa scheint es nicht vergessen worden zu sein«, bemerkte Noell trocken.

»Es ist begraben«, wiederholte Kantibh, »und für immer aus der Welt verschwunden.« Durch sein hartnäckiges Insistieren teilte der Perser Noell etwas äußerst Wertvolles mit, ja, in seiner Einschätzung das wichtigste, was er bisher erfahren hatte: Verriet es ihm doch, daß es möglich war – sogar sehr wahrscheinlich –, daß die Vampire Europas nicht auf dieselbe Art und Weise gemacht wurden, wie ihre Vorfahren in Adamawara erschaffen worden waren. Falls das wahr sein sollte, so entschied er, dann konnten in Europa nicht sämtliche Verfahren, nach denen Vampire gemacht wurden, bekannt sein. Vielleicht – ob das wohl möglich war? – begriffen auch die Ältesten Adamawaras nicht ganz, auf welche Art Attila Vampire geschaffen hatte.

»Vielleicht ist es auch besser so«, sagte Noell mit glatter, samtweicher Unaufrichtigkeit. »Doch wenn die Armeen mit ihren Kanonen anrücken, Adamawara zu erobern, werden sie es gewiß ausgraben wollen.« Noch als er das sagte, war ihm bewußt, daß diese Bemerkung vielleicht töricht war, doch er hatte der Versuchung nicht widerstehen können. Seit mehr als hundert Tagen, so schien es jedenfalls, hatten diese Männer ihn einer Befragung ausgesetzt, als er hilflos gewesen war, und der Himmel allein wußte, was er ihnen erzählt haben mochte. Jetzt wollte er ihnen Dinge sagen, die ihnen einiges Unbehagen bereiteten, falls das in seiner Macht stand.

Wieder reagierten die drei kauernden Männer, doch ohne jede übertriebene Unruhe oder Besorgnis.

»Welche Armee meint Ihr denn?« fragte Kantibh kalt.

»Ich weiß nicht«, sagte Noell in fröhlichem Tonfall. »Aber Ihr werdet ja aus dem, was Quintus und ich Euch erzählt haben, wissen, daß es sich nur noch um eine Frage der Zeit handeln kann. Es könnten die Fulbai sein oder andere schwarze Stämme oder vielleicht die Mohammedaner der arabischen Länder oder vielleicht die weißen Männer aus Gaul; doch am Ende werden sie kommen. Es sind doch schon so viele andere gekommen, nicht wahr? Eines Tages nahen die Eroberer mit Todesmaschinen, mächtiger als alles, was die Eingeborenen haben. Ich glaube, Ihr wißt bereits, wie hungrig die Ashanti und die Edau nach Feuerwaffen sind. Wie lange wird es noch dauern, was denkt Ihr wohl, bevor der Oba von Benin und seine Soldaten beschließen, daß sie sich nicht länger dem Willen der Ogbone beugen?«

»Wo die Ogbone sind«, sagte der Elemi namens Aiyeda, der mit einer Stimme sprach wie raschelndes Laub, »da herrscht der Wille Oloruns. Mögen die Mohammedaner die Wüste durchqueren. Niemals werden sie durch die Urwälder gelangen, die den Egungun gehören! Das vermag niemand. Das Herz Oloruns ist unser und der Odem des Lebens. Falls Ihr das bezweifelt, seid ihr ohne Weisheit.«

»Der Silbertod hat keine Schrecken für Vampire«, erinnerte ihn Noell. »Vielleicht sind die Fulbai und die Mohammedaner ohnmächtig, den Urwald zu durchqueren, aber eine Legion von Vampirittern wäre doch eine Armee ganz anderer Art. Eines Tages wird eine Armee von Aitigu kommen.«

»Eine Armee von Aitigu kann ohne frisches Blut nicht vorrücken«, sagte Kantibh, als wäre damit die Angelegenheit endgültig erledigt. Doch Aiyeda hob eine Hand, um ihm Schweigen zu gebieten.

»In Eurem Land«, sagte der Oni-Shango, »verharren gewöhnliche Menschen und Aitigu in bitterer Feindschaft. So habt Ihr uns selbst erzählt. Ihr habt uns berichtet, daß die gewöhnlichen Menschen Gauls sich gegen die Aitigu erheben und sie alle vernichten werden. Welche Eurer Prophezeihungen ist denn nun wahr? Die, die Ihr jetzt aussprecht mit verschlagener Wachheit, oder die, die Shigidi Eurem Mund entlockt hat?«

»Ich bin fürwahr kein Prophet«, klärte Noell ihn auf. »Die Zukunft birgt viele Möglichkeiten.«

Doch Aiyeda wandte leicht den Kopf ab, um ihm seine Mißbilligung über eine derartige Feststellung zu bekunden. Für ihn gab es nur eine einzige Zukunft, deren Gestalt von seinen dunklen Gottheiten vorherbestimmt war. Für Aiyeda war eine Prophezeihung, die aus gottgegebenen Träumen herrührte, unendlich viel mehr wert als irgendeine Aussage eines wachen Menschen, und er mußte sehr sorgfältig dem gelauscht haben, was Noell in seinem traumschweren Gestammel von sich gegeben hatte. Plötzlich spürte Noell einen kleinen Stich der Verachtung gegenüber dem Elemi, der nicht um den wahren Wert der Vernunft wußte. Vielleicht mußte die Frage erst noch entschieden werden, wer wahrhaftig über das Glück der Weisheit verfügte und wer nicht.

Aus der Art und Weise, wie Kantibh das Gespräch wieder aufnahm, schloß Noell, daß die künftigen Möglichkeiten für das Volk von Adamawara doch nicht ohne Belang waren und daß sich die Elemi nicht allein auf die Botschaft von Träumen verließen.

»Mit jedem Jahr, das vergeht«, sagte Kantibh, wieder ins Lateinische verfallend, »gelangen Schiffe aus Gaul weiter nach Süden. Es wird behauptet, daß einige bereits Afrika umsegelt haben, um nach Indien zu gelangen. Warum geschieht das? Ist es, weil Euer Kaiser sich Hoffnung macht, seine Herrschaft auf diesen Erdteil auszudehnen?«

»Ich glaube nicht«, sagte Noell. »Die Vampire mögen das Meer nicht. Sie reisen nicht gern in geringer Zahl, und der Gedanke ist ihnen furchtbar, daß, wenn man sie ins Meer wirft, sie bis auf dessen Grund sinken und in ihren seltsam tiefen Schlaf verfallen, in dem sie von dankbaren Fischen bei lebendigem Leib verschlungen werden. Eine Handvoll Vampire, die eine loyale Armee befehligt, fürchtet keine Meuterei, da jedermann weiß, welcher Strafe meuternde Soldaten gewärtig sein müssen. Doch die Mannschaft eines Schiffes kann in irgendeinen sicheren Hafen weitersegeln. Der Ozean ist, wie es scheint, gewaltig groß, und es gibt darin zu viele Inseln. Die Vampire, die Gaul regieren, wagen sich nur selten aufs Meer und bescheiden sich gern damit, das Kommando über ihre Schiffe gewöhnlichen Männern zu überlassen.«

»Sind das dann also nur gewöhnliche Männer, die mit ihren Schiffen bis an die Küsten Afrikas gesegelt sind?« fragte Kantibh.

»O ja«, gab Noell ihm Auskunft. »Die tapfersten von ihnen lieben es, die Meere zu befahren, weil es sie, wenn auch noch so kurz, von der Vampirherrschaft befreit. Es sind gewöhnliche Männer, die gelernt haben, ihre Schiffe größer und wendiger zu machen, indem sie rechteckige mit dreieckigen Segeln kombiniert haben. Es sind gewöhnliche Menschen, die den Ehrgeiz haben, durch Handel reicher zu werden und die danach streben, neue Länder zu entdecken. Die Vampire haben hin und wieder versucht, Entdeckungsreisen zu verbieten, aber sie sind sich in dieser Sache nicht ganz einig. Sogar die Spanier und die Portugiesen, deren Abenteuerreisen zu Zeiten meines Vaters schwer behindert worden sind, wagen sich jetzt frei und ungehindert hinaus. Doch britischer Stahl ist der beste der Welt, und die Holländer stellen die besten Schiffe her, also sind es die nördlichen Länder Gauls, die in der Seefahrt das größte vollbracht haben.

Einige Seekapitäne träumen davon, noch einen großen Kontinent auf unserem Erdball zu entdecken, wo aufrechte Christen ihr eigenes Reich gründen können, das sich gegen Vampireindringlinge in derselben Weise verteidigen läßt, in der die Mohammedaner ihre Wüsteneinöden verteidigen. Vielleicht wagen sich unter dem Zwang der Notwendigkeit dereinst auch Vampire aufs Meer, doch die Schiffe, die gegenwärtig Eure Küsten in ganzer Länge abfahren, sind die einzigen, die derzeit die Interessen der gewöhnlichen Menschen erweitern. Doch darum müssen sich die Ogbone wenig sorgen.«

»Die Ogbone sorgen sich um alles, das existiert«, gab Kantibh kühl zurück. »Die Ogbone sind die großen Hüter der Welt, die sie zu einem gesitteten und gesetzlich geregelten Ort machen und das Wohlergehen der Brüderschaft der Stämme gewährleisten.«

»Ich denke, was das Wohlergehen angeht, sind wir unterschiedlicher Ansicht«, sagte Noell, der noch immer nach einem Ventil suchte, seinem Ärger gegen diese Männer Luft zu machen. Er wußte, daß seine Worte abfällig klangen, doch das kümmerte ihn im Augenblick nicht.

Aiyeda streckte eine klauenartige Hand aus, um Kantibhs Arm zu berühren, bevor der Perser darauf entgegnen konnte, und sprach wieder in

Uruba: »Die Götter haben uns Ogbone gegeben, um auf der Welt Ordnung zu schaffen. Es gibt eine Bruderschaft der Stämme, obwohl es viele Stämme auf der Welt gibt, die noch nicht davon wissen. Eines Tages werden alle Stämme Ogbone annehmen, und alle Menschen werden wissen, welches Oloruns Wille ist. Die Aitigu, die Ogbone hintergangen haben, werden von den auferstandenen Toten zur Verantwortung gezogen werden, und Oro wird die Schuldigen vernichten. Wir sind die, die den Odem des Lebens haben, und ohne uns werden die Stämme heimgesucht von Zerknirschung und nutzlosem Streit. Ihr wißt es selbst nicht, doch Shigidi hat Euch geholfen, uns Wahres über die Zukunft zu künden. Es wird Krieg sein in allen Teilen der Welt, wo der Wille der Ogbone ihn nicht in Schranken hält; dieser Krieg wird all jene Stämme vernichten, die sich außerhalb der Bruderschaft gestellt haben, und jene, die überdauern, werden die Führung der Elemi anerkennen.« Er schaute Noell voll ins Gesicht, die starrenden Augen schwarz und glänzend wie die eines Vogels. »Habt Ihr denn selber keine Ahnen?« fragte er leise. »Habt Ihr keine Babalawos, keine Arokin, die Euch die Gestalt der Zukunft wie die der Vergangenheit beschreiben?«

Noell war von dieser Frage überrascht. »Wir haben ein heiliges Buch«, sagte er, »das uns davon berichtet, daß wir von Adam und Eva abstammen, die aus dem Garten Eden vertrieben worden sind wegen einer Sünde, deren Makel auf der Seele der Menschheit lastet. Dasselbe Buch erzählt uns, daß Gott uns seinen Sohn gesandt hat, uns zu erlösen und den Weg ins Himmelreich zu weisen. Und es ist verkündet, daß der Sohn Gottes zur Erde zurückkehren wird, um all unsere Nöte zu enden.«

»Wir kennen das Buch«, sagte Aiyeda. »Aber Ihr glaubt nicht daran.«

»Nein«, gab Noell zögernd zurück, obwohl ihm nicht bewußt war, warum er in dieser Sache zögern sollte. »Nein, ich nicht. Quintus ist ein Gläubiger, der auf Gott und Jesus vertraut. Das kann ich nicht. Für mich sind Vergangenheit und Zukunft gleichermaßen unbekannt; wobei die letztere dennoch von den Hoffnungen und Wünschen der Menschen gestaltet werden muß.«

»Und die Vampire von Gaul?« fragte Kantibh. »Was glauben die denn?«

»Das«, sagte Noell, »kann ich nicht sagen. Sie haben ihren eigenen Papst auf den Heiligen Stuhl Petri gesetzt, und sie beherrschen die Kirche genauso, wie sie überall in Gaul und Walachia herrschen. Doch ihr Glaube ist nicht derselbe wie der Glaube der gewöhnlichen Menschen. Sie bewahren das Geheimnis ihres eigenen Glaubens, weil darin auch das Geheimnis ihres Wesens beschlossen liegt. Die frühen Vampirfürsten sind keine Christen, sondern Heiden gewesen. Später haben ein paar von ihnen den christlichen Glauben unterstützt, daß Vampire Dämonen sind, da es dabei geholfen hat, den Menschen Furcht vor ihnen einzuflößen. Heutigentags geben sie statt dessen vor, daß sie ganz der christlichen Welt angehören. Die neuen Herren der Kirche verkünden die Lehre, daß beide, Menschen wie Vampire, ihren Platz in Gottes Plan haben und daß Gott den Stand bestimmt hat, den jede der beiden Arten in der Welt einnimmt. Doch ich vermag Euch nicht zu sagen, was der Borgia-Papst wirklich glaubt, und kann nur sagen, daß das nicht der wahre Glaube ist, sondern nichts als Maskerade.«

»Die Wahrheit ist in Adamaware«, sagte Aiyeda. »Ohne dieses Wissen und die Führung ihrer Ahnen verfügt kein Stamm über vollendete Männer, sondern nur über verwirrte Kinder, die nicht wissen, wie sie leben sollen.«

»Welchen Tribut erhebt Ihr von den Stämmen außerhalb dieses Tals, denen Ihr Vampire schickt, die ihnen als weise Männer dienen?« fragte Noell.

»Keinen. Nicht durch Gewalt, noch aus Pflicht«, sagte Kantibh. »Sie schicken viele Gaben, doch sie werden weder verlangt noch erwartet. Die Weisen kehren aus eigenem Recht zu ihren Stämmen zurück, denn sie sind die Ahnen dieser Stämme, und zum einen Teil gehören sie ihnen an, obwohl sie auch nach Adamawara gehören.«

»Erzeugt Ihr hier im Tal alles selbst, was Ihr braucht?«

»Alles, was wir brauchen«, sagte Kantibh.

»Schmelzt Ihr auch Eisenerz?«

»Nein. Wir haben wenig Verwendung für Eisen, denn wir machen keine Kanonen oder anderen eitlen Tand, wie es in Eurer Welt geschieht, doch wir haben Werkzeuge aus Eisen, an uns weitergegeben von den Uruba, und Zinn von den Jawara.«

»Ihr wißt von dem Eisen in Gaul und den Dingen, die wir daraus machen? Waffen und Maschinen zählen nicht zu den Dingen, die Ihr braucht?«

»Nein, die rechnen nicht dazu«, erwiderte Kantibh abweisend. »Es ist die Schwachheit des Fleisches der gewöhnlich Sterblichen, die Euch die Erzeugnisse Eures Erfindungsgeistes so hochschätzen läßt. Wenn Eure Vampire das Eisen und die Dinge, die man daraus macht, so sehr lieben, dann deswegen, weil sie die gewöhnlichen Menschen fürchten, die sie regieren. Hier gibt es keine Furcht, und wir brauchen kein Eisen.«

Noell schaute noch einmal zu dem schwarzen Vampir Aiyeda hin, der ihn immer noch eindringlich musterte. Er wußte ganz genau, als er in diese abschätzenden vogelartigen Augen blickte, daß er ihnen mit seinen Fragen genausoviel verriet wie mit seinen Antworten, doch das war eine zweischneidige Angelegenheit. Er wußte noch immer nicht, wie sie von ihm dachten oder was sie mit ihm vorhatten. Aber er würde Ogo-Ejodun zu sehen bekommen; soviel hatte man ihm immerhin versprochen. Was das Machen des Herzens von Olorun anging, von dem niemandem erlaubt war zu wissen, und der Medizin, die in Vergessenheit geraten war, so mußte er abwarten, was er darüber in Erfahrung bringen konnte.

»Ich bin müde«, sagte er wahrheitsgemäß. »Keine Fragen mehr. Ihr werdet vermutlich zurückkehren?«

»O ja«, sagte der Perser ruhig. »Wir werden zurückkehren.«

5. Kapitel

Noell saß müde auf seinem rauhen Bett. Jetzt, da er sein waches Bewußtsein wiedererlangt hatte, waren auch die kleinen Unpäßlichkeiten und Beschwerden zurückgekehrt – die kleinen und größeren Schmerzen. Doch nicht die Dinge, die er fühlen konnte, machten ihm am meisten zu schaffen, sondern die Teile seines Körpers, in die noch kein Gefühl zurückgekehrt war.

Der Silbertod hatte fast seine Macht über sein Fleisch verloren, doch seine Wadengegend und die Füße, die taub waren und ihm das Laufen erschwerten, waren noch immer schwarz gefleckt. Er war begierig, seine graue Zelle zu verlassen und das Haus zu erforschen, in dem man ihn untergebracht hatte – danach dann das Tal von Adamawara –, aber sein Körper war noch nicht voll wiederhergestellt.

Nachdem er seinen rechten Fußknöchel auf seinen linken Schenkel hochgezogen hatte, wo er ihn bequem massieren konnte, betrachtete er beklommen die aschefarbenen Sprenkel, die an einigen Stellen seiner Fußsohle nur langsam zu verblassen begannen. An seinem linken Fuß waren Stellen, wo die Verfärbung noch sehr stark schwärzlich war, und als er an diesen Stellen mit den Fingernägeln kratzte, die während seiner Krankheit sehr lang geworden waren, hatte er keinerlei Schmerzgefühl und empfand auch nicht ihre Schärfe. Den Druck konnte er zwar spüren, doch nur ganz schwach.

War es das, so fragte er sich, was die Vampire statt Schmerz empfanden? Nur einen dumpfen, leichten Druck?

Sein Blick fiel auf das Bündel seiner Habseligkeiten, die am Fußende seines Bettes lagen. In einem offenen Packsack, oben auf einer Vielzahl anderer Dinge, war der Kasten, der das Mikroskop und das zahlreiche Zubehör enthielt. Es lag obenauf, so vermutete er, weil es von seinen Gastgebern eingehend untersucht worden war.

Er zog den Kasten heran und fand darin ein kleines Messer, dessen Klinge rasiermesserscharf war und das er dazu benutzte, kleine Proben von tierischem und pflanzlichem Gewebe zu schneiden. Vorsichtig setzte er die Klinge an die dunkelste Hautstelle seines Fußes, die er finden konnte, und fing an, sie darüberzuziehen, schabte sodann ein dünnes Hautplättchen ab. Den kleinen Schnitt konnte er deutlich spüren, doch er war nicht schmerzhaft.

Das erste abgelöste Stückchen war lediglich Haut, fast durchsichtig und nur leicht schwarz gefärbt. Die tieferen Schichten zeigten die höchste Konzentration dieser unnormalen Verfärbung, und er mußte einen zweiten Einschnitt machen, bevor er ein kleines Gewebestück ablösen konnte, das fast pechschwarz war. Der Schnitt blutete reichlich, das Blut war von ungewöhnlich dunklem Purpur, doch Schmerz empfand er wieder nicht.

Beide Stückchen legte er auf zwei Glasplättchen und tauchte dann einen Finger in den Wasserkrug neben seinem Bett. Er tupfte mit erfahrener Behutsamkeit einen winzigen Wassertropfen auf jedes der Plättchen und legte dann andere Glasplättchen darüber, so daß die dünnen Gewebestücke darunter gefangen waren.

Schnell stellte er das Mikroskop auf den breiten steinernen Fenstersims und setzte die Teile rasch, doch sehr sorgfältig zusammen. Das Licht war beinahe perfekt, der Himmel leuchtend und klar, und die Sonne stand hoch. Es war leicht, genügend Licht in dem Konkavspiegel unterhalb des Objektträgers einzufangen, und jetzt konnte er sehen, was es zu entdecken gab.

Anfangs war er enttäuscht. Das Hautstück auf dem ersten Plättchen sah aus wie viele andere auch, die er untersucht hatte, und seine Färbung war unbestimmbar trüb. Auch das zweite war weniger interessant, als er sich erhofft hatte, doch er konnte erkennen, daß die schwarze Farbe sich nicht gleichmäßig im Gewebe verteilte; es gehörte zu einem Muster, das seltsam an Spinnenweben erinnerte. Etwas Ähnliches hatte er schon früher gesehen, als er bestimmte Arten von Schimmelpilz unter dem Mikroskop gehabt hatte. Demnach war der Silbertod etwas, das in den Körper eindrang und darin wucherte. Es war etwas Lebendiges, eine Art Schimmel. Was war aber mit den Veränderungen, die der Körper durch ihn erlitt? Was erzeugte in den betroffenen Körperstellen die Empfindungslosigkeit? Wie konnte er jenen langen, seltsamen Schlaf herbeiführen, dem Schlaf, in den verletzte Vampire verfielen, so ähnlich und unähnlich zugleich?

Seine Gedanken schweiften zurück zur Erklärung seiner Hypothesen, die er Leilah einst in Burutu zu geben versucht hatte. War es möglich, daß der Silbertod die Atome des menschlichen Fleisches in irgendeiner Weise veränderte, so daß sie den Atomen von Vampirfleisch ähnlicher wurden?

Er schaute nachdenklich auf das Mikroskop und fragte sich, ob es ihm noch mehr zeigen würde, wenn er genau wüßte, wonach er Ausschau halten wollte. Doch es konnte ihm nicht verraten, woraus Fleischgewebe gemacht war oder wie eine Art Fleisch sich von einer anderen unterschied. Was es ihm zeigen konnte, war das unterschiedliche Aussehen von Haut und Knochen, Muskeln und Blut, doch nicht den Unterschied zwischen gewöhnlich Sterblichen und Vampiren.

War es denn möglich, so fragte er sich, daß das Herz Oloruns nichts weiter war als eine andere Art Schimmelpilz – der sich gleich dem Silbertod nur in Adamawara fand und nirgendwo sonst? Das konnte er nicht glauben. So einfach war es nicht. Aber ebensowenig war das Erschaffen von Vampiren keine so einfache Angelegenheit, wie sein Vater gedacht hatte. Denn ganz gleich, wie die Elemi das Herz Oloruns jenen Weisen eingaben, die es sich verdient hatten, es konnte nicht übertragen werden durch ganz gewöhnliche Sodomie oder eine andere Form von Geschlechtsverkehr. Auch kamen nicht Satan oder sein Gegenstück bei den Uruba von außerhalb dieser Erde, um dem Fleisch des Menschen Dämonen einzupflanzen; dessen war er ganz sicher. Was immer an die Stelle von Satans schwarzem Samen treten mochte, über den Guazzo mit solcher Hingabe geschrieben hatte: Es mußte etwas aus dieser Welt sein und nicht aus irgendeinem Reich des Übernatürlichen.

Francis Bacon ist davon ausgegangen, so sagte er sich, *daß die Wahrheit nur dann manifest werde, wenn wir die Idole falschen Glaubens umstürzen, die uns davon abhalten, sie zu erkennen. Mein Vater hat geglaubt, er hätte jene Symbole zerschmettert, und das, was übriggeblieben, wäre nichts weiter als Sodomie. Doch er hat unrecht gehabt. Es bleibt noch ein Idol niederzureißen, doch ich kenne seinen Namen nicht.*

Und dann fügte er den Nachgedanken hinzu: *Shigidi. Vielleicht ist sein Name Shigidi.*

Guazzos Bericht über den Vampirsabbat hatte er nie ernst genommen. Sein Vater hatte darüber gelacht und auch Quintus. Es war ein simpler Alptraum, zusammengemischt aus Furcht und Entsetzen und mit jedem abstoßenden Detail ausgeschmückt, dessen der Autor hatte habhaft werden können. Natürlich mußte ja der Samen des Teufels schwarz sein, ebenso sein Glied kalt wie Eis und groß wie das eines Pferdes. Aus ganz ähnlichen Gründen wurde der Sabbat in Zusammenhang gebracht mit dem Opfern von Säuglingen und dem Verzehren ihres Fleisches. Nichts durfte ausgelassen werden, um das Gesamtbild dieses ausschweifenden Festes noch entsetzlicher zu machen.

Aber war nicht auch Edmund Corderys Darstellung der Art und Weise, wie Vampire gemacht wurden, ein Alptraum? Und was Ogo-Ejodun anbetraf . . . Nun, allein schon der Name versprach alptraumhafte Elemente in überreichlichem Maß. Babys, so schien es, wurden wirklich geopfert in jener Zeit des Blutes, die Olori-Merin gewidmet war; konnte es den geringsten Zweifel daran geben, daß im Ogo-Ejodun-Kult Geschlechtsteile abgeschnitten wurden – eine Verstümmelung, die manch einer für alptraumhafter erachten mochte als Sodomie?

Das waren alles Alpträume. Shigidi hatte in allem die Hand im Spiel.

Noell schaute durchs offene Fenster in den Himmel, in die Unendlichkeit. Die Quelle des Vampirismus entsprang hier in Adamawara. Auch den Silbertod gab es nur hier und nirgendwo sonst. War das ein weiteres Trugbild zur Verwirrung der Geister, Teil der Rauchschwaden, in denen die Wahrheit verborgen lag?

In Afrika sah man nicht häufig Vampirfrauen. Vielleicht war Berenike die einzige Ausnahme. Doch die Elemi konnten nicht in eine Frau eindringen – oder einen Mann penetrieren – wegen der Verstümmelung, der sie sich unterziehen mußten. Konnten sie trotzdem noch Samen produzieren und ihn ausstoßen? Vielleicht. Aber dennoch, die Elemi hatten mit keinem Geschlecht Beischlaf. Wenn sie Vampire machten, dann bestimmt nicht vermittels irgendeiner Art von Sexualverkehr. Wie war die vergessene Medizin jenen verabreicht worden, die in Gefahr waren, vom Silbertod hinweggerafft zu werden? War sie den Kranken ins Essen gemischt oder wie die meisten afrikanischen Medizinen auf den Körper aufgetragen worden? Lag darin schon die Saat des Vampirismus, wenn jemand den Silbertod bezwang? War der Keim des Vampirismus dem Silbertod ähnlich? Vampire waren zwar nicht silberfleckig, doch gewiß war ihre Haut in Farbe und Gewebestruktur verändert, und ihr Haar färbte sich fast immer dunkler. War Vampirismus nichts anderes als ein wohltätiger Schimmelbefall? Ein Schimmel, der das befallene Wesen erhielt, statt es zu verderben? Und war der Silbertod vielleicht nichts anderes als das bösartige Gegenstück dazu, ein Eishauch aus Satans Hölle anstatt des himmlischen Atems der Unsterblichkeit?

Noell legte den Kopf in die Hände und wünschte sich, einen Ausweg aus diesem Gewirr von Fragen zu finden. »O Vater!« sagte er ganz leise. »Hätte ich doch deinen Rat, mir zu helfen.«

Lady Carmilla, so fiel ihm jetzt wieder ein, hatte einst Edmund Cordery gefragt, ob er durch sein wundersames Gerät auch Menschenblut angeschaut hätte. Bedeutete das etwa, daß sie überzeugt war, das Geheimnis lasse sich im Blut finden? Oder war sie einfach nur zu vorsichtig gewesen, Samenflüssigkeit zu erwähnen? Hatte sie ihren Mechanikusgeliebten ermuntert, in die falsche Richtung zu gehen? Oder war die Faszination der Vampire vom Blut zum Brennpunkt ihres eigenen Aberglaubens geworden? Und falls Edmund Cordery recht hatte und zumindest die Vampire von Gaul durch eine Art Übertragung von Samen gemacht wurden, wie paßte dann das Blut dahin? Welche Art Nahrung stellte das Blut dar?

Noell hatte sich Blut unter dem Mikroskop angesehen und entdeckt, daß das Rote darin wie die Schwärze dieser Krankeit in runden Körperchen enthalten war und daß in der strohfarbenen Flüssigkeit, die in den Venen kreiste, noch weitere schattenhafte Teilchen mitschwammen. Bedurften Vampire vielleicht dringend eines dieser schattenhaften Dinge, die sich nur in gewöhnlichem Menschenblut befanden?

Es gab zu viele Fragen und zu viele mögliche Antworten. Er fand keinen Weg durch das Gestrüpp von Wenn und Aber. Doch er empfand gleichzeitig ein paradoxes Gefühl der Zuversicht, denn er spürte, daß er der Antwort näher war als je zuvor. Er war aus Shigidis Reich der Alpträume zurückgekehrt und jetzt so klarsichtig, wie ein Mensch nur sein konnte. Er spürte, daß seine Augen und sein Verstand bereit waren, Trugbilder zu stürzen und zu zertrümmern, durch Rauchschleier hindurchzusehen.

Die Vampire Adamawaras, dachte er, *brauchen kein Eisen, brauchen keine Maschinen. Sie können tun, was sie tun müssen, und glauben, keine Erkenntnisse zu brauchen. Aber ich glaube, sie wissen nicht einmal, was und wer sie sind. Obwohl ihre Ältesten hier seit dreitausend Jahren leben mögen, sind ihre Augen geblendet von zahllosen Götzen. Ogo-Ejodun ist ein Nachtmahr, aber darin liegt ein ganz anderer Traum, und ich will ihn erkennen, falls ich es vermag.*

Er nahm das Mikroskop auseinander und verstaute die Glasplättchen. Er zerstörte die Plättchen mit den Hautschichten nicht, doch er wußte, daß die Proben, sobald sie eintrockneten, verwesen würden.

Er lag auf seinem Bett, doch er schlief nicht. Seine Gedanken rasten, und es war, als würden die geistigen Anstrengungen ihn wieder ins Delirium verfallen lassen. Als die Diener ihm bei Sonnenuntergang Essen brachten, hatte er noch immer nicht geschlafen, doch er fühlte sich ausgeruht. Das Essen war ihm höchst willkommen, sein Appetit wiederhergestellt, und nachdem er seine Mahlzeit beendet hatte, wurden seine Gedanken ruhiger. Das schwere Essen in seinem Magen hatte einen einschläfernden Effekt, und obwohl er eine Kerze neben seinem Bett anzündete, fiel er schnell in einen tiefen Schlaf.

Er wurde geweckt durch einen sanften Druck an der Schulter, der ihn aus weiten Fernen zurückholte, wo keine schweren Träume ihn geplagt hatten.

Es war Berenike. Sie saß auf der Matratze neben ihm, ihr weißes Gewand war ihr von den Schultern geglitten, trotz der kalten Nacht, und ihre Brustwarzen waren halb entblößt. Sie streckte die nackten Arme nach ihm aus, umschloß sein Gesicht mit den Händen.

Ihre Finger schienen sehr kalt.

Er erinnerte sich, daß in Geschichten über nächtliche Besuche von Vampiren, die das Blut ihres nichtsahnenden Opfers saugten, stets davon die Rede war, daß ihre Berührung kalt wäre. Und gerade jetzt erkannte er, warum das so sein mußte. Gewöhnlich Sterbliche zogen ihre Kleider und Decken fester um sich, sich vor der Kälte zu schützen, doch Vampire brauchten das nicht. Sie mußten nur das Schneidende der Kälte vergessen. Also wurden Vampire bei Nacht kalt, falls sie es selbst nicht bewußt zu verhindern suchten.

An der Art, wie sie ihn berührte, erkannte er, daß sie nicht gekommen war, ihm Linderung und Trost zu bringen, die quälende Ratlosigkeit zu lösen. Sie war gekommen, ihr eigenes Bedürfnis zu befriedigen. Und dennoch schien sie so fern, so abgelöst von den Dingen um sie her, als wandelte sie beständig zwischen Schlaf und Wachen.

Ist sie verrückt? fragte er sich. *Haben die Jahrhunderte, die sie durchlebt hat, sie um den Verstand gebracht?*

Er empfand nicht dieselbe machtvolle Anziehung Berenike gegenüber, die er für Cristelle gefühlt hatte. Das lag nicht daran, daß sie minder schön war, sondern daran, daß die Bedeutung von Schönheit sich für ihn gewandelt hatte. In früheren Tagen hatte er sich hilflos im Griff von

Begierden gefühlt, die ihn wie eine Macht aus einer anderen Welt gepackt hatten. Und er hatte gegen sie angekämpft. Jetzt schienen seine Begierden mehr ein Teil seiner selbst, und er hatte nicht mehr das Empfinden, Gefangener ihrer schönen äußeren Erscheinung zu sein. Er wußte, daß er die Wahl hatte, ihr sein Blut zu bieten, ihre Zärtlichkeiten anzunehmen.

Er schloß sie in die Arme und küßte sie. Und dann, da sie so achtlos die Kälte ihres Körpers ertrug, zog er sie unter seine Decken, um sie zu wärmen, damit ihm ihre Berührung angenehmer zu ertragen war.

Sie hatte ihr eigenes spitziges Instrument mitgebracht, seine Vene damit zu öffnen, und obwohl es weitaus mehr schmerzte als das Messer, das er vorhin benutzt hatte, fand er, daß der Schmerz gar nicht so unangenehm war und daß die Entschädigung dafür kostbarer war, als er geahnt hatte.

Diesen heutigen Tag, sagte er sich ohne Scham oder Selbstanklage, bin ich der Sohn meines Vaters geworden.

Danach umschlang sie ihn ohne Zärtlichkeit, als wäre sie ganz in eigene Gedanken versunken. Er hatte mit Kühle gerechnet, doch diese übertriebene Entrücktheit ärgerte ihn. Sie war sich seiner nicht als Person, nicht als Noell Cordery bewußt, sondern lediglich als eines Dings aus Fleisch und Blut, das ihrem Hunger diente. Er wußte, daß sie jeden Tag ihres Lebens Blut genommen haben mußte, doch wußte er nicht, wie oft sie ihr Blutsaugen mit einem Liebesakt verbunden hatte. Er mochte seit Hunderten von Jahren der erste Mann sein, mit dem sie schlief.

Als er ihr mit der Hand übers Gesicht strich, spürte er eine kalte Träne in einem Augenwinkel. Merkwürdigerweise berührte ihn das stärker als alles, was je zwischen ihnen vorgefallen war.

Wieder berührte er verwundert ihr Auge, und obwohl er ihr keine Frage gestellt hatte, begann sie zu reden, wie sie geredet haben mußte, als sie in seiner Zeit der Träume zu ihm gekommen war. Shigidi war bei ihr, und vielleicht war er immer bei ihr, entlockte ihr die geheimen Gedanken, die für ihre Seele Gift waren. Er war aus Shigidis Reich zurückgekehrt und jetzt geläutert. Sie war noch immer dort.

»Alle Geliebten sterben«, sagte sie auf lateinisch. »Sie verändern sich und sterben, oder sie verändern sich und sterben nie. Aber wenn sie sich verändern, auf daß sie niemals sterben, können sie doch nie mehr Geliebte sein. Manchmal wünsche ich mir zu sterben, doch nie stark genug, es auch auszuführen. Liebe ist nicht so wichtig wie Leben. Und das macht, warum ich weine. Ich weine oft – ein- oder zweimal alle hundert Jahre.«

Die Worte, die sie in einer Sprache vorbrachte, mit der weder sie noch er aufgewachsen waren, hörten sich fast an, als wären sie bar jeden Gefühls. Es schien Noell, als hätte sich zwischen ihnen eine Schranke aufgetan, die verhinderte, daß sie sich, auch bei größter körperlicher Nähe, wirklich vereinigten.

Aber es wäre mit Cristelle vielleicht anders gewesen, dachte er.

Dann wurde er anderen Sinnes. Wäre es wohl nicht, sagte er zu sich selbst, wäre es wohl nicht.

»Ich kann lieben«, versicherte sie ihm, doch er konnte ihr nicht glauben. »Ich habe so lange an diesem unwandelbaren Ort gelebt, daß ich nur Dinge lieben kann, die von draußen kommen. Aber ich kann lieben. Ich liebe Euch um so mehr, weil Ihr meiner eigenen Rasse so ähnlich seht und weil Ihr so schrecklich unter dieser Krankheit gelitten habt. Es schien einmal so, als würdet Ihr sterben, und bei diesem Gedanken weine ich. Ich weine oft.«

Hätte sie Englisch gesprochen, so wäre die Anrede vielleicht ein Du gewesen. Er hätte die lateinischen Worte im Kopf übersetzen können, um jenes Gefühl der Nähe hervorzurufen, doch er tat es nicht. Latein war die Sprache der Gelehrten und der Kirche, und sie war ohne Wärme und Vertrautheit. Es hatte also seine Richtigkeit, wenn sie in dieser Sprache redeten.

»Ich bin froh«, sagte er zu ihr, »daß Ihr mich Langoisse vorgezogen habt.« Doch Langoisse, so fiel ihm wieder ein, war jetzt alt und nicht mehr die Gestalt von angenehmem Äußeren, als die er Noell früher erschienen war.

»Und jetzt«, sagte sie, den Faden ihrer Gedanken wieder aufnehmend, ohne seinen Einwurf zu beachten, »werden sie Euch sterben lassen, weil sie zu dem Schluß gelangt sind, daß die ganze Welt außerhalb Adamawaras ihrer Gesetzgebung unwürdig ist. Sie werden Euch sterben lassen und verlangen, daß die ganze Welt mit Euch stirbt, ausgenommen Adamawara.«

Weiß sie eigentlich, wovon sie spricht? fragte sich Noell. *Oder wandern ihre Gedanken nur ziellos umher?*

»Empfindet Ihr nie Sehnsucht, von hier wegzugehen?« fragte er sie. »Zurückzukehren in die Welt, aus der Ihr gekommen seid?«

»Nein«, erwiderte sie. »Dieses ist die einzige Welt, in der ich glücklich gewesen bin. Die Welt, aus der ich gekommen bin, hat mich grausam mißbraucht, und ich werde nie in sie zurückkehren.«

»Ihr hättet in ihr keinen Mangel an Liebhabern«, wandte er ein.

»Wenn der Tod stets nahe ist, dann kommt es mehr darauf an, welche

Art Leben Ihr lebt. Wenn der Tod weit fern ist, ist das Leben an sich kostbar, und die Jahre, die Ihr hinbringt, sind Belohnung genug. Ich kann lieben, aber zuerst kommt das Leben. Ich werde ewig leben, falls ich kann.«

»Ihr werdet also nicht mir mir kommen, wenn ich fortgehe?« Die Frage war halb neckend gemeint, halb wollte er sie auf die Probe stellen, denn ihre Antwort wußte er bereits, und er wollte ihr im Gedanken an sein Fortgehen einen Ausruf des Bedauerns entlocken. Doch das geschah nicht. Sie hob den Kopf von seiner Schulter und schaute ihm jetzt zum erstenmal, seit sie einander geliebt hatten, voll ins Gesicht.

»Wenn Ihr geht«, so sagte sie, und ihre Stimme klang fremder und ferner als zuvor, »dann geht Ihr in Euer sicheres Grab. Ich kann Euch dorthin nicht folgen. Aber ich werde eine Träne vergießen. Ich werde eine Träne um die Liebe vergießen, die ich verloren habe.«

Diese Versicherung vermochte ihn nicht aufzuheitern. Statt dessen fühlte er sich, als flösse ihm das Blut kälter durch die Adern, denn sie hatte zu ihm über Jahrhunderte gesprochen, die ihm nicht bestimmt sein würden, mit ihr zu teilen.

6. Kapitel

Am folgenden Tag, als Kantibh ihn aufsuchte, bat Noell darum, Quintus und seine anderen Gefährten sehen zu dürfen. Kantibh stimmte sofort zu, und zum erstenmal verließ Noell den Raum, in dem ihn seine lange Krankheit festgehalten hatte. Der Weg, den sie nahmen, führte durch Wandelgänge und Durchlässe, wie man sie in Klöstern oder Gefängnissen der Außenwelt finden mochte. Die Türen, durch die sie traten, waren aus Holz, und sie schienen sämtlich sehr alt. In einem Raum, durch den sie kamen, entdeckte er Ngadze, dem es offenbar gut ging, doch er verweilte nicht, ungeduldig, Quintus zu sehen. Der Mönch war in einem Raum untergebracht, der dem seinen sehr ähnlich war, nur etwa vierzig Meter entfernt.

Quintus lag noch immer im Bett, zu schwach, sich schon zu erheben, obwohl sich unter seiner Haut nirgendwo die verhängnisvolle schwarze Färbung zeigte. Kantibh hatte Noell erzählt, daß Langoisse in einer ganz ähnlichen Verfassung wäre und es ihm noch schwerfalle, zusammenhängend zu sprechen. Doch Quintus war bei Bewußtsein, und sein Kopf schien klar. Sein Gesicht leuchtete auf, als er Noell den Raum betreten sah, und er war froh, daß er schon wieder kräftig genug war, wenn auch humpelnd, in der Gegend herumzulaufen.

Zunächst schien Kantibh geneigt, bei ihnen zu bleiben. Doch sobald Noell ihn bat, mit seinem Freund alleingelassen zu werden, zog sich der Perser zurück. Noell hockte sich auf die Matte neben dem Bett und machte es sich bequem; während seines langen Exils hatte er sich an Orte gewöhnt, wo es keine Stühle gab.

»Wie geht es den anderen?« fragte Quintus ihn.

»Ich habe nur Nagdze gesehen«, erwiderte Noell. »Aber man hat mir berichtet, daß Leilah und Ntikima sich gut erholen, Langoisse dagegen immer noch krank und sehr schwach ist. Kantibh scheint noch immer begierig, mich mit Fragen zu behelligen, wenngleich ich vermute, daß wir beide ihnen schon eine Menge von dem erzählt haben, was sie herausfinden wollten.«

»Vielleicht«, sagte der Mönch. »Ich bin mir aber nicht sicher, ob sie selbst genau wissen, was sie in Erfahrung bringen wollen. Was haben Sie Euch denn gesagt?«

Sie tauschten Einzelheiten darüber aus, worüber man sie beide befragt hatte.

»Was glaubt Ihr, werden sie mit uns tun?« fragte Noell, als der Mönch seinen Bericht geendet hatte.

»Sie werden uns betreuen und freundlich zu uns sein, solange wir uns fügsam verhalten. Ich glaube nicht, daß sie uns etwas antun werden, solange wir sie nicht reizen oder beleidigen. Und Aiyeda hat mir erklärt, daß die Elemi sich glücklich schätzen würden, von allem zu erfahren, was ich ihnen von den Weistümern dieser Welt mitzuteilen gedenke. Sie behandeln mich, als wäre ich ein Babalawo von irgendeinem entlegenen Stamm, ganz so, wie früher die Edau und die Uruba von mir gedacht haben.«

»Werdet Ihr ihnen alles sagen, was sie wissen wollen?«

»Aber gewiß«, sagte der Mönch. »Gott hat mich zu einem Lehrer des Wahren gemacht, und ich werde jeden einzelnen von ihnen lehren, was er wissen will. Adamawara ist nicht der Feind anderer Völker. Wir sind aus Neugier hergekommen, und diese Menschen haben ein Recht, unseretwegen neugierig zu sein.«

»Und falls wir den Wunsch haben wegzugehen, sobald die Regenzeit zu Ende geht, um alles, was wir erfahren haben, mit zurück in unsere Welt zu nehmen? Werden sie uns dann helfen, das zu tun?«

Quintus schüttelte den Kopf. »Ich weiß es nicht. Sie sind mit ihrer Befragung noch nicht am Ende, und ich glaube nicht, daß sie sich bald entscheiden, was sie mit uns tun wollen. Ohne einen Vampirführer, der bei den eingeborenen Stämmen ein Wort für uns einlegt und uns mit seiner Medizin hilft, ohne Packtiere, ohne Waffen, wäre unsere Chance, nach Burutu zurückzukehren, äußerst gering. Ich glaube nicht, daß sie vorhaben, uns all diese Dinge zu geben. Es ist nicht Teil ihres Plans, daß wir Neuigkeiten über Adamawara zurück nach Europa tragen; es ist sehr wohl möglich, daß sie uns eher töten würden als zulassen, daß wir den Versuch wagen. Andererseits lassen sie uns vielleicht auch ziehen, entbieten uns bekümmert ein Lebewohl in der sicheren Gewißheit, daß wir bei dem Versuch, von hier wegzukommen, sterben werden.«

»Und was wäre, wenn wir hierbleiben?«

»Es wäre verfrüht, darüber ein Urteil abzugeben, doch sie scheinen uns nicht zu Aitigu machen zu wollen. Und obwohl sie mich einen Babalawo nennen und von der großen Bruderschaft der Stämme reden, denke ich nicht, daß sie mich zu einem der Ihren machen wollen.«

»Ich bin mir ganz sicher«, sagte Noell trocken, »daß sie jedenfalls nicht die Absicht haben, mich in ihren Reihen willkommen zu heißen. Übrigens glaube ich auch nicht, daß es mir gefallen würde, beim Ogo-Ejodun das Opfer zu spielen. Ich frage mich, ob sie wirklich das Geheimnis vergessen haben, wie man Aitigu macht, aber ich vermute auch, daß sie es uns niemals enthüllen würden, selbst wenn sie noch in seinem Besitz sein sollten. Ich habe das Gefühl, daß ihnen große Sorgen bereitet hat, was wir ihnen von unserer Welt erzählt haben. Und vielleicht habe ich zu wenig Rücksicht genommen, ihre Ängste zu beschwichtigen. Ich fürchte, daß sie uns nicht so leicht von hier weglassen werden.«

»Sie haben wenig zu befürchten«, sagte Quintus. »Sie sind umgeben von Felshängen und toten Wäldern voller Schrecken und abgeschirmt durch eine tödliche Krankheit. Keine Armee könnte sich Hoffnung machen, solange der Silbertod ein unüberwindliches Hindernis darstellt. Sie scheinen ernsthaft zu glauben, daß die Reiche der Aitigu der Vernichtung anheimfallen werden. Und sie haben unsere Feindschaft gegenüber den Vampiren von Gaul als Beweis für ihre Schlußfolgerung genommen, aber ich denke, Ihr habt recht; sie sind besorgt wegen der Dinge, die wir ihnen erzählt haben und wegen der Dinge, die sie unter unseren Habseligkeiten entdeckt haben. Ich vermute, daß sie Langoisses Musketen an sich genommen haben?«

»Genau weiß ich es nicht«, räumte Noell ein. »Aber es würde mich nicht überraschen. Was meint Ihr, ist es ihr Ziel, die Herrschaft der Ogbone auf das auszudehnen, was sie die Bruderschaft der Stämme zu nennen belieben, bis in die kalten sibirischen Einöden, Indien und das ferne Cathay? Könnte Adamawara eine Vision der Welt sein, wie sie eines Tages werden soll?«

»Wie kann ich das wissen?« entgegnete der Mönch. »Vielleicht versöhnen sich die gewöhnlich Sterblichen Europas und Asiens eines Tages mit der Herrschaft der Vampire und schicken sich darein, wie Vieh gehalten zu werden, womit die Mkumkwe hier ganz zufrieden zu sein scheinen. Vielleicht ist das die einzige Art Paradies, das die Erde zu bieten hat. Und vielleicht ist es nur ein Paradies von Narren, die sich eingeredet haben, allwissend zu sein, weil sie schon so lange Zeit mit einem falschen, dummen Glauben gelebt haben.«

»Ich bin mir nicht sicher, daß diese Vampire untereinander einig sind«, sagte Noell. »Kantibh und Berenike sind nicht wie Aiyeda und die anderen Elemi, die man zu mir geführt hat. Ich kann mir unschwer vorstellen, wie jene anderen, die jungen, die als Abgesandte in die Welt geschickt worden sind, um der Sache Adamawaras zu dienen, diese Sache schließlich verraten haben. Die Elemi, die bei den anderen Stämmen leben, sind von ihnen abgekapselt, führen ein Eigenleben, und innerhalb einer Geheimgesellschaft wie den Ogbone mögen Gesellschaften im Verborgenen blühen, die noch geheimer sind. Ich bin gar nicht überzeugt, daß die Herrschaft der Ältesten ewig sein kann.«

»Vielleicht nicht«, sagte der Mönch.

»Ich sehe wohl, daß es hier ein Gleichgewicht gibt, das wir in Europa nicht haben. In Afrika haben die Elemi dafür gesorgt, daß ihre Lebensbedingungen weniger beneidenswert sind, und sie beuten hier die natürliche Ehrerbietung aus, die diese eingeborenen Stämme Zauberern, den Alten und ihren Ahnen entgegenbringen. Ich vermute, daß sie fast so schnell wieder sterben, wie sie geschaffen worden sind, so daß die Ordnung der Dinge sich nur ganz langsam verändert. In Gaul ist aus einer kleinen Handvoll Vampire allmählich eine Legion geworden, und ihre Vermehrung bedeutet für die gewöhnlich Sterblichen sowohl eine Versuchung wie eine Bedrohung. Wollen wir den Blick nach vorn richten, um zu sehen, wie unsere Zukunft sich gestaltet? Dann ist es leichter, sich den Triumph der Aitigu vorzustellen, die sich so schnell vermehren werden, daß sie zahlreich genug sind, um jedes Ziel zu erreichen. Selbst wenn es gewöhnlichen Menschen gelingen sollte, den Fall von Attilas Reichen zu bewerkstelligen, würde ich bezweifeln, daß der Vampirismus ganz vom Erdboden verschwindet, wie die Mohammedaner sich das wünschen; sobald die Welt Kunde von ihrem Geheimnis bekommt, werden jeder Mann und jede Frau ein Vampir werden wollen.«

»Wo sollen Vampire in einer Welt voller Vampire das Blut finden, sich zu nähren?« fragte Quintus leise. Es war das alte Rätsel, das schon Kinder nachplapperten und das als Beweis dafür herangezogen wurde, daß Vampire mit ihrer Gabe der Fortzeugung stets sparsam umgehen müßten, damit es immer gewöhnlich Sterbliche gab, die den Bluttrinkern dienstbar sein konnten.

»Wenn es eine Art Lebewesen ist, was aus einem gewöhnlichen Menschen einen Vampir macht«, sagte Noell nachdenklich, »und die Substanz im menschlichen Blut, die Vampire brauchen, ebenfalls, dann könnten wir vielleicht einen Weg finden, das eine Lebewesen aus dem Samen von Vampiren zu lösen und das andere aus dem Blut der Menschen. Falls wir das vermögen, werden Vampire keine gewöhnlich Sterblichen mehr brauchen, sich von ihnen zu nähren. Und gewöhnliche Menschen würden keiner Vampire mehr bedürfen, um sie umzuwandeln. Dann hätten wir eine Welt unsterblicher Menschen.«

»Eine Welt ohne Kinder«, gemahnte ihn Quintus.

»Frauen könnten zuerst ihre Kinder bekommen«, hob Noell hervor, »und erst später verwandelt werden. Eine Welt der Unsterblichen würde nicht sehr viele Kinder benötigen.«

»Was für eine Welt möchte das wohl sein?« fragte Quintus. »Eine Welt wie Adamawara, nur ohne die Diener? Eine Welt von Menschen, die älter und älter werden, uralt, ganz gleich, wie sie von Aussehen sein mögen, die sich sicher in ihren Gewohnheiten einrichten, nicht nur der göttlichen Gnade nicht achten, sondern an Veränderung und Wandel nicht mehr interessiert sind, außerstande, Neues zu entdecken. Denkt Ihr, das wäre das Paradies?«

Noell mußte an Berenike denken, durch und durch so erkaltet, verloren an die Welt der Bilder und des Gefühls. Doch das war nicht die Richtung, in die seine Gedanken forschend vordrangen.

»Wie aber wäre eine Welt von Menschen, die tatsächlich klüger und klüger werden, ohne Schranken und ohne Ende?« fragte er. »Wie wäre es mit einer Welt von Menschen, die auf Entdeckung aus sind, denen letztendlich nichts verborgen bleiben kann? Die nicht desinteressiert sind an Veränderung oder unfähig, Neues zu finden? Vielleicht ist es nur Angst, was die Unsterblichen in ehernen Traditionen befangen sein läßt. Die Unsterblichen, die jetzt leben, halten an dem fest, was sie haben. Doch vielleicht muß das nicht so sein. Sobald alle Gefahr vorüber ist, alle Furcht ein Ende hat, kann doch die Erkundung des Neuen reine Freude sein, höchster Genuß. Könnte es nicht so sein?«

Quintus ließ müde den Kopf sinken. »Ich kann es nicht sagen«, gab er zurück. »Ich denke, das kann niemand. Ich glaube, daß ich mich lieber dem Leben anvertraue, das Gott für mich gemacht hat.«

Der Mönch war zu ermüdet, das Gespräch fortzusetzen. Also sagte Noell ihm Lebewohl und versprach wiederzukommen. Er ging zur Tür und bat einen vorbeigehenden Diener, Kantibh zu rufen, und als der Perser kam, fragte er ihn, wo er Leilah finden konnte.

Ihr Wohnquartier war weiter entfernt, in einem langen Gang am Ende einer steilen Treppe. Es ging ihr schon so gut, daß sie herumgehen konnte, obwohl er annahm, daß sie sich heute zum erstenmal richtig angezogen hatte. Als sie ihn erblickte, sprang sie freudig auf.

»Ich habe versucht, zu dir zu kommen«, sagte sie zu ihm. »Aber ich konnte dich nicht finden und mich niemandem verständlich machen. Sie sind freundlich zu mir gewesen, ganz besonders dieser Kantibh, der mich ein paar Worte seiner Sprache gelehrt hat und dem es gelungen ist, mir mitzuteilen, daß es dir gut geht.«

Noell drehte sich zu Kantibh um und dankte ihm für seine Freundlichkeit. Der Perser verneigte sich und zog sich zurück, um sie allein zu lassen.

»Seid Ihr sehr krank gewesen?« fragte Noell.

»Ich habe geglaubt, sterben zu müssen«, berichtete sie. »Schreckliche Alpträume hielten mich gefangen, und mehr als einmal habe ich geglaubt, man hätte meine Seele eurer christlichen Hölle überantwortet.«

»Seid dankbar, daß sie nicht mit Euch reden konnten«, sagte er. »Andernfalls hätten sie Euch sogar noch in Euren Träumen ausgefragt. Doch es muß schwer gewesen sein, ohne jemanden zu sein, mit dem man sprechen kann. Ich habe von Langoisse gehört, daß er sehr verstört gewesen ist, aber es scheint, daß es ihm jetzt besser geht. Und auch Kantibh glaubt nicht, daß er sterben wird.«

»Und Quintus?«

»Ich komme gerade von seinem Krankenlager. Es geht ihm gut. Ich habe auch Ngadze gesehen, aber nicht Ntikima.«

»Ich habe aus meinem Fenster dieses Königreich geschaut. Mir scheint es ein armseliger Ort, ganz aus Stein, ohne goldene Reichtümer, die uns blenden. Was können wir von hier nach Hause tragen, das uns reich machen wird?«

»Wir müssen sehen, was wir finden können«, beschied er sie. »Sobald wir so weit wiederhergestellt sind, daß wir dieses Tal durchstreifen können. Vielleicht ist dieser See eingefaßt von Diamanten, und die Hügel sind aus dem Stein der Weisen gehauen, die gemeines Blei in Gold verwandeln. Doch falls es nur Sand und Steine sein sollten, wie es den Anschein hat, dann sind wir immerhin so weit gekommen, wie nur wenige Menschen vor uns gelangt sind, seit fast tausend Jahren kein einziger mehr.«

»Und werde ich jetzt ein Vampir sein, damit ich Eure edle Kurtisane sein darf?« Sie lachte, wie sie immer gelacht hatte, in derselben verwegenen Art, die er an ihr kannte. Er erinnerte sich, daß sie schon genauso gelacht hatte, als sie und er kaum mehr als Kinder gewesen waren.

»Eure eigenen Leute würden Euch steinigen und Euren Leib verbrennen«, sagte er, ohne ihr Lachen zu erwidern.

»Ha!« sagte sie. »Ich bin eine Ungläubige wie du! Und mir ist ganz gleich, was die, die mich einst besessen, wohl denken mögen. Mir wäre lieb, wenn diese hier mein Volk wären, denn sie erscheinen mir so nett und gut. Wir werden nicht nach Arabien gehen, mein Lieber, sondern an die großen Höfe von Gaul, wo wir beide dann Vampire sein werden und nur vom besten genießen, das die Welt uns bieten kann.«

»Aber dann könnten wir nicht Geliebte sein«, erinnerte er sie.

Sie schnitt ihm eine Grimasse und sagte: »Aber wir sind auch jetzt keine Geliebten. Also, wo wäre da der Verlust? Ich denke nur, daß du mich mehr lieben könntest, wenn ich eine Vampirlady wäre. Hast du die gesehen, die Berenike heißt?«

»Das habe ich«, sagte Noell.

»Und ist sie zu dir gekommen, dein Blut zu trinken?«

Sie lachte auf, als sie das sagte, doch sie stand jetzt genau vor ihm, schaute zu ihm auf in seine Augen, und bevor er sie daran hindern konnte, hatte sie spielerisch sein Hemd geöffnet und seine Brust entblößt, wo Spuren von der Klinge eines Vampirs zu sehen waren.

Das war lediglich ein Spiel, eine alberne Neckerei aus der übermütigen Laune heraus, in die sein Anblick sie versetzt hatte. Doch das Hemd legte seine Brust frei, und da waren die kleinen Pünktchen vom Ritzmesser des Vampirs, von lebhaftem Rot noch neben seinen Brustwarzen. Und ihrem Blick bot sich etwas dar, das sie die felsenfeste moralische Gewißheit gehabt hatte, nicht an ihm sehen zu müssen.

Alle Farbe wich aus ihrem Gesicht, und ihre Augen wurden hart wie

Marmor. Als sie den Blick wieder hob, um ihm ins Gesicht zu schauen, war ihre Hochstimmung verflogen.

»Immerhin seid Ihr doch kein Mönch«, sagte sie.

Er versuchte sich zu erinnern, ob es jemals einen Moment gegeben hatte, in dem sie sich vergessen und ihn mit »Ihr« anstatt mit »du« angesprochen hatte. Falls es jemals einen solchen Anlaß gegeben haben sollte, dann war er ihm unbemerkt geblieben.

»Leilah . . .« sagte er.

Sie wandte sich ab. »O nein«, sagte sie. »Ich bin die Geliebte des Piraten und Eure schwesterliche Freundin. Es geht mich nichts an, ob Ihr ein Mönch seid oder ein gewöhnlicher Mann. Ich bin Eure Freundin, das ist alles. Deine Freundin. Wähl dir deine Geliebten, wie es dir beliebt.«

»Ja«, sagte er weich, »du bist meine Freundin, und die beste, die ich habe.«

Sie trat an ihr Fenster, und er folgte ihr. Sie schauten hinaus auf das großartige Tal, das sehr friedlich und sehr geordnet schien. Die Felder erglänzten unter dem goldenen Morgenlicht, und es war gar nicht so schwer, sich die Welt da draußen als den Garten Eden vorzustellen: eine kleine Gartenwelt, abgeschnitten durch hohe Felswände von der häßlichen Einöde außerhalb.

Ein leichter Staubschleier hing in der Luft, obwohl kein Windhauch sich regte, der ihnen die Hänge der Berge verhüllte. In weiter Ferne war ein einzelner schneebedeckter Gipfel zu sehen, der sich aus dem Dunst hob wie ein Krokodilszahn, der in den blauen Himmel ragte.

»Ist das all der Mühe wert gewesen?« fragte sie nüchtern.

»Vielleicht«, erwiderte er. »Das müssen Quintus und Langoisse sagen, denn sie haben uns hierhergeführt.«

»Wird man Langoisse die Gabe des ewigen Lebens schenken?«

»Man hat mir klargemacht, daß sie uns dessen allesamt nicht für würdig erachten. Doch falls Langoisse das Wohlwollen der Elemi erringen sollte, wer weiß?«

Sie lächelte, doch nur kurz und sarkastisch. »Ihr glaubt also, mein Liebster könnte sich wie der edle Ghendwa aufspielen, der mehr Mönch ist als Euer Freund, der Mönch? Ich glaube, es ist sein Traum, ein Vampir zu sein wie Cesare Borgia oder der legendäre Roland, und kein verschrumpelter Weiser wie all diese hier. Er träumt davon, wieder stark zu werden, damit er Richard Löwenherz zum Kampf herausfordern kann, wie er es schon einmal getan hat. Und in seinen Träumen streckt er den tückischen Fürsten immer und immer wieder mit dem Schwert zu Boden. Ich nehme an, er hat keine Hoffnung, daß sie ihm geben werden, wonach er begehrt. Und womit könnte ich mich wohl würdig erweisen? Was könnte ich denn wohl werden, um eine Stellung wie deine Berenike zu erringen? Vielleicht bin ich zu alt, mit Krähenfüßen unter Augen und Mund und zerzaustem Haar und Fettpolstern unter meiner Haut. Selbst als ich noch jünger war, hatte ich nicht die Schönheit einer Vampirlady. Wie muß ich werden, um ewig zu leben? Ich weiß, du wirst mir sagen, daß ich die Hoffnung fahren lassen soll, daß ich es zufrieden sein muß, dahinzuschwinden und abzuwarten, bis mein Fleisch verdorrt. Nicht wahr, wir werden gemeinsam alt werden und uns voneinander entfernen?«

Er schloß sie in die Arme, wie schon bei vielen Anlässen zuvor, um ihr Tröstung zu geben, wenn sie traurig oder krank gewesen war oder um ihr Lebewohl zu sagen, wenn Langoisse sie mit sich nahm. »Ich glaube nicht, daß uns hier größeres Leid zugedacht ist, als daß man uns sterben läßt, so es Gott gefällt. Solange wir sie nicht kränken, wird niemand uns etwas tun.«

Seine Rede konnte ihren stillen Zorn nicht besänftigen,, da er so bemüht war, über den eigentlichen Grund ihrer Enttäuschung und ihres Schmerzes hinwegzugehen.

»Das also ist unser Schatz«, sagte sie mit Schärfe. »Das ist der Sieg, den wir errungen haben, nachdem wir die halbe Welt durchquert haben und dem Tod nahe gewesen sind. Wenn wir brav sind und uns hüten, sie zu kränken, lassen sie uns am Leben. Ich bitt Euch, sagt das meinem Freund Langoisse und wartet ab, was er von dem Vorrecht hält, hier sterben zu dürfen.«

Ihr höhnischer Ton machte ihn verzweifelt und mutlos. Er wußte auf alles keine Antwort. Es hätte wenig Sinn gehabt, ihr auseinanderzusetzen, daß sie als kleine Armee aus Burutu aufgebrochen, doch dann in heillos aufgelöster Verfassung in Adamawara angelangt waren, außerstande, eine Eroberung zu versuchen. Doch es war nicht jene Hilflosigkeit, die ihr Enttäuschung bereitet hatte.

Als er ihr Lebewohl sagte, ließ sie nicht zu, daß er sie auf die Lippen küßte. Doch sie legte ihre Wange an seine wundenbedeckte Brust, als wollte sie dem Schlag seines wankelmütigen Herzens lauschen.

7. Kapitel

Der Ort der Unvollendeten war viel größer, als Noell anfangs geglaubt hatte, doch viele der Quartiere waren leer und verlassen. Wenn man auf die Fenster schaute, die Vorsprünge und Balkone, die das Tal überblickten, dann schien es nur ein paar Dutzend solcher Wohnstätten zu geben. Doch es waren zahllose Durchgänge und Tunnels in den Fels gehauen, von denen viele solcher Kammern abzweigten.

Noell stellte fest, daß der kleine und entvölkerte Bereich der Aitigu weder Zugang hatte zur Talsenke noch zu den umliegenden unwirtlichen Wäldern. Ganz sicher mußte es einen Weg von den Feldern der Mkumkwe, von denen täglich Nahrungsmittel herbeigeschafft wurden, nach oben geben, doch sie mußten sowohl außen wie im Berginneren aufwärts führen. Und obwohl Noell Kantibh nach diesen Wegen fragte, bekam er keine genaue Antwort. Man versicherte ihm, daß man ihn zu gegebener Zeit hinunter ins Tal führen würde und dann durch die Ebene zum Ort der Iletigu, der Stätte der Vollendeten, die, wie er schlußfolgerte, sich am entgegengesetzten Steilhang eines bemerkenswerten Halbrunds aus zerklüfteten Felsformationen befinden mußte.

Er stellte fest, daß man ihn zwischen Berenikes Haus und dem Kantibhs, wo all seine Gefährten außer Ntikima untergebracht waren, frei hin und her gehen ließ. Man ließ ihn in Muße die langen Gänge und Nischen erkunden. Es gab viele Elemi im Quartier der Aitigu, das ein Ort der Belehrung und des Lernens zu sein schien. Die Lehrer waren gegenüber den Schülern in der großen Überzahl, und viele der Elemi schienen sich dem esoterischen Geschäft der Selbstunterweisung zu widmen. Er gewöhnte sich bald an den Anblick griesgrämiger altersschwacher schwarzer Männer, die allein irgendwo hockten, im Singsang in sich hineinmurmelnd, als wären sie in Trance.

Anfangs hatte er geglaubt, daß diese Meditierenden mit ihren Göttern kommunizierten oder sich selbst auf Odysseen durch die Traumländer ihres versunkenen Ichs auf Reisen schickten, doch bald schon ging ihm auf, daß das nur zum Teil richtig war. In Adamawara gab es weder Papier noch Pergament noch Papyrus. Obwohl die Elemi schriftkundig waren, machten sie davon nur den sparsamsten Gebrauch, ritzten Worte in weichere Steinplatten, und das mit Werkzeugen, die zumeist selbst aus Stein waren. Sie besaßen keine Bücher, in denen gespeichert war, was sie wußten, doch sie verfügten über einen großartigen Vorrat an Erinnerungen, die sich manchmal über Jahrhunderte erstreckten, und so bewahrten sie die Informationen, die sie für notwendig erachteten, in den Köpfen von Männern auf, die sorgfältig darin geschult wurden, sie in sich aufzunehmen.

Noell hatte die Elemi früher für Männer gehalten, die in pseudopraktischen Künsten unterwiesen wurden – in Medizin und Zauberei, in Pflanzenkunde und dem Wissen über die Lebensart von Gottheiten und Geistern. Vielleicht mochte das unter den eingeborenen Stämmen so sein, doch hier in Adamawara war die Anhäufung von Wissen, das man für bedeutend erachtete, ein sorgfältiges Aufstocken des Gedächtnisses mit Schichten von Informationen. Schied eine dieser langlebigen Generationen dahin, dann waren solche wohlgeordneten Gebäude aus Wörtern von einem Elemi auf den anderen übergegangen, fest verankert durch endlose, rhythmische Wiederholung; jedesmal, wenn neue Dinge diesem Gedächtnisvorrat hinzugefügt wurden, wählte man einen neuen Elemi aus, der sie zum Bestandteil im Reich des Wissens erhob, das Adamawara hieß.

Als er dies begriffen, war Noell überwältigt von dem Gewicht solcher Tradition, die sich über Jahrtausende erstreckte. Er bewunderte die Großartigkeit dieser Gedächtnisspeicher, die in die Seelen der uralten Arokin eingewebt sein mußten. Doch dann kamen ihm Zweifel. Die wirkliche Bedeutung solcher personenabhängigen Überlieferung wurde ihm klarer, als die Elemi sich ernsthaft daran machten, all das von ihm zu nehmen, was er ihrem Vorrat hinzuzufügen hatte. Er war keineswegs widerspenstig, sie zu belehren und glaubte, daß er ihnen viele Dinge von Wert mitzuteilen hätte. Immerhin war er doch der Sohn seines Vaters, ein Mechanikus, und desgleichen war im Herzen Afrikas unbekannt gewesen. Voll Eifer war er bestrebt, seinen Gastgebern die Geheimnisse von Pumpen und Drehmaschinen zu enthüllen, von Uhrwerken und Getrieben, von Bohrern und Brennöfen, durchdrungen von der Mission, ihnen ein Prophet von Eisen und Glas und sämtlicher Werkstoffe zu sein, die seine Welt geschaffen hatte.

Indes war es nicht dies, was Nyanya – der Elemi, der sein Meisterschüler werden sollte – zu wissen begehrte. Nyanya wünschte sich am dringlichsten, die englische Sprache zu erlernen, und dann wollte er von den natürlichen und übersinnlichen Welten hören, die in jener Sprache ausgedrückt wurden. Nyanya wollte die Namen von Dingen wissen, als läge ein besonderer Zauber darin, etwas zu benennen, und allein der Name des Dings reichte aus, was man mit ihm bewirken konnte, war nicht wichtig. Nyanya ging es um das Was einer Sache, nie jedoch um ihr

Wie. Er war begierig auf lange Wortketten, die er um eine unsichtbare geistige Spule wickeln und wie einen fest aufgerollten Faden nach Belieben abrollen konnte. Nyanyas Gedächtnis war auf seine Weise reichhaltig, doch als Noell sah, wie sein eigenes Wissen sich auf dem Weg von seiner Zunge zu Nyanyas Ohr verwandelte, begann er die Weisheit der Elemi anders einzuschätzen.

Er erkannte, daß die Elemi nicht so sehr Herren ihres Wissens waren als vielmehr dessen Gefangene. Er begriff zum erstenmal, daß im Sinne der gaulischen Denkungsweise ein gutes Gedächtnis nur dasjenige sein konnte, das nicht nur zu erinnern vermochte, sondern auch zu vergessen. Das Denken, das er unternahm, rieb sich nur zu oft an fluchwürdigen Zweifeln auf, erzeugte mehr Fragen als Antworten, doch jetzt erkannte er, daß darin ganz und gar kein Fluch lag. Die Elemi ließen keine Zweifel zu und gestatteten einen Austausch von Fragen nur so begrenzt, daß ihr geistiges Universum ein ganz anderes war.

Nyanya borgte sich all die Wörter, die Noell für ihn finden konnte, mit unstillbarem Appetit. Doch Noell wurde es sehr schnell müde, ihn zu unterweisen, weil das Sieb, durch das sein bereitwillig gegebenes Wissen vom Empfänger gedrückt wurde, ihm das Gefühl gab, von seinen eigenen Worten abgeschnitten zu sein.

Auch zwischen Noell und seiner Vampirgeliebten entstand eine Barriere. Er lebte weiter in ihrem Haus, doch seit er ihre Besuche in seinem Bett bewußt wahrgenommen hatte, waren seine Gefühle für sie immer gewichtsloser und schaler geworden.

Berenike war die vollkommene Geliebte gewesen, solange sie mehr ein Geschöpf seiner Träume als ein wirkliches menschliches Wesen gewesen war. Ihre Schönheit reichte nicht mehr aus, ihn zu beglücken, jetzt, da er sich ihrer Traumverlorenheit bewußt geworden war – der Einfalt ihres Verstandes, der Leerheit ihres Lebens. Schnell fand er heraus, daß er für Berenike nicht mehr war als ein Gegenstand, sich selbst Erregung zu schaffen, anziehend zwar vermöge seiner Hautfarbe und Gestalt, die ihr hübsch erscheinen mochten, doch nicht als lebendiges, denkendes Wesen. Er wurde sich der Tatsache bewußt, daß, je vertrauter er ihr wurde, sie desto mehr von ihm gelangweilt war, und daß sie ihn schließlich ablegen und in irgendeinen verstaubten Winkel ihres träumenden Geistes verbannen würde.

Gern hätte er seine Zuneigung ganz auf Leilah übertragen, die, sterblich wie er, der kristallreinen Schönheit eines Vampirs entbehrte. Doch Leilahs Eifer, ihm nahe sein zu können, war jetzt vergangen – weil sie wußte, daß er zur Beute eines Vampirs geworden war. Sie mied seine Gesellschaft und sprach in kühlem Ton zu ihm, wenn sie einander begegneten. Vermochte er sie einmal zu stellen, dann beteuerte sie, daß sie seine Freundin wäre, doch sie war für ihn unnahbar geworden.

Umgekehrt verhielt es sich bei Langoisse, der jetzt Noell als guten Freund pries. Doch er hatte sich noch nicht vollständig vom Silbertod und den Fiebern erholt – er blieb körperlich und geistig sehr matt. Er verbrachte die meisten Tage im Bett, und Leilah mußte oft die Krankenpflege übernehmen, denn er mochte die Mkumkwe-Diener nicht, die ihn umsorgten. Kein Elemi ließ sich von Langoisse über irgend etwas unterrichten, und jedem war klar, daß der Pirat in seinem gegenwärtigen Zustand nicht daran denken konnte, diesen Hafen der Ruhe zu verlassen, in den ihn das Schicksal verschlagen hatte.

Der einzige, der diese Meinung nicht teilte, war Langoisse selbst, und er tat das so lautstark wie jemand, der seine Unschuld beteuern mußte. Am häufigsten von allen sprach Langoisse von Rückkehr, von der See, von Dingen, die ihm noch zu tun blieben. Wie konnte er denn hier herumfaulenzen, so fragte er seine Freunde, wo er im eigenen Land noch so viele Rechnungen zu begleichen hatte. Wie schnell sollte doch der schicksalhafte Tag nahen, an dem er Richard dem Normannen auf dem Feld der Ehre gegenübertreten würde. Solche Rhapsodien der Einbildungskraft erschienen Noell wie eine Art Delirium, und es war offenkundig, daß der ans Bett gefesselte Pirat noch nicht vollständig aus dem Traumstadium zurückgekehrt war, in das der Silbertod ihn entführt hatte.

Natürlich wandte sich Noell in seiner Suche nach Trost und dem Bedürfnis nach Sinngebung an Quintus. Mit Quintus erörterte er den Ablauf jeden Tages; was er erfahren hatte und was er sich zu wissen erhoffte. Doch Quintus wurde am ausgiebigsten von den Vampiren Adamawaras geplagt, die zwar nicht sein Blut saugten, doch bestrebt waren, seinem Bewußtsein jeden Gedanken zu entreißen. Sein Wort, sein Gedächtnis schätzten sie vor allen anderen. Obwohl er nicht so krank war wie Langoisse, hatte die Reise auch Quintus sehr zu schaffen gemacht. Dem Mönch widerstrebte es, seine Hinfälligkeit zu zeigen, doch Noell konnte nicht umhin zu sehen, daß er einen alten Mann vor sich hatte, dessen Lebenszeit fast abgelaufen war, und daß körperliche und geistige Erschöpfung ihm so nahe waren, daß nur Mut und Ausdauer sie noch in Schach halten konnten.

Noell fragte sich, ob auch nur einer von ihnen daran denken durfte, die Rückkehr nach Burutu, geschweige denn Gaul, anzutreten. Alles sprach dafür, daß sie dazu verurteilt waren, die ihnen verbleibenden Jahre in diesem seltsamsten aller Gefängnisse zu fristen. Noell spürte, daß er trotz seiner Jugend und seiner beträchtlichen physischen Kraftreserven nur noch halb der Mann war, der er einst gewesen. Und daß es keine Garantie dafür gab, daß er seine alte Kraft und Gesundheit wiedererlangen würde. Während die Tage verstrichen, erstickte die Gewohnheit Initiative und Entschlußkraft, und Noell richtete sich in der Gefangenschaft ein. Er widersetzte sich seinen Gastgebern nicht und vergaß fast den Gedanken, daß er sich vielleicht auch Vorteile schaffen könnte. Selbst als Kantibh zum erstenmal den Tag des Ogo-Ejodun erwähnte, erschien er ihm noch weit fern und nur wenig Grund zu Vorfreude auf Aufgeregtheit, doch die Zwischenzeit verging gemächlich, ungetrübt von Ungeduld. Und schließlich nahte die Stunde, da Noell und Quintus eingeladen wurden, das Tal zum erstenmal zu durchqueren. Langoisse war zu schwach, um die Reise antreten zu können, und Leilah blieb zurück, ihn zu betreuen, doch Ngadze wurden in ihre Gesellschaft aufgenommen wie einer, dessen Platz in der Ordnung von Adamawara noch nicht festgelegt war. Von Ntikima kein Lebenszeichen; er war nirgendwo am Ort der Aitigu gesehen worden.

Kurz nach Anbruch der Morgendämmerung begannen sie auf gewundenen Steintreppen im Inneren des Berges ihren Abstieg in das große Tal von Adamawara. Schließlich gelangten sie hinaus in die helle Morgensonne. Wo immer der Weg ungemütlich steil wurde, erleichterten ihnen Stufen das Vorankommen.

Je näher sie der Talsohle kamen, desto gewaltiger schien ihnen das Tal. Die entfernten Berge schienen vor ihnen zurückzuweichen, und diese Sinnestäuschung wurde noch gesteigert durch den purpurnen Dunst, der sie einhüllte. Das Tal selbst schien im Kontrast dazu immer lebhafter, je näher sie ihm kamen. Seine Felder in Grün und Gelb rückten ins Blickfeld, so daß sie die Baumkronen in den Obstgärten und die Bohnenranken, Erdnüsse und Auberginensträucher erkennen konnten.

Als sie am Fuß des Steilhangs ankamen, warteten dort bereits kleine Pferde auf sie. Die Tiere waren mit Stricken aufgezäumt, trugen aber keine Sättel und Steigbügel, und es war abzusehen, daß sie sich nur in gemächlichem Trott voranbewegen würden. Kantibh ritt an der Spitze ihres Zuges, den Vampir, der die Einladung der Ältesten gebracht hatte, zu seiner Seite. Dahinter ritten Quintus und Noell, dann kam Ngadze und am Schluß zwei Diener.

Die Dörfer der Menschen, die in der Talsenke lebten, waren nicht von Palisaden oder Wällen umgeben. Ihre Hütten waren rund, die spitz zulaufenden Dächer niedrig. Die Dorfbewohner trugen keine Waffen, und Frauen und Männer arbeiteten nebeneinander auf den Feldern. Wo immer die Reitersmänner vorbeikamen, hielten die Dörfler in ihrer Arbeit inne, um sie vorbeiziehen zu sehen, und Kinder folgten ihnen kilometerweit, rannten neben den Pferden her und riefen ihnen in ihrer Sprache etwas zu. Gelegentlich scheuchten Kantibh oder einer seiner Männer, der die Nachhut bildete, die Kinder mit lauten Rufen fort, doch sie waren nie grob zu ihnen.

In dieser Höhe war die Hitze nicht drückend, und Strohhüte schützten Köpfe und Gesichter vor der brennenden Sonne, so daß die Reise recht behaglich war. In einem der Dörfer nahe dem Seeufer aßen sie zu Mittag. Noell war froh, als er feststellte, daß der See von Brachvögeln bevölkert war: die ersten Vögel, die er seit vielen Monaten zu Gesicht bekommen hatte. Durch ihre Gegenwart schien das Tal etwas weniger fremdartig. Er gelangte zu dem Schluß, daß das Wasser des Sees sehr fischreich sein müßte, obwohl keine Boote auf dem Wasser schwammen und er in dem Dorf, in dem sie ausruhten, keine Fischernetze zu sehen bekam.

Jenseits des Sees wechselte die Landschaft ihren Charakter. Es gab vereinzelt Dörfer, und die Leute schienen nicht damit beschäftigt, ihre eigenen Nahrungsmittel anzubauen, sondern gingen anderen Gewerben wie der Gewinnung von Palmprodukten, der Töpferei, dem Holzschnitzen und in gewissem Umfang auch der Metallverarbeitung nach. Lange bevor die Sonne hinter dem Rand des westlichen Steilhangs verschwunden war, kamen sie nach Iletigu, dem Ort der Ältesten.

Die Stadt, die sich über ein Halbdutzend verstreut liegender Anhöhen breitete, schien riesenhaft, doch Noell hatte den Eindruck, daß sie fast ausgestorben war. Nur wenige Menschen – Elemi oder Diener – waren auf den Straßen zu sehen. Als Baustoff wurde hier Stein statt Lehm und Schlamm verwendet, doch im Vergleich zu jenen in Gaul schienen die Häuser plump und roh.

Die Ankömmlinge waren noch nicht weit durch die Straßen der Stadt geschritten, als man ihnen die Pferde abnahm und sie durch ein schmales Eingangstor in die scheinbar recht kleinen Wohngebäude führte. Erst als sie innen ein längeres Stück durch von Lampen erhellte Korridore gegangen waren, fiel Noell auf, daß auch diese Stadt tief in das Felsmassiv getrieben war.

Die steinernen Gänge strahlten eisige Kälte aus nach der Hitze der Nachmittagssonne, und sie wurden in einen Raum ohne Möbel, doch mit vielen auf dem Boden ausgelegten Matten geführt, wo sie Wasserkrüge und Fruchtschalen und Brot vorfanden. Kantibh versprach ihnen, daß er nach Mänteln schicken würde, um sie zu wärmen. Er forderte sie auch auf, herzhaft zu essen und nach ihrer Reise auszuruhen, da sie viele Stunden nicht in ihre Betten kommen würden. Erst nach Sonnenuntergang würde das Ereignis stattfinden.

Noell, der eher müde als hungrig war, aß wenig. Die Düsternis der Felskammer war nicht nach seinem Geschmack. Sogar nachdem Kantibh Mäntel gebracht hatte, die aus einer Art Baumwollstoff waren, spürten sie die Kälte noch. Sie waren heilfroh, als der Perser ihnen mitteilte, daß es Zeit wäre zu gehen, und er sie durch die verschlungenen Gänge führte, wo sie so oft nach links und rechts abbogen, daß Noell jegliche Orientierung verlor.

Schließlich kamen sie wieder hinaus ins Freie, auf einen Platz, der von sehr hohen Mauern umgeben war, unter dem sternenfunkelnden Himmel. Sie befanden sich in einer Art Amphitheater mit mehreren Reihen kreisförmiger Steinstufen, die einen offenen Platz einfaßten, auf dem vier Feuer brannten und dessen Mitte ein Podium aus Stein einnahm. Auf dieser Felsbühne waren Fackeln aufgestellt. Im Innenrund des Theaters indes brannten keine Lichter, so daß es schwer war, die Menge zu sehen, die sich versammelt und schweigend Platz genommen hatte. Dennoch hielt Noell vor Erstaunen den Atem an, denn er hatte noch nie eine so große Menschenmenge gesehen.

Er hatte sich inzwischen an das uralte Aussehen der Vampire Afrikas gewöhnt, an ihre ausgemergelten Gestalten und die schlaffe faltige Haut, hatte Männer gesehen, bei denen ihm unwillkürlich der Gedanke an wandelnde Skelette gekommen war, deren Gesichtshaut straff über den Wangenknochen spannte, deren Haar ausgefallen war bis auf wenige, dünne weiße Büschel. Doch waren ihm früher nur eines oder zwei dieser Wesen gleichzeitig begegnet, niemals tausende, und nie waren sie ihm so fremdartig erschienen wie hier. Die leuchtende, glänzende Haut, das Kennzeichen der Vampire, reflektierte das Licht, und der Fakkelschein wurde von tausenden Gesichtern zurückgeworfen, wobei die Augen wie zwei Schattenteiche in jedem Gesicht lagen. Das gab den Köpfen tatsächlich das Aussehen von Totenschädeln, und die Elemi saßen so still da, daß man sie sich gut als geschnitzte Statuen vorstellen konnte.

Alle Gesichter wandten sich den Neuankömmlingen zu, als diese aus dem Tunnel auftauchten, ganz so, als würden die umschatteten alten Augen diese Fremden aus einer anderen Welt begutachten. Noell verstand diese Neugier wohl, doch er konnte sich des Eindrucks nicht erwehren, daß die Myriaden von Augen ihn übelwollend anstarrten, gebannt von seinen blassen, fremdartigen Gesichtzügen, seinem hellen, festen Fleisch. Er blieb stehen, und Kantibh mußte ihn am Arm nehmen, ihn beharrlich wegzerren an einen Platz zu ihrer Linken. Noell ließ es zu, doch er merkte gar nicht, wohin er geführt wurde. Seine Augen überflogen noch immer die dichten Reihen der Ältesten Adamawaras, die ihm mehr wie eine Gesellschaft lebender Toter als eine Versammlung von Unsterblichen erschien. Es sah aus, als wäre dies ein Gerichtshof, zusammengesetzt aus lauter Leichnamen, eine Tausendschaft unmaskierter Egungun, aus ihren Särgen gehoben, um den Vorsitz in einem Prozeß gegen lebendige Menschen zu führen.

Was denn, dachte er, *ist das denn etwa die Hölle? Ist dies eine Zusammenkunft trostloser Seelen, in tiefstes Elend gestürzt durch die Ränke Satans?*

Dieser Gedanke löste in ihm den Wunsch aus, laut loszulachen, denn er schien ihm auf eine idiotische Weise sehr komisch und überhaupt nicht erschreckend. Und fast hätte er wirklich gelacht, doch Kantibh riß ihn herum und drückte ihn hinunter auf eine kalte Steinbank. Er saß jetzt genau in der Lücke zwischen zwei hell brennenden Feuern.

Und dann – obwohl alles nicht den Fortgang nahm, den Guazzos Bericht beschrieben hatte – begann der Vampirsabbat.

8. Kapitel

Einige der Elemi unweit der mittleren Bühne, die Trommeln zwischen den zusammengepreßten Knien hielten, begannen darauf zu schlagen. Es war kein lautes Geräusch, doch die Wirbel waren in der unbewegten Nachtluft scharf und klar, in einem genauen Grundrhythmus von drei Schlägen, der sich stetig wiederholte. Noch bevor die Stimmen einsetzten, wußte Noell genau, wo er das schon einmal gehört hatte, endlos intoniert von Ghendwa während der langen Nächte ihrer ausgedehnten Reise:

A-a-a-a . . . da-a-a-a . . . ma!

A-a-a-a ... da-a-a-a ... ma!
A-a-a-a ... da-a-a-a ... ma!

Hier wurden die bedeutungslosen Silben jetzt getragen von tausend Stimmen, keine davon lauter als ein Bühnenflüstern, so daß der Gesang insgesamt wie eine unruhig anbrandende Flut wirkte. Er schlug die Zuhörer vollständig in ihren Bann.

A-a-a-a ... da-a-a-a ... ma!
A-a-a-a ... da-a-a-a ... ma!

Noell blickte sich neugierig um. Die Elemi, die direkt hinter ihm saßen, waren sich seiner Gegenwart offenbar kaum noch bewußt. Ihre Augen starrten wie die Augen aller anderen hinauf in den Himmel, weit offen, doch anscheinend blicklos:

A-a-a-a ... da-a-a-a ... ma!
A-a-a-a ... da-a-a-a ... ma!

Kantibh fiel in den Gesang nicht ein. Hier war er ebensosehr ein Außenseiter wie jene, die er in seinem Haus aufgenommen hatte. Auch Ngadze blieb stumm, und sein Gesicht war eine Maske der Angst. Trotz der Tatsache, daß Kantibh in den Gesang nicht einstimmte, schien es Noell, als wäre der Perser ein willenloses Opfer seines hypnotischen Rhythmus, ebenso Ngadze. Der Perser und der Ibau-Mann schienen gleichermaßen in Trance versetzt, angesaugt von einem magischen Wirbel, als würden sie fortgetragen in einen Traum. Noell hatte wenig Schwierigkeiten damit, sich solchem Verschlungenwerden zu widersetzen; er würde seine Gedanken nicht willentlich dem Reich Shigidis überantworten!

Er überflog die von Fackelschein erhellten Gesichter, die ihm identisch und austauschbar erschienen, obwohl er vermutete, daß diese Männer von Geburt Dutzenden verschiedener Stämme angehören mußten. Der Vampirismus hatte sie alle zu einer und einzigen Sache vereinigt! Adamawara gehörte allen Stämmen, und alle Stämme gehörten Adamawara. Denn dies war ein Ort außerhalb der gewöhnlichen Ordnung der Dinge.

A-a-a-a ... da-a-a-a ... ma!
A-a-a-a ... da-a-a-a ... ma!

Das ist kein Sabbat! mußte Noell denken, als der Pulsschlag dieses Singsangs ihm durch Mark und Bein ging. *Das ist kein Akt der Anbetung, ob heilig oder unheilig. Es ist eine Verwandlung, ein Übergangsritual. So betrachten Afrikaner den Vampirismus: als einen Weg zu einer anderen Form des Erwachsenseins, als Mitgliedschaft in einem Stamm jenseits aller Stammezugehörigkeiten.*

Während der Gesang weiterging, betraten mehrere Personen einzeln den Platz, der von den vier Feuern erhellt wurde. Noell vermochte in ihnen nichts anderes zu sehen als Männer in Verkleidung, doch er wußte wohl, daß die Elemi sie mit anderen Augen sahen. Sie waren aus den Schatten getreten wie aus dem Nichts, und sie trugen die Gewandung von Göttern und Dämonen. Er war nicht überrascht, Egungun zu sehen: einen ganzen Trupp von auferstandenen Toten, ähnlich jenen, die sie in dem wüsten Wald aufgestöbert hatten. Doch da waren auch noch andere, angetan mit noch auffälligeren Masken, die Leiber mit grellbunten Farben bemalt. Indem er ihre Gestalten mit Statuen, Holzschnitzereien und Symbolen verglich, die er in jenen Ibau- und Edaudörfern gesehen hatte, die die Uruba-Gottheiten angenommen hatten, erkannte er diese Gottheiten wieder: Shango an den blitzartigen Zacken, die über seine glänzend schwarze Haut verliefen und an den runden Steinen, die er in Händen hielt, Elegba an den tiefroten und purpurnen Mustern auf seiner Haut und an dem phallischen Stab, den er schwenkte. Ähnliche Zeichen verrieten ihm die Identität Obatalas, Oguns und Ifas sowie der Göttinen Orisha Oko und Ododua. Nicht zu verkennen war auch Olori-Merin, der Vierhändige, dessen Gliedmaßen in die Richtungen des Kompasses wiesen und um dessen Leib sich Schlangen wanden.

Vier andere waren mit ihnen gekommen, nackt und bemalt, doch nicht maskiert: Männer mit geneigten Häuptern und willenlos schlaffen Gliedmaßen. Diese, so erriet Noell, mußten die Weisen sein, die von ihren Stämmen ausgesandt worden waren als Anwärter auf einen Platz in der Gemeinschaft der Vampire – Priester und Zauberer, jetzt aller Insignien beraubt und zur Bedeutungslosigkeit verdammt, bevor ihnen vielleicht gestattet wurde, vom Herzen Oloruns zu essen und sich den Odem des Lebens einhauchen zu lassen.

Armer Msuri! klagte Noell im stillen, *auch er müßte hier sein, um seinen Platz in dieser Gesellschaft einzunehmen, vor diesem Altar, der alles andere als ein Altar ist!*

Noell beobachtete die Götter, als sie zum Rhythmus der Trommeln einen langsamen Tanz begannen. Was das für die versammelten Elemi bedeuten mochte, konnte er nicht ermessen, doch für ihn, der kaum auseinanderhalten konnte, um welche Götter es sich handelte, war das alles schwer auszuloten. Er beobachtete Shango, wie er den Sturm entfachte, der seine Erscheinungsweise in dieser Welt war, und wie er Blitze zur Erde schleuderte. Er schaute Elegba und Orisha Oko zu, die eine geheimnisvolle Vereinigung darstellten, in der es um Fruchtbarkeit und Fülle ging, wobei auch Obatala und Ododua, seine Frau, ihre Rolle hatten. Er beobachtete, wie sich die tanzenden Gestalten bewegten, als wollten sie einem Unsichtbaren unter ihnen Platz machen, und er erriet, daß auch Olorun, ungesehen, anwesend war. Doch in der Arena herrschte mit all den Egungun und den Göttern zu großes Gedränge, und die Szene war zu mangelhaft beleuchtet von den großen Feuern, deren flackerndes Spiel von Helligkeit und Schatten für Verwirrung und Täuschung sorgte. Die huschenden Gestalten verschwammen vor Noells Augen, als dieser versuchte, ihre Bewegungen im einzelnen nachzuvollziehen.

A-a-a-a . . . da-a-a-a . . . ma!
A-a-a-a . . . da-a-a-a . . . ma!

Jetzt fielen noch andere Trommeln ein. Ihre Rhythmen verwoben sich ineinander, um den Tanz der Götter zu lenken, doch der Grundrhythmus und der hypnotische Gesang blieben.

Jetzt brachten die Egungun Schalen und stellten sie auf dem Podium ab, und die Götter lösten einander ab und entnahmen kleinen Lederbeuteln, die sie unter ihren Kostümen versteckt gehalten hatten, Pulver und streuten es in die Schalen in langsamen gemessenen Bewegungen. Vor dem Hintergrund des Gesanges erhoben sich jetzt andere Stimmen, jede einzelne in einem eigenen Rhythmus skandierend, so daß sich der Gesang der Stimmen überlagerte und vermischte in einer so komplizierten Abfolge, daß das ganze Klangbild hart an eine Kakophonie grenzte. Die Kandidaten fielen für kurze Zeit ein, riefen laut den Himmel an, als wären sie besessen.

Die künftigen Elemi verstummten wieder, als ein Gott, bei dem es sich um Osanhin oder Aroni handeln mochte, ihnen Medizin in den Mund schob. Noell beobachtete, wie sich ihre Kinnbacken in einer merkwürdig rhythmischen Kaubewegung, die ihm manchmal auch bei Ghendwa aufgefallen war, stetig von einer Seite zur anderen bewegten. Die Männer – es waren ihrer vier – schienen jetzt nicht mehr ganz fest auf den Beinen, und ihr Blick wirkte verschleiert. Es war nicht mehr nur der Gesang, der von ihnen Besitz ergriffen hatte; Noell war überzeugt, daß sie betäubt waren. Jetzt schien alles noch langsamer vor sich zu gehen. Die Götter . . . *maskierte Männer,* mußte sich Noell immer wieder ins Gedächtnis rufen . . . waren von einer quälenden, absichtsvollen Langsamkeit in ihren Bewegungen, als sie ihr Werk – die Vorbereitung der Schalen – vollendeten. Welch raffiniertes Gebräu hatten sie wohl darin zusammengemischt? fragte sich Noell.

Wir sollen davon tief beeindruckt sein, dachte er. *Wir sollen das Wunderbare daran bestaunen und uns der Kleinheit unseres Verstandes bewußt werden. Doch ich weiß, welch eitle Maskerade das ist und welcher Rauchschleier der Mystifikation einen winzigen Kern echter Macht umgibt. Wir beobachten die Götter, sichtbare wie unsichtbare, dabei, wie sie ein ehrfurchtgebietendes Elixier des Lebens zusammenmischen. Zweifellos haben die Vampire von Gaul ihr eigenes Ritual, das nicht weniger umständlich raffiniert und fremdartig ist. Und dennoch kann der Unterschied nur in der Kostümierung und den leeren, ohnmächtigen Worten liegen. Was dabei wesentlich ist, macht nur einen ganz kleinen Bruchteil des Ganzen aus, so klein in der Tat, daß ich glaube, es würde wohl absurd und lächerlich wirken, es ohne dergleichen Verrichtungen für bedeutend ausgeben zu wollen.*

Plötzlich überwältigte ihn die Erkenntnis, welch armselige Narren diese doch waren, die unter ihren Masken tanzten und bald nach grausam blödem, festlichem Zeremoniell anfangen würden, mit ihren grausigen Messern zu schneiden. War denn der Sabbat der gaulischen Vampire wesentlich anders? Hatten sie denn nicht auch dort Masken und Idole in ähnlich reichem Überfluß? Und begingen nicht auch sie Grausamkeiten, um den Forderungen Shigidis zu genügen?

Fürwahr, so dachte er, *diese Menschen könnten wirklich die Welt beherrschen, hätten sie nur ein einziges Mal innegehalten, die Einzelheiten dessen, was sie tun, kühl zu bedenken! Hätten sie nur einmal mit jenen Mitteln experimentiert, deren sie sich bedienen, um das Wesentliche vom Belanglosen zu trennen. Doch, ja, sie erreichen ihr Ziel – auf eine lächerliche, verkehrte Weise, ohne zu wissen, was sie tun oder wie sie es tun. Und genauso steht es mit den Vampiren, die Attila gemacht, die gleichermaßen verblendet sind von ihrer eigenen Unwissenheit und ihrem Aberglauben.*

Jetzt war die Reihe an einigen der Egungun, die Ingredienzien der Schalen zu zermahlen und zu mischen. Und das taten sie mit kräftigen Stößeln, im Rhythmus des unaufhörlichen Singsangs.

Noell warf einen Seitenblick auf Ngadze und stellte fest, daß der Ibau-Mann trotz der Kälte schwitzte, ergriffen von fiebriger Begier: ein

Mensch in Gemeinschaft mit seinen Göttern, von ihnen eingeschüchtert, gefügig gemacht; dann schaute er auf Quintus und stellte fest, daß auch der Mönch schwitzte, etwas weniger vielleicht, und daß seine Augen etwas verschwommen blickten. Zwar hatte Shigidi Quintus nicht ganz überwältigt, doch auch er war nicht ganz frei vom magischen Zauber dieser Alptraumvison:

A-a-a-a . . . da-a-a-a . . . ma!
A-a-a-a . . . da-a-a-a . . . ma!

Noell hatte jedes Zeitgefühl verloren, doch es schien ihm, daß eine volle Stunde vergangen sein mußte, wobei die Zeremonie erst in dem einen, dann in einem anderen Tempo ihren Fortgang genommen hatte, stets unterlegt vom suggestiven Rhythmus der Trommeln. Die Götter hatten ihr Vorbereitungsritual beendet, und der erste der Kandidaten trat vor einen roh gehauenen Holzklotz vor der Felsplattform. Obwohl Noell erraten hatte, was nun geschehen würde, krampfte sich seine Kehle zusammen, und es würgte ihn, als er sah, wie einer derjenigen, der die Rolle des auferstandenen Toten gespielt hatte, ein Messer mit mattschimmernder Klinge unter seinem Gewand hervorzog.

Bestimmt aber hatte Ngadze nicht in Gedanken vorweggenommen, was sich jetzt ereignen würde, denn er keuchte hörbar, als er zusah, wie der erste der Kandidaten sein Geschlechtsteil – das bereits in der groben Manier seines Volkes beschnitten war – in die Mulde des Holzblocks legte, bereit, die Teilkastration über sich ergehen zu lassen. Als die Messerklinge über den Penis gezogen wurde, um ihn wie eine Erbsenschote aufzuschlitzen, entschlüpfte Ngadze ein erstickter Schrei. Mit einem Seitenblick auf Quintus bemerkte Noell, daß sogar jener die Hände vors Gesicht geschlagen hatte, unfähig, noch weiter zuzuschauen, während Kantibh – was ihn etwas überraschte – gebannt starrte, offenbar nicht in der Lage, seinen Blick von diesem Schauspiel loszureißen.

A-a-a-a . . . da-a-a-a . . . ma!
A-a-a-a . . . da-a-a-a . . . ma!

Der Blutschwall, der aus der Wunde schoß, wurde schnell und sicher aufgefangen von einem anderen der Zeremonienhelfer. Er sprudelte in eine der beiden großen Schalen, die dafür bereitgehalten worden waren. Noell biß sich vor Beklemmung auf die Unterlippe, als er zuschaute, wie das strömende, schäumende Blut aufgefangen wurde, und er fragte sich, ob wohl schon viele Männer sich zu Tode geblutet hatten, bevor ihre grausige Initiation vollendet war. Doch schon nahten drei andere der auferstandenen Toten mit der nächsten Schüssel, und während die erste fortgetragen wurde, brachten sie sie schnell in Stellung, entnahmen ihr eine feuchte Paste, mit der sie das verletzte Glied reichlich beschmierten, sie in den Einschnitt drückten und den Rest drumherum pappten. Der Blutstrom verebbte, und der nackte Mann trat von dem Block zurück, ohnen einen Laut von sich gegeben zu haben oder daß seinem Gesichtsausdruck anzumerken gewesen wäre, welch grausamer Prüfung er sich unterzogen hatte.

Der zweite Mann trat vor, und derselbe Schnitt wurde durchgeführt. Wieder fing man das hervorschießende Blut in einer Schale auf. Sie ließen das aufgeschnittene Glied fast eine Minute lang bluten, bevor sie die nächste Schale brachten und die Packung auftrugen. Wieder wurde die Blutung gestillt, und der Mann war in der Lage, zurückzutreten, nicht weniger stumm und beherrscht wie vorhin, als er die Arena betreten hatte.

Doch das ist kein Wundmittel! rief Noell sich ins Gedächtnis. *Es ist ein Mittel, ein Abheilen zu verhindern. Denn sobald dieser Mann zum Vampir wird, werden die Wunden, die ihm kürzlich beigebracht worden sind, verheilen. Er ist entmannt in alle Ewigkeit, und das nach dem Plan dieser albernen Götter und der törichten weisen Männer.*

Er mußte mit ansehen, wie sich dieser Teil der Zeremonie noch zweimal wiederholte, aber diesmal wurde ihm von den Strömen von Blut nicht übel, obwohl er sich neugierig die Frage vorlegte, warum sie es so sorgfältig in jener großen Schüssel auffangen mochten. Er hatte irgendwie den Überblick über die Unzahl der Schüsseln und Schalen verloren, die auf der Felsplattform standen und herumgetragen wurden, und ihm war entfallen, was mit jeder einzelnen vorgenommen worden war, um sie für ihre Rolle bei diesem Schauspiel herzurichten, doch er glaubte fest, daß die Mischung von Substanzen, die die Götter hergestellt hatten – und zu der, wie alle Gläubigen überzeugt waren, der unsichtbare Olorun sein Herz beigesteuert hatte –, noch gar nicht ins Spiel gekommen war. Er wandte sich kurz um, um auf das Meer von Gesichtern zu schauen, die ekstatisch gen Himmel gerichtet waren und unablässig in einem Rhythmus weitersangen, der jetzt allmählich schneller wurde:

A-a-a-a . . . da-a-a-a . . . ma!

A-a-a-a . . . da-a-a-a . . . ma!

Die betäubten und verstümmelten Männer, durch Alter und Blutverlust gewiß bis kurz vor die Schwelle des Todes geführt, waren jetzt im Schwebezustand zwischen dem einen abgeschlossenen Leben und jenem neuen. Sie standen wartend in einer Reihe, während die Götter sich um sie herum bewegten und mit murmelnden Stimmen sprachen. Ihre verschlungene Prozession lenkte Noells Aufmerksamkeit von den Egungun ab, doch diese hatten sich inzwischen bereitgehalten, wieder die Hauptrolle zu übernehmen. Und jetzt trugen sie neue Gefäße in den Armen, bestimmt jene, in die die Götter ihre Gaben geschüttet hatten. Von dem Blut, das man den Kandidaten genommen, wurde reichlich hineingetan. Wieder wurde gemischt und gerührt, und Noell bot all seine Fantasie auf, sich vorzustellen, welch abscheuliches Gebräu da zustandekam.

Doch jetzt traten wieder die Messer in Aktion, und die auferstandenen Toten kamen zurück, die Lebenden heimzusuchen, brachten ihnen lange Schnitte vorn auf der Brust und auf dem Kopf bei, wobei die künftigen Elemi nicht ein einziges Mal zusammenzuckten. Dann wurde die Mischung aus Blut und den Gaben der Götter auf die blutenden Brustwunden gedrückt und über ihren Köpfen ausgegossen, ganz ähnlich wie die Salbe aus den Schalen auf die Stümpfe der verstümmelten Glieder aufgetragen worden war. Doch Noell wußte, daß diese Salbe nicht heilen oder die Heilung aufhalten sollte. *Dies war das Elixier des Lebens* selbst, gelöst in Blut und jetzt aufgetragen auf blutende Wunden, in die es eindringen mußte, um diese Männer unsterblich zu machen.

Genau wie der Silbertod! dachte er.

Alle Elemi im Amphitheater hatten sich jetzt erhoben, sammelten sich zu einer großen Prozession, die in dem kleinen Flecken unter dem offenen Himmel unablässig im Kreis herumging. Die Prozession wurde schneller, als die Vampire von Adamawara in einer einzelnen, langen Reihe hinzukamen, um nun ihren Part in dieser Zeremonie der Initiation zu übernehmen, dieser schrecklichen Hochzeit des Blutes, dessen Opfer der Preis für ewiges Leben war. Die schwarzen Vampire, ihre blanke Haut im Feuerschein glänzend, bewegten sich zwischen den Feuern und zwischen den stummen Gestalten ihrer Götter, vorbei an den bewegungslos dastehenden Egungun, wandelten dahin in einem sanft fließenden Strom des Lebens, und ihr gemessener Schritt mußte Tausende von Malen so eingeübt worden sein.

Der Gesang der Stimmen verstummte nie:

A-a-a-a . . . da-a-a-a . . . ma!
A-a-a-a . . . da-a-a-a . . . ma!

Die Prozession schien ewig anzudauern, und trotzdem glitt sie mit traumwandlerischer Sicherheit dahin. Jeder ihrer Teilnehmer schritt einher, als würde er, angetrieben von einer Maschine, über eine vorher festgelegte Strecke geschickt; das alles ohne Zusammenstöße oder Unterbrechungen, längere Pausen oder unentschiedenes Zögern. Der Gesang hatte jetzt sowohl die Tonlage als auch das Tempo gewechselt. Noell konnte sehen, daß Kantibh, obwohl er keinen Laut herausbrachte, die Silben durch Mundbewegungen mitsprach, völlig gefangen von diesem unwiderstehlichen Rhythmus. Doch Ngadze war zurückgeschreckt und hatte das Gesicht abgewandt.

»Um Gottes willen!« murmelte Quintus inbrünstig. Seine Stimme war zu leise, als daß jemand außer Noell ihn hören konnte.

»Meinst du damit den Gott, der Christus gezeugt hat?« fragte Noell. Und am liebsten hätte er hinzugefügt: *Oder die Götter, denen Shigidi so getreulich dient?* Doch er besann sich noch rechtzeitig eines Besseren.

Die Zeremonie war noch nicht beendet, und Noell hielt geduldig die Stellung, während die große Prozession sich ihrem unvermeidlichen Finale näherte.

A-a-a-a . . . da-a-a-a . . . ma!
A-a-a-a . . . da-a-a-a . . . ma!

Die vier Kandidaten standen wartend beieinander. Ihre Kinnbacken bewegten sich noch immer in der gleichen Art, während sie das narkotische Zeug kauten, das man ihnen eingegeben hatte, und ihre aufgespleißten Penisse baumelten zerfetzt an ihnen hinunter, beschmiert und kalfatert nach Art amputierter Gliedmaßen, die man mit siedendem Pech ausbrannte. Ihre Köpfe und Leiber waren von geronnenem Blut bedeckt, und in diesem Blut waren die Wirkstoffe, die ihnen ewiges Leben verleihen würden, vorausgesetzt, der Tod holte sie nicht schon vorher.

Viele müssen sterben, dachte Noell. *Für alte Männer wie diese hier ist das kein leichter Weg.*

Als sie diesen Ort zuerst betreten hatten, war Noells Geist voller Erinnerungen an den Vampirsabbat, wie Guazzo ihn beschrieben, gewesen.

Halb hatte er erwartet, Rituale von Massensodomie mitansehen zu müssen nach Art jener Ausschweifungen, wie sie allnächtlich am Pranger des Towers in London üblich waren. Jetzt aber erkannte er, daß es wahrscheinlich nicht allzu sehr darauf ankam, welche Körperöffnung oder welcher Schnitt in der Haut das Gebräu aufnahm, das der Teufel in seinen Kesseln aufkochte. Er konnte nicht ermessen, wie notwendig Blut für das Elixier sein mochte, noch ob irgendeins der unsichtbaren Pulver und Pasten, die der Schüssel vor dem Ritual zugesetzt worden waren, überhaupt einen Beitrag dazu darstellten, doch er war fest überzeugt, daß er zumindest einen der Bestandteile genau kannte und schon seit langer Zeit davon wußte. Er hatte nicht den mindesten Zweifel, daß Edmund Cordery richtig erraten hatte, um welche Art »Herz« oder »Ejakulat« es sich handelte, das Olorun oder Satan ihrem auserwählten Volk verabreichten. Noell glaubte sicher zu wissen, was sich hier abgespielt hatte und welcher Art der versteckte Kern war, den zu verhüllen man diesen ganzen Mummenschanz veranstaltete.

Ich glaube, daß ich mich jetzt daranmachen kann, ein Lebenselexier herzustellen, dachte er, *um es dann qua Experiment noch zu vervollkommnen. Aber wo soll ich mich nach dem Herzstück des Ganzen umschauen? Welcher der Elemi würde mir je eine Portion jenes Samens überlassen, den er so mühevoll produziert und den er nur unter schrecklichen Beschwernissen seinem Körper abpressen kann?*

Der Gedanke, daß er es jetzt wußte und daß er dieser Zeremonie mit wachem, durchdringendem Blick gefolgt war, gab ihm das Gefühl eines Triumphes, um den ihn sein Vater beneidet hätte.

A-a-a-a . . . da-a-a- . . . ma!
A-a-a-a . . . da-a-a-a . . . ma!

Er beobachtete, wie die vier Kandidaten den Brei, auf dem sie herumgekaut hatten, ausspuckten, und sah, wie ihre Beine einknickten und sie langsam zu Boden sanken, wo die Egungun sie in buntscheckige Matten einhüllten und sie einen nach dem anderen in den dunklen Schatten trugen. Noell wußte, daß sie in tiefen Schlaf verfallen waren, aus dem sie, wenn überhaupt, als Elemi erwachen würden.

A-a-a-a- . . . da-a-a-a . . . ma!
A-a-a-a- . . . da-a-a-a . . . ma!

Dann traf ihn schockartig die Erkenntnis, daß die Vampire von Adamawara nicht wissen konnten, welche Dummheit sie begingen, indem sie ihn Zeuge dieser rituellen Zeremonie sein ließen. Sie hatten ihm ein großartiges Schauspiel von der Macht ihrer Götter und der Großartigkeit ihrer Zauberei bieten, ihm vorführen wollen, welch ehrfurchtgebietende, ernste und schreckliche Sache es war, ein Vampir zu werden. Und das Ganze war veranstaltet worden, um ihn gründlich zu entmutigen. So mußten jene glaubwürdigen Zeugen, die den Sabbat der Vampire Attilas mitangesehen hatten, ihn als so entsetzlich und abscheulich empfunden haben, daß sie nicht nach Erkenntnis gesucht hatten. Doch er, der auf den Knien eines Francis Bacon gesessen hatte und dem das Erbe Edmund Corderys in Fleisch und Bein übergegangen war, hatte weder Götter noch Teufel gesehen, keinen übernatürlichen Zauber oder sonstigen Hokuspokus, der die Seelen gewöhnlich Sterblicher in Angst und Schrecken hatte versetzen können. Er hatte nur eine Gelegenheit wahrgenommen für die Geburt einer Erkenntnisgewißheit, die ihm das Gefühl eingab, nicht länger ein Leibeigener im Reich der Angst zu sein, sondern ein freier Bürger in der Republik der Aufklärung.

Jetzt wußte er, welcher Schatz in Adamawara darauf gewartet hatte, gehoben zu werden, und er war überzeugt, ihn gefunden zu haben, wenngleich er sich nicht vorzustellen vermochte, wie er ihn ungehindert von hier forttragen und der Welt zugänglich machen konnte.

9. Kapitel

Zurückgekehrt zu den Wohnstätten der Aitigu, zogen Noell und Quintus aus den Häusern aus, in denen sie bislang untergebracht gewesen waren und übernahmen, um größere Bewegungsfreiheit zu haben, eine andere Unterkunft am Südende des Ortes. Ngadze kam mit ihnen, und als sie alles vorbereitet hatten, holten sie den kranken Langoisse und Leilah, seine Pflegerin. Die Elemi, mit denen sie arbeiteten, erhoben dagegen keine Einwände, sondern versuchten, ihnen auf alle mögliche Weise den Weg zu ebnen, indem sie ihnen Mkumkwe-Diener bereitstellten, deren Anbindung an den Haushalt Noell nur widerwillig annahm. Er fragte Kantibh, ob sie nicht statt dessen Ntikima als Hilfe bekommen könnten, doch der Perser beschied ihn, daß Ntikima sich in Iletigu aufhalte. Kantibh wich weiteren Fragen aus, indem er ihnen erzählte, daß das Haus, das sie sich erwählt hatten, schon einmal – vor vierzehnhundert Jahren – andere Christen beherbergt hätte: jene Syrer, die Frumentius gefolgt waren, deren Bestreben es gewesen war, die Botschaft von Christi Auferstehung überall auf Erden und auch im Herzen Afrikas zu verbreiten.

Noell machte jetzt größere Anstrengungen, seine eigenen Forschungen voranzutreiben. Durch geduldiges Auskundschaften entdeckte er den Weg vom Ort der Aitigu in den leblosen Wald und machte Ausflüge dorthin, von denen er Teile fremdartiger Bäume, Bodenproben und Exemplare der wenigen dort lebenden Insekten und Würmer mitbrachte. Das alles verglich er mit dem, was er über die Lebenswelt im Kwarra-Delta wußte, und mit Proben, die er dem Inneren des Kraters von Adamawara entnahm. Er bemühte sich nach Kräften, dem allen einen Sinn abzuringen, doch Klarheit gewann er nicht, und er wurde sehr ungeduldig darüber, daß er nicht begreifen konnte, warum dieser Wald allem Lebenden so feindlich war, das anderswo in Hülle und Fülle existierte.

Gelegentlich kehrte er noch in Berenikes Haus ein, und manchmal suchte auch sie ihn auf, doch er wußte, daß ihr Liebesverhältnis – falls man es überhaupt so nennen konnte – endgültig vorüber war. Ihrem Beisammensein mangelte es an Freude und Lust, und mit der Zeit schliefen sie immer seltener beieinander.

Unterdessen begann Quintus die Heilmethoden der Elemi zu erlernen – oder zumindest soviel davon, wie sie bereit waren, ihm im Austausch gegen seine Kenntnisse aus dem fernen Gaul beizubringen. Noell beobachtete, daß sein Freund von Tag zu Tag schwächer und müder wurde, und seine Hinfälligkeit bekümmerte ihn. Nicht die körperliche Schwäche des Mannes schien ihm das größere Unglück, sondern der Verfall seiner geistigen Kräfte. Zwar blieb er in Noells Augen der weiseste aller Menschen, die er kannte, aber er schien wie durch Ansteckung einiges von der Geisteshaltung seiner Inquisitoren übernommen zu haben. Oft hörte man ihn ganze Listen von Wörtern vor sich hinmurmeln, als versuche er sie einem Gedächtnis einzuprägen, das sie nicht behalten mochte. Und oftmals verfluchte er den Umstand, daß in Adamawara weder Papier noch Tinte zu haben waren. Außerdem verbrachte Quintus jetzt viel Zeit im Gebet, womit er eine Gewohnheit wieder aufnahm, der er während der vergangenen Jahre seltener nachgegangen war. Es schien, als wäre ein alter Hader mit seinem Schöpfer, einst beigelegt, ihm jetzt wieder ein dringliches Anliegen geworden. Noell erriet nicht, warum das so war, doch mochte er auch nicht fragen.

Langoisse, der so wenig Interesse hatte, sich Kenntnisse über Adamawara anzueignen, wie sich in die Gründe für Noells Sammelwut einweihen zu lassen, verlor sich in Mißmut und räumte so jener Krankheit mehr Macht über sich ein, die schleichend seinen Verstand aufzehrte. Sporadisch schien er zu begreifen, daß er sich selbst zum Feind geworden war und gab sich ausschweifenden Vorstellungen darüber hin, welche Aufgaben zu bestehen sein würden, sobald er mit der wiederaufgebauten *Stingray* durch den West-Atlantik segelte, auf der Suche nach dem sagenhaften Atlantis, oder mit ihr die Themse hinauffuhr, um den Tower von London zu bombardieren und damit den Sturz der normannischen Tyrannei einzuleiten. Nur allzuoft ließ er sich mitreißen von diesen erregenden Phantasien, was meist in wüsten Anfällen von Geistesverwirrtheit endete. Dann schrie er oft auf die verängstigte Dienerschaft ein und beschimpfte die arme Leilah, wenn sie versuchte, ihn ruhig zu halten.

Oder der Pirat wurde trübsinnig und verzagt, bejammerte das Fehlen fleischlicher Nahrung und – in deftigen Worten – das schwächliche Hirsebier, das einzige Mittel, sich in Adamawara in einen Zustand der Trunkenheit zu versetzen und seinen fauligen Geschmack. Er schien vergessen zu haben, daß er die anderen zu dieser Expedition gedrängt hatte, und er fing an, Noell und Quintus dafür zu schelten, daß sie ihn zum Sterben an einen so trostlosen Ort verbracht hätten. Leilah hielt bei all diesen wechselvollen Stimmungen treu zu Langoisse, und er schien sie noch enger an sich zu binden als zuvor, als müßte sie jetzt stellvertretend den Platz des unglücklichen Türken einnehmen.

Leilahs Haltung Noell gegenüber blieb höflich distanziert. Ihr Benehmen ihm gegenüber, in der Vergangenheit stets freimütig und spontan, war jetzt verhalten und gezwungen. Ihm erschien das nicht ganz fair. War sie denn nicht in all den Jahren, die er sie gekannt, Langoisses Geliebte gewesen? Welche Klage konnte sie denn gerechterweise gegen ihn vorbringen? Daß er auch eine Geliebte gehabt hatte? Doch sie sah die Dinge nicht wie er, und obwohl sie seine Verbindung zu Berenike nicht gerade einen Verrat nannte, war doch offensichtlich, daß sie es im Herzen so empfand.

Über Berenike mochte Noell nicht mit Quintus sprechen. Obwohl Quintus sich nie dazu geäußert hatte, war er das Gefühl nie losgeworden, daß er in der Wertschätzung des Mönchs tief gesunken war, als er der Geliebte eines Vampirs geworden war. Er stellte sich vor, daß Quintus ihn insgeheim dafür verachtete oder ihm zumindest seine Schwäche vorwarf. Warum er das so empfand, wußte er selbst nicht ganz genau. Quintus hatte ihn niemals aufgefordert, ein Mönch zu werden, doch er selbst lebte sein Zölibat derart unangefochten, daß sein Beispiel auf ihn schon einschüchternd wirkte.

Die Unmöglichkeit, auf Berenike zu sprechen zu kommen, bedeutete für Noell allerdings auch, daß er Quintus gewisse Gedanken über Vampire im allgemeinen nicht mitteilen konnte, da er sie aus einem wachsenden Verständnis für seine Geliebte abgeleitet hatte. Er fing an, sich zu fragen, ob ihr Zustand ihm nicht Aufschluß über die Geistesverfassung der Elemi verschaffen konnte.

Noell wußte natürlich, daß es leichtfertig gewesen wäre anzunehmen, daß ein Jahrhunderte oder Jahrtausende währendes Leben auf alle dieselben Auswirkungen haben müßte. Kantibh, der nur wenig jünger war als Berenike, nahm einen derart aktiven Anteil an den Geschäften Adamawaras, daß sich schwerlich mutmaßen ließ, er lebe in einem Trancezustand, gesteuert allein durch Gewohnheit. Aiyeda, der fast genauso alt sein mußte wie der geheimnisumwitterte Ekeji Orisha, war gleicherweise fähig, Interesse an den alltäglichen Ereignissen zu nehmen, und schien wach und geistesgegenwärtig. Doch jene Ältesten, die unter der Anleitung derjenigen in Iletigu lebten, die den Göttern angeblich am nächsten standen, hatten mit Vorhaben wie der Auswahl und der Vorbereitung von Kandidaten und dem Erlernen neuer Dinge nichts zu schaffen. Falls man dem Hörensagen Glauben schenken konnte, verbrachten sie ihre Zeit mit Meditation und Ritual und mit dem Verkünden dessen, was in der Welt getan werden müßte und was mit ihr zu geschehen hätte.

Noell hielt es für bedeutsam, daß Kantibh mit fast ehrfürchtiger Scheu von jener Zeit gesprochen, als Ekeji Orisha – vermutlich ein Vorgänger des Mannes, der diesen Titel jetzt innehatte – verfügt hatte, daß sie keine Unvollendeten mehr als Abgesandte in die große Welt schikken dürften, da sie die Sache Adamawaras verrieten. War das etwa, so fragte sich Noell, das letztemal gewesen, daß die Ältesten etwas *Neues* verkündet hatten? War es das letztemal gewesen, daß sie überhaupt etwas verändert hatten? Unterschieden sich denn die Ältesten, die er in jener seltsamen Arena in Iletigu gesehen, in ihrer Weltfremdheit von dem traumumfangenen Zustand, in dem Berenike sich befand?

Und falls das Reich der Vampire auf ein so armseliges Fundament gegründet war – so dachte er –, wie stand es dann wohl mit dem Reich Gaul und den Khanaten von Walachia, Indien und Cathay? Waren auch die Ältesten jener Reiche – Attila und Charlemagne und der legendäre Temujin – Sklaven ihres eigenen hohen Alters, die keine Fühlung mehr hatten zu dem Stoff, aus dem das Leben gewebt war? Er erinnerte sich, daß man von Attila behauptete, er lebe in völliger Abgeschiedenheit auf seiner Burg, hätte das Herrschergeschäft seinem Günstling und Erben Vlad Tepes übertragen, und auch Karl den Großen bekam man an seinem Hof nur noch selten zu Gesicht. Hatte eine Art Verfall – eine Art Schimmel gleich dem Silbertod – sein unsichtbares Werk der Verwesung auf sämtliche Teile der Welt ausgedehnt, in denen es Vampire gab?

Edmund Cordery hatte vor langer Zeit seinem Sohn gegenüber betont, daß die gewöhnlich Sterblichen Neuerer wären, Vampire aber nur Sklaven ihrer Tradition. Noell begriff jetzt, welche Nachteile ein Vampirleben haben mochte, und seine Eindrücke vom Zeremoniell in Iletigu bestärkten ihn in seinem Glauben daran, daß die Kurzlebigen in mancher Hinsicht überlegen sein konnten und daß ihre Klugheit es ihnen ermöglichen mußte, die Tyrannei der Unsterblichen abzuschütteln.

Er erkannte auch, daß der schlagendste Beweis für die Fehlbarkeit der Ältesten seine Anwesenheit in Adamawara war. Bald schon, so wußte Noell, würden Kantibh und Aiyeda wahrscheinlich zu der Schlußfolgerung gelangen, daß ihn etwas Unreines umgab, das ausgelöscht werden mußte, wollten sie sich ihren Seelenfrieden bewahren. Nicht nur war er unwürdig, ein Elemi zu werden, er war es auch nicht wert, überhaupt in Adamawara zu leben.

Jedesmal, wenn er in den leblosen Wald ging, erstieg er einen Aussichtspunkt, von dem aus er über die endlose Wildnis blicken konnte, fragte sich, ob er wohl versuchen könnte, sie zu durchqueren. Jedesmal, wenn er sich wieder unter das Dach der verwachsenen Baumriesen begab, schaute er sich unbehaglich um, erwartete jeden Augenblick, jenes Trupps lebendiger Toten ansichtig zu werden, die gekommen waren, ihre Zauberstäbe auf sein böses Herz zu richten und ihn dem Tod zu überantworten.

Und unablässig kehrten seine Gedanken zu einem bestimmten praktischen Problem zurück, dessen Lösung ihrer aller Leben retten mochte und es ihnen ermöglichen konnte, den Wald und die Ebene dahinter unbeschadet zu durchqueren.

Wie, so fragte er sich immer und immer wieder, *kann ich mir in ausreichender Menge Vampirsamen für meine Experimente beschaffen, um das Elixier des Lebens zu entdecken?*

10. Kapitel

Als das Ende der Regenzeit nahte, wußten Noell und Quintus, daß sie jetzt ihr Weggehen planen mußten, falls sie überhaupt je von Adamawara fortkommen wollten. Sie hatten noch genügend Zeit für die Vorbereitung, denn die Zuflüsse des Logone stellten bis mindestens Ende Oktober ein unüberwindliches Hindernis dar, doch danach durften sie ihre Entscheidung nicht länger aufschieben.

Sie wußten beide, daß die Vampire nicht erwarteten, daß sie gehen wollten. Und oft hatten sie diskret nachgefragt, um herauszufinden, ob die Ältesten oder einer von deren Untertanen wohl versuchen würden, sie zu hindern. Es hatte keinen einzigen Hinweis darauf gegeben, daß man sie mit Gewalt zurückhalten würde, doch Noell wagte nicht, daraus Schlußfolgerungen zu ziehen.

Den Oni-Olorun, die Benin besucht hatten, waren die Berichte über die weißen Männer hinreichend interessant erschienen, um Ghendwa als ihren Begleiter nach Adamawara loszuschicken, doch die adamawarischen Begriffe von Höflichkeit und Gastfreundschaft gingen nicht so weit, ihnen auch den Weg in die andere Richtung zu erleichtern. Quintus erklärte mehr als einmal voll Bitterkeit, daß ihm das Unternehmen hoffnungslos erschiene und er wohl die Jahre, die ihm noch vergönnt waren, in Adamawara verbringen müsse.

Quintus und Noell hatten anfangs Langoisse nicht in ihre Pläne eingeweiht, denn sie wußten, daß seine Kräfte für eine solche Reise nicht ausreichten. Sie zweifelten nicht an seinem Wunsch, diesen Ort zu verlassen, doch er war einfach zu krank. Schließlich jedoch verlangte Langoisse, an ihrem Pläneschmieden teilzuhaben, und er vertrat eine ganz andere Auffassung als sie. Er war entschlossen, kein weiteres Jahr an diesem bedrückenden Ort zu verbringen und erkannte ziemlich klar, daß es nur eine einzige Möglichkeit gab, ihn auf diese Reise vorzubereiten.

»Die Antwort liegt in Euren Händen«, gab er Noell zu bedenken, »denn habt Ihr nicht die vergangenen Monate damit verbracht, über Eurem Spionglas zu hocken, Zaubertränke zu mischen und Eure ganze Alchemie an das zu wenden, was Ihr vom Blutsaft wißt? Haltet Ihr mich für einen Narren, der nicht weiß, daß Ihr heiß darauf brennt, jenes Geheimnis zu entdecken, daß Ihr bei jenem üblen Kult am Werk gesehen habt? Nun denn, die ganze Zeit habe ich darauf gewartet, daß Ihr ein Mittel findet, uns alle zu Vampiren zu machen! Dann werden wir die ganze

Welt durchqueren, den Geisterwald nebst allem anderen, unversehrt und wie es uns beliebt. Wir müssen selber unsere besten Wächter sein, und jeden anderen Gedanken können wir verwerfen. Wir wollen keine Vampirführer. *Wir müssen selber Vampire werden!*«

Noell war anfangs übervorsichtig, setzte dem Piraten die Schwierigkeiten auseinander, doch der leidgeprüfte Mann duldete keine Ausflüchte.

»Warum sind wir denn in dieses greuliche Land gekommen, wenn nicht, um ihnen das Geheimnis zu entreißen?« begehrte Langoisse auf. »Wollt Ihr mir jetzt weismachen, daß Ihr trotz allen geduldigen Sammelns und Kratzens wirklich nicht mehr wißt als vor vielen Jahren in Cardigan? Habt Ihr nicht den Vampirsabbat angesehen? Habt Ihr nicht Euer Mikroskop und Euren bewährten Witz? Ich habe viel gewagt, Euch herzubringen, Meister Cordery! Und jetzt sitzen wir alle im selben Boot. So ungeliebt ich Euch in der Vergangenheit gewesen bin, glaubt Ihr denn, Ihr könnt mich täuschen?«

»Das tue ich nicht«, sagte Noell. »Um die Wahrheit zu sagen, niemand kann gewiß sein, daß er über das Geheimnis verfügt, ein Elixier des Lebens zu mischen, solange er es nicht getan hat und seine Wirkung kennt. Ich weiß wohl, welche Bestandteile ich gerne hätte, um ein solches Experiment zu beginnen, doch ich habe noch keinen Weg finden können, mir den kostbarsten von allen zu beschaffen.«

»Was seid Ihr doch für ein Narr, das für Euch zu behalten!« begehrte Langoisse auf. »Hättet Ihr uns allen davon erzählt, könnten wir ihm jetzt auf der Spur sein.«

»Ich bin nicht sicher, daß unsere Zahl allein genügen wird, die Chance zu vergrößern«, entgegnete ihm Noell. »Doch mir will dazu nichts einfallen. Und ich bin für alles dankbar, was Ihr beisteuern könnt. Aus dem, was ich gesehen und kürzlich gehört habe, schließe ich, daß vielleicht schon zwei Ingredienzen ausreichend sind. Das eine ist gewöhnliches Blut, an dem wir keinen Mangel haben . . . Das andere, so fürchte ich, ist der Samen eines Vampirs.«

»Seid Ihr ganz sicher, daß sie in jenem Ritual, das ihr gesehen, den Samen von Vampiren benutzt haben?« fragte Langoisse. »Wie sollen denn solche Kreaturen Samen erzeugen? Habt Ihr denn nicht gesehen, wie ihre Geschlechtsteile in dieser gräßlichen Zeremonie verunstaltet werden?«

»Ich hab's wohl gesehen«, sagte Noell. »Doch sind es die Hoden, die den Samen erzeugen, und die sind nicht abgetrennt. Ich glaube, daß sie ihren Samen vielleicht nur unter großer Schwierigkeit ausstoßen, und ich vermute auch, daß männliche Vampire Samen in viel geringeren Mengen bilden als gewöhnlich Sterbliche. Doch erzeugen müssen sie ihn. Es scheint mir, daß er mit Blut genährt sein muß, bevor er in den Körper Aufnahme finden kann. Ich bin mir nicht sicher, ob es darauf ankommt, wie er eingenommen wird, obschon vielleicht nicht ausreicht, wenn man ihn nur trinkt. Es ist wahrscheinlich am besten, jene Methode zu versuchen, deren man sich hier bedient und ihn auf eine offene Wunde zu streichen. Das Problem indessen ist, diesen Samen zu beschaffen. Könnt Ihr Euch vorstellen, welche Antwort ich wohl bekommen würde, wenn ich Aiyeda um eine solche Gabe bitten wollte?«

Langoisse lag auf dem Bett und starrte zur Decke hoch.

»Es ist entscheidend wichtig für die Langlebigkeit der Vampire, daß sich ihre Spermien so langsam bilden«, fuhr Noell fort. »Ich glaube, daß unsere Körper aus einer Unzahl winziger Teilchen oder Atome bestehen, die sich in einem Zustand ständigen wechselseitigen Austauschs befinden. Wie unser Haar und unsere Fingernägel wachsen, so wird die Außenschicht unserer Haut abgestoßen, sobald sich neue Haut darunter bildet. Wenn wir essen und trinken, werden einige der Atome unserer Nahrung zu Atomen unseres Körpers. Und das ist die Art, wie wir uns nähren – doch gleichzeitig stoßen wir in unseren Ausscheidungen Atome ab, die einst ein Teil von uns gewesen sind. In gleicher Weise werden Atome unserer Selbst in die Spermien überformt, vermittels deren wir uns fortpflanzen und die sich beständig in einem winzigen Bläschen sammeln, das bereitsteht, in dem dafür vorbestimmten Boden in den Schoß einer Frau gepflanzt zu werden.

Bei den Vampiren muß dieser Vorgang des Austauschs sehr stark verlangsamt sein. Ihr langes Leben mag durch den Umstand zu erklären sein, daß ihre Atome viel zählebiger sind, auf stark verzögerte Weise abgestoßen und ersetzt werden. Obwohl die Vampire Europas genauso essen wie wir, können sie über viel längere Zeiträume ohne Nahrung auskommen, wie das ja auch bei den Vampiren Adamawaras der Fall ist. Und das beweist wohl, daß sie von ihrem Essen weniger Nährstoff aufnehmen als wir. Ich glaube, daß sie Tag um Tag viel weniger Körperatome verlieren als unsereins und daß es parallel zu diesem verminderten Verlust auch zu einer großen Minderung in der Produktion der besonderen Atome der Fortpflanzung kommt. Darum auch sammeln sich ihre Spermien viel, viel langsamer in den Bläschen, die sie aufnehmen, und sie fühlen viel weniger als wir den Drang, sie abzugeben.

Ihr wißt, welchen Drang ein gewöhnlicher Mann in seinen Lenden verspürt, wenn er einige Tage nicht bei einer Frau gelegen hat, und Ihr wißt auch, daß ein gewöhnlich sterblicher Mann manchmal im Schlafe, während er von einer Frau träumt, ejakuliert. Das geschieht darum, weil die Atome der Fortpflanzung herausgelassen werden müssen, genau wie wir andere Ausscheidungen abgeben. Die Vampirmänner spüren diese Notdurft weit weniger als Ihr oder ich, und das erklärt viel über ihre Einstellung zu Frauen und die Natur der Beziehung, die sie zu ihnen unterhalten. Die Rituale der Weihe, die ich gesehen habe, werten solch vermindertes Bedürfnis als Tugend. Doch sogar ein Elemi bildet noch immer Spermien und muß sich ihrer auch entledigen. Obwohl ich nicht zu sagen vermöchte, wieviel Einbildungskraft sie aufbieten müssen, ihr Abgehen zu kontrollieren. Ebensowenig bin ich mir sicher, was sie mit dem Samen anfangen, obwohl ich davon überzeugt bin, daß sie ihn bei ihrem Ritual verwenden.«

»So, meint Ihr das?« sagte Langoisse leise. »Das also meint Ihr!«

»Das heißt allerdings nicht, daß ich sicher sein kann, ob ich die Formel für einen magischen Trank zusammenbringe, der aus jedem Menschen einen Vampir macht«, mahnte Noell. »Es ist keineswegs bewiesen, daß all die anderen Dinge, die sie außer dem Blut noch in ihre Mixtur schütten, nur unnötiges Beiwerk sind!«

Langoisse bedachte die Angelegenheit fasziniert, grübelte so ernsthaft, daß er an einigen Punkten der Theorie Noells über das Wesen der leiblichen Beschaffenheit der Vampire um Klarstellung bat. Unvermeidlich stieß er dabei auch auf die rätselhafteste aller Fragen.

»Aber warum *Blut*, Meister Cordery? Warum brauchen sie das Blut?«

»Ich weiß es nicht«, gestand Noell. »Aber ich habe eine Vermutung: Ich denke, daß genauso, wie der Körper beständig Spermien erzeugt, er auch Blut bildet. Das ist der Grund, warum ein Mann, der Blut aus einer Wunde verliert und vielleicht eine Zeitlang blaß aussieht, letztendlich seine blühende Farbe und seine Gesundheit wiedererlangt; und außerdem mag das der Grund sein, weswegen gewöhnliche Menschen Vampiren ständig Nahrung geben können, ohne daß sie ganz ausgesaugt werden: Ich zweifle nicht, daß auch Vampire neues Blut bilden, vielleicht sogar in großer Menge, obwohl ihre Wunden nicht so reichlich fließen wie diejenigen gewöhnlich Sterblicher. Denn würden sie kein neues Blut bilden, könnte ich mir nicht vorstellen, daß Vampire sich von Verletzungen erholen, die bei gewöhnlichen Menschen zum Tod führen. Das bedeutet also, daß wir keine direkte Analogie zwischen dem Blut und der Hervorbringung von Spermien herstellen können; die

Blutbildung läßt sich nicht einfach so stark verlangsamen, wie das vielleicht bei der Produktion der Spermien der Fall ist. Doch es muß etwas Einzigartiges, Einmaliges an jenem Bildungsprozeß sein – wir müssen davon ausgehen, daß er auf Grund der körperlichen Beschaffenheit der Vampire unnatürlich schnell vor sich geht –, der die Aufnahme entsprechender Atome aus dem Körper des Menschen notwendig macht. In jeder anderen Hinsicht kann sich der Leib von Vampiren vermittels eines langsameren Austauschs der Atome selbst erhalten, was uns nicht gegeben ist. Doch in dieser einen Hinsicht müssen diejenigen den Vampiren als Beute anheimfallen, deren Natur es ist, neue Atome schneller zu produzieren. Darum brauchen Vampire uns Menschen – und das ist der Grund, weswegen es niemals eine Welt geben wird, in der alle Menschen Vampire sind.«

»Ich glaube, Ihr seid ein weiser Mann, Noell Cordery«, sagte Langoisse. »Stimmt der Mönch mit all diesen Ansichten überein?«

»Er pflichtet mir in vielen meiner Schlußfolgerungen bei«, entgegnete er ausweichend. »Doch können wir beide nicht sicher sein, daß ich recht habe, solange die Sache nicht einem Versuch standhält. Ich habe noch nicht die Frage aufgeworfen, wie wir uns den Samen eines Vampirs beschaffen sollen; ich habe es nicht für ganz schicklich gehalten.«

»Schicklich! Wir reden vom ewigen Leben und qualvollem Tod, und Ihr haltet es nicht für *schicklich*, eine solche Frage laut zu stellen? O Meister Cordery, Ihr seid ein seltsamer Kauz! Warum seid Ihr nicht schon vor langer Zeit zu mir gekommen, wenn 's nur am Mut gelegen hat, der Euch fehlt?«

»Was meint Ihr damit?« fragte Noell mit einiger Schärfe.

»Was denn, Mann, wir leben in einer Welt der Vampire! Wenn sie den Samen in sich tragen, müssen wir nicht abwarten, bis sie ihn uns hergeben. Vampire sind sie ja vielleicht, aber es sind alte Männer. Manche leben ein stilles, zurückgezogenes Leben, praktisch ganz allein in dieser uralten Stadt.«

»Ihr glaubt, wir sollten uns das, was wir brauchen, durch Mord beschaffen?« Obwohl er vorgab, schockiert zu sein, war das ein Gedanke, der auch Noell schon früher gekommen war, aber er war stets davor zurückgeschreckt.

Langoisse lachte auf. »Mord!« sagte er. »Nein, nein, Meister Cordery, da weiß man besseres! Nicht Mord, nicht einmal bleibender Schaden! Der sanfte Schlaf, in den Freund Ghendwa versunken ist – was wir uns nehmen, wird sicher nachwachsen. Und falls es gelingt – nun denn, wir werden ein solches Gerücht in Gaul ausstreuen, daß jeder Kerl mit Mumm kein höheres Ziel haben wird, als einen Vampirritter zu kastrieren, um sich von seinen Eiern ewiges Leben zu stehlen!«

Noell betrachtete prüfend die Mauern von Langoisses Haus, als hätte ihn plötzlich der Gedanke getroffen, daß jemand mithören könnte. »Und was werden die Vampire Adamawaras tun, wenn sie uns eines solchen Verbrechens wegen verurteilen?« murmelte er. »Sie haben unsere Anwesenheit geduldet, und anscheinend würden sie auch unsere Abreise hinnehmen. Aber wie könnten wir wohl ihrem Zorn entgehen, wenn wir ihre Gastfreundschaft auf diese Weise vergelten?«

»Vergelten!« entgegnete Langoisse grimmig. »Glaubt Ihr denn, wir schuldeten Ihnen etwas? Sie haben uns aus eigensüchtigen Zwecken hierhergebracht, um zu erfahren, was in der Welt da draußen vor sich geht, und im Austausch dagegen halten sie uns arrogante Vorträge, um uns die Torheit unserer Lebensart und die Eitelkeit unseres Strebens darzutun. Glaubt Ihr denn, weil ich so wenig Latein kann, könnte ich nicht verstehen, was sich hier abspielt? Ihr Freund hat das hier ein Paradies der Narren genannt, und genau so ist es! Obwohl sie denken, wir sind die Narren, während ihnen das Paradies gehört. Ich werde mir die Einsamen heraussuchen, die niemand vermißt, wenn man sie schlafen legt, und keiner wird merken, wer es war, der ihnen mit dem Messer zu Leibe gegangen ist.«

»Ich habe auch schon daran gedacht«, gestand Noell. »Aber ich fürchte, das wird so nicht gehen. So einsam sie auch scheinen mögen, es gibt keinen einzigen, den man nicht vermissen würde, da jeder täglich seinen Besucher haben muß, um die nötige Blutspende zu empfangen. Glaubt nur nicht, daß die Opfer zögern würden, Euch zu verraten! Es würde keine Sekunde vergehen, bevor sie lauten Lärm und Geschrei erheben. Falls Ihr es auf diese Art versuchen wollt, werdet Ihr uns alle sicher vernichten.«

Dieser Einwand ließ den Piraten innehalten. Er runzelte die Stirn und schien einzusehen, daß Noell die Wahrheit sprach. »Vielleicht müssen wir dann von hier fortgehen und irgendwo anders einen Vampir suchen, den wir benutzen können. Hätten wir das alles nur schon im vergangenen Jahr gewußt, dann hätte ich den armen Selim schon viel früher bitten können, verrückt zu werden, und ihm genaue Anweisung gegeben, wo er das Messer ansetzen muß. Wir müssen zum Himmel beten, daß er uns eine andere Gelegenheit gewährt.«

»Langoisse«, sagte Noell drängend. »Ich bitte Euch, seid vorsichtig!

Die Vampire Afrikas sind zwar jenen sehr unähnlich, die in Gaul und Byzanz herrschen, aber ich glaube doch, daß jeder Mann, der absichtlich einen der ihren verwundet, nicht weniger grausam behandelt werden würde, und das durch ihre Eingeborenen, wenn nicht gar durch die Vampire selbst. Ihr habt nicht mit angesehen, wie die Egungun, die im Wald zu uns gekommen sind, sich benommen haben, als sie Ghendwa verletzt fanden. Vielleicht wären wir alle abgeschlachtet worden, hätte uns Ntikima nicht beigestanden, und noch immer fürchte ich um den Jungen, weil niemand von uns, seit wir hier angekommen sind, von ihm auch nur die geringste Spur entdecken konnte. Wenn wir einen Vampir kastrieren, sei er ein Vollendeter oder ein Unvollendeter, dann, glaube ich, würde das für einen so schweren Frevel angesehen werden, daß uns ganz Afrika zu Tode hetzt. Sollten wir Gaul jemals wiedersehen, werde ich Euch helfen, Euer Gerücht in Umlauf zu bringen, aber ich habe lange und gründlich überlegt, ob wir es wagen dürfen, die Hand gegen die Vampire Adamawaras zu erheben. Und ich habe vorerst für mich entschieden, daß ich es nicht wagen will.«

Langoisse schaute ihn bohrend an, in den Augen mehr als ein Funke des alten Feuers, doch endlich senkte er seinen anklagenden Blick.

»Nein, Meister Cordery«, sagte er schließlich. »Ich kann Euch in dieser Sache keinen Feigling nennen. Was Ihr jetzt wißt, mag allzu kostbar sein, es bei jener Art Abenteuer, wie ich es vorgeschlagen, aufs Spiel zu setzen. Ich werde meine Zeit abwarten – Ihr habt mein Wort darauf! Inzwischen müßt Ihr meine Hilfe annehmen, uns auf die Heimreise vorzubereiten. Weder Urwälder noch Steppen noch eine Legion von Wilden kann uns davon abhalten, heimzukehren, wenn wir nur fest dazu entschlossen sind.«

Noell schüttelte müde den Kopf. »Da sind zu viele Feinde«, sagte er. »Und wir haben unsere Gewehre nicht mehr. Wir haben nach ihnen gesucht, aber sie sind nirgendwo zu finden. Ich weiß nicht einmal, wo die Esel untergebracht sind, falls sie überhaupt noch am Leben sind.«

Langoisses Miene verfinsterte sich noch mehr, und Noell erkannte, daß die Wahrheit eine tiefe Bresche in die Hoffnungen und Träume des Piraten geschlagen hatte. »Ach ja«, flüsterte er. »Die Gewehre hatte ich ganz vergessen! Ich habe zu lange in diesem verfluchten Bett gelegen, und ich muß jetzt aufstehen, um meine Rolle bei diesem Unternehmen zu spielen.«

»Überanstrengt Euch nicht«, sagte Noell, selbst überrascht von seiner ernsten Fürsorglichkeit. »Ihr seid sehr krank gewesen, und ich möchte nicht, daß Ihr Euren Zustand noch mehr verschlimmert, indem Ihr Euch zu sehr antreibt.«

»Meister Cordery«, erwiderte der Pirat mit kalter, leiser Stimme, »ich glaube, Ihr habt mich unterschätzt! Ich habe größere Kraft, als Ihr anzunehmen scheint.«

11. Kapitel

Als Noell das nächstemal in den Wald außerhalb Adamawaras ging, wollte er weniger seine Studien fortführen als vielmehr sein Gespräch mit Langoisse gründlich überdenken.

Daß sie alle den Wunsch hatten, in der bevorstehenden Trockenzeit Adamawara zu verlassen, stand fest, doch ebenso sicher würden sie nicht alle dazu imstande sein. Er wagte nicht, allein zu gehen oder nur in Gesellschaft Ngadzes; seine Erfolgsaussichten wären dann gleich Null. Und im übrigen konnte er den Gedanken kaum ertragen, Quintus zurückzulassen – oder Leilah, wie er sich jetzt eingestand. Doch sobald er sich fragte, welche Aussicht er hätte, ein Elixier herzustellen, das jeden von ihnen zum Aitigu machte, mußte die Antwort lauten, daß er nicht die geringste Chance hatte, es sei denn, er ließ sich auf die wilden und gefährlichen Phantasien des Piraten ein.

Während er dasaß und grübelte, hörte er hinter sich ein Geräusch und fuhr vor Schreck herum, voller Angst, einen Egungun zu sehen.

Doch es waren nicht die Egungun, sondern Ntikima, den er seit fast einem Jahr nicht gesehen hatte. Der Junge stand ein Stück weiter hügelaufwärts neben dem verkrüppelten Stamm eines uralten Baumes. Ntikima schien größer als früher, und in seiner Haltung lag etwas von einem Krieger. Seine Miene war sehr ernst, die Augen überschattet im Dämmerlicht unter dem Dach der Bäume. Noell begrüßte den Jungen herzlich und erzählte ihm, wie besorgt er um seine Sicherheit gewesen wäre. Er fragte ihn, ob er sehr unter dem Silbertod gelitten hätte und wie es ihm augenblicklich gehe, doch er bekam nicht gleich darauf Antwort. Für Noell war offenkundig, daß das hier keine Zufallsbegegnung flüchtiger Bekannter war, sondern etwas, das ihrer beider Schicksal betraf. »Ich bin in Iletigu gewesen«, sagte Ntikima schließlich. »Ich bin dorthin gebracht worden, weil ich Ogbone bin und einst im Urwald Aroni begegnete, der mir ein Versprechen gegeben hat, das die Elemi einhalten müssen. Ich habe Ekeji Orisha gesehen und berührt und zugesehen, wie die Götter zur Erde herabgestiegen sind.«

»Wirst du dann selbst ein Elemi sein?« fragte Noell, der sich so hinstellte, daß er dem Ankömmling genau ins Gesicht schauen konnte. Doch wegen seines gemessenen Benehmens empfand er Scheu, die Hand auszustrecken und ihn zu berühren.

»Einst habe ich mir das erhofft«, erwiderte der Junge. »Ich sollte ein Zauberer und Medizinmann werden.« Nach einer Pause fügte er hinzu: »Ich bin Euch etwas schuldig, Noell Cordery! Und ich bin gekommen, diese Schuld zu begleichen.«

Noell empfand in sich eine unnatürliche Ruhe, als hätte sich eine plötzliche Kälte in sein Herz gestohlen. Er wußte nur zu gut, daß die Schuld, an die Ntikima ihn erinnerte, die Schuld eines Lebens war und daß, falls Ntikima gekommen war, sie jetzt zu begleichen, sein Leben in schrecklicher Gefahr sein mußte. »Haben die Ogbone also beschlossen, daß die Egungun kommen sollen, mich ein zweites Mal zu finden?«

»Ich bin Ogbone«, sagte der Junge. »Ich weiß, was die Ogbone wissen, Ifa hat zu den Babalawos gesprochen, um ihnen zu künden, daß Ihr die Absicht habt, Adamawara Böses zuzufügen, und daß Ihr bereits gegen die heiligsten aller Tabus verstoßen habt.«

Noell mußte dem plötzlichen Impuls, loszulachen, unterdrücken. Hatte der Ifa drinnen in seinem Kopf den Lauscher gespielt? Hatte er sein Gespräch mit Langoisse mit angehört? »Gibt es etwas, mit dem ich mich gegen dieses Urteil verteidigen kann?« fragte er.

Ntikima schüttelte den Kopf.

»Die Priester Ifas haben die Palmnüsse geschüttelt und geworfen«, sagte er. »Und sie haben das geheiligte Blut vergossen. Gestern war Ajo Awo, der Tag des Geheimnisses, und die Babalawos haben ihre geschorenen Köpfe in ernster Beratung zusammengesteckt. Ekeji Orisha ist besorgt über das, was Ihr den Elemi berichtet habt, und er hat gesagt, daß in Euren Worten etwas ist, das wie ein Gift wirkt. Die Ahnen in Ipo-oku sind beunruhigt. Egungun wird kommen, und ich muß mich vor Euch stellen, wie Ihr Euch einst vor mich gestellt habt.«

Da war etwas Neues und Unerwartetes in der Art und Weise, wie Ntikima von den Priestern und den Göttern sprach, ein Unterton, den er in seiner Stimme noch nie gehört hatte. Ntikima war nicht mehr das willige Sprachrohr eines demütig Glaubenden, sondern seine Sprache war die eines Menschen, der angefangen hatte, seine Idole in Zweifel zu ziehen.

Als er noch in Burutu gewesen ist, mußte Noell denken, *war er sowohl in seinen Gedanken wie in seinem Herzen voll und ganz Ogbone. Doch jetzt, da er in Adamawara ist, ist in ihm auch ein Stück Burutu, verschlossen und verborgen in seiner Seele, das ihm Augen verliehen hat, zu sehen. Es ist nicht nur, daß er mir sein Leben schuldet. Nein, es ist die Klarheit des Schauens und Denkens, die er sich selbst schuldig ist. Ich glaube nicht, daß er ohne das jetzt hier wäre, eigens hergekommen, mich vor den auferstandenen Toten zu warnen.*

»Was muß ich tuß?« fragte Noell.

»Ihr müßt Adamawara verlassen«, eröffnete ihm Ntikima.

»Ich kann nicht allein von hier fort!«

»Nicht allein. Ihr müßt die anderen mit Euch nehmen – all jene, die Ihr retten wollt. Sogar der weiße Babalawo ist jetzt in Gefahr.«

»Das wird nicht angehen. Langoisse hat nicht die Kraft dazu, ebensowenig Quintus. Niemals könnten sie den leblosen Wald durchqueren, ganz zu schweigen die große Tiefebene, das Hochland und die Urwälder.«

»Wenn ihr bleibt, müßt ihr sehr bald sterben«, versicherte ihm Ntikima. »Ihr müßt euch auf all diese Gefahren einlassen. Ich kann nicht versprechen, euch sicher zu geleiten, doch ich werde tun, was ich kann.« Er legte eine Pause ein und fuhr dann fort: »Ich tue, was ich tun muß. Denn wenn ich mich jetzt nicht schlau verhalte, werden sie auch mich töten, genau wie sie Euch getötet hätten, als damals Ihr meine Stelle eingenommen habt. Damals hat Euch Shango gerettet, und ich muß darum beten, daß sich seine Gnade jetzt auch auf mich erstreckt, doch Ihr müßt tun, was ich Euch gesagt habe!«

Einen Augenblick lang glaubte Noell, nicht richtig gehört zu haben. Der Junge sprach mit der neuen Autorität eines gereiften Charakters. Früher hatte er es nicht begriffen, doch jetzt erkannte Noell es ganz klar. Nicht Ghendwa, sondern eigentlich Ntikima hatte sie nach Adamawara gebracht. Ntikima hatte mit seinen unschuldig vorgebrachten Geschichten den Köder ausgelegt, hatte den Ogbone von dem Mann erzählt, den die Eingeborenen den weißen Babalawo nannten. Die ganze Zeit waren sie von Ntikima hin- und hergeschoben worden, und jetzt drängte er sie wieder, vielleicht in ihren sicheren Tod. Vertrauen in die Vorsehung, das war für Quintus zum Schlüsselwort geworden; war dieser schwarze Junge etwa eine Personifizierung der Vorsehung, einer, der sie die ganze Zeit am Gängelband geführt hatte?

»Indem du mir das erzählst, bringst du dich selbst in Gefahr«, sagte Noell.

»Ich bin bereits in Gefahr«, sagte Ntikima tonlos. »Meine Schuld Euch gegenüber ist genauso groß wie diejenige, die ich Aroni gegenüber gehabt habe. Ich muß Aroni lassen und mich jetzt ganz Shango anvertrauen.«

Noell war nicht ganz sicher, was das genau bedeuten mochte, doch er wußte, daß sich darin ein Wechsel seiner religiösen Verpflichtung ausdrückte. Wußte denn Ntikima jetzt, da er mit klareren Augen sah, daß es Langoisses Kugel gewesen war, die den Egungun niedergestreckt hatte, und nicht der Donnerkeil Shangos? Oder glaubte der Junge noch immer, daß es sowohl das eine wie das andere gewesen sein könnte?

»Weißt du, wo sie die Esel versteckt haben?« fragte Noell und fügte schnell hinzu: »Wir werden auch die Feuerwaffen und das Pulver brauchen.«

»Ich will tun, was ich kann«, erwiderte der Junge.

Noell wandte den Blick nicht von Ntikimas Augen, während er sich fragte, ob er es wagen durfte, noch mehr zu sagen. Dann setzte sich das Gefühl durch, daß er es tun müßte. »Meine Freunde werden sterben«, sagte er, »es sei denn, sie werden Aitigu. Uns ist erzählt worden, daß es einst eine Medizin gegeben hat, deren Geheimnis vergessen worden ist. Ist es wirklich vergessen?«

Der Junge war ob dieser Frage weder verblüfft noch beleidigt. »Es ist vergessen«, sagte er. »Sie ist weggetan worden, und es gibt nichts, was ich tun könnte, um Euch stärker zu machen, als Ihr seid. Wollt Ihr hören, was ich tun kann?«

Müde nickte Noell.

»Könnt Ihr im Dunkel der Nacht Euren Weg hierher finden?«

»Ja.«

»In zwei Nächten müßt Ihr kurz vor dem ersten Frühlicht kommen. Solange werde ich brauchen, um Vorbereitungen zu treffen. Ich werde versuchen, die Esel mitzubringen und etwas Essen, doch Ihr müßt alles zusammenraffen, was Ihr könnt. Bewahrt Euer Geheimnis gegenüber der Dienerschaft und um jeden Preis vor Aiyeda und dem Mann, der den Turban trägt. Ihr werdet mich hier nicht finden, aber wartet nicht auf mich. Geht in aller Eile bei Einbruch der Morgendämmerung und vertraut auf Shango!«

Noell hätte gern noch weitere Fragen gestellt, doch als er zu sprechen ansetzte, hob der Junge plötzlich die Hand.

»Denkt daran«, sagte er drängend, »vertraut auf Shango!«

Ntikima wandte sich ab und rannte eilends davon. Bald hatte ihn der Wald verschluckt. Noell schüttelte den Kopf und warf einen Lehmklumpen weg, den er unbewußt geknetet hatte. Zu seiner eigenen Überraschung empfand er ebenso große Erleichterung wie Furcht. Denn alle Unentschlossenheit war jetzt der Notwendigkeit gewichen. Er wußte, was er zu tun hatte. Alle umständlichen, überflüssigen Fragen konnten jetzt hintangestellt werden. Künftig mußten sie auf Ntikimas Schläue und Klugheit bauen.

»Vertraut Shango?« wiederholte er ironisch. Er konnte noch nicht einmal seinem eigenen Gott vertrauen und durfte schwerlich hoffen, daß ein einzelnes Idol aus einer heidnischen Götterschar ihm dienstbar sein werde, wo doch selbst der Herr aller Dinge nichts vermochte. Doch Shango hatte schon einmal durch den Lauf einer Muskete gesprochen, und vielleicht war das alles, was Ntikima gemeint hatte. *»Nun, wohlan!«* murmelte er, als er sich mit entschlossenem Schritt der Felswand zuwandte und dem in ihr versteckten Zugang zu Adamawaras Eden. *»Vielleicht müssen wir versuchen, doch noch auf Langoisses Weise jenen Schatz in unseren Besitz zu bringen. Und verdammt sollen die Folgen sein, die uns daraus erwachsen mögen.«*

Bei seiner Rückkehr verlor er keine Zeit, seinen Freunden die Neuigkeiten mitzuteilen, doch er mußte dabei so verstohlen wie möglich vorgehen. Er konnte sie nicht alle zusammenrufen, damit sie sich auf einen gemeinsamen Plan einigen konnten.

Langoisse, der noch immer an sein Zimmer gebunden war, war am leichtesten zu finden. Noell erkannte an seiner Reaktion, daß die Neuigkeit von den Gefahren, in denen sie sich allem Anschein nach befanden, wie ein zündender Funke auf den Piraten wirkte, ihn grimmig entschlossen machte, doch er fand keine Zeit mehr, zur Vorsicht zu mahnen, was er eigentlich auch gar nicht wollte. Wie Noell wußte, war Langoisse schon immer ein Mann gewesen, der höllische Risiken einging, wo alles zu gewinnen und nichts zu verlieren war. Bei diesem Anlaß fühlte sich Noell nicht genötigt, ihn zu zügeln.

Nachdem er endlich Quintus gefunden hatte, erzählte ihm Noell nichts von Langoisses Plänen. Nachdem er alle angewiesen hatte, sich bereitzuhalten – außer Ngadze, dem er nicht ganz vertraute –, kümmerte er sich um seine eigenen Dinge. Er stellte ein Bündel zusammen, das er mitnehmen wollte, doch als er dann an dem Tag, den Ntikima für ihre Flucht bestimmt hatte, allein in der Abenddämmerung saß, quälten ihn Gewissensbisse. Immer wieder beschwichtigte er sich damit, daß er Langoisse zu keinem Verbrechen angestiftet hätte und daß alles, was der Pirat tun mochte, ganz allein auf dessen eigene Rechnung ging; doch er mußte sich auch immer wieder sagen, daß Langoisse mit Sicherheit seine Aufgabe nur um so sauberer und schlauer angehen würde, wenn man sie ihm ganz allein überließ. Dennoch bedrückte ihn der Gedanke, daß er den anderen Mann losgeschickt hatte, ohne jede Hilfe ein schmutziges Geschäft zu erledigen.

O Gott, stieß er in einem für ihn ungewohnten Stoßgebet hervor, *ich bitte dich, gib mir die Kraft, in Zukunft auf eigene Verantwortung zu handeln, und laß mich nicht ein Leben fristen, ohne je eine Schwierigkeit angepackt und dabei für mich selbst entschieden zu haben, was getan werden muß!* Kaum daß er diese Bitte ausgesprochen hatte, schalt Noell sich selbst, bezichtigte sich, lächerlich theatralisch zu sein und warf sich vor, den Namen eines Gottes unnütz zu führen, an den er nicht glaubte.

»*Jedenfalls kommt es darauf wahrscheinlich auch gar nicht an*«, flüsterte Noell vor sich hin. »*Falls ich dabei scheitere, ein Lebenselixier zu brauen, falls es Ntikima nicht gelingt, seine Schuld zu begleichen, falls jeder von uns sterben muß, ob in Iletigu oder im leblosen Wald . . . wohlan denn!, was zählt schon Noell Corderys kleines Leben in dem großen Weltgeschehen, das sich im Schatten der Ewigkeit entfaltet?*« Es war dann nur ein weiteres nutzloses Ding unter Abermillionen.

Noell fand keinen Trost in diesen Gedanken und war froh, als Quintus sich zu ihm setzte. Alle Vorbereitungen waren getroffen, doch ihr Gespräch drehte sich nur um belanglose Dinge für den Fall, daß sie belauscht wurden. Noell war sicher, daß der Mönch keinen Verdacht geschöpft haben konnte hinsichtlich Langoisses Vorhaben. Keiner von ihnen ging zu Bett, als die Sonne untergegangen war; unbehaglich und beklommen saßen sie vor einer angezündeten Kerze.

Irgendwann ging Noell zu Leilahs Raum hinüber, um sich zu vergewissern, daß es ihr gut ging und war verärgert, als er feststellte, daß sie verschwunden war. Er hatte nicht erwartet, daß der Pirat sie auf eine Mission wie diese mitnehmen würde, denn ein anderer Grund für ihre Abwesenheit fiel ihm nicht ein. Er verwünschte die Kälte, die zwischen ihnen entstanden war und ihn so isoliert hatte, daß er ihre Rolle bei diesem Abenteuer nicht kannte. Doch jetzt konnte er dagegen nichts mehr unternehmen. Er mußte zu Quintus zurückkehren und abwarten, daß die Stunden vergingen.

Fast begann er sich zu wünschen, daß sich außer dem Vergehen der Stunden nichts ereignen würde und daß Langoisse mit leeren Händen zu ihm käme, doch so ganz mochte er seine hoffnungsvollen Erwartungen auch nicht aufgeben. Und als die Nacht schon weit vorangeschritten war, kam Langoisse zu ihm, in der gewölbten Hand etwas Kostbares haltend.

»Jetzt ist es für Euch an der Zeit, das Elixier zu machen!« sagte er zu Noell. »Und beeilt Euch, den Teufel um seine Beute zu betrügen! Macht schnell, denn ich weiß nicht, ob der Same eines Vampirs genauso unzerstörbar ist wie sein übriger Leib.«

Noell wagte nicht, zu Quintus hinzuschauen, um zu sehen, wie der heilige Mann auf diese Rede reagieren würde, sondern nahm einfach entgegen, was Langoisse ihm reichte, und stellte erstaunt fest, daß es nicht eine Masse blutigen Fleisches war, sondern nur ein kleiner Steinkrug mit einem dünnen, weißlichgelben Zeugs darin, das eher wie Spucke aussah.

»Was ist das?« fragte er.

»Was glaubt Ihr wohl?« gab Langoisse mit fiebriger Erregung zurück. »Es ist der Stoff, aus dem man Vampire macht, falls Ihr mir die Wahrheit gesagt habt. Doch wir brauchen Blut, um ihn zu nähren, nicht wahr, bevor wir überhaupt beginnen können. Eilt, ich bitt' Euch, Meister Alchimist!«

Noell starrte gebannt auf die Tröpfchen einer Flüssigkeit, die bereits zu trocknen begann. Die Flüssigkeit sah milchig aus wie das Ejakulat eines ganz gewöhnlichen Mannes. Keineswegs war es jener »nachtschwarze Samen«, von dem Guazzo sprach, doch er war sicher, daß Langoisse keinen Fehler begangen hatte. Er wußte, daß dies tatsächlich der Samen eines Vampirs sein mußte.

Langoisse hatte recht: Jetzt war nicht die Zeit für Fragen oder langes Zögern.

Trotzdem fragte Quintus in eisigem Ton: »Was habt Ihr getan, Langoisse?«

»Ich habe uns die Möglichkeit erkauft, zu leben statt zu sterben«, erwiderte Langoisse. »Falls Gott Noell Cordery so klug gemacht hat, daß es uns gelingt!«

Den spitzen Wortwechsel nicht beachtend, mischte Noell schnell dem Inhalt des Kruges etwas Wasser bei und öffnete dann den Kasten, der die Teile seines Mikroskops enthielt. Er wählte das schärfste seiner Messer, und ohne Zögern stieß er es sich in den linken Arm, bis Blut aus der weißen Haut über seinem Handgelenk hervorquoll. Absichtlich ließ er soviel Blut wie möglich in den Krug rinnen.

»Ich weiß, was gebraucht wird«, sagte Langoisse schnell. »Nehmt auch meins dazu.« Er zog einen spitzen Dolch aus seinem Gürtel, doch

Noell schüttelte den Kopf und suchte unter seinen Instrumenten nach einem zweiten Skalpell, das er über die Kerzenflamme hielt, bevor er bereit war.

Als Langoisse ihm den Unterarm entgegenstreckte, zog Noell die Messerklinge in einem Längsschnitt über eine blaue Armvene. Der Pirat schrie nicht auf, doch er biß die Zähne aufeinander und stieß zischend die Luft aus, als Blut aus dem langen Schnitt rann. Noell fing das Blut in einem Trinkbecher auf, und während sich der Becher füllte, goß er den Inhalt des Kruges dazu. Er schwenkte diese Mischung und gab eine Salzwasserlösung aus einer Flasche hinzu.

»Was ist das?« sagte Quintus in einem Gemisch aus Wut und Verblüffung. Doch er vergaß seine Frage, als ihm plötzlich die Erleuchtung kam. Noell warf ihm einen Seitenblick zu, mit dem er sich dafür zu entschuldigen suchte, daß er vor dem Mönch absichtlich verborgen hatte, was er und Langoisse über dieses Thema miteinander gesprochen hatten.

»Ich kann nur hoffen, daß nicht noch andere Substanzen notwendig sind«, sagte Noell zu Langoisse, und er sprach schnell, doch mit Bestimmtheit. »Wenn Ihr wollt, betet darum, daß wir jetzt das haben, was wir brauchen.«

Er wandte sich um und schaute Quintus voll in die Augen. »Keine Zeit«, sagte er, eine Entschuldigung andeutend. »Ich bitte Euch, entscheidet jetzt, ob Ihr hieran mit uns teilhaben wollt oder Euch lieber den gnädigen Armen Eures liebenden Gottes überantwortet. Ich kann nichts versprechen, aber wollt Ihr mit uns die Macht dieses Zaubermittels versuchen?«

Quintus starrte ihn mit solchem Ernst an, daß Noell sicher war, er werde ablehnen. Doch dann entblößte der Mönch einen Arm. »Lassen wir Gott entscheiden«, sagte er mit merkwürdiger Leichtigkeit. »Falls er nicht will, daß ich ein Vampir werde, wird er zweifellos nach eigenem Gutdünken handeln.«

Habt Vertrauen in die Vorsehung! dachte Noell. Dann zog er die Klinge des blutverschmierten Messers ein zweites Mal durch die Kerzenflamme und schnitt in Quintus' Arm. Er stellte den Trinkbecher auf die Tischplatte, und Quintus ließ das Blut von seinem Handgelenk in die Mixtur tropfen.

Der Pirat schaute von einem zu anderen, zuerst zu dem Mönch und dann auf des Mechanikus' Sohn, doch er sprach erst, als der Blutstrom versiegt war. Dann sagte er: »Wir werden jetzt Brüder sein, nicht wahr?

Ob vergeben oder nicht, aller alter Haß ist ausgelöscht! Was immer aus uns werden mag, wir sind jetzt blutsverwandt.«

Noell hob den Becher auf und wog ihn kurz in seiner Hand. Dann bot er ihn Langoisse dar, und als er entgegengenommen wurde, erinnerte er sich, wie Lady Cristelle einst diesem Mann ihr Blut dargeboten, der es beim erstenmal zurückgewiesen und dann später doch genommen hatte. Er erinnerte sich auch daran, wie dieselbe Lady ihn gebeten hatte, von seinem Blut trinken zu dürfen, und wie er sie trotz ihrer Qualen abgewiesen hatte.

Langoisse zögerte nicht. Auf diesen Moment war er vorbereitet gewesen, und kein Gedanke an das, was der Becher enthielt, konnte ihn noch aufhalten. Er tauchte seine Finger in die blutige Mixtur, schlug sich mit der flachen Hand auf den Arm und rieb über die Wunde, wobei er zwar vor Schmerz keuchte, aber nicht zurückzuckte. Dann zog er seinen Dolch, brachte sich auf der Brust einen Schnitt bei und rieb mit seinen Fingern auch über diese Stelle.

Die Berührung an der Wunde war schmerzhaft, und Langoisse verzog das Gesicht, doch er war begierig, soviel von der Mixtur wie möglich in seine Wunden zu drücken. »Nun, Meister Cordery«, sagte er. »Wollt Ihr das Gebräu nicht mit mir zusammen nehmen?«

Noell war noch nicht bereit, denn seine Gedanken waren in Aufruhr, und sein Herz raste. Trotzdem zwang er sich Haltung zu bewahren und reichte Quintus den Becher mit sicherer Hand. Der Mönch streckte die Hand aus, um etwas von der Mixtur auf seine Fingerspitzen zu schmieren. Und dann – mit viel größerer Zurückhaltung, als Langoisse gezeigt hatte – führte er sie zu der Wunde an seinem Arm, strich damit über die ganze Länge des Schnitts und bewegte seine klebrigen Finger daran auf und ab.

Noell verspürte zu seiner eigenen Überraschung Ekel, obwohl er sich noch erinnern konnte, daß bei dem Ritual in Iletigu Quintus seine Augen bedeckt hatte und nicht er.

Er legte seine Finger auf den Rand des Bechers und war schon dabei, den verbleibenden Rest herauszuwischen, als ihn ein Gedanke innehalten ließ. »Leilah«, flüstert er.

»Na und?« erwiderte der Pirat schnell und mit überraschender Grobheit.

»Sie müßte auch hier sein!«

Langoisse antwortete ihm nicht darauf, sondern streckte seine blutige Hand vor, um Noells Finger in den Becher zu drücken, ihn zu zwingen, das schleimige Zeug zu nehmen, ob er wollte oder nicht. Dann schnappte er selbst sich den Becher und wischte mit den Fingern gierig in dem bauchigen Gefäß, wollte noch den letzten Tropfen dessen, was es enthalten hatte, für sich haben.

Der Pirat schaute ihn an und sagte grimmig: »Ich habe Euch Leben gebracht, Meister Cordery. Nehmt es oder seid verdammt!«

Noell zögerte noch einen Augenblick, bestürzt von der offenkundigen Roheit des Piraten, seine Geliebte von diesem Ritual auszunehmen. Und dann, mitgerissen vom Beispiel der anderen, packte er seinen Arm in einem klammernden Griff, grub seine Fingernägel tief in die Wunde, die er gemacht, und biß sich auf die Lippen vor übergroßem Schmerz.

Als die Schmerzwelle vorüber war und er seine tränenerfüllten Augen öffnete, sah Noell, wie sich Langoisse die blutigen Finger leckte.

»Ich wünschte mir jetzt süßen Madeirawein herbei, um den Geschmack zu vertreiben«, sagte der Pirat. »Dann könnten wir auch einen Toast auf die lange Fortdauer unserer Seelen ausbringen und auf die Hoffnung, daß unsere Körper bis zum Ende aller Zeiten unversehrt bleiben. Brüder, Meister Cordery, jetzt sind wir verwandt, und nichts kann daran etwas ändern!«

Dann, und jetzt zum ersten und einzigen Mal, stellte Noell die Frage, die er nicht auszusprechen imstande gewesen war, denn sie war nicht schicklich. »Wie, Langoisse«, flüsterte er, »wie habt Ihr den Samen bekommen?«

»Ach«, meinte der Pirat, »was zählt das noch? Hat es Euch etwas ausgemacht, als Ihr mir den Gedanken eingegeben habt, daß ich ihn stehlen könnte? Habt Ihr Euch darum bemüht, mir zu sagen, wie ich diese Aufgabe zu erfüllen habe und wie nicht, als Ihr mir mitgeteilt habt, daß wir schnellstens von diesem Ort aufbrechen müssen? O nein, mein Bruder . . . Das hat Euch damals nicht gekümmert, und jetzt dürft Ihr mich nicht fragen!«

Noell war von diesem Vorwurf verletzt. Der Schmerz seiner selbst beigebrachten Wunde war weitaus größer als vorhergesehen, und unerwartet stellte sich noch Übelkeit ein und ein Brennen in seinen Eingeweiden.

»Dafür ist jetzt keine Zeit«, wies Quintus sie zurecht, der wieder das Kommando übernahm, das er vor langer Zeit seinem Schützling überlassen hatte. »Ich werde Eure Arme verbinden, und dann müßt Ihr mich verbinden. Falls wir Vampire werden, verheilen die Wunden zweifellos, doch falls nicht, sollten wir Vorsorge treffen. Und dann müssen wir uns eilen, von hier fortzukommen. Wollt Ihr Leilah holen, Langoisse, nachdem ich Eure Wunde verbunden habe?«

»Oh, zu Befehl«, sagte Langoisse, über die Wunde streichend, die er sich auf der Brust beigebracht hatte. »Verbindet mich gut, Pater, denn wir haben heute nacht einen längeren Weg zurückzulegen, als wir uns vorstellen mögen. Ich hole jetzt meinen kleinen Liebling und auch den schwarzen Mann, denn wir müssen ja sicherstellen, daß wir in unserer Gesellschaft reichlich Blutspender zur Verfügung haben. Ich vermute, daß auch Ngadze mitkommen wird, obwohl man ihn nicht vorgewarnt hat?«

»Das hoffe ich«, sagte Quintus. »Ich glaube, daß er Heimweh hat. Auf jeden Fall denke ich nicht, daß er Alarm schlagen wird.«

Zu seiner Beschämung spürte Noell, wie ihm wieder die Galle in der Kehle aufstieg bei der Vorstellung, was er hier angerichtet hatte. Doch die Vorstellung, daß Langoisse seiner Geliebten dieses Elixier vorenthalten hatte, da er als Vampir vielleicht ein Opfer brauchte, war derart gemein und abstoßend, daß Noell keine Worte für seinen Schmerz fand. Er hatte den Piraten so wacker benutzt, um zu seinem Ziel zu gelangen, daß er nie daran gedacht hatte, wie Langoisse wohl seine eigenen Ziele verfolgen würde. Und ihn dann auch noch zu verhöhnen mit der Erinnerung, daß sie sich zu einem Verbrechen verbrüdert hätten!

Der Gedanke, daß er jetzt zu einem Raubtier werden könnte, Ntikima und Ngadze auf dieselbe Weise gebrauchte, wie Ghendwa sich einst ihrer bedient hatte, war schmerzhafter, als er sich vorgestellt hatte. Er kämpfte mit sich, um seine Fassung wiederzuerlangen und ließ sich von Quintus den Arm verbinden, während der Pirat aus dem Zimmer ging, schwungvoll und mit schaukelndem Gang, wie Noell ihn seit vielen Jahren nicht mehr gesehen hatte.

»Was habe ich getan?« fragte Noell seinen teuersten Freund, dem er dennoch nicht vertraut hatte. »Was habe ich getan?«

Quintus antwortete nicht sogleich, sondern schaute ihn mit hartem Blick an, wissend, daß ihm nichts gesagt worden war, daß man ihm nicht vertraut hatte und daß sein Rat und sein Urteil unerwünscht gewesen waren. Er war verletzt, und Noell sah den verletzten Ausdruck in seinem alten Gesicht; die Erkenntnis hatte ihn zutiefst gekränkt, daß Noell sich zu sehr geschämt hatte, ihm mitzuteilen, was er im Schilde führte.

»Das kann nur die Zeit uns lehren«, erwiderte der Gottesmann.

»Vielleicht hast du uns vor allem bewahrt, das uns bedroht. Vielleicht hast du in allem versagt, außer unseren qualvollen Tod schneller herbeizuführen.«

12. Kapitel

Als sie durch die dunklen Gänge und über das offene Gelände am Hang huschten, versuchte niemand, sie aufzuhalten. Beim Abstieg durch eine gewundene Schlucht konnten sie nur im Licht der Sterne und des zunehmenden Mondes ausschreiten, doch alle fünf kamen sicher unten an, und als sie zwischen den Bäumen waren, brach langsam die Morgendämmerung an.

Die vier Esel, die sie vor einem Jahr nach Adamawara gerettet hatten, erwarteten sie bereits geduldig, an einem Baumstamm festgebunden, doch es fand sich kein Zeichen von Ntikima. Auf die Eselsrücken waren Bündel geschnürt, die Nahrungsmittel und Decken enthielten; in eines davon waren vier Musketen mitsamt Pulver und Blei gewickelt, und Noell war froh, als er sie sah, jedoch nicht halb so verzückt vor Freude wie Langoisse. Noell schaute sich überall um, fragte sich besorgt, warum Ntikima nicht hier war, doch die Zeit drängte, und sie mußten schnell weiterziehen. Sobald Kantibh oder Aiyeda entdeckten, daß sie verschwunden waren, würde mit Sicherheit eine Verfolgungsjagd einsetzen.

Die Führung übernahmen die vier Männer, jeder einen Esel am Zügel haltend, während Leilah etwas zurückhing, und sie begannen einen steilen Abstieg einen Berghang hinunter, der sie nach Nordwesten führte, fort vom Lande der Elemi. Noell schaute noch einmal zurück, sowohl um nach der Zigeunerin zu sehen, als auch einen Blick auf die grauen Felsenhöhen zu werfen.

Lebewohl, Garten Eden, dachte er sarkastisch. *Und dann, falls es uns gelingt, fort von hier in das Land, wo die Söhne Kains in ihrer Vernichtungswut rasen!*

Er war nicht traurig darüber, Adamawara zu verlassen, doch ihm war beklommen zumute angesichts der Unwägbarkeiten der Wegstrecke, die sie zurücklegen mußten. Als ihr kleiner Trupp im Schatten des Laubdachs, dessen Ende sie erst viele Tage später erreichen würden, zügig vorankam, fragte er sich, ob ein Mann, der zum Vampir wurde, die Veränderung in seinem Inneren spüren konnte und welches Gefühl das wohl sein mochte. Er selbst verspürte überhaupt keinen Unterschied, doch er wußte nicht, ob das ein Anzeichen dafür war, daß sein notdürftig zusammengerührtes Elixier versagt hatte.

Quintus führte sie an und bestimmte die Richtung nach dem Sonnenstand. Sie hatten nur eine höchst unbestimmte Vorstellung von der Fährte, der sie folgen mußten, doch sie wollten so schnell wie möglich aus dem Todeswald herauskommen und das Land der Sahra erreichen, von denen sie vielleicht Nahrungsmittel bekommen würden. Falls die Sahra ihnen halfen und ihnen dieselbe Gastfreundschaft entgegenbrachten wie einst, würden sie vielleicht mit deren Vorräten die erste Steppe durchqueren können, bevor dort aufgrund der Dürre wieder Feuer ausbrachen. Dann würden sie allerdings auf die Fulbai treffen, und obwohl sie nur ein paar Musketen und Esel dabei hatten, stellten sie für Diebe eine unwiderstehliche Versuchung dar.

Obwohl sie vor dem Silbertod sicher waren, den sie einmal durchlitten und überlebt hatten, hatte der Todeswald noch immer eine schreckliche Wirkung auf sie mit seinen unnatürlichen Bäumen, der bedrückenden Stille und den Unebenheiten des Bodens. Obwohl die Decke aus Laub und Moder dünn war, kamen die Esel nur langsam voran, doch sie schafften es, bis weit in den Nachmittag weiterzuziehen, weil der Schatten und die kühle Höhenluft ihnen die Sonnenglut nicht allzu beschwerlich machten.

Erst als die Sonne sich am westlichen Horizont neigte, hielten sie an, um zu lagern. Und während Noell müde seine Stiefel auszog, um seine Füße zu untersuchen, die durch die ungewohnte Strapaze überall wund waren, schaute er beklommen den Weg zurück, suchte nach Anzeichen von Mkumkwe-Kriegern.

Er fand keine Anhaltspunkte dafür, daß sie verfolgt wurden und wandte sich wieder seinen Füßen zu. Als er die schmerzhaften Stellen untersuchte, wünschte er sich heiß, daß auch er die Gabe der Vampire hätte, Schmerz zurückzuhalten. Langoisse setzte sich zu ihm und bemerkte, daß sein Elixier bisher bei allen wirkungslos geblieben sei.

»Wir müssen abwarten und zusehen, was geschieht«, sagte Noell. »Falls aus uns Vampire werden, schön und gut. Falls nicht, bleibt mir noch mehr Arbeit zu tun, sobald wir nach Gaul zurückkehren. Vielleicht muß noch viel scheußliches Gebräu ausprobiert werden, bevor das Geheimnis gefunden ist.«

Dann kam Leilah zu Noell und nahm Langoisses Platz neben ihm ein, während der Pirat beim Feuermachen half, um Wasser für ihr Abendessen aufzukochen. Noell fragte sich, ob es klug war, das Entzünden eines Feuers zu riskieren. Doch gleichzeitig war ihm bewußt, daß fünf Menschen und vier Esel eine offensichtliche Spur hinterließen, die niemandem entgehen konnte. Falls die Mkumkwe hinter ihnen her waren, würden sie genau wissen, welchen Weg sie einschlagen mußten.

Er zweifelte nicht daran, daß sie kommen würden – aber wann? Und wo war Ntikima?

»Hast du mir also vergeben?« fragte Leilah.

»Bedarfst du denn der Vergebung?« fragte er überrascht. »Falls jemand verraten worden ist, dann bist das gewiß doch du gewesen.«

Sie starrte ihn an, und er fragte sich, ob sie wußte, was sich zugetragen hatte.

»Hat Langoisse Euch nichts erzählt?« fragte er mit einem gequälten Flüstern. »Ich habe gestern abend mit seiner Hilfe ein Elixier zubereitet, aber er hat Euch nicht mitgebracht, und . . .«

Plötzlich las er von ihren Augen ab, was er von Anfang an hätte wissen müssen – was er nicht erst gestern, sondern schon vor einigen Tagen hätte begreifen können. Da wußte er, warum Langoisse ihn verhöhnt hatte, und erkannte, wie dumm er doch gewesen war.

»Ihr«, flüsterte er. »Ihr also habt den Samen besorgt!«

»Du hast das nicht gewußt?« fragte sie, weitaus weniger verlegen als er über seine Unwissenheit. »Aber du hast Langoisse doch erklärt, wie die Vampirladys von Gaul gemacht werden, wenn sich ihre Liebhaber in sie entladen! Ich dachte, du wüßtest, daß er mich losschicken würde, um mit Kantibh zu huren, und daß du ganz verbittert vor Eifersucht sein würdest trotz der hübschen Vampirliebsten, die so oft in dein Bett gekommen ist!«

Noell verspürte einen plötzlichen Impuls, laut aufzulachen, als ihm aufging, daß Langoisse sie nicht zu ihrem Treffen mitgebracht hatte, da sie bereits ihre Portion von dem, was sie vielleicht unsterblich machen würde, bekommen hatte und das auf weit weniger umständliche Art als sie. Und dann hatte ihn der Pirat noch glauben gemacht, daß er die Absicht hätte, sie sich als Opfer zu halten!

»Der Kerl hat einen teuflischen Sinn für Humor«, murmelte er und wußte nicht so recht, ob er es entzückt herausschreien oder seine Blödheit verfluchen sollte.

»Kantibh, das war nichts als Hurerei«, klärte sie ihn entschuldigend auf. »Ich habe nur getan, was mir befohlen worden ist.«

»Ich doch auch«, erwiderte Noell. »Obwohl meine Buhlerei um geheimes Wissen anscheinend ergebnislos gewesen ist. Vielleicht haben die dunklen Gottheiten immer noch ihren Part zu spielen und mögen uns nicht wegen unserer Anmaßung.«

Sie schwiegen eine Weile, beobachteten, wie die Sonne unterging und Dunkelheit sich wie ein Leichentuch über den Wald breitete. Dann beklagte sich Ngadze, daß sie etwas essen müßten, und Noell zog seine Stiefel wieder über. Er stand zuerst auf und streckte eine Hand aus, um ihr hoch zu helfen. Sie ergriff sie begierig.

»Ich habe dir vergeben«, flüsterte sie, doch sie mied dabei seinen Blick.

»Und ich dir«, entgegnete er und drückte ihre Hand noch einmal, bevor er sie losließ und sie beide zum Feuer schlenderten, wo sie ihr Mahl zu sich nahmen.

Als sie schlafen gingen, stellten sie eine Wache auf. Zuerst hielt Ngadze Wache und dann Noell. Langoisse war noch immer gehobener Stimmung wegen des neuen Feuers, das wieder durch seine ermatteten Glieder strömte. Doch Noell wußte nur zu gut, daß der Pirat wie auch Quintus jede Minute der Ruhe brauchten. Er jedenfalls war entschlossen, die ganze Nacht wachzubleiben, falls das notwendig werden sollte.

Er hatte jedes Zeitgefühl verloren und war vielleicht etwas eingenickt, als er die tanzenden Lichter im Wald erblickte und sogleich wußte, daß ihre Verfolger nicht geruht hatten.

Er nahm die Muskete auf, die über seinen Knien gelegen hatte, und stieß Ngadze mit dem Kolben an.

»Sie sind schon ganz nahe«, flüsterte er. »Und wir werden kämpfen müssen!«

Ngadze spähte hinaus in die Nacht und versuchte, die stecknadelgroßen Lichter zu zählen, die sich zwischen den Bäumen bewegten. »Egungun?« fragte er.

»Macht es denn etwas aus, welche Masken sie tragen?« fragte Noell. »Du bist Ibau, und die Egungun gehören zu den Uruba.«

Der schwarze Mann schüttelte ängstlich den Kopf. »Die Ogbone haben allen Völkern die Egungun gegeben. Wenn Egungun kommt, müssen wir alle sterben, Weiße wie Schwarze, denn das ist ihr ureigenes Land, und niemand kann gegen die auferstandenen Toten bestehen, wo immer sie auch auftauchen mögen.«

»Hol dir ein Gewehr«, sagte Noell. »Und weck die anderen! Wir haben schon einmal gegen sie bestanden, und Shango ist uns zu Hilfe gekommen. Wir müssen dasselbe noch einmal tun.«

Er versuchte in aller Eile, eine notdürftige Barrikade aus Gepäckstükken zu errichten, so daß sie sich dahinter auf den Boden legen konnten und eine Auflage für die Läufe ihrer Musketen hatten. Doch als er die großen häßlichen Masken im Fackellicht sah, fragte er sich, was ihnen Pulver und Blei wohl nutzen könnten. Das da waren wahrhaftig Egungun, und so zahlreich, daß fünf Männer, ob gut bewaffnet oder nicht, schwerlich hoffen konnten, sich gegen sie zu behaupten. Als sie, Speere und Fackeln in Händen tragend, näher kamen, erschienen sie ihm wie eine mächtige von Shigidi selbst geschickte Heerschar, die kam, sie zu vernichten.

Wir haben sie schon einmal aufgehalten, redete er sich immer wieder selbst zu, *und das mit nur einem einzigen Schuß.*

Dennoch glaubte er nicht, daß diesmal ein einzelner Schuß ausreichen würde.

»Vertraue auf Shango«, murmelte er. Dann kniete sich Ngadze neben ihn, auf seiner anderen Seite Quintus. In seinem Rücken hörte er Langoisse sagen: »Wartet, bis sie nahe genug heran sind. Und zielt nicht auf die Masken, sondern auf die ungeschützten Körperstellen darunter.«

Ihr Lager befand sich auf einer Lichtung und knapp dahinter war ein großer runder Felsblock. Als die Egungun um die Ecke des Felsens kamen, versammelten sie sich dort, vierzig Meter von ihnen entfernt, und erhoben drohend ihre Fackeln und Speere. Noell zählte sie, als sie ausschwärmten und sich in langer Reihe aufstellten. Es waren insgesamt fünfunddreißig Männer.

»Wartet«, flüsterte Langoisse ihnen zu. »Zielt sehr sorgfältig und vergeudet um Himmels willen keinen einzigen Schuß!«

Doch während er noch sprach, tauchte eine neue Gestalt oben auf der Kuppe des Felsblocks auf. Sie sah anders aus als die anderen. Ihr Körper war grell angemalt, und sie trug eine Maske, weitaus schauriger als die der anderen, auf der sich von nachtschwarzem Grund in gezacktem Weiß ein Blitzstrahl abhob. Die Augen in der Maske glühten in derart wütendem Zorn, daß ihr furchterregendes Starren sogar die weißen Männer den Atem anhalten ließ.

»Nicht schießen«, flüsterte Noell drängend. »Um Gottes willen, haltet Euch zurück!«

Noell hatte diese Gestalt schon einmal gesehen, damals, als er in Iletigu Zeuge des magischen Rituals war. Damals hatte er gewußt, daß sie die Verkörperung einer Gottheit war, eines Gottes, der in Adamawara neben Olorun die größte Machtfülle besaß. Dieser Gott hatte Adamawara erschaffen. Jetzt wußte Noell mit einemmal, was Ntikima damit gemeint hatte, daß sie all ihr Vertrauen in Shango setzen sollten!

Die Egungun traten einen Schritt vor, und dann erscholl hinter ihnen eine Stimme, verstärkt von einem Holztrichter zwischen den breiten Lippen der Maske, die ihnen Einhalt gebot. Und sie erstarrten, denn in diesem Augenblick waren sie nicht mehr Männer der Mkumkwe, sondern die auferstandenen Toten, die wiedergekehrt waren, um die Lebenden zur Rechenschaft zu ziehen: Untertan nicht den Elemi, sondern den Göttern. Und der da oben auf der Felskuppe war nicht etwa Ntikima, sondern Shango, der Gott der Stürme und Herrscher über Donner und Blitz.

Die Egungun wandten sich ab, und die Gestalt hoch über ihnen fing an, eine Trommel zu schlagen, während ihre verstärkte Stimme einen beschwörenden Gesang herausheulte, bei dem die einzelnen Silben in ihrem Steigen und Fallen sich anhörten wie das Geheul des Sturmes. Die Egungun beugten sich tief hinab, wie es ihnen die Gottheit gebot, und sie knieten nieder und lauschten dem, was man ihnen befahl.

Noell zählte seine Herzschläge mit, während die Luft von dem seltsamen geisterhaften Kreischen erfüllt war, das kaum Ähnlichkeit mit menschlichen Tönen hatte.

Quintus, der neben ihm kauerte, sprach flüsternd ein Gebet im Latein der römisch-katholischen Kirche. Sogar Langoisse bekreuzigte sich, und Ngadze erschauerte in abergläubischer Furcht, wie er es stets getan, wenn er im menschlichen Getriebe die Hand der Götter am Werk gesehen hatte.

Leilah legte eine Hand auf Noells Schulter, als könnten ihre Finger eine Brücke zwischen beider Seelen bilden. Und oben auf der Felsplattform sprach Shango und hüllte jene in seinen magischen Schutz, die er zu retten trachtete, und das gegen die ausdrücklichen Gebote der Ältesten von Adamawara. Die Egungun lauschten, und sie hörten sehr genau zu.

Als alles vorüber war, lüfteten die Egungun ihre Masken und warfen sie zu Boden, so daß der Fackelschein auf ihre angemalten Gesichter fiel, die jetzt nicht mehr furchterregend waren, sondern nur noch häßlich. Das jetzt war nur noch ein Trupp von Männern, nicht mehr von auferstandenen Toten, die sich in den Wald zurückzogen und traurig klagende Gesänge anstimmten. Sie sangen, weil ihnen im Wald ein Gott begegnet war, der ihnen befohlen hatte, geringer zu sein an Macht, als sie eigentlich waren. Und sie würden jetzt niemals wieder so sein wie früher.

Als alle verschwunden waren, stieg Shango herab von seinem Thron und näherte sich gemessen dem Feuer der weißen Männer. Dann nahm er die grellbunt glänzende, wilde Gesichtsmaske ab und wurde zu Ntikima.

»Einstmals«, sagte der Junge, »war ich Aroni versprochen, und es war mir das Schicksal bestimmt, alle Pflanzen des Urwalds kennenzulernen und ein großer Zauberer zu werden. Jetzt gehöre ich ganz Shango, und ich muß mir den Kopf rasieren und die Perlen tragen, die die Farbe von Blut haben. Und wenn ich alt bin, werde ich vielleicht nach Adamawara zurückkehren, um mich im Ogo-Ejodun zum Elemi machen zu lassen.«

Dann saß er, im Innersten erzitternd, am Feuer, und sie boten ihm zu essen an.

Der folgende Tag unterschied sich nicht vom ersten, nur waren sie jetzt zu sechst statt zu fünft. Die Verschnürungen von Noells Gepäck schnitten tief ein, und die Blasen an seinen Füßen machten ihn humpelnd. Seine Kehle war ständig ausgedörrt, weil er mit Wasser geizte, da er nicht wußte, wann sie den nächsten Teich oder Flußlauf erreichen würden. Wieder trieben sie sich bis in den späten heißen Nachmittag voran, bestrebt, in so wenigen Tagesmärschen wie möglich aus diesem Wald herauszukommen.

Sie machten gute Fortschritte, obwohl Langoisse krank wurde und Quintus sehr erschöpft war. Als sie anhielten, um ihr Nachtlager aufzuschlagen, gesellte sich Leilah wieder zu Noell, als dieser etwas abseits von den Zelten auf einer Anhöhe saß. Aber diesmal war ihre Stimmung eine ganz andere. Sie wich seinem Blick nicht aus, wollte vielmehr, daß er sie anschaute, und obwohl sie nichts sagte, ließ sie ihn nicht lange darüber im Zweifel, was sie im Schilde führte.

Im grellen Tageslicht war es nicht so offensichtlich gewesen, doch jetzt im Schatten, beim flackernden Licht des Feuers, war deutlich ein helles Schimmern ihrer Haut erkennbar. Ihre Gesichtshaut war schon immer sehr glatt gewesen, doch diese Reinheit und Glätte strahlten in außergewöhnlicher Vollkommenheit und mit einem Schimmer, wie er Berenikes Haut eigentümlich gewesen war und ihm verraten hatte, wer und was sie war.

»Mir ist ganz sonderbar«, sagte sie. »Was mir weh tun müßte, tut mir gar nicht mehr weh, obwohl ich spüre, daß das Blut in meinen Adern kreist wie nie zuvor. Und du? Hast du . . .«

»Nein«, erwiderte Noell mit hohler Stimme. »Ich habe dergleichen Empfindungen nicht.«

Er betrachtete jetzt seine Hände – seine Innenhand wie seine Handrücken –, und sie erschienen ihm faltig, schrumpelig und abgearbeitet. Als er die Fingerspitzen an sein Gesicht legte, spürte er den Schweißfilm und die vielen Einrisse und Falten, die er nur zu gut kannte. Als er danach über den Wundverband tastete, brannte die Wunde unter seiner Berührung. Er war so wie immer, befallen von den vielfältigen Anzeichen gewöhnlicher Sterblichkeit.

Er wollte sie schon fragen, wie oft sie mit Kantibh gelegen hatte, und ob jenes Mal, als sie mit seinem Samen in ihrem Mund zu Langoisse gegangen war, das erste oder eins von vielen Malen gewesen war, doch er konnte sich nicht dazu überwinden. Das war jetzt wohl auch belanglos. Selbst wenn es ihm gelang, noch etwas länger zu hoffen, konnte Hoffnung ihm weder helfen noch ihn behindern. Hoffnung war bedeutungslos. Die Veränderung würde eintreten oder nicht.

»Und jetzt wirst du mich lieben«, sagte sie zu ihm mit leiser Stimme, »weil ich eine Vampirlady bin, wie Langoisse es mir stets versprochen hat. Und ich werde dein Blut haben, das mich erhält, nicht wahr?«

Er schaute sie an und wußte nicht, was er sagen oder was er denken sollte.

»Langoisse?« fragte er.

»Keine Anzeichen«, erwiderte sie. »Aber ich glaube nicht, daß er mich gern genug hat, mir sein Blut darzubieten. Ich bin nicht mehr die Seine, und ich habe für ihn keine Verwendung.« Ihre Stimme war so ernst, ihr Benehmen so nachdenklich, daß Noell gern gelacht hätte, doch er traute sich nicht.

»Quintus?« fragte er. Er schaute sich suchend nach dem Mönch um und entdeckte ihn bei den Eseln, die er versorgte. Er humpelte das kleine Stück zu ihm hinüber, fühlte sich schwächlicher, als er sich schon den ganzen Tag gefühlt hatte, und nahm dann seinen Freund am Arm, drehte ihn so, daß das rötliche Licht der untergehenden Sonne seine Gesichtszüge beschien und sie aufleuchten ließ. Quintus hatte stets gewirkt, als wäre er mit seiner gebräunten, straffen, glatten Haut aus Holz geschnitzt und dann poliert worden. Es war schwer, jetzt schon einen Unterschied festzustellen, doch plötzlich war er sicher, daß er vorhanden war.

»Quintus«, sagte er wieder und brach dann ab, weil er nicht wußte, wie er die Frage stellen sollte. Doch der Mönch wußte, worum es ging.

»Ah ja«, gab er leise zurück. »Ich glaube, es ist so. Ich bin mir noch nicht ganz sicher, doch ich muß für meine Seele beten, daß sie sich eines solchen Körpers würdig erweist. Bei den Seelen so vieler ist das eindeutig nicht der Fall.«

»Langoisse?« fragte Noell, doch Quintus zuckte nur die Achseln.

»Ich weiß nicht«, sagte der Mönch. »Aber ich konnte mir anfangs nicht vorstellen, daß er so weit kommen würde und noch immer auf den Beinen sein könnte. Ich glaube fast, daß ihm sein liebster Wunsch in Erfüllung geht.«

»Aber warum?« fragte Noell mit angstvollem Flüstern. »Drei haben das Elixier genommen. Wie kann der eine diese Gabe aufnehmen und der andere nicht? Um Himmels willen, Quintus, was stimmt mit mir nicht?«

»Ich weiß es nicht«, sagte Quintus. »Glaub mir, Noell, ich würde mit dir tauschen, wenn ich es könnte.«

Sie gelangten schließlich zu der Stelle, wo sie die Leichname der am Silbertod gestorbenen Männer gefunden hatten.

Zu dieser seltsamen, unheimlichen Gruppe war ein weiterer Leichnam hinzugekommen. Wie die anderen war auch dieser nicht von Aasfressern angefallen worden und langsam dem Verfall ausgesetzt gewesen. Sie hatten keine Schwierigkeiten, in ihm Selim, den Türken, wiederzuerkennen, der im Wahnsinn gestorben war.

Es hatte den Anschein, daß der Türke sich hier unter seinesgleichen befand, denn wie das Fleisch auf den Gesichtern der anderen ausgetrocknet und geschrumpft war, war das auch mit ihren Nasen geschehen. So schien er nicht länger ein Ungeheuer, das grausam auf eine Welt vollkommener Wesen losgelassen worden war, sondern eine gemordete Kreatur unter anderen gemordeten Kreaturen. Langoisse kniete einige Zeit vor dem Leichnam, um ein lästerliches Gebet zu flüstern. Dann setzten sie ihren Weg fort.

Schließlich kamen sie in den angenehmeren Wald, in dem die Bäume nicht verkrüppelt wirkten, in dem Blumen wuchsen und Insekten schwirrten und die Vögel sangen. Sie fanden hier Wasser im Überfluß und konnten auch auf Nahrungssuche gehen.

Nach geraumer Zeit kamen sie ganz aus dem Wald heraus und auf die Hochebene, wo die Sahra ihre Felder bestellten und ihr Vieh hielten. Die Häuptlinge der Sahra-Dörfer entboten ihnen ihr Willkommen und feierten Feste mit ihnen, tanzten, um ihren Vorbeizug zu feiern, wie sie es stets für die Erwählten Adamawaras getan hatten.

Und so sollte es auch in anderen Landstrichen sein, durch die sie auf ihrem langen und ermüdenden Weg zogen. Die Nachricht von ihrem Kommen eilte ihnen oft schon voraus, denn ihre Ankunft an jedem neuen Ort hatte etwas Bedeutendes: Sie waren aus Adamawara gekommen, und einige von ihnen waren Vampire.

Jene, die sie willkommen hießen, wußten nicht, welche Traurigkeit und Bitternis im Herzen von mindestens zwei Menschen wohnte. Noell wiederholte seine Bemühungen, sich zum Vampir zu machen, und das mit jenen Mitteln, die ihm bereitwillig zur Verfügung gestellt wurden, doch auch alle späteren Versuche, seine Sterblichkeit zu besiegen, waren nicht erfolgreicher als beim erstenmal.

Und als sie dann endlich an ihrem Bestimmungsort ankamen, blieb es so. Zwei von jenen drei Männern, die einander Blutsbrüderschaft geschworen hatten, waren Vampire; nur einer war es nicht.

Fünfter Teil

DAS BLUT
DER MÄRTYRER

»Ein Fürst darf es sich also nicht anfechten lassen, grausam gescholten zu werden, wenn er seine Untertanen einig und treu erhalten will. Denn einige wenige abschreckende Strafen sind viel milder als übertriebene Langmut, welche die Mißstände so weit einreißen läßt, bis Raub und Mord daraus entstehen. Dadurch wird die Allgemeinheit betroffen, durch ein Todesurteil des Fürsten aber nur ein einzelner . . .
Daran knüpft sich eine Streitfrage: ob es besser sei, geliebt zu werden als gefürchtet, oder umgekehrt. Die Antwort lautet, daß es am besten wäre, geliebt und gefürchtet zu sein; da es aber schwer ist, beides zu vereinigen, ist es weit sicherer, gefürchtet zu sein als geliebt, wenn man schon auf eins verzichten muß . . . Auch scheuen die Menschen sich weniger, einen Fürsten zu verletzen, der beliebt, als einen, der gefürchtet ist. Denn das Band der Liebe ist die Dankbarkeit, und da die Menschen schlecht sind, zerreißen sie es bei jeder Gelegenheit um ihres eigenen Vorteils willen; das Band der Furcht aber ist die Angst vor Strafe, die den Menschen nie verläßt.«

(NICCOLO MACHIAVELLI, DER VAMPIRFÜRST)

Prolog

Der entschlüsselte Text eines Briefes, der Sir Kenelm Digby im Sommer 1660 in London erreichte.

Malta, Mai 1660

Meinem teuersten Freund, Sahha!

Keine frohen Botschaften sind mir jemals willkommener gewesen als die Nachricht, daß England sich vom Imperium Gaul freigemacht hat, daß Richard und seine normannischen Ritter verbannt sind und daß jetzt ein Parlament neuer Vampire über ein britisches Commonwealth residiert. Das Wissen darum, daß meine Heimat nunmehr frei ist, macht mir das Herz leicht, und ich bin überaus froh, daß der Sieg ohne zuviel Blutvergießen errungen worden ist. Daß Richard die Unhaltbarkeit seiner Lage angesichts Eurer Manöver eingesehen und akzeptiert hat, macht mich glauben, daß in all dem Geschwätz und Gehabe im Namen eines Ritterideals, vermittels dessen gaulische Vampirritter stets bestrebt gewesen sind, sich selbst zu verherrlichen, doch ein Körnchen Ernsthaftigkeit und Vernunft gesteckt hat.

Was in England geschehen ist, macht mir Hoffnung für die Zukunft des gesamten Gaul, und ich bete darum, daß das Ende von Charlemagnes Reich jetzt herbeigeführt werden kann, ohne daß daraus eine Hochzeit der Vernichtung wird, die ganz Europa in ein Zeitalter der Finsternis und Verzweiflung zurückwerfen würde.

Ich weiß, daß in Händen wie den Euren das Elixier, dessen Geheimnis ich bekannt gemacht, weise und gerecht verwendet werden wird. Es wird die Welt einem Zustand näherbringen, in dem alle Menschen die vernünftige Hoffnung haben dürfen, daß sie nun, nachdem sie lange genug die Prüfungen und Leiden eines hinfälligeren, gewöhnlicheren Fleisches ertragen haben, ihnen die Gelegenheit, unsterblich zu werden, nicht versagt sein wird. Mit Hilfe dieses Geheimnisses, das kein Geheimnis mehr ist, glaube ich, daß England in einer neugeordneten Welt zu einer großen, mächtigen Nation werden wird. Jetzt, nachdem die Existenz des neuen atlantischen Kontinents endgültig bestätigt worden ist, ist für britische Seefahrer die Gelegenheit gekommen, ein Reich zu erschaffen, das ruhmreicher ist als alles, das je von Attilas Sippschaft errichtet ward. Und das ist das Werk, das in den kommenden Jahrhunderten Eurer harrt.

Während die Völker im Norden noch immer kämpfen, um das Joch von Charlemagnes Herrschaft abzuwerfen, und die Fürsten im Süden von allen Seiten belagert werden, müssen Euer Volk und meines ein neues Atlantis im Westen erbauen, wie Francis Bacon uns prophezeit hat. Von allen Nationen Gauls und Walachias wird allein Britannien aus den gegenwärtigen Wirren gestärkt hervorgehen.

Mir wird das Herz warm bei Eurem Drängen, daß Quintus und ich nach England – jetzt, da es frei ist – heimkehren sollten. Ich bin mir gewiß, daß Langoisse uns sicher durch die feindlichen Gewässer schiffen könnte, die zwischen uns liegen, doch ich habe nicht das Gefühl, daß jetzt die rechte Zeit ist, unseren Posten hier aufzugeben. Wir haben den Männern dieser Insel Großes versprochen, und sie haben uns äußerst großzügig behandelt. Ohne die Bekehrung der Ritter des Johanniter-Ordens zu unserer Sache wäre das Geheimnis, das wir mit nach Europa gebracht haben, vielleicht noch wirksamer unterdrückt worden. Diese Verbündeten gerade jetzt zu verlassen, erschiene mir wie ein unfreundliches Desertieren, und das möchte ich nicht gern tun. Eure Einladung an den Johanniter-Orden, seine Ritter nach London und in Sicherheit zu bringen, erachtet der Großmeister für höchst generös, doch die Säulen des Ordens können sich nicht vorstellen, Malta aufzugeben, das ihnen seit hundertdreißig Jahren eine Heimat und ein Bollwerk gewesen ist.

Alle Vorzeichen deuten darauf, daß Maltas schwere Stunde jetzt schnell herannaht; die Ritter des Johanniter-Ordens werden sich nicht darum drücken, ihr winziges Reich zu verteidigen, und ich werde alles tun, was in meiner Macht steht, ihnen zu helfen. Ich bin Engländer durch und durch und zuvörderst, doch meine Loyalität muß jetzt jenen gelten, die sich mir in einer Stunde verzweifelter Not als Freunde bewiesen haben. Ich habe einen allzugroßen Teil meines Lebens damit hingebracht, anderen das Handeln zu überlassen; jetzt, da ich ein Mann geworden bin, der sich seinen Ehrgeiz als Verdienst anrechnen kann, muß ich jenen beistehen, die meine Ziele unterstützt haben.

Ihr seid wahrscheinlich in der Lage, Euch bessere Geheiminformationen zu beschaffen über die fortschreitende Auflösung in Gaul und Walachia als wir. Einige der jüngeren Prinzchen haben unserer Sache insgeheim Unterstützung zugesagt, weil sie in unserer Rebellion eine Aufstiegsmöglichkeit wittern, die ihnen nie geboten worden wäre, solange die älteren Unsterblichen noch die Macht innehaben.

Für die meisten von ihnen sind natürlich unsere Ideale eine bequeme Maske, die sie anlegen, um dahinter ihren Ehrgeiz zu verstecken, doch während sie uns zu benutzen glauben, können wir genausogut sie benutzen. Es gibt viele Druckpressen, und gewöhnliche Menschen, die sie begeistert nutzen, ganz gleich, was sie dabei riskieren. Wir haben uns daran gemacht, das Geheimnis des Elixiers in der ganzen Christenheit so weit auszustreuen, daß es uns nie wieder genommen und versteckt werden kann, und wir haben eine derart große Schar von Verbündeten gefunden, daß ich mir gewiß bin, daß unser Werk getan ist. Wenn mir keine Wunder zu Hilfe kommen, werde ich nicht mehr erleben, wie Charlemagne und Attila kapitulieren und die alte Ordnung von der neuen aufgesogen wird; aber ich werde in der Gewißheit sterben, daß eine solche Kapitulation unvermeidlich ist und daß ich dabei geholfen habe, uns jenem großen Tag näherzubringen.

Ständig hören wir Gerüchte, daß unsere Unternehmungen die Vampire von Gaul und Walachia derart gereizt haben, daß sie eine große Armada von Schiffen in Cagliari, Neapel und Palermo zusammenziehen wollen, die unsere Streitmacht überwältigen soll, und sie dann mit einer Armee die ganze Insel verwüsten wollen. Der Papst hat inzwischen den gesamten Johanniter-Orden exkommuniziert und einen Bann gegen sie verhängt und verkündet, daß Malta ein Nest schurkischer Piraten ist. Das beweist einen beispiellosen Undank, wenn man bedenkt, daß es die Ritter des Heiligen Johannes und ihre Flotte gewesen sind, die die Türken im Mittelmeer in Schach gehalten und geholfen haben, Europa seit einhundertfünfzig Jahren vor einer Invasion von See her zu bewahren. Aber nun denn, wir haben nichts anderes erwartet.

Als Großmeister und Wächter des Ordens ist Villiers de l'Isle Adam keineswegs unbeeindruckt von solchen Drohungen, doch er erklärt standhaft, daß die Ritter eine derart undankbare Behandlung seit langem gewohnt sind und von einem falschen Papst nicht mehr erwarten, der nichts anderes ist als eine aufgeputzte Marionette der gottlosen Vampire. Daß er diese Auffassung schon seit langem vertritt, ist der Grund dafür, daß die Hospitaliter-Ritter so leicht für unsere Sache zu gewinnen waren. La Valette, der der größte Seeadmiral der Christenheit ist – was sogar Langoisse zugibt –, hat erklärt, daß, falls diese Armada anrückt, Malta ihrer Belagerung ebenso standhalten wird, wie es einst der großen Belagerung von 1565 standgehalten hat, als Suleyman der Prächtige daran gescheitert war, die Insel zu vernichten. Damals verfügte der Orden über weniger als hundert Vampirritter; heute verfügt Malta über vierhundert Vampirkämpfer innerhalb des Ordens und über weitere dreihundert außerhalb dieser Gemeinschaft, von denen nicht ein einziger so leicht das Privileg der Langlebigkeit Feuer und Schwert überantworten wird.

Unsere Feinde haben versucht, uns Angst zu machen mit dem Versprechen, daß sie Vlad Tepes selbst gegen uns entsenden werden, an seiner Seite Euren Coeur-de-Lion. Ich will nicht vorgeben, daß uns solche Aussichten nicht beunruhigen, aber ich weiß, daß unsere Verbündeten sich nicht terrorisieren lassen. Falls Attila und Charlemagne selbst aus ihrer Abgeschiedenheit herauskommen und ihre Rüstung anlegen, wären die Männer von Malta frohgemut dazu bereit, zum Kampf gegen sie anzutreten.

Langoisse und La Valette haben ihr Bestes getan, unsere Anhänger davon zu überzeugen, daß nicht die Großartigkeit der Helden den Ausgang einer Schlacht entscheidet, ganz gleich, was Balladensänger und Romanschriftsteller behaupten mögen. Sie beharren darauf, daß unsere Flotte mit ihrem Übergewicht von Segelschiffen, deren Kanonen längsseits angebracht sind, eine Macht ist, die von spanischen und italienischen Galeeren nicht leicht besiegt werden kann.

Nun denn, ich kann ihren Optimismus nicht teilen, obwohl ich kein Mann der Seefahrt bin. Ich fürchte, daß wir weitaus weniger gute Kanonen haben, als wir brauchen werden. Langoisse und La Valette sind gewohnt an Schlachten, bei denen nur wenige Schiffe beteiligt sind, doch ich fürchte, wenn alles, was wir zu hören bekommen, der Wahrheit entspricht, daß die bevorstehende Schlacht um Malta vielleicht zur größten Seeschlacht wird, die die Welt je erlebt hat. Keinerlei Beachtung schenken wir solchen Erzählungen, in denen behauptet wird, daß eine Armee von dreitausend Vampirrittern zusammengezogen wird, weil wir glauben, daß eine so große Zahl niemals vom Kriegsschauplatz im Norden abgezogen werden könnte. Doch welche Streitmacht sich auch immer uns entgegenstellen wird, es wird in der Absicht geschehen, eine klare und unmißverständliche Demonstration zu bieten, daß die Reiche Attilas ihre Feinde mit aller Grausamkeit zerschmettern.

Ich muß hier noch einmal eine Bitte aussprechen, obwohl ich weiß, daß Ihr mir bereits mitgeteilt habt, daß Ihr ihr nicht entsprechen könnt. Wenn doch Euer neues Parlament uns nur zweihundert Sussex-Kanonen, gefertigt aus Sturtevant-Stahl, schicken könnte, dann wäre ich bereit zu glauben, daß wir uns gegen jedwede Flotte behaupten können, die die Welt gegen uns entsenden mag. Ich bitte gar nicht um den Beistand der Flotte Britanniens, die die Hauptwaffe zur Verteidigung unseres Inselreiches ist, doch wenn nur wenige Frachtschiffe uns solche Kanonen bringen könnten, um unsere Artillerie zu ergänzen, würde dies das Kräfteverhältnis beträchtlich zu unseren Gunsten verändern.

Wie die Dinge jetzt stehen, sind wir gezwungen gewesen, Emissäre nach Tunis und Tripoli zu entsenden, um dort um Hilfe zu bitten. Meine geliebte Leilah hat mich gebeten, unsere Botschafterin sein zu dürfen, doch wir haben es nicht gewagt, einen Vampir zu den Mohammedanern zu schicken, also haben wir uns befreiter Gefangener bedient, die einst Sklaven auf christlichen Galeeren gewesen sind. Wir sind bei den Sultanen vorstellig geworden mit dem Argument, daß wir der

Feind ihrer Feinde sind und daher zu ihren Freunden gerechnet werden können, doch der Haß, den die türkischen Seekapitäne den Rittern von Malta entgegenbringen, wird sie höchst widerwillig machen, uns zu Hilfe zu kommen.

Manchmal frage auch ich mich, ob die altersgrauen Weisen Adamawaras nicht vielleicht doch recht gehabt haben mit ihrer Folgerung, daß die Welt der Unvollendeten allzu gewalttätig ist, um eine andere Zukunft zu haben als ihre endgültige Zerstörung. Aber ich meide Verzagtheit; ich bin nach wie vor überzeugt, daß die Ältesten jenes geheimnisvollen Tales selbst unvollkommen sind, indem sie sich allzu sehr gegen das Streben nach Zivilisation abgeschirmt haben. Wenn ich je einen wirklich vollendeten Mann kennengelernt habe – womit ich einen Menschen meine, in dessen Wesen und Charakter der Keim einer besseren Welt ruht –, dann ist mein Freund Quintus ein solcher Mann. Ich weiß, daß auch Ihr ein Mensch solcher Art seid, und es sind Euresgleichen – Männer der Wissenschaft und Männer, die Gerechtigkeit lieben –, die mich Hoffnung schöpfen lassen, daß die Zukunft der Menschheit licht und strahlend sein wird.

Trotz meiner fortgesetzten Bemühungen habe ich noch immer keinen Anhaltspunkt dafür gefunden, warum das Elixier in meinem eigenen Fleisch und Blut nicht anschlägt, auch nicht bei jenen wenigen unglücklichen anderen, die meine stupide, eigensinnige Sterblichkeit teilen. Vielleicht liebt Gott, an den Quintus und Ihr so fest glaubt, diesen Elenden so heiß und innig, daß er es nicht ertragen kann, den Augenblick hinauszuzögern, in dem ich seiner Obhut überantwortet werde. Oder mag sein, daß Er den Wunsch hat, mich schleunigst der Obhut jenes anderen zu überantworten, von dem die Gregorianer zu wissen glauben, daß er der Erzvater und Oberherr der Vampirrasse sei. Ich weiß es nicht.

Jedenfalls habe ich mich mit der Tatsache ausgesöhnt, daß ich zu jener Gemeinschaft gehöre, der ein früher Tod vorbestimmt ist. So wie die Dinge in Europa stehen, glaube ich, daß es viele Vampire geben wird, die mir auf dem Weg ins Grab vorangehen werden, denn allenthalten wuchert Gewalt, jetzt, da die gewöhnlich Sterblichen nach dem Blut jener gieren, deren Beute sie seit tausend Jahren gewesen sind.

Die Verschlechterung meines Augenlichts hält an, und obwohl ich ständig eine Brille trage, außer wenn ich an meinem Mikroskop sitze, finde ich keine echte Entlastung. Ich glaube, daß ich irgendeine Krankheit habe, die das Innere meines Auges in Mitleidenschaft zieht, und ich denke, daß ich vielleicht bald blind werde. Ich kann das nur als eine passende Ironie des Schicksals ansehen. Nach wie vor bleibe ich davon überzeugt, daß alle Krankheiten durch winzige Erreger verursacht werden, die in den Körper eindringen und seine Funktion stören. Und dennoch habe ich mit letzter Sicherheit nur ganz wenige solcher Kleinstlebewesen identifiziert, trotz der Hilfe jenes Gerätes, das ihr mir vor so langer Zeit zusam-

mengebaut. Seit ich nach Malta gekommen bin, habe ich versucht, bessere und leistungsstärkere Kombinationen von Linsen zu erreichen in der Hoffnung, noch tiefer auf den Grund der Dinge schauen zu können. Doch es scheint, daß diese Erreger, falls sie wirklich existieren, entschlossen sind, zurückzuschlagen und mich an meinen Bestrebungen zu hindern.

Trotz solcher Beschwerlichkeiten habe ich Experimente mit der verwandelten Samenflüssigkeit, wie sie Vampire produzieren, fortgeführt. Ich wage nicht zu sagen, was ich damit nach meiner Überzeugung erreichen könnte, doch ich habe eine Untersuchungsreihe begonnen, die uns vielleicht mehr Macht verleiht über die Kräfte von Leben und Tod. Quintus weiß, womit ich mich beschäftige, und auch der Großmeister, doch sonst habe ich nur wenigen anderen davon berichtet, weil ich glaube, daß es sie erschrecken würde, und dann auch, weil ich fürchte zu scheitern. Ich habe mich nach Mdina zurückgezogen, um diese Arbeit durchzuführen, und ich glaube schon, daß La Valette und seine Mitstreiter nicht allzu traurig gewesen sind, mich aus dem Gebiet des Grand Harbour abziehen zu sehen, denn ich genieße einen derartigen Ruf als Zauberer und Alchimist, daß man mich trotz meiner Hinfälligkeit fürchtet. Vampire mögen es nicht, in der Gesellschaft der Häßlichen zu sein, und ich muß sagen, daß wohl niemand jetzt noch glauben würde, daß ich einst der würdige Sohn des bestaussehendsten Mannes in England gewesen bin.

Quintus ist gegenwärtig nicht bei mir, denn er ist in den Süden der Insel gereist, um einen Stein in Augenschein zu nehmen, der bei Marsa Xloqq ausgegraben wurde und der eine Inschrift in zwei verschiedenen Sprachen trägt – eine in Griechisch, das er bereits kennt, die andere in einer Sprache, die ihm fremd ist und bei der es sich vielleicht um diejenige handelt, die die Inselbewohner gesprochen haben, als sie noch Teil des Reiches von Kathargo gewesen sind. Falls Quintus hinsichtlich seiner Herkunft recht hat, dann ist jener Stein verlorengegangen, lange bevor der Heilige Paulus von dem stürmischen Euroklydon hierher verschlagen worden ist und als Schiffbrüchiger auf die Insel kam. Er ist ein Bindeglied zu einer weiter zurückliegenden Vergangenheit, als irgendeiner der Vampire des Ordens noch zu erinnern vermag.

Quintus hat mir auseinandergesetzt, daß die seltsamen Steinrondelle, die sich auf der Insel finden, so uralt sind wie diejenigen in England, und er ist auch fasziniert gewesen von Knochenfunden, die in den Gräbern Ghar Dalams gemacht worden sind und von denen die Inselbewohner behaupten, es wären die Knochen von Riesen. Gewiß, sie sind riesig, doch Quintus glaubt, daß es sich eher um Elefantenknochen als um Menschenknochen handelt, und er fragt sich, ob die Karthager diese Tiere mit hierhergebracht haben, als sie die Herrschaft über die Insel ausübten. Die Unsterblichkeit hat ihn um kein Deut weniger begierig ge-

macht nach Wissen und Begreifen, und ich kann nicht glauben, daß er jemals in jene Art Wachtraum verfallen wird, in den so viele Vampire Adamawaras versunken waren. Ich darf mit Zuversicht sagen, daß in den Jahrhunderten des Lebens, die Euch erwarten, es reichlich Zeit geben wird für sämtliche Angelegenheiten des Staates und der Wissenschaft, zu denen Euer Ehrgeiz und Eure Neugier Euch drängen mögen. Ein Mann wie Ihr, so denke ich, würde keinen einzigen Tag des Lebens vergeuden, ganz gleich, wie lange er zu leben hat, noch sich vom Überdruß der Ewigkeit in Verzweiflung stürzen lassen.

Schreibt mir, sobald Eure Pflichten Euch Zeit dazu lassen. Schickt mir Nachrichten über Euer neues Parlament und über das Commonwealth, das Ihr in England errichtet, und über Fortschritte in der Erkundung von Atlantis. Berichtet mir von allem, das gut ist und hell und hoffnungsreich, denn solcher Art sind die Nachrichten, die uns so dringend nottun.

Ich bitte Euch, denkt daran, für uns alle zu beten, daß wir die Anschläge Gauls und Walachias auf unsere Freiheit überstehen.

Lebt wohl, mein Freund, und seid glücklich.

Noell Cordery

1. Kapitel

Der Woiwode Vlad der Fünfte – dessen Chronisten ihm den Beinamen Dragulya gegeben und den die Welt als Vlad Tepes den Pfähler kannte – kehrte in übler Laune von dem abgehaltenen Kriegsrat in sein Domizil am Stadtrand von Neapel zurück.

Es hatte vielleicht zweihundert Jahre früher eine Zeit gegeben, in der die Nachricht, daß Vlad Tepes übler Stimmung wäre, seine gesamte Umgebung in Furcht und Zittern versetzt und jeden, der vielleicht seinen Zorn erregt, mit tiefem Entsetzen erfüllt hätte. Das waren jene Tage gewesen, in denen er sich seinen Namen mit Fug und Recht verdient hatte, zuerst indem er den einzig ernstzunehmenden Aufstand, dem Attilas Reich sich je gegenübergesehen, erbarmungslos niedergeschlagen hatte, und dann durch seinen denkwürdigen Sieg über die Türken, die Vorteile aus den Schwierigkeiten Walachias zu ziehen gesucht und sich zur Invasion entschlossen hatten. Vlads Armee war mit der Armee Mohammeds II. an der Donau zusammengestoßen und hatte Attila einen großen Sieg für Walachia und für die gesamte Christenheit errungen.

Dragulyas Feinde waren gnadenlos bestraft worden, und er war ein Kriegsmann gewesen, der danach gierte, neue Feinde zu finden, deren Widerstand er im Keim ersticken konnte. Sein düsterer Ruhm war vom Dichter Michael Beheim durch ganz Europa verbreitet worden. Er hatte haarsträubend blutrünstige Geschichten an allen Höfen Walachias vorgetragen, die unter Attilas langlebigen Fürsten mehr Beklommenheit als Entzücken hervorgerufen hatten, denn sie mußten fürchten, daß sein kometenhafter Aufstieg sie in der Gunst des Herrschers ausstechen würde.

Jahrhunderte waren vergangen, seit Dragulya zum letztenmal einen Wald aus Pfählen aufgepflanzt hatte, deren gespitzte Enden erbarmungslos in die Leiber seiner Feinde getrieben wurden. Ihm widerstrebte es keineswegs, den alten, grausamen Brauch der Pfählung wiederaufleben zu lassen, doch in letzter Zeit zeigte er darin einige Zurückhaltung, wie man es von einem zivilisierten Menschen erwarten mochte. Und wenn er doch einmal rückfällig wurde, dann geschah das gewissermaßen im Geiste eines hochgestimmten Scherzes, den er sich erlaubte – denn ihm gefiel es, sich für einen äußerst humorvollen Mann ganz eigener Façon zu halten.

Heutzutage erzählte sich seine Anhängerschaft gern von seinen tolldreisten Streichen – wie etwa dem, als er einer Gruppe von Kardinälen die Käppchen an die Köpfe genagelt hatte, da sie sie bei seinem Erscheinen nicht hatten lüften wollen; oder als er ungläubigen mohammedanischen Abgesandten die Fußsohlen hatte peitschen und später Ziegen die mit Salz bestreuten offenen Wunden hatte lecken lassen – und man lachte jetzt ungezwungener darüber als dereinst. Zu jenen Zeiten, als Dragulyas grausame Scherze fast alltäglich und als Schicksal gefürchtet gewesen waren, das jeden Besucher oder jedes Mitglied seines Haushalts treffen konnte, hatte niemand großen Gefallen daran gefunden, solche Histörchen öffentlich zu erzählen, obschon sie klammheimlich flüsternd weitergetragen wurden.

Jetzt bestand die Reaktion seiner Dienerschaft auf die Nachricht, daß ihr Herr sehr verstimmt wäre, ganz einfach nur in dem Entschluß, vorsichtig zu sein. Und als Dragulya das erkannte, bedauerte er sehr, daß er seinen Ruf als der *Schreckliche* nicht besser gewahrt hatte. Denn er war der Ansicht, daß, wenn er sich getreulich an das Exempel gehalten hätte, das er an den Türken statuiert hatte, die Feinde im Innern von Attilas Reich nun nicht so eifrig am Werk wären, es zum Einstürzen zu bringen. Diese Überzeugung war ihm eben wieder nach dem Treffen mit jenem

Mann in den Sinn gekommen, den Charlemagne ihm als Verbündeten bei jenem bevorstehenden Unternehmen geschickt hatte. Falls Richard der Normanne sich jemals wirklich das Recht erworben hatte, Löwenherz genannt zu werden (was Dragulya bezweifelte), dann hatte er diesen Ehrennamen ganz gewiß während des vergangenen Jahres verloren.

Nachdem Dragulya seine wattierte Rüstung abgenommen hatte, die zu tragen er trotz der drückenden Hitze vom Protokoll gezwungen gewesen war, schickte er sogleich nach Beheim, der jetzt sein Freund und Ratgeber war. Das war das Ergebnis einer seiner freundlicheren Scherze gewesen, denn als der Hofdichter einst an Dragulyas Hof gebracht worden war, hatte er von dem Pfähler nichts anderes erwartet, als daß er ihm einen angespitzten Stab in den After stecken und ihn auf dem Vorplatz seines Palastes eines qualvoll langsamen Todes sterben lassen würde. Statt dessen war es etwas ganz anderes gewesen, das der edle Prinz ihm ins Hinterteil geschoben, und anstatt umgebracht zu werden, war er unsterblich gemacht worden. Und warum das? Weil die Fürsten von Gaul, angeregt durch das Beispiel Charlemagnes, alle ihre Hofdichter und -sänger hatten, die sie mit Musik und Witz bei Laune hielten. Und Vlad Tepes hatte sich einen Hofdichter gewünscht, der seinem eigentümlichen Temperament bestens entsprach – einen Dichter, der die ungestüme Macht seines Zorns gebührend zu feiern imstande war.

Vielleicht, so dachte Dragulya jetzt, *war der Unterschied gar nicht so groß, ob er nun als schreckliches Ungeheuer oder als strahlender Held hingestellt wurde. Allein schon, daß man einen Schmeichler akzeptierte, war eine Schwäche, die typisch für die Fürsten von Gaul und durch und durch verdammenswert war.*

Michael Beheim kam keineswegs eilends herbeigeeilt auf Befehl seines Herrn, doch bereitete ihm nicht die üble Laune des Woiwoden Unbehagen. Er hatte vielmehr im Laufe vieler Jahre die Erfahrung gemacht, daß Dragulya seine Unbotmäßigkeit an ihm am meisten schätzte – eine Ungehörigkeit, die allein er sich erlauben durfte –, und ihm gefiel es, verbummelt und träge zu reagieren, wenn man ihn rief. Bei dieser Gelegenheit indes wurde sein verspätetes Erscheinen mit einem Stirnrunzeln bedacht, das vieldeutiger war als gewöhnlich.

»Wie haben sich denn die Feierlichkeiten angelassen?« fragte der Dichter des Kriegsherrn unbehaglich.

Dragulya entspannte sich gerade in einem lauwarmen Bad, und nur sein Gesicht und der Bart ragten aus dem schaumigen Wasser. Allerdings schien er sich noch nicht sehr entspannt zu haben, und seine Augen – jedenfalls hätte Beheim sie in seiner poetischen Art so und nicht anders beschrieben – schwelten vor zurückgehaltener Wut. »Wir sind zusammengekommen«, so grollte er, »um eine Schlacht zu planen, und nicht, um einen Sieg zu feiern.«

»Das ist gewißlich wahr«, entgegnete Beheim. »Doch der Sieg fällt niemals größer aus als in der Planung, noch die Siegesfeier jemals rauschhafter als in ihrer Vorwegnahme. Wir armen Künstler, die wir nur Geschichten von bereits geschlagenen Schlachten niederschreiben, können kein so bewegtes Gemälde entwerfen wie jene Pläne Eurer Generäle sind, die sich noch in offener Feldschlacht bewähren müssen. Oder gehe ich etwa in allem fehl und hat es bei Eurem Treffen mit dem großen Löwenherz nichts anderes gegeben als Widerwärtigkeit und Mißtrauen? Das wäre doch jammerschade und wahrlich ein Krampf, nicht zuletzt für Blondel und mich, die etwas anderes singen müssen, sobald die Zeit für uns gekommen ist zu jubilieren, wenn Malta dereinst vernichtet sein wird.«

Die Hand des Woiwoden hob sich aus dem Badewasser und schlug mit dumpfen Aufprall auf den Schaum. »Löwenherz!« stieß er verächtlich hervor.

»Ihr mögt also Prinz Richard nicht?« bemerkte darauf Michael Beheim, absichtlich sehr zurückhaltend in seiner Feststellung des Offensichtlichen.

»Der Mann ist ein Narr! Mit einem einzigen Akt monumentaler Feigheit hat er dem Reich unserer Rasse mehr Schaden zugefügt als all unsere Feinde in tausend Jahren Kriegsführung zusammengenommen. Schlimm genug, daß mir dieser Narr aufgeladen wird. Aber völlig unerträglich ist, daß er mich mit einem Abscheu ansieht, den er nicht verleugnen kann. Er redet mit mir voll Herablassung, als glaubte er, ich wäre blöd. Wenn man diesen Richard reden hört, würde man nie erraten, wer von uns seine Krone verloren hat und es hinnimmt, fern von daheim im Exil zu leben. Ich glaube sogar, er ist in gewisser Weise auch noch stolz auf seinen Rückzug, denkt dabei wohl, daß sein Widerwille, englisches Blut zu vergießen, edle Rücksichtnahme für jenes Vieh bekundet, über das er geherrscht hat, und ein Maß an Zivilisiertheit, das wir im Osten zu roh sind, schätzen zu können. Zivilisation! Ich kann gar nicht glauben, daß das ein Mann gewesen sein soll, der einst tapfer wie kein anderer gegen die Mohammedaner gekämpft hat, und ich möchte beschwören, daß sein verfluchter Blondel viel gefälligere Lügen in den Lobliedern auf seinen Herrn gesungen hat, als du das je über mich getan hast.«

»Aber er hat tausend Vampirritter mit nach Cagliari gebracht«, gab Michael Beheim zu bedenken. »Wir hätten kaum zu hoffen gewagt, daß der Westen so viele Männer entbehren könnte, jetzt, da die Holländer und die Dänen offen rebellieren und ganz Gaul in Aufruhr steht. Wen sonst hätte Karl der Große denn schicken können, wo doch all seine anderen Fürsten so schwer beschäftigt sind? Diese Normannen sind keine Feiglinge, weil sie England verlassen haben, ohne den Versuch gemacht zu haben, sich unvernünftig einer Übermacht zum Kampf zu stellen – und dieser Schandfleck auf ihrer Ehre wird es ihnen nur umso wichtiger erscheinen lassen, sich in dem bevorstehenden Kampf hervorzutun. Ich denke, sie werden uns wacker dienen, Mylord.«

»Ach!« sagte Dragulya. »Ich glaube nicht, daß diese selbsternannten Helden zu kämpfen verstehen. Ich traue den Berichten über jene Kreuzzüge nicht mehr, in denen sie einst gekämpft haben wollen. Ihr Ritterkodex macht mich ganz krank mit all seinen Eitelkeiten und seinem Bombast. Durch ihre Turniere sind sie daran gewöhnt, die Kämpfe nur zu spielen, anstatt Krieg zu führen; unter ihren tausend Rittern können nicht mehr als zweihundert sein, die jemals in einer Schlacht gestanden haben. Und die sind wie alle übrigen verwöhnt durch Träumereien und Hirngespinste. Sie haben ihre Schlachtkeulen und Lanzen mitgebracht, aber sie überlassen fast all ihre Musketen gewöhnlichen Sodaten, weil sie es nicht für ehrenhaft halten, solche Waffen zu tragen. Aber auch ihre gemeinen Soldaten sind nicht alle mit Gewehren bewaffnet – er hat vierhundert Gemeine mitgebracht, die ausgebildet worden sind, mit Langbogen zu kämpfen!«

»Langbogen, Mylord?«

»O ja! Vielleicht war Richard ein tapferer Streiter, als das Kriegshandwerk nur aus Schwertern und Langbogen bestanden hat, aber er gehört eigentlich nicht mehr in unsere Welt. Was meint Ihr, wie sonst könnte es wohl geschehen sein, daß er eines Morgens aufgewacht ist und feststellen mußte, daß jene englischen Kanonen, die ja die besten der Welt sein sollen, mit einemmal auf ihn gerichtet waren, anstatt ihn zu verteidigen? Hintergangen von seinen eigenen Mechanikern, unfähig oder nicht bereit, seine gewöhnlichen Generäle in Schach zu halten – der Mann ist ja ein Wahnsinniger! Und dann seine Festung kampflos zu übergeben!«

»Falls die Berichte wahr sind«, wandte Beheim trocken ein, »wären alle Vampirritter Englands bis auf den letzten Mann abgeschlachtet worden, hätte er Widerstand geleistet.«

»Dann wäre es eben so gewesen!« schrie Dragulya aufgebracht. »Sie hätten zehntausend Gemeine mit ins Grab genommen – und was jene Gemeinen getan haben, wäre ein Verbrechen wider die Natur gewesen, das Gaul unverzüglich mit hunderttausend Hinrichtungen und dem Niederbrennen jeder einzelnen Stadt in England hätte bestrafen können. So wie Richard es gemacht hat, war es kein Verbrechen und keine Blasphemie, sondern ein Sieg in einem ganz gewöhnlichen Krieg. Und er hat aller Welt damit die Botschaft verkündet, daß gewöhnliche Männer tatsächlich, Eisen gegen Eisen, gegen Vampire ankämpfen können. Wir haben unseren Ruf als Heerschar von Dämonen eingebüßt und sind jetzt nur noch einfache Männer aus Fleisch und Blut. Wir haben unseren größten Verbündeten verloren – die Furcht des Aberglaubens –, und es ist Richard der Normanne gewesen, der uns verraten hat.«

»Hätte er standgehalten und sich der Vernichtung ausgesetzt«, sagte Beheim, »wäre England trotzdem für Gaul verloren. Und wo hätte Karl der Große wohl eintausend Ritter auftreiben sollen, die im bevorstehenden Kampf unsere Streitmacht verstärken? Wäre es Euch denn lieber, wenn die spanischen und italienischen Schiffe mit dem gesamten gewöhnlichen Abschaum Europas bemannt wären?«

»Ich will keinen von denen!« gab Dragulya ohne Zögern zurück. »Lieber würde ich nur mit meinen tausend walachischen Vampiren kämpfen und einer gleichen Anzahl gemeiner Soldaten aus meiner Armee, als mir dieselbe Anzahl von Karl zuteilen zu lassen. Attila ist ein Narr gewesen, als er in den Tagen der ersten Eroberung sein Reich mit dem römischen General geteilt hat. In Gaul hält man sich für den Nabel der Welt, und Walachia ist für die nur ein Nest von Barbaren. Sie haben hinter vorgehaltener Hand auch da noch über uns gelacht, als unseresgleichen Khanate in Indien und Cathay gegründet haben, als unsere Armeen Byzanz gegen die Sultane verteidigten, während unsere Kaufleute die Handelswege gesichert haben, die sie jetzt mit dem Osten verbinden. Attila hätte Rom kassieren, ein einziges Weltreich schaffen und damit unter Beweis stellen müssen, daß er größer als Alexander ist.«

»Aber Attila ist kein so großer Mann«, erinnerte ihn der Dichter freundlich, »und das wißt Ihr sehr wohl!«

»Er ist schon alt gewesen, als ich ihn kennengelernt habe«, entgegnete der Woiwode. »Na ja, und auch verrückt. Aber in seinen besten Tagen ... Er war nicht immer eine so elende, armselige Kreatur wie jetzt ... das kann ich einfach nicht glauben.«

»Wenn er nicht schon verrückt gewesen ist, bevor er zum Vampir gemacht wurde«, sagte Beheim, »dann wäre er höchstwahrscheinlich auch heute nicht wahnsinnig. Zweifellos ist er in den Tagen seiner Eroberungen ein furchtloser Streiter gewesen, doch er war kein Mann, der wirklich über eine Welt herrschen könnte. Nicht er hat das Glück Walachias gesichert, sondern Männer wie Friedrich Barbarossa und Euer eigener Vater – wohlan, und Männer wie Ihr selbst. Ihr habt die wirkliche Macht, und es ist ein wahres Wunder, daß Ihr, indem Ihr sie ausübt, zu Eurem Treueeid zu Attila haltet. Nun denn, das ist Geschichte. Doch was wird morgen? Gewiß fürchtet Ihr doch nicht, diesen Kreuzzug gegen den Johanniter-Orden zu verlieren, ganz gleich, wie kläglich die Unterstützung sein mag, die Richard Euch zu bieten hat.«

»O nein«, sagte Dragulya sarkastisch. »Wir können gar nicht verlieren! Hat denn nicht der Papst höchstselbst unsere Krieger gesegnet? Die neuen Vampire, die dieser aufrührerische Alchimist mit seinem Elixier gemacht hat, können sich gegen eine Armee wie die unsere nicht behaupten – daran kann es keinen Zweifel geben. Aber wer werden die eigentlichen Sieger sein? Wer wird aus dem Blut der Besiegten ein volles Maß an Stärke und Kraft trinken, jetzt, da England für Gaul verloren ist und Karls des Großen Reich wie ein Kartenhaus zusammenfällt? Es ist zu spät, Michael, zu spät.«

»Der Sieg, Mylord, wird gemessen werden an den Lobgesängen, die Euch gesungen werden von Leuten wie mir«, sagte Beheim, obwohl er wußte, daß dem Woiwoden nicht an seinem zukünftigen Ruhm gelegen war. »Wenn wir sie laut genug singen, bekommt der Ehrgeiz unserer Feinde vielleicht einen Dämpfer, und das Glück wendet sich für Karl und für Walachia.«

»Unsere Armeen sind zusammengelegt worden, um aller Welt zu künden, daß Gaul und Walachia gegen einen gemeinsamen Feind fest zusammenstehen«, sagte Dragulya. »Aber ich fürchte, daß wir denen, die genau hinsehen, eine ganz andere Geschichte erzählen. Sogar unsere Freunde mögen erkennen, daß Richard und ich Widersacher sind, wenn sie beobachten, wie wir jenen begegnen, die sich gegen uns gestellt haben. Und selbst unser Sieg mag ihnen zeigen, daß wir uneins sind. Wir können nicht das Geheimnis ausrotten, das dieser Malteser Alchimist der Welt gegeben hat – für uns kann es nur darum gehen, es wirkungsvoller einzusetzen als unsere Feinde. Und indem wir das tun, müssen wir unsere Macht Stück um Stück abgeben. Für uns ist es jetzt zu spät, ein Beispiel der Vernichtung zu geben, das die Welt in Angst und Schrecken versetzt.«

»Dann kehrt doch um und führt Eure Männer wieder heim. Jedenfalls ich würde Euch Dank dafür wissen, wenn ich meinen Fuß nicht auf eins dieser knarrenden Schiffe setzen muß.«

»Das kann ich nicht tun«, erwiderte der Woiwode, der jetzt aus dem Bad stieg und sich in ein Tuch hüllte. »Es würde einen unendlich schlechteren Eindruck machen, jetzt umzukehren als voranzugehen, und sicher würde es zu einem ähnlichen Aufstand in Walachia aufreizen, wie er sich in Gaul breitmacht. Wir müssen daraus noch den kleinsten Vorteil ziehen, sonst wird unsere Welt schnell in Scherben gehen anstatt allmählichem Verfall zu erliegen, der uns noch eine Weile an der Macht halten kann.«

»Ich habe Euch noch nie so besorgt um den Anschein erlebt, Mylord«, sagte der Hofdichter unglücklich. »In der Vergangenheit habt Ihr den Anschein mir überlassen, und ich habe ihn nach Kräften geschönt. Ich fürchte, Sire, das lange Leben macht Euch noch zu einem Staatsmann.«

»Ich bin ein Vampirfürst«, gab Dragulya zurück, sich dabei auf das Buch von Niccolo Machiavelli beziehend, das im Osten sogar noch mehr bewundert wurde als in der Heimat seines Verfassers. Tatsächlich war der Woiwode Vlad V. ein Vampirfürst, der gelernt hatte, Grausamkeit und Zerstörung mit großem Bedacht einzusetzen. Sogar schon in seiner Jugend, als sein Zorn noch größeren Einfluß auf sein Handeln hatte, hatte er stets die Vorstellung zu schätzen gewußt, daß man ihn fürchtete. Falls sein Gewissen ihm überhaupt zu schaffen machte, so plagte es ihn jetzt deswegen, weil er läßlich und faul im Verüben von Grausamkeiten geworden war und nicht hinreichend Vorsorge getroffen hatte, die Herzen der gewöhnlich Sterblichen mit Entsetzen zu erfüllen.

»Ihr seid das vollkommene Vorbild eines Fürsten«, bestätigte ihm Beheim. »Doch, Mylord, auch Richard ist ein Prinz, wenn auch nur dem Titel nach. Es wäre schon gut, denke ich, wenn am Ende dieses Feldzugs Ihr und er zusammensteht, um der Welt zu zeigen, daß die Vampirfürsten von Gaul und Walachia wie ein Mann handeln werden, um diese Aufstände niederzuschlagen.«

Der Woiwode seufzte und bestätigte damit seinem Günstling, daß er wohl recht damit hatte, ganz gleich, wie sehr er Richard verabscheute, und ganz gleich, wie ungeheuerlich es war, daß der Normanne sich herausnahm, ihn zu verachten. Dennoch mußte die Schlacht erst noch ausgefochten und eine deutlich sichtbare Demonstration gegeben werden. Er war damit fertig, sich abzutrocknen, und blieb, eine Weile seinen Körper untersuchend, nackt stehen.

Dragulyas Gestalt war riesenhaft und mächtig, muskelbepackt, wie es sich für einen Kämpfer geziemte. Viele Vampire waren schon zufrieden mit ihrer Immunität gegenüber Schmerz und Verletzungen und machten sich nicht die Mühe, ihre Muskeln allzusehr zu beanspruchen. Obwohl sie nie verfetteten, wurden sie oft weichlich. Dragulya hatte dieser Versuchung zum Nichtstun nie nachgegeben, denn er war von seiner körperlichen Stärke besessen und verachtete alle Schwäche. Sein Vater, Vlad III., genannt Dragul, war in dieser Hinsicht seinem Sohn ein gutes Beispiel gewesen, bis Rebellen ihn ermordet hatten. Doch falls dieser fünfte Vlad untergehen sollte, wußte er, daß ihm sein Bruder, Radu der Schöne, folgen würde, der ein Mann ganz anderer Art war. Radu war sanft, mehr dem Normannen Richard ähnlich als seinem Bruder Vlad, und das sowohl im Aussehen wie in seinem Charakter.

Bei dem Gedanken an Radu schnitt Dragulya wie immer eine Grimasse. Das Khanat war übervoll von jüngeren Brüdern und undankbaren Söhnen, die darüber murrten, daß sie keine Macht hatten und Jahrhunderte warten mußten, bis sie ihnen zufiel, doch nie bereiteten sie sich darauf vor, sie würdig zu empfangen und sich ihrer zu bedienen. War die Welt es wirklich wert, erhalten zu werden? fragte er sich. Für einen Radu und seinesgleichen?

»Was unser Reich in Wahrheit zusammenhält«, grollte Dragulya, »ist die Tatsache, daß wir so viele äußere Feinde haben, gegen deren Bedrohung wir unsere Reihen schließen müssen. Feinde im Inneren können uns nur verletzen, selbst wenn wir imstande sind, sie zu vernichten.«

Beheim mußte nicht fragen, was er damit meinte. Das Reich Walachia war geeint im Haß auf die Türken. Jener gemeinsame Feind lenkte nicht nur die Aufmerksamkeit von Rivalitäten zwischen den Fürsten des Ostens ab, er bot auch Hoffnung für die Mächtigsten unter den gewöhnlich Sterblichen, die Hoffnung haben durften, sich in jenem Dauerkonflikt hervorzutun und sich damit ihre Aufnahme in die Ränge der Vampire zu verdienen, und jene Vampire mit älteren Anverwandten, die sich Hoffnung auf Machtnachfolge machen konnten, weil die Kriegsherren ständig der Gefahr durch den auswärtigen Feind ausgesetzt waren.

Während sein Herr sich ankleidete, goß Beheim Wein aus einer Karaffe in zwei Kristallkelche und wartete geduldig. Er fragte sich derweil, ob Blondel de Nesle genau in diesem Moment Richard einen ähnlichen Trank kredenzte. Doch wenn man den Gerüchten Glauben schenken konnte, dann zog der Normannenfürst Gaben anderer Art vor und trank nur selten Wein, wenn er statt dessen Blut haben konnte. Dragulya schien kein Vergnügen dabei zu finden, Blut zu sich zu nehmen – es sei denn, es floß nach einem Hieb mit dem Schwert. Während andere Vampire aus einer Notwendigkeit ein Laster machten, war Dragulya gereizt über diese Notwendigkeit, die ihn, wenn auch nur in diesem einen Punkt, abhängig machte von jenen schwächeren Naturen.

Der Woiwode nahm den Kelch aus Beheims Hand entgegen und starrte brütend auf seinen Grund.

»Ich versichere Euch, kein Geschenk des Papstes«, murmelte der Hofdichter. Der Papst hatte sich mit dem Einsatz von Gift als diplomatischem Mittel einen Namen gemacht.

Dragulya hob das Gefäß, als wollte er einen Trinkspruch ausbringen, und zögerte dann. Er schaute seinen getreuen Hofdichter an, wie er es stets tat, wenn er in Sachen Scherz und Ironie um eine Inspiration verlegen war.

»Auf die Entmutigung der Feinde Walachias?« schlug Beheim vor. »Oder vielleicht sollten wir besser ein Gebet zum Himmel schicken, daß Gott die Pfeile von Richards lächerlichen Bogenschützen lenken möge?«

Dragulya ließ nur ein dünnes Lächeln sehen. »Auf die Entmutigung der Feinde Walachias«, sagte er knurrend. »Und sollen die Pfeile fliegen, wohin sie wollen, wie sie es vielleicht tun.«

2. Kapitel

Richard, der abgesetzte Fürst von Grand Normandy, war in keiner besseren Stimmung als Vlad Dragulya, nachdem er den Kriegsrat verlassen hatte. So wie jener ging auch er nach der Beratung direkt zu seiner Unterkunft, und gleich seinem Gegenspieler rief auch er seinen Freund, den Hofdichter Blondel de Nesle zu sich. Außerdem schickte er nach seinem Astrologen.

Blondel war für Richard von größerer Bedeutung als Michael Beheim für Dragulya. Blondel hatte Richard eine Vergangenheit zurechtgedichtet, die mit der Wirklichkeit nicht viel gemein hatte, unter anderem gab er eine geschönte Darstellung von Richards Berufung auf den Thron von Grand Normandy, in der von den bitteren Streitigkeiten, in denen seinem Bruder Geoffrey French Normandy und Anjou zugesprochen worden war, nicht die Rede war. Blondel plante bereits eine Versdichtung über den gegenwärtigen Feldzug, der gemäß die reumütigen Walachier Löwenherz anflehten, daran teilzunehmen und ihnen ihren früheren Undank zu vergeben. In Wahrheit hielt Karl der Große Richard noch immer für die Verstimmung verantwortlich, die über etliche Jahrhunderte die Beziehungen zwischen Gaul und Walachia vergiftet hatte; und die Tatsache, daß der sogenannte Löwenherz der Revolutionsarmee kampflos den Tower von London übergeben hatte, war dem Prinzen von Grand Normandy vom Kaiser noch schwerer angelastet worden. Er war tief in seiner Gunst gesunken. Dieser neue Kreuzzug war folglich eine letzte Chance der Wiedergutmachung, eine Gelegenheit, den Bruch zwischen den beiden Reichen zu kitten und den Grundstein dazu zu legen, daß walachische Truppen den bedrängten Kriegsherren von Gaul zu Hilfe kommen würden.

Angesichts all dessen war Blondel nicht im mindesten überrascht darüber, daß Richard nach seiner Begegnung mit dem Pfähler hochgradig gereizt war.

»Der Mann ist ein Monster!« brach es aus Richard hervor. »Ein emporgekommenes, barbarisches Untier mit zottigem Haar und Gliedern wie knorrige Eiche. Er hat Hohn über meine Bogenschützen ausgegossen, die mir seit fast fünfhundert Jahren treu gedient haben. Der Mann ist kaum mehr als zweihundert Jahre alt, und trotzdem wirft er sich in die Brust als Experte in sämtlichen Kriegskünsten, als wären Feuerwaffen alles. Als ich ihm gesagt habe, daß ich die edelsten Ritter der Christenheit zu dieser Kreuzfahrt mitbringe, sagte er, was ich mitgebracht hätte, wären lediglich die ältesten.«

Der Prinz legte das letzte Stück seines Kettenpanzers ab, den er aus Anlaß dieses historischen Treffens getragen hatte. Er schwitzte stark, ungewohnt der mediterranen Sonne, die in einem wolkenlosen Himmel brannte. »Dieser Dragulya ist ein Schlächter und kein Krieger. Ich hatte kaum glauben wollen, daß er den schlimmen Ruf verdient, der ihm vorauseilt. Doch jetzt wäre ich bereit, auch noch die schlimmsten Erzählungen über seine Brutalität zu glauben. Er meint, mich verachten zu können für das, was in London geschehen ist, obwohl er nicht die geringste Vorstellung davon hat, was es heißt, auf einer Insel zu sein, abgeschnitten von einer tückischen See, von allen verbündeten Armeen. Auch scheint er mir einen Vorwurf daraus zu machen, daß dieser kleine Alchimist von Malta von Geburt Normanne ist und ich seinen Vater als Mechaniker an meinem Hof gehätschelt habe. In seinem eigenen Land gibt es keine Verräter, da er sie ausgemerzt hat, indem er sie auf hölzerne Pfähle spießte. Und da wundert er sich noch, daß die übrige Welt nicht geneigt ist, seinem finsteren Beispiel zu folgen. Als wenn ich noch nie einen Verräter dem Tod überantwortet hätte!«

»Die Welt weiß sehr wohl, wie Ihr mit Verrätern umgeht, Mylord«, schnurrte Blondel. »Sogar die ungezogenen Engländer feiern Eure glückliche Errettung vor einem Anschlag, indem sie an jedem Fünften im November Guy Fawkes *in effigie* verbrennen.«

»Das war ein Brauch, der jetzt wahrscheinlich nicht mehr fortleben wird«, gab der Prinz zurück und fügte hinzu: »Umso bedauerlicher!«

»Wir werden ihn erneuern«, sagte der Hofdichter. »Und vielleicht werden wir uns andere Gedenktage für die Feier des Sturzes Eurer Feinde vorbehalten. Wir lassen die gewöhnlich Sterblichen dann auch Puppen von Cordery verbrennen und von dem Gecken Digby, der sich selbst Lord Protektor des englischen Volkes nennt. Wir werden sie alle zur Hölle schicken und veranstalten zum Gedenktag ihrer Hinrichtung einen Karneval. Auf diese Weise, Mylord, wird das Volk einen Jubel über Eure Errettung und Eure Gerechtigkeit anstimmen und wird Euch danken, daß wir ausgeharrt haben. Sobald der Tag gekommen ist, an dem Ihr im Triumph nach London zurückkehrt und Englands sterbliche Jugend vom Krieg gefressen worden ist, wird man die neuen Vampire als das entlarven, was sie sind – Thronräuber, die unendlich tückischer sind als die guten Männer, die sie erst kürzlich verjagt haben. Das gemeine Volk wird in den Straßen singen, um Euch bei Eurer Rückkehr daheim willkommen zu heißen. Und falls sie nicht laut genug singen – nun, ich werd' beschwören, daß sie es getan haben. Und die Zeit wird es in den Herzen und im Gedenken unserer sterblichen Untertanen wahr machen.«

»O ja«, sagte Richard bitter. »Aber zuerst müssen wir an Bord dieser verfluchten Galeeren ihren Kapitänen vertrauen, daß sie einen Weg vorbei an der Piratenflotte finden und uns einen Zugang zu dieser verdammten Insel erzwingen – wo wir dann wohlgemerkt nicht gegen einfache Mohammedaner kämpfen werden, sondern gegen Vampire, die nicht mehr Schmerz verspüren oder Verletzung fürchten als wir selbst. Das wird ein härterer Waffengang, mein Freund, als wir ihn jemals erlebt haben!«

Blondel de Nesle war ein viel zu vorsichtiger Mann, um zu fragen, ob sein Herr Angst hätte. Richard hatte Angst, und in Ausnahmesituationen ganz verzweifelte. Die Tage waren längst vorüber, als der Prinz jung gewesen war und er den Ruhm wegen seines Mutes und seines Draufgängertums voll verdient hatte. Es hatte eine Zeit gegeben, zu der er furchtlos in der Schlacht und wahrhaft ein Fachmann in der Kriegskunde gewesen war. Doch als im Heiligen Land immer mehr Zeit verstrichen war, hatte Richard erkannt, wie prekär seine Unsterblichkeit in Wirklichkeit war. Zwei schwere Verwundungen hatten ihm die Tatsache klar gemacht, daß er getötet werden konnte, er andererseits aber vielleicht ewig leben könnte, wenn er nur erfolgreich die Vernichtung mied.

Zum Zeitpunkt seiner Rückkehr aus Jerusalem war Richard ein veränderter Mann, der nicht mehr das Herz für einen echten Kampf hatte. Das war auf der Heimreise offensichtlich geworden, als der Prinz der allgemeinen Angst der Vampire zum Opfer gefallen war, sich auf hoher See und an Bord eines Schiffes zu befinden. Nur wenige Vampire konnten es ertragen, den Ozean lange unter sich zu wissen, doch Richard hatte eine besondere Ängstlichkeit ergriffen, die ihn noch immer heimsuchte und die ihm die Aussicht auf den künftigen Feldzug wahrlich zu einer schweren Prüfung machte.

Im vorgetäuschten Kampf war Richard noch immer ein kraftvoller Streiter; niemand war vortrefflicher in den Turnieren, die ihm so viel bedeuteten. Mit einer stumpfen Lanze und in dem sicheren Wissen, daß niemand die Absicht hatte, ihn wirklich umzubringen, ging er mit einem Eifer in den Wettkampf, als glaubte er selbst daran, daß in ihm der legendäre Lancelot wiederauferstanden wäre. Doch in seinem tiefsten Herzen war er wie so viele andere Vampire ein Feigling. Die Vorteile, die der Vampirismus seinem Leib gewährte, hatten ihn nur um so ängstlicher gemacht, die kostbare Gabe des Lebens nicht zu verlieren.

In seinen geheimsten Gedanken war auch Blondel der Meinung, daß Vlad Tepes alles Recht hatte, den Normannenprinzen zu verachten, vorausgesetzt allerdings, daß die Leute die Wahrheit sprachen, die behaupteten, daß Dragulya sich seinen Mut voll bewahrt hätte. Blondel hatte den finsteren Walachier nie gesehen, und er wußte zu viel über die Macht der Hofdichter, um dem Bild in allen Punkten zu glauben, das sein Rivale Beheim von dem Woiwoden gezeichnet hatte. Aus eigener Kenntnis glaubte er zu wissen, daß die Erzählungen von Dragulyas Schlachten genauso aufgebauscht waren wie die Erzählungen über Richard als Kriegsmann. Er war nicht sonderlich beeindruckt von den blutrünstigen Berichten über die Taten des Pfählers im Gefolge seiner Siege. Die Besiegten nach Tausenden zu pfählen – zumal, wenn so viele Frauen und Kinder darunter waren – erforderte keinen Mut. Wenn überhaupt, dann verriet solche Blutrunst wahrscheinlich eher eine innere Furcht.

Obwohl er dieser Meinung war, verachtete Blondel nicht aus eigener

Überzeugung seinen Herrn. Er verstand nur zu gut die Art und Weise, wie Richard seine Welt sah. Blondel war schließlich auch Vampir und wußte, welch großer Feigling er selbst war, obwohl er diese Tatsache nie eingestanden hätte. Stets wies er sich in seinen Balladen und Geschichten Rollen zu, in denen er fast ein ähnlich wackerer Kämpe war wie sein Herr.

Dann gesellte sich Richards Astrologe, Simon Melcart, zu ihnen und brachte Neuigkeiten über den schrecklichen Zustand der Stadt Neapel – ein Fieberloch, so meinte er, wie es nur die ungehobelten Italiener ertragen könnten. Melcart mußte gar nicht erst die Sterne befragen, so schien es, als er seinem Herrn den Rat gab, daß sie alle sogleich nach Cagliari zurückkehren sollten. Indes war das kein Teil des Plans, den der walachische Kriegsherr ausgebrütet hatte. Richards Schiff sollte mit jener Abteilung der Armada Segel setzen, die sich in der Bucht von Neapel sammelte und sich mit seinen eigenen Schiffen und jenen vor Palermo erst dann vereinen, wenn die gesamte Flotte nach Malta aufbrach.

»Berichtet mir«, sagte der Fürst zu Melcart in einem mehr drohenden als bittenden Ton, »was Eure Berechnungen für den Ausgang der Schlacht ergeben haben!«

»Einen Sieg!« verkündete der Astrologe, der sich dem Prinzen gegenüber setzte. »Da gibt es gar keinen Zweifel. Ein großer Sieg!«

Der Prinz schaute sich nach einem Schluck Wasser um, doch auf dem Tisch stand keines. Wie Melcart gesagt hatte, war Neapel gegenwärtig von einer Fieberepidemie heimgesucht, und die hiesigen Ärzte hielten es nicht für sicher, Wasser zu trinken. Statt dessen rief er nach Ale, und Blondel hörte einen Diener die Treppe hinaufpoltern, den der fordernde Klang der Stimme seines Herrn ängstlich gemacht hatte.

Blondel kräuselte leicht die Lippen, während er die beiden Männer beobachtete, die am Tisch saßen. Der Astrologe, so schien es, war sehr zuversichtlich. Seine Zunft war in ihren Prophezeihungen sonst eher vorsichtig und legte sich nicht gern fest, da man sich schließlich auch irren konnte. Richard war kein Mann, der einen Boten umbrachte, weil er schlechte Nachricht verkündete, doch ebensowenig war er geneigt, den Bringern guter Neuigkeiten Großzügigkeit zu erweisen, 'denen Fehldeutungen unterliefen. Dieser Astrologe war neu, nachdem sein Vorgänger in Ungnade gefallen war, da er es verabsäumt hatte, seinen Herrn von dem bevorstehenden Staatsstreich zu warnen, bei dem die Vampire aus Grand Normandy vertrieben wurden.

Die Unterlassungssünde hatte den Glauben des Fürsten in die Sterndeutung nicht abschwächen können, sie ließ ihn nur um so lauter den Verlust seines geliebten John Dee beklagen, der – wie Richard fest glaubte – über den Besitz jeglicher Art von Geheimwissen verfügt hatte, das er nur wegen seiner unseligen verräterischen Neigungen dem Prinzen nicht hatte zugänglich machen wollen. Richard war wie alle Vampire in Karls Reich von einem unersättlichen Appetit auf Vorausdeutungen der Zukunft, und es begeisterte ihn weitaus mehr, die Erfolge seiner Sterngucker herzuzählen als deren Mißerfolge. Er hatte sich noch immer die Faszination bewahrt für die seltsamen Experimente, die sein Zaubermann, der Earl of Northumberland, durchgeführt hatte. Blondel war seinerzeit viel stärker beeindruckt gewesen von den mechanischen Zauberkünsten eines Simon Sturtevant und des älteren Cordery.

»Und mein eigenes Glück?« grollte der abgesetzte König.

»Das ist gesichert«, beschied ihn Melcart. »Ihr werdet Euch auf dem Schlachtfeld hervortun wie eh und je. Ein guter Stern hält Wache über Euer Schwert, und der Mars im Sagittarius verspricht, daß Eure Bogenschützen ein hervorragendes Beispiel ihrer Kunst bieten werden. Ich erkläre Euch, Pfeil und Bogen werden diesen Konflikt entscheiden, und der Ruhm wird Euer sein, denn der Walachenprinz hat nur Musketen und Kanonen.«

»Das ist fürwahr eine Tragödie«, murmelte Blondel, »daß im Zodiak kein Musketier steht, der Dragulyas Artillerie himmlische Unterstützung gewährt. Wir könnten jene Kanonen gegen die Vampire des Heiligen Johannes brauchen. Und gerade jetzt verweigern sich die Sterne, ihren Kugeln Ziele vorzugeben.«

Melcart bedachte den Hofdichter mit einem finsteren Blick, doch er überging die Einmischung. »Ich habe dem Schurken Cordery das Horoskop gestellt, was ich sehr gründlich und genau tun konnte, da wir Ort und Stunde seiner Geburt kennen. Sein Horoskop ist düster. Die Schatten des Todes fallen auf ihn, und da wird Feuer sein für ihn, auf Erden und in der Hölle.«

»O gewiß«, sagte Blondel. »Zweifellos hat der Papst das berücksichtigt, als er angeordnet hat, daß Cordery vor die Inquisition in Rom gebracht wird. Obwohl, nun ja, der Pontifex ein heiliger Mann ist und nicht ein schwarzer Magier.«

»Da ist nichts an meiner Kunst, das schwarz ist«, sagte Melcart steif. »Gott hat die Gestirne gemacht, wie er die Erde gemacht hat. Und in seiner ganzen Schöpfung steht Bedeutendes geschrieben, wenn wir nur Verstand genug haben, die Zeichen zu lesen.«

»Und Ihr seid sicher, daß Ihr mehr Verstand habt als Noell Cordery, Meister Melcart? Immerhin war er es doch, der den Zauber entdeckt hat, wie man Vampire macht, wiewohl in den Sternen geschrieben steht, daß sein Elixier gegen die eigene Sterblichkeit nichts vermag.«

»Seine Magie ist nicht von der Art, wie sie Gott uns gegeben«, gab Melcart zurück. »Sie ist schwarz und gegen die Natur. Wüßte er in den Sternen zu lesen, dann hätte er gewißlich erkannt, daß er seine Seele für dieses schändliche Elixier verkauft hat und daß der Teufel keinen Aufschub gibt, die Schuld auch einzutreiben.«

»Dann ist es ja ein Gnadenerweis, wenn der Papst will, daß seine Inquisition den Geist des Alchimisten bricht und seine Seele rettet«, sagte Blondel mit leiserer Stimme. Doch mehr brachte er nicht vor; es war nicht an ihm, zu ergründen, welche dieser beiden Magien des Vampiremachens gegen die Natur verstieß. Und konnte er sich denn beklagen, da er doch gewiß die eigene Unsterblichkeit angenehmeren Seiten verdankte, die Löwenherz' lüsternen Blick auf sich gezogen hatten? Blondel war kein bescheidener Mann, doch er wußte wohl, daß er seinen hohen Rang nicht seiner dichterischen Kunst verdankte. Er wußte, wie leicht ein Wortschmied wie Meister Shakespeare ihn hätte ersetzen können, wäre der Stückeschreiber nur geneigter gewesen, der Vampiraristokratie schmeichlerisches Lob zu widmen und seine düsteren blutdampfenden Tragödien den gewöhnlich Sterblichen.

»In der Tat ein Gnadenerweis«, sagte Melcart nicht ganz ernsthaft.

»Jetzt ist nicht Zeit zum Streiten«, verwies Richard sie streng. »Wir werden noch Zeit genug haben, um zu beurteilen, ob Melcart wirklich jene Fähigkeiten hat, die sein Vorgänger für sich beanspruchen wollte. Laßt ihn in Ruhe, Blondel.«

»Streiten, Sire?« maulte Blondel, um einen leichten Ton bemüht. »Ich würde doch nicht mit dem braven Simon streiten oder um die Gunst der Sterne! Ich wünschte nur, Edmund Cordery hätte uns den ganzen Ärger erspart, dem wir uns jetzt gegenüber sehen. Hätte er sich doch nur bemüht, sich bei seinem Freund, dem Zaubergrafen, über die Zukunft seines Sohnes zu beraten. Der brave Harry Percy hätte ihrer beider tragischen Tod bestimmt vorausgesagt und ihm den Verrat ausgeredet. Hätten wir nur damals Melcart schon gehabt, Mylord! Noell Cordery wäre in der Wiege erwürgt, der verfluchte Langoisse gefangen und die beiden Schönen, Lady Carmilla und Lady Christelle, gerettet worden, um den Hof noch tausend Jahre mit ihrer Gegenwart zu beglücken.«

»Ich befehle Euch, gebt Ruhe, Blondel!« sagte der Prinz ungehalten.

»Ich werde keine Hilfe zurückweisen, die ich bekommen kann. Also haltet Eure Lästerzunge im Zaun, damit sie Euch nicht die Lippen verbrennt! Gott wird nach eigenem Willen diese Schlacht entscheiden; wir können nur streben, Seinen Ratschluß zu ergründen, soweit es Ihm beliebt, uns Einblick zu gewähren.«

Blondel verneigte sich. »Wie es meinem Fürsten beliebt«, erwiderte er.

Richard betete stets darum, daß seine Pfeile glücklich ins Ziel träfen, da er sein Erbe auf jenen denkwürdigen Schuß zurückführte, der sich in Harolds Auge gebohrt und mit dem die Herrschaft über die britischen Inseln an Wilhelm den Bastard und an Normannien und Gaul gefallen war.

Blondel hätte sein Vertrauen lieber in die guten englischen Kanonen aus Sturtevants Stahl gesetzt – wäre nur Richard nicht gezwungen gewesen, seine Kanonen zurückzulassen, als er in großer Hast London per Schiff verließ. So hatte er nur noch notdürftig mit Kartätschen und Feldschlangen ausgerüstet hierherkommen können. Es war rührend, daß die einfachen Bogenschützen aus Richards Armee ihm so große Treue bewiesen hatten und mit ihm ins Exil gegangen waren, doch Blondel gab sich keinen Illusionen darüber hin, daß diese Männer noch immer die Creme der kämpfenden Truppen Englands wären.

»Und dann sollten wir nicht vergessen«, sagte Richard ohne übertriebene Begeisterung, »auch für unsere walachischen Verbündeten zu beten, auf daß ihre Musketenkugeln sicher ins Ziel fliegen.«

»Amen«, sagten Simon Melcart und auch der Hofpoet, worauf Richard sie bat, ihn mit seinen Gedanken und mit seinem Gott allein zu lassen.

Diese Gedanken waren so bitter, daß Richard es nicht ertragen konnte, lange mit ihnen allein zu bleiben. Obwohl Vlad Dragulya seinen Zorn erregt hatte, gab es genügend andere, gegen die er ihn hätte richten können. Richard sah sich als einen betrogenen Mann, betrogen von seinen Landsleuten und von seinen Idealen, und die Tatsache, daß er Grand Normandy verloren hatte, verletzte ihn unendlich tiefer, als seine grimmigsten Feinde und seine besten Freunde sich vorstellen konnten. Er hatte wahrlich an das Gottesgnadentum der Vampirfürsten geglaubt, an jenen Gott, der die Welt scheinbar so eingerichtet hatte, daß seine Art in ihr einen bevorzugten Platz hatte. Und geglaubt hatte er an die Mission, die Gott scheinbar den Vampiren übertragen, nämlich eine Welt zu zivilisieren und ihr Glanz zu geben, die einst von allen Schrecknissen der Sterblichkeit heimgesucht gewesen war.

Worin denn, so dachte er, *besteht nun der Lohn all unserer Bemühungen?*

Was wird jetzt aus der glorreichen Welt, die wir aus den Staaten Gauls erschaffen wollten? Sie ist der Dunkelheit anheimgefallen, und die Unsterblichkeit, die unser Vorrecht gewesen ist, wird wahllos an die Niedrigsten und Gemeinsten verschleudert.

Er nahm eine gedruckte Flugschrift auf, die auf dem Tisch gelegen hatte. Es war ein häßliches Ding, ungebunden und auf schlechtestem Papier gedruckt, und es hatte bereits großen Schaden in der Welt angerichtet. Es berichtete davon, wie man ein Elixier aus Vampirsamen und Menschenblut zusammenmischen und auf jede erdenkliche Art dem Körper zuführen konnte, um aus gewöhnlichen Menschen Vampire zu machen. Das war eine weit einfachere und nüchternere Methode als diejenige, derer sich Attilas Geschlecht immer bedient hatte, um auszuzeichnen, wer von ihm geliebt wurde und ihm am treuesten gedient hatte.

Für Richard war die Flugschrift etwas Unheiliges, das viel übler stank als die Häresien der Gregorianer, die die Vampire als von Dämonen besessene Teufelsbrut beschimpften. Der wahre Adel seines Standes, so dachte Richard, zeigte sich darin, daß sein eigener Vampirismus auf Liebe und Zuneigung beruhte und nicht auf der kalten Berechnung von Männern wie Noell Cordery.

Es gab nur ein einziges Mittel, seine Bitterkeit zu lindern, also ging er in sein Schlafgemach, den luxuriösesten Raum in der Villa, die man ihm in Neapel überlassen hatte. Dort schickte er nach dem jüngsten seiner Diener, der mittelmeerblaue Augen und blondes Haar hatte und eines Tages einen stattlichen Vampirritter abgeben würde.

Richard, der entmachtete Fürst von Grand Normandy, genannt Löwenherz, nahm den Silberdolch auf, den er stets griffbereit neben seinem Bett liegen hatte, hob ihn vor die Augen, die sich in der blankgeputzten Klinge spiegelten. Es waren bemerkenswerte Augen von kupferroter Farbe statt von jenem Schwarz, das sonst für Vampire typisch war.

»Augen voll Feuer«, murmelte er leise. »Tapfere Augen. Die Augen eines Helden; eines Mannes, der zum Herrscher geboren ist.« Sacht leckte er sich die Lippen, die nach dem süßen, warmen Geschmack von Blut gierten.

3. Kapitel

Noell Cordery saß auf einem dreibeinigen Hocker und beobachtete seinen Kessel, der über dem Feuer langsam zu summen begann.

Er hielt sich in einem fensterlosen Raum mit Bänken zu beiden Längsseiten auf, die vollstanden mit Krügen und Destillierkolben, Lampen und vielarmigen Kerzenleuchtern, Zwingen und Feilen. Es war die typische Höhle eines Alchimisten, abgesehen von gewissen Gerätschaften, die man an solchen Orten nicht vorzufinden erwartete: Käfige mit kleinen struppigen Hunden oder großen braunen Ratten, die unablässig am Maschendraht knabberten, hinter dem sie gefangen waren; Lappen und Salmiakgeist zum Reinigen; das Mikroskop auf dem Tisch. All diese Dinge waren bei seiner Alchimie notwendig, und zuzeiten hatte es dort noch andere Dinge gegeben, die dem oberflächlichen Betrachter den Eindruck vermitteln konnten, daß er sich mit noch schwärzeren Künsten abgab: Leichen zum Sezieren; von Wundärzten amputierte Glieder; Flaschen und Phiolen und Krüge und Becher und Schalen und Weinschläuche, die nichts anderes als Blut enthielten. Er war der Welt gründlichster Erforscher von Blut, und er konnte von sich sagen, daß er mehr über seine Geheimnisse wußte als jeder lebende Mensch . . . und dennoch nicht genug.

Nicht annähernd genug.

Er hatte versucht, das innerste Wesen des Menschen zu ergründen, die Körperseele zu finden und zu begreifen. Doch wenn er die Summe seiner Entdeckungen zusammenzählte, mußte er sich sein Scheitern eingestehen. Er hatte das Elixier des Lebens entdeckt, doch er wußte nicht, wie es arbeitete oder warum es manchmal ohne Wirkung blieb.

Obwohl dies ein Kellerraum war, in dem es gewöhnlich kühl blieb, hatten sich die große Sommerhitze und das in der Esse brennende Feuer verbündet, ihn etwas zu erwärmen. Die Hitze tat sich zusammen mit Schlafmangel und versetzte ihn in einen tranceähnlichen Zustand, in dem ihm Erinnerungen und Gedanken durch den Sinn gingen wie Fetzen und Schnitzel vergangener Träume.

Angesichts der Kessel erinnerte er sich an die Küche im Kloster bei Cardigan, in der er einst für Unterkunft und Verpflegung gearbeitet hatte. Er erinnerte sich an den Geschmack des Puddings, der dort gekocht hatte, eine Köstlichkeit, wie er sie seither nie wieder geschmeckt hatte.

Er erinnerte sich noch an einen anderen Kessel aus einem Schauspiel, das er einst im Tower von London als kleiner Junge gesehen hatte. Über den Rand des magischen Gefäßes gebeugt, hatten drei Hexen gackernd gelacht und Beschwörungsformeln geheult, während sie irgendein sterbliches Prinzlein dem Tod und seinem gerechten Schicksal überantworteten. Er konnte sich jetzt nur noch an sehr weniges aus seiner Jugend erinnern. Es war eine sorgenfreie Zeit gewesen, die jetzt in der Erinnerung überlagert war durch so manchen Schmerz, der tiefe Spuren in seine Seele gegraben hatte. Doch gewisse Zeilen jenes einst gesehenen Schauspiels trieben jetzt losgerissen bis an die Schwelle seines Bewußtseins, und stirnrunzelnd versuchte er, sie sich ins Gedächtnis zu rufen.

Mischt Ihr alle, hatten die Hexen gesagt, *mischt am Schwalle, Feuer brenn und Kessel walle.* Das waren Worte, die er auch an seinen eigenen Kessel hätte richten können – der, so war er sicher, eine schrecklichere Mischung finsterer Dinge enthielt als jene, über die die armen Hexen so gekichert hatten. Doch sein eigener Kessel sollte nicht aufkochen, sondern nur langsam gewärmt werden, um das zu schützen, was darin war. Er konnte sich nicht an die Rezeptur erinnern, die in dem Schauspiel angeführt wurde, damit die Zuhörer sich ob der Unflätigkeit der Hexen vor Ekel wanden, aber er hatte die besten Rezeptbücher gelesen und wußte um die Zusammensetzung anderer Zaubertränke. Er kannte das *Compendium Maleficarum* des Guazzo, die sogenannte *Clavicula Salomonis,* die *Ars Magna* des Ramon Lull, das Buch über schwarze Magie, das fälschlicherweise Cornelius Agrippa zugeschrieben worden war, die Werke des Marcello Ficino und zahllose andere Werke des Okkulten. Nur zu gut wußte er, welche Arten von Ingredienzen Hexen und Hexenmeister in dem Ruf standen, in ihren Zaubertränken zusammenzubrauen. Er hatte mehr davon versucht, als er zählen konnte, doch feststellen müssen, daß sie alle ziemlich wirkungslos waren.

Ich habe andere Tränke als jene sind, von denen der Dichter spricht, dachte er. *Und ich befasse mich nicht mit dem kleinlichen Schicksal, sondern mit Säften, die sterblichen Menschen langes Leben verleihen und mit Giften, es ihnen auch wieder zu nehmen.*

Jener Stückeschreiber hatte im Dienst von Vampirherren Dramen aus der jüngsten Geschichte geschrieben, um den Vampiren zu schmeicheln, doch seine wahrhaft große Kunst war Tragödien vorbehalten gewesen, die in ferneren Zeitaltern angesiedelt waren, von den Fährnissen der Sterblichkeit handelten und sich in offener Sprache an das gemeine Volk wandten.

Noch mehr Erinnerungen standen auf und verdrängten alles andere –

Erinnerungen an andere dunkle, luftlose Räume, durch die kaum ein Hauch Kühlung wehte und wo Fieber ihn bedrängte. Mehr als alle anderen haßte er seine Erinnerungen an Adamawara, obwohl er nicht wirklich sagen konnte, warum, denn eigentlich war ihm dort nichts Schreckliches zugestoßen und Berenike hatte ihn dort die Liebe einer Frau gelehrt. Doch es war ein fremdartiges, erschreckendes Reich voll bizarrer Menschen gewesen.

In seinen Erinnerungen waren jene Reise nach Adamawara und die Zeit dort seine Zeit des Blutes gewesen; er hatte sich selbst auf dem Opferaltar ausgestreckt und seine Gesundheit und Kraft im Austausch gegen ein perverses Wissen hingegeben, dessen Macht nur wenigen außer ihm selbst versagt war. Er hatte Menschenblut getrunken, und trotzdem war es ihm nicht gelungen, richtig und schicklich zu finden, daß er solches getan. Er dachte an seine Sterblichkeit jetzt als an eine Art Bestrafung – die Rache Gottes –, obwohl er sich nie schlüssig werden konnte, für welche Art Sünde er büßte.

Die Tür zum Keller kreischte in den Angeln und wurde geöffnet, und er schreckte hoch, setzte sich aufrecht; es war Leilah, die allertreueste in seiner Dienerschaft und Helferschar.

Er verfügte jetzt über viele Diener und Helfer, denn er hatte die Unsterblichkeit zu bieten, die sich ihm selbst versagte. Jede Woche schuf er mehr Vampire. Doch seine Zeit lief aus – sein kerzengleiches Lebenslicht, das in der kalten Zugluft der Feindschaft Gauls und Walachias flackerte –, und er wußte, daß er vielleicht nicht genügend Vampire gemacht hatte, wo doch der Großmeister des Ordens seine neuen Rekruten nur mit Pfeil und Bogen und Dolchen bewaffnen konnte.

»Es ist spät«, sagte Leilah. »Du mußt jetzt zu Bett gehen und schlafen. Du hast ein Dutzend Gesellen, die über deine Arbeit wachen können!«

»O nein«, sagte er. »Die Arbeit braucht keine Beaufsichtigung – sogar diese neue und schreckliche Arbeit nicht, die neben der alten Arbeit her läuft. Alles ist ruhig, aber ich möchte jetzt noch nicht gehen. Gibt es Neuigkeiten?«

»Langoisse und La Valette haben kleine brennende Segelschiffe in den Hafen von Palermo entsandt, die der Wind hineingetrieben hat. Sie haben reichlich Schaden unter den dichtgedrängten Schiffen angerichtet, doch der Feinde sind zu viele, um sie mit solchen Mitteln besiegen zu können. Sie sind vor einigen Stunden wieder im Grand Harbour eingelaufen, und sie meinen, daß die feindlichen Galeeren jetzt auf hoher See sein müssen. Sie machen alles bereit, um unverzüglich wieder in See zu stechen und so großen Schaden zu stiften, wie sie können.«

»Was ist mit den Mohammedanern?«

»Die *Ghazi* sind weiter südlich auf See, schleichen sich inzwischen langsam näher, doch sie wollen nur beobachten. Die Sultane werden auf eigene Rechnung kämpfen, sobald wir die Flotte Gauls zerschlagen haben.«

»Keine Nachrichten von anderen Freunden?«

»Keine.«

Noell senkte den Kopf. Er hatte sich an die schwache Hoffnung geklammert, daß ein Teil von Kenelm Digbys Kriegsmarine noch kommen könnte, sich mit den Johanniterrittern zu verbünden, doch ihm war bewußt, daß das romantische Hirngespinste waren. In seinem Herzen empfand er keine so große Trauer darüber, daß sein Freund beschlossen hatte, sich zurückzuhalten. Die Sicherheit Englands mußte in Digbys Denken und Trachten Vorrang haben, und England würde stärker bleiben, wenn es sich aus diesem schrecklichen Kampf heraushielt. Es war nur ein Jammer, daß sie nicht mehr englische Kanonen bekommen hatten.

Leilah legte ihre sanften Hände auf Noells Schultern und schaute ihm ins Gesicht. Seine Augen waren so schwach, daß er ihr Gesicht sogar mit Hilfe der Brillengläser nur verschwommen erkennen konnte, und das war für ihn ein Grund zur Trauer. Doch wenn es etwas in seiner Erinnerung gab, das auf ewig scharf und klar sein würde, dann war das der Schimmer ihrer Haut und der Glanz ihrer Augen und das satte Schwarz ihres dichten Haars.

Er hoffte, daß auch sie sich seiner erinnern würde, falls das Glück sie leben ließ und ihre Seele durch die kommenden Jahrhunderte vor Unbill bewahrte. Aber vor allem anderen erhoffte er sich jenes Gedenken –, daß, wenn sie bei zukünftigen Geliebten lag, sie ihn in deren zärtlichen Umarmungen wiederfand.

Leilah war jetzt fast so gekleidet, wie er sie einst kennengelernt hatte: in Männersachen, ganz in Leder, doch sie trug keinen Dreispitz, und weder Dolch noch Pistole. Noell strich mit der Hand über ihren Jackenärmel und erkannte schockartig, warum sie auf diese Art gekleidet war.

»Du bist gekommen, Lebewohl zu sagen«, flüsterte er.

»Noch nicht«, beruhigte sie ihn. »Ich bin gekommen, dich von hier wegzubringen, auf daß unser Lebewohl sich behaglicher gestaltet und an einem besseren Ort.«

»Einem besseren Ort?« Noell schaute die düsteren Wände hinauf und hinunter, mit seiner schwachen Sehkraft kaum imstande, die Flaschen und Kolben auf den Regalen auszumachen, die Bücher und Manuskripte, die Werkzeuge und anderen Geräte. *Das ist mein besserer Ort, so dachte er, denn hierher gehört der Alchimist, in diese Hexenküche, wo er Tränke für Leben und Tod zusammenbraut, mit dem Schicksal spielt und Gottes dunklen Geheimnissen.*

Trotzdem stand Noell von seinem Hocker auf und ließ sich zur Eingangstür führen, wo Quintus wartete. Noell war froh, ihn zu sehen, denn er wollte diesen Raum nicht unbewacht lassen, obwohl keine wichtigen Arbeiten mehr zu tun waren. Unter seiner Schar von Gesellen und Lehrlingen war niemand, den er damit betrauen mochte, für ihn die nächtliche Wache zu übernehmen. Doch Quintus traute er wie eh und je.

Noell ergriff die Hand des Mönchs, als er an der Tür war, und drückte sie fest, legte mehr in diese wortlose Botschaft, als ganze Sätze hätten sagen können. Der Griff des Mönchs war weitaus fester als der seine, die Hand kräftig und muskulös. Als sie noch in Burutu gelebt hatten, war Noell der jüngere von beiden gewesen, in der Blüte seines Lebens, groß und schlank und gutaussehend. Jetzt war er der um vieles ältere, zwar nicht nach Jahren, doch in seinem ganzen Äußeren.

Das Fieber, das Noell in Adamawara befallen hatte, und die Zaubertränke der Elemi hatten ihre Spuren an Leib und Seele gleichermaßen zurückgelassen, und während Quintus mit dem Odem des Lebens aufgeblüht war, war Noell geschrumpft und schwächer geworden. Manchmal schien ihm die Vorstellung nicht abwegig, daß die geringen Mengen Blut, die Noell in den dazwischenliegenden Jahren Quintus gespendet hatte, eine Übertragung von Lebensenergie bedeutete, doch Noell neidete seinem Freund nicht die Kraft, die ihm aus solchen Spenden zugeflossen war. Immerhin konnte Noell Cordery ja als der Schöpfer gelten, der Quintus wie auch tausend anderen diesen Lebensodem eingehaucht hatte. Und wenn er dereinst tot war, würde er von einigen vielleicht als Heiliger verehrt werden, ganz gleich, wie viele andere auch von ihm als einem Teufel sprechen würden.

»Ich werde für Euch beten«, versprach Quintus, als Noell sich anschickte, die Treppe nach oben zu steigen.

»Ja, bete für uns alle«, forderte Noell ihn auf. »In dieser Nacht der Nächte kann es gar nicht genug Gebete um Beistand geben, denn wir werden ein Wunder brauchen, das uns vor der Vernichtung bewahrt.«

Er ließ sich von Leilah hinaus auf die Straße von Mdina führen, doch als sie zu ihrer Wohnung abbiegen wollte, lenkte er sie in die andere Richtung zu der Kirche, die der erste Ort christlicher Gottesdienste auf der Insel gewesen war.

In der Kirche war strahlend helles Licht. Die Sonne schien hinter den bleigefaßten Fenstern, und innerhalb der vergangenen vierundzwanzig Stunden mußten annähernd tausend Kerzen entzündet worden sein, als fast jeder Mann, jede Frau und jeder Vampir in Mdina in der Kathedrale gewesen war, um Bittgebete zu verrichten. Zu dieser Stunde der Siesta waren fast alle Bänke leer. Man sah nur vereinzelt kniende Gestalten – Frauen, die die *Ghonella* trugen, um ihre Gesichtszüge und ihre Gefühle zu verbergen. Noell kniete nicht nieder, sondern setzte sich in die hinterste Bank, Leilah neben sich. Beide waren hier praktisch Fremde – er ein Ungläubiger, sie noch immer eine ungetaufte Heidin.

»Sind wir zum Gebet hierhergekommen?« fragte die Vampirlady.

»Ich bin zu stolz zum Beten«, antwortete er. »Ich konnte es in meiner Jugend nicht, und wenn ich es jetzt nicht aufrichtig kann, dann überlasse ich es lieber jenen, die es können. Ich werde nicht um mein Seelenheil oder um die Unversehrtheit meines Leibes bitten. Jetzt nicht.«

»Wir könnten einen behaglicheren Ort aufsuchen, um unsere letzte Stunde gemeinsam zu verbringen«, sagte sie.

»Willst du mein Blut?« fragte er, jedoch ohne Bitterkeit.

»Nein«, sagte sie. »Ich habe Blut genug gehabt, und bevor diese Sache vorüber ist, wird auf See so viel Blut vergossen worden sein, daß sich das Meer von Sizilien bis Tripolis rot färbt.«

»Du mußt dieses Blutmeer hinter dir lassen«, forderte er sie auf. »Sobald die Galeeren durchgebrochen sind und ihre Vampirritter sich auf der Insel festsetzen, mußt du Langoisse zwingen, nach England aufzubrechen. Seine Unsterblichkeit hat Langoisse nicht hinreichend abgekühlt, und ich befürchte, daß er mit der *Spitfire* wieder hier landen wird, um in den hoffnungslosen Kampf einzugreifen. Er brennt noch immer darauf, seine Rechnung mit Richard zu begleichen, und es gibt niemanden auf der Welt außer dir, der ihn von hier wegbringen könnte. Ich vertraue auf dich, daß du ihn vor seiner Hitzköpfigkeit schützt und sein Schiff für andere Aufgaben rettest.«

»Es wird nach England absegeln«, versprach Leilah. »Dafür will ich Sorge tragen, auch wenn ich mich mit Gewalt zum Kapitän machen muß.«

Als Noell darauf schwieg, setzte sie wieder zu sprechen an. »Langoisse behauptet immer noch, daß die Galeeren vielleicht nicht durchkommen, daß seine Breitseiten sie manövrierunfähig schießen und vernichten werden, so daß sie gar nicht bis in den Hafen gelangen.«

»In einer Seeschlacht«, erklärte Noell, »wird ein einzelnes Segelschiff einer Galeere stets überlegen sein, und es kann sie mit ein paar wohlgezielten Kanonenschüssen zertrümmern. Aber wir reden von Hunderten von Galeeren, die nicht einmal den Versuch machen werden, sich mit unseren Schiffen draußen auf See auf einen Kampf einzulassen, sondern ganz eng zusammenbleiben, ganz stur aufs Land zu halten, damit sie dort ihre Ladung von Pferden, Männern und Musketen absetzen können. Die eigentliche Schlacht wird entbrennen, sobald diese Armeen sich vor den Mauern von Mdina sammeln, wo Durand sie aufhalten muß, sonst ist alles verloren. Was dann danach geschieht, spielt keine Rolle mehr – die *Spitfire* muß umkehren, nach England zurück, und dort mußt du dich darauf gefaßt machen, noch einmal in den Kampf zu ziehen und dieses Land zu verteidigen.«

»Da gibt es noch ein Geheimnis«, sagte sie, »das du mir nicht erzählen willst, obwohl Quintus darum weiß. Es ist doch nicht allein um Englands willen, daß du mich bittest, wegzugehen? Und es ist auch nicht nur, weil du um mein Leben fürchtest.«

»Es liegt in der Natur eines Geheimnisses«, entgegnete Noell, »daß es gewahrt wird.«

»Sogar vor mir?« fragte sie, und in der Art, wie sie es sagte, machte sie kein Geheimnis daraus, daß sie sich verletzt fühlte.

»Sogar vor dir«, sagte er. Und dann, um ihrem anklagenden Blick zu entgehen, erhob er sich und ging den Mittelgang hinunter auf den Altar zu, dessen silberne Frontale im Schein unzähliger Kerzen funkelte. Sie folgte ihm, doch schloß sie nicht zu ihm auf, bis er unter dem Gemälde von Maria, der Mutter Jesu, stehenblieb, das der Volksmund dem Heiligen Lukas zuschrieb. Noell starrte hoch zur Madonna. Seine müden Augen blinzelten. Er versuchte, seine Brille zu richten, um besser sehen zu können, doch noch immer war das Bild verschwommen.

»Sie hat nicht die Schönheit einer Vampirlady«, sagte er in dem Bewußtsein, daß es stimmte, obwohl er sie nicht richtig erkennen konnte. »Keine gewöhnlich sterbliche Frau hat sie. Das ist ein übler Trick, den das Schicksal gewöhnlichen Menschen spielt: die höchste Schönheit einer anderen Art zu verleihen, einer Art zumal, die selbst keine Kinder haben kann. Bemitleide die gewöhnlichen Menschen, die dich stets lieben werden, mein wunderschönes Kind!«

»Komm, gehen wir heim!« sagte Leilah. »Komm heim, und dann

schlafe. Denn welches Geheimnis du auch vor mir haben magst, du wirst es besser bewahren können, wenn du es nur eine Weile ruhen läßt.«

Sie nahm seinen Arm und führte ihn sanft den Mittelgang zurück zum Portal. Als sie die Kirche verließen, wandten sich die steifen Seidenhäubchen in gemessener Art nach ihnen um, als die Frauen ihre Gebete unterbrachen, um ihnen nachzuschauen.

Noell fragte sich, wie die Welt wohl sein würde, wenn alle Männer Vampire werden könnten, nachdem sie die Kinder gezeugt hatten, von denen sie sich dann nähren müssen. *Wie Mütter ihre Säuglinge stillen,* dachte er, *so werden Kinder ihre Eltern stillen müssen.* Das wäre doch, so fand er, an sich eine viel weniger fremdartige Welt, als es ihm in seiner wilden Fantasie erschien.

»Willst du mich jetzt küssen?« fragte Leilah, als sie in der Bannmeile der Kirche in der heißen Sonne standen.

»Das will ich«, sagte er. Und er nahm sie in die Arme, zum allerletztenmal, wie er glaubte. Er drückte sie ganz fest an sich, und er erinnerte sich, daß er das schon getan hatte, lange bevor sie ein Vampir und seine Geliebte geworden war, damals, als sie noch ein Mädchen gewesen war, eine Fremde in einem fremden, düsteren Land. Doch elender Narr, der er gewesen war, hatte er sie damals nicht geküßt . . . Und in jenen Tagen war er zu stolz gewesen, einem bedürftigen Vampir von seinem Blut zu geben.

Jetzt küßte er sie und sagte, daß er sie liebe.

Doch als sie seine Worte zurückgab und sagte, daß auch sie ihn liebe, mußte er denken, daß er jetzt vielleicht ein noch elenderer Narr war als einst in seiner längst vergangenen Jugend, denn er war alt und krank, fast ohne Augenlicht, gebrechlich und hinfällig, und dennoch konnte er ihr solche zärtlichen Worte glauben, obwohl sie von einem Wesen ausgesprochen wurden, das so schön war wie die Sonne.

»Ich selbst kann mich nicht erhalten und überleben«, flüsterte er zu ihr. »Doch das wäre mir ganz gleichgültig, solange ich gewiß sein kann, daß du sicher bist. Ich bitte dich, bewahre dein Leben um meinet- wie um deinetwillen, denn in deinen Augen und in deinem Herzen ist die ganze Unsterblichkeit, die ich brauche oder die ich haben will.«

Da weinte sie und überführte all diejenigen der Lüge, die behaupteten, daß Vampire nicht weinen könnten, und diejenigen, die meinten, daß jene, die keinen Schmerz empfinden, auch kein Mitleid fühlen könnten. Wahrlich, hätte er genau in diesem Augenblick bis auf den Grund ihrer Menschenseele blicken können, dann würde Noell Cordery begriffen haben, daß seine Geliebte erfüllt war von einer solch schweren Last des Mitleids und der Trauer, daß es dreihundert Jahre und mehr bedurfte, bis diese ihr leichter zu tragen wurde, und daß sie nie leer und gewichtslos träumend sein würde, auch wenn sie bis ans Ende aller Zeiten lebte.

4. Kapitel

Die große Seeschlacht, die ausgefochten wurde, um die Rebelleninsel Malta gegen die kombinierte Streitmacht von Gaul und Walachia zu verteidigen, wurde in keinem eng umgrenzten Gebiet weit draußen auf dem Meer ausgetragen, sondern nahm vielmehr die Form einer Reihe von Schlachten an, die sich über Raum und Zeit verteilten. Der größte Kampf fand drei bis zwölf Meilen nordwestlich der Insel am Tag vor der Invasion statt.

Jener Wind, den die Inselbewohner Gregala nennen und der bei Schriftstellern der Antike Euroklydon hieß, bließ inzwischen seitlich vom Kurs, den die Kriegsgaleeren eingeschlagen hatten, und traf sie mittschiffs. Ihre rechteckigen Segel hatten auf dem ersten Stück der Reise den Wind mehr von Achtern gehabt, und die Kapitäne hatten ihre Schiffe mehr nach Westen driften lassen, als wünschenswert gewesen wäre, so daß die Legionen von Ruderern jetzt die Hauptarbeit hatten. Die maltesischen Segelschiffe konnten den Wind besser nutzen, doch angesichts der Richtung, aus der er jetzt stetig wehte, konnten sie ihre Wendigkeit nicht voll ausspielen. Obwohl der Wind frisch war, konnten die Karavellen und Galeonen die Johanniterordens ihre Schnelligkeit kaum gegen die feindlichen Schiffe einsetzen, die sie vernichten wollten.

Die größten Galeeren der Flotte des Reiches fuhren in dem vorrükkenden Verband nicht dicht an dicht, sondern zwischen ihnen lagen in geringem Abstand Gallotten und Brigantinen. Ihre Kapitäne wußten sehr wohl, daß La Valette versuchen würde, seine Schiffe genau zwischen ihre Linien zu bringen und ihre Ruderer mit Breitseiten aus ihren Kanonen von Backbord und Steuerbord abzuschlachten, doch sie waren entschlossen, das um jeden Preis zu verhindern. Die Galeeren hatten ihre stärksten Kanonen auf dem Vorschiff montiert, und dort waren auch Ausleger, die sie auf kürzeste Entfernung als Rammen und Enterbrücken benutzen konnten. Doch da das ungeschützte Mittelschiff auf beiden Flanken nur mit Ruderluken bestückt war und oben auf Deck nur Musketenschützen standen, mußten sie durch geschicktes Manövrieren verheerende Treffer durch Breitseiten zu vermeiden suchen.

An Bord der *Spitfire* in La Valettes erster Abteilung stand Langoisse auf seiner Brücke und maß mit den Augen die Lücken in der Linie der feindlichen Schiffe, die schnell vorrückten. Er bedeckte seine Augen gegen die Sonne, doch er brauchte kein Fernrohr, um die Situation einzuschätzen. Leilah stand ganz entspannt und geduldig neben ihm. Langoisse verspürte einen Tatendrang in seinen Adern, wie er ihn seit den Tagen als Pirat nicht mehr gefühlt hatte. Seine Jahre als Vampir hatten sein hitziges Temperament etwas gedämpft, doch nicht vollends abgetötet.

»Bei Gott, meine Süße«, sagte er, als er den Arm sinken ließ, »diesmal stehen die Chancen gegen uns! Aber wie diese verschreckten Vampirritter sich jetzt unter Deck aneinanderdrängen werden und auf die Stürme warten, die wir gleich losbrechen lassen!«

Sie sagte nichts zur Erwiderung, sondern richtete ihre ernsten dunklen Augen fest auf ihn, und allein dieser Blick ließ sein Herz vor Freude tanzen. Sie sah so jung aus, mehr wie das wundersame Sklavenmädchen, das er einst befreit hatte, denn wie die hochgewachsene, reife Frau, die sie in Adamawara gewesen war vor ihrer Verwandlung.

Die Flottenverbände näherten sich jetzt einander schnell, und die führenden Schiffe der Johanniterritter konnten sich trotz der Tatsache noch nicht querlegen, daß sie durch ein Abdrehen nach Westen besser im Wind gelegen hätten. Sie mußten mit ihrem Bug auf die Kanonen des Feindes zuhalten und dann versuchen, mitten durch den Feuerhagel zu segeln, um zwischen die Galeeren zu gelangen und dabei notfalls die feindlichen Ruder unter ihren Kiel nehmen. Die vereinigte Flotte des Reiches übertraf sie an Zahl um das Sechs- oder Achtfache, und Langoisse wußte, daß ihre einzige Hoffnung darin bestand, möglichst viele Schiffe manövrierunfähig zu machen, die Formation aufzubrechen, die Galeeren auseinanderzureißen und sie nach Westen und Osten abzudrängen. Einige würden zweifellos dennoch Malta erreichen, doch falls es gelang, ausreichend viele feindliche Schiffe außer Gefecht zu setzen und falls die Verteidigungskräfte La Valettes in ausreichend guter Verfassung blieben, würden die Galeeren sich vielleicht nicht zu einem entschlossenen Angriff auf den Grand Harbour massieren können oder Truppen in nennenswerter Zahl in der St. Paul's Bay landen.

Langoisse rief dem Steuermann Anweisungen zu. Er mußte noch nicht brüllen, denn das Geräusch des Windes in der Takelage war noch gedämpft, und die Männer warteten ruhig auf ihren Posten, doch sie hatten sich bereits hingeduckt, denn sie wußten, daß die auf dem Vordeck der Galeeren aufgebauten Kanonen bestimmt zuerst das Feuer eröffnen würden. All diese Männer kannten ihr Handwerk gut, denn einige waren schon seit Piratentagen mit Langoisse zusammen, und alle übrigen hatten als Seeleute auf Handelsschiffen oder Freibeuterschiffen gedient. Nur wenige an Bord waren Malteser, vorwiegend bestand die Mannschaft aus Franzosen oder Engländern, und aus drei Vierteln von diesen hatte Cordery Vampire gemacht.

»Oh, hätte ich doch nur den wackeren Selim an meiner Seite«, murmelte Langoisse mit einem Seitenblick auf Leilah. »Wie hätte er das Getümmel geliebt, das uns bevorsteht!«

Die *Spitfire* hatte zu beiden Seiten nur je eine Reihe Kanonen, und das waren zumeist leichte Bronzegeschütze. Sie war ein kleines Schiff im Vergleich zu La Valettes Flaggschiff, der *Great Carrack of Rhodes*, die backbord und steuerbord über zwei Geschützdecks und die besten Stahlkanonen der Flotte verfügte. Das Flaggschiff hielt zusammen mit den anderen großen Galeonen zurück in der Hoffnung, daß die kleineren, wendigeren Segler den Flottenverband des Reiches hinreichend durcheinanderbringen konnten, um den größeren Schiffen und stärkeren Kanonen Gelegenheit zu geben, sich ihre Ziele auszusuchen und sich in aller Ruhe auf sie einzuschießen.

Einige der Schiffe in Langoisses Kielwasser waren kaum größer als arabische Dhaus und trugen nur die leichten, auf Schwenkarmen montierten Geschütze, die die Spanier »Esmerils« nannten. Doch sogar diese Schiffe waren geeignet, die Ruderer in den kleineren Galloten in Angst und Schrecken zu versetzen und die dichte Reihe der Angreifer auseinanderzureißen. Sobald ihre Formation durchbrochen war, schien es gut möglich, daß die Galeeren einander in die Quere kamen und kollidierten und die maltesische Flotte Tod und Verderben unter ihnen anrichtete.

Langoisse schaute hinunter auf die Wellen, die an die Bordwand der *Spitfire* leckten und wünschte sich inständig, daß mehr Seegang wäre. Ein heftiger Sturm konnte dem Plan des Feindes mehr schaden als alle Kanonen in seinem Verband; doch der Himmel war strahlend und wolkenlos, die See blau und sanft wogend.

Als er wieder vorausschaute, um Fahrt auf die Lücke in der feindlichen Linie zu machen, spürte er, wie der Schauder der Erregung in ihm noch anwuchs, bis es ihm schien, als wäre seine Brust fest von einem eisernen Band umspannt. In seinen frühesten Seeräubertagen hatte er diesen Schauder als eine Art Angst gekannt, doch inzwischen gelernt, ihn als etwas prickelnd Belebendes, ja eine Art Blutrünstigkeit zu deuten. Jetzt verschmolz sie mit jenem anderen Blutdurst, und er leckte sich die trockenen Lippen, und er mußte an seine Landgänge denken und an jene Huren, die zu Hunderten in Valetta und Mdina aufgetaucht waren, um jene tapferen Männer von Malta zu verwöhnen.

Er zog seinen Säbel aus der Scheide an seiner Hüfte und hob ihn hoch, um seinen Männern das Zeichen zu geben. Leilah an seiner Seite zog ihre Zwillingspistolen, um zu zeigen, daß auch sie bereit war.

Die Bombarde im Bug der nächstgelegenen Galeere, die ihnen leicht steuerbord ein Stück voraus war, krachte zum erstenmal, und ein Steingeschoß fiel hundert Meter von ihnen entfernt ins Wasser. Langoisse lächelte, zufrieden darüber, daß das eine Kugel weniger war, die auf das Bollwerk des Grand Harbour oder die Festung von St. Elmo abgefeuert werden konnte.

Obwohl beide Seiten nicht mehr als sechs Knoten Fahrt machten, näherten sich die Schiffe einander mit scheinbar hoher Geschwindigkeit, und jetzt eröffneten weitere Geschütze das Feuer, und die Galeere, die den ersten Schuß abgegeben hatte, und die kleineren Galloten zielten auf die Backbordseite der *Spitfire*. Als die Kapitäne dieser beiden Schiffe bemerkt hatten, daß Langoisse beabsichtigte, sich zwischen sie zu schieben, bewegten sie sich keilförmig auf ihn zu, um den Durchlaß zu schließen, doch Langoisse war das gleichgültig. Die *Spitfire* machte genug Fahrt, ihre Ruder in Stücke zu brechen, und solange keines der beiden Schiffe die Enterbäume bis auf ihren schlanken Bug ausbringen konnte, war er in Sicherheit.

Die Gallote drehte bei, als die *Spitfire* auf sie zugejagt kam, und versuchte, gegen den Wind zu drehen, doch das schaffte sie nicht. Vielleicht reagierten die Ruderer nicht mit dem gebotenen Eifer auf das Drängen ihrer Vormänner, ganz gleich, wie laut die Trommel geschlagen wurde oder wie oft und heftig die Peitschen auf ihre Schultern herabsausten.

Eine eiserne Kanonenkugel durchschlug die Takelage am Vormast, und eine zweite schrammte, Holzplanken zersplitternd, über das Deck, doch sie waren jetzt unerreichbar für die Bombarde der Galeere, und nur die leichteren Geschütze konnten gegen sie eingesetzt werden. Langoisse schrie den eigenen Kanonieren Befehle zu, und das leichte Buggeschütz der *Spitfire* erwiderte das Feuer, während die in der Takelage postierten Musketenschützen das Feuer auf die Ruderer eröffneten.

Die Gallote, die nicht die geringste Chance mehr hatte, das Vorwärtspreschen der *Spitfire* aufzuhalten, versuchte wieder zu drehen, machte jetzt jedoch überhaupt keine Fahrt mehr, so daß die große Galeere an Steuerbord plötzlich eine ganze Schiffslänge voraus war und die Karavelle querab herankam. Langoisse jubilierte laut über diese glückliche Fügung und reckte den Säbel hoch über seinem Kopf, während er die Sekunden zählte, um den besten Zeitpunkt für seine Breitseite abzupassen.

Als er den Feuerbefehl herausheulte, verrichteten seine Kanoniere schnelle Arbeit. Fast gleichzeitig zuckten die rückstoßenden Geschütze in ihren Verankerungen. Das Deck der Galeere lag viel höher als das der Karavelle. Jeweils zwei Rudermänner legten sich da oben in die Riemen, und obwohl die Musketenschützen von dort ihr Feuer auf das Deck der Spitfire richteten, hatten die Geschützkugeln, die in die Bordwand der Galeere eingeschlagen waren, beträchtlichen Schaden nur knapp oberhalb der Wasserlinie angerichtet. Langoisse und Leilah stießen einen Freudenschrei aus, obwohl sie sehen konnten, daß ein halbes Dutzend ihrer Scharfschützen und Schiffskanoniere verwundet an Deck lagen.

Leilah schoß ihre Pistolen auf das Vordeck ab, als die Galeere achtern vorbeitrieb, nicht mehr als dreißig Meter entfernt, und Langoisse warf kurz einen Blick zurück, um zu sehen, welche Verheerungen seine Schüsse angerichtet hatten. Doch zum Feiern war jetzt nicht die rechte Zeit, denn die dahintreibende Gallote lag jetzt längsseits auf Backbord, und seine Kanoniere hatten angefangen, sie zu beschießen. Die Schüsse trafen bei diesem kleineren Schiff höher und töteten wahrscheinlich eine Menge Männer, obwohl sie an der Bordwand nur wenig Schaden anrichteten.

Jetzt kam zur Vergeltung ein wahrer Kugelhagel der Musketenschützen, und an Bord der *Spitfire* fielen zwei weitere Männer, was Langoisse mit saftigen Flüchen quittierte. Es waren zwar italienische Schiffe, denen er gegenüberstand, doch er erkannte jetzt, daß sie mit walachischen Soldaten bemannt waren, den besten Musketenschützen der Welt. Die *Spitfire,* viel schwächer besetzt als die feindlichen Schiffe, konnte sich Verluste ihrer Kombattanten in dieser Größenordnung nicht leisten.

Die zweite Linie feindlicher Schiffe war der ersten dichtauf, doch noch nicht nahe genug, um die *Spitfire* mit ihren Bombarden in Reichweite zu haben, als diese Geschwindigkeit zulegte. Leichtes Geschützfeuer kam von der Backbordseite der Gallote in der vordersten Linie und der Galeere, deren Position weiter nordwestlich war, doch es richtete keinen Schaden an, und als die Schiffe der zweiten Linie Aufstellung genommen hatten, waren auch die rechteckigen Segel wieder gesetzt. Die *Spitfire* kam herangeflogen, um ihren Vorstoß auf eine Lücke in der Formation zu wiederholen.

Unterdessen erkannte Langoisse, daß sein Manöver diesmal weitaus gefährlicher sein würde, denn hier waren zwei große Galeeren, die um keinen Zentimeter auswichen, als er auf sie zusegelte, und mittschiffs standen Dragulyas Musketenschützen dicht an dicht. Die Feldschlangen waren zwar in ihrem Bug aufgebaut, doch zwischen den Ruderern war auch Platz für die Esmerils geschaffen worden, so daß diese Schiffe den Salven seiner Kanonen einiges an Feuerkraft entgegenzusetzen hatten. Ihm wurde ganz eng um die Brust, als er begriff, daß der Feind sich auf dieses Treffen mit ihm vorbereitet hatte, und er wußte, daß die gegnerischen Schützen die besten sein würden, die Walachia aufzubieten hatte. Er hatte gehofft, daß die hastig zusammengestellte gegnerische Kriegsflotte für diese Schlacht schlecht gerüstet sein würde, doch Konfrontationen zwischen Handelsgaleeren und wendigen Piratenschiffen waren längst keine Seltenheit mehr, und die Admirale dieser Armada hatten die Gefahren vorhergesehen, denen ihre Schiffe begegnen würden.

In all den Jahren, die er Pirat gewesen war und Handelsschiffe im Mittelmeer gejagt hatte, war Langoisse noch nie einem derart bissigen Feind begegnet, und obwohl die erfahrensten seiner Männer Angriffe auf bestens zur Verteidigung gerüstete Schiffe gewöhnt waren, hätten sie nie einen Feuersturm erwartet, wie er jetzt über sie hereinbrach. Wäre Langoisse, dem Seefalken, je eine Prise in Schußweite gekommen, die so schwer bestückt war wie diese beiden Schiffe, dann hätte er sie mit einem lachenden und einem weinenden Auge weiterziehen lassen. Doch bei diesem Kampf ging es nicht um Beute.

Als die *Spitfire* sich jetzt in die Lücke zwischen den beiden Galeeren drängte, wurde Langoisse deutlich bewußt, wie riesig sie waren und wie gut bemannt. Er rief den Scharfschützen in der Takelage zu, herunterzukommen, denn es schien ihm nur allzu offensichtlich, daß sie nichts ausrichten konnten und nur ein sicheres Ziel für Dragulyas gutgerüstete Männer abgeben würden. Seine Kanoniere waren alle unverletzt geblieben, und die Schüsse von den Galeeren, die in das Schiff einschlugen, richteten wenig Schaden an, doch als die Breitseiten abgefeuert wurden, war die Hölle los.

Das Geschützfeuer der *Spitfire* richtete schrecklichen Schaden auf den unteren Ruderdecks dieser großen Schiffe an, doch die Männer oben an Deck waren davon fast unberührt geblieben. Von beiden Seiten kam ein Schußhagel, der das Vordeck der Karavelle aufriß, und obwohl der Schiffskörper wenig Schaden nahm, erging es seinen Männern nicht so gut. Seine eigenen Geschützmannschaften konnten backbord und steuerbord nur eine einzige Salve abfeuern, während Langoisse die *Spitfire* zwischen den großen Schiffen hindurchmanövrierte, doch der Feind verfügte über Hunderte von Musketenschützen, und zwei oder drei standen in Bereitschaft, falls einer der Vorderleute fiel.

Leilah feuerte ihre Pistolen nach Backbord gegen die Galeere ab, was bei der Reichweite, die sie hatten, sinnlos war, und Langoisse packte sie an den Schultern und drückte sie hinter die Schanzung der Kommandobrücke. Auch er duckte sich nach unten, doch er mußte sie loslassen, als der Steuermann, obwohl geschützt durch Armierungen, die das Ruder umgaben, am Hals getroffen wurde und lautlos zusammensackte. Langoisse wußte sehr wohl, daß an Bord der Galeeren Scharfschützen sein mußten, die auf dieses Ziel angesetzt gewesen waren, doch er mußte jetzt das Steuer selbst übernehmen, um das Schiff nach Backbord herumzuwerfen, sobald er wieder in offenem Wasser war.

Er blickte sich wild um, versuchte den Schaden abzuschätzen, den seine Kanonade verursacht hatte, und war froh, als er entdeckte, daß sie in beide Galeeren große Löcher gerissen hatte. Er wußte, daß Dutzende von Ruderern dabei umgekommen sein mußten und ihre Ruder gebrochen waren, doch zugleich war ihm auch bewußt, daß die Galeeren Rudermannschaften in Reserve hielten und daß die Zerstörungen nur nützlich sein würden, wenn Wasser in großen Massen eindrang. Er mußte lachen, als er sich vorstellte, wie verblüfft die wackeren Scharfschützen sein würden, wenn ihnen das Schiff wegsackte. Doch er wußte auch, daß Stunden vergehen würden, bis dieser Fall eintrat, und in dieser Zeit die Schützen auf ein anderes Schiff gebracht werden konnten.

Während die *Spitfire* nun eine Weile sicher war und mit dem Wind segelte, ungefähr eine Meile von der nächsten Linie feindlicher Galeeren entfernt, ließ Langoisse antreten, um einen Überblick über den Schaden zu bekommen.

Die Meldungen waren ganz und gar nicht vorteilhaft. Obwohl sein Schiff, nur zweimal von Kanonenkugeln getroffen, kaum etwas abbekommen hatte, waren vierzehn Männer aus seiner Mannschaft tot oder verwundet und außerstande, ihre Arbeit zu verrichten, obwohl viele unter ihnen Vampire waren. Noch ein weiterer Vorstoß wie dieser, und ihm würden nicht genug Geschützmannschaften bleiben, um den nächsten Angriff zu wagen. Einer seiner Männer, der die Takelage hinaufgeklettert war, rief hinunter, daß ein Schiff in Flammen stehe, doch er erkannte sogleich an den Insignien, daß es sich um ein Schiff seiner eigenen Flotte handelte. Und er entdeckte auch, daß zwei ihrer Schiffe von feindlichen Galeeren blockiert waren.

In diesem Augenblick erkannte er, daß die Schlacht verloren war. Es war durchaus möglich, daß alle vier Schiffe, die unter sein Geschützfeuer geraten waren, nicht größeren Schaden genommen hatten und nun geschlossen gegen Malta vorrücken und dort Truppen landen würden.

Den Schiffen der Armada würde es gar nicht gefallen, den Breitseiten der Galeonen ausgesetzt zu sein, doch wenn sie dieselbe Strategie verfolgten wie soeben, würden wahrscheinlich ihre Musketenschützen den Sieg davontragen. Obwohl die Galeeren im Vergleich zu den wendigen Seglern langsam und schwerfällig waren, war ihre Bewaffnung doch gut genug, daß sie es mit allem aufnehmen konnten, was La Valette aufzubieten hatte. Langoisse hatte keinen Zweifel daran, daß die Ritter des Johanniterordens auf See ihr Bestes geben würden, doch er war jetzt überzeugt, daß die eigentliche Verteidigung Maltas sich auf dem Bollwerk um den Grand Harbour abspielen würde, und letztendlich um die Befestigungsmauern der Mdina.

»Übernimm das Ruder!« befahl Langoisse Leilah, und nachdem sie seiner Aufforderung nachgekommen war, sprang er hinunter auf das Mannschaftsdeck, um seine Leute um sich zu sammeln, sie auf die unbesetzten Kanonen zu verteilen und auf den letzten großen Angriff vorzubereiten. Er kletterte in die Takelage, um besser erkennen zu können, wieviel Fahrt sein Schiff machte, und wies Leilah an, den Kurs mitten zwischen die beiden großen Galeeren zu halten, die mit unverminderter Geschwindigkeit näherkamen.

Diesmal jedoch lösten sich die Galeeren voneinander, so daß er sich nur einer von ihnen gegenübersah. Jetzt hatte er die Wahl, und er entschied sich, das Schiff auf Backbord anzugreifen, weil er auf dieser Seite auch besser mit Kanonen bestückt war. Zudem bekam er dadurch Gelegenheit, vollzählige Geschützmannschaften an den Kanonen zu postieren, doch dieser Schachzug brachte ihm wenig Vorteile, denn er wußte sehr genau, daß das seine letzte große Chance war, ein großes Schiff lahmzuschießen, und er hätte es lieber gesehen, gleich zwei dieser schwerfälligen Galeeren unter Feuer zu nehmen.

Geschützfeuer zerriß seine Lateinsegel und zerstörte einen Teil der Takelage. Doch das reichte nicht aus, die *Spitfire* aufzuhalten. Die bronzenen Kanonen stießen zurück, nachdem sie abgefeuert worden waren, doch diesmal hatten ihre Kugeln die Bordwand des feindlichen Schiffes aufgerissen. Aber dann schlugen die Musketenschützen zurück, und jetzt fielen seine eigenen Männer. Langoisse bekam einen Streifschuß an der linken Seite ab, und obwohl er wußte, daß sein Vampirleib durch einen solchen Treffer nicht ernstlich Schaden nehmen konnte, war ihm klar, daß dies das Ende bedeutete. Fast alle seiner Verwundeten waren Vampire, doch selbst Vampire konnten nicht weiterkämpfen, wenn sie an einem lebenswichtigen Organ oder am Kopf getroffen worden waren und sie schließlich in den Tiefschlaf verfallen mußten, der notwendig war, damit sich ihre Körper regenerierten.

Langoisse unterdrückte den Schmerz, den ihm seine wunden, aufgerissenen Rippen bereiteten, und dann stieß er sich den Dolch ins Fleisch, um die Musketenkugel herauszuholen, bevor er die Wundstelle mit den Fingern zusammendrückte, damit sie sich schnell schloß. Fast schwanden ihm dabei die Sinne, doch bald schon gewann er die Kontrolle über sich zurück und stolzierte über Deck, um sich die angerichteten Schäden anzusehen und seinen Männern Mut zu machen.

Leilah versuchte unterdessen, das Schiff nach Backbord zu wenden, vielleicht in der Absicht, eine Schleife zu fahren und dann die *Spitfire* wieder längsseits an die eine oder andere der Galeeren in der dritten Linie zu bringen, um eine weitere Breitseite abzufeuern, doch so schwer, wie Takelung und Segel beschädigt waren, trieb die Karavelle fast im Wasser und wäre sogar für die Kanoniere der Galeeren leichte Beute gewesen. Sie konnte jetzt nur an Schnelligkeit gewinnen, wenn sie mit dem Wind lief, und Langoisse verlangte mehr rechteckige Segel, rief Leilah zu, nach Westen zu halten und forderte die Kanoniere an der Steuerbordseite auf, auf den Bug jeder Galeere zu schießen, deren Kurs sie kreuzten.

Dann ging er zu jedem einzelnen der Verwundeten, um nachzusehen, was getan werden konnte, ihnen Erleichterung zu verschaffen und auch um festzustellen, ob er noch genug Männer hatte, die Schäden zu reparieren und die *Spitfire* wieder gefechtsklar zu machen.

Er beugte sich über einen gemeinen Mann, der einen Bauchschuß abbekommen hatte und auf dem Rücken auf Deck lag. Merkwürdigerweise schien der arme Kerl wenig Schmerz zu empfinden, obwohl er nicht über denVampirtrick verfügte, diesen zu unterdrücken. Seine

Augen standen offen, und er starrte, ohne zu blinzeln, hoch in den strahlenden Himmel.

»Ist es vorüber?« fragte er, als er sah, daß sich ein Gesicht über ihn beugte.

»Nein«, sagte Langoisse. »Bei Gott, es ist nicht vorüber. Und es wird auch nicht vorüber sein, solange ich noch ein Geschütz habe, um zu feuern, und eine Klinge, die ich schwingen kann. Doch ich muß Euch um Vergebung bitten, denn ich fürchte, Ihr habt Eure Chance verloren, unsterblich zu werden.«

»Ja«, sagte der Mann. »Aber ich hatte die Hoffnung. Und das war mehr als das, wozu ich geboren war.«

Langoisse richtete sich auf und ging davon, lief zurück zur Brücke und rief Befehle. Doch noch als er so über Deck rannte, kam ihm blitzartig die Erkenntnis, daß sein fieberhafter Eifer, der ihn noch immer vorantrieb, nicht Hochstimmung oder Blutdurst war, sondern eine verzweifelte Angst.

Er hatte die Fähigkeit verloren, sich selbst zu belügen.

Aber der Mann hat recht, sagte er sich. *Und er besitzt größere Weisheit, als meine verräterischen Gefühle mir gewähren. Ich habe die Hoffnung, und das war mehr als das, wozu ich geboren war. Und ich will mich von dieser Angst nicht leiten lassen, die mir wehzutun versucht. Ich habe noch eine Rechnung offen mit unseren Feinden und sie werden ihre Schulden bezahlen, auch wenn ich dafür mit Vampirblut bezahlen muß.*

5. Kapitel

Während die größten Galeeren, die Italien und Spanien ihm bereitgestellt hatten, die Mauern des Grand Harbour beschossen und gegnerisches Feuer nicht nur von Valetta, sondern auch von Fort St. Angelo und Kalkara auf sich zogen, wurde die Vorausabteilung von Dragulyas Armee auf kleineren Schiffen in den Hafen von Marsa Mxett geschafft. Das Geschützfeuer, das von diesen beiden Festungen über die Landungsschiffe hereinbrach, war keineswegs leicht, doch hatten sie bei der Seeschlacht nur geringfügige Schäden davongetragen, und Dragulyas Kapitäne hatten Order, auch die Musketiere und sogar die Vampirritter einzusetzen, um beim Durchfahren des Bombenhagels an den Rudern zu helfen.

Von seinem Aussichtspunkt am Heck der Galeere *Cockatrice* beobachtete der Woiwode gleichmütig, wie von der Festungsmauer von Tigné in unregelmäßigen Abständen das Mündungsfeuer der Kanonen aufflammte. Eine große purpurfarbene Rauchwolke legte sich um die Türme, glitt im Aufwind von den Klippen fort, während die feurigen Partikel abkühlten und in ruhigere Luftschichten hinabschwebten. An Bord des Schiffes schien die Schlacht nur ein einziges Lärmen und Tosen: das Heulen der durch die Luft fliegenden Kanonenkugeln; das Platschen von Kugeln, die aufs Wasser aufschlugen und gewaltige Gischtfontänen auslösten; das Splittern von Holz, wo die Geschosse ins Ziel trafen. Seine Kanonen erwiderten das Feuer nicht, doch seine Scharfschützen in der Takelage zielten hoch auf die Kanoniere. Dragulya erkannte wohl, daß die Chancen gering waren, die punktgroßen Ziele zu treffen, doch das Musketenfeuer machte die Artilleristen nervös und half ein wenig, sie von ihrem Ziel abzulenken.

Zweifellos bekamen im Augenblick die *Cockatrice* und ihre Begleitschiffe das Schlimmste ab; solange sie unter dem Geschützfeuer der Festung einzulaufen versuchten, waren sie ein sicheres Ziel und mußten das Bombardement über sich ergehen lassen. Die Kanonenkugeln richteten auf den Oberdecks Verwüstung an. Doch die Mehrzahl von Dragulyas Streitern war geschützt, wartete unten bei den Ruderern, und die Bronzekanone von Tigné war nicht stark genug, das Oberdeck in Trümmer zu schießen, wie das vielleicht einigen der großen Bombarden im Grand Harbour gelungen wäre.

Den Hauptmast hatte ein Zufallstreffer durchschlagen, und Fetzen der Takelage flogen überall hin. Ein halbes Dutzend seiner Musketiere stürzte herab auf Deck, wo sie tot oder verwundet liegenblieben. Dragulya machte sich darüber wenig Sorgen, obwohl er die Panik verfluchte, die danach unter den Pferden ausbrach, die für den Angriff auf die Küste auf Deck bereitgehalten werden mußten. Obwohl sie darauf dressiert waren, unter Geschütz und Musketenfeuer nicht unruhig zu werden, mochten die Tiere den schwankenden Boden unter ihren Hufen nicht. Als sie die Seile zerrissen, die sie auf Deck zusammenhielten, brachen sie nach vorn und hinten aus, schufen große Verwirrung unter den Seeleuten und Soldaten. Auf den Kriegsschiffen war kein Platz mehr für die Stallburschen gewesen, die die Tiere normalerweise versorgten, und der Woiwode brüllte Befehle, um mehr Soldaten nach oben zu schaffen, die wildgewordenen Tiere zu bändigen.

Während Dragulya zusehen mußte, wie das Drama seinen Lauf

nahm, bemerkte er, wie eine riesige Stute in das aufgewühlte Wasser sprang, wo sie zu schwimmen versuchte und mit den Vorderläufen das Wasser in Schaum verwandelte. Glücklicherweise folgten nur wenige ihrem Beispiel; obwohl fast wahnsinnig vor Panik, hatten die Pferde mehr Angst vor dem Wasser als vor dem trümmerübersäten Deck.

Die *Cockatrice* hatte jetzt die gefährlichste Stelle passiert, glitt durch ruhigeres Wasser und kühlere Luft. Dragulya schien es, als wäre der Hafen voraus von dünnen Rauchschwaden verhangen, die sich im nachlassenden Wind herabsenkten. Den Legenden der Griechen zufolge, einem Volk, das an den Südgrenzen des Khanats von Walachia lebte, war dies angeblich die Mündung eines der zahlreichen Flüsse, die die Unterwelt umgaben und über die die Toten setzen mußten. Als die *Cockatrice* sich langsam auf den dunklen Teich zuschob, aus dem sich die Bucht speiste, konnte der Woiwode verstehen, warum mythengläubige Menschen dieser Geschichte Glauben schenkten. Für ihn indes waren die dunklen, verhangenen Wasser etwas Wohltuendes, nicht das Eingangstor in ein Leben nach dem Tode, sondern die Pforte der Verdammnis für die Rebellen von Malta.

Drei Galloten waren bereits außer Reichweite der Kanonen der Festung und ließen sich jetzt aus der mittleren Fahrrinne treiben, warteten darauf, daß sich noch mehr Schiffe zur Landung sammelten. Eine war in jämmerlichem Zustand, lag sehr tief im Wasser, doch Dragulya konnte sehen, daß seine Kampftruppen auf dem Oberdeck Aufstellung nahmen, um möglichst schnell vom Schiff herunterzukommen und die Küste in Aufruhr zu versetzen.

Er schaute hinüber ans Ufer und versuchte im dämmrigen Licht, seine Länge abzuschätzen. Wie er erwartet hatte, waren die Docks und Anlegepiers dicht mit Menschen besetzt, doch er wußte, daß sie nur eine schmale Verteidigungslinie bilden würden. Die Insel war zu groß, und kampferprobte Männer gab es zu wenige. Sähe er sich der Hälfte oder einem Drittel der Streitmacht des Johanniterordens gegenüber, dann wäre es schier unmöglich gewesen zu landen. Doch bei all den Festungen und Buchten, die sie zu bewachen hatten, konnten hier nicht mehr echte Streiter gegen ihn aufgeboten worden sein als ein Zwölftel oder ein Fünfzehntel ihrer gesamten Armee, ergänzt vielleicht durch einige von Corderys neuen Vampiren und gewissen Verrätern aus Gaul, die hier Zuflucht gesucht hatten, nachdem die Insel sich vom Reich losgesagt hatte.

Bei diesem Licht war es nicht möglich zu bestimmen, wie viele von ihnen Vampire sein mochten, doch Dragulya entdeckte zu beiden Seiten der Bucht Kavallerieeinheiten mit aufgepflanzten Bannern, auf die nach Art der Kreuzritter große Kreuze aufgemalt waren. Welche der acht Säulen des Ordens die Kampfhandlungen gegen ihn befehligte, wußte Dragulya nicht zu sagen, doch das war ihm gleichgültig. Mit hoher Wahrscheinlichkeit würden seine Vampire den Vampirrittern des Johanniterordens in allem ebenbürtig sein. Er mußte dabei stets im Auge behalten, daß unter den Verteidigern viele junge Vampire sein mußten, die sich in der modernen Kriegführung auskannten. In seinen eigenen Bataillonen stand noch immer eine große Anzahl von Vampiren, die ihr Kriegshandwerk in einer Welt erlernt hatten, in der Schwert und Pfeil und Bogen dominierten, aber dennoch waren seine Streitkräfte nicht so schlecht gerüstet für eine zeitgemäße Kriegführung wie Richards Mannen, die von ihrer Erziehung her einem antiquierten Kodex der Ritterlichkeit anhingen und noch immer Scheingefechte mit ihren Lanzen austrugen. Er wußte aus eigener Erfahrung sehr wohl, wie schwierig es für einen Kämpfer war, seine Reflexe den veränderten Anforderungen eines Zweikampfes anzupassen. Dennoch glaubte er nicht, daß die neuen Ritter von Malta über genügend Feuerwaffen verfügten, um in deren Gebrauch schon große Kunstfertigkeit erlangt zu haben. Und als er die Treffsicherheit ihres Feuers begutachtete, das jetzt ganz aus Ufernähe kam, fühlte er sich in dieser Meinung bestätigt: Malta verfügte nicht über die Waffen, sich zu verteidigen, ganz gleich, wie viele seines Volkes von dem Elixier des Alchimisten gekostet hatten.

Die *Cockatrice* manövrierte schwerfällig im Wasser, während der Kapitän und ihr Steuermann Platz für die achtern nachrückenden Schiffe machten. Die meisten Ruder lagen schon flach auf dem Wasser, nur ganz wenige noch tauchten sacht ins Wasser ein. Dragulya befahl seinen Männern, erst zu schießen, sobald sie in Schußweite waren, um dann am Ufer möglichst viel Verwirrung zu stiften.

Das Feuer kam nur in Abständen und spärlich, da die Männer auf den Schiffen und am Ufer Pulver und Kugeln aufsparten; sie alle wußten, daß ihnen eine aufreibende Nacht bevorstand, und hatten keine Eile, schon jetzt ihr Bestes zu geben. Die Johanniterritter erwiderten das Feuer von Dragulyas Schützen nur halbherzig, obwohl es für sie von Vorteil gewesen wäre, auf den Schiffen für viele Verwundete und Tote zu sorgen, bevor die Invasionstruppen die Insel betraten. Der Woiwode konnte beobachten, wie die Befehlshaber an Land versuchten, Verstärkungen heranzuführen und sich bestmöglich zu formieren, um den Angreifern zu begegnen. Das waren hartgesottene Soldaten, denen er hier gegenüberstand, und nicht dieses jämmerliche Kleinzeug, das er oft mit so grausamer Leichtigkeit weggefegt hatte.

Die anderen Galeeren seines Verbandes kamen noch immer nacheinander durch die Fahrrinne zwischen den Befestigungsanlagen, beschädigt zwar und angeschlagen, doch nicht vollständig lahmgelegt. Die eine Katastrophe, die Dragulya wirklich befürchtet hatte – die Zerstörung eines Schiffes, die seine Angriffsflotte geteilt hätte – war bis jetzt vermieden worden. Trotz des anhaltenden Geschützfeuers und trotz der Schäden, die einige der Galeeren bereits in der Seeschlacht mit den Galleonen La Valettes davongetragen hatten, passierten die Schiffe eins nach dem anderen die Enge, und es wurde höchste Zeit, mit der Landung zu beginnen. Jedes einzelne Schiff, das den schmalen Durchlaß der Bucht passiert hatte, um sich in ruhigerem Wasser mit den anderen zu vereinen, war ein weiterer Nagel im Sarg des aufständischen Ordens, und Dragulya lächelte in dem Wissen, daß sich die Männer an Land dessen genauso bewußt waren wie er selbst.

Die Männer im Hafen zogen sich von ihren Feuerstellungen zurück, die jetzt in Reichweite der Musketenschützen an Bord der Schiffe lagen. An Land gab es nicht ausreichend Leute, die anlandenden Schiffe zu stürmen, und die Verteidiger zogen es vor, aus der Deckung der Gebäude heraus weiterzukämpfen. Das gefiel dem Woiwoden ganz und gar nicht, denn es hatte ihm schon immer widerstrebt, eine Streitmacht anzugreifen, die sich hinter Steinmauern verteilte und versteckte, doch er hatte nichts anderes erwartet. Seine Hauptleute wußten, was ihnen bevorstand und wie sie ihren Angriff auf feindliche Kräfte vortragen mußten, sobald sie sich in ausreichender Zahl an Land festgesetzt hatten.

Als er sich umschaute, bemerkte er, daß es mindestens der Hälfte seiner Truppen gelungen war, aufzusatteln, obwohl einige noch kämpfen mußten, ihre Pferde zu bändigen und vielleicht nicht in der Lage sein würden, ihre Waffen voll zum Einsatz zu bringen. Trotzdem wußte Dragulya viel zu gut, daß nichts einen Feind so sehr außer Fassung brachte wie eine Kavallerieattacke. Also bestieg er sein eigenes Streitroß, ein massiges schwarzes Tier, zog sein Schwert und machte sich bereit, den Angriff zu führen. Er rief zum Ausguck in der Takelage hoch, um sich Rat zu holen über Lage und Zustand der anderen Schiffe, und die Posten riefen ihm zu, daß alle jetzt sicher die Küste anliefen, obwohl nicht jedes das Glück haben würde, ein Dock zu finden, wo es festmachen konnte.

Falls ihnen das Glück hold war, würde es Dragulya gelingen, innerhalb von Minuten zweihundert Berittene und die Hauptmasse von tausend Infanteristen an Land zu bringen – genügend, so hoffte er jedenfalls, die Verteidiger im Hafen zu überwältigen.

Sobald die Bordwand über die Quaimauer scharrte, warfen die Seeleute Ankertaue nach den Bollern, sprangen von Deck und zurrten sie fest, während andere die Landungsbrücken auslegten. Dragulya rief seine Männer zum Angriff, und schon jagte die erste Welle voran und strebte danach, in den Schutz der Gebäude zu kommen.

Dragulya gab seinem Pferd die Sporen und ritt dröhnend über den hölzernen Steg, riß dann sein Pferd nach links herum, wartete im Schutz der Quaimauer auf die anderen, damit sie sich um ihn sammeln konnten. Es gab zuviel Verwirrung für einen geordneten Vormarsch seiner Männer, doch in der Hitze des Kampfes, der um ihn herum allenthalben entbrannt war, gönnte Dragulya sich keine Pause. Er war entschlossen, Tigné in aller Eile hinter sich zu lassen, doch war noch nicht abzuschätzen, wie viele Gefolgsleute ihm dann noch geblieben sein würden.

Mit der Klinge um sich hauend, zügelte Dragulya sein Pferd und lenkte dann seinen Trupp über die Uferstraße in Richtung Inland. Die Verteidiger hatten zwischen einem Lagerhaus und der Quaimauer eine niedrige Barrikade errichtet, hinter der ein paar Dutzend Männer kauerten und ihre Musketen auf sie richteten. Doch sie konnten ihr Feuer nicht koordinieren, und als die Reiter auf sie zusprengten, scheinbar unverwundbar durch den Geschoßhagel, flohen die meisten panisch.

Dragulya warf sich nach vorn, zwang sein Pferd zu einem langgezogenen Sprung, mit dem es spielend die Barrikade überwand, während sein wirbelndes Schwert die Köpfe zweier Verteidiger abschlug, die sich nicht rechtzeitig hatten flüchten können. Er spürte, wie etwas Spitzes in sein Bein drang, doch er wußte sogleich, daß er nicht ernstlich verwundet war. Er fuhr herum, schlug nach rechts und links aus, doch dann hörte er eine gewaltige Explosion, als eine Muskete direkt unter ihm losging, und er wurde abgeworfen, als sein Pferd, dem fast der ganze Kopf weggeschossen war, in die Knie brach und stürzte.

Sein linkes Bein verfing sich im Steigbügel, und das Pferd landete auf seiner unteren Körperhälfte, doch sein Bein brach nicht, und er konnte sich unter ihm hervorziehen, mußte dabei die Schmerzwelle unterdrükken, die der Aufprall durch seinen Körper gejagt hatte. Wären jetzt alle Verteidiger standhaft auf ihren Posten gewesen, hätte vielleicht einer bereitgestanden, einen Streich zu führen, der über den Ausgang der

Schlacht entschieden hätte. Doch er hatte alles getan, sich zu retten, und seine Gefährten übersprangen nun das Hindernis und gaben ihm Schutz in ihrer Mitte.

Während er den größten Schmerz bezwang, erkannte Dragulya, daß die Schlacht bereits zur Hälfte gewonnen war und daß nichts mehr seine Truppen davon abhalten konnte, im Laufe der Nacht zu Tausenden an Land zu gehen. Bis die Berittenen von der Südküste die Bucht umrundet hatten, um ihren Freunden zu Hilfe zu eilen, würden sie auf die Legionen Walachias treffen, und wie oft sie auch ihre Ausfälle wiederholen mochten, gegen die vereinte Macht seiner Schützen würden sie nichts ausrichten können.

Dragulya stand beiseite, während die walachischen Reiter an ihm vorbeisprengten und funkenstiebend über das Kopfsteinpflaster des Quais jagten. Er machte sich die kurze Verschnaufpause zunutze, um die Spitze seines Schwerts an seinen Mund zu heben und das Blut von der Klinge zu lecken. Der Geschmack auf seiner Zunge entfachte seine Erregung neu, trotz der dämpfenden Wirkung, die das Unterdrücken des Schmerzes auf ihn gehabt hatte.

Für Dragulya war die Aufnahme von Blut nie eine pseudosexuelle Erfahrung gewesen, vorbehalten nur höchsten Momenten des Selbstgenusses. Er nahm das Blut seiner Diener aus Notwendigkeit, doch stets hätte er ihm das Blut seiner Feinde vorgezogen. Er war überzeugt, daß die frühen Vampire Europas so wilde und unbezähmbare Krieger gewesen waren, weil sie ihren Blutdurst dazu nutzten, sie vorwärts in die Schlacht zu treiben, stets begierig auf neue Eroberungen. Er verachtete die Vampire von Gaul, die aus jenem tiefinnersten Trieb eine weichliche Art Lust gemacht hatten, die sie in ihren empörenden Mythos von höfischer Liebe eingebaut hatten. Seiner Denkungsart entsprach mehr, daß ein Vampir ein Raubtier sein mußte: ein Adler, der sich von menschlichem Aas nährte, nicht ein Liebhaber, der jene umschmeichelte und liebkoste, die die Natur ihm befahl zu benutzen. Der Woiwode rief einem Reiter zu, der neben der niedergerissenen Barrikade angehalten hatte, sich drehte und wand, weil Blut aus einer Schußwunde im Nacken quoll. Der Mann war ein Vampir, doch trotzdem schien es ihm nicht leichtzufallen, die Wunde zu schließen, und er schwankte im Sattel, kurz davor zu stürzen. Dragulya trat schnell herbei und fing den verletzten Mann in seinen Armen auf, als dieser vom Pferd glitt. Er trug ihn mit Leichtigkeit und lehnte ihn an eine Mauer, damit er nicht niedergetrampelt wurde, während er derweil das Pferd am Zügel hielt, das mit wildem Blick wartete, aber sonst ruhig war. Dann schwang sich Dragulya in den Sattel, und von diesem erhöhten Aussichtspunkt hatte er einen guten Blick auf die ganze Länge der Küste, die trüb und grau im schnell verblassenden Dämmerlicht lag, übersät von Pferden und Menschen im Schlachtgetümmel.

Trunken in seinem Hochgefühl, stieß Vlad Dragulya sein blutiges Schwert in den Himmel, stieß ein Geheul aus, das seine Hauptleute und Reiter mitriß. Er gab seinem neuen Pferd die Sporen, jagte das Dock hinunter zu einem Landungssteg, von wo aus er die Fahrrinne sehen konnte, durch die seine letzten Schiffe unter dem nachlassenden Feuer von den Befestigungsanlagen stetig vorrückten. Weder über Tigné noch über St. Elmo flammte es jetzt noch hell, und er wußte, daß sie von dort her Männer um die Klippe herum heranführen mußten, um den Verteidigern im Hafen Ersatz zu bringen. Doch es gab nichts, was sie ausrichten konnten; ebensogut hätten sie Männer ausschicken können, um die Flut aufzuhalten. Wie große, krachend anbrandende Wellen brachen Dragulyas Streiter in Hundertschaften auf die Quais, unaufhaltbar und unwiderstehlich, als sie ihr Zerstörungswerk in die Geschäfts- und Lagerhäuser trugen.

Hunderte seiner gemeinen Soldaten starben, und zweifellos fielen auch Vampire, die sich aus ihrem langen Schlaf nie wieder erheben würden, doch der Tag war gewonnen für Walachia, und Malta mußte fallen.

Dragulya sprengte davon, um sein Schwert in mehr Blut zu tauchen, um den Durst zu stillen, der in seinem Bauch und in seinem Hirn brannte. Michael Beheim, so sagte er sich, würde daraus wohl ein Heldenlied machen, das die Herzen und Köpfe der Hunnen und ihrer Nachkommenschaft noch über viele künftige Jahre erwärmen würde, während die Ruinen dieser Rebelleninsel unbeweint zu fauligem Abfall verrotten mußten.

6. Kapitel

Richard der Normanne, genannt Löwenherz, stand etwa eine Meile von den Mauern Mdinas entfernt auf der Kuppe eines kleinen Hügels und beobachtete die Soldaten Walachias, die wie ein großer Zug schwarzer Ameisen von Osten heranmarschierten. Die Kavallerie rückte in Zweierreihen vor, die Fußsoldaten in Dreierreihen, und zwischen jedem Zug kamen Wagen, die die Beute aus Pietà trugen, einschließlich aller Kanonen, die von jenen Festungen und Verteidigungsstellungen erbeutet worden waren, die ihr Angriff überrollt hatte. Diese Kanonen würden dem Arsenal von Waffen hinzugefügt werden, die die spanischen und italienischen Frachtschiffe, die im Geleitzug der Kriegsgaleeren mitgesegelt waren, hergeschafft hatten. Sie alle würden gegen die Mauern von Mdina eingesetzt werden, die nach und nach in Trümmer gelegt werden würden.

Von dort, wo er stand, zählte Richard dreißig solcher Wagen, und er wußte, daß im Laufe des Nachmittags und in der darauffolgenden Nacht noch hundert weitere kommen würden. Welche Verluste Dragulya bei der Einnahme von Pietà erlitten hatte, wußte Richard noch nicht, doch während er das Herannahen der Armee beobachtete, entschied er, daß die Johanniterritter nicht halb so viel Schaden angerichtet haben konnten, wie sie sich vielleicht erhofft hatten. Diese Soldaten wirkten weder erschöpft noch demoralisiert.

Richards eigene Truppen hatten bei ihrem Vormarsch keine dermaßen unchristlich eingedrillte Ordnung gewahrt, sondern waren in breitgefächerter Linie vom Norden der Insel gekommen. Sie waren auf erheblichen Widerstand gestoßen, doch ihre Übermacht war derart groß gewesen, daß die Verteidigung schnell zusammengebrochen war. Es hatte etliche Scharmützel an der Küste von St. Paul's Bay gegeben und einen anhaltenden Schußwechsel zwischen den Kanonen der Galeeren und einigen lästigen Segelschiffen, die sie bei der schwierigen Landung immer wieder behindern wollten, doch die Kanonen an der Küste hatten nicht ausgereicht, sie zurückzuhalten, und die Zahl der Vampire war zu gering gewesen, sich den unsterblichen Rittern von Grand Normandy entgegenzustellen. Die Verteidiger hatten sich nach Mdina zurückgezogen und würden jetzt hinter den Mauern dieser bemerkenswerten Stadt die Belagerten verstärken.

Doch der größte Teil von Richards Armee war noch nicht in ernsthafte Kampfhandlungen verwickelt worden. Dragulyas Männer waren unterdessen durchs Feuer gegangen, als sie die Verteidigungsanlagen von Marsa Mxett erstürmt und Pietà eingenommen hatten, doch da waren sie nun, offenbar wohlgeordnet und frohgemut. Sogar Richard, der die walachischen Soldaten roh und unverschämt fand, konnte nicht umhin, ihre Disziplin und Entschlossenheit zu bewundern.

Eine Vorausabteilung von Berittenen löste sich von der Spitze der walachischen Marschsäule, angezogen vom normannischen Banner, das über Richards Zelt flatterte. Unterdessen näherten sich auch zwei Reiter aus Süden, deren einer eine Lanze hochhielt, an der eine weiße Fahne hing – Unterhändler aus Mdina.

Richards Blick schwenkte von einem Trupp zum anderen, und seine Kupferaugen schätzten die Entfernung ab, die sie noch bis zu seinem Standort zuückzulegen hatten. Es waren die Unterhändler, die zuerst ankamen, und ein Mann, der keine Rüstung trug, sprang von seinem Pferd und verneigte sich tief vor dem Fürsten. Er streckte eine Pergamentrolle hin, die Richards Bruder und Adjutant John ihm aus der Hand nahm. John reichte die Pergamentrolle sogleich an Blondel de Nesle weiter, der sie aufrollte und flüchtig überlas.

»Keine Kapitulation«, sagte der Hofpoet knapp.

Richard war damit nicht zufrieden. »Lest vor!« befahl er.

Blondel schaute kurz zu seinem Herrn hoch und zuckte die Achseln. »An Richard den Normannen«, las er laut. »Eure Ritter haben hier nicht mehr zu schaffen als in England, es sei denn, sie sind gekommen, sich unserer Sache zu verbünden. Ihr mögt Eure Waffen niederlegen und die Stadt als Freund betreten. Andernfalls sollt Ihr und Eure Männer den Boden Maltas verlassen und nie zurückkehren. Bleibt Ihr hier, so werdet Ihr teuer für jedes einzelne Leben eines Maltesers bezahlen, das Ihr zu nehmen trachtet.«

»Wessen Unterschrift trägt das Papier?« fragte Richard mürrisch.

»Es sind drei«, klärte ihn Blondel auf. »Sceberra, Baron von Castel Cicciano; Inguanez, Baron von Diar-il-Bniet und Bukana; Durand, Seigneur de Villegaignon. Es sind, glaube ich, alles Edelmänner aus der Stadt. Cordery wird nicht erwähnt.«

»Und trotzdem ist es die Stimme Corderys, die ich aus diesen Worten heraushöre«, entgegnete der Fürst. »Weil er von England spricht und nicht von Grand Normandy. Dennoch habe ich ihm dieselbe Chance gegeben, die seine Landsleute einst mir gegeben. Ich bin ihm nichts mehr schuldig.« Der Normannenprinz drehte sich um und sah Dragulyas Trupp auf dem Hügelkamm näherkommen. Als der Woiwode vom Pferd stieg, blickte Richard auf die Kettenrüstung, die befleckt, zerrissen und schmutzig war, und hielt nach Anzeichen einer Verwundung Ausschau. Es war offensichtlich, daß Wunden, die Dragulya vielleicht erlitten hatte, nur geringfügig sein konnten. Der Schritt des Walachiers war, als er ihm näherkam, so hochfahrend wie eh und je.

»Was gibt es da?« fragte Dragulya, und in seinen schwarzen Augen blitzte es auf, als er die schweißnassen Pferde musterte, auf denen der

Abgesandte und seine Begleitung vom Stadttor bis hierher geritten waren.

»Ich habe der Stadt meine Übergabebedingungen gestellt«, beschied ihn Richard. »Das da ist ihre Absage.«

Dragulya nahm das Pergamentblatt aus Blondels Händen und schielte kurz darauf. Dann richtete er einen harten Blick auf Richard und ging wortlos an ihm vorbei in das Zelt des Normannen. Richard war zuerst überrascht, dann runzelte er die Stirn über diese Unhöflichkeit. Ohne seinen Unmut zu verbergen, folgte er dem Woiwoden mit schnellen Schritten.

Sobald sie außer Sicht der gaffenden Menge waren, drehte sich Dragulya, nicht minder zornig als er, zu ihm um. »Was soll das bedeuten?« begehrte er auf. »Mit welchem Recht schickt Ihr unserem Feind eine Botschaft, noch bevor meine Streitmacht eingetroffen ist? Das ist nicht Teil des Plans, für den wir uns entschieden haben!«

»Plan?« entgegnete Richard, vor der Wut seines Gegenübers zurückschreckend. »Unser Plan lautet, diese Insel zu erobern und den Aufstand niederzuschlagen. Ich habe der Stadt Übergabebedingungen geschickt, die diesem Ziel dienen sollen. Die Malteser müssen erkennen, daß die Stadt nicht gegen uns bestehen kann; die Johanniterritter sind besiegt, die meisten hilflos in Valetta festgesetzt. Unsere Kanonen werden schon bald auf die Mauern von Mdina gerichtet sein, die nicht dick genug sind, ihrem Feuer länger als einen Tag standzuhalten. Wären sie bereit gewesen, uns Cordery auszuliefern und dem Reich Treue zu schwören, dann wäre unsere Arbeit hier getan.«

»So, unsere Arbeit wäre getan!« Dragulya schüttelte den Kopf und warf das Pergament zu Boden. »Und zweifellos war auch das wohlgetan, was sich in dem Land zugetragen hat, über das Ihr kürzlich noch geherrscht. Haben die Rebellen dort Euch eine Botschaft gesandt und Euch demütig aufgefordert abzuziehen? Ohne Zweifel haben sie das. Und Eurem Reich ist dadurch so großer Schaden entstanden, wie ihn tausend Kanonen nicht anzurichten vermocht hätten!«

»Ich bin verraten worden«, beschied Richard ihn kalt. »Der Tower war bereits gefallen. Weiterkämpfen hätte bedeutet, das Leben jedes einzelnen getreuen Ritters in meinem Reich preiszugeben. Ja, wenn Ihr so wollt, habe ich vorgehabt, der Bevölkerung Mdinas dieselbe freundliche Schonung zu erweisen, die mir von meinen Feinden zuteil geworden ist. Ihr Abenteuer ist vorüber, und sie müssen es erkannt haben. Ich vermute, Ihr würdet sie mit Freuden alle pfählen – Männer, Frauen und

Kinder –, und Ihr seid so begierig auf solches Tun, daß Ihr taub wäret für jeden Schrei um Gnade. Ihr wollt an diesen Menschen ein Exempel statuieren . . . zweifellos ein Beispiel setzen, das noch die nächsten tausend Jahre in der Erinnerung der Menschen haften wird, um den hohen Preis festzusetzen, den Ihr von jedem einfordern werdet, der Attilas Herrschaft bedroht. Aber das hier ist noch immer Gaul, mein Herr! Und es gibt viele in der Stadt, die noch bis vor kurzem Gaul treu ergeben gewesen sind. Viele sind gegen ihren Willen in diesen Aufstand hineingezogen worden. Ich warne Euch hiermit, Dragulya, daß ich meinen Namen nicht hergeben werde für die willkürliche Abschlachtung von Unschuldigen. Ich habe einen Ehrenkodex, den ich reinhalten muß, und ich bin froh darüber!«

»Fürst«, erwiderte Dragulya ruhig. »Wir sind hier, damit wir beide unsere Namen unter das setzen, was immer wir tun müssen. Gaul und Walachia müssen gemeinsam handeln; alle sollen erkennen, daß wir eines Geistes sind und im Herzen eins. Andernfalls wird die Welt, deren beide Teile Gaul und Walachia sind, zu Staub zerfallen. Wir müssen zusammenstehen, und vor allem dürfen wir kein Erbarmen kennen. Wir müssen Noell Cordery vernichten und jene, die ihm Schutz gewährt haben und jeden einzelnen, der sein Anhänger ist. Wir müssen aus dieser Vernichtung ein Fest machen – ein machtvolles Schauspiel, um damit Menschen und Vampiren gleichermaßen diese Lektion unvergeßlich einzubrennen. Unsterblichkeit ist nicht länger die Gewähr und sichere Garantie für unsere Herrschaft. Wir müssen jetzt entschiedener kämpfen denn je, um unser Regime zu sichern. Ja, wir müssen sie zerstören, jeden einzelnen! Wir können jenes Übel nicht ausrotten, das der Alchimist in unsere Welt gebracht hat, doch wir müssen alles tun, was in unserer Macht steht, ihre Stärke zu erhalten. Die neuen Vampire müssen sich uns unterwerfen, anstatt die Reihen gegen uns zu schließen. Und das werden sie nur dann tun, wenn wir ihnen unzweideutig dartun, welches Schicksal sie erwartet, sollten sie es wagen, gegen uns aufzubegehren.«

»Wir können nicht allein mit Angst und Schrecken regieren«, entgegnete Richard unbeirrt. »Unsere Reiche sind nur so lange sicher, wie die große Mehrheit der Menschen unsere Vorherrschaft anerkennt. Was wir durch Gewalt genommen haben, das müssen wir – zum Teil zumindest – durch Überzeugung zu halten suchen. Wir müssen zeigen, daß wir berufen sind zu herrschen. Und das nicht nur vermöge unserer Stärke, sondern durch die Gerechtigkeit unseres Auftretens und die Ehrenhaftigkeit, mit der wir Verträge einhalten. Wir können Malta zerstören und sicher auch Britannien, doch dereinst wird der Tag kommen, an dem die Zerstörung ein Ende hat und gemeine Menschen und Vampire wieder in Frieden zusammenleben können. In den vergangenen tausend Jahren ist so viel Haß auf der Welt gewesen, und es ist dieser Haß sowie Noell Corderys Entdeckung, die uns auf diesem Schlachtfeld vereinen.«

»Das weiß ich wohl«, sagte der Woiwode, und seine Stimme war ein sprödes, eisiges Flüstern. »Das weiß ich sehr gut. Doch müssen wir unser Reich jetzt sichern, und das können wir nicht, es sei denn, wir verbreiten solchen Schrecken über die ganze Welt, wie er noch nie erlebt worden ist. Durch Angst allein können wir nicht herrschen. Doch ohne Angst ist unsere Herrschaft nichts. Deswegen müssen wir unsere Macht bis zum äußersten nutzen, und das nicht nur, um diesen Rebellen eine Niederlage beizubringen, sondern um ihnen die Hölle zu bereiten, der sie alle versuchen werden, zu entgehen. Das bedeutet Abschlachten; es bedeutet Martern über jeden Schmerz hinaus, ihnen so viel Schrecken einzujagen, wie es in unserer Macht steht. Das ist kein gewöhnlicher Krieg, mein flammenäugiger Freund, sondern ein heiliger Krieg, in dem es kein Erbarmen gibt. Wir haben noch tausend Jahre Leben vor uns, Ihr und ich, und wir können dieses Jahrtausend als Herrscher unserer Reiche herumbringen, vorausgesetzt wir haben die Stärke und den Willen, diese Aufgabe zu erfüllen. Doch dürft Ihr Euch nicht von dem abwenden, was ich tun muß. Wenn Ihr Euch nicht mit mir verbünden wollt, den Sturm der Gewalt mit mir zu bestehen, den ich entfesseln werde, dann zeigt Eure unbeugsam eherne Maske, die wir der Welt zukehren müssen, bereits die ersten Risse.«

Richard konnte ihm darauf nicht antworten. In Wahrheit spürte er, daß er diesem grausamen Wesen nichts entgegensetzen konnte, das es zufriedenzustellen oder zu beruhigen vermochte. Ehre, so glaubte er, war etwas, das gefühlt werden mußte, bevor man sie verstehen konnte. Und Dragulya war kein Mann des Gefühls. Der winterkalte Osten war kein fruchtbarer Boden für sommerwarmen Anstand und Gesittung, die Karl der Große versucht hatte, in seinem Reich heimisch zu machen. Und ein Mann, der es zufrieden war, den Beinamen »der Pfähler« zu tragen, würde das Erbe eines Löwenherz nie begreifen können. Und dennoch, so fragte er sich, konnte er sich offen gegen die Pläne des Woiwoden erklären? Er hatte sich erhofft, in den wenigen Stunden Vorsprung, die er früher vor Mdina gewesen war, ein Fait accompli zu erreichen – eine Übergabe, die angeboten und angenommen wurde –, das den Walacher zwingen würde, sich seinem Plan zu fügen. Doch diese Chance war vertan. Vielleicht sollte man die wackeren Verteidiger jetzt für ihre eigene Vernichtung verantwortlich machen. Dann konnte sich Richard, der ihnen immerhin einen Ausweg gewiesen hatte, abseits stellen und sich in alles schicken, das Dragulya geplant hatte.

Und dennoch . . .

In diesem Augenblick betrat Blondel de Nesle das Zelt, und er näherte sich ihnen mit einigem Zögern.

»Was wollt Ihr?« fragte Richard unwirsch.

»Ein zweiter Bote ist gerade gekommen, Mylord.«

Richard warf überrascht einen schnellen Seitenblick auf den walachischen Kriegsherren, doch Dragulyas Gesicht blieb völlig ausdruckslos.

»Dann haben die Edlen von Mdina also nachgegeben?« fragte Richard.

»O nein, Sire«, erwiderte Blondel. »Dieser Bote kam von Westen, nicht aus der Richtung der Stadttore.«

Auf diese Eröffnung hin gestattete sogar Dragulya sich eine menschliche Regung und zeigte Neugier.

Richard eilte aus dem Zelt und blickte nach Westen, von wo ein einsamer Reitersmann mit einer weißen Fahne über das verdorrte Gras sich der dichten Linie von Richards Truppen näherte. Obwohl ihm kaum unbemerkt geblieben sein konnte, daß Tausende von Augenpaaren auf ihn gerichtet waren, schaute der Reiter weder nach links, wo die Eindringlinge standen, noch nach rechts, wo sich über terrassierten Feldern die Stadt erhob. Sein Pferd war offensichtlich müde, und es war unschwer zu erkennen, daß es eine lange Wegstrecke zuückgelegt hatte, um diese Botschaft zu überbringen.

»Was für ein Mensch ist das?« fragte der Woiwode, die Augen mit den Händen beschattend, um den Reiter deutlicher erkennen zu können. Ganz sicher war der näherkommende Mann kein gewöhnlicher Bote. Die Abgesandten der Stadt waren ordentlich gekleidet gewesen, wie es Dienern am Hofe von Gaul geziemte, doch dieser Mensch war angetan mit einem zerrissenen und blutdurchtränkten Hemd, mit schwarzen Pluderhosen nach Art der Seeleute, und die weiße Flagge war an einem Besenstiel statt an einer Lanze festgemacht. Sein blondes Haar ließ erkennen, daß er kein Vampir war, und die Art, wie er ritt, verriet, daß er kein kundiger Reiter war.

Die Befehlshaber der Invasionsarmee warteten geduldig auf ihrem Feldherrenhügel, während der Reiter sich ihnen näherte. Als der Mann sein Pferd langsamer gehen ließ, um es hügelan steigen zu lassen, konnte

Richard erkennen, daß in den Augen des Boten schlecht verhohlene Furcht glomm. Dieser Mann wußte, daß er sich inmitten von Feinden befand, und er vertraute nicht ganz dem Schutz der weißen Fahne des Unterhändlers.

»Wer seid Ihr?« fragte Blondel, der vortrat, den Boten zu empfangen, als er sah, daß John, an einen Mast mit der normannischen Fahne gelehnt, verachtungsvoll dem Mann entgegenstarrte, nicht gewillt, ihn zu begrüßen.

Der Mann zu Pferde gab auf Blondels Frage keine Antwort und bedachte John mit einem Blick, der dem Spott des Prinzleins in nichts nachstand, bevor er über Blondels Kopf hinweg die beiden Kriegsherren ins Auge faßte, die nebeneinander vor dem Zelt standen. Er versuchte nicht näherzukommen, sondern zog nur ein gefaltetes Blatt Papier aus seinem Hemd.

Blondel, der dem Besucher einen höchst ungnädigen Blick zuwarf, streckte dennoch die Hand nach dem Papier aus. Er entfaltete es und las, was darin geschrieben stand. Dann runzelte er die Stirn, wandte sich um und schaute Richard an, offenkundig im Zweifel darüber, was er jetzt tun sollte.

»Bringt es her!« befahl Richard streng. Er hätte selbst nicht erklären können, warum er Blondel nicht aufgefordert hatte, die Botschaft laut zu verlesen, doch er hatte ein seltsames Gefühl in der Brust, das ihm verriet, daß es sich hier um eine Angelegenheit handelte, über die Stillschweigen gewahrt werden mußte. Blondel brachte das Blatt Papier seinem Herrn und händigte es ihm wortlos aus.

Richard schaute hinunter auf das Papier und las die Worte, die darauf geschrieben standen:

An Richard den Normannen, genannt Löwenherz,

ich hatte gehofft, Dich auf See zu treffen, doch unter so vielen mußte ich Dich verfehlen. Ich konnte mich nicht dazu bringen, fortzugehen, ohne Dich gesehen zu haben, und so habe ich mir Urlaub genommen, zu kommen und Dir an Land zu begegnen. Einst hast Du nicht mit mir kämpfen wollen, weil Du der Fürst jenes Reiches gewesen bist, das es Dir beliebt hat, Grand Normandy zu nennen, und weil ich kein Vampir gewesen bin. Jetzt bist Du kein regierender Fürst mehr, und ich nicht mehr ein gewöhnlicher Mann. Deshalb fordere ich Dich heraus, mich vor den Mauern Mdinas zu treffen, damit alle Ritter Maltas und alle Ritter Englands Zeugen werden, wie wir eine Ehrenschuld begleichen.

Das Blatt war unterzeichnet: *Lucien Villiers, genannt Langoisse.*

Richard schaute hoch und begegnete dem starrenden Blick Blondel de

Nesles, der ihn angespannt beobachtete. Er schaute sich nicht um zu dem walachischen Kriegsherren. Dragulya würde ihn mit Sicherheit dazu bewegen, den Boten ergreifen und fesseln zu lassen und dann einen großen Trupp von Rittern und gemeinen Soldaten auszusenden, um den westlichen Zipfel der Insel nach dieser arroganten Mißgeburt abzusuchen – und nachdem er gefunden war, ihn höchst kunstreich zu morden. Vielleicht wäre das tatsächlich auch das Klügste.

Dennoch zögerte Richard.

Seit benahe sechzig Jahren ging in seinem Reich die Geschichte um, daß ein verwegener Pirat ihn einen Feigling geschimpft hatte. Die Schandmäuler waren überglücklich gewesen, den Schmäh des Piraten aufzugreifen und hinter vorgehaltener Hand zu lachen, weil die gesamte normannische Kriegsflotte außerstande war, diesen gerissenen Seewolf zu fangen oder seinem lästigen Treiben ein Ende zu machen.

Richard war es nie ganz gelungen, sich Langoisse aus dem Kopf zu schlagen, und der Gedanke an ihn war ihm nie angenehm. Daß diese Kreatur es jetzt wagte, seine Herausforderung zu wiederholen, war eine Kühnheit, die ihm ähnlich sah, und er wußte, daß dieses Märchen, falls er jetzt nicht energisch reagierte und den Piraten ergriff, bevor dieser wieder in See stach, jenem anderen hinzugefügt werden würde und man ihn in den Legenden des gemeinen Volkes verunglimpfen würde, solange er lebte.

Wir haben tausend Jahre Leben vor uns, Ihr und ich. Dragulyas Worte hallten in ihm wider. Tausend Jahre, um die Konsequenzen jeder einzelnen Entscheidung zu tragen, jeden Irrtum zu bedauern, den ein Mensch begehen konnte.

Und dann ging es noch um die Ehre. Was immer der Woiwode Dragulya auch sagen mochte, es war nicht nur die Macht der Vampire Europas, die erhalten werden mußte, sondern ihre Hegemonie. Wenn er schon nicht die Freiheit besaß, etwas anderes zu tun, als mit seiner Unterschrift eine Schlächterei zu besiegeln, dann war er zumindest doch frei darin, seine privaten Angelegenheiten auf eine Weise zu regeln, die ihm wünschenswert schien.

Mdina, so dachte er, *hat es so gewollt, daß ihm ein Schicksal widerfährt, wie es ihm zugedacht ist. Doch zuerst werde ich dieser düsteren Legion aus Osten zeigen, wie ein Fürst von Gaul sich aufführt und wieviel Adel die Ritter Charlemagnes der Welt gegeben haben.*

Ohne ein Wort zu Dragulya trat Richard vor und ging an Blondel vorbei auf den wartenden Reitersmann zu.

»Sagt Eurem Herrn«, so sprach er, »daß ich ihn, wie es sein Begehr, vor den Mauern der Stadt treffen werde. Morgen früh nach Dämmerung.« Mit ausgestreckter Hand zeigte er auf den Landstrich, zwischen dem Heerlager seiner Armee und der Stadt.

»Ihr müßt mir Euer Wort geben, daß kein Verrat dabei im Spiel ist«, sagte der Reiter unbehaglich.

»Kein Verrat«, sagte Richard. »Ich werde allein kommen – zu Pferde, gerüstet und mit keiner anderen Waffe als meinem Schwert. Ich bezweifle, daß Euer Herr es versteht, eine Lanze zu führen. Und ich möchte nicht, daß er die Kampfstätte mit einem Besenstiel betritt.«

Der Reiter beugte leicht den Kopf, riß dann sein Pferd herum und zwang es in einen schnelleren Galopp, als nötig gewesen wäre.

Dann wandte Richard sich brüsk ab und ging mit so hochmütigem Schritt zurück ins Zelt, als wäre es ihm gleichgültig, ob der Walacher ihm folgte oder nicht.

Doch als der Woiwode dann hinter ihm eintrat, waren weder seinem Benehmen noch seiner Stimme Wut anzumerken. »Was habt Ihr getan, o edler Prinz?« fragte er samtweich.

»Das ist eine private Angelegenheit«, entgegnete Richard.

»Daran habe ich keinen Zweifel«, gab Dragulya zurück. »Doch ich bitte Euch, laßt mich doch wissen, wer der edle Gegner ist, dem Ihr morgen entgegentreten wollt?«

In seiner Stimme lag zwar Sarkasmus, doch er gab sich freundlich.

Richard reichte ihm das Blatt Papier und sagte zur Erklärung: »Diese Angelegenheit hat eine Geschichte, die Ihr nicht kennt.«

»Ich kenne sie sehr wohl«, sagte Dragulya leise, während er den Brief las. »Ich glaube, sie erzählen Geschichten von meinen berühmtesten Streichen sogar in England, und auch Geschichten über Eure Unternehmungen sind an den Höfen Walachias nicht unbekannt. Die Küchenjungen in Eurem aufgegebenen Londoner Tower erzählen wahrscheinlich davon, wie ich ein paar adlige Strauchdiebe in einen Kessel gesteckt und geschmort habe. Und die Dienerschaft in unseren großen Häusern ist begierig nach Gerüchten über die Barbaren-Piraten und die Histörchen, die sie umgeben. Ein Mann wie dieser Langoisse hätte schon vor vielen Jahren von seinem Elend befreit werden müssen, und ich werde darum beten, daß Ihr ihn keine Sekunde länger als nötig auf dieser Erde verweilen laßt.«

Richard war erstaunt über die plötzliche Bereitschaft des anderen, in wohlgesetzter Rede auf die Sache einzugehen, doch er war viel tiefer verletzt von der Leichtigkeit seines Tons, als er es von dem Zorn gewesen wäre, den er erwartet hatte.

»Ich werde ihn besiegen«, versprach er. »Dessen dürft Ihr gewiß sein.«

»O ja«, erwiderte der Walachier, der trotz des höflichen Tons seine Verachtung schlecht verbergen konnte. »Dieser törichte Wahnsinnige reitet in seinen Tod. Ich weiß. Ich nehme auch nicht an, daß er selbst daran Zweifel hat, sonst wäre er ein größerer Narr, als ich je einen gekannt habe. In der Tat, er muß Euch gründlich hassen.«

»Das denke ich auch«, sagte Richard. »Doch lag der Fehler stets bei ihm. Ich bin daran nicht schuld.«

»Es sind immer unsere eigenen Fehler«, bemerkte Dragulya dazu, »über die wir am meisten verzweifeln. Dieser Langoisse muß viele haben, dafür spricht allein schon der Name, den er sich gewählt.«

7. Kapitel

Die ganze Nacht hindurch war die Straße von Valetta nach Mdina verstopft mit Männern und Pferden, schweren Karren und Artillerie. In diesem langen Zug war nichts, das den Verteidigern der Stadt Anlaß zur Ermutigung geben konnte. Dragulya wußte, daß ihre Späher in der Kuppel der Kathedrale freie Sicht über einige Meilen hatten, und er war überzeugt, daß dieser Anblick sie lehren mußte, daß ihre Sache verloren war. Jene walachischen Kämpfer, die beim Sturm auf den Grand Harbour verwundet worden waren, hatten sie sicher in dem Hospiz zurückgelassen, daß die *raison d'être* des Johanniterordens war.

Der Woiwode war bereit zu wetten, daß die Johanniterritter, die sich darauf eingestellt hatten, Valetta zu verteidigen, in ihren Festungen ausharren würden, statt einen selbstmörderischen Ausfall gegen einen weit überlegenen Feind zu wagen. Da La Valette und andere bedeutende Befehlshaber noch auf See waren, hatten die Ritter, die den Grand Harbour verteidigten, Anführer, die sich mit großer Wahrscheinlichkeit auf die jeweilige Lage einstellen und entsprechend verhalten würden. Ganz so, wie es an den Höfen von Gaul aufmuckende Verräter gab, ehrgeizige Männer, deren Träume von Ruhm und Glanz angesichts der Langlebigkeit ihrer Herren auf unabsehbare Zeit unerfüllt bleiben müßten, würde es wohl auch in den Reihen des Johanniterordens hochgestellte Speichellecker geben, die auf den Titel eines Großmeisters oder den einer der acht Säulen des Ordens schielten und ihr Mäntelchen in den Wind hängen würden, falls sich ihnen die Chance dazu bot. Dragulya wußte, daß er solche Feinde unbedenklich zynisch manipulieren und sich ihrer nach Belieben bedienen konnte. Jetzt war es sein dringendstes Hauptanliegen, Mdina fallen und Noell Cordery gefangen zu sehen.

Dragulya ging in den frühen Morgenstunden in sein Zelt, doch er schlief nur ganz kurz. Er ließ sich von Michael Beheim kurz vor Sonnenaufgang wecken, denn er wollte es sich nicht nehmen lassen dabeizusein, wenn der emporgekommene Pirat den Versuch unternahm, eine uralte Schuld mit dem Fürsten von Grand Normandy zu begleichen. Er sah diesem Ereignis mit einigem Amüsement entgegen und wollte außerdem hinsichtlich des Duells noch seine eigenen Vorkehrungen treffen.

Im kalten Zwielicht der Morgendämmerung machte der Woiwode einen Rundtritt zu seinen Truppeneinheiten, die er zum Appell antreten ließ und die das umliegende Land im Osten und Süden der Stadt besetzt hielten. Er wies sie an, große Feuer zu unterhalten, damit die Streiter in der belagerten Stadt Zeuge werden konnten, wie eng der Ring sich um sie schloß.

Als er mit allem zufrieden war, was er veranlaßt hatte, stellte er einen Trupp seiner besten Musketiere als Leibstandarte zusammen, denen er befahl, ihn sodann zu dem kahlen Landstrich zu begleiten, der Richards berühmte Bogenschützen von den Mauern trennte, die sie sich bald zu erstürmen anschicken würden. Er traf dort mit seinen Mannen ein, während Richards Knappen ihm die Rüstung anlegten und sein Pferd zum Turnier rüsteten.

Dragulya beobachtete die Vorbereitungen mit kühlem Desinteresse.

Richards Kopf bedeckten eine Kettenpanzerhaube und ein Schuppenpanzer aus jenem neuen Eisen, das Simon Sturtevant vor einem halben Jahrhundert erstmals hergestellt hatte. Dieses Eisen war stärker als jedes früher hergestellte Roheisen, und es ließen sich vorzügliche Kanonen daraus fertigen, doch Dragulya fand, daß es als Material für die Rüstung eines Vampirs viel zu schwer war. Ein Vampir, obwohl weniger anfällig für schwere Verwundungen als ein gewöhnlicher Mann, verfügte indessen über kein Deut mehr an körperlicher Kraft als jener, und eine schwere Rüstung machte einen Vampirritter um genausoviel langsamer wie einen gemeinen Mann. Dragulya hätte eher eine Stichverletzung riskiert, um sich seine Beweglichkeit zu erhalten, doch das war eben die Art, in welcher Richard zum Kampf ausgebildet worden war, und hätte der Walacher ihm einen Rat geben wollen, so hätte er nur Undank geerntet.

Dragulya schloß aus Richards Miene, daß der abgesetzte Fürst überhaupt nicht geschlafen hatte. Seine kupferfarbenen Augen blickten unstet, und seine Lippen waren fest aufeinandergepreßt. Es bedurfte zweier Männer und einiger Geduld, ihn in den Sattel zu heben, obwohl das Schlachtroß, das er in den Zweikampf führen würde, ruhig und fügsam war, wie nicht anders zu erwarten. Schließlich reichte man ihm die Waffen hinauf, die er tragen wollte: ein großes Breitschwert, dessen Doppelklinge sorgfältig geschärft war, und einen Schild, auf den sein Wappen aufgemalt war. Das Schwert wie seine Rüstung waren gewiß aus Sturtevant-Stahl und würden nicht so leicht brechen oder schartig werden – aber Langoisse war sicher ähnlich bewaffnet und würde kaum entscheidend im Nachteil sein.

Als Richard vorritt, um seine Stellung einzunehmen, schoben sich Dragulyas Männer unauffällig vor die Reihe der Bogenschützen und nahmen so die besten Plätze ein, von denen aus sie den Kampf beobachten konnten.

Richards Stute entfernte sich in gemächlichem Schritt ungefähr fünfzig Meter weit, bevor der Prinz sie zügelte und auf der Hinterhand wenden ließ, so daß sie jetzt nach Westen schaute, wohin sich aller Augen – sowohl die der Männer auf den Festungsmauern wie die von Richards Kampfgefährten – wandten, um nach dem Piraten Ausschau zu halten. Wenn er käme, bemerkte Dragulya, würde er feststellen müssen, daß sein königlicher Widersacher wie auf einem Schlachtengemälde vor dem Hintergrund der silbern aufgehenden Sonne stand.

»Wäre es nicht klug gewesen, diese Sache zu verhindern, Mylord?« fragte Michael Beheim. »Sollte Richard fallen, würde das unserer Sache nur schaden.«

»Vielleicht«, erwiderte Dragulya. »Doch während ich diesen wackeren Kreuzritter genauer in Augenschein genommen habe, mußte ich mich fragen, wie sehr es unserer Sache erst schaden müßte, wenn er noch weitere hundert Jahre lebte. Dieser Sieg, der uns gewiß ist, wird ebenso der seine wie der meine sein, und obwohl ich bestimmen werde, wie vernichtend und gründlich er ausfallen wird, könnte er gestärkt nach Gaul heimkehren, und sein Ruf wäre wiederhergestellt. Mir ist in den Sinn gekommen, daß es für uns alle besser wäre, würde Richard in diesem Krieg auf dem Schlachtfeld bleiben. Falls er das Bestreben haben sollte, einen Märtyrer aus sich zu machen, dann bin ich geneigt, ihn nicht dabei aufzuhalten.«

»Ein Märtyrer könnte der Sache der Ritterlichkeit genausogut dienen wie ein lebender Fürst«, murmelte Beheim. »Es sei denn, Blondel fällt Seite an Seite mit ihm.«

»Das glaube ich nicht«, entgegnete Dragulya. »Heute morgen noch mag er vielleicht zum Märtyrer der Sache der Ritterlichkeit werden, doch sobald wir erst einmal diese Felder mit dem Blut von zehntausend Maltesern getränkt haben, wird sein Märtyrertum der Sache von Attilas Zorn zugerechnet werden. Laßt uns abwarten, was geschehen wird, bevor wir entscheiden, welche Bedeutung es haben mag.«

Sie mußten nicht lange warten, denn Langoisse erschien nur wenige Minuten nach Sonnenaufgang. Er näherte sich in einem vorsichtigen Trab auf einem grauen Hengst, vom Aussehen jeder Zoll ein Streitroß, obwohl es keine Schutzhaube trug wie Richards Pferd. Der Pirat hatte keine Rüstung angelegt, und sein dickes Lederwams war ärmellos, so daß das leuchtend rote Tuch seiner Hemdsärmel in die Augen stach. In seiner rechten Hand hielt er ein Schwert, das viel leichter war als dasjenige Richards, mit einem halbkugelförmigen Handschutz, während Richards Waffe nur den nackten Knauf hatte. In seiner Linken war kein Schild. Er trug darin nur die weiße Fahne. Sie hatte ihn sicher durch die Linien von Richards Schützen gebracht.

Dragulya schloß aus der Art, wie sich Langoisse im Sattel hielt, daß der Pirat eine Wunde an der Seite haben mußte, doch sie schien seinen Schwertarm nicht zu beeinträchtigen.

Als er Richard warten sah, warf er die Parlamentärsfahne zur Seite und ließ sein Pferd Aufstellung nehmen.

»Dieser Mann ist bloß ein Narr«, sagte Michael Beheim, und seinem Tonfall war die Enttäuschung anzuhören.

»Welcher von beiden?« fragte Dragulya trocken.

»Jetzt, da Ihr mich auffordert, meine Wahl zu treffen, bin ich hin und her gerissen«, räumte der Hofpoet ein. »Doch eigentlich habe ich den Piraten gemeint. Er hätte der Vernichtung entrinnen können, die all diejenigen ereilen wird, die in Mdina in der Falle sitzen; er hätte nur wegsegeln müssen und sein früheres Leben wieder aufnehmen können. Er ist jetzt ein Vampir, und er sollte klüger sein, als auf so dumme Art sein Leben in die Waagschale zu werfen.«

»Wer immer hier verliert, ist der größere Narr«, sagte der Woiwode, die beiden Streiter beobachtend. »Richard ist ein Narr, daß er überhaupt ein solches Risiko eingeht. Doch falls er siegen sollte, wird das seinem Stolz gewaltig Auftrieb geben. Die Schande, Britannien zu verlieren, hat ihn wahrscheinlich mehr geschmerzt, als er sich selbst zugeben wollte.

Und er wünscht sich nichts sehnlicher, als wieder ein Held zu sein. Die siegreiche Schlacht um Mdina reichte ihm nicht, und ihm gefällt nicht, was danach geschehen wird. Falls er siegen sollte, wird Blondel ein schmeichlerisches Loblied auf ihn singen.«

»Diese Kunst ist mir wohl vertraut«, sagte Beheim. »Aber ich werde Euch nicht darum ersuchen, mir aus solchem Anlaß dieselbe Gelegenheit zu bieten. Ein Handeln wie das jener beiden Männer erschiene mir bei einem Mann wie Euch als eine große Torheit.«

»Keine Angst«, sagte Dragulya. »Es ist gaulischer Heldenruhm, auf den diese beiden aus sind, der uns wenig bedeutet, wenn wir den Wert eines Mannes bestimmen. Ein Sprichwort bei uns besagt, daß derjenige, der sein Blut achtet, die Ewigkeit zu achten weiß. Doch jene da halten es anders; sie zucken nur die Achseln und erklären, daß sogar ein Vampir sterben muß, während seine Legende alles überdauert. Sie haben sich ihre Unsterblichkeit selbst nie ganz vergeben können. Doch jetzt schaut hin, das Spiel beginnt!«

Richard und Langoisse ließen ihre Pferde langsam vorwärts traben, bis sie nur noch etwa zehn Meter Abstand hatten. Kein Wort wurde gesprochen, kein Zeichen gegeben, doch jeder der beiden Männer zwang jetzt sein Roß zu einem schärferen Trab, wobei die Stute des Prinzen etwas schneller war als der Graue des Piraten. Die Pferde verfielen gleichzeitig in einen Galopp, wobei jeder der beiden Reiter versuchte, linksseits an dem anderen vorbeizukommen, damit ihre Schwerter aufeinander treffen konnten. Richard mußte seine Klinge hoch erheben, um sein ganzes Gewicht in einen abwärts gerichteten Hieb zu legen, doch Langoisse zog seine Waffe zurück, bereit, zuzustechen, wenn sie aufeinanderprallten.

Richard hatte das größere Pferd und war selbst von gleicher Größe wie der Pirat, so daß er sich in dieser Hinsicht keine Vorteile verschaffen mußte. Doch Langoisse mußte in seinen Steigbügeln stehen, als sie aufeinandertrafen. Richards von seiner Haube geschütztes Pferd preschte unbeirrt vor, doch der Gaul des Piraten, der für diese Art zu kämpfen nicht ausgebildet war, scheute sowohl vor der kegelförmigen Haube der Stute wie der niedersausenden Klinge des Gegners. Das Scheuen seines Pferdes brachte Langoisse außer Reichweite der Schwertstreiche, doch er selbst bekam nicht die geringste Chance, mit seiner Klinge zuzustechen. Und in der großen Menge der Zuschauer gab es ein höhnisches Geraune, als die Kämpfenden wie im Spiel mit ihren Klingen nur die Luft zerteilten.

Langoisse wendete sein Pferd schneller und setzte seinem Gegner nach, so daß er den schwer gepanzerten Mann jetzt von links attackierte. Hätte Richard nicht seinen Schild gehabt, wäre er gezwungen gewesen zu wenden, das leichtere Pferd auf seine mächtige Stute prallen zu lassen, doch statt dessen hieb er ihm nur seinen Schild entgegen, als Langoisse heranjagte, den nächsten Streich zu führen. Funkenstiebend traf das Schwert des Piraten auf den Schild des Fürsten, doch keiner der beiden Kämpfer verlor dabei das Gleichgewicht.

Jetzt wendete Richard sein Pferd, in Erwartung des nächsten Streiches den Schild erhebend, doch Langoisse, der sehr wohl erkannte, was passieren würde, falls der Stute eine volle Kehrtwendung gelang, gab seinem Grauen die Zügel und ließ ihn etwa zehn Meter vorspringen, bevor er ihn herumriß. Richard verhielt nun seinerseits in dem Manöver, eine volle Kehrtwendung zu machen, und wieder standen die beiden Pferde einander fast bewegungslos gegenüber.

»Also hat dir die Zeit nichts von deiner ganzen Hitze genommen, wie?« sagte Richard nicht ohne Freundlichkeit. »Mal hier, mal dorthin flatternd, nie seßhaft und beständig, war deine Gegenwart mir immer schmeichelhaft.«

Die Worte, die ganz leise gesprochen wurden, waren gewiß nicht für fremde Ohren bestimmt, obwohl Dragulya sie hören konnte, und in ihnen lag kein Hohn. Tatsächlich hätte man sie so auffassen können, als verberge sich hinter ihnen ein großes Kompliment, zumal er sich der intimen Form der Anrede bedient hatte; doch Richard wußte genau wie Langoisse, als dieser ihm seine Forderung geschickt hatte, daß angesichts solcher Maniriertheit mehr als nur eine Deutung möglich war. Richard hatte sich trotz des Schwarms von Vampirladys, den sein Hof sich hielt, diese intime Form der Anrede stets nur für den Verkehr mit anderen Männern vorbehalten – und das war auch die halbvergessene Ursache des Grolls gewesen, der zu diesem Kampf geführt hatte.

»Auch dich hat die Zeit nicht aufgeweckt«, entgegnete Langoisse, der lauter sprach und sich seines Publikums bewußt war. »Du bist langsam und schläfrig, wie du es stets gewesen bist, so bleiern im Denken und in deinem Wesen wie eine Schildkröte in einem stehenden Teich.«

Richards Temperament war nicht hitzig genug, auf diese Beleidigung hin im Zorn zu entflammen, und als der Fürst wieder vorrückte, kam er ruhig und sicher mit gut ausbalanciertem Arm und mit dem Schwert genau zielend. Langoisses Pferd zeigte sich widerspenstig, und er mußte ihm erst seinen Willen aufzwingen, bevor er bereit war, sich dem richtigen Kampf zu stellen. Sein Sieg über das Pferd hatte ihn zuviel Zeit gekostet, und diesmal konnte er Richards Klinge nicht ganz ausweichen, und als er sich nach vorn warf, glitt sie über die ganze Länge seines Rükkens. Doch während er noch diese Meidbewegung machte, hatte er mit aller Macht mit seiner Waffe auf die Seite des Prinzen gezielt und zugestoßen.

Die Kraft in Richards Schlag war viel größer gewesen, und Dragulya erkannte, daß Langoisse das höchst unbehagliche Empfinden gehabt haben mußte, daß ihm die Haut von den Rippen gefetzt wurde, als Wams und Hemd aufgerissen wurden. Der Umstand, daß er dort bereits verletzt war, mußte den neuen Schnitt noch schmerzhafter machen. Trotzdem war der Stoß des Piraten besser geeignet, eine tiefe Wunde hervorzurufen. Zwischen der dritten und vierten Rippe war die Spitze von Langoisses Schwert etwa fünf Zentimeter tief eingedrungen. Die Pferde waren bei diesem Angriff zusammengeprallt, Sattel krachte an Sattel, schürfte die Beine beider Kämpfenden auf, und derart heftig war der Rückprall, daß sekundenlang zu befürchten war, daß eins der beiden Tiere stürzen würde.

Diesmal gab es kein höhnisches Gejohle bei den Zuschauern, sondern erregte Schreie. Nur wenig Blut war vergossen worden, doch diese Kämpfer wußten nur zu gut, daß die Verletzung eines Vampirs sich nie nach der Menge Blut bestimmten ließ, das verspritzt wurde. Und niemand hatte Zweifel, daß diese wild geführten Schläge für beide Kontrahenten Folgen hatten.

Langoisse, der es jetzt eilig hatte, weil er seinem Pferd in diesem Treffen nicht trauen konnte, verlor keine Sekunde, seinen Grauen mit großem Geschick wieder dicht an den Gegner heranzubringen. Und während Richards schwerbeladenes Tier noch kämpfen mußte, das Gleichgewicht zu halten, gelang dem Piraten ein zweiter Stoß mit seiner Klinge, die auf den Unterleib des Prinzen zielte, knapp unterhalb der Kante seiner Rüstung. Wieder traf die Klinge, doch nur die Spitze drang ein, und Richard, der nicht imstande war, sein eigenes Schwert zu erheben, um den tödlichen Schlag auszuteilen, gelang es noch, sein Schild dem Piraten ins Gesicht zu schmettern, worauf er blind und sichtlich benommen zurücktaumelte.

Es gab eine Unterbrechung von einer vollen Minute, während der die getrennten Kontrahenten sich zu sammeln suchten, ihre Hände auf die verletzten Körperstellen legten und sich konzentrierten, um den Schmerz zu unterdrücken. Langoisse mußte heftig blinzeln, um den

Blick wieder klarzubekommen, doch jetzt mußte er nicht mehr in die gleißend helle Sonne schauen, die ihn so lange geblendet hatte.

Von der Stelle, wo er und Michael Beheim den Zweikampf verfolgten, schien es Dragulya, als hätte Richard die Oberhand gewonnen. Und obwohl keiner der beiden Kämpfer bislang eine ernsthafte Verwundung davongetragen hatte, war Richard offenbar derjenige, den die ersten Waffengänge weniger mitgenommen hatten. Doch als die beiden Pferde wieder aufeinander zupreschten, war es sichtlich der Prinz von Grand Normandy, der größere Schwierigkeiten hatte, sich auf den Zusammenstoß einzustellen.

In diesem Augenblick wurde der Unterschied in der Ausbildung der beiden Pferde offensichtlich. Der Graue bockte und ließ sich nicht zu einer neuen Attacke bewegen. Er versuchte hartnäckig abzudrehen, und als Langoisse mit aller Macht an den Zügeln zerrte, um ihn daran zu hindern, warf er den Kopf hoch und stieg in der Hinterhand auf. Dadurch war Langoisse hoffnungslos ungeschützt, ohnmächtig ruderte sein Schwertarm durch die Luft und bot seine ganze rechte Seite dem alles entscheidenden Streich dar.

Doch Richard kam nie dazu, diesen einen Stoß zu führen, der den Kampf wohl beendet hätte, denn einer der ausschlagenden Hufe des Grauen traf die gepanzerte Stute voll am eisernen Kopfschutz. Die Haube löste sich. Das Metallding verrutschte, und ein vorspringendes Teil stach die Stute ins Auge, worauf das Pferd vor Schmerz laut aufwieherte, hoch in die Luft sprang und seinen schwergerüsteten Reiter abwarf.

Richard, durch seinen Panzer behindert, den einen Arm zudem fest in seinem Schild verankert, hatte nicht die geringste Chance, das Pferd unter Kontrolle zu halten, und stürzte wie ein Sack zu Boden. Die Wucht des Aufpralls preßte ihm die Luft aus den Lungen, was keinem der Zuschauer entging. Die umstehenden Soldaten, Walacher wie Normannen, schrien entsetzt auf.

Richard wußte selbst nur zu gut um die verzeifelte Notwendigkeit, wieder auf die Füße zu kommen, und sicher kämpfte er, tief durchzuatmen, doch es schien, als hätte sich eine eiserne Klammer fest um seine keuchende Kehle gelegt. Die Beobachter, die am nächsten standen, hörten das Rasseln in seiner Brust und sahen die qualvolle Anstrengung auf seinem Gesicht. Obwohl sein verzweifelter Kampf nur wenige Sekunden dauerte, war er unterdessen völlig hilflos, und Langoisse preschte schnell auf ihn zu, um seinen Vorteil zu nutzen.

Der Pirat machte gar nicht erst den Versuch, vom Pferd zu springen oder es auch nur zu beruhigen, sondern nutzte einfach nur das lose Ende des Zügels, um wild auf den Hals des Pferdes einzuschlagen, während er das wütende Tier gleichzeitig mit den Sporen antrieb, den gestürzten Mann mit seinem vollen Gewicht in den Boden zu stampfen. Die jagenden Hufe donnerten herab auf den Gefallenen, als Richard noch kämpfte, wieder hochzukommen, schlugen hämmernd auf den gepanzerten Oberkörper und den von der Kettenhaube geschützten Kopf ein.

Richard gelang es noch, seinen Schild abwehrend ein Stück hochzureißen, und er mußte in diesem Augenblick gespürt haben, wie seine Lungen sich machtvoll mit Luft füllten. Doch es war zu spät. Eines der eisenbeschlagenen Hufe des Pferdes traf ihn mit derartiger Gewalt an der Schläfe, daß er sofort die Besinnung verlor und wieder flach auf den Rücken fiel.

Aus der Menge der Zuschauer erhob sich großes Geschrei, Ausrufe des Entsetzens von Richards Bogenschützen und Dragulyas Musketieren, Jubelschreie der Wächter hinter den Brustwehren der Stadtmauer.

Langoisse war mit einem Satz von seinem Gaul herunter; dabei war schwer zu entscheiden, ob er abgestiegen oder abgeworfen worden war, doch er landete auf den Füßen, fiel sogleich über den unglücklichen Prinzen her und stand hoch aufgereckt über ihm. Ohne zu zögern hob er beidhändig sein Schwert und ließ es in einer gewaltigen, hackenden Bewegung, als wäre es eine Axt, auf den Verwundeten niedersausen. Von schlechterem Stahl gemacht, wäre es gewiß gesprungen.

Dann beugte sich Lucien Villiers, genannt Langoisse, hinunter, um das abgeschlagene Haupt Richards des Normannen zu packen, und er streckte seine Siegesbeute hoch in die Luft und stieß in trunkenem Jubel einen Triumphschrei hervor.

Er stand dabei mit dem Gesicht den Mauern Mdinas zugewandt, so daß ihn die Salve von Schüssen, die Dragulyas Musketiere abfeuerten, voll in den Rücken traf.

Es waren wohlgemerkt hervorragende Scharfschützen, und die Entfernung war kurz genug, daß die Kugeln Langoisse fast in zwei Hälften rissen. Und während das Frohlocken, das hinter den Festungsmauern der Stadt ertönt war, in Schreie der Bestürzung und des Entsetzens umschlug, rannten die Musketiere vor, um sich zu vergewissern, daß der Pirat, obwohl ein Vampir, von seinen Wunden niemals genesen würde.

Dragulya beobachtete ihr Tun und bewunderte ihre Gründlichkeit.

»Ein Narr«, sagte Michael Beheim. »Ganz wie ich es vorhin gesagt.«

»Nach normannischer Denkungsart trotzdem eine Legende«, entgegnete Dragulya ironisch. »Wir dürfen die Legende nicht vergessen, die überdauern wird noch dann, wenn alle Vampire längst ins Grab gesunken sind.«

8. Kapitel

Das Bombardement gegen die Mauern von Mdina dauerte den ganzen Tag bis weit in die Nacht hinein. Obwohl die Artilleristen der Stadt es nach besten Kräften erwiderten, hatten nur wenige ihrer Kanonen dieselbe Reichweite wie jene, die der Feind aus Italien herangeschafft und deren Zahl nach den Eroberungen von Dragulyas Männern noch gewaltig zugenommen hatte. Die Kavallerie und die Infanterie von Gaul und Walachia hatten weit hinter der Linie ihrer Artillerie Stellung bezogen, außerhalb der Reichweite aller Waffen, die die Stadt aufbieten konnte. Den Verteidigern war klar, daß der Feind seinen Angriff nur so lange hinauszögern mußte, bis seine Kanonen ein halbes Dutzend ausreichend großer Breschen geschossen hatten, durch die seine Männer dann in großer Zahl eindringen und einen sicheren Sieg erringen konnten.

Seigneur Durand, der die maltesischen Streitkräfte innerhalb der Stadt befehligte, wurde von einigen seiner Hauptleute gedrängt, eine Kompanie gegen die belagernden Truppen zu führen, um den Kampf bis in die feindlichen Linien zu tragen. Das lehnte er kategorisch ab. Die Reihen von Dragulyas Musketieren anzugreifen, wäre ein selbstmörderisches Unternehmen gewesen.

Die Barone Sceberra und Inguanez hatten die Hoffnung noch nicht aufgegeben, daß die Johanniterritter aus La Valettes Flotte und den Festungen am Grand Harbour beschließen könnten, sich neu zu formieren und die belagernden Truppen im Rücken anzugreifen. Auch hatten sie noch nicht ganz die Möglichkeit ausgeschlossen, daß die Mohammedaner sich dazu entschließen könnten, einen Schlag auf eigene Rechnung gegen diese furchtbare christliche Armee zu führen. Durand, der wohl wußte, daß derlei Hoffnungen nur sehr schwach waren, mochte ihren Optimismus nicht dämpfen. Er wußte, daß nichts anderes übrig blieb, als bis zum Tod zu kämpfen. Er war in früheren Tagen einst nach Byzanz gereist und hatte dort Dragulya gesehen; er war einer der wenigen, der in vollem Umfang begriff, was die Malteser von dem walachischen Kriegsherren zu gewärtigen hatten.

Als die Kanonen schließlich verstummten, erschien die Stille nicht weniger bedrohlich als ihr ohrenbetäubendes Brüllen, denn sie versprach keine Verschonung und lockte die Menschen in der Stadt höhnisch mit der Aufforderung, vor Anbruch der Dämmerung noch zwei oder drei Stunden zu schlafen. Für die Soldaten in Mdina konnte es jedenfalls keinen Schlaf geben, denn sie mußten versuchen, die Löcher in den Befestigungsanlagen zu stopfen. Während sie sich so abquälten, wußten sie, daß ihren Gegnern Erfrischungen zuteil wurden, die ihnen versagt blieben.

Noell Cordery hatte sein Laboratorium aufgegeben, wo seine Arbeit vollbracht war, und Zuflucht genommen in der Residenz des Erzbischofs neben der großen Kathedrale. Dort bewohnte er einen Schlafraum unter dem Dach, wo er den Ausgang der Schlacht abwarten konnte. Er hatte sein Teil geleistet, und die eigentlichen Auswirkungen der Schlacht, die sich erst in den kommenden Jahren zeigen würden, waren Folgen seines Handelns und seiner Entscheidungen.

Da sich die Kathedrale ganz am äußersten Stadtrand befand und hoch über die Mauern aufragte, hatte sie etliche Treffer von Stein- und Eisenkugeln abbekommen, die Dragulyas Bombarden auf die Stadt schleuderten; dennoch war dies vielleicht der stärkste Punkt in den Verteidigungsanlagen der Stadt, und der angerichtete Schaden war hier gering. Vom obersten Stockwerk der Residenz hatte man einen weiten Blick auf das Riesenheer der Angreifer, und wie eine Motte vom Licht angezogen, war Noell immer wieder ans Fenster getreten, während die Kanonen weiterfeuerten. Er hatte lange und tief ernüchtert in die trostlose Dunkelheit hinausgeschaut, während die Nacht selbst mit schrecklichen Stimmen zu ihm sprach, Flammen und Rauch spie und ihr Zerstörungswerk an der Mauer verrichtete. In seiner Einschätzung war diese Stadt zum Symbol einer Welt geworden, die von einem Despoten mit Namen Tod belagert wurde. Die Kanonade rief Noell Shango, den Uruba-Gott der Stürme, in Erinnerung, dessen Stimme der Donner war. Shango hatte Donnerkeile der Vernichtung zur Erde niederfahren lassen, die weit furchtbarer gewesen als das, was brüllend aus Dragulyas Kanonen kam. Und die niederfahrenden Blitze waren unendlich schrecklicher gewesen als die Pulverblitze, die von den Geschützpfannen dieser Bombarden aufstiegen. Doch am Ende war Shango nur ein Junge in der Maske eines Fabelwesens; eine bloße Scharade.

Auch in dem, was sich hier abspielte, fühlte er sich trotz des Mordens, das bald angehen würde, an eine Scharade erinnert. Bald würden im Reiche Attilas die Masken fallen; die Idole der Vampirhegemonie mußten stürzen und würden zerschmettert werden.

Jetzt, da die Würfel gefallen waren und man nur noch abwarten konnte, wie das Drama seinen Lauf nehmen würde, war er nicht einmal allzu müde. Er schien über alle Erschöpfung hinaus in einen Zustand fatalistischer Trägheit verfallen zu sein. Alle Ereignisse, die ihn noch erwarteten, waren so sorgfältig und klar vorgezeichnet, wie Durands Wachposten die Stellungen des Feindes aufgezeichnet hatten. Und nichts an dieser Planskizze hätte ihm Vergnügen oder ein Gefühl der Erleichterung geben können.

Er hatte sich schon überlegt, ob er Gift nehmen sollte, um der Pfählung und dem Scheiterhaufen zu entgehen, die Dragulya wahrscheinlich für ihn bereit hielt. Er wollte nicht unter Qualen sterben, ganz gewiß nicht unter den Augen der Öffentlichkeit, denn er erinnerte sich noch mit Angstschauern jener Geschichte, die sein Vater während des Diners mit Carmilla Bourdillon erzählt hatte. Daher schien es ihm, daß alle Märtyrer elend umkommen müßten – wenn man dem Glauben schenken konnte, was in den Legenden der Heiligen geschrieben stand. Nichts hätte ihn davon abhalten können, Gift zu nehmen. Er war kundig genug in der Medizin, sich einen Trank zu bereiten, der ihm sanfte Erlösung bringen konnte, und als Ungläubiger empfand er wenig Furcht vor dem Strafgericht, das des Selbstmörders harrte. Dennoch konnte oder wollte er es nicht tun.

Welch Wrack von einem Menschen ich doch bin, so sagte er zu sich selbst. *Und was für ein armselig Ding mein ganzes Leben, vorgezeichnet auf einem so kargen Blatt.*

Er hatte Langoisse trotz seines schwachen Augenlichts sterben sehen und geweint, als die Scharfschützen ihn zerfetzt hatten. War das etwa, so fragte er sich, der Tod eines wahren Helden? Wahrscheinlich würden viele, die die Geschichte weitererzählten, ihn dergestalt schildern: Der Pirat hatte den Fürsten in ehrlichem Zweikampf bezwungen und war dann heimtückisch hingemordet worden. Aber war nicht die ganze Geschichte von Maltas Rebellion in dieser kleinen Allegorie enthalten? Hatte denn nicht Noell Corderys Elixier dem Aberglauben und der Angst in Attilas Reich ein Ende gemacht, nur damit dieses Reich um so unbarmherziger gegen seinen Zerstörer zurückschlug?

»O Langoisse«, murmelte Noell laut. »Du hast die Freiheit gehabt, diesem tragischen Eiland zu entfliehen . . . nach England zu gehen, wo unsere wahre Zukunft liegt. Du bist ein Narr gewesen, dich von deiner Vergangenheit zurückhalten und dich dazu fortreißen zu lassen, eine so törichte Rechnung zu begleichen.«

Das Schicksal des Piraten schmerzte ihn aus tiefstem Herzen. Einst hatte er Langoisse dafür gehaßt, was der armen Mary White und Cristelle d'Urfé angetan worden war. Doch dieser Haß hatte seither keine neue Nahrung bekommen. Gewiß, Mary und Cristelle blieben ihm unvergessen, und das sogar angesichts jenes beispiellosen Mordes, dessen Zeuge er jüngst geworden war und dem noch viele folgen würden; doch seine alte, bitterböse Wut war verdeckt und überlagert von wärmeren Gefühlen. Vielleicht hatte er gelernt – besser als Langoisse, so schien es –, wie nutzlos und vergeblich es war, das schleichende Gift des Hasses in sich zu nähren.

Noell machte sich Sorgen um die *Spitfire*, doch allein die Tatsache, daß Langoisse zurückgekehrt war, gab ihm die Gewißheit ein, daß das Schiff nicht gesunken war, und er glaubte nicht, daß der Pirat seine Mannschaft in Gefahr gebracht und bedenkenlos nur sein eigenes, ehrgeiziges Ziel verfolgt hatte. Leilah würde in Sicherheit und schon auf dem Weg nach London sein, sich in den Schutz Kenelm Digbys und seines Parlaments zu begeben. Das zumindest war ein Gedanke, der ihn froh stimmen und ihm eine Last von der Seele hätte nehmen können, doch seine Verzagtheit war zu groß.

»Komm, geh vom Fenster weg, mein Freund.«

Die Stimme schnitt durch seine Träumereien und ließ ihn zusammenfahren. Quintus hatte unbemerkt den Raum betreten, und er fragte sich sarkastisch, ob ihn jetzt auch schon sein Gehör im Stich ließ. »Oh, wie nicht alles Zeugnis gibt von unserer Sterblichkeit«, murmelte er in sich hinein. »Wird von mir noch etwas übrig sein, das Dragulya morden kann?«

»Du bist krank«, sagte der Mönch, als Noell auf seine Aufforderung hin bewegungslos stehenblieb. »Du muß ausruhen!«

Noell wandte seine müden Augen jetzt dem Mönch entgegen und musterte mit mattem Blick die vom Kerzenlicht erhellte Gestalt in dem verschmutzten weißen Gewand. Quintus, der schon alt gewesen war, bevor er zum Vampir wurde, war weiß Gott nicht das Ebenbild eines trutzigen Kämpfers, doch in seinen drahtigen Gliedern und den leuchtenden Augen lag unverkennbar große Kraft.

»Du bist mir einst ein Vater gewesen«, sagte Noell gedankenvoll.

»Und dennoch bin ich es, der jetzt viel älter scheint. Tatsächlich bin ich älter, als ich das Aussehen habe, dank all der Fieber, der inneren Kälteschauer und Krankheiten, während dich die strahlend unbesiegbare Gesundheit deiner Art umgibt. Vielleicht solltest du mich Herr Jedermann nennen, wie es sich für meinen Stand und mein hinfälliges Fleisch gebührt, falls du jetzt versuchen solltest, mich dazu zu bringen, daß ich vor der Begegnung mit meinem Schicksal zurückscheue.«

»Ich hab' an dich stets wie eine Art Sohn gedacht«, sagte Quintus weich. »Die einzige Art Sohn, die mir vergönnt gewesen. Falls ich je befürchtet habe, daß mir dieses Bewußtsein verloren geht, sobald ich unsterblich bin, dann war solche Besorgnis unbegründet. Nicht alle Unsterblichen verlieren das Vermögen, Zuneigung zu fühlen, obwohl ich einst geglaubt hatte, daß sie es vielleicht müßten.«

»Auch ein unsterblicher Quintus wird der Kraft zu lieben nie verlustig gehen«, pflichtete ihm Noell bei. »Auch Leilah nicht, und auf seine besondere Art auch Langoisse nicht, und der ganze Schmerz der Welt wird stets auf deinen Schultern lasten. Wären alle Menschen wie du, mein Freund, dann wäre nicht nötig, was jetzt geschieht. Aber auch du bist nur ein Mensch – ich glaub', ein besserer Mensch, als ich es bin.«

Während er das aussprach, ließ Noell sich von Quintus am Arm nehmen und durch den Raum zu einem Stuhl führen, der nahe beim Feuer stand. Dort ließ er sich nieder, und Quintus setzte sich gegenüber, so daß sie sich jetzt einander über die Herdstelle hinweg anschauten.

»Davon weiß ich nichts«, entgegnete ihm der Mönch. Und dann, nach längerer Pause, fügte er hinzu: »Aber dennoch will mir scheinen, daß diese Welt, falls es denn die einzige ist, von Gott gemacht wurde und wir seine Hand in ihr spüren. Ich will nicht vorgeben zu verstehen, was für ein Wesen der Mensch ist oder warum er so vielen Fallen und Versuchungen ausgesetzt ist, aber ich weiß, daß irgendwo ein Sinn darin liegt. Ich kann jenen Plan und den Sinn nicht ermessen, nicht mehr als du die Geheimnisse zu ermessen vermagst, die zu verstehen du gestrebt hast. Aber ich habe den Glauben, daß alle Menschen die Möglichkeit haben, das Licht der Vernunft und des Guten zu schauen. Wir haben Gottes Werk getan, du und ich, und wir haben nicht allein gestanden. Was wir heute tun, das tun wir treu und mit Hoffnung im Herzen. Und es sind viele andere gleich uns auf der großen weiten Welt.«

Ist das der letzte Versuch, mich zu erretten? fragte sich Noell. Doch er entgegnete dem Freund ohne Spott. »Ach ja«, sagte er. »Wenn es einen Gott gibt, so müßte wohl daraus folgen, daß sein Wille irgendwo in diesem schrecklichen Chaos waltet. Obwohl es eines weiseren Mannes als ich es bin bedarf, unfehlbar zu erraten, wo. Manchmal versucht mein verhärteter, enttäuschter Verstand, meinem von Hoffnung erfüllten Herzen auseinanderzusetzen, daß all das nur ein kleiner Scherz unseres Schöpfers war, wie er ihn dem vom Schicksal geschlagenen Hiob gespielt. Eines Tages wird er vielleicht zu seinem Lieblingsengel sprechen und sagen: ›Ich werde die Menschen unsterblich machen, nur um ihnen darzutun, daß die Gabe des ewigen Lebens ihnen nur dazu dienen würde, sich um so mehr anzustrengen, einander zu vernichten.‹ Er ist eine Frohnatur, euer liebender Gott, der uns eine kurze Lebensspanne verliehen, um in Sünde zu verderben, und der uns für unsere kleinen Freuden im ewigen Höllenfeuer bezahlen läßt.«

Er war nicht überrascht, daß seine Erwiderung dem Priester nicht gefiel, doch der Mönch runzelte nur leicht die Stirn, eher kummervoll als im Zorn.

»Laß dich von der morgigen Schlacht nicht irre machen«, sagte Quintus, und seine Stimme klang freundlich, frei von Unsicherheit und belehrendem Eifer. »Es wird der Tag sein, an dem viele Menschen sterben. Und ein schrecklicher Preis wird entrichtet werden für das, was du den gewöhnlich Sterblichen gebracht hast. Aber es wird nicht das Ende dieser Geschichte sein, die du und ich gewagt haben, so gründlich umzukehren. Das Geheimnis, das wir der Welt entdeckt haben, wird Millionen von Menschen ein langes Leben verleihen, und Dragulya weiß schon jetzt – genau wie Attila und Charlemagne –, daß die Zeiten, in welchen eine kleine Handvoll Männer in erbärmlichem Geiz die Schätze der Jugend und Langlebigkeit gehortet und eifersüchtig darüber gewacht haben, bald schon Vergangenheit sein werden. Das Reich der Wenigen zerbröckelt bereits, und das Reich der Vielen steht nahe bevor. Du hast den gemeinen Menschen kommender Generationen eine Freiheit gegeben, die ihnen Attilas Reiche wohl ewig vorenthalten hätten, und die Rache, die Dragulya zu üben beabsichtigt, ist nur ein Vermächtnis deines sieghaften Triumphs.«

»Ein trauriger und blutbefleckter Triumph«, murmelte Noell, »dem noch mehr Gift beigemischt werden wird, wenn wir unser letztes Wort sprechen.«

Quintus senkte leicht den Kopf, und jetzt klang seine Erwiderung nicht mehr ganz so überzeugt. »Bedaure nichts, mein Freund. Es gibt nichts, das du oder ich tun könnten, es aufzuhalten, denn Sceberra und Inguanez kann jetzt niemand mehr dazu bewegen, ängstlich ihr Volk hinzuopfern. Diese Malteser sind ein unbeugsames Volk von großem Mut, der sie stets dazu bringen würde, gegen einen Feind zurückzuschlagen, der ihre Vernichtung will, und das noch im Augenblick ihrer eigenen Vernichtung. Attilas Reich ist es beschieden zu zerbrechen, doch die Pfeile aus Durands Armbrüsten werden es nur schneller in den Staub zwingen und später viele Menschenleben retten.«

»Das weiß ich wohl«, erwiderte Noell seufzend. »Mein ganzer gallebitterer Haß gegen das verfluchte Reich ist in dieses Ding geflossen, und in mir ist kein Groll mehr übrig. Doch ich werde jetzt nicht hadern, ob ich gerecht gehandelt habe oder nicht. Trotzdem werden du und ich morgen wahrscheinlich sterben, und daran ist etwas, das mich drängt, an andere Dinge zu denken als den Fall Gauls und Walachias. Was ich entfesselt habe, wird schwer einzudämmen sein, und die Reiche, die auf Gaul und Walachia folgen werden, könnten einst der Überzeugung sein, daß ich ihnen einen Fluch hinterlassen habe, der nicht so leicht zu bannen sein wird.«

Quintus zögerte. »Mein Sohn . . .« hub er an, doch Noell ließ ihn nicht weitersprechen.

»Immerhin bin ich nicht dein Sohn«, sagte Noell, die Hände fest ineinander verklammernd, »sondern der eines anderen Mannes. Ich weiß, daß ich getan habe, was mein Vater von mir gewollt hätte. Und um seinetwillen empfinde ich keine Scham, dafür einzustehen. Doch noch immer bin ich mir nicht sicher, ob das, was mein Vater getan hat, aus Sorge um seine Mitmenschen geschehen ist oder wegen der Seelenqualen, die ihm seine Vampirgeliebte bereitet hat. Und wo ich mir seiner nicht sicher sein kann, wie vermag ich da meiner selbst sicher zu sein?«

Nachdem er so geredet hatte, stand er wieder auf, wandte sich erst in die eine, dann in die andere Richtung, als wüßte er nicht, wohin mit seinem hinfälligen Leib. Dann ging er zurück ans Fenster, während Quintus sich schnell von seinem Sitz erhob und ihm dorthin folgte.

»Du hast selbst Vampirgeliebte gehabt«, erinnerte ihn Quintus, »die dir keine Seelenqualen bereitet haben.«

»Sie haben mir nie das Herz gebrochen.«

»Ich habe Edmund Cordery gekannt«, sagte der Mönch. »Er war kein Mensch mit gebrochenem Herzen. Er hatte das denkbar stärkste Herz eines englischen Mannes, tapferer als jeder Löwenherz, zehnmal mehr wert als jeder schurkische Pfähler der Schwachen. Er hat auch deine Mutter geliebt; daran solltest du dich stets erinnern.«

Noell fuhr sich mit der Hand über die müden Brauen und schauderte in der kalten Brise, die durch das unverglaste Fenster wehte. Quintus versuchte wieder, seinen Arm zu nehmen, um ihn zurück zu dem Stuhl zu führen, wo er ausruhen könnte. Doch diesmal schüttelte Noell die Hand ab und packte den Fenstersims, als wollte er sich daran festbinden, während er ohnmächtig in die Nacht hinausstarrte.

»Das ist ein weiterer Scherz unseres freundlichen Schöpfers«, sagte Noell wie aus weiter Ferne, »daß wir gewöhnliche Menschen aus einem Lehm so breit und plump gemacht sind, daß keine gewöhnliche Frau je die Anziehungskraft einer Vampirlady besitzen wird. Wohlan, Schönheit liegt nur in den Augen der Betrachter, und wir werden zu jener Schönheit hingezogen, die einzig Vampiren eigen ist. Für mich ist sie immer etwas Unvergleichliches gewesen, und manchmal verachte ich mich deswegen selbst. Ich bete darum, daß mein Vater ein anders gearteter Mann gewesen ist, doch was jetzt mein Blut ist, war einst das seine. Und ich fürchte nur, daß auch meine Sünden einst die seinen gewesen sind.«

»Mein Sohn«, sagte Quintus jetzt drängender, doch ohne die Stimme zu erheben. »Du mußt dich von dieser eingebildeten Sünde freisprechen. Es ist nicht böse, Verlangen zu empfinden. Ich wünschte selbst gern zu wissen, ob die Schönheit der Vampirfrauen eine Gabe Gottes oder ein Fallstrick Satans ist oder ein Zufall, wie er eben manchmal vorkommt. Doch ich vermag es nicht zu sagen. Dein Vater hat Lady Carmilla geliebt, vielleicht so sehr, wie du Leilah liebst. Doch die Tatsache, daß du Leilah nicht lieben konntest, bevor sie nicht eine Unsterbliche geworden war, muß man als tief inneres Geheimnis deines Herzens entschuldigen. Es ist nichts, das verdammenswert wäre. Und es ist gewiß kein Beweis dafür, daß dein Vater deine Mutter nicht lieben konnte. Oder daß sein Zorn wider das Reich Gaul keine ehrenhafte Ursache hatte.«

»Trotzdem«, sagte Noell, »wünschte ich mir doch sehr, mich mit hinreichender Gewißheit selbst zu kennen, um mich vom Bösen freizusprechen. Ich wünschte, ich könnte von mir behaupten, daß ich ohne den Schatten eines Zweifels genau wüßte, daß ich aus guten und edlen Gründen gehandelt habe, und nicht aus irgendeinem eitlen Motiv heraus, das so verdreht und so verschlungen ist, daß ich nicht zu entwirren vermag, wie es in meiner Seele nistet.«

Noell blieb still, horchte einen Augenblick auf die schwachen Geräusche, die unten von der Straße heraufdrangen – Geräusche, die vorhin noch vom Brüllen der Kanonen zugedeckt gewesen waren. Dann fuhr er fort: »Mein Freund«, sagte er verlegen. »Du weißt, was es ist, das ich getan habe. Und vielleicht hast du allein die Macht, vorauszuschauen und zu wissen, was es nicht nur angesichts der Schlacht, die wir morgen kämpfen müssen, sondern der Welt bedeuten wird, die unsere Erben aus den Trümmern wiedererbauen müssen, die wir ihnen hinterlassen. Ich bitte dich, sag' mir, ob es für diese Sünde eine Absolution gibt. Ich bitte dich nicht um Gottes Vergebung, nicht einmal um die deine – ich frage dich, ob die noch ungeborenen Kinder, wenn sie heranwachsen und begreifen, was ich getan habe, mich einen Heiligen oder einen Teufel nennen werden.«

»Sie werden dich einen Märtyrer nennen«, sagte Quintus mit der ganzen Selbstgewißheit, deren er fähig war. »Sie werden mit all dem Mitleid, das es auf dieser Welt gibt, um dich weinen.«

»Alles Mitleid, das auf dieser Welt ist«, gab Noell zurück. »Aber wieviel Mitleid kann es geben in einer Welt, die den Schmerz besiegt hat?«

»Die Welt wird immer soviel Mitleid haben, wie sie braucht«, versicherte ihm Quintus. »Stets und immerdar. Und was immer aus der menschlichen Art, mit der Gabe, sich selbst neu zu schaffen, mit der du sie ausgestattet hast, werden wird, sie wird der Liebe nicht verlustig gehen, denn sie ist ein viel zu kostbar Ding, als daß man sie aufgeben könnte.«

Noell lauschte diesen Worten und wiederholte sie sich im stillen, während er aufrecht dastand, an den steinernen Fenstersims geklammert. Dann entspannte er sich nach einer Weile, und Quintus reichte ihm wieder den Arm, ihn zu stützen. Der Mönch versuchte diesmal nicht, ihn vom Fenster wegzuführen, sondern legte nur schlicht die Arme um ihn, um ihn zu wärmen.

»Lieber Gott, Quintus«, sagte Noell, mit einem halben Schluchzen in der Kehle. »Ich habe solche Angst zu sterben. Ich glaube nicht, daß es mir sehr gut gelingen wird.«

»Du könntest kein besserer Mensch sein«, flüsterte sein Freund. »Auch wenn du tausend Jahre und länger lebtest. Achte nicht auf die Art deines Sterbens, denn es ist die Weise, wie du gelebt hast, die darüber entscheidet, was du bist.«

»Aber siehst du denn nicht«, sagte Noell leise, »daß es genau das ist, was ich nicht weiß? Ich frage mich selbst, wie habe ich gelebt? Ich frage mich: Habe ich das Rechte getan? Und ich weiß es nicht zu sagen, Quintus! Ich weiß es nicht zu sagen!«

Die Arme des Mönchs umfaßten ihn nur noch fester, bis Noell langsam das Begreifen kam, daß in dieser ernsten Umarmung die ganze Antwort lag, die er brauchte. Er brauchte an Gott nicht zu glauben. Er mußte an sich selbst glauben. Am Ende war es einfach eine Sache des Vertrauens.

9. Kapitel

Dragulya beobachtete den Sturm auf Mdina von jenem Hügel aus, auf dem sein Zelt aufgeschlagen war. Neben ihm stand der Mann, der jetzt den Befehl über die normannischen Truppen innehatte und vielleicht von Charlemagne für die Nachfolge des Fürsten von Grand Normandy in Erwägung gezogen wurde: Richards Bruder John.

John war keineswegs so eindrucksvoll wie sein Bruder. Er war viel schlanker von Wuchs und gab sich weniger arrogant, doch Dragulya mochte ihn deswegen kaum lieber, denn er schien von ruhigerer Denkungsart und von schnellerem Witz. Wo Richard nur allzu offen seine Abneigung gegenüber dem Woiwoden gezeigt hatte, erweckte John den Eindruck, als hätte er ihn gern. Dragulya gab nichts darauf, ob dieser Anschein trog oder nicht; so oder so sprach es nur dafür, daß John der verschlagenere Staatsmann war. Allerdings hatte John so gar nichts Zimperliches an sich. Er schien gleichgültig gegenüber menschlichem Leiden und war so genau die Art Mann, der Sinn hatte für Dragulyas Humor und seine Streiche.

Michael Beheim stand ebenfalls an der Seite seines Herrn und schaute zu, wie die Mauern von Mdina unter dem Geschmetter der Bombarden einstürzten. Blondel de Nesle war nirgendwo zu sehen. Er war weggeschickt worden, um bei seinem Helden die Totenwache zu halten. Es schien, als würde John den geschätzten Freund seines Bruders nicht allzu sehr mögen.

Am Nachmittag sahen die Beobachter auf dem Hügel die walachische Kavallerie dreimal gegen eine gewaltige Bresche in der Mauer anrennen, die Durands Musketiere und Artilleristen in verzweifeltem Kampf verteidigten. Weniger als ein Viertel der berittenen Einheit waren Vampire, doch ihre Tapferkeit wurde nicht durch den Umstand gemindert, daß so viele von ihnen sterben mußten. John ließ sich in ironischer Bewunderung über die Unbedenklichkeit von Männern aus, die von dem Ehrgeiz besessen waren, Vampire zu werden, doch Dragulya machte sich nie, nicht einmal insgeheim, über seine eigenen Männer lustig. Tatsächlich fühlte er mit ihnen, als er zusah, wie sie bei jedem neuen Ansturm voranpreschten, und sein Herzschlag beschleunigte sich, wenn er sie anfeuerte. Wenn Männer und Pferde blutüberströmt und schreiend und wiehernd stürzten, mahlten seine Zähne vor Wut, denn das da waren seine Männer, und jeder Schlag, der gegen sie geführt wurde, zielte auch ins Herz des Reiches und gegen seine Macht.

John hatte zweifellos recht: Der Ehrgeiz, unsterblich gemacht zu werden, trieb sie voran und verwandelte ihre Todesfurcht in lodernde Wut. Falls die Soldaten treulich und gut dienten, würden sie in die Reihen der Vampire aufgenommen werden. Obwohl ihre Pferde gegen schweres Feuer anstürmten, hetzten ihre Reiter sie voran mit der leidenschaftlichen Wildheit jener, die die Regeln des großen letzten Spiels akzeptiert hatten: ihre sterblichen Leben gegen den Preis der Unsterblichkeit. Wie sie das taten, erwarben sie sich die Achtung ihres obersten Kriegsherrn, der den Wert eines Mannes zu schätzen wußte, der bereitwillig seine Chance ergriff. In seinen Augen waren diese die besten der menschlichen Art, diejenigen, deren Tugenden den Realitäten des Daseins entsprachen. Wofür sonst war sterbliches Leben denn da, als es in dieser großen Lotterie einzusetzen?

Obwohl einer von vieren aus der Zahl seiner Streiter in den ersten beiden Angriffswellen fiel, sammelte sich der Rest der heldenhaften Kompanie ein drittes Mal zum Sturm auf die durchlöcherte Ruine der Stadtmauer. Und diesmal verstummten die Kanonen, und die Musketenschützen wichen zurück. Die Bresche in der Mauer war nicht zu halten. Sogar John stieß einen Jubelruf aus, als die Reiter ihr Ziel erreichten, und ballte die Faust in seinem Handschuh aus feinstem Leder.

»Jetzt«, murmelte Dragulya. »Jetzt wird es ernst!«

Bei jedem Waffengang der Kavallerie waren die sie unterstützenden Fußsoldaten dichter hinter ihnen aufgerückt. Sie waren jetzt bereit, in großen Wellen vorwärts zu stürmen, Vampire wie gemeine Soldaten zusammen, um in die Straßen Mdinas auszuschwärmen. Ein großer Jubelschrei erhob sich aus ihren Reihen, als der Kavallerie der Durchbruch gelang. Und im Triumph und in Begeisterung stürmten sie, gellende Rufe ausstoßend, hügelan. Dragulya murmelte Beschwörungsformeln in seiner Sprache und zog sich neugierige Blicke von John zu. Doch der ungekürte Fürst von Grand Normandy gestattete sich keine weiteren Ironien. Dragulya hatte bereits vor hundert Jahren die letzten Überreste eines ehrlichen Aberglaubens aus seinem Denken getilgt, doch ihm war der Hang geblieben, in Momenten wie diesem Zaubersprüche und Beschwörungsformeln zu murmeln.

Dragulya verlangte von John, daß er einen Kurier schicken sollte, um den Bogenschützen zu melden, daß seine Männer bald innerhalb der Stadtmauern sein würden und daß der Hagel von Pfeilen aufhören müßte, da zu befürchten wäre, daß davon Freund wie Feind getroffen werden könnten. Dann aber würde es Zeit für den Einsatz der normannischen Vampirritter, die unverzüglich auf die Stadttore zureiten müßten, sobald ihnen diese von innen geöffnet wurden. John tat bereitwillig, was von ihm verlangt wurde. Der Thronerbe von Grand Normandy gab sich damit zufrieden, Stellvertreter des walachischen Kriegsherrn zu sein; Dragulya bezweifelte, daß Richard ihm dieselbe Achtung bezeugt oder die gleiche Bereitwilligkeit gezeigt hätte, nach vereinbartem Plan vorzugehen.

Aus Süden näherte sich ein Bote, wo ein weiteres Kontingent von Dragulyas Kavallerie versuchte, eine zweite Bresche zu schlagen. Er überbrachte die Nachricht, daß sie unter schweren Beschuß geraten wären, doch daß die Kanonen aus Mangel an Pulver und Munition fast ganz verstummt wären. Der Widerstand, dem sie sich jetzt noch gegenübersahen, käme hauptsächlich von Armbrustschützen. Der Kurier berichtete, daß viele, gemeine Soldaten wie Vampire, verwundet wären, doch nur wenige von ihnen tödlich.

Dragulya nahm diese Nachricht mit freudlosem Lächeln entgegen. Pfeile aus einer Armbrust konnten eine Kompanie von Vampiren nicht lange aufhalten, und es war offensichtlich, daß die Verteidiger von Mdina keine Reserven mehr hatten.

»Sie hätten besser auf die Kapitulationsbedingungen meines Bruders eingehen sollen«, meinte John lakonisch. »Dadurch wäre ihnen eine Menge Ärger erspart geblieben. Und das Leben vieler Malteser wäre gerettet worden.«

»Es gibt kaum Besseres als Feuer und den nackten Schrecken, um den Wert eines Gnadenaktes zu steigern«, klärte ihn Dragulya auf. »Hätte Durand kampflos aufgegeben, wäre jedes Leben, das wir verschont hätten, Milde in allerkleinster Münze gewesen. Jetzt können wir alles niederbrennen, woran man in dieser Steinfestung die Fackel halten kann, und viele der Ritter und ihrer Freunde pfählen, um den anderen ein bißchen Zeit zu geben, ihre Lage zu überdenken. Diejenigen, die wir heim nach Gaul verschleppen, vergießen bestimmt Tränen der Dankbarkeit und werden ein für allemal geläutert und uns treu sein. Rom wird seine

Inquisitoren hierher in die Kathedrale entsenden, und dann mag Karl der Große einige seiner Günstlinge hier als Großmeister und Säulen des Ordens einsetzen. Unter ihrem Regime wird jeder Mann, jede Frau und jedes Kind auf der Insel es lernen, den Namen und das Angedenken an Noell Cordery zu verfluchen. Wir werden ihn zu genau der Art Dämon machen, für die Papst Gregor unseren Attila und Aetius zu erklären versucht hat.«

»Das ist sehr notwendig«, sagte John einsichtig. »Das ist eine Lektion, die man ihnen erteilen muß, und sie müssen sie gründlich lernen – eine Lektion der Furcht und Autorität. Mein Bruder konnte die Logik der Sache nicht erkennen, doch wir sollten ihm jetzt vergeben, denn er gehörte einem unschuldigeren Zeitalter an, das jetzt mit ihm begraben sein mag. Er mochte es, wenn er geliebt wurde, sogar von Leuten, die durch Eroberung zu den seinen zählten, und er hat nie begreifen können, warum sie seinem edlen Stand nie vollen Tribut zollen wollten. Seine Vorstellungen sind zu sehr von Hofpoeten geprägt gewesen, und er hat zu sehr den Schmeicheleien geglaubt, die ihm seine Höflinge entgegenbrachten. Vielleicht war er nicht oft genug in Gesellschaft von Frauen, um zu lernen, was Hinterhältigkeit ist.«

»Und Ihr seid zweifellos ganz verschieden, obwohl Ihr nur etwas später geboren seid«, warf Dragulya ein, der sehr gut verstanden hatte, daß John mit dieser Rede um seine Gunst und seine Anerkennung buhlte.

»Es ist die unumgängliche Pflicht eines Thronerben, aus den Fehlern seines Vorgängers zu lernen.«

»Dann werdet Ihr die Normannen anführen, England ein zweites Mal zu erobern?«

»Vielleicht werde ich das«, entgegnete der andere. »Falls es Charles gefallen sollte, es mir zu befehlen. Ich könnte es mit Hilfe Geoffreys schaffen, der mir ein besserer Freund sein wird, als er es je unserem älteren Bruder gewesen ist. Doch nehmt alles nur in allem, Britannien ist eine trübselige Insel. Es gibt andere Eroberungen, die geplant sein wollen, jetzt, da wir von der neuen Welt im Westen erfahren haben. Wir müssen das Imperium unverzüglich in die Länder von Atlantis und Brasilien ausdehnen, damit sie nicht statt dessen den Heerscharen in die Hände fallen, die Meister Corderys Elixier geschaffen hat. Wir müssen jetzt die Briten und die Holländer in den entlegensten Weltecken bekämpfen. Und nicht nur da, sondern auch auf ihrem eigenen Boden.«

»Ich wünsch' Euch dabei alles Gute«, sagte der Woiwode trocken. »Genau wie ich Euch alles Gute wünsche bei der Verteidigung Gauls gegen die Mohammedaner. Die goldenen Tage von einst werden in der Tat zusammen mit Eurem törichten Bruder zu Grabe getragen werden. Doch das eiserne Zeitalter, das darauf folgen wird, wird schwer zu bestehen sein.«

»Hier sind wir siegreich«, sagte John wohlgemut. »Es gibt nichts mehr, das die vereinte Macht von Gaul und Walachia fortan nicht erreichen könnte. Die neue Welt wird gleich der alten unser sein, und wir werden sie um so fester am Zügel halten, jetzt, da dieser Aufstand niedergeschlagen ist.«

»Ich sagte bereits, ich wünsche Euch dabei alles Gute«, wiederholte Dragulya. »Wir haben tausend Jahre, um die wir kämpfen können, Ihr und ich. Und wir werden von unserem Reich soviel bewahren, wie wir können. Aber gebt acht, daß Euer Ehrgeiz nicht über das hinausfliegt, was Ihr in Händen halten könnt. Seit Attila die römischen Legionen besiegt hat, steht jetzt zum erstenmal Vampir gegen Vampir. Man weiß, daß das Erschaffen von Vampiren nur ein mechanischer Vorgang ist und keinen Zauber braucht, und das gewöhnliche Volk in Europa weiß nun, daß ihre Herren in Wahrheit nur wenig mehr sind als einfache Menschen. Dieser Tag ist gewonnen, und ein Wald aus gespitzten Pfählen wird der Welt zur Warnung dienen, daß unsere Reiche so leicht vor keiner Rebellion zurückweichen. Doch auf die ganze Welt haben wir kein Anrecht, kleiner Prinz. Und unsere Macht enthüllt sich jetzt als das, was sie in Wahrheit ist. Dunkelheit zieht über Gaul und Walachia auf, begierig, das Licht unserer Herrlichkeit zu ersticken. Und unsere Reiche sind einer Belagerung ausgesetzt, die nie ganz durchbrochen werden kann.«

John schaute dem Woiwoden in die Augen, als dieser seine bittere Rede endete, und als er verstummt war, wandte jener den Blick ab, um mit finsterer Miene auf die Mauern Mdinas zu starren.

Die walachischen Fußsoldaten hatten die niedergebrochene Mauer jetzt voll in der Hand, und die Männer, die hügelan marschierten, auf die große Bresche zu, waren nicht mehr unter Beschuß. Zweifellos kämpften auch die Malteser mit ihren Schwertern, ihren Armbrüsten und jenen Musketen weiter, für die sie noch Pulver hatten, und leisteten heftigen Widerstand, doch sie konnten sich bestimmt nicht mehr der Flut von Männern in den Straßen erwehren.

»Besteigt Euer Pferd«, sagte der Woiwode um vieles freundlicher zu dem Prinzen. »Es wird Zeit für uns, Euren ärgerlichen Master Cordery aufzustöbern und dingfest zu machen. Wir müssen unter unseren Bannern in diese verdammte Stadt einreiten, damit man in uns ihre Zerstörer erkennt, Ihr ganz in Weiß in Eurer Rüstung, und ich in meinem schwarzen Umhang. Gaul und Walachia, Seite an Seite.«

»Vereint und unbesiegbar«, stimmte ihm Prinz John so leise zu, daß seinen Worten kein ironischer Beiklang beigemischt schien.

Also gingen sie zu ihren Pferden, Dragulya zu einem Roß so schwarz, wie er es nur finden konnte, und John zu einem Grauen, und als sie jetzt Seite an Seite dahinritten, gaben sie ein so beeindruckendes Bild ab, wie es sich jeder Barde nur wünschen konnte. Jeder der beiden führte eine Abteilung von drei Dutzend Vampirrittern an, mit denen sie zum Sturm ansetzen wollten. Jeder von Dragulyas Männern war mit Musketen bewaffnet und darin ausgebildet, sie auch zu Pferde zu benutzen, doch diejenigen, die John von seinem Bruder ererbt hatte, waren schon zu lange an Turnierspiele gewöhnt und hielten nur ihre Breitschwerter in Händen.

Diese Streiter lenkten ihre Pferde den Hügel hinab, durchquerten watend einen kleinen Flußlauf und begannen dann den Anstieg über die bepflanzten Terrassen, wobei sie diagonal auf das größte der Stadttore zuhielten. Das Tor war jetzt heftig umkämpft, doch Dragulya hatte so viele Vampire hinter die Mauern in die Stadt entsandt, die ihm den Weg bereiten sollten, daß die Verteidiger an Zahl und Bewaffnung ihren Gegnern hoffnungslos unterlegen waren.

Die normannischen Vampirritter, die vorangeprescht waren und sich jetzt zum Angriff formierten, drängten plötzlich nach vorn, als das Tor sich langsam öffnete. Im ersten Augenblick schien es so, als wäre jeder Widerstand gebrochen, doch dann ging von den Mauern westlich des Tores ein Hagel von Armbrustpfeilen auf die Angreifer nieder. Obwohl das ganz unerwartet kam und die Schußdistanz sehr nah war, handelte es sich bei ihnen schließlich um keine sterblichen Männer, und ihre Rüstungen schützten sie vor Streifschüssen selbst dann, wenn ihre Schilde verbeult oder gesplittert waren. Nur eine Handvoll Männer stürzte, als deren Pferde durch den engen Durchlaß drängten, und die begeisterten Rufe der Normannen vermischten sich mit dem lauten Jubelgeschrei innerhalb der Stadtmauern.

»Der Weg ist frei, mein edler Prinz«, rief Dragulya seinem Begleiter zu, als er das Pferd zum Galopp anspornte.

John, dessen Kopf eine Kesselhaube bedeckte, hob sein Schwert, entbot dem walachischen Kriegsherrn den Schlachtgruß und trieb dann sein Pferd zu einem scharfen Galopp an.

Als sie ans Stadttor kamen, schien jeglicher Widerstand weggefegt, doch als sie hindurchritten, tauchten fünf Männer mit Armbrüsten auf einem Dach auf. Als die Schützen aus dem Hinterhalt ihre Bolzen abschossen, erwiderten Dragulyas Musketiere das Feuer, und normannische Musketiere, die die Mauern besetzt hatten, schlossen sich ihnen an. Mindestens vier der Heckenschützen waren bei diesem Schußwechsel getroffen worden, doch alle fünf mußten Vampire gewesen sein, denn nur zwei von ihnen wurden tödlich verwundet und fielen. Die anderen drei luden nach und schossen ein zweites Mal.

Es konnte kein Zweifel bestehen, daß diese fünf dort postiert worden waren, um sich den Kriegsherrn und den Prinzen zur Zielscheibe zu machen, denn einer der ersten fünf Schüsse traf Dragulya, während ein anderer dicht an seinem Gesicht vorbeipfiff. Einer traf Johns Schild, und ein weiterer traf einen Gefährten des Normannen so schwer, daß er aus dem Sattel gerissen wurde.

Der Bolzen, der Dragulya getroffen hatte, ging glatt durch seinen rechten Arm und stak fest. Der Schmerz war wie ein Blitzschlag, bevor er all seine Kräfte anspannte, ihn zu unterdrücken, und er knirschte vor Anstrengung mit den Zähnen. Er mußte kämpfen, um sein Gleichgewicht im Sattel zu halten, und als das Tier sich beruhigt hatte, langte er mit der Linken zu dem verletzten Arm und packte den Bolzen kurz hinter der Pfeilspitze. Dann zog er den Bolzen der Länge nach durch den Wundkanal und schleuderte ihn beiseite. Der Blutstrom verebbte sehr schnell, doch der Muskel war so schlimm zerfetzt, daß er den Arm für mindestens zwei Tage oder länger nicht würde gebrauchen können. Dragulya verfluchte sein Pech.

Der zweite Hagel von Schüssen traf zwar ins Ziel, verfehlte jedoch diejenigen, für die die Pfeile gedacht gewesen waren. Johns Schild, hinter dem er Deckung gesucht hatte, lenkte einen der Pfeile ab, der einen der normannischen Ritter im Oberschenkel traf, doch der erste Aufprall hatte ihm so viel von seiner Wucht genommen, daß er weniger Schaden anrichtete als ein direkter Treffer. Der Ritter zog ihn sofort heraus, ungeachtet der größeren Pein, die er sich dadurch bereitete, daß er den Pfeil mitsamt dem Widerhaken herausriß und stieß ein haßerfülltes Geheul gegen seinen Feind aus. Ein zweiter Pfeil traf einen von Dragulyas Männern voll im Gesicht, drang, den Wangenknochen zerschmetternd, tief ein und verursachte eine häßliche Wunde, die einem Vampir jedoch nicht verhängnisvoll werden konnte. Der dritte dieser Schüsse traf Johns Grauen knapp hinter dem Ohr, und das Pferd brach, wie vom Beil eines Schlächters getroffen, sofort tot unter ihm zusammen.

Dragulya lächelte verzerrt, und das nicht nur, weil die restlichen drei Heckenschützen jetzt von Kugeln niedergemäht wurden, die sie wahrscheinlich tödlich trafen, obwohl sie Vampire waren, sondern weil er auch nicht dagegen ankonnte, angesichts von Johns schmählichem Sturz Schadenfreude zu empfinden. Zweifellos würde der Prinz sehr schnell ein anderes Pferd finden, doch unterdessen konnte Dragulya gemächlich weiterreiten. Er hatte, so fand er, sein Teil dazu getan, aller Welt ein Bild der Eintracht zu bieten, und jetzt bekam er Gelegenheit, sein Schwert mit dem Blut besiegter Männer zu tränken, bis er dann auf die große Kathedrale zusprengen würde, um seinen Feinden die letzte Demütigung zuzufügen.

Der letzte der Vampirattentäter rollte die Dachschräge hinunter, und Dragulya gab einem seiner Fußsoldaten Anordnung, diesen Mann, falls er noch am Leben war, zum Pfählen vorzumerken.

Während der walachische Soldat sich beeilte, dem Befehl nachzukommen, mußte er zur Seite springen, als etwas neben dem gefallenen Malteser Vampirritter scheppernd zu Boden fiel. Es war eine Art Schale, die zersprang, als sie auf dem Steinpflaster auftraf, und aus ihr spritzte eine rote Flüssigkeit, die den erschreckt zurückweichenden Mann besudelte.

»Was ist das?« begehrte Dragulya zu wissen.

Der Fußsoldat schüttelte verwirrt den Kopf, doch inzwischen war John wieder auf den Füßen, wuterfüllt wegen seines Sturzes, und er umrundete den schwarzen Rappen des Woiwoden, um einen Blick auf den Mann zu werfen, der seinen Grauen niedergestreckt hatte.

»Es sieht aus wie Blut«, sagte er.

»Nein, wartet«, sagte Dragulya, doch John hatte sich bereits hinuntergebeugt und wischte mit den Fingern über den Rand des Gefäßes und hob sie an seine Lippen. Er beroch schnüffelnd die Flüssigkeit und schmeckte sie dann auf seiner Zunge ab. Er wandte sich um, suchte den Blick des Woiwoden, der sich die trockenen Lippen leckte, doch ganz ohne geifernde Begier.

»Das ist nichts weiter als Blut«, sagte der Erbe von Grand Normandy. »Ganz gewöhnliches Blut. Die Straßen sind voll davon.«

Der Kriegsherr erwiderte nichts darauf, sondern murmelte nur ahnungsvoll in sich hinein. »Ach so. Aber dennoch, das ist rätselhaft. Warum haben diese Armbrustschützen die Töpfe so dicht neben sich gehabt?«

Und dann erinnerte er sich, wie Edmund Cordery gestorben war.

10. Kapitel

Noell Cordery leistete keinen Widerstand, als walachische Soldaten in der Residenz des Erzbischofs in sein Gemach eindrangen.

Er hatte am Fenster gestanden, voll Verzweiflung den Tumult auf der Straße mitverfolgt, und sein Herz war so schwer von Kummer, daß er es kaum über sich brachte, sich umzudrehen und seinen Widersachern entgegenzutreten.

Der erste der Eindringlinge in sein Refugium, ein blonder Mann mit häßlichem Gesicht, vor Siegerlaune fast außer sich, schien drauf und dran, ihn mit seinem Schwert sofort niederzumähen. Zweifellos sah der Soldat nur einen alten Mann vor sich, der hinfällig und schwächlich war und eine Brille trug, keinerlei Rangabzeichen auf seinem Gewand hatte und hilflos schien. Noell bewegte sich auf sein Gegenüber zu, als wollte er seine Brust dem Schwert des Walachers darbieten, und er wartete schon auf den entscheidenden Stoß, als einer der Hauptleute, ein Vampir, den gewöhnlichen Soldaten beiseite schob und ihn in einer Sprache beschimpfte, die nur die beiden Soldaten verstanden. In diesem Augenblick erkannte Noell, daß es ihm nicht leicht gemacht werden würde zu sterben. Der Vampir hatte noch nicht erkannt, wen er vor sich hatte, doch er fürchtete, einen Fehler zu begehen.

Die Soldaten machten ihn zum Gefangenen und brachten ihn weg, führten ihn anderen Gefangenen vor, bis sie jemanden fanden, der sich überreden ließ, seinen Namen zu nennen. Bis dahin hatten sie ihn grob behandelt, doch als sie wußten, wer er war, wurden sie vorsichtiger. Noell bemerkte, wie der walachische Hauptmann ihn mit Furcht und Abscheu, aber auch mit großer Verwunderung anstarrte; eindeutig sah er nicht wie der großmächtige Alchimist und schwarze Magier aus, von dem man ihm erzählt hatte.

Seine Hände waren im Rücken fest mit einer Vorhangkordel zusammengebunden, doch zunächst wurde er zurück in seine Kammer geführt, während der Hauptmann sich im Raum umschaute, die Papiere auf dem Schreibtisch durchging, als wollte er sie prüfen – obwohl er wahrscheinlich geschriebenes Englisch nicht lesen konnte und außerstande schien, auch nur ein paar Wörter in dieser Sprache zu sprechen.

Nachdem er eine Weile den Part dessen gespielt hatte, der bestens Bescheid wußte, beauftragte der Hauptmann seine Männer damit, alles einzusammeln und mitzunehmen. Dann führte er Noell wieder hinaus, führte ihn der schicksalhaften Begegnung mit Vlad Tepes entgegen.

Dragulya hatte sein Hauptquartier in dem Gebäude aufgeschlagen, das den Namen »Palast der Universität« trug. Der Palast hatte als oberstes Magistratsgericht von Mdina gedient, und Dragulya fand es in höchstem Maße passend, daß er diesen Ort jetzt zu seinem eigenen Gerichtshof machte, um dort bald das Urteil über die Verteidiger der Insel zu sprechen, die so begierig gewesen waren, sich vom Imperium Gaul loszulösen und Malta zur Wiege einer neuen Ordnung zu machen.

Diese neue Ordnung schien jetzt wie eine Totgeburt, ein Leichnam, der von Dragulyas Pfählen durchbohrt und zerfetzt werden würde. Doch Noell, obwohl erschüttert von dem Anblick, der sich ihm in den blutgetränkten Straßen bot, wußte, daß der erste Anschein dennoch trügerisch sein mochte.

Der Woiwode wartete in einem kleinen Nebengelaß des Hauptsaales im Palast. Er war nicht allein, doch jene, die bei ihm standen, waren keine Mitstreiter, sondern Männer von anderem Adel. Als der Hauptmann seinem Kriegsherrn berichtete, wen er ihm als Gefangenen brachte, nahm Dragulya die Nachricht gleichmütig entgegen und forderte die Soldaten auf, sich zurückzuziehen.

Noells Brille war ihm ein Stück den Nasenrücken hinabgerutscht, und obwohl er nicht weit entfernt stand, konnte er Vlad Tepes nicht genau ins Auge fassen. Er hatte den Eindruck, daß ihm ein riesiger und gefährlich aussehender Mann gegenüberstand, mit langem Haar und einem fließenden Bart von jenem schimmerndem Glanz, der ihn deutlich als Vampir zu erkennen gab. Auch glaubte er zu bemerken, daß der Walacher seinen rechten Arm angewinkelt an die Brust gedrückt hielt, als hätte er sich verletzt und könnte seine Hand nicht richtig gebrauchen. Er fragte sich, ob Dragulya wohl überrascht sein mochte, ihn so zu sehen, wie er jetzt war, schwach und hinfällig, gezeichnet von Alter und Krankheit und allen Gebrechen sterblichen Fleisches. Doch Dragulya mußte davon gewußt haben, daß er ein unglücklicher Mann war, immun gegen die Segnungen der Unsterblichkeit.

»Ich bin froh, Euch zu begegnen, Meister Cordery«, sagte der Woiwode. Sein Englisch hatte einen leichten Akzent.

»Ich hatte gehofft, mir bliebe die Gelegenheit erspart«, erwiderte Noell. »Ich erwarte nicht, daß sie einen glücklichen Ausgang nehmen wird.«

»Ihr braucht den Pfahl nicht zu fürchten«, sagte der Kriegsherr. »Ich bin aufgefordert worden, Euch zurück nach Rom zu geleiten, um Euch dort den Oberen von Alexanders Inquisition auszuliefern, die von Euch ein Geständnis wollen, daß Ihr des Verbrechens der Zauberei, des geschlechtlichen Verkehrs mit dem Teufel und anderer Übeltaten schuldig seid. Sie werden gewiß sanfter mit Euch verfahren als mit anderen, glaube ich. Denn sie werden wohl Sorge tragen, daß Ihr unter der peinlichen Befragung nicht sterbt. Sie werden es vorziehen, daß Ihr Euch lebend auf den Platz schleppt, wo sie Euch als Ketzer verbrennen, und sie werden versuchen, Euch in einen solchen Zustand der Bußfertigkeit zu versetzen, daß Ihr Euch selbst verurteilt, bevor Ihr brennen müßt.«

Zwei der anderen Anwesenden wagten es, näherzutreten und Dragulyas Gefangenen neugierig in Augenschein zu nehmen. Es waren kleinere, grazile Männer, deren Kleidung keine Spuren des Kriegshandwerks trug. Der eine von ihnen, der erkannte, in welcher Verfassung er war, ging einen Stuhl holen und hielt ihn so, daß er sich setzen konnte. Noell dankte ihm nicht.

»Das hier ist mein Freund, Michael Beheim«, sagte Dragulya, sich zu dem Mann wendend, der bewegungslos stehengeblieben war. »Der Mann, dem Eure Bequemlichkeit so am Herzen liegt, ist Blondel de Nesle. Aber vielleicht kennt Ihr ja Blondel.«

Noell schaute den Mann an, der ihm den Stuhl geholt hatte, und sagte: »Ich habe Euch etliche Male gesehen, als ich noch jung gewesen bin. Zweifellos habt Ihr Euch nicht verändert. Doch mein Augenlicht ist zu schwach, Euch deutlich zu erkennen.«

Falls Blondel darauf lächelte, bemerkte Noell es nicht.

»Wißt Ihr, was aus meinem Freund geworden ist, einem Mönch namens Quintus?« fragte Noell Dragulya. Er hatte wenig Interesse, die schrecklichen Aspekte des ihm zugedachten Schicksals mit Dragulya zu erörtern, doch er war begierig, von seinem Freund zu hören.

»Falls er nicht tot ist, wird er mit Euch nach Rom gehen«, sagte der Woiwode. »Vampire werden gemeinsam mit gewöhnlich Sterblichen brennen, sobald bewiesen ist, daß sie Ketzer sind. Ich habe ihn noch nicht gesehen, aber Ihr werdet verstehen, daß er nicht entkommen kann. Ihr habt Gelegenheit gehabt fortzusegeln, und vielleicht war es Torheit von Euch, sie nicht zu ergreifen.«

»Vielleicht«, sagte Noell, »werdet Ihr auch verstehen, warum ich denke, daß Ihr mir kein Leid antun könnt. Mein Leben hat mich bereits an die Schwelle des Todes geführt.«

»Dennoch könnte ich Euch weh tun, wenn ich das wollte«, entgegnete Dragulya. »Ich habe keinen Zweifel, daß die freundlichen Kerkermeister des Papstes Euch die verbleibende Zeit auf Erden so unangenehm wie möglich machen werden. Es ist ein lustiger Witz des Schicksals, daß ein so kundiger Arzt, wie Ihr es geworden seid, sich nicht selbst vom Fluch der Schmerzen heilen konnte. Ich denke, die Römer werden sich reichlich Zeit lassen, darüber zu lachen.«

»Und dennoch«, sagte Noell, um einen gleichmütigen Ton bemüht, »können sie Quintus nicht leiden machen. Wohl mögen sie ihn töten, doch sie können ihm nicht weh tun. Und ich denke auch, daß ich viele andere Männer unerreichbar für die Todesqualen gemacht habe, die Ihr ihnen zu bereiten gedenkt. Habt Ihr auf Euren Galeeren genügend Laderaum gehabt für eine Fracht gespitzter Pfähle? Oder werden Eure Zimmerleute alle Bäume auf dieser Insel fällen? Ich fürchte, es gibt hier nicht sehr viele.«

»Ich habe, was ich für meine Arbeit brauche«, erwiderte Dragulya, und es klang fast so, als wollte er den ruhigen Tonfall seines Gefangenen nachahmen. »Mir fällt es zu, die Malteser und die rebellischen Hospitaliter streng zu richten. Und ich werde sie strafen für den Anteil, den sie an Eurem Tun gehabt haben. Ihr wißt natürlich, daß Langoisse getötet worden ist?«

»Ich habe gesehen, wie es geschehen ist. Ist sein Schiff erobert worden?«

»Davon weiß ich nichts. Ich habe noch keinen Bericht darüber erhalten, doch noch ist die See ruhig, und falls das Schiff von der Westküste gesegelt ist, sehe ich keinen Grund, warum es nicht den nächsten Hafen anlaufen sollte.«

Dragulya schien ihm ganz unbefangen und ehrlich zu antworten, denn in seiner kultivierten Stimme war keine Spur von Feindseligkeit, allenfalls höfliche Neugier, als wunderte sich der Pfähler über dieses Wesen, das so brüchig, schwach und geschlagen vor ihm erschien und ihm dennoch so große Schwierigkeiten bereitet hatte.

»Was ist aus Sceberra, Inguanez und Durand geworden?« fragte Noell.

»Der Baron von Castel Cicciano hat sich unserem Zugriff entzogen: Er ist noch nicht tot, sondern in einen tiefen Schlaf verfallen, aus dem ich ihn nicht wecken werde. Ihr könnt mich deswegen nachlässig nennen, obwohl es kein Akt der Gnade ist, daß ich ihm einen leichten Tod gewähre. Er ist nicht wichtig genug. Meine Männer spitzen Pfähle für den anderen Baron und für Seigneur de Villegaignon.«

Noell schüttelte traurig den Kopf. »Welchen Sinn hat es denn, Vampire zu pfählen?« fragte er mit mehr Abscheu als Bitterkeit. »Sie können den Schmerz ausschalten und fallen nur, trotz des Pfahls, in ihrem Inneren in tiefen Schlaf. Ihr Tod wird so leicht sein wie der Sceberras. Eure Methoden, Fürst, sind überholt.«

Jetzt trat Dragulya näher zu ihm und streckte die Hand aus, um die Brille zu richten, da ihm offenbar bewußt geworden war, daß Noell ihn nicht deutlich erkennen konnte. Er schob sie behutsam und freundlich an die gewohnte Stelle zurück, und er tat es sicher und geschickt, obwohl er seine linke Hand dazu gebrauchen mußte. Als die Brille richtig saß, schaute er seinem Widersacher voll in die Augen.

Noell mußte nach oben schauen, um dem Blick des Vampirs zu begegnen. Er sprach ihm keinen Dank aus und war entschlossen, Dragulyas düsterem Starren so fest wie möglich zu begegnen. Doch dann wandte er schließlich den Blick ab, richtete ihn auf Michael Beheim und Blondel de Nesle, deren Gesichter er jetzt deutlicher erkannte. Sie schienen von ihm und seinem Gespräch mit Vlad Tepes fasziniert.

»Ich glaube, Ihr habt nie einen Mann gesehen, der gepfählt worden ist?« fragte Dragulya mit wohlberechneter Sanftheit.

»Nein«, antwortete ihm Noell. »Aber ich habe gesehen, wie ein Vampir gefoltert worden ist. Und ich weiß, wie wenig ihm der Schmerz bedeutet, solange er sich anstrengt, ihn bewußt zu unterdrücken. Ich weiß, daß solches Foltern sinnlos ist.«

»Ein gewöhnlicher Mann, der gepfählt wird, muß gar nicht schnell sterben«, sagte Dragulya leise. »Der Pfahl wird ihm so in den After gesteckt, daß die Spitze fest in seinen Gedärmen sitzt. Sobald er vorsichtig aufgerichtet wird, zieht das eigene Gewicht den Mann ganz langsam tiefer hinunter auf den Pfahl, so daß die Spitze zentimeterweise tiefer in sein Inneres dringt, die Leber zerreißt und den Magen, bis sie den Brustraum und die Lungen erreicht hat. Ich habe Männer gekannt, die so lange überlebt haben, bis jene Brusthöhle durchstoßen wurde, doch gewöhnlich sterben sie schon früher an Blutverlust und an den entsetzlichen Qualen des Schmerzes. Falls sie sich dabei winden und zucken, ist die Todesqual schlimmer, doch der Tod stellt sich schneller ein. Ich habe Männer gesehen, die darum wußten und die das begriffen hatten, die sich mit aller Gewalt hin und her warfen, obwohl der Schmerz so schrecklich gewesen sein muß, daß es ihnen die Seele zerriß. Ich habe Männer in diesem Zustand gesehen, die sich glatt die Zunge durchgebissen haben. Doch ich habe sie auf ihre Art für tapfere Männer gehalten.

Bei einem Vampir ist das indessen anders. Wie Ihr selbst sagt, kann ein Vampir den Schmerz kontrollieren. Das erfordert natürlich Anstrengung, doch es gelingt meist, und ein Vampir windet sich nicht auf dem Pfahl. Er muß sich statt dessen so ruhig halten wie möglich; das ist Teil seiner Fähigkeit, Kontrolle über sich zu üben. Er hat keine so starken inneren Blutungen wie ein gewöhnlicher Mensch, und er stirbt auch nicht an seinem Blutverlust. Falls er das Glück hat, verfällt er vielleicht wegen der Verletzung seiner inneren Organe in Tiefschlaf, aber ich habe nur selten erlebt, daß das geschieht. Diese Fähigkeit der Selbstheilung, über die das Vampirfleisch verfügt, setzt ein bei jenen Organteilen, die den in sie dringenden Schaft umschließen. Ein gepfählter Vampir kann daher Wochen anstatt nur wenige Stunden weiterleben, und er ist sich dabei dessen bewußt, was mit ihm geschieht, während die Spitze des Pfahls sich durch den Brustraum bis in den Hals bohrt. Man kann ihn davon abhalten, sich in den Schlaf zu flüchten, indem man ihm vom Ende eines Stocks einen wassergetränkten Schwamm reicht und ihm Blut zuführt.«

Während er diese Rede hielt, blickte Dragulya Noell unverwandt in die Augen, wartete geduldig, daß dieser sich abwendete, doch er tat es nicht. Nachdem der Woiwode geendet hatte, schaute ihn Noell nur weiter an, ohne auf seinen Vortrag etwas zu erwidern.

»Ihr seht«, sagte Dragulya ganz ruhig, »was Eure Versuche der Welt gebracht haben. Jetzt steht Vampir gegen Vampir, und Ihr habt uns gezwungen zu lernen, wie grausam wir einander noch behandeln müssen, um unser Reich zu schützen. Ihr habt der Summe menschlicher Leiden noch ein Großteil hinzufügt, nicht wahr?«

»Die Greuel, die Ihr anrichtet, lasten allein auf Eurem Gewissen, nicht auf dem meinen«, entgegnete ihm Noell.

»Ist das so, Meister Cordery?«

Noell erkannte jetzt, daß Dragulya bei diesem Wortwechsel sehr ernst und nicht einfach nur bestrebt war, seinen Gefangenen zu erschrecken. Dragulyas Zorn war echt, und es ging ihm ganz ernsthaft darum, ihm seinen Standpunkt klarzumachen.

Der Woiwode fuhr fort: »Ist Euer Gewissen unbeschwert von allem, was Ihr getan habt, Meister Cordery? Lasten auf Euch nicht die Folgen der Rebellion, die Ihr angezettelt habt? Erachtet Ihr Euch für einen heiligen Mann, Meister Cordery, durch Euer schwaches Fleisch dazu verdammt, wie die Märtyrer von einst an ihren Kreuzen und auf Scheiterhaufen zu sterben? Und das alles um der Liebe Jesu willen? Doch die Welt geht weiter, Meister Alchimist, und was Ihr begonnen habt, wird sich noch in Jahrhunderten auswirken und das Leben vieler Generationen von Menschen bestimmen. Ihr habt die Welt umgestürzt, und sie wird nie wieder sein wie einst. Wäret Ihr nicht nach Malta gekommen, könnten viele Männer, die jetzt tot in den Straßen liegen, noch am Leben sein. Wäre Euer Werk ungetan geblieben, würden viele Männer, die noch in dieser Nacht zusammengesunken auf spitzen Pfählen kauern werden, ihre kleinen Kümmernisse statt dessen angenehm in gutem Wein ertränken. Glaubt Ihr nicht auch, Ihr großer Arzt, daß sie Euch noch im Todeskampf mit jedem qualvollen Atemzug verfluchen werden? Ich verlange von Euch, daß Ihr mir glaubt, denn ich weiß, daß es so sein wird!«

Noell blickte ihn unverwandt an, wortlos und abwartend.

»Habt Ihr nichts zu Eurer Verteidigung zu sagen?« fragte der Woiwode.

»Nicht ich muß mich verteidigen«, gab Noell zurück. »Ihr seid der Tyrann, der Unterdrücker, der Folterer. Malta hat Euch nie ein Leid getan; seine Bürger haben nur Freiheit vom Imperium Gaul begehrt. Wir sind nicht die Mörder und die Kreuziger. Ihr seid ein armer Narr, wenn Ihr glaubt, Ihr könntet mich der Sünden schuldig sprechen, die Ihr unbekümmert begehen werdet. Ihr glaubt, daß dieser Wald von Toten, den Ihr zu pflanzen gedenkt, der Welt zeigen wird, wie töricht Menschen sind, die für sich Freiheit und langes Leben wollen, die Eure Art ihnen verweigert hätte. Doch in Wirklichkeit wird es der Welt nur ein Beweis mehr sein, wie tückisch und gottlos Ihr in Wahrheit seid. Es wird zeigen, wie verzweiflungsvoll die Welt aufschreit, Euer Reich zu zertrümmern. Ich habe getan, was ich konnte, dieses Ziel zu erreichen. Und ich hätte gern mehr getan. Ich weine um jeden Blutstropfen, der für diese Sache vergossen wird, doch anders zu handeln, als ich es getan, wäre Verrat an den noch nicht Geborenen gewesen, ein Verrat gegen die ganze Menschheit. Ich lasse mich von einem, wie Ihr es seid, Vlad Tepes, nicht beschämen. Ich habe alles getan, was in meiner Macht stand, Euch zu vernichten. Und noch immer hoffe ich, daß ich mehr getan habe, als Ihr Euch vorstellen könnt.«

Während er diese letzten Worte sprach, senkte Noell schließlich doch den Blick und musterte den verletzten Arm des Woiwoden. Auch Dragulya schaute an sich hinab auf seinen Arm, tastete mit der Linken hinüber zu seinem rechten Oberarm, als suche er dort nach einem geheimnisvollen Zeichen.

»Ich hatte gehofft, daß Ihr es mir sagen würdet«, sagte Dragulya kühl.

»Doch Ihr dürft nicht denken, daß es mir an Einbildungskraft mangelt. Ich bin verwundet worden, wie Ihr sicher erraten habt, von einem Pfeil, der aus einer Armbrust abgeschossen worden ist – einem Pfeil, der in Blut getaucht war, bevor er mich traf. Ich konnte im Auf und Ab der Schlacht nicht so recht verstehen, wie die Waffengattungen der Verteidiger verteilt gewesen sind. Denn mir schien es so, als wären Kanonen auf die Gemeinen gerichtet und nur – in Umkehrung der Logik der Situation – Pfeile gegen die Vampire. Einen Augenblick lang habe ich mich gefragt, ob nicht Durand ein unerklärlicher Irrtum unterlaufen sein könnte. Dann sah ich überall verstreut Eure blutgetränkten Pfeile am Boden und die Töpfe, in die Eure Scharfschützen sie getaucht hatten. Und da kam mir der Verdacht, daß dahinter auch ein Sinn stecken könnte.

Ich habe mich daran erinnert, was Richard mir von der Art und Weise berichtet hat, wie Euer Vater gestorben ist. Und da habe ich mich gefragt, ob nicht ein Mann, der ein Elixier des Lebens zusammengemischt hat, auch ein Elixier des Todes zusammenbrauen könnte? Jetzt erkenne ich, daß wir, die wir mit unserem Zauber Vampire gemacht haben, nur allzu bereit Eurer Alchimie aufgesessen sind. Wir haben anfangs geglaubt, daß Euer Elixier nur ein Täuschungsmittel wäre. Ich glaube, diese Selbstgefälligkeit wird uns noch reuen. Wollt Ihr uns nicht verraten, großer Alchimist, welchen Schaden Eure blutgetränkten Pfeile anrichten werden?«

»In aller Aufrichtigkeit«, sagte Noell »ich weiß es selbst nicht. Wir konnten nicht erproben, was ich gemacht habe, außer mit Ratten, die ich erst unsterblich gemacht und dann vernichtet habe. Ich will nicht vorgeben, alles verstanden zu haben, was ich in Adamawara gelernt habe, und die meisten Geheimnisse meiner Alchimie sind auch mir selbst verschlossen. Menschliche Spermien sind nicht der einzige Same, der sich mit jenem anderen Samen verbinden kann, aus dem Vampire gemacht werden. Und ich glaube, es gibt mehr als nur eine Art und Weise, auf die menschlicher Samen neu geschaffen werden kann. Ich habe versucht, den Keim des Vampirismus mit Krankheitskeimen erkrankter Menschen zu verbinden, in der Hoffnung, daß jene Krankheitskeime die Oberhand gewinnen und Vampire vernichten, ganz so, wie gewisse Seuchen in Afrika das bekanntlich vermögen. Ich selbst bin derart gefährdet von Ansteckung, daß ich darauf achtgeben mußte, bei meiner Arbeit sehr umsichtig zu sein, doch ich habe Quintus und meine Lehrlinge die Arbeit nicht allein tun lassen. Und ich bin derjenige, der alles geplant und geleitet hat. Ich habe versucht, Euch zu ermorden, Vlad Tepes. Wenn auch mit einem leichteren Pfeil, als der es ist, den Ihr mir wohl zugedacht habt.«

»Euer Vater ist gescheitert«, sagte Dragulya kalt.

»Er hat Carmilla Bourdillon dennoch getötet.«

»Und die Seuche, die er entfesselt hat, raffte in London das Leben von Tausenden gewöhnlich Sterblicher hinweg. Wenn die Ritter von Gaul jetzt eine Krankheit in jeden Winkel des Reiches von Karl dem Großen tragen und meine Walacher in die von Attila eroberten Länder, dann stirbt vielleicht eine Million gewöhnlicher Menschen und nur eine Handvoll Vampire. Wer ist denn das größere Ungeheuer, Meister Cordery: ein Fürst, der eine Tausendschaft schuldig gewordener Männer pfählen läßt, um den Frieden zu bewahren, oder ein Alchimist, der zusieht, wie eine Million Menschen hinweggerafft wird, ohne Unterschied, ob es Freund oder Feind trifft? Was habt Ihr dieser Anklage entgegenzusetzen, Meister Cordery? Wenn man Vlad Dragulya für einen verkappten Dämon hält, wie glaubt Ihr wohl, wird man Euch dann einschätzen, der Ihr in ganz Europa eine Seuche verbreitet habt, wie sie nie zuvor erlebt worden ist? Wollt Ihr Euch dann immer noch als Märtyrer betrachten? Seid Ihr auch jetzt noch ein Heiliger, ungerecht dazu verdammt, auf dem Scheiterhaufen zu brennen?«

»Ich bin kein Heiliger«, sagte Noell ganz ruhig. »Und andere sollen über eine Sache urteilen, für die ich zum Märtyrer geworden bin. Der ist ein kläglicher Märtyrer, ich weiß, der zusammen mit dem eigenen Blut das von tausend anderen vergießt. Doch wir, gemeine Menschen allzumal, sind ein Geschlecht von Märtyrern, die in dem vergangenen Jahrtausend zuviel von unserem Blut gegeben haben, um ein Gezücht von Tyrannen und Folterern damit zu nähren. Ich muß es noch einmal sagen: Ich weiß nicht, was ich getan habe. Doch es sind einzig die Vampirritter Europas, die zuvörderst und hauptsächlich das Ziel der Pfeile gewesen sind, die ich vergiftet habe. Falls Ihr die Vampire und gewöhnlich Sterblichen von Gaul und Walachia vor einer Seuche retten wollt, dann müßt Ihr nur hier auf Malta bleiben und diese Last ganz allein tragen. Ich bitte Euch inständig darum, denn ohne die Männer Eurer wunderbaren Armee, die alle hier versammelt sind, auf dieser winzigen Insel Beispiele ihrer unbesiegbaren Kraft abzulegen, können weder Gaul noch Walachia sich der Feinde erwehren, die sich ihrer im Inneren entgegenstellen.

Attila, so sagt man, ist verrückt und Karl der Große nicht mehr der Mann, der er einst gewesen. Ihre Zeit ist abgelaufen, und der Schatten der Ewigkeit legt sich dunkel über eine Zukunft, die niemand kennt. Ich habe versucht, einer von denen zu sein, die sie gestalten wollten, und ich habe alles getan, aus ihr ein wahres Glücksspiel zu machen, damit jeder Mensch, jung oder alt, Frau oder Mann, sich anstrengen möge, daran teilzuhaben. Sollte ich indes Kräfte entfesselt haben, die unsere Welt ein für allemal verderben, dann will ich gern meine Seele dem Fegefeuer überantworten. Ich bete darum, daß ich Vlad Tepes vernichtet habe und Hunderte seiner Vampirritter, und darum, daß ich die eisernen Klammern um das Reich der Vampire gesprengt habe, um hundert Leben zu retten für eines, das verloren ward.«

Dragulya trat einen Schritt von ihm zurück, und Noell hatte das Gefühl, als wäre eine Last von ihm genommen worden. Dragulyas Anklage hatte ihn mehr als erwartet zutiefst aufgewühlt und verletzt, und mit aller Aufrichtigkeit prüfte er sich, ob sich für das, was er getan hatte, eine Rechtfertigung finden ließ. Was er jetzt empfand, war grenzenlose Müdigkeit. Er fühlte sich allzu schwach und hinfällig und war fast bereit, über alles, womit man ihm drohte, nur zu lachen.

»Wärt Ihr doch nur in London geblieben«, flüsterte Vlad Tepes, dessen Augen jetzt brannten wie in einem Fieberanfall. »Richard hätte Euch niemals töten lassen! Er war ein Fürst, der geliebt werden wollte und von einem hübschen Jungen leicht zu verführen gewesen wäre. Vielleicht hätte seine Art, Vampire zu machen, bei Euch Erfolg gehabt, wo Euer eigenes Elixier versagt hat. Jedenfalls aber wäret Ihr dann heute ein Adliger am englischen Hof, ein Wesen, in Seide gehüllt und gepudert, das Maskenbälle liebt und sich in höfischen Tänzen übt. Euch hätte die Welt zu Füßen liegen können, mit feinen lieblichen Vampirdamen zu Eurer Seite, die Euch die Sterblichkeit versüßt hätten.«

»Ich habe ein besseres Leben gehabt«, sagte Noell schlicht.

»Das werdet Ihr nicht mehr glauben, wenn man den Scheiterhaufen anzündet.«

Noell lachte auf, nicht tapfer oder gar verächtlich, sondern einzig, weil ihm an dieser Bemerkung auch etwas Witziges aufgegangen war: Ob nun Gott oder der Teufel darüber lachen konnte, sie war ihm ein absurdes Beispiel für schwarzen Humor, von dem die Welt übervoll war.

Es amüsierte Noell, daß Dragulya sich jetzt zu Michael Beheim wandte, da er offenbar nichts mehr verstand.

»O ja«, sagte Noell in einem plötzlichen Anfall, in den er seine ganze Verachtung legte, »schaut nur hin zu Eurem Arokin, dem ihr jene Geschichte anvertraut habt, die davon zeugt, wie übel und verderbt Ihr seid trotz aller Lügen und Legenden! Aber ich sage Euch jetzt, Vlad Tepes, daß Shigidi kommen wird, und er wird Euch genauso ereilen wie mich!«

»Er ist rasend!« sagte Michael Beheim, um einen gleichmütigen Ton bemüht.

Dann wandte Noell sich zu Blondel, für dessen kleine Geste der Freundlichkeit er ihm Dank wußte und sagte: »Y Gwir yn erbyn y Byd.«

Mit Genugtuung sah er, daß nur Blondel allein diesen Wahlspruch kannte und um seine Bedeutung wußte. Die Walacher starrten den Hofdichter von Gaul an und warteten auf seine Übersetzung. Er zögerte kurz, um sie ein bißchen zu reizen und zu verspotten. Doch schließlich ließ er sich dazu herbei zu sprechen.

»Die Wahrheit«, sagte Blondel ironisch, »gegen die ganze Welt.«

Epilog

Der entschlüsselte Wortlaut eines Briefes, gerichtet an den Lord Protector of the British Commonwealth, Sir Kenelm Digby, im Sommer 1663.

My Lord,

Ihr habt von mir eine ausführliche Schilderung von Noell Corderys Ende verlangt, dessen Zeuge ich auf Euren Befehl hin geworden bin, und ich will sie Euch hiermit liefern, obwohl ich glaube, daß die Einzelheiten Euch nur schmerzlich sein können.

Am sechsten Tag im Juni bin ich allein und inkognito auf den großen Platz im Vatikan gegangen. Dort hatte sich bereits eine beträchtliche Menge versammelt, und die Stimmung der Menschen dort mutete mich seltsam an – einige trieben ihren Schabernack wie in Vorfreude auf das Ereignis, andere verhielten sich angstvoll still. Bei der herrschenden Unruhe konnte ich nur wenig mithören, doch was gesagt wurde, war zumeist von der Art Klatsch und Tratsch, wie man sie auf den Straßen zu hören bekommt, worüber ich Euch erst unlängst Bericht erstattet habe. Nur wenige der gewöhnlichen Menschen hier glaubten ernsthaft daran, daß Cordery für jene Seuche verantwortlich ist, die derzeit in Italien und Spanien grassiert, obwohl paradoxerweise angenommen wird, daß er etwas mit dem Tod von Vlad Dragulya und dem des normannischen Thronfolgers zu tun gehabt hat. Corderys Ruf als Magier ist ganz beträchtlich, doch die römischen Kleriker haben jede Gelegenheit wahrgenommen, ihren Untertanen zu versichern, daß sein Fluch keine Macht mehr über sie hat.

Als der Karren mit den zwei Männern auf den Platz gefahren wurde, ertönten Freuden- und Jubelschreie, und minutenlang war der Lärm so groß, daß keine einzelne Stimme sich Gehör verschaffen konnte. Der Mönch Quintus schaute die ganze Zeit in die Runde, doch Cordery hielt den Kopf gesenkt. Als ich näher herangekommen war, konnte ich erkennen, daß seine Lippen geschwollen und dunkel und verschorft waren wie im Wundbrand und daß seine Hände verstümmelt wa-

ren, die Nägel herausgerissen und die Fingerknochen von Zangen zerquetscht. Der Mönch trug, vermutlich weil er ein Vampir war, keine sichtbaren Zeichen der Folter, doch kurz bevor der Karren sich in Bewegung setzte, hatte man ihm die Zunge herausgeschnitten, um ihn daran zu hindern, zur Menge zu sprechen.

Ich sah, wie Cordery den Kopf hob, als der Karren anhielt, um einen Blick auf den hohen Scheiterhaufen, auf die Plattform und den Pfahl zu werfen, an den er gebunden werden würde. Ich schwöre Euch, Sir, daß er dabei etwas gelacht hat, aber ich glaube eher, daß es dem Irrsinn als seinem Mut zuzuschreiben war, denn er hatte nichts von jener verzweifelten Lebhaftigkeit, die man manchmal bei jenen feststellen kann, die verurteilt sind, in Tyburn zu hängen.

Cordery mußte auf die Plattform hinaufgetragen werden, da er offensichtlich nicht in der Lage war zu gehen, doch man zwang den Mönch, die Stufen zum Schafott hinaufzusteigen. Sie wurden jeder an einen Pfahl gebunden, und das nur ganz locker, damit sie Arme und Beine noch bewegen konnten, um angesichts der heranzüngelnden Flammen ein Schauspiel zu bieten, denn diese Römer lieben es, ihre Opfer tanzen zu sehen.

Die Menge wurde still, als ein Kardinal des Heiligen Officiums ein von Cordery unterzeichnetes Geständnis verlas, mit der Erklärung, daß er ein Werkzeug des Teufels gewesen und viel Böses über die Welt gebracht hätte, was er jetzt aufrichtig bereue. Es endete mit einer Danksagung an jene, die ihm zur wahren Reue verholfen hätten, und dem Wunsch, daß man ihn nicht fürderhin auf der Welt wandeln lassen möge, damit er nicht weiteren Schaden anrichten könnte. Diese Erklärung war alles in allem nicht sehr beeindruckend, denn die Inquisitoren halten ihr Werk erst dann für richtig getan, wenn ein überführter Ketzer dazu gebracht werden kann, sein Verdammungsurteil aus eigenem Mund zu verkünden. Dazu hatte man Cordery scheinbar nicht bewegen können.

Danach wurde die Fackel an den Scheiterhaufen gehalten. Ich hatte nicht geglaubt, daß Cordery noch fähig wäre, sich zu bewegen, doch tatsächlich veranlaßten die Flammen, die um ihn züngelten, ihn dazu, sich schrecklich zu winden, und dann stieß er einen entsetzlichen Todesschrei aus. Der Vampir blieb natürlich ruhig und still, hielt die Augen zum Himmel gerichtet, denn der Schmerz konnte ihm nichts anhaben.

Die Scheiterhaufen brannten schnell herunter, denn das Holz war trocken, und bald schon waren die Körper von den Flammen aufgezehrt. Als die Flammen nicht mehr hoch aufloderten, war es noch möglich, gehalten von den Pfählen, geschwärzte und verrenkte Umrisse von Gestalten zu erkennen: bloße Skelette, die von geschrumpftem Fleisch zusammengehalten wurden. Der Lärm wuchs jetzt wieder zu einem Sturm an und verebbte auch dann nicht ganz, als der Kardinal versuchte, ein zweites Mal zur Menge zu sprechen. Es gab einige darunter, die jämmerlich wimmerten, daß der Zauberer ihnen durch übernatürliche Kräfte Schmerz zugefügt hätte, als er ein letztes Mal aufgeschrien hatte. Doch in der Menge waren Soldaten, die solches unziemliche Geschrei im Keim erstickten.

Ich habe gehört, daß sich im Gedränge noch ein weiterer Engländer befunden haben soll, doch man hat mir seinen Namen nicht genannt, was mir unmöglich gemacht hat, ihn aufzuspüren. Man hat mir berichtet, dieser Mann hätte zu einem anderen Mann gesagt, in dem Augenblick, als der Kardinal auf die geschwärzten Überreste zeigte und ausrief, daß jene zu Recht abgeurteilten Ketzer Feinde der ganzen Menscheit gewesen wären, hätte einer der Totenschädel sich auf dem eingesunkenen Rumpf knarrend gedreht und ganz deutlich gesagt: »Du lügst!« Ich halte diese Erzählung für unwahrscheinlich, doch gewiß wird sie, wie bei dergleichen Erzählungen üblich, noch unzählige Male wiederholt werden, und ich kann nicht mit letzter Sicherheit sagen, daß sie falsch ist.

Euer ergebener Diener,

P

Sechster Teil

DIE WELT, DAS FLEISCH UND DER TEUFEL

I that in heill was and gladness
Am trublit now with great sickness
And feblit with infirmitie: –
Timor Mortis conturbat me.

Our plesance here is all vain glory,
This fals world is but transitory,
The flesh is bruckle, the Feynd ist slee: –
Timor Mortis conturbat me.

The state of man does change and vary,
Now sound, now sick, now blyth, now sary,
Now dansand mirry, now like to die: –
Timor Mortis conturbat me.

(WILLIAM DUNBAR, LAMENT FOR THE COMMON MAN)

»Ich, der ich schwelgte einst in Glück und Glanz
Mich hat befallen itzt die Krankheit ganz
Geschwächt bin ich von vielem Weh: –
Timor Mortis conturbat me.

Eitel und Blendwerk ist alle Sinnenlust hienieden,
Der falschen Welt Vergänglichkeit beschieden,
Das Fleisch ist schwach, und Satans Ränke tückisch noch wie eh: –
Timor Mortis conturbat me.

Des Menschen Mut, so wechselhaft und schwank,
Mal frohgemut und heiter, dann wieder zag und krank,
Itzt noch im Freudentanz und gleich voll Todesweh: –
Timor mortis conturbat me.

1. Kapitel

Man schrieb den 13. Juni im Jahre des Herrn 1983. Früh war warmes Wetter in Nova Scotia eingekehrt, und das Fenster in Dr. Chadwicks Warteraum stand offen, um eine sanfte, nach Seetang und Fisch duftende Brise willkommen zu heißen.

Im Warteraum saß Michael Southerne auf einem niedrigen kunststoffbezogenen Sofa, das lahme Bein unbequem steif von sich gestreckt. Er umklammerte seinen Gehstock mit der rechten Hand, und die Knöchel traten vor Anspannung weiß hervor. Seine blassen Augen blickten ruhelos und richteten sich schließlich auf die Bilderleiste mit Elektron-Mikrografien an der Wand zu seiner Linken.

Da war eine gefriergetrocknete Probeexzision von Leberzellengewebe, nicht unähnlich einer Kraterlandschaft auf dem Mond. Dann ein Gewimmel von Spermatozoen, darunter die umgewandelten Y-Chromosomen-Spermien, von roten Kreisen gekennzeichnet, die Urheber der Emortalität. Daneben ein gigantischer Zellkern im Prozeß der Teilung, die verschlungenen Stränge von Chromosomenmaterial, aufgereiht wie zum Tanz des Lebens. Diese lebhaften Posen vor der magischen Kamera, die tief ins Herz der Schöpfung schaute, erzählten die wunderbare Geschichte vom Erfindungsreichtum der Natur und von der Macht menschlichen Forschens.

Michael spürte, daß das Mädchen am Empfang ihn ungeniert anstarrte, doch als er ihr sein Gesicht zuwandte, schaute sie hinunter auf ihre Arbeit. Ihre Schreibmaschine war ausgeschaltet, und sie überflog einige Blätter, doch sie war unkonzentriert, wahrscheinlich weil seine Gegenwart ihr unbehaglich war.

Sie war keine vollendete Frau, nur ein gewöhnlicher Mensch wie er. Wahrscheinlich war sie kaum älter als zwanzig Jahre, doch das würde ihre Empfindlichkeit gegenüber den Stigmata seiner Konstitutionsschwäche nur erhöhen. Sie war zum gegenwärtigen Zeitpunkt noch ein Wesen von vergänglichem Fleisch, und gewiß haßte sie es, an seine Hinfälligkeit erinnert zu werden. Sicher wußte sie auch, wie er zu seinen Verletzungen gekommen war. Und das führte ihr wohl unbehaglich vor Augen, daß ihr dasselbe zustoßen könnte, wenn sie die Straße überquerte oder in ein Auto stieg. Das war natürlich nicht das eigentlich Schreckliche an seinem Schicksal. Für Michael Southerne bestand das Schreckliche darin, daß er sein vergängliches Fleisch nicht abtun und ein vollendeter Mann werden konnte.

Er hatte eine vorgezogene Tranformation beantragt, nicht so sehr wegen seines verletzten Beins (das ihm noch immer ein mühseliges Gehen gestattete) oder wegen der ständigen Schmerzen (die er mit einem starken Schmerzmittel bekämpfte), sondern weil das traumatisierte Gewebe seines operierten Fußknöchels ein Krebsgeschwür gebildet hatte. Obwohl die Chirurgen es sofort entfernt hatten, war die Wahrscheinlichkeit hoch, daß sich weitere Tumore entwickelten und der Krebs sich auch in anderes Gewebe einnistete. Angesichts dieser Situation hatte man die vorgezogene Vollendung für angezeigt erklärt, und er hatte sich der entsprechenden Behandlung unterzogen.

Sie war erfolglos geblieben.

Es war kein Wunder, dachte Michael, daß der jungen Frau am Empfang seine Gegenwart unbehaglich war. In einer Welt körperlicher Unversehrtheit war er ein kranker Krüppel; in einer Welt der Unsterblichen war er ein Verdammter.

Trotzdem gab es vielleicht noch Hoffnung. Chadwick war der führende Genetiker von Nova Scotia, vielleicht sogar der beste, mit dem der gesamte atlantische Kontinent aufzuwarten hatte. Falls er irgendwo Hilfe finden konnte, dann einzig und allein hier. Doch Michael wußte mehr als die meisten über die jüngsten Triumphe und Grenzen der Wissenschaft vom Leben. Sein Vater war einer von Darwins Protegés: ein Pionier in der Entzifferung des genetischen Codes; einer der Archäologen, die bei einer Grabungsexpedition jenen wunderbaren Staub entdeckt hatten, der als der große Meteor von Adamawara auf die Erde gekommen und in die Geschichte der Entdeckungen eingegangen war.

Es war in den wenigen kurzen Augenblicken gewesen, als er mit seinem Vater über die transatlantische Telefonleitung gesprochen hatte und aus der Ferne Zeuge seiner tiefen Besorgnis geworden war, als ihm zum erstenmal bewußt wurde, in welch schrecklicher Lage er sich befand. In einem Alter von neunzehn oder zwanzig Jahren zu sterben in einer Welt, deren älteste Bewohner zur Zeit Christi geboren worden waren, erschien ihm plötzlich als das grausamste aller vorstellbaren Schicksale. Hätte er nur früher gewußt, daß er unvollendet bleiben mußte, um wieviel mehr hätte er dann Sorge getragen um seinen verwundbaren, anfälligen Körper. Es lag keinerlei Trost in dem Bewußtsein, daß er, wäre nicht dieser Unfall gewesen, voraussichtlich bis zu dem Tag gelebt hätte, an dem es der Genetik gelungen war, ein Heilmittel gegen das Cordery-Syndrom zu entdecken, um damit die letzten, hartnäckigsten Reste der gewöhnlichen Sterblichkeit in der Welt des Menschen zu beseitigen. So schien ihm jetzt die Tatsache, daß von allen Menschen gerade er bei einem Verkehrsunfall schwer verletzt worden war, eine besonders heimtückische Ironie des Schicksals.

Michael wurde aus seinen unerfreulichen Gedanken durch das Geräusch des Summers neben dem Schreibtisch der Empfangsdame aufgeschreckt. Sie lächelte strahlend, als sie ihn aufforderte, hineinzugehen. Jetzt konnte sie es sogar ertragen, seine Unbeholfenheit mit anzusehen, als er sich aus seinem Sitz hochstemmte, dabei sein ganzes Gewicht auf den Stock verlagernd, bevor er zum Sprechzimmer humpeln konnte.

Chadwick erhob sich und kam zur Tür, als Michael eintrat, und streckte eine Hand aus, um ihm behilflich zu sein, was Michael jedoch übersah. Er schleppte sich mühselig das letzte Stück bis zu dem Stuhl vor dem Schreibtisch und hievte sich hinein.

Auch Chadwick setzte sich und griff nach der Krankenakte, die auf dem Schreibtisch vor ihm gelegen hatte. Er öffnete sie – eine Geste, die mehr symbolischer als praktischer Natur war, denn es bestand keine Notwendigkeit für ihn, sie zu Rate zu ziehen.

»Wann wird Ihr Vater hier sein?« fragte er.

»Morgen«, erwiderte Michael. »Er fliegt heute abend von Heathrow ab.«

»Möchten Sie lieber, daß er Ihnen alles erklärt? Er könnte das genausogut wie ich, und es wäre für Sie vielleicht . . . leichter.«

»Ganz im Gegenteil«, sagte Micheal. »Ich bin sicher, daß er es nervenaufreibend fände, und das würde es mir wiederum schwerer machen. Ich weiß, daß Sie mir nicht viel Hilfe zu bieten haben – außer einer genauen Erklärung dessen, was mir fehlt –, aber ich möchte sie trotzdem hören, falls Ihnen das nichts ausmacht, damit ich meinem Vater mit dem gleichen Informationsstand gegenübertreten kann.«

»Ich verstehe«, sagte Chadwick, doch er hörte sich dabei an, als wäre das ganz und gar nicht der Fall. »Nun ja, vielleicht können sie mir auch ein wenig helfen, indem Sie mir erzählen, was Sie bereits alles über die Biologie der Emortalität wissen.«

»Nicht gerade viel. Trotz meines Vaters bin ich in dieser Sache eigentlich Laie. Ich hatte nicht vorgehabt, in einen medizinischen Beruf zu gehen oder Genetik zu studieren. Eigentlich hatte ich überhaupt keine bestimmten Karrierepläne. Jetzt scheint es, als würde ich sie auch nicht brauchen.«

Der Ton, in dem er das vorbrachte, schien Chadwick verlegen zu machen. Das schwarze Haar des Arztes war kürzer geschnitten, als es gerade Mode war, und er hatte sogar eine seltsame graue Strähne darin, was man bei vollendeten Menschen nur äußerst selten fand. Er wirkte dadurch sehr gesetzt und würdevoll, obwohl er jetzt kaum länger als zehn Jahre vollendet sein mochte – vierzig oder fünfundvierzig Jahre alt, wenn man sich an die genaue Chronologie hielt. »Ja«, sagte er unbehaglich. »Das tut mir leid.«

»Das muß es nicht«, sagte Michael distanziert. »Das ist allein mein Fehler. Doch ich habe Ihre Frage nicht beantwortet, nicht wahr? Ich weiß so viel, wie heutzutage jeder weiß. Die einzige DNS, die ursächlich ist für die Vollendung, ist eine von mehreren Chromasomiden, von denen wir dank der jüngsten Arbeiten meines Vaters und anderer wissen, daß sie mit dem Adamawara-Meteor auf die Erde gelangt sind, und zwar vor zirka dreizehntausend Jahren. Mehrere dieser Chromasomide können sich – es ist noch nicht ganz geklärt, vermittels welcher biochemischen Brücken – an die Y-Chromosome von Menschen und weniger anderer Säugetierarten anhängen. Das können sie allerdings nur, wenn das Y-Chromosom in einem Spermatozoon von seinem Partnerchromosom X getrennt wird.

Es gibt noch andere Chromasomide, die in Verbindung mit sehr primitiven Organismen bizarre Dinge bewirken; einige wenige haben Protozoa oder Fungi in Parasiten umgewandelt, mit denen sich Menschen anstecken können, wie im Fall jener Krankheit, die man einst Silbertod genannt hat. Es sind diejenigen, die sich direkt mit dem menschlichen Y-Chromosom verbinden, die hier am interessantesten sind, insbesondere jenes eine, das für die Emortalität verantwortlich ist.

Emortalität ist das Ergebnis einer wohltätigen ›Krankheit‹, die eine Selbstreparatur des Zellgewebes bewirkt und Alterserscheinungen beseitigt. Sämtliche umgewandelten Spermien sind außerstande, Ova auf normalem Wege zu befruchten, doch können sie trotzdem in das Zellgewebe eines Mannes oder einer Frau einwandern, sobald sie in den Blutkreislauf gelangen. Es spielt dabei eine relativ geringe Rolle, wie sie ins Blut gelangen – direkter Kontakt mit einer offenen Schnittwunde und eine intravenöse Injektion sind da ausgesprochen wirksam, obwohl, wenn ich mich recht erinnere, die europäischen Vampire, die in dem Glauben lebten, daß es sich dabei um eine Art Zauber handelte, sie durch unorthodoxen Sexualverkehr übertragen haben.

Sobald sie sich in dem Wirtskörper eingenistet haben, machen die transformierten Spermien eine entscheidende Veränderung durch, die es ihnen ermöglicht, DNS-Stränge zu produzieren – einschließlich Replika ihrer selbst –, die von einem Proteinmantel eingehüllt sind. Diese Metaviren ähneln ganz gewöhnlichen Viren und können andere Körperzellen infizieren, aber sie übertragen ihre eigene DNS nicht in den Nukleus der infizierten Zellen. Statt dessen setzen sie sich zu einer Art unabhängigem Baustein zusammen, und zwar an der Stelle, wo weiterhin Protein erzeugt wird. Dort wirken sie so, daß die Zelle besser imstande ist, sich selbst zu reparieren und resistent zu sein gegenüber Schädigungen, Infektionen oder den chemischen Veränderungen, die mit dem Alterungsprozeß verbunden sind. Das bedeutet, daß der Körper, sobald er ›vollendet‹ ist, seine sämtlichen Zellen sehr wirksam reparieren kann. Das hat zahlreiche Nebenwirkungen: sichtbare Veränderungen der Hauttönung, der Haar- und Augenfarbe und natürlich eine drastische Verlangsamung der Produktion von Spermien bei Männern und eine Ovulationshemmung bei Frauen. Ist das ungefähr alles?«

Chadwick zeigte ein knappes Lächeln. »Mit kleinen Abstrichen, was den Jargon anbetrifft, wäre es das so ungefähr. Ich will das Bild nicht unnötig komplizieren durch Ausführungen über wandernde Cytogene und vermehrte Ribosome, obwohl sie mich wahrscheinlich verstehen könnten. Es sind nur ein paar wesentliche Grundtatsachen des Systems, die in Ihrem Fall relevant sind.

Vollendung im vollen Wortsinn ist ein Doppelvektor-Prozeß. Die DNS, die menschliche Wesen in die Lage versetzt, zu sterilen Emortalen umgeschaffen zu werden, erreicht auf einem sehr komplizierten Weg jene Zentren, von denen aus sie wirksam werden kann. Der erste Vektor ist ein Y-Chromosom, mit dem sie verschmilzt und von dem ungewandelten Spermatozoon weitergeschleust wird. Sie gelangt so in den Körper, wo sie auf den zweiten Vektor überwechseln muß und dadurch Teil des Metavirus wird, der sich über das ganze Gewebe verteilt, wo er dann seine Arbeit verrichtet.

Aber auch damit ist das System noch nicht vollständig. Die vollendende DNS, sobald sie sich als Bestandteil eingefügt hat in einen cytogenen Komplex, produziert eine Anzahl von Enzymen, darunter jenes eine, das man gewöhnlich das Vampir-Enzym nennt. Wir sind uns noch immer nicht ganz darüber im klaren, welche nützliche Rolle das Enzym dabei spielt, Emortalität hervorzubringen, doch wir glauben, daß das der Fall ist. Eine seiner Nebenwirkungen besteht darin, die Produktion eines Proteinmoleküls zu verhindern, das sich im Blut gewöhnlicher Männer und Frauen nachweisen läßt und das, obwohl es nur in ganz geringen Mengen vorkommt, ein wesentlicher Bestandteil jenes Feedback-Systems ist, das die Produktion von Hormonen wie Thyroxin und Adrenalin steuert.

Eine vollendete Person kann sich nur dann am Leben erhalten, wenn er oder sie über eine externe Quelle verfügt, die ihr dieses Molekül zuführt. Für unsere Vorfahren war die einzig verläßliche Bezugsquelle, täglich vom Blut gewöhnlicher Männer und Frauen zu trinken oder es sich anderweitig zuzuführen, woher sich auch erklärt, daß man die Emortalen Vampire genannt hat. Das entsprechende Molekül bei den meisten anderen Säugetierarten – etwa Schafen oder Rindern – ist so verschieden, daß es ohne Wirkung bleibt; nur die von Schimpansen und Gorillas sind uns nahe genug verwandt, daß deren Blut als gleichwertiger Ersatz dienen kann. Heutzutage isolieren wir natürlich das erforderliche Molekül auf kommerzieller Basis aus dem Blut, das von Menschen und Schimpansen gespendet wird, doch wir hoffen, daß wir in naher Zukunft auf Herstellungsverfahren zurückgreifen können, die uns die Gentechnologie bereitstellt.

Ich weiß nicht mit letzter Sicherheit, warum das System so merkwürdige Eigenschaften hat. Das weiß bisher niemand, obwohl Ihr Vater vielleicht einige Überlegungen dazu beisteuern kann auf der Grundlage der Erforschung anderer fremder DNS, die im Umfeld des Kraters von Adamawara entdeckt worden ist. Wichtig im Zusammenhang mit Ihrem Problem ist, daß der Prozeß der Umwandlung auf drei Arten gestört sein kann, wobei zwei davon mit den Vektoren zu tun haben und einer mit der Wirkungsweise der nachgewiesenen Cytogene. Alle drei können das Cordery-Syndrom verursachen – also eine dauerhafte Immunität gegenüber der Emortalität.

Manchmal reagiert ein Körper derart auf die Spermien mit umgewandelten Y-Chromosomen, daß sie sich nicht im Gewebe festsetzen können. Wir haben die Festellung gemacht, daß sich das überwinden läßt, indem wir eine Gewebeart nach der anderen ausprobieren, bis wir die eine gefunden haben, die nicht darauf reagiert. Sobald dann die Spermien in dieses Gewebe aufgenommen worden sind, läuft der ganze Prozeß reibungslos ab.

Im zweiten dieser Fälle produziert das Immunsystem des Wirts Antikörper, die erfolgreich gegen die Partikel des Metavirus vorgehen, aus denen letztendlich Cytogene werden sollen, und hindern sie daran, in Zellen einzudringen oder verlangsamen drastisch ihre Ausbreitung im Körper. Die Metaviren ist natürlich sehr kompliziert und völlig wirtsspezifisch. Auch das läßt sich jetzt, wenn auch nicht ohne Schwierigkeit, beheben, indem man Gewebe entnimmt, das implantierte Spermien enthält, es *in vitro*, also im Reagenzglas, wachsen läßt und leichter Strahlung aussetzt. Die große Mehrzahl der Metavirus-Partikel, die auf diese Weise entstehen, sind schlechthin entartet. Doch einige wenige darunter bleiben lebensfähig, sind von einer mutierten Proteinummantelung umschlossen, die gegen die Antikörper immun ist. Das kann ein mühseliges Geschäft sein, und eine Menge Patienten sind gestorben im Verlauf solcher Therapie, doch Beharrlichkeit wird sich am Ende auszahlen.

Unglücklicherweise scheinen unsere Tests darauf hinzudeuten, daß in Ihrem Fall die dritte dieser Ursachen wirksam ist. Wandernde Cytogene sind in Ihrem Gewebe aktiv und müßten eigentlich ihre Arbeit leisten. Sie tun es jedoch nicht. Irgendwie – wir wissen selbst nicht genau, wie – schaltet Ihr Körper eins oder mehrere dieser Cytogene ab, einschließlich jenes einen, das das Vampir-Enzym produziert. Wir glauben, daß es sich dabei um ein einzelnes mutiertes Gen in einem Ihrer Chromosome handelt, das den Mechanismus beeinträchtigt, der bestimmt und steuert, ob in bestimmten spezialisierten Gewebszellen andere Gene aktiv werden oder inaktiv bleiben. Die Mutation ist sonst anscheinend ohne Einfluß auf das normale Funktionieren Ihres Körpers, doch sie scheint die Vermehrung jenes Naturstoffs zu verhindern, den der Adamawara-Komplex gewöhnlich bereitstellt. Wir verfügen gegenwärtig noch über kein Mittel, dagegen anzugehen, doch wir hoffen, daß wir schon bald in der Lage sind, bösartige Gene dieser Art zu identifizieren und ihre Wirkung auszuschalten. Solange wir nicht genau wissen, was jenes Gen eigentlich tut, sind wir außerstande einzugreifen.«

Als Chadwick geendet hatte, breitete er leicht die Arme aus, die Handflächen nach oben gerichtet, um seine Hilflosigkeit zum Ausdruck zu bringen. Es war überflüssig hinzuzufügen, daß es, obwohl die Biotechnologie rasante Fortschritte machte, keine Möglichkeit gab abzuschätzen, ob innerhalb der kommenden zehn, zwanzig oder fünfzig Jahre mit einem Durchbruch auf dem soeben erörterten Gebiet der Forschung zu rechnen war.

Unterdessen war zu erwarten, daß sich Michaels Gesundheitszustand verschlechtern würde. Jetzt, da sein geschädigtes Gewebe Krebszellen produzierte – Krebs, den die wandernden Cytogene in seinen Zellen imstande sein müßten zu vernichten –, lag er im Wettlauf mit der Zeit. In jenem Wettlauf war er wie in allem anderen gehandicapt ... lahm ... verkrüppelt.

»Verstehen Sie das alles?« fragte der Arzt besorgt. »Es ist kompliziert, fürchte ich, und man kommt nie ganz von der Fachsprache weg.«

»Ja«, sagte Michael. »Ich kann Ihren Ausführungen folgen. Ich verstehe.«

»Es tut mir sehr leid.

»Ich weiß. Danke.«

»Es ist wichtig, daß Sie die Hoffnung nicht aufgeben. Immerhin verfügen wir ja noch über das ganze Arsenal der klassichen Medizin. Wir können den Schmerz unter Kontrolle bringen, Sie regelmäßig untersuchen und dafür sorgen, daß der Krebs sich nicht neu bildet. Und selbst wenn – sofern er früh genug erkannt wird, gibt es wirksame Behandlungsmethoden.«

»Ja, natürlich«, gab Michael zurück, doch seine matten blauen Augen errieten, daß sein ärztlicher Ratgeber sich der Unzulänglichkeit dessen bewußt war, was er ihm anzubieten hatte. Der Arzt mit der feschen grauen Strähne posierte auf seine geschäftsmäßige Art in dem beruhigenden Wissen, daß er womöglich noch das Jahr 3000 erleben würde, vorausgesetzt, die Menschheit ließ sich davon abbringen, sich mit ihren Nuklearwaffen selbst zu vernichten. Ausgestattet mit dieser Gewißheit, versuchte er nun mit absurder Ernsthaftigkeit, seinem Patienten zu versichern, daß er mit Glück durchaus sechzig oder siebzig Jahre alt werden könnte, lahm und krank und von der menschlichen Gemeinschaft in den wesentlichen Dingen ausgeschlossen.

Und was konnte Michael angesichts dieses erbärmlichen Zuspruchs anderes sagen als: »Ich danke ihnen. Ich weiß, daß Sie nicht mehr für mich tun können.«

»Es gibt Hoffnung«, beharrte Chadwick. »Verbesserungen in der Entschlüsselung und Kartographie des Gens können schon sehr bald die Tür aufstoßen zu einer vollständigen Analyse des menschlichen Genoms. Das ist eine herkulische Aufgabe, ganz gewiß: gewaltige Mengen von DNS, Hunderttausende von Genen! Aber Tausende von Wissenschaftlern arbeiten daran. Langsam entdecken wir auch, wie die Kontrollmechanismen funktionieren, die in bestimmtem Zellgewebe bestimmte Gene an- und abschalten. Denken Sie nur an die Fortschritte, die seit Ihrer Geburt gemacht worden sind. Jedes Jahr beschert uns neue Entdeckungen. Ihr Vater . . .«

Es war, als erwartete der Arzt von ihm eine Geste der Vergebung – irgend etwas, das ihn der Pflicht enthob, verzweifelt nach noch mehr Hoffnung machenden Phrasen und ermutigenden Beschwörungsformeln zu suchen. »Wirken die Tabletten eigentlich?« fragte er in dem Versuch abzulenken.

»O ja«, erwiderte Michael. »Ich muß sie nicht mehr ständig nehmen – nur wenn die Schmerzen allzu schlimm werden. Keine Nebenwirkungen, wenn man die Alpträume nicht mitzählt.«

»Das ist gut«, meinte der Arzt.

Michael entgegnete darauf nichts, sondern starrte ihn nur aus blassen Augen an. Jene Augen, die der Liste der Stigmata ein weiteres Erkennungszeichen hinzufügten. Nur gewöhnliche Menschen hatten Augen von jenem Blau wie das Meer, auf dem sich der Himmel spiegelt.

Chadwick blieb wartend sitzen, seine Hände vollführten noch immer Greifbewegungen in der Luft, als hege er die Hoffnung, ein paar Zaubersprüche zu finden, die auf magische Weise heilkräftig wirkten. Sonst hatte er seinem Patienten nichts mehr zu sagen.

»Danke, Doktor Chadwick«, wiederholte Michel. Er sagte es tonlos und ohne Wärme.

Danke, dachte er, als er sich mit Mühe hochstemmte und wieder auf seinen Stock stützte.

Danke, dachte er, als er durch die Tür ging, die ihm der Arzt nur allzu bereitwillig aufhielt.

Danke, dachte er, als er kurz zu dem Mädchen am Empfang hinüberschaute, das seinen Abgang mit einem Lächeln quittierte.

Er wußte selbst nicht so recht, warum oder wem er diese gemurmelten, bitteren und sarkastischen Dankesfloskeln schuldig war. Immerhin, mußte er einräumen, war es wohl jedem damit ernst, der Mitleidsgefühle für ihn hegte, der ernsthaft bemüht war, ihm zu helfen . . . Und die Schuld lag ganz allein bei ihm, wenn es zu spät für alle Mitleidsbekundungen und die tätige Hilfsbereitschaft war, die ihm keinen Trost mehr bedeuteten.

2. Kapitel

Als es draußen endgültig dunkel geworden war, knipste Michael die Leselampe neben seinem Bett an. Er nahm ein Buch auf, das er in der vergangenen Woche zu lesen begonnen und gleich wieder weggelegt hatte: eine Geschichte des Zweiten Weltkrieges. Sein Interesse war geweckt worden durch die Gedenkfeiern zum Jahrestag des Kriegsendes, doch seine Begeisterung war schnell erlahmt, als er festgestellt hatte, daß das Buch weitaus mehr politische Stellungnahmen enthielt als Beschreibungen der dramatischen Phasen der kriegerischen Auseinandersetzung. Er hatte wenig Lust, über förmliche diplomatische Notenwechsel zu lesen; ihn verlangte es nach Beschreibungen der größeren Städte Europas und Afrikas, die dem Erboden gleichgemacht worden waren durch Bomber, die sie mit Feuerstürmen und Giftgas verwüstet hatten.

Nachdem er das Buch aufgenommen hatte, las er eine halbe Seite darin, doch die wenigen Zeilen erinnerten ihn nur daran, warum er es beiseite gelegt hatte, und er warf es mit einem Seufzer zurück auf den Nachttisch.

Jemand klopfte an die Tür, und seine Beine zuckten reflexartig, als würde er sie gleich vom Bett auf den Fußboden schwingen und aufmachen gehen. Die Schmerzwelle, die von solchen Reflexen ausgelöst wurde, gemahnte ihn daran, daß sie angesichts seiner derzeitigen Verfassung ein Anachronismus waren. Er rief dem Besucher zu, er solle hereinkommen.

Er war etwas enttäuscht, als er sah, daß es sein Vater war; nicht weil er seinen Vater jetzt nicht sehen wollte – ganz im Gegenteil –, sondern weil es ihn seltsamerweise verletzte, daß sein Vater nach dem Klopfen gewartet hatte, bis er ihn aufgefordert hatte einzutreten. Dieses kleine Zugeständnis an die Höflichkeit erschien Michael wie ein Symbol des Abstands, der sehr schnell zwischen ihnen gewachsen war, seitdem – zwei Jahre vor dem Unfall – der ältere Southerne emortal geworden war.

Thomas Southerne war ein großgewachsener Mann, physisch schon immer sehr stark und von gutem Aussehen. Er sah jetzt sogar noch besser aus, seitdem sein Haar schwarz und glänzend war und seine Haut jenen matten blassen Schimmer hatte. Allerdings schien ein Teil seiner früheren Kraft allmählich zu schwinden, jetzt, da er sich seine Fitneß nicht mehr durch täglichen Sport und Training erhalten mußte.

Michael wußte, daß er seinem Vater einst ähnlich gesehen hatte, doch die Narben von der zersplitterten Windschutzscheibe hatten sein Gesicht entstellt.

Der ältere Mann trug eine offene Flasche Wein und zwei Gläser in der Hand. Er hielt sie hoch, um sie ihm zu zeigen, und sagte: »Guter Weißwein. Ich habe ihn aus Europa mitgebracht. Dachte, du würdest vielleicht ein Glas mit mir trinken.«

»Ich darf eigentlich nicht trinken«, sagte Michael und fügte dann schnell hinzu: »Ein Glas wird wohl kaum schaden; das ist nett von dir.«

Thomas stellte die Gläser auf dem Nachttisch ab. Nach einem kurzen Seitenblick auf den Titel schob er das abgelegte Buch beiseite und schenkte bedächtig aus der Flasche ein. Dann holte er sich den Lehnsessel aus der Zimmerecke und setzte sich.

Es war nicht das erstemal, daß sie miteinander gesprochen hatten, seit Thomas Southerne aus Europa zurückgekehrt war, doch der Mann und der Junge waren sich der Tatsache bewußt, daß die wichtigsten Dinge, die zwischen ihnen ausgesprochen werden mußten, noch nicht gesagt worden waren.

»Wie fühlst du dich?« fragte Thomas.

»Besser, nehme ich an. Bestimmt ist es mir schon schlechter gegangen.«

»Die Schmerzmittel sind kein Problem für dich?«

»Ich bin nicht süchtig, falls du das meinst. Aber es tut noch weh, manchmal sogar sehr.«

»Vielleicht ist es noch zu früh, soviel herumzulaufen. Du darfst dich nicht so antreiben.«

»Es ist nicht das Herumlaufen. Ich kann den Schmerz ertragen, solange ich laufe. Erst wenn ich stillsitze oder mich hinlege, machen mich die Schmerzen schier verrückt. Aber es geht schon, wirklich, es ist in Ordnung.«

Es entstand eine Pause, bis Thomas Southerne nachdenklich nickte. Seine braunen Augen, einst blau, begegneten denen seines Sohnes.

»Ich habe mit Chadwick am Telefon gesprochen«, sagte er. »Er hat mir erzählt, daß er deine Situation ausführlich erklärt hätte, und er meint, daß du ihn wohl verstanden hast, aber ich frage mich, ob du nicht nur höflich gewesen bist. Er hat Schwierigkeiten, sich klar und deutlich auszudrücken. Hast du dem folgen können, was er dir über das mutierte Controller-Gen erzählt hat?«

»Nicht ganz«, erwiderte Michael. »Aber das ist ja auch wirklich nicht so wichtig, oder? Die technischen Ausdrücke verstehen, die nur beschreiben, hilft auch nicht – Worte für sich genommen haben keine magische Kraft. Die Tatsache ist einfach die, daß ich sterben werde und daß ich bis dahin lahm bin und immer gegen die Schmerzen ankämpfen muß. Durch bloßes Verstehen kann ich daran wohl nichts ändern, nicht wahr?«

»Ich weiß nicht. Das kannst du vielleicht doch. Verstehen ist eine Art Macht. Eine Quelle, aus der man Mut schöpfen kann. Falls du gerettet wirst, wird es der Fortschritt im Verstehen sein, dem das zu verdanken sein wird. Mit jedem Jahr, das vergeht, lernen wir so viel mehr. Wir fangen an zu begreifen, wie diese mobilen Cytogene ihre Arbeit verrichten, und sobald wir das intellektuell voll erfaßt haben, ist die Chance für uns gekommen, neue Biotechnologien zu entwickeln. Verstehen kann die Dinge durchaus verändern, Michael. Oder neue Wege dafür eröffnen, daß Dinge verändert werden. Das geschieht vielleicht nicht so bald, aber du bist noch keine Zwanzig und hast die allerbeste medizinische Betreuung. Wir könnten aus dir schon bald einen Emortalen machen, und dann wäre all der Schmerz nicht vergebens gewesen.«

»Für dich ist das nicht so schwer, den Schmerz zu mißachten«, sagte Michael. »Aber für mich ist es nicht so leicht, ihn zu ertragen.«

»Das ist nicht fair, Michael!«

Michael nahm hastig einen Schluck Wein, fühlte sich plötzlich den Tränen nah, und er war unglücklich über seine verächtliche Schwäche. »O nein«, klagte er und hatte den unwiderstehlichen Drang, zu verletzen. »Natürlich verstehst du. Du erinnerst dich sicher gut, wie es ist, wenn man jung ist. Du bist noch nicht dreihundert Jahre alt und kalt wie Stein. Wer keinen Schmerz fühlt, kann kein Mitleid fühlen – sagt man nicht so? So weit bist du noch nicht, oder? Noch nicht. Du kannst dir also noch vorstellen, was ich fühle.«

Thomas nippte spärlich an seinem Glas. »Das ist nicht wahr, Michael«, sagte er. »Die Emortalen werden nicht gefühllos. Es sei denn, sie züchten Kälte in sich heran. Dieses Sprichwort ist auch wieder nur Altweibergeschwätz wie alles übrige.

Aber das ist ja auch gar nicht der Punkt, auf den es ankommt, ich weiß wohl, daß du verletzt bist, auf mehr als nur eine Weise. Aber es ist wirklich wichtig, daß du die Hoffnung nicht aufgibst. Wenn du aufgibst, werden deine Ängste wahr werden. Ich sage ja nicht, daß das, was dir zugestoßen ist, nicht schrecklich schlimm ist, denn das ist es wirklich. Es scheint um so vieles schlimmer, weil wir in einer Welt leben, in der jeder jetzt erwarten kann, emortal zu werden. Trotzdem mußt du auch daran denken, daß es auf dieser Welt viele Gegenden gibt, in denen einer von zwei Menschen stirbt, bevor er den Zeitpunkt der Emortalität erreicht, und wo zwei von drei Emortalen durch Gewalt sterben, bevor sie auch nur jene kümmerlichen siebzig Jahre alt werden, auf die sogar gewöhnlich Sterbliche rechnen dürfen. Sei froh, daß du in unsere Zeit hineingeboren bist, in der es Hoffnung gibt, und nicht vor hundert Jahren, wo du zwei Weltkriege hättest überleben müssen und für dein Leiden nicht die geringste Hoffnung auf Heilung gehabt hättest. Ich weiß, wie schwer es ist, Michael, aber . . .«

»Das weißt du nicht!« Michael kämpfte mit geringem Erfolg dagegen an, seine Tränen zurückzuhalten.

Thomas Southerne schüttelte den Kopf; er war bekümmert, aber nicht zornig. »Ich bin in Afrika gewesen, Michael. Ich bin im Regenwald gewesen und in den Wüsten, auch in den Städten. Glaubst du, ich hätte nicht genug Leid gesehen? Glaubst du, ich hätte nicht Menschen gesehen, die noch viel unglücklicher sind als du?«

»Nein«, sagte Michael leise. »Vermutlich hast du das. Aber die Afrikaner haben sich ihr Chaos selbst geschaffen. Sie hatten die Emortalität lange vor der übrigen Welt, und was haben sie damit gemacht? Sie dürfen niemanden für ihre eigenen Schwierigkeiten verantwortlich machen, nur ihren dummen Aberglauben, an dem sie zu lange festgehalten haben. Sie hätten eine ganze Gesellschaft von Emortalen schaffen können, noch bevor Rom erbaut worden ist, wenn sie von dieser Gabe klügere Verwendung gemacht hätten. Doch statt dessen schufen sie sich die Ogbone und eine Kaste uralter Kastraten und haben sich gegen jedweden Fortschritt gestellt. Was habe ich denn getan, daß ich jetzt alle Chancen eingebüßt habe, ewig zu leben?«

»Du darfst die Afrikaner nicht verachten«, sagte Thomas. »Nicht einmal die Ogbone. Wir schulden unsere Emortalität gerade dem, was du ihren blöden Aberglauben nennst. Wäre die organische Substanz, die im Innern des Adamawara-Meteors auf die Erde gelangt ist, Menschen einer ganz anderen Kultur zugefallen, was hätte es denen dann anderes gebracht als eine Reihe von Seuchen? Nicht nur der Silbertod – der Keim der Emortalität selbst hätte die Menschen nur umgebracht, weil sie niemals imstande gewesen wären zu wissen, was sie brauchten, um zu leben. Nur weil einige Afrikaner ihren Göttern Opfer dargebracht, weil einige ihrer heiligen Männer Blut getrunken haben, ist das Geheimnis ewigen Lebens von ihnen entdeckt worden. Ohne das wäre die Gabe wertlos gewesen und hätte vielleicht die gesamte Menschheit vernichtet, statt uns die Errettung vor dem Tod zu bescheren.«

»Errettung bescheren? Hat es uns denn Errettung beschert? Ich habe sagen hören, daß ewiges Leben nur eine Herausforderung dazu gewesen ist, uns noch bessere Arten auszudenken, wie wir einander vernichten können. Ich habe sagen hören, daß, wäre es uns nicht so leidenschaftlich um die Emortalität gegangen, wir uns mit Keulen und Speeren zufriedengegeben hätten, anstatt Mittel zu entwickeln, uns gegenseitig abzuschlachten, wie wir sie in den beiden Weltkriegen verwendet haben – und die Atomwaffen, die wir im dritten Weltkrieg einsetzen werden, vor denen alle Menschen wirklich und wahrhaftig gleich sind.«

»Falls das wahr ist«, warf Thomas sanft ein, »hättest du immerhin gar nicht allzuviel verloren.«

»Vielleicht habe ich das auch nicht. Vielleicht sollte ich mir das immer wieder sagen, um mich bei Laune zu halten. Unter dem Schatten der Wasserstoffbombe ist jeder sterblich, und der Schmerz eines einzelnen zählt nicht viel.«

»Wenn du willst, kannst du dir das einreden«, sagte sein Vater. »Doch ich glaube nicht, daß das die richtige Weise ist, damit umzugehen. Als ein Mittel, der Verzweiflung zu entgehen, hat das nicht gerade viel zu bieten, oder? Es geht dabei doch nur um den Versuch, dein eigenes Unglück im Zustand unserer Welt gespiegelt zu sehen. Du bist mit der Möglichkeit des Todes konfrontiert worden, ja. Aber das sollte dich nicht dazu verleiten, Trost daraus zu schöpfen, dir den Holocaust auszumalen. Wenn du Lehren aus der Geschichte ziehen willst, würde ich meinen, daß es gar nicht so schwer ist, darin die Moral zu entdecken, daß niemals jemand genau weiß, was als nächstes geschieht.«

Michael trank sein Glas leer und hielt es zum Nachschenken hin, obwohl Thomas noch nicht ausgetrunken hatte. Der ältere Mann nahm die Flasche vom Tisch und füllte nach.

»Vermutlich hast du recht«, räumte der Junge ein. »Aber ich kann mich manchmal des Gefühls nicht erwehren, daß diese Weltkrise, von der wir so viel hören, nicht frei von einer gewissen Ironie ist. Du hast dank deiner Ausgrabungen in Adamawara entdeckt, daß Emortalität tatsächlich eine außerirdische Gabe ist – eine Art Wunder. Aber wie haben wir uns dieser Gabe denn immer bedient? Wie haben wir übrigens all jene anderen Vorrechte genutzt, über die wir verfügen, die wir wahrscheinlich sogar selbst entwickelt haben – unseren schlauen Verstand und unsere scharfen Augen und unsere geschickten Hände? Na ja, wir haben sie dazu benutzt, uns schlau und geschickt an den Rand der Vernichtung zu bringen. Falls zu der Gabe auch ein Geber gehört, wie sehr muß er sich die Augen ausweinen, wenn er sieht, was aus ihr geworden ist!«

»Noch haben wir uns nicht selbst zerstört«, sagte Thomas Southerne gelassen. »Und wir haben eine Menge erreicht mit unseren schlauen Gehirnen, unseren scharfen Augen und unseren geschickten Händen.«

»Natürlich«, sagte Michael grüblerisch. »Es gibt einige, die behaupten, daß diese Gabe uns tatsächlich gesandt worden ist – daß der Adamawara-Meteor eine Rakete gewesen ist, abgeschossen, wenn nicht von Gott selbst oder irgendeinem Idol der Afrikaner, dann doch von freundlichen Außerirdischen, die uns dabei behilflich sein wollten, ein bißchen gottähnlicher zu werden. Bestimmt hast du solche Spekulationen auch schon gehört.«

»Ja, davon hab' ich gehört«, räumte sein Vater ein. »So formuliert klingen sie ein bißchen albern, aber selbst wenn da kein Geber ist, dann war da doch diese Gabe. Wenn kein Gott im Spiel war, war es dennoch eine Art Wunder. Einige meiner Kollegen glauben nicht, daß die Adamawara-DNS extraterrestrischen Ursprungs ist. Sie vertreten die Auffassung, daß der Meteor eine Kette von Mutationen ausgelöst hat, durch Strahlung oder durch chemische Giftstoffe verursacht. Sie meinen, es wäre wahrscheinlicher, daß es sich um eine spontane Verdoppelung oder Rekomplikation des Y-Chromosons selbst gehandelt hat, was die Adamawara-Chromasomide hervorgebracht hat.«

»Manchmal scheint mir«, sagte Michael, »daß sämtliche derartigen Erklärungen unwahrscheinlich sind. Nicht nur die, die vorgibt, erklären zu können, wie die Menschen emortal geworden sind, sondern auch jene, die uns auseinandersetzen wollen, wie der Mensch zum Menschen geworden ist oder wie aus dieser heißen Ursuppe überhaupt Leben entstanden sein muß. Viel eher würde ich einem Affen mit einer Schreibmaschine zutrauen, daß er Shakespeares Werke hervorbringt, als daß eine einzige Welt innerhalb weniger Milliarden Jahre eine derart komplizierte Biochemie wie die unsere zu entwickeln vermag.«

»Damit stehst du nicht allein. Der ältere Darwin hat mir gegenüber einmal gesagt, sie wäre der deutliche Beweis für einen Plan und die Hand Gottes; und sogar Charles, der sich so verdammt schwer getan hat, alles Göttliche aus dem Lauf der Dinge auszuklammern, findet die Tatsache einer Verschmelzung fremder DNS mit dem menschlichen Y-Chromosom immerhin so bemerkenswert, daß man erst einmal mit vorschnellem Erklären innehalten und sich wundern sollte. Er steht im Briefwechsel mit Svante Arrhenius, und beide sind jetzt in einen ernsten

Gedankenaustausch mit Astronomen und Kosmologen über die Möglichkeit des extraterrestrischen Ursprungs des Lebens auf dieser Welt verwickelt.«

»Aber an außerirdische Eltern mag ich ebensowenig glauben«, fügte Michael nachdenklich hinzu. »Der Affen-Shakespeare ist eine wahrscheinlichere Figur als der Philantrop vom anderen Stern, der uns das Geschenk der Unsterblichkeit macht, sorgfältig in eine interstellare Rakete gewickelt. Es wäre natürlich bequem, wenn er uns immer zur Hand wäre – vielleicht hat er uns früher schon die Gene geschickt, die uns unsere schlauen Gehirne gegeben haben, und die, die unsere hilfreichen Hände steuern. Auch das alles soll ja in Afrika geboren sein, falls man den Paläontologen glauben kann, also muß Afrika die Zielscheibe sein, die dieser außerirdische Artillerist so unfehlbar trifft.«

»Wäre dem nur so«, meinte Thomas, »wie recht hätten wir dann, zu sagen: ›Was für ein Machwerk ist der Mensch? Ein Ding aus genetischen Fäden und Flicken.‹ Wäre dem tatsächlich so, dann könnten wir unsere Erzeuger nur für schlechte und sorglose Eltern halten: Väter, die im Laufe eines lieblosen ›one night stand‹ ihren Samen in einen glücklosen Schoß legen, dann verschwinden, ihre Kinder einem Leben in Kampf und Mühsal überlassen, aller liebevollen Zuwendung beraubt und ohne Rat.«

Michael lachte nicht, doch zumindest war sein Tränenstrom zurückgedrängt. »Du hältst nicht sehr viel von Vätern«, bemerkte er beißend.

Thomas Southerne schaute seinen Sohn scharf an, als wäre diese Äußerung ein gezielter Vorwurf gewesen.

Michael begegnete seinem Blick und bedauerte sofort die unbedachte Anspielung. Er wußte, daß er in der Sicht seines Vaters ein spätgeborenes Kind war – seine Frau war nur um weniges jünger als er –, doch Thomas Southerne hatte seine Umwandlung hinausgezögert, bis Michael fünfzehn gewesen war, und manch einer hatte dieses Hinauszögern für ganz unangebracht gehalten. Schon vor seiner Konversion war der ältere Southerne lange Zeit im Ausland gewesen, doch er hatte Frau und Kind nie vernachlässigt. Darüber war man sich in der Familie einig. Als Michael den Unfall gehabt hatte, war sein Vater angereist gekommen und hatte einen Monat lang jeden Tag neben seinem Bett im Krankenhaus gesessen. Michael wußte, daß er seinen Eltern nichts wirklich vorwerfen konnte; sie waren für seinen Unfall nicht verantwortlich, auch nicht für seine unglückliche Disposition, die ihn gegen die Emortalität immun machte.

»Tut mir leid«, sagte Michael. Nach einer Pause fügte er hinzu: »Ich kann mir nicht helfen, aber ich hab' das Gefühl, daß ich dich auf eine verrückte Weise enttäuscht habe. Ich meine damit die eine Sache, die zu der anderen noch hinzukommt. Verstehst du? Der Unfall war schlimm, aber ich könnte es hinnehmen, daß ich mal Pech hatte. Aber dazu noch herausfinden, daß ich am Cordery-Syndrom leide, obendrein noch an der Form, die sich nicht behandeln läßt, das ist zuviel für dein Fleisch und Blut. Das ist unerträglich, verstehst du?«

Michael standen jetzt wieder Tränen in den Augen, obwohl er sich noch immer bemühte, sie zurückzuhalten. Irgendwie hätte er gern auch in den Augen seines Vaters Tränen gesehen. Das hätte ihm endlich gestattet, seinen Tränen freien Lauf zu lassen, und es hätte ihm bewiesen, daß sein Vater, obwohl er ein Emortaler war, wie eh und je mit ihm fühlte und sich um ihn sorgte.

Doch Thomas Southerne hatte keine Tränen.

Emortale weinten selten, obwohl niemand wußte, warum. Früher war behauptet worden, daß Vampire nicht weinen könnten, doch das stimmte nicht. Dasselbe hatte man einst von den Hexen gesagt; wahrscheinlich war das ebensowenig wahr, vorausgesetzt, es hatte überhaupt jemals Hexen gegeben.

»Ja, das ist zuviel«, stimmte ihm der ältere Mann zu. »Und das bedeutet, daß du außergewöhnlich tapfer sein mußt. Du mußt zu gut und stark werden, dich besiegen zu lassen, auch nicht von einer Belastung wie dieser. Es reicht nicht aus, ein gewöhnlicher Mensch zu sein – du mußt ein Held werden. Gewöhnliche Menschen können durchaus Helden sein, das ist erwiesen.«

»Genauso ist erwiesen, daß manche es nicht können.«

»Aber du hast die Wahl.«

Michael zuckte die Achseln. »Was glaubst du denn«, fragte er, das Gespräch auf sichereren Boden verlagernd, »über den Adamawara-Meteor? Falls die DNS außerterrestrisch ist, wie kann es dann sein, daß sie sich an ein Y-Chromosom bindet, als hätten beide schon immer zusammengehört?«

»Das weiß nur Gott allein«, sagte Thomas Southerne leise. »Bisher.«

»Aber was glaubst du?«

»Das ist keine Glaubensfrage. Wir können nur spekulieren. Die außerirdischen Artilleristen sind nicht sehr glaubhaft, aber ich finde es gar nicht so schwer, von der Annahme auszugehen, daß Leben und DNS über das gesamte uns bekannte Universum verstreut sind. Ich kann nicht leugnen, daß ich das für eine sehr anziehende Vorstellung halte. Die Astronomen versichern uns, daß die Sonne ein Stern der zweiten Generation ist und daß alle schwereren Elemente im Sonnensystem Wrackteile einer Supernova sind, die vor Milliarden von Jahren explodiert ist. Vielleicht ist das Leben auf der Erde auch Leben der zweiten Generation. Vielleicht ist der Raum, in dem das Sonnensystem auf seiner Reise um das Zentrum der Galaxie gleitet, angefüllt mit den genetischen Wrackteilen einer früheren Ökosphäre oder vielleicht Tausenden von Ökosphären. Und vielleicht ist die Geschichte des Lebens auf Erden wirklich eine Geschichte, die wir nur nacherzählen, rekonstruieren, Satz um Satz, Legende um Legende wiedererinnern. Vielleicht beschreibt unser Weg gar nicht die Strecke vom Punkt der Nichtexistenz zu Untergang und Vernichtung vermittels Emortalität und Atombombe.

Das ist keine Sache wissenschaftlichen Dafürhaltens, Michael, sondern vielleicht eine Sache des Glaubens, der Zuversicht. Vielleicht müssen wir den Glauben an etwas Derartiges haben, um uns überhaupt einen Sinn zu geben, genau wie unsere Vorfahren den Glauben in einen Gottvater und die uralten Männer von Adamawara den Glauben an Olorun und Shango und Olori-Merin gehabt haben. Vielleicht mußt du dir größere Fragen stellen als nur: ›Warum ist mir das passiert?‹ Stell dir nur mal vor, der Meteor wäre vor dreizehntausend Jahren nicht in Afrika eingeschlagen. Was sind schon dreizehntausend Jahre in der Litanei der Ewigkeit als ein kurzes Blinzeln? Eine ganz willkürliche, kleine Pause, völlig bedeutungslos für den Fortgang des Gebets. Dann, Michael, könntest du dein hartes Los am Schicksal der gesamten menschlichen Gattung messen. Ich glaube nicht, daß wir es nötig haben, uns selbst als unbedeutendes Detail zu sehen, Michael. Nicht die Erde, nicht die Menschheit, kein einzelnes Leben, das jeder von uns jemals gelebt hat, sind gewichtslos und ohne Belang.«

Thomas Southerne senkte die dunklen Augen und trank den letzten Tropfen Wein. Er schien verlegen, daß er soviel geredet hatte, und ein bißchen traurig über das, was er gesagt hatte, aber in seinen Augen war noch immer keine Spur von Tränen.

Ganz unvermittelt entschied Michael, daß er diese Tränen gar nicht sehen wollte. Der Zuspruch, den er von seinem Vater brauchte, sollte sich nicht darin erschöpfen, daß er ein nichtssagendes Symptom herzlich empfundenen Mitleids zeigte, sondern er brauchte schlicht eine Bestätigung für ihre Zusammengehörigkeit und Verwandtschaft, die er bereits besaß.

»Vielleicht hast du recht«, sagte er unbestimmt.

»Ja, vielleicht. Tut mir leid, daß ein Vielleicht alles ist, was ich zu bieten habe.«

»Mit einem Vielleicht kann ich leben«, erwiderte Michael. Und damit sein Vater ihn nicht für allzu pathetisch hielt, fügte er hinzu: »Zumindest kann ich es versuchen.«

3. Kapitel

Michael Southerne war auf den Klippenpfaden entlanggewandert, die sich um die Buchten südlich von seinem Elternhaus schlängelten. Er kannte die Buchten gut, hatte alle erkundet, die für ihn leicht zu erreichen gewesen waren, noch bevor er zwölf Jahre alt gewesen war. Er war wieder und immer wieder zu seinen Lieblingsbuchten zurückgekehrt, hatte in den Felsteichen nach jenen Lebewesen Ausschau gehalten, die die Ebbe zurückgelassen hatte.

In jenen Tagen war er ein springlebendiger Junge gewesen. Mit wahrhafter Begeisterung war er über die Felsen gehüpft, geklettert oder gekrochen. Wenn sich das Meer bei Ebbe zurückgezogen hatte, lief er hinaus bis zur Wassergrenze, um jene gezackten Riffe zu untersuchen, die nur ein- oder zweimal im Monat das Licht des Tages erblickten. Dort jagte er exotischen Kräutern und den fremdartigen Stachelhäutern nach, trieb sein Spiel mit den Wellen.

Es hatte ihm in jenen Tagen nichts ausgemacht, daß die See immer kalt gewesen war, der Wind gewöhnlich scharf, der Himmel bleiern verhangen von Wolken. Er war unbezähmbar gewesen, beweglich durch seine Lebenslust.

Der Unfall hatte all das verändert.

Eine Zeitlang war er die Klippenpfade überhaupt nicht mehr entlanggewandert, doch in jüngster Zeit hatte er sich ihnen wieder genähert, um sein schwaches Bein durch Übung zu kräftigen. Kurz nachdem er aus dem Krankenhaus gekommen war, hatte er es kaum geschafft, hundert Meter auf ebenem Boden zurückzulegen, doch seit er sich wieder den Klippen zugewandt und sie zu seinem Trainingsfeld gemacht hatte, war er zu weitaus mehr fähig. Jetzt konnte er sich antreiben, etliche Meilen zu laufen, was er auch oft tat, und er suchte die entlegensten Orte wieder auf, an die seine frühere Lust am Herumstreunen ihn geführt hatte.

Diese Orte waren jetzt ganz verändert; er erkannte sie kaum wieder. Wo es für ihn einst Rennstrecken gegeben hatte, auf denen er vor der einsetzenden Flut geflüchtet war, gab es jetzt nur noch eine wüste Einöde: unberührbar, unerreichbar. Seine Kämpfe trug er nicht mehr mit dem Meer aus, sondern mit dem Schmerz und mit der Ermüdung.

Als er sich nach der Rückkehr aus dem Krankenhaus erstmals wieder hinauswagte, versuchte er zunächst, die Anstrengung abzuschätzen, die es ihn kosten würde, zu Fuß wieder nach Hause zu gelangen. Sehr bald schon bekam er den Eindruck, daß ihn das nur feige machte, und statt dessen änderte er jetzt seine Strategie und verausgabte sich bei seinen Ausflügen bis zur totalen Erschöpfung, suchte sich dann ein Haus oder eine Station der Küstenwache, von wo aus er sich einen Wagen bestellen konnte, der ihn abholte.

Seine Mutter war mit dieser Angewohnheit gar nicht einverstanden, denn sie machte sich Sorgen, daß er es eines Tages übertreiben und zu weit von dem nächsten Ort entfernt sein könnte, an dem Hilfe zu bekommen war; doch seine Mutter war jetzt unsterblich, und oft mußte er denken – vielleicht zu unrecht – daß sie so laut und viel protestierte, um eine kalte und gleichgültige Ruhe zu verdecken, die in ihr wuchs, seit die fremde DNS ihren Körper kolonisierte. Unter anderem aus diesem Grund weigerte er sich, ihre Einwände ernst zu nehmen und betrieb seine Selbstprüfungen mit besessener Entschlossenheit.

Heute hatte Michael gehofft, daß sein Vater sich seinem Ausflug anschließen würde, wie er das manchmal in glücklicheren Tagen getan hatte; doch ein Mann wie er konnte nie ganz den Anforderungen seines Berufs entrinnen, und obwohl er aus Europa zurückgekehrt war, um seinen Sohn zu besuchen, hatten sich Interessenten vom atlantischen Kontinent nicht davon abhalten lassen, seinen Terminkalender zu füllen. Also war Thomas Southerne nach Halifax gefahren und hatte Michael, wie schon so viele Male zuvor, sich selbst überlassen. Michael verhehlte sich seine Enttäuschung vor sich selbst, indem er sich um so härter antrieb, entschlossen, frühere Streckenrekorde zu brechen und sich so weit wie möglich von seinem Heim zu entfernen.

Der Morgen war nicht sehr kalt, obwohl der Wind vom Meer her auffrischte und im Wetterbericht schwere Regenfälle angekündigt waren. Die Fischerboote im Dorfhafen jedenfalls waren nicht ausgelaufen. Michael ließ sich davon nicht abschrecken. Auch in jüngeren Jahren hatte er vor schlechtem Wetter nie Angst gehabt, und er hatte auch diesmal vor, alle Gefahren zu mißachten.

Bis Mittag hatte er elf Kilometer zurückgelegt und bog auf einen Pfad, den er seit Jahren nicht gegangen war. Er war nicht stehengeblieben, um hinunterzuschauen in die Buchten unterhalb der Klippen. Der Pfad fiel jetzt ab, da die Felsklippe hier weniger schroff aufragte, und führte ihn in flaches Gelände mit Geröllhalden und laubbestandenen Hängen.

Das sanfte Gefälle trug ihn schneller voran, doch die Beschleunigung beanspruchte sein schwächeres Bein stärker, und es begann ihn zu schmerzen. Er blieb stehen und schaute sich um. Das Meer war jetzt ein weites Stück weg im Osten – eine dünne schimmernde Linie am Horizont, scharf abgehoben gegen eine Wand aus grauen Wolken dahinter. Sonst war der Himmel zumeist klar und blau, obwohl dahinhuschende Wölkchen ab und zu die Sonne verdeckten.

Er schaute ins Binnenland, doch die Unebenheiten des Bodens und kleine Wäldchen verdeckten die Sicht. Es war nur ein einziges Haus zu sehen, das sich zwischen die Bäume schmiegte, und er schätzte, daß es ziemlich weit von der Straße ab liegen mußte. Es war kein Bauernhaus, und er vermutete, daß sich dort ein Überlebender eines früheren Zeitalters vor der modernen Welt in Abgeschiedenheit geflüchtet hatte.

Er schaute die Küste entlang zu den Klippen, die im Südwesten aufstiegen wie eine große Festung. Er war sicher, diesen weiter entfernten Hügel schon ein- oder zweimal erklommen zu haben, doch er konnte sich den Weg dahin nicht mehr in Erinnerung rufen. Er kämpfte etliche Sekunden mit seinem widerspenstigen Gedächtnis, bevor er verärgert bemerkte, daß er sich kaum mehr als achthundert Meter von einem Flußlauf entfernt befand, der sich ihm noch hinter Felsen verbarg und der unweit von hier ins Meer mündete. Der Fluß stellte ein Hindernis für ihn dar. Es gab zwar eine Brücke, doch die war ein Stück weiter im Inland, und er beschloß, seewärts zu gehen und eine Stelle zu suchen, wo das Wasser in ein Delta mit kleineren, flacheren Prielen auslief, durch die er sogar mit seinen Wanderschuhen waten konnte.

Mit diesem Vorhaben stieg er zum Strand hinunter und stapfte durch den nassen Sand, wählte einen Weg zwischen Felsvorsprüngen, die wie gewundene Bänder ins Meer ausliefen. In früheren Jahren wären ihm die Schären nicht als Hindernis erschienen, doch mit seinem verletzten Bein zu klettern schreckte ihn mehr, als lange Strecken zu gehen. Bei seiner Suche nach einer Stelle, wo er den Wasserlauf überqueren konnte, kam er der Linie der zurückbrandenden Flut näher und näher. Zweimal stieß er auf eine niedrige Felsenbarriere, die leicht zu überwinden schien, doch sogar mit seinem Stock kam er nicht hinüber. Sie war sehr schlüpfrig, so daß er mit seinen Füßen keinen Halt fand.

Da er sich auf die Aufgabe konzentriert hatte, den Weg nach Südwesten einzuschlagen, bemerkte er gar nicht, wie weit er von der Linie von angeschwemmten Pflanzenresten und leeren Muschelschalen abgekommen war, die die äußerste Flutmarke kennzeichneten. Mit einem leichten Schock erkannte er, daß die Wellen nur dreißig Meter von ihm entfernt an die Felsen schwappten.

Er war deswegen nicht gleich alarmiert, obwohl ihm jetzt bewußt wurde, wie langsam er geworden war. Doch sogar in seinem gegenwärtigen Zustand der Erschöpfung konnte er sich nicht vorstellen, daß das Meer eine Gefahr für ihn war. Verärgert machte er kehrt, um zurück an den bewaldeten Strand zu gelangen. Es gab hier keinen direkten Weg, dem er folgen konnte, und er konnte sich nicht an die Umwege erinnern, die ihn hierhergebracht hatten.

Da dämmerte ihm, daß seine Situation gefährlich war. Der Schock der Erkenntnis, daß diesmal ein Rennen gegen den heranflutenden Ozean nicht im voraus zu seinen Gunsten entschieden war, erschien ihm nicht ganz unangenehm. Es lag auch etwas Erregendes darin, eine Herausforderung. Das Wissen darum, daß sein geschwächter Körper jetzt eine Probe zu bestehen haben würde, war seltsam befriedigend.

Er schaute zurück auf die Wellen mit den weißen Schaumkämmen, die sich machtvoll an den Felsen brachen und stellte fest, wie weit die grauße Wolkenbank sich jetzt am Himmel dehnte. Er spürte, daß es nicht mehr nur der Ozean war, der ihn jagte, sondern alle Mächte der Erde, die seine Lebensfähigkeit abschätzten.

Sein Gehstock stieß scheppernd gegen Felsbrocken, während er sich zwang weiterzugehen, doch er merkte schnell, daß ihm nicht die Zeit blieb, seine Schritte zurückzuverfolgen, obwohl er seine unregelmäßigen Fußabdrücke im Sand erkennen konnte. Er würde klettern müssen.

Er gelangte dicht an eine Felswand zu seiner Linken, suchte nach einer Stelle, um hinaufzuklettern. Es sah nicht schwer aus. Die Nähe des Meeres und die Gewalt der anbrandenden Wogen trieben ihn zur Eile, doch als er es zum erstenmal versuchte, konnte er sich nur zur Hälfte hinaufziehen, bevor er ausglitt und abrutschte. Er schürfte sich schmerzhaft das rechte Knie auf. Er wußte, daß er einen Sturz genauso fürchten mußte wie das Scheitern, diese Wand zu erklimmen.

Er konnte schwimmen und hielt inne, um zu überlegen, ob es denn so schrecklich sein würde, wenn die See ihn einholte, doch als er die zunehmende Kraft des Sturmes spürte und die ersten Regentropfen auf seinem Gesicht, wußte er, daß er im Wasser inmitten so vieler scharfkantiger Felsen keine Chance hätte. Die Wogen würden ihn auf die spitzen Zacken spießen.

Verzweifelt versuchte er jetzt wieder zu klettern und glitt ein weiteres Mal von der schlüpfrigen Oberfläche ab. Er hatte nicht die Kraft, sich nur mit Hilfe der Arme hochzuziehen, und seine Füße fanden nirgendwo halt. Das Meer holte auf.

Schließlich fand er einen Spalt, in den er seinen Fuß setzen konnte. Er war wie ein sehr enger Kamin, in den er sich mit seinem ganzen Körper stemmte, um sich darin Zentimeter um Zentimeter hinaufzuschieben. Er warf seinen Gehstock auf den oberen Rand der Felsspalte und quälte sich Stück um Stück höher, während das Wasser bis an seine Hacken schwappte. Er schürfte sich die Hände auf und stieß sich die Ellenbogen wund. Der Stoff seiner Hose riß, doch mit einer letzten Anstrengung stemmte er sich über den Rand.

Einen Augenblick blieb er liegen, doch er wußte, welche Strecke er noch zurückzulegen hatte, und ihm war klar, daß der felsige Grat viel schroffer und unebener sein würde als der klebrig saugende Sand. Er nahm seinen Stock auf und humpelte weiter, spürte jetzt die vielen Prellungen und Schürfwunden. In seinem Bestreben, möglichst schnell voranzukommen, stürzte er, und als er sich aufrichten wollte, fiel er wieder hin. Der Regen floß jetzt in Strömen, und das Felsgestein wurde schlüpfrig.

Mit zusammengebissenen Zähnen trieb er sich vorwärts, und sein Stock schlug klappernd an das Gestein, während er sich vorantastete. Jeder einzelne Schritt kam jetzt einem Sieg gleich, doch seine Augen, die blinzelnd gegen den Regen ankämpften, ließen ihn nicht im unklaren darüber, wie viele solcher Siege er noch erringen mußte. Er wischte sich den Regen aus dem Gesicht, und es erschreckte ihn, daß Tränen sich mit dem Regenwasser mischten. Er weinte hemmlungslos, und seine Tränenflut war eine Reaktion auf Erschöpfung und Angst. Er verfluchte sich deswegen, obwohl seine Schwäche bestimmt keinem versteckten Beobachter auffallen würde.

Er warf einen Blick voraus und entschied, daß ihn nur noch achtzig Meter von dem Punkt trennten, an dem er in Sicherheit war. Er war jetzt sicher, daß er es schaffen würde. Er wußte, daß er die Kraft hatte, sich bis zu den steileren Felsen vorzuarbeiten, die ihn außer Reichweite der heranleckenden Wellen bringen würden, vorausgesetzt, er stürzte nicht ab.

Er blieb stehen, die Kehle wie zugeschnürt in einem plötzlichen Anfall von Panik, als er auf eine Furche stieß, die das Felsenband abrupt unterbrach, in der das steigende Wasser schäumte.

Die Lücke war nicht sehr breit; sogar als Zwölfjähriger hätte er sie überspringen können, und auch jetzt war er nicht sicher, ob er es nicht doch noch schaffen konnte. Wenn er mit seinem gesunden Bein absprang, auch ohne Anlauf, mochte seine Sprungkraft vielleicht ausreichen, auf die andere Seite zu gelangen. Doch wie würde er drüben landen? Wie sollte er sein verletztes Bein halten, um den Aufprall abzufangen in dem Bewußtsein, daß es unter ihm nachgeben und brechen könnte?

Er hatte keine andere Möglichkeit, als noch einmal hinunterzusteigen und hüfttief durch den engen Kanal zu waten. Sicher wäre das nicht allzu schwer, da er hier, in diesem engen Durchlaß, vor den schweren Brechern geschützt war. Er würde nicht länger als nur wenige Sekunden im Wasser sein – und mußte dann nur noch zupacken. Das konnte doch nicht so schwer sein! Aber hatte er noch die Kraft, die andere Seite der Felswand hinaufzuklettern, sich oben auf dem schmalen Vorsprung festzukrallen?

Er ließ fünf Sekunden verstreichen, während er still auf der Kante verhielt, hinunterstarrte, um den Abstand zu schätzen. Er machte gar nicht den Versuch, eine Entscheidung zu treffen, denn auf eine Entscheidung kam es gar nicht mehr an. Er hatte keine Wahl mehr; es ging um alles oder nichts. Er versuchte nur, Kraft zu schöpfen und seine ganze Entschlossenheit einzusetzen.

Es schien ihm so ungeheuerlich, so ungerecht, daß er bereits so viel Kraft aufgewendet und fast schon gewonnen hatte, nur um jetzt vor dieser großen, allerletzten Hürde zu stehen. Es war, als hätte ihm die Welt nachträglich eine letzte tückische Falle aufgebaut, in einer Geste reinster Schadenfreude.

Verflucht! dachte er mit aller Inbrunst, deren er fähig war. Verfluchtes Meer! Verfluchter Felsen! Verfluchtes Bein!

Dann warf er seinen Stock hinüber auf die andere Seite, suchte für seine Hände festen Halt und ließ sich die Klippe hinuntergleiten ins Wasser. Die Kälte war ein Schock, doch als sie sich um sein wundes Bein legte, schien sie ihm sowohl betäubende Wirkung zu haben als ihm auch neue, wunderbare Spannkraft zu verleihen. Er warf sich herum, als seine Füße auf Grund stießen, löste eine Hand von der Felswand hinter ihm. Er schob sich so weit nach vorn wie er konnte, ohne den Griff der anderen Hand zu lockern und tastete sich dann zur gegenüberliegenden Wand vor. Er brauchte nur noch einen einzigen, schwankenden Schritt, nahe genug heranzukommen, um festen Halt zu finden, und dann, so schien es ihm, würde es leichter sein, sich dichter heranzuziehen. Die Wassertiefe veränderte sich. Bei jedem Herannahen der nächsten Woge stieg es an bis zur Hüfte, sank danach ab bis auf Höhe seiner Unterschenkel. Er packte den Fels knapp über Schulterhöhe, mußte lange tasten, bis er den besten Griff hatte und wartete dann, daß das Wasser zurückwich, da er den Schub des nächsten heranrollenden Brechers nutzen wollte, sich hinaufzuziehen.

Als der Augenblick gekommen war, stemmte er sich mit aller Kraft hoch. Sein gesunder Fuß scharrte über die rauhe Felswand, um halt zu finden. Er fand ihn – jedenfalls war er ausreichend, sich mit Schwung hochzustemmen. Er warf die Arme nach vorn, tastete haltsuchend über das Felsgestein und bekam den schartigen Rand eines ausgewaschenen Lochs zu packen, an den er sich einen Augenblick mit aller Kraft klammerte, während seine Beine herunterbaumelten und zappelnd einen Vorsprung suchten. Dann war er endlich in der Lage, sich weiter hochzuhieven, hinaus aus dem Wasser und über die Kante.

Er blieb eine Weile auf der Seite liegen und schluchzte vor Dankbarkeit, dann raffte er sich auf und schleppte sich langsam weiter, sein Gewicht mit dem Stock abstützend, soweit er das bei dem glitschigen Untergrund wagen konnte.

Als er zu dem steileren, von Flechten bedeckten Felsen über der Gezeitenlinie kam, machte er noch nicht halt, denn auch hier konnten die Wellen ihn noch erreichen. Das Gefühl dringender Eile wich jetzt von ihm. Das schäumende Wasser lag hinter ihm, und das Wasser auf seinem Gesicht, das er mit der Zunge schmeckte, war nicht mehr salzig – weder Gischt noch Tränen, sondern reiner, klarer Regen.

Jetzt fiel ihm ein, wie weit es noch bis zu dem Haus war, das er zwischen den Bäumen gesehen hatte, doch das schien jetzt nicht mehr so wichtig. Falls nötig, hatte er den ganzen Nachmittag und notfalls noch den Abend, um dorthin zu gelangen. Die Jagd war zu Ende, und das Meer hatte verloren. Von Schmerz geplagt und bis auf die Haut durchgeweicht, war er jetzt wieder in seinem Element, so weit fern von einer endgültigen Niederlage, wie er es in seinem ganzen Leben noch nie gewesen war.

4. Kapitel

Als Leilah den Jungen auf den Felsen über dem Strand liegen sah, dachte sie zuerst, er sei tot, vom Sturm an Land getrieben.

Als sie näher herankam, sah sie indes, daß er blutete. Er war auch nicht ganz ohne Bewußtsein, denn er bewegte sich leicht und mußte sie gehört haben. Als sie neben ihm niederkniete, versuchte er sich aufzurichten, doch die Anstrengung war zuviel für ihn. Seine Augenlider flatterten, er blinzelte gegen den Regen, doch anscheinend fiel es ihm schwer, sie offenzuhalten, und obwohl sich sein Kinn bewegte, schien er Schwierigkeiten zu haben, Wörter zu bilden. Sie wußte, daß er ohne Hilfe nicht auf die Beine kommen würde, doch vielleicht schaffte er es mit ihrer Unterstützung, ihr Haus zu erreichen. Zuerst jedoch untersuchte sie seine Verletzungen, um sicher zu gehen, daß sie keinen Schaden anrichtete, wenn sie ihm beim Aufstehen half.

»Schlimmer Fuß«, murmelte er, als es ihm schließlich gelang, seine Stimmbänder unter Kontrolle zu bekommen.

Sie nickte zum Zeichen, daß sie ihn verstanden hatte.

Er war größer als sie und schwer, doch sie schaffte es, ihn hochzuheben, indem sie ihre Arme um seine Brust schlang, bis er aufrecht stand und imstande war, den rechten Arm um ihre Schulter zu legen. Er hatte seinen Stock aufgehoben, doch er stützte sich schwer auf sie, als sie die Strandböschung hinaufhumpelten, über Felsen kletterten und den Pfad bis zum Wäldchen hinanstiegen. Sie blieb einmal stehen, um zu verschnaufen, und unterdrückte den Schmerz, den sie im Rücken spürte, weil der Junge sich mit seinem ganzen Gewicht auf sie stützte. Doch für eine Frau ihrer Größe war sie schon immer sehr kräftig gewesen, und der Junge war schlank und von zartem Körperbau, fast ohne eine Unze Fett. Sie schaffte ihn in das Haus, setzte ihn auf der Couch ab und ließ sich neben ihn fallen, um wieder zu Atem zu kommen.

»Danke«, sagte er mit leiser Stimme. »Ich war keine große Hilfe. Tut mir leid.«

Mit einer Handbewegung wischte sie seine Entschuldigung weg.

Sie schob die Couch dichter an den Kamin heran, wo alles für ein Feuer vorbereitet war. Sie zündete die kleinen Zweige an und schaute zu, wie sich die kleinen Flammen bis zu den dicken, trockenen Scheiten hochfraßen. Sie holte eine Decke und legte sie dem Jungen über, obwohl seine Kleidung völlig durchnäßt war.

Er hatte sich zurücksinken lassen, und seine Augen waren geschlossen. Sie holte ein Glas Cognac und versuchte, es ihm einzuflößen. Er schlug kurz die Augen auf, nippte, mußte husten und schüttelte ablehnend den Kopf. Dann brachte sie eine Schüssel mit heißem Wasser und einen Lappen und wischte ihm Gesicht und Hände ab, säuberte die Schnittwunden und rieb seine Arme und seine Brust, um die Blutzirkulation wieder in Gang zu bringen. Schließlich war er in der Lage, die Augen zu öffnen und deutlicher zu sprechen.

»Danke«, sagte er wieder, diesmal mit mehr Nachdruck in der Stimme.

»Kannst du dir allein die nassen Kleider ausziehen?« fragte sie.

Er schüttelte den Kopf. »Das schlimme Bein«, murmelte er. »Haben Sie meinen Stock?«

Sie hatte den Gehstock im Eingangsflur gelassen und sagte es ihm. »Dem wird da draußen nichts passieren«, versicherte sie ihm. »Ich glaube nicht, daß du ihn jetzt brauchst. Wie heißt du?«

»Michael«, antwortete er und fügte dann hinzu: »Michael Southerne.«

»O ja«, sagte sie und bemerkte jetzt eine Ähnlichkeit, die ihr früher nicht aufgefallen war. »Vor ein paar Jahren habe ich deinen Vater gekannt.«

Vielleicht waren es nur die Worte, oder vielleicht lag es an der Art und Weise, wie sie sie aussprach, doch trotz seiner geschwächten Verfassung war seine Reaktion darauf heftig. Sie beobachtete den Ausdruck, der über sein Gesicht huschte, streckte dann die Arme aus und drückte ihn zurück in die Couch, als er versuchte, sich aufzusetzen. Wie viele gewöhnliche Männer hatten solche Worte wohl schon von einer Vampirlady gehört – *Ich kannte deinen Vater, als er jung gewesen ist* – und sie als eine Art Verrat gegenüber ihren nur allzu menschlichen, leiblichen Müttern empfunden. Doch so hatte sie es nicht gemeint. Thomas Southerne war nur eine flüchtige Bekanntschaft gewesen.

»Ich kenne Sie nicht«, sagte Michael, und seine Stimme war jetzt etwas weniger schwach, sogar ein bißchen feindselig.

»Nein«, sagte Leilah. »Ich lebe nicht sehr . . . gesellig. Ich heiße Leilah.«

Er runzelte die Stirn. Offenbar wußte er mit dem Namen nichts anzufangen. Seine blauen Augen waren fest auf ihr Gesicht gerichtet. Sie wußte nur zu gut, was es mit diesem starren Blick auf sich hatte, welches Staunen darin lag. Sie war dunkelhäutig im Vergleich zu anderen Unsterblichen in diesem Teil der Welt, goldbraun statt alabasterweiß. Doch das mochte für ihn wohl eher belanglos sein. Die Frage, die ihm durch den Kopf ging, konnte nur lauten: *Wie alt ist sie? Welches dunkle Zeitalter einer fernen Vergangenheit hat sie wohl überlebt?* Wann immer ein einfacher Mann eine Vampirlady anschaute, wollte er wissen, welche zeitliche Kluft seine Phantasie, seine Berührung zu überwinden hatte.

»Ich rufe jetzt besser deinen Vater an«, sagte sie.

»Das hat keinen Sinn«, erwiderte er. »Er ist nach Halifax gefahren. Meine Mutter begleitet ihn, sie will einkaufen. Es ist jetzt niemand zu Hause.«

Sie schaute auf ihre Armbanduhr. Ob er wohl wußte, wie lange er unten am Strand gelegen hatte? fragte sie sich. Es war noch nicht ganz fünf Uhr, und wahrscheinlich erreichte sie niemanden.

»Ich will's trotzdem versuchen«, sagte sie.

Sie ging durchs Zimmer zum Telefon und nahm das Telefonbuch auf. Sie stellte sich das halbe Lächeln vor, das jetzt über sein Gesicht huschen mochte, als ihm aufgegangen sein mußte, daß sie die Nummer nicht im Kopf hatte. Es war jetzt mehr als zwanzig Jahre her, seit sie Thomas Southerne zum letztenmal gesehen hatte, und seine Telefonnummer hatte sie nie gewußt. Sie fand sie in dem Verzeichnis, wählte und wartete, horchte auf das wiederholte Schnarren am anderen Ende der Leitung.

Als sie den Versuch aufgab und sich wieder ihrem Gast zuwandte, stellte sie fest, daß er sich gründlich im Zimmer umschaute – die Bücher auf den Regalen in der Nische neben dem Kamin, das Bild über dem Kaminsims und das Messingmikroskop mitten über dem prasselnden Feuer, das jetzt nur noch ein Dekorationsstück war.

»Das sieht sehr alt aus«, sagte Michael Southerne und gab ihr auf diese unfeine Weise zu verstehen, daß er mehr über sie wissen wollte.

»Das ist es allerdings«, sagte sie. »Und auf seine Weise auch recht berühmt. Es hat einst Noell Cordery gehört. Der Papst hat es mir gegeben – natürlich nicht Alexander, sondern einer der gewöhnlichen Pauls, die ihm im Vatikan nachgefolgt sind.« Sie beobachtete ihn, um seine Reaktion abzuschätzen.

Seltsamerweise lachte er ziemlich unfreundlich auf. Das kam für sie unerwartet. »Nur ein Zufall«, sagte er entschuldigend, um seine Grobheit zu erklären. »Ich habe eine Krankheit, die nach Noell Cordery benannt ist.«

Sie hob überrascht die Augenbrauen. »Du bist noch sehr jung für einen Transformationsversuch«, bemerkte sie.

»Mein schlimmes Bein«, erinnerte er sie. »Das macht mir viel Schmerzen. Ich kann nicht richtig laufen. Deswegen hat mich die Flut auch fast erwischt. Ich mußte ziemlich kämpfen, auf die Felsen raufzukommen.« Sich an die Strapaze erinnernd, verzog er das Gesicht, und es gelang ihm auch halbwegs, sich aufzusetzen. Sie ging zu ihm. Sein Gesicht war ganz weiß, und sie hatte keine Zweifel, daß sein Bein ihm große Schmerzen bereitete.

»Du bist weit von zu Hause weg«, sagte sie. »Bist du die ganze Strecke gelaufen?«

»Ich bin gehumpelt«, erwiderte er schroff. Und dann, offenbar weil seine Grobheit ihn reute, sagte er: »Warum hat Ihnen der Papst – wer immer es gewesen sein mag – ein Mikroskop gegeben, das einst Noell Cordery gehört hat?«

»Er wußte, wie gern ich es haben wollte«, sagte sie ruhig. »Ich war unverschämt genug, ihn darum zu bitten, und er war höflich genug, es mir nicht zu verweigern.« Sie beobachtete seine Reaktion, neugierig, wieviel ihre Feststellung ihm verraten haben mochte – falls er schlau genug war, sich auf ihre Andeutungen einen Vers zu machen. Sie war leicht amüsiert, ja geradezu glücklich darüber, seine Neugier erweckt zu haben.

Wieder starrte er sie an, und seine blauen Augen wirkten jetzt sanfter, ihr Blick nachdenklich. »Dann haben Sie Noell Cordery also gekannt, als er noch jung gewesen ist?« fragte er.

»Ja«, sagte sie. »Ich habe ihn gekannt, als er noch sehr jung gewesen ist.«

Er blieb eine Weile still und sagte dann: »Wenn das so ist, bin ich noch nie jemandem begegnet, der so alt ist wie Sie. Dann müssen Sie sich ja an die ganze Geschichte dieses Kontinents erinnern können! Auch an die ganze Geschichte der Wissenschaft der Emortalität – von Noell Cordery angefangen bis zu Thomas Southerne; vom blutigen Elixier bis zum genetischen Code! Erwähnt man Sie auch in den Geschichtsbüchern?«

»O ja«, sagte sie. »Jedenfalls in denen, die mehr ins Detail gehen. Ich bin mit Noell Cordery nach Adamawara gegangen und habe in Malta gelebt, bevor die Armada gekommen ist. Ich bin sogar in Cardigan gewesen, bevor Noell England verlassen mußte. Aber Historiker sind gewöhnlich nicht an mir interessiert, außer vielleicht als Augenzeugin, die ihnen dabei helfen kann, alles Stück um Stück zusammenzusetzen. Ich habe nichts geleistet; ich habe nur danebengestanden. Vielleicht bin ich deswegen noch am Leben, während all die anderen erschlagen und zu Märtyrern gemacht worden sind.«

Er lächelte, doch seine Aufmerksamkeit war abgelenkt. Nicht, daß ihn nicht interessiert hätte, was sie sagte, aber er fühlte sich sehr naß. »Können Sie mir was Trockenes zum Überziehen geben?« fragte er, weil ihm sein hilfloser Zustand jetzt peinlich bewußt wurde.

»Ja«, sagte sie und fügte dann, als sie den Anflug von Neugier in seinem Gesicht entdeckte, hinzu: »Aber die Kleider sind von niemandem hinterlassen worden, von dem du vielleicht mal gehört hast.«

»Nein«, sagte er. »Ich würde auch vermuten, daß Noell Corderys Sachen inzwischen ziemlich fadenscheinig sind.«

Sie ging nach oben, wühlte in Schubladen, die sie selten öffnete, suchte nach Kleidungsstücken, die ihm männlich genug erscheinen mochten, daß er sie tragen konnte. Er war zu groß, als daß sie ihm passen würden, doch schließlich war er so dünn, daß ihm eigentlich alles reichlich weit sein mußte. Sie fand ein Hemd, ein Paar Jeans und einen dicken Pullover, die sie nach unten brachte. Er hatte fast all seine durchnäßten Sachen ausgezogen, und sie schaute angestrengt weg, während er sich seines Unterzeugs entledigte, seinen Körper geflissentlich unter der Decke versteckend und sichtlich bemüht, seine Verlegenheit vor ihr zu verbergen. Sie bot nicht an, ihm zu helfen, da sie sicher war, daß er das nicht gewollt hätte. Statt dessen erklärte sie, daß sie ihm etwas zu essen holen wollte und ging in die Küche. Als sie mit Butterbroten, kaltem Fleisch und Käse wieder hereinkam, hatte er sich angezogen und die Decke beiseite getan. Er hielt die Hände zum Feuer hingestreckt, das jetzt gemütlich prasselte.

»Tut mir leid, daß ich nichts Warmes gefunden habe«, sagte sie. »Aber ich habe Wasser aufgesetzt. Was ist dir lieber, Kaffee oder Tee?«

»Kaffee wäre gut« sagte er und fügte dann schüchtern hinzu: »Ich habe mich nicht ernstlich verletzt. Ich bin nur erschöpft gewesen. Ich habe mich wohl ein bißchen überanstrengt, als ich vor der Flut fliehen mußte.«

»Ich weiß«, sagte sie. »Ich habe nachgesehen, ob etwas gebrochen ist. Einen Arzt brauchst du nicht, aber dein Bein muß dir ziemlich weh tun?«

Er zeigte ihr ein Plastikfläschchen, das er offenbar aus seiner Hosentasche geholt hatte. »Pillen«, sagte er. »Schmerzmittel. Ich brauche sie nicht oft, aber ich habe sie immer bei mir.«

Sie nickte und ging hinaus, um Kaffee zu machen. Als sie die Tassen hereinbrachte, setzte sie sich neben ihn auf die Couch und schob die abgelegte Decke mit dem Fuß weg.

»Ich werde gleich noch mal versuchen, bei dir zu Hause anzurufen, es sei denn, du hättest lieber ein Taxi«, sagte sie. »Ich habe kein Auto, also wird dich jemand abholen müssen.«

»Das geht schon in Ordnung«, sagte er. »Sie sind nicht sehr gesellig, wie Sie ja selbst gesagt haben. Ich schätze, Sie lassen sich die Lebensmittel ins Haus liefern?«

Sie nickte, und minutenlang saßen sie nur da und starrten, an ihrem Kaffee nippend, in die tanzenden Flammen. Schließlich wandte er sich ihr wieder zu und starrte sie an – es war derselbe nachdenkliche Blick: Neugier, gemischt mit Faszination und vielleicht einer ganz leisen Angst. Es war nicht Angst vor ihr, sondern Angst vor jener gewaltigen, leeren Wüste, die ihrer beider Erfahrungswelten trennte: Er stand an dem Punkt der Zeit, den die Geschichte erreicht hatte, ein ganz gewöhnlicher Junge, ein Produkt seines Zeitalters; sie war demgegenüber ein Faden jener Geschichte, ein Relikt aus jener Vergangenheit, die nicht tot war. In seinem Bewußtsein wuchs das Verständnis dafür, daß sie, als solcher Faden der Geschichte, tieferen Einblick in ihr Weben haben mußte als die meisten Menschen.

»Sie haben Noell Cordery gekannt«, sagte er gedankenverloren. »Sie sind mit ihm nach Adamawara gegangen, dreihundert Jahre vor Darwin und meinem Vater. Sie müssen eine der ersten gewesen sein, die das Elixier erprobt haben.«

»Nein«, erwiderte sie. »Langoisse und Quintus haben das Elixier genommen. Es ist ein Mann gewesen, der mich auf andere Weise zum Vampir gemacht hat. Langoisse, mein einstiger Liebhaber, hat mich – zum Wohle der Menschheit – zu ihm geschickt, Hurerei mit ihm zu treiben. Ich habe Langoisse die entscheidende Substanz gebracht. Er hat sie dann Noell gegeben, ohne ihn darüber aufzuklären, wie wir darangekommen sind.«

»Noell«, wiederholte Michael, als fände er es wunderbar befremdlich, einen Mann beim Vornamen genannt zu hören, der bei der Entstehung der modernen Welt eine gefeierte Rolle gespielt hatte: den Mann, der es um so vieles billiger gemacht hatte, ewiges Leben zu erlangen, und der dann das, was er den Menschen gegeben, dadurch ausgeglichen hatte, indem er auch den Tod etwas billiger machte – und das sogar für die Unsterblichen.

»Ich bin gar nicht so sehr alt«, sagte sie freundlich zu ihm. »Ich habe Männer und Frauen kennengelernt, die tausend Jahre älter gewesen sind als ich. Dein Vater ist doch in Adamawara gewesen, nicht wahr?«

»Ja, er ist dort gewesen. Er ist Menschen begegnet, die behauptet haben, sie hätten Noell Cordery gekannt. Ein bedeutender Ogbone-Führer, der sich den phantasievollen Namen Ntikima Oni-Shango gegeben hat, und ein Häuptling namens Ngadze. Er hat eine Frau erwähnt, die geistesschwach ist und die wohl eine der ältesten Frauen der Welt sein muß, namens . . .«

»Berenike«, warf Leilah ein, die einen leichten Schauder spürte, was bei Vampiren sehr ungewöhnlich war. »Die arme Berenike! In der Zeit verloren und im Verstand verwirrt. Wir sind noch nicht darauf vorbereitet, ewig zu leben, aber vielleicht können wir es lernen. Ntikima hat uns einst das Leben gerettet. Ich glaube, er hat damals mehr von Quintus und Noell gelernt, als er eigentlich begreifen konnte. Vielleicht ist er der Mann, der die Ogbone ins zwanzigste Jahrhundert führt und den Erschütterungen ein Ende macht, die Afrika derzeit durchlebt.«

»Mein Vater hat dasselbe gesagt«, sagte Michael, als wäre er überrascht, sein Urteil bestätigt zu hören. »Er hat mir erzählt, daß Ntikima auch ihm Schutz gewährt hat und daß er als einziger unter den sogenannten Ältesten verstehen konnte, was die Ausgrabungen über die Natur jenes Wunders enthüllt haben, das den Odem des Lebens auf die Erde gebracht hat.«

»O ja«, sagte Leilah. »Ntikima hat immer begriffen. Manchmal habe ich ihm diese Gabe geneidet. Ohne richtiges Wissen, verfügte er über eine staunenswerte Standfestigkeit in seinen Überzeugungen. Und wenn ihm echtes Wissen geboten wurde, konnte er es annehmen und in seine Sicht der Dinge einbauen. Er hatte keinerlei Schwierigkeiten mit der Entdeckung, daß es ein Meteor gewesen ist, mit dem fremde DNS auf die Erde gelangt ist, weil das nicht im Widerspruch zu seinem Glauben gestanden hat, daß es ein von einem Gott geschleuderter Donnerkeil gewesen ist, der als Gabe an die Menschen das Herz eines anderen Gottes in sich barg. Für ihn konnte es sowohl das eine als auch das andere sein.«

»Mein Vater unterscheidet sich gar nicht so sehr von ihm«, bemerkte Michael Southerne. »Er hat mir erst vor kurzem erklärt, daß in jenem Zufall viel mehr steckt als auf den ersten Blick mit Händen zu greifen ist. Ich glaube, er und Darwin der Jüngere unternehmen gerade den Versuch, die gesamte Evolutionslehre auf einer viel höheren Ebene anzusiedeln: Sie wird über die Erde hinausgreifen und das gesamte Universum miteinbeziehen, ausgehend von einem einzigen System des Lebens, das sich in die Unendlichkeit ausdehnt.«

Leilah fühlte sich daran erinnert, wie sie mit Noell Cordery und Quintus hoch in die Unendlichkeit des Himmels geschaut hatte und sie Ntikima erklärt hatten, daß die Sterne sehr, sehr fern wären; und dann hatte Quintus gesagt, sie wären ferne Sonnen, und er hatte frohlockt bei dem Gedanken, daß Gott es so eingerichtet habe, daß der Mensch in jeder Welt eines jeden Sonnensystems wiedergeboren werde, um seine unendliche Schöpfung mit Leib und Seele und Geist zu erfüllen in einem Plan, dessen Großartigkeit unvorstellbar wäre – weit über die Vorstellungskraft noch eines Vampirs hinaus, auch wenn er schon seit Tausenden von Jahren lebte.

Und dann mußte sie wieder denken: *Die arme Berenike! Den Odem des Lebens zu haben ohne die Kraft der Vision, ihm Nahrung zu geben.* Stumm richtete sie ihre Worte an Berenike, um sich von der Tatsache abzulenken, daß sie eigentlich und zuerst an ihre eigene Unzulänglichkeit gedacht hatte.

Laut sagte sie: »Das freut mich zu hören. Das Universum der Sterne ist öde und schrecklich, wenn wir nicht das Gefühl haben, darin unseren Platz zu haben. Ich brauche nicht jenen Gott, den Quintus hatte, aber der Gedanke hat etwas Tröstliches für mich, daß die Geschichte, in der ich meine kleine Rolle spiele, nicht eingeschlossen ist in ein winziges Stück Stein, das sich in einer grenzenlosen Einöde von mitternächtlichem Dunkel verliert.«

Und in stummem Selbstgespräch sagte sie: *Ich erinnere mich besser an ihn, als ich geglaubt habe, wenn ich so spreche, denn jene Worte könnten die seinen gewesen sein, lange bevor ich selbst gelernt hatte, in dieser Weise zu reden.*

»Sie hören sich fast an wie mein Vater«, sagte der Junge etwas schroff. »Ich nehme an, daß das genau die Denkungsart der Unsterblichen ist. Ich frage mich, ob etwas Wahres daran ist, oder ob es nicht vielleicht nur eine schwächliche, bequeme Illusion sein könnte.«

Sie schaute ihn aufmerksam an, wurde sich seiner Zartheit und Zerbrechlichkeit bewußt, als sie in seine blauen Augen blickte, die so schmerzlich offen von seiner Sterblichkeit sprachen.

»Ich weiß es nicht«, sagte sie. »Das weiß niemand. Schon bald werden wir mehr wissen, wenn wir zu fernen Sternen reisen und entdecken, ob überall wirklich Leben ist und wie es dort sein mag. Doch die entlegensten Fernen der Unendlichkeit werden wir nie kennenlernen können.«

»Schon bald«, wiederholte er, »wenn wir zu anderen Sternen reisen! Für Sie ist es zweifellos schon bald, aber für mich nicht. Diese Welt ist alles, was ich habe, mitsamt all ihren Schmerzen. Meine Rolle im Leben ist unglücklicherweise begrenzt, wie die Rolle, die Noell Cordery spielen konnte. Er und ich sind gezeichnet gewesen von unserer hassenswerten DNS – verurteilt zu einem frühen Tod.«

Falls er versucht hatte, ihr Unbehagen zu schaffen, war ihm das gelungen. Sie konnte es kaum ertragen, an den grausamen Streich zu denken, den das Schicksal Noell gespielt hatte. Er war mit so bitterer Unausweichlichkeit zum Tode verurteilt gewesen, und das unter so grauenhaften Qualen, daß ein Junge wie dieser – mit Morphium in der Tasche und einer Umwelt, die ihm in allem Beistand bot – es gar nicht ermessen konnte. Und dennoch hatte sie in ihrem verräterischen Herzen nie wahrhaft Trauer darüber empfinden können, daß er sterblich gewesen war, denn wäre er das nicht gewesen, hätte sie ihn nicht zum Geliebten gehabt.

»Es ist nicht seine DNS gewesen, die ihn umgebracht hat«, sagte sie, nicht ganz ohne Schroffheit. »Rachsüchtige Menschen haben ihn zum Märtyrer gemacht.«

»Ich weiß. Doch er hat sich freiwillig fangen und den Prozeß machen lassen, oder nicht? Wäre er nicht von Malta geflohen, wenn er nicht zum Tode verurteilt gewesen wäre? Welchen Trost hatte ihm denn das Leben noch zu bieten, nachdem er endgültige Gewißheit über seine Sterblichkeit erlangt hatte?«

Sie mußte wegschauen und stand auf, um ans Fenster zu gehen, blickte hinaus in den wolkenverhangenen Abendhimmel. Der Regen hatte wieder eingesetzt, und sie glaubte, daß er noch heftiger werden würde.

Welcher Trost? hallte es in ihr nach. Sie hatte sich immer eingeredet, daß sie sein Trost gewesen war. Doch nie hatte sie ganz sicher sein können, was dieser winzige Trost wert sein mochte, gemessen an Tod und Qual.

Zu Michael Southerne gewandt sagte sie jetzt etwas ganz anderes. »Ich nehme an, daß es für ihn keinen Trost gegeben hat«, sagte sie. »Immerhin war er kein bequemer Mann und seine Gedanken manchmal schwer nachzuvollziehen. Er konnte bitter sein und traurig, und manchmal hätte er schon sehr gut denselben Spitznamen tragen können, den mein Piratenliebster sich so fröhlich und unbekümmert zugelegt hatte. Ich kann dir nicht sagen, ob er mit seinem Schicksal versöhnt gewesen ist oder ob er durch einen spät entdeckten Glauben vor dem größten Elend bewahrt worden ist. Er hat nie zu Quintus' Gott finden können, und er ist nie wahrhaft davon überzeugt gewesen, daß er in der Geschichte der Menschheit einen wichtigen Meilenstein gesetzt hat. Er hat auch nicht gewußt, als er seine letzten Monate damit verbrachte, jenes Gift herzustellen, das Vampire vernichten kann, ob die Nachwelt ihn deshalb segnen oder verfluchen würde – ob Menschen wie du ihn für einen Helden oder für einen Schurken halten werden. Doch immerhin ist er ein Mensch gewesen, der das Leben, das er führte, lebenswert gefunden hat. Er hielt die Dinge, die er getan hat, für wert, getan zu werden – und er hat nicht geglaubt, daß die Unendlichkeit der Dinge auch nur einen einzigen seiner Erfolge oder die geringste seiner Erfindungen in der Summe seines Lebens verschwindend gering und null und nichtig gemacht hätte.« Sie wandte ihm ihr Gesicht zu, um zu sehen, wie er darauf reagierte.

Michael blieb still und äußerte sich nicht dazu. Es schien, als wolle er absichtlich nicht die leiseste Regung zeigen, nicht einmal zu verstehen geben, daß er sie gehört hatte. Das allein verriet ihr mehr als genug.

»Um die Wahrheit zu sagen«, brachte er nach einer Weile hervor, »wüßte ich nicht, ob ich ihn für einen Helden halten soll oder nicht. Ich denke, mein Vater würde ihn wohl einen großen Mann nennen wegen seiner Entdeckungen und wegen der Rolle, die er gespielt hat, eine alte Ordnung zu zerbrechen, um Platz für eine neue zu schaffen. Aber nein, ich weiß nicht. Ich glaube, daß ich fast schon aus Gewohnheit den Anschauungen meines Vaters skeptisch gegenüberstehe. Glauben Sie denn, daß ich mir Cordery zum Vorbild nehmen sollte, seit ich herausgefunden habe, daß ich ein Opfer derselben Krankheit bin wie er? Soll ich meine Last frohgemut tragen und der mitleidlosen Welt ein Beispiel setzen, indem ich ihr vorführe, daß sogar ein gewöhnlicher Mann eine bleibende Spur hinterlassen kann?«

»Das hört sich nach einem guten Rat an«, sagte sie und tat, als hätte sie den Sarkasmus in seiner Stimme nicht gehört.

»Den kann man leicht geben, wenn man jemand wie mein Vater ist, der als Mann der Wissenschaft schon Entdeckungen gemacht, während er noch der Welt der Krankheit und Hinfälligkeit angehörte, und der in seine Unsterblichkeit einen Arbeitseifer hinübergerettet hat, der ihm weitere hundert Jahre ausreichen wird. Ich bin mir allerdings nicht sicher, daß ich ihm darin so ähnlich bin, wie er oder ich mich vielleicht haben möchte. Sagen Sie, wie haben Sie eigentlich die Jahrhunderte Ihres Lebens genutzt?«

Sie verübelte ihm seine Unhöflichkeit nicht, auch nicht all die darin versteckten Anklagen. »Ich bin als Sklavin geboren«, erwiderte sie, »und dann bin ich Piratin geworden. Ich bin auf Entdeckungsreise in jenen großen, wilden Kontinent gegangen, und ich habe versucht, bei der Gründung des neuen Atlantis ein bißchen mitzuhelfen. Eine Zeitlang bin ich Spionin gewesen – habe als Agentin der Unsterblichen Europas unter Mohammedanern gelebt, in jenen Ländern Rezepte für die Herstellung von Noells Elixier weitergegeben, deren Herrscher es am erbittertsten ihren Untertanen vorzuenthalten versuchten. Damit habe ich mir die Dankbarkeit von Päpsten verdient, obwohl ich meine Arbeit nicht um Christi willen getan habe. Ich glaube, das ist so ungefähr das Mutigste gewesen, das ich getan habe, doch im letzten Krieg bin ich während der Giftgasangriffe in London gewesen und habe jenen geholfen, die versucht haben, Überlebende aus den Trümmern zu retten – Unsterbliche im Koma, einfache Menschen, die dem Tod nahe waren. Vielleicht ist es mir damals halbwegs gelungen, mich anderen nützlich zu machen. Was ich allerdings stets gewesen bin, und das mit größerer Beständigkeit als wohl jede andere: Ich war die Geliebte gewöhnlicher Männer – denn das ist hauptsächlich das gewesen, was in der Welt, in der ich gelebt habe, von mir verlangt worden ist.«

»Ich frage mich, welchen Rat Sie wohl einem jungen Mädchen geben würden, das in einer ähnlichen Lage ist wie ich«, sagte er. »Ein armes, schlichtes Mädchen, dem nicht nur versagt ist, unsterblich zu werden, sondern das auch nicht jene Schönheit zu erlangen vermag, die damit einhergeht.«

»Ich weiß nicht recht«, erwiderte sie. »Ebensowenig weiß ich eigentlich, welchen Rat ich dir geben sollte. Ich kann dir nicht sagen, daß du mit dem glücklich sein solltest, was du hast, oder dir raten, wie oder womit du dich glücklich machen kannst. Ich kann nur sagen, daß es ein Fehler ist zu glauben, daß Glück allein von langem Leben und Freiheit von Schmerz kommt. Ich habe Männer und Frauen gekannt, für die langes Leben zu einer Art Fluch geworden ist, die es nicht zu nutzen wußten. Ich habe gewöhnliche Männer und Frauen gekannt, die die kurze Spanne, die ihnen gewährt war, mit großer Freude gelebt und nicht als Verlust empfunden haben, was sie niemals erlangen konnten. Menschen sind sehr unterschiedlich. Und ihre Temperamente sind so verschieden wie ihre Nasen. Du mußt einen eigenen Weg finden. Ich kann nur soviel sagen: Wenn du dich darin verlierst, das gering zu achten, was du hast, weil andere mehr haben, dann wird der Weg, den du dir bereitest, nur um so beschwerlicher sein. Doch ich denke, das weißt du selbst bereits sehr gut, denn sonst wärst du nicht vor dem Meer geflohen, sondern tatsächlich tot gewesen, als ich dich auf den Felsen gefunden habe.«

Wieder schaute er in den hellen Feuerschein, noch immer ganz darauf bedacht, schweigsam und verschlossen zu bleiben. Diese Neigung, wegzuschauen, sich in ein eigenes Reich der Gedanken zuzurückzuziehen, war etwas, das sie nur zu gut kannte. Noell Cordery hatte diese Eigenschaft auch gehabt – und von all ihren vielen Liebhabern war es noch immer Noell, dessen sie sich am besten von allen erinnerte. Das würde sie stets und immerdar, obwohl ihr schwächer werdendes Gedächtnis so viel aus ihrem früheren Leben ausgeblendet hatte. Noells Vermächtnis konnte ihr nie verlustig gehen, da er viel zu sehr Teil dessen gewesen, was letztendlich aus ihr geworden war. Und selbst wenn sie so alt wie Berenike werden sollte, würde sie niemals die Empfindung seiner Berührung vergessen oder sein Gesicht, dessen Bild tief in ihre Seele eingezeichnet war.

Armer, sterblicher Noell!

Das Geräusch, das der Regen auf dem Dach verursachte, wurde jetzt stärker. Es war ein stetiges Trommeln, das nicht so bald nachzulassen versprach.

Shango regt sich, dachte sie. Wenn man sie erst einmal kennengelenrt hatte, vergaß man die Art und Weise nicht so schnell, wie die Uruba Naturmächte personifizierten.

»Du versuchst jetzt besser, deine Eltern anzurufen«, sagte sie. »Und richte ihnen aus, daß sie sich keine Sorgen machen sollen. Es besteht für sie keine Notwendigkeit, dich an einem Abend wie diesem abholen zu kommen. Du wirst morgen viel kräftiger sein, wenn du bleibst.«

Er warf ihr einen scharfen Blick zu und sagte: »Ich weiß nicht, ob sie das erlauben werden.«

Sie zuckte die Achseln und erwiderte: »Warum sollten sie nicht? Kannst du das Telefon ohne deinen Stock erreichen, oder soll ich dir helfen hinüberzugehen?«

Er erhob sich, stand auf unsicheren Beinen. Wegen seines verletzten Beins konnte er sich nicht gerade aufrichten, und in dieser kleinen Unbeholfenheit lag das volle Gewicht seines Unglücks, das ganze Pathos von Sterblichkeit und Schmerz: unfreundlich, unnachgiebig und unheilbar.

»Ich schaffe es schon«, versicherte er.

Und als er es versuchte, stellte sich heraus, daß er es konnte.

5. Kapitel

Er wachte noch vor ihr auf, sein Mund war ausgetrocknet, und sein Bein schmerzte. Der Schmerz war schlimmer als gewöhnlich, und er wußte sofort, daß dies einer jener Tage werden würde, an denen er ihn nicht ohne Hilfe bekämpfen konnte.

Manchmal, wenn er an Tagen wie diesen erwachte, fragte er sich, wie er überhaupt hatte schlafen können. In den meisten Nächten schlief er tief und natürlich, als hätte sein Gehirn ein Mittel der Selbstbetäubung gefunden, um das zu schützen, was immer es im Traum zu leisten hatte – doch häufig noch erwachte er, von rasendem Schmerz geschüttelt.

Er zog sich in eine halb aufrechte Position und langte nach dem Pillenfläschchen auf dem Nachttisch. Er schüttelte die Kapseln in seine Handfläche und schaute sie an. Von den vierundzwanzig einer vollen Flasche waren jetzt noch ein Dutzend übrig. Bei jeder Verschreibung wurden ihm nie mehr zugestanden, obwohl er annahm, daß die vierundzwanzig ausreichend sein würden, ihn zu töten, falls er sich entschließen sollte, eine Überdosis zu nehmen, so daß ihm diese Vorsichtsmaßnahme einigermaßen blödsinnig erschien.

Die Möglichkeit einer Überdosis erwog er ganz abstrakt jedesmal, wenn er Nachschub bekam, doch er war nie ernsthaft in Versuchung geraten. Das Wissen darum, daß er es tun konnte und daß die Gelegenheit dazu regelmäßig wiederkehren würde, war genug, die Versuchung unwirksam zu machen. Er hatte zu der Entschlossenheit gefunden, am Leben zu bleiben, und seine Gedanken an Selbstmord waren nur rituelle Bestätigungen dieser Entschlossenheit.

Er schluckte zwei Kapseln, nahm dann zwei kleine Schlucke aus dem Wasserglas, das er vorausschauend auf den Nachttisch gestellt hatte. Plötzlich erschien es ihm bizarr, daß in seinem Denken und Handeln noch Platz gewesen war für diesen kleinen Akt der Planung in einem Moment, in dem man hätte erwarten können, daß er sich einem Sturm der Gefühle überlassen würde.

Er schaute hinunter auf die kleinen Einschnitte, die der goldhäutige Vampir mit einem rasiermesserscharfen Skalpell auf seiner Brust gemacht hatte. Er hatte gar nicht gespürt, wie es seine Haut geritzt hatte, bevor sie es weggezogen hatte und in kleinen Tröpfchen Blut ausgetreten war.

Als sie ihn gefragt hatte, ob sie ihn schneiden dürfe, war er zuerst verwirrt gewesen, doch jetzt glaubte er, verstanden zu haben. Keine moderne Vampirlady mußte Blut trinken, da sie sich jetzt doch diese Substanz auch in Kapseln zuführen konnte, doch Leilah hatte den größten Teil ihres Lebens in einer Welt verbracht, wo sie sich Tag um Tag das, was sie brauchte, auf krudere Weise hatte nehmen müssen.

Für sie, so begriff er, war der Liebesakt unvermeidlich stets mit einem solchen Akt des Schenkens verbunden gewesen, denn zuallererst waren es ihre Liebhaber gewesen, von denen sie solche Nahrung begehrt hatte.

Obwohl er sich mit diesem Phänomen nie beschäftigt hatte, glaubte er jetzt zu verstehen, warum männliche und weibliche Unsterbliche sich stets Geliebte im einfachen Volk gesucht hatten. Er war immer stillschweigend davon ausgegangen, daß es sich um eine eigentümliche Art der Perversion gehandelt hatte oder vielleicht Beweis für das war, was gewöhnliche Menschen häufig von Vampiren behaupteten – daß sie, empfindungslos wie sie gegenüber Schmerzen wurden, innerlich so sehr erkalteten, daß sie selbst nicht mehr lieben, sondern nur noch geliebt werden konnten –, doch jetzt kannte er das verbindende Glied, das zwischen Liebe und gewöhnlichem Blut bestand.

Er berührte sacht seine Wunden, und bei dem kleinen Schmerz, den seine Finger verursachten, zuckte er nicht zusammen. Er war ein Regime der Qualen gewohnt, die ein kleines Zusammenzucken hier und da unbedeutend machten. Er mußte daran denken, wie wohl die Haut seines Vaters ausgesehen haben mochte, kreuz und quer durchzogen von blaßweißen Narben, bevor ihn der Odem des Lebens zu lebendem Marmor gemacht und die Andenken an seine früheren Lieben ausgelöscht hatte. Doch nie hatte er sie sich angesehen oder gefragt, ob er einen Blick darauf werfen dürfe.

Jetzt wachte Leilah auf und entdeckte, daß er die kleinen Wundmale untersuchte. »Hab' ich dir mit dem Messer weh getan?« fragte sie. »Ich wollte dich nicht leiden lassen.«

»O nein«, sagte er. »Das war doch überhaupt nichts. Nein, nicht *nichts* – aber es war mehr Freude als Schmerz. Du wirst das ja wohl wissen.«

»Ich bin mir nie sicher«, flüsterte sie. »Nie sicher. Wirkliches Blut hat einen Geschmack, den die bunten Tabletten nicht haben können. Obwohl ich manchmal das Gefühl habe, daß ich mich schämen sollte, es ihnen vorzuziehen.«

»Mußt du nicht«, sagte er. »Es hat ja nicht geschadet.« Nach einer Pause fuhr er etwas verlegen fort: »Immerhin könnte sich ein Mann ja doch etwas verletzt fühlen, wenn seine Geliebte einen anderen Spender vorzieht . . . das könnte doch sein?« Er sagte es nicht forschend, doch in seiner Stimme war ein Anflug von Neugier.

»Ich habe stets versucht, nicht zu verletzen«, erwiderte sie ironisch.

Er legte sich zurück, nachdem er sich das Kissen unter den Kopf geschoben hatte. »Es wäre vermutlich zwecklos, das Blut einer Vampirgeliebten zu schlürfen?« sagte er nachdenklich.

»Das ist nicht der einzige Vorzug, den gewöhnliche Männer haben«, bemerkte sie.

Jetzt errötete er, was ihr nicht entging.

»Gerade du solltest stets daran denken«, sagte sie weich. »Sobald Männer unsterblich werden, ist es nicht nur der Schmerz, der sich abstumpft, sondern auch ihre Manneskraft. Manch einer hat behauptet, sie opferten damit auch etwas von der Lebhaftigkeit ihres Bewußtseins und der Stärke ihres Geistes. Denn wenngleich unsterbliche Männer mit der Tiefe ihrer Erfahrungen ausnehmend weise werden können, gibt es eine Art kreativer Leidenschaftlichkeit, die nur gewöhnlich Sterblichen vorbehalten ist. Die größten Künstler sind stets gewöhnliche Menschen gewesen, und sogar Männer der Wissenschaft haben oftmals tiefere Einsicht bewiesen, solange sie noch sterblich gewesen sind.«

»Das bezweifle ich nicht«, sagte er, und die Antwort ging ihm leicht von den Lippen, da er dasselbe Argument schon früher viele Male gehört hatte. Laut sagte er nichts mehr, doch für sich spann er diesen Gedankenfaden weiter. *Schmerz ist sowohl ein Ansporn wie ein Fluch; für manche etwas Nützliches. Vielleicht wird mein Leben der Beweis dafür sein.* Er blieb unsicher; er hatte es gelernt, sich das immer wieder selbst zu sagen, doch er hatte sich noch nicht dazu überwinden können, es auch zu glauben.

Sie streckte den Arm aus, um die Wunden auf seiner Brust zu berühren, und er betrachtete ihre goldene Hand, als die Finger ihn streichelten. Dann küßte sie ihn an derselben Stelle, und ihre Zunge schoß zwischen ihren Lippen hervor wie auf der Suche nach winzigen Resttropfen von Blut. Er schauderte wollüstig unter ihrer Liebkosung zusammen und verbarg seine Verlegenheit hinter einem Lächeln, während er wartete, bis sie ihn aus nachtschwarzen Augen anschaute.

»Hast du es getan«, fragte er zögernd, »weil du Mitleid mit mir gehabt hast?«

Sie schien darüber nicht verärgert, obwohl ihm dämmerte, nachdem er es gesagt hatte, daß sie alles Recht dazu gehabt hätte. Sie hob die Hand ans Gesicht, um sich eine schwarze Locke aus der Stirn zu streichen.

»Nein«, entgegnete sie – welche andere Antwort hätte sie auch geben können? »Es war nicht Mitleid. Hast du denn noch nicht gehört, daß die, die keinen Schmerz empfinden können, auch kein Mitleid fühlen?«

»Das glaube ich nicht«, sagte er.

»Es ist auch nicht wahr«, bestätigte sie. »Ich habe mitleidlose Männer kennengelernt, gewöhnliche und Vampire, aber ich habe nicht feststellen können, daß der Schmerz etwas damit zu tun hat. Manche Vampire verlieren jegliches Mitleid, wie manche alles Gefühl, jegliche Erinnerung und den Verstand verlieren . . . aber es gibt auch Vampire, denen es weh ums Herz wird, wenn sie an das Leid der Kinder denken, die sie selbst einst gewesen sind. Und das sind Leidensqualen, die sich weniger leicht wegwischen lassen als andere Arten von Schmerz. Es ist jedenfalls ein ganz dummer Spruch, denn Vampire können Schmerz erleiden, wenn sie ihn zulassen. Nur mit einer Willensanstrengung können wir ihn ausschalten.«

»Ja«, sagte er ruhig. »Ich weiß, gewöhnliche Menschen vergessen das leicht.«

»Menschen, die lange Zeit leben, können innerlich erkalten«, sagte sie zu ihm. »Doch nur, wenn sie menschliche Wärme meiden. Ich will damit nicht sagen, daß jemand unbedingt danach strebt, kalt zu sein, doch bei vielen schleicht es sich ganz unbewußt ein. Sie müssen dem nur widerstehen, wenn sie es anders haben wollen. Vampire können lieben. Unsere Liebhaber werden älter und verändern sich, während wir dieselben bleiben; wir verlieren sie im reißenden Strom der Zeit und ersetzen sie immer und immer wieder, doch den Verlust mögen wir nie und haben stets Freude am Finden, und am Ende wird das ein Teil unseres Lebensrhythmus wie der große, langsame Herzschlag Gottes.«

»Dennoch könnt ihr nicht, was Gott befiehlt, und einander lieben.«

»Wir können auch das«, behauptete sie, »und zwar auf die Weise, wie das Gebot gemeint gewesen ist. Vampire können anderen Vampiren nur Freunde sein, doch Freundschaft wie Haß können ewig fortdauern, während das für erotische Leidenschaften niemals gilt.«

Er seufzte und ließ sich wieder zurück aufs Bett sinken, den Kopf in das weiche Kissen gekuschelt und mit Augen, die in ferne Weiten starrten. »Es ist eine seltsame Welt«, sagte er, »zu der mir der Zugang verwehrt ist.«

»Nicht seltsamer«, versicherte sie, »als diejenige, auf die du dich beschränken mußt.«

»Aber die meisten Menschen können beide kennenlernen. Nur ich werde das niemals.«

Sie berührte wieder seine Brust, strich mit den Fingern sanft über seine Wangenknochen, beugte sich dann ein Stück zurück, um ihn aus etwas größerer Entfernung zu betrachten. »Wären nicht die Kriege gewesen«, sagte sie, »gäbe es auf der Welt weitaus mehr Vampire und viel weniger gewöhnliche Menschen. Jetzt ist Frieden in Europa und Atlantis. Ein neues Zeitalter ist in der Welt angebrochen. So manchem ist schwaches, vergängliches Fleisch kostbar, und es wird noch kostbarer werden. Ich bin froh, daß dich das Meer vor meine Tür gespült hat. Die See, weißt du, ist schon immer meine Freundin gewesen, und sie hat gewußt, was sie mir da beschert hat.«

»Ich glaube, mein Fleisch ist allzu schwächlich«, sagte er mit abgewandtem Gesicht. »Ich bezweifle, daß Vampirladys sich um die Gunst lahmer Jungen reißen werden.«

»Wenn du meiner müde sein wirst und mich verläßt«, murmelte sie, »wirst du feststellen, daß deine Lahmheit bei der Jagd nach Liebe kein Handicap ist.«

Er senkte die Augen, und obwohl er nicht in ihre Richtung schaute, sagte er mit kleiner Stimme: »Ich könnte deiner nie müde werden.« Dann wagte er einen Seitenblick auf sie, begierig darauf, ihre Reaktion auf das Gesagte in ihrem Gesicht zu sehen.

»Das glaube ich dir«, erwiderte sie und rollte dann ihren nackten Körper aus dem wärmenden Schutz der Deckbetten zur Bettkante.

Nachdenklich schaute er weg, doch dann fand er eine solche Verschämtheit unangebracht und gab sich dem Vergnügen hin, ihr beim Anziehen zuzuschauen.

Ihre Kleidung, die er am vergangenen Abend kaum wahrgenommen hatte, erschien ihm jetzt seltsam streng, denn sie verbarg ihren üppigen Körper. Sie war mit ihren gedeckten Farben merkwürdig männlich und betonte ihre Figur nicht. Er schwenkte ein Bein über die Bettkante, um ihrem Beispiel zu folgen, zuckte dann aber schmerzgepeinigt zusammen. Sie sah seine Reaktion und kam schnell zu ihm ans Bett.

»Bleib noch ein bißchen liegen«, sagte sie.

Er zögerte, hob dann den Fuß vom Boden und legte sich wieder hin.

»Warum nicht?«, sagte er. »Wir haben ja alle Zeit der Welt.« Seine Worte klangen etwas bitter.

»Nein«, entgegnete sie, bevor sie das Zimmer verließ. »Aber wir haben Zeit genug. Und so viel davon, wie wir für uns brauchen.«

Sie sagte die Worte in einer Weise, daß er keinen Augenblick an ihrer Bedeutung oder ihrer Ernsthaftigkeit zweifeln konnte. Sie wollte ihm damit mitteilen, daß sie ihn so innig lieben wollte, wie sie nur konnte.

Sogleich begann er wieder, nach Möglichkeiten zu suchen, wie er seinem Stolz einen Dämpfer aufsetzen konnte. Vielleicht war sie ja einsam gewesen und hätte jeden willkommen geheißen, der vor ihre Tür kam. Vielleicht erinnerte er sie auch nur an einen ihrer früheren Liebhaber. Doch dann lag er mit sich im Streit und sagte sich, daß, selbst wenn es einen Grund dieser Art geben sollte, er gewiß nicht ausreichend gewesen wäre. Es blieb die Tatsache, daß es er war und kein anderer, der hier bei ihr war, und je öfter er zukünftig mit ihr zusammensein würde, desto mehr würde er ihr Denken und ihre Tage ausfüllen. Falls er sie jetzt an jemand anderen erinnerte, dann machte das nichts; eines Tages hätte er vielleicht seinen eigenen, stolzen Platz in ihren Erinnerungen, falls er sich ihn verdienen konnte.

Verspätet erkannte er diese Verwirrung von Denken und Fühlen als Symptom einer euphorischen Gestimmtheit, als den Widerhall seiner Freude.

Wieder schloß er die Augen, um sie vor der gleißenden Morgensonne zu schützen und sich ungestört einer schwelgerischen Innenschau zu überlassen, die seine Zufriedenheit noch verstärken würde.

Gestern noch war er vor dem Meer geflohen, das ihn hatte ertränken wollen, und hatte nur gewußt, daß er vor einem Schicksal davonrannte, das ihn vor der Zeit einzuholen trachtete. Jetzt wußte er, daß er auch unbewußt auf etwas zugelaufen war. Er begann zu begreifen, welche Art von Rettung ihm die Vorsehung anbot und was er damit anfangen konnte.

Ob dies als Entschädigung für ein Leben gedacht war, das ihm noch versagt blieb, würde sich im Laufe der Zeit zeigen – doch er mußte wie alle anderen Menschen sein Leben von einem Augenblick zum nächsten leben, wobei nur die Gegenwart gewiß und die Anzahl der Tage, die ihm das Morgen bescherte, in ständiges Dunkel gehüllt sein würde.

Sogar ein Mann, der nicht ewig leben kann, so dachte er, *sollte glücklich darüber sein, daß der Odem des Lebens auf die Erde gekommen ist und daß das Geschenk der Unsterblichkeit sich nährt vom Blut gewöhnlicher Menschen.*

Danksagungen

Man kann nicht alternative Geschichten schreiben, ohne einen erheblichen Aufwand an Forschungsarbeit über entsprechende Perioden unserer eigenen Geschichte zu treiben; obwohl man sich hie und da Anachronismen erlauben darf, verlangt doch der Anstand, daß man sich ihrer bewußt ist und daß man sie in ein eigenes, stimmiges System einfügt. Verständnis unserer eigenen Geschichte ist notwendig, will man den Versuch unternehmen, sich vorzustellen, wie die Folgen einer einzigen Abänderung der historischen Faktizität sich auf ganze Jahrhunderte erstrecken können.

Viele meiner Kenntnisse bezog ich aus allgemein zugänglichen Quellen wie der *Encyclopedia Britannica,* doch ich habe auch Einzelveröffentlichungen zu bestimmten Themen verwendet; besonderen Dank schulde ich R. W. Southerns Buch *Western Society and the Church in the Middle Ages,* John Francis Guilmartins *Gunpowder and Galleys,* Howard W. Haggards *Devils, Drugs and Doctors* und Carlo M. Cipollas *Guns and Sails in the Early Phase of European Expansion.*

Obwohl ich das eine oder andere Bauwerk von seinem eigentlichen Standort entfernt habe (das augenfälligste Beispiel ist Cardigan Abbey), nehme ich doch an, daß – vom Krater von Adamawara abgesehen – die Geographie meiner alternativen Welt mit der unserer eigenen identisch ist; in diesem Roman erwähnte Einzelheiten über Lage und Umgebung bestimmter Schauplätze entnahm ich Hepworth Dixons *Her Majesty's Tower,* J. D. Falconers *On Horseback Through Nigeria* und Sir Henry Lukes Buch *Malta.*

Die Erfordernisse der Handlung haben gewisse radikale gesellschaftsgeschichtliche Umstellungen notwendig gemacht, dennoch verlangten sie einen sorgfältigen Umgang mit Material aus mehreren Quellen. Obwohl ich bei der Darstellung der Mythologie der Uruba, auf die sehr häufig Bezug genommen wird, Änderungen vorgenommen habe, verdanke ich sehr viel den Ausführungen über die Yoruba-Religion, die sich in A. B. Ellis' Buch *The Yoruba-Speaking People of the Slave Coast of West Africa* finden.

Von jenen Charakteren, die in der Romanhandlung auftreten, waren in der von Idolen bevölkerten Historie, die wir niedergeschrieben haben, um unserer eigenen Vergangenheit Bedeutung zu verleihen, nur wenige geschichtsträchtig – es sind dies Vlad Dragulya, Richard Löwenherz und einige ihrer Gefährten –, doch andere Charaktere, die hinter der Bühne des Geschehens verbleiben, haben gleichermaßen in der Entstehung unserer Welt eine Rolle gespielt. Reichlich Material habe ich zwei Monographien entnommen, und zwar Gabriel Ronays Buch *The Dracula Myth* und R. T. Peterssons *Sir Kenelm Digby*, um die Biographien der entsprechenden Personen zu konstruieren.

Die Darstellung von Speisen und ihrem Verzehr im ersten und zweiten Teil des Romans habe ich größtenteils der Broschüre *Food and Cooking in 17th Century Britain: History and Recipes* aus der Serie »English Heritage« von Peter Brears entnommen.

Literarische Einflüsse, die mich zu diesem Roman angeregt haben, sind allzu zahlreich, um sie hier im einzelnen aufzuführen, und außerdem meist offensichtlich, doch ich sollte vielleicht erwähnen, daß ich das Bardenmotto aus Thomas Love Peacocks *The Misfortunes of Elphin* klauen mußte, da ich selbst des Walisischen nicht mächtig bin.

Brian Stableford, Reading, im Februar 1988

Bitte beachten Sie
die folgenden Seiten